Colin Forbes

Schockwelle

Deutsch von Christel Wiemken

Hoffmann und Campe

Titel der Originalausgabe: »Shockwave«
Erschienen bei William Collins & Co., Ltd., London 1990
Copyright © 1990 by Colin Forbes

CIP-Titelaufnahme der Deutschen Bibliothek

Forbes, Colin:
Schockwelle/Colin Forbes.
Dt. von Christel Wiemken.
– 1. Aufl. – Hamburg: Hoffmann und Campe, 1990.
ISBN: 3-455-02047-X

Copyright © der deutschen Übersetzung 1990
by Hoffmann und Campe Verlag, Hamburg
Schutzumschlag- und Einbandgestaltung: Werner Rebhuhn
Satz: Fotosatz Otto Gutfreund, Darmstadt
Druck- und Bindearbeiten: May & Co, Darmstadt
Printed in Germany

Für Jane

Vorbemerkung des Autors

Alle Figuren dieses Romans entstammen der
Phantasie des Autors und stehen in keinerlei
Verhältnis zu lebenden Personen. Auch die
Firma »World Security & Communications« findet
keine Entsprechung in der realen Welt.

Inhalt

Vorspiel
9

ERSTER TEIL
Der Flüchtling – Tweed
19

ZWEITER TEIL
Der Killer – Horowitz
179

DRITTER TEIL
Der Untergang – Schockwelle
357

Nachspiel
461

Vorspiel

Um vier Uhr morgens erfuhr Bob Newman ganz zufällig, daß Tweed eine Frau ermordet und dann vergewaltigt hatte.
Von einer Party heimkehrend, fuhr er den Radnor Walk entlang und sah die ungekennzeichneten Polizeifahrzeuge, die vor Tweeds Terrassenhaus am Bordstein parkten. Männer in Zivil stiegen auf der zu dem schmalen, viergeschossigen Gebäude führenden Treppe hinauf und hinunter.
Sie bewegten sich, als hätten sie schleunigst eine dringende Angelegenheit zu erledigen. Unter einer Straßenlaterne stand ein uniformierter Polizist mit hinter dem Rücken verschränkten Händen. Sonst war die Straße menschenleer.
Newman verringerte das Tempo seines Mercedes 280 E und parkte ihn dann ein Dutzend Meter hinter dem letzten Polizeifahrzeug. Er zündete sich eine Zigarette an, wobei er das Licht des Feuerzeugs mit der Hand abschirmte, und beobachtete die Vorgänge. Den dunkelhaarigen Mann im Straßenanzug, der gerade ins Haus zurückeilte, erkannte er – Harris oder Harvey oder so ähnlich. Sonderdezernat...
Aus dem hintersten Polizeifahrzeug sprangen zwei Männer in Overalls. Sie beförderten eine Tragbahre in das Gebäude. Es sah ganz so aus, als wäre das Aufräumkommando am Werk.
Newman stieg aus seinem Wagen, schloß ihn ab und ging auf den Hauseingang zu. Der uniformierte Polizist hielt ihn an.
»Da können Sie nicht hinein, Sir. Es wäre besser, Sie stiegen wieder in Ihren Wagen und führen nach Hause.«
»Ich kenne den Mann, der hier wohnt. Was ist passiert?«
Der Polizist wußte nicht recht, was er darauf antworten sollte. Er warf einen Blick die Treppe hinauf, und der dunkelhaarige Mann erschien an der Tür. Harvey. Jetzt war Newman sein Name wieder eingefallen. Chefinspektor Ronald Harvey. Ein sturer Bürokrat. Er eilte die Treppe hinunter, um Newman entgegenzutreten.

»Newman, was machen Sie hier um diese Zeit? Hat Tweed Sie angerufen?«
»Weshalb sollte er das tun, mitten in der Nacht?« konterte Newman.
In diesem Augenblick tauchte Howard, der Leiter des Geheimdienstes, an der Tür auf. Aber nicht der makellose Howard, den Newman zu sehen gewohnt war. Sein rundliches, leicht gerötetes Gesicht war von Bartstoppeln entstellt. Seine Krawatte war flüchtig geknotet, sein Hemd wirkte verknittert – alles an ihm deutete darauf hin, daß man ihn eiligst aus dem Bett geholt hatte. Seine Miene war grimmig, und Newman hätte schwören können, daß er sich noch immer benommen fühlte.
»Kommen Sie herein, Bob«, murmelte er. »Das ist eine entsetzliche Sache. Der Minister ist auch da...«
Er redete weiter, während er einen schmalen Korridor entlangging und dann die Treppe zum ersten Stock emporstieg. Newman ging hinter ihm her, dichtauf gefolgt von Harvey, der protestierte.
»Das ist doch wirklich nicht der richtige Zeitpunkt, einen Auslandskorrespondenten hier hereinzulassen.«
»Dafür übernehme ich die Verantwortung«, erklärte Howard, nach wie vor die Treppe hinaufsteigend, über die Schulter hinweg. »Sie wissen ganz genau, daß Newman okay ist und schon oft mit uns zusammengearbeitet hat.«
»Welchen Minister meinten Sie?« fragte Newman.
»Den Minister für Äußere Sicherheit. Buckmaster höchst persönlich, auf den ich gern verzichtet hätte. Wappnen Sie sich, Bob. Hier drinnen ist es...«

Howard versteifte sich, trat sehr aufrecht in Tweeds Schlafzimmer. In dem Raum schien es von Leuten zu wimmeln. Die Vorhänge waren zugezogen, stellte Newman fest. Aber sein Blick richtete sich dorthin, wo »es« lag. Auf Tweeds Bett.
Newman schätzte das Alter der Frau auf Ende Zwanzig oder Anfang Dreißig. Eine Fülle schönen blonden Haars breitete sich wie eine Welle über das Kissen. Die Decke war zur Seite geschlagen, und nun lag sie nackt da, mit langen Beinen und zusammengepreßten Knien. Ihre Zunge hing nach links zwischen ihren wohlgeformten Lippen heraus. Als sie noch lebte, mußte sie ein prachtvolles Geschöpf gewesen sein. Ihre grünlichen Augen standen weit offen und starrten blicklos zur Decke. Ihr Hals zeigte gräßliche Würgemale. Ein grauenhafter Anblick, dachte Newman.
Ein Mann in dunklem Anzug, gleichfalls unrasiert, richtete sich auf und griff dann nach einer auf dem Boden stehenden schwarzen Tasche. Der

Arzt. Er stellte die Tasche auf einen Stuhl, zog dann die Gummihandschuhe aus, ließ sie hineinfallen und schloß die Tasche.

Harvey überfiel ihn. »Also, Doktor, was haben Sie festgestellt?«

Der Arzt, ein untersetzter Mann mit gelichtetem weißem Haar, hob die Brauen. »Das kann ich Ihnen erst nach der Autopsie sagen. Mit Vermutungen ist niemandem gedient.«

»Vielleicht nicht«, fiel eine neue Stimme ein, »aber Sie könnten mich wenigstens ein paar vorläufige Schlußfolgerungen wissen lassen. Der Zeitpunkt, mein lieber Freund, ist in Anbetracht der Person des Mörders von ausschlaggebender Bedeutung.«

Newman fuhr herum. Ein schlanker, hochgewachsener Mann stand in der Tür zum Badezimmer. Dichtes braunes Haar rahmte sein Gesicht. Er war Mitte Vierzig, ungefähr einsachtzig groß und strahlte eine Aura von Autorität aus, die den ganzen Raum zu beherrschen schien. Im Gegensatz zu den anderen war er frisch rasiert, und seine flinken braunen Augen waren hellwach. Er trug ein teures kariertes Sportjackett, ein makellos sauberes weißes Hemd und eine blaue Krawatte und daran einen Regimentsclip mit dem Emblem der Fallschirmjäger. Lance Buckmaster. Bekannt für sein Bestreben, immer eine einwandfreie Erscheinung zu präsentieren. Seine Stimme war knapp. Privatschulton.

»Sie kennen den Minister, Bob«, sagte Howard zu Newman.

»Wir sind uns schon begegnet.«

»Und ich warte immer noch auf eine Antwort, Doktor«, sagte Buckmaster scharf.

Der Arzt seufzte, schürzte die Lippen. »Die Frau wurde erdrosselt und dann brutal vergewaltigt. Mehr kann ich nicht sagen vor...«

»Der Autopsie«, warf Buckmaster ungeduldig ein. »Das Verfahren ist uns bekannt. Aber wie erklären Sie sich den Tatverlauf – erst die Erdrosselung, dann die Vergewaltigung? Warum nicht umgekehrt?«

»Das Opfer ist zwar schlank, macht aber einen kräftigen Eindruck. Wenn sich die Frau gegen die Vergewaltigung gewehrt hätte, dann müßten unter ihren Fingernägeln Spuren von der Haut des Täters zu finden sein. Möglicherweise befindet sich ein Fetzchen unter dem Nagel ihres Zeigefingers, aber mehr nicht. Und das wird sich bei der Autopsie herausstellen«, erklärte der Arzt entschieden. »Und nun möchte ich gehen.« Er sah die wartenden Männer an. »Soweit es mich betrifft, ist die vorläufige Untersuchung abgeschlossen...«

Er nickte Howard zu und verließ dann ohne einen Blick auf Buckmaster das Zimmer.

Harvey befragte den Fotografen und dann den Kriminaltechniker; beide erklärten, daß sie die Leiche nicht mehr brauchten. Die wartenden Männer in den Overalls hüllten den Leichnam sorgfältig in eine Segeltuchplane, legten ihn auf eine Tragbahre und beförderten sie aus dem Zimmer und die Treppe hinunter. Buckmaster hielt die Hände hinter dem Rücken verschränkt und wanderte rastlos im Zimmer hin und her.
»Wieso nehmen Sie an, daß Tweed es war?« fragte Newman Howard.
»Weil er hier gewohnt hat.« Es war Harvey, der die Frage beantwortete. Mit Gummihandschuhen hob er eine Pfeife aus einem gläsernen Aschenbecher und ließ sie in einen durchsichtigen Beutel gleiten. »Er hat sogar seine Pfeife geraucht, bevor er sich ans Werk machte.«
»Darf ich die Pfeife sehen?« Newman ließ nicht locker. »Sie ist frisch gestopft und kaum angeraucht.«
»Dann hat er nur ein paar Züge getan, bevor er sie beim Hals packte...«
Newman trat vor einen kleinen Wandschrank. »Darf ich einen Blick hineinwerfen?«
»Sie dürfen nicht«, erklärte Harvey. Er versiegelte den Beutel, in dem sich die Pfeife befand. »Was ist da drin, das Sie interessieren könnte?«
»Vielleicht eine Dose mit Tabak.«
»Dann wollen wir einen Blick hineinwerfen.« Harvey streckte eine behandschuhte Hand aus, öffnete die Tür. Auf dem Bord stand eine Tabaksdose. Harvey zog den Deckel ab. Newman beugte sich vor, roch am Inhalt der halbleeren Dose. Ein schaler, modriger Geruch.
»Zufrieden?« Harvey machte die Dose zu und stellte sie wieder auf das Bord. »Und Tweed ist verschwunden...«
»Sieht aus, als hätte er sich aus dem Staub gemacht«, warf Buckmaster ein.
»Hoffen wir, daß er seinem Leben selbst ein Ende setzt. Das alles darf nicht an die Öffentlichkeit dringen, Newman. Sie haben die Geheimhaltungsvorschriften unterschrieben.«
»Und die Nachbarn?«
»Die erfahren nur, daß Tweed wieder einmal in einer Versicherungsangelegenheit unterwegs ist. Er hatte kaum Kontakt mit seinen Nachbarn. Sie wissen nicht mehr über ihn, als daß er der Chef der Untersuchungsabteilung einer Versicherungsgesellschaft ist, die viele Kunden im Ausland hat. Das hat mir Howard gesagt.«
»Sie wollen also, daß nichts an die Öffentlichkeit dringt«, erinnerte ihn Newman. »Was haben Sie dann hier zu suchen? Schließlich weiß alle Welt, wie Sie aussehen – mit Ihrem Foto in den Zeitungen bei jeder sich bietenden Gelegenheit...«

»Ihre Art, das auszudrücken, gefällt mir ganz und gar nicht.« Buckmasters Stimme klang aggressiv. »Für den Fall, daß Sie es vergessen haben sollten – Sie sprechen mit einem Minister der Krone. Und was meine Anwesenheit hier angeht – Howard hat mich angerufen. Mein Daimler und mein Fahrer warten zwei Straßenecken entfernt von hier. Und nun wird es Zeit, daß ich verschwinde.« Er wendete sich an Howard. »Ich rufe Sie heute morgen um neun an. Sehen Sie zu, daß Sie dann in Ihrem Büro sind.«

Er zog eine karierte Golfmütze aus der Tasche, rammte sie sich, tief in die Stirn gezogen, auf den Kopf und warf Newman einen höhnischen Blick zu.

»Glauben Sie, daß mich irgend jemand auf dem Rückweg zu meinem Wagen erkennen wird?«

Er verließ das Zimmer. Als sie allein waren, zuckte Howard die Achseln.

»Da ist etwas daran. Normalerweise trägt er nie eine Kopfbedeckung...«

Er brach ab, als Buckmaster noch einmal an der Tür erschien.

»Höchst merkwürdige Geschichte das. Einem Mann wie Tweed hätte ich eine solche Untat nie zugetraut.«

Dann war er wieder verschwunden. Howard schwenkte die Hand wie ein Mann, der nicht weiter weiß. »Und ich hätte nie gedacht, daß Buckmaster zu einer so menschlichen Bemerkung fähig ist. Vor Überraschungen ist man nie sicher...«

»Wie haben Sie von dieser Sache erfahren?« erkundigte sich Newman mit leiser Stimme.

»Anonymer Anruf. Hat mich aufgeweckt. ›Tweed steckt in seiner Wohnung am Radnor Walk in größten Schwierigkeiten. Sehen Sie zu, daß Sie hinkommen, bevor die Polizei erscheint.‹ Ich glaube, genau das hat er gesagt.«

»Also war es ein Mann, der angerufen hat? Haben Sie die Stimme erkannt? Überlegen Sie – denken Sie scharf nach.«

»Nein, ich glaube nicht, daß ich die Stimme schon einmal gehört habe. Ich zog mich schnell an. Ich war allein. Cynthia ist verreist, glücklicherweise. Ich traf um 1.30 Uhr hier ein. Die Haustür war nicht verschlossen. Das stellte ich fest, nachdem auf mein Läuten hin niemand erschien. Ich ging hinein, stieg die Treppe herauf – und fand die Frau auf dem Bett. Keinerlei Anzeichen von sonst jemandem. Ich rief Buckmaster an. Mir blieb nichts anderes übrig. Als er da war, bestellte er das Aufräumkommando. Wir können nicht zulassen, daß ein derartiger Skandal an die Öffentlichkeit dringt. Er würde den Geheimdienst zugrunde richten...«

»Wer ist – wer war die Frau?« fragte Newman scharf.

Howard, immer noch geschockt, starrte Newman an. Der Auslandskorrespondent war Anfang Vierzig, kräftig gebaut, mittelgroß, und hatte hellbraunes, fast sandfarbenes Haar. Selbst um diese Stunde wirkte er hellwach und strahlte eine Aura beherrschter Energie aus. Nur sein normalerweise leicht belustigtes Lächeln fehlte.

»Wir haben nicht die geringste Ahnung«, erwiderte Howard. »Die Leute haben die ganze Wohnung auf den Kopf gestellt und nicht einmal eine Handtasche gefunden. Natürlich erinnern sie sich jetzt daran, daß Tweeds Frau ihn vor ein paar Jahren zugunsten eines griechischen Reeders verlassen hat, und daß er seither nicht viel mit Frauen im Sinne hatte...«

»Er mag Frauen«, warf Newman mit scharfer Stimme ein. »Er war mehr als einmal nahe daran, eine Affäre mit einer zu haben. Aber er hat den Gedanken an seine Frau verdrängt, indem er sich ganz seinem Job widmete. Das wissen Sie.«

»Ich glaubte, es zu wissen...«

»Doch nicht Sie auch? Das ist grandios. Das ist wirklich und wahrhaftig grandios.« Newman schlug sich auf den Schenkel; dann hörte er ein Geräusch, drehte sich um und stellte fest, daß Harvey zurückgekehrt war.

»Eines kommt mir höchst merkwürdig vor, Mr. Newman«, erklärte er in einem überaus amtlichen Ton. »Wie kommt es, daß Sie um diese Stunde hier aufkreuzen?«

»Ich war bei einer Party im Cipriani am Strand, die sich endlos hinzog. Um wieder nüchtern zu werden, bin ich zu Fuß zu meiner Wohnung an der Beresford Road zurückgekehrt. Aber mir war nicht nach Schlafen zumute, und so beschloß ich, ein bißchen in London herumzufahren, um mich müde zu machen.«

»Das ist ein ganz hübsch langer Spaziergang, wenn Sie die Bemerkung gestatten«, erklärte Harvey mit einem schiefen Lächeln. Newman hätte ihn ohrfeigen können.

»Worauf zum Teufel wollen Sie hinaus?« fragte er ganz ruhig.

»Auf nichts. Jedenfalls fürs erste. Aber wir können Ihre Geschichte später überprüfen – Zeugen finden, die gesehen haben, wie Sie das Cipriani verließen. Jemanden beauftragen, um die gleiche Zeit denselben Spaziergang zu unternehmen, um festzustellen, wie lange man dafür braucht...«

»Warum unternehmen Sie den Spaziergang nicht selbst?« fauchte Newman.

»Würde Ihnen vielleicht helfen, ein paar Zentimeter von Ihrem Taillenumfang zu verlieren.«

»Kein Grund, persönlich zu werden. Das Wichtigste ist – wo steckt Tweed in diesem Augenblick?«

In seinem Büro im ersten Stock des Hauses am Park Crescent, in dem sich das Hauptquartier des Geheimdienstes befand, kniete Tweed vor dem Safe, drehte die Scheibe des Kombinationsschlosses auf die letzte Ziffer und zog die Tür auf.

An den Fenstern, die auf den Regent's Park hinausgingen, waren die Vorhänge zugezogen, und er hatte kein Licht eingeschaltet. Um zu sehen, was er tat, benutzte er eine Taschenlampe. Er zog eine Schublade auf, holte mehrere Bündel Banknoten in Deutscher Mark und Schweizer Franken heraus und packte sie in den geöffnet neben ihm stehenden Aktenkoffer. Dann verdeckte er die Banknoten mit mehreren Lagen Versicherungszeitschriften und vier Taschenbüchern. Er machte den Aktenkoffer zu, schloß die Safetür, verstellte das Kombinationsschloß, stand auf.

Tweed, ein Mittvierziger, war kompakt gebaut, hatte dunkles Haar und trug eine Hornbrille. Wenn er entspannt war, hatte er das Gesicht eines freundlichen, außerordentlich intelligenten Menschen. Die Augen hinter den Brillengläsern waren wachsam und immer auf der Hut. Er trug einen Straßenanzug, der bei weitem nicht so elegant war wie der seines Chefs Howard. Der stellvertretende Leiter des S.I.S. war ein Mann, an dem man auf der Straße vorbeigehen konnte, ohne daß er einem auffiel – ein Effekt, auf den er es ganz bewußt anlegte.

Nach wie vor im Licht der Taschenlampe hantierend, stellte er den Aktenkoffer auf seinen Schreibtisch, zog sein Schlüsselbund aus der Tasche und schloß mit den beiden dafür bestimmten Schlüsseln die besonders verstärkte rechte untere Schublade auf. Dann bückte er sich und holte die unter drei Code-Büchern liegenden sechs Pässe heraus, die alle sein Foto – ohne Brille – enthielten und auf verschiedene Namen lauteten. Er wählte den auf William Sanders ausgestellten Paß und steckte ihn in die Innentasche seines Jacketts. Die anderen fünf legte er flach nebeneinander auf den Boden des Aktenkoffers. Er verschloß die Schublade wieder und richtete sich auf, und im gleichen Moment schaltete jemand das Licht ein.

Paula Grey, seine attraktive Assistentin, schloß die Tür und lehnte sich dagegen. Sie war Anfang Dreißig, und ihr rabenschwarzes Haar glänzte im Licht der Deckenlampe. Sie hatte ein fein geschnittenes Gesicht, ein wohlgeformtes, entschlossen wirkendes Kinn, eine gute Figur und lange Beine. Sie trug ein dunkelblaues Gabardinekostüm und eine weiße Bluse, dazu einen karierten Mantel zusammengefaltet über dem Arm. Es war sehr kühl in den frühen Morgenstunden dieses Februartages, und die Luft roch nach Schnee.

Tweed, bis zum äußersten angespannt, ließ sich sein Erschrecken nicht anmerken. Sein Verstand wurde eiskalt, und seine Stimme klang völlig normal, als er seine Frage stellte.
»Was in aller Welt haben Sie um diese Zeit hier zu suchen?«
»Dasselbe könnte ich Sie fragen.« Sie deutete mit einem Kopfnicken auf den auf seinem Schreibtisch stehenden Aktenkoffer. »Wollen Sie verreisen? Sie haben mir nichts davon gesagt. Und irgend etwas ist passiert. Das spüre ich.«
Seine rechte Hand bewegte sich automatisch in Richtung Pfeife auf seine Tasche zu. Dann fiel ihm ein, daß er das Pfeiferauchen aufgegeben hatte. Sein Verstand lief auf Hochtouren.
»Es hat sich etwas Unvermutetes ergeben. Ich gehe für eine Weile ins Ausland. Also, was suchen Sie hier?«
Sie ging auf ihn zu, mit flinken, anmutigen Bewegungen, und legte ihm beide Hände auf die Schultern.
»Ich konnte nicht schlafen und kam her, um ein paar Arbeiten zu erledigen. Also, was ist passiert?«
»Machen Sie sich auf einen Schock gefaßt. Ich werde wegen Mord und Vergewaltigung gesucht. An einer hübschen jungen Frau, die mir völlig unbekannt ist. Sie liegt auf meinem Bett am Radnor Walk. Und jetzt sollten Sie die Frage stellen – ob ich es getan habe.«
Das war die einzige Andeutung von Emotion, die er erkennen ließ. Sie biß die Zähne zusammen, schüttelte ihn. Versuchte es zumindest. Er stand reglos da. »Was reden Sie da für einen Unsinn? Wie können Sie es wagen, mich das zu fragen?« Ihre Stimme bebte vor Entrüstung, dann gewann sie die Beherrschung zurück. »Sind Sie verrückt? Flüchten wie ein gewöhnlicher Verbrecher? Falls Sie es vergessen haben sollten – Sie sind hier der stellvertretende Leiter. Sie müssen bleiben und sich zur Wehr setzen. Herausfinden, was wirklich passiert ist.«
»Das kann ich nicht. Da ist ein Geheimprojekt, das ich überwachen muß. Außer mir sind hierzulande nur zwei Menchen darüber informiert. Ich muß auf freiem Fuß bleiben, damit das Projekt wie vorgesehen abläuft. Es steht sehr viel auf dem Spiel – vielleicht die Sicherheit der gesamten westlichen Welt. Ich weiß, daß sich das melodramatisch anhört. Ich muß fort, Paula. Mit der ersten Maschine nach Brüssel.«
»Warum nach Brüssel? Und ich begreife immer noch nicht, weshalb Sie so sicher sind, daß man Sie für den Täter hält.«
»Weil jemand, der sehr clever und skrupellos ist, dafür gesorgt hat, daß es so aussieht, als hätte ich es getan. Und es ist durchaus möglich, daß er in

meiner Wohnung noch weiteres Beweismaterial hinterlassen hat. Ich hatte nicht die Zeit, gründlich danach zu suchen. Und warum ich nach Brüssel fliege? Das ist nur die erste Station. Ich muß einen Schlupfwinkel finden – irgendeinen Ort, von dem aus ich operieren kann. Ich würde verhaftet werden, sobald sie die arme Frau gefunden haben. Alles deutet darauf hin, daß ich der Mörder bin. Was glauben Sie – wem könnte ich unter diesen Umständen vertrauen? Niemandem.«
»Wie kann man nur so blöd sein!« fauchte sie. »Mir können Sie vertrauen. Ich begleite Sie. Mein für Notfälle gepackter Koffer steht da drüben im Schrank. Und ein Paar fällt weniger auf als ein alleinreisender Mann...«
»Kommt nicht in Frage.«
Tweed löste ihre Hände von seinen Schultern, ging zur Garderobe neben der Tür und schlüpfte in seinen alten Burberry. Dann ergriff er seinen Koffer und seinen Aktenkoffer. An der Tür blieb er kurz stehen und drehte sich noch einmal zu ihr um.
»Sie würden Ihren Job riskieren, der Ihnen sehr viel bedeutet. Bleiben Sie hier, und halten Sie die Stellung.«
Er ging hinaus und machte die Tür hinter sich zu. Das war der Augenblick, in dem Tweed zu flüchten begann und immer weiter und weiter flüchtete. Ein Alptraum begann.

ERSTER TEIL

Der Flüchtling – Tweed

Erstes Kapitel

Um 7 Uhr am gleichen Morgen betrat Lance Buckmaster die Zentrale der Firma, die er gegründet hatte – World Security & Communications Ltd. Um auszuschließen, daß er jemandem auffiel, fuhr er den Volvo seiner Frau.
Das zwanzig Stockwerke hohe Gebäude in der Threadneedle Street war um diese Stunde leer. Buckmaster parkte den Volvo in der Tiefgarage, öffnete mit seinem Spezialschlüssel die Tür des ausschließlich der Firmenleitung vorbehaltenen Fahrstuhls und fuhr in den achtzehnten Stock. Gareth Morgan, sein Generaldirektor und engster Vertrauter, erwartete ihn in dem großen Büro, dessen Fenster auf die City hinausgingen. Ein weißer Nebel gab den umstehenden Hochhäusern ein gespenstisches Aussehen.
»Es hat funktioniert.« Buckmaster warf seine karierte Mütze auf eine Couch, durchquerte den Raum und räkelte sich auf seinem Schreibtischsessel. »Das Sonderdezernat hat es geschluckt – Haken, Leine und Senker.«
»Und Tweed?« erkundigte sich sein Generaldirektor.
Gareth Morgan war zweiundvierzig Jahre alt, sah aber eher aus wie zweiundfünfzig. Er war einsfünfundsechzig groß, zu dick für seine Größe, und seine Figur ließ an eine große Steckrübe denken. Seine Füße waren klein, und er bewegte sich sehr behende. Er hatte dunkles Haar, listige Knopfaugen, war glattrasiert und zeigte Ansätze zu einem Doppelkinn. Wenn er sprach, tat er es langsam und überlegt und fixierte seinen Gesprächspartner dabei mit seinen kleinen Augen, fast so, als wollte er ihn hypnotisieren. Er war ein überaus tatkräftiger, fähiger und skrupelloser Mann. Buckmasters Frau Leonora hatte einmal zu einer Freundin gesagt: »Lance und Morgan passen ausgezeichnet zusammen. Zwei der größten Ganoven der Welt...«
»Tweed ist vom Angesicht der Erde verschwunden«, informierte Buckmaster seinen Untergebenen herablassend. »Und das ist genau das, was wir hofften – daß er sich aus dem Staub machen würde.«

»Unterschätzen Sie ihn nicht«, warnte Morgan, während er sich eine Zigarre anzündete. »Wahrscheinlich ist er unterwegs zum Kontinent...«
»Und das erleichtert uns die Arbeit. Schließlich haben wir überall Büros mit bestens ausgebildetem Personal. Ich beauftrage Sie mit der Leitung des Unternehmens. Machen Sie Tweed ausfindig und beseitigen Sie ihn. Sorgen Sie unbedingt dafür, daß es wie ein Unfall aussieht...«
Morgan schürzte seine dicken Lippen, und auf seinem Gesicht lag ein grimmiger Ausdruck. »Sie meinen, ich soll selbst hinüberfliegen? Ich muß mich hier um die Firma kümmern. Als Sie Minister wurden, haben Sie mich zum Generaldirektor ernannt. Wissen Sie das nicht mehr?«
»Sie sind gern unterwegs.« Buckmasters Ton war brüsk. »Der Auftrag sollte genau Ihre Kragenweite sein. Sie fliegen zum Kontinent hinüber, setzen unsere Spitzenleute in Motion, beauftragen sie mit der Suche nach ihm, dann fliegen Sie hierher zurück. Wie Kissinger, ständig auf Achse, Gareth.« Er warf einen Blick auf die Uhr. »Und ich dürfte eigentlich nicht hier sein. Ich fahre gleich ins Ministerium.«
Morgan wischte mit einem dicken Daumen über sein Unterkinn, paffte an seiner Zigarre. Buckmaster hatte recht – er sollte nicht in diesem Gebäude sein. Als er zum Minister ernannt worden war, hatte er seine Mehrheitsanteile auf seine Frau Leonora überschreiben lassen. Und der Gedanke, ständig auf Achse zu sein, gefiel Morgan. Er würde den Firmenjet benutzen.
»Ich werde zwischendurch immer wieder hierher zurückkehren müssen«, sagte er schließlich. »Ich habe das Gefühl, daß Leonora ein bißchen zu aktiv wird. Entschieden zu interessiert für eine Präsidentin. Und sie steckt dauernd mit Ted Doyle, diesem Buchhalter, zusammen...«
»Interessiert an was?«
»An Zahlen. Den Bilanzen der Firma. Bisher habe ich sie von den Geheimjournalen fernhalten können. Wann können wir mit dem Fünfzig-Millionen-Pfund-Kredit rechnen? Ich kann die City nicht ewig bluffen.«
»Bald. Und Sie haben eine Null ausgelassen. Es werden fünfhundert Millionen Pfund sein.«
»So viel? Damit sollten wir ganz hübsch wieder ins Geschäft kommen. Aber wo zum Teufel treiben Sie so viel Geld auf?«
Buckmaster erhob sich, setzte seine karierte Mütze auf. »Überlassen Sie das mir. Sie kümmern sich um Tweed. Und zwar schnell...«
»Es könnte eine Weile dauern«, erklärte Morgan. »Ich sagte es bereits – unterschätzen Sie ihn nicht.«
»Wir haben nicht viel Zeit. Unsere Frist ist bald abgelaufen. Sie fliegen noch heute zum Kontinent hinüber. Und jetzt muß ich los...«

Nachdem sein Chef gegangen war, saß Morgan noch eine ganze Weile in dem vor Buckmasters Schreibtisch stehenden Ledersessel, dessen Lehnen seine Körperfülle einengten. Seit seinen Anfängen als Wachmann bei einer kleinen Firma hatte er einen langen Weg zurückgelegt. Buckmaster und er waren gemeinsam aufgestiegen.

Als wäre es gestern gewesen, erinnerte er sich an die Annonce in der *Times*, mit der ein neu gegründeter Sicherheitsdienst einen erfahrenen Manager suchte. Er hatte von Cardiff aus die in der Annonce angegebene Nummer angerufen, und Buckmaster hatte den Anruf entgegengenommen und äußerst kühl reagiert.

»Ich weiß nicht, ob Sie die für diese Arbeit nötige Erfahrung haben ...«
»Aber ich habe eine Fahrkarte Erster Klasse von Cardiff nach London in der Hand. Und ich rufe vom Bahnhof aus an. Der Expreß fährt in fünf Minuten – ich kann ihn von der Telefonzelle aus sehen. Widmen Sie mir eine Viertelstunde Ihrer Zeit, und Sie werden mich engagieren. Wenn nicht, verlasse ich umgehend Ihr Büro, und Sie sehen mich nie wieder. Noch vier Minuten, bis der Zug abfährt ...«

Die kühne Taktik hatte ihren Zweck erfüllt. Buckmaster hatte ihn darauf hingewiesen, daß er nicht daran dächte, die Fahrtkosten zu erstatten. Morgan hatte erwidert, daß er das auch nicht erwartete. Zwei Minuten vor der Abfahrt war er in den Zug gestiegen.

Den Ausschlag hatte die Art und Weise gegeben, auf die Morgan ein paar Tage zuvor einen geplanten Raubüberfall verhindert hatte. Alle Zeitungen hatten darüber berichtet. Anstatt mit dem gepanzerten Wagen zu fahren, in dem sich das Geld befand, hatte Morgan am Tag zuvor die Umgebung der Bank ausgekundschaftet. Am Morgen des Tages, an dem das Geld geliefert werden sollte, hatte er sich mit einem unter seinem Regenmantel gehaltenen Baseballschläger in einer Gasse versteckt. Die Räuber waren aus einem Wagen gesprungen, sobald das Geld in die Bank gebracht werden sollte. Morgan war hinter ihnen aufgetaucht und hatte zuerst dem mit einer Maschinenpistole bewaffneten Räuber den Schädel eingeschlagen und dann dem zweiten, der eine Automatic hatte, die Kniescheibe zertrümmert.

Bei ihrem Gespräch hatte Buckmaster erklärt, er sei im Begriff, einen Sicherheitsdienst zu gründen, eine auf den Schutz besonders gefährdeter und wertvoller Transporte spezialisierte Firma. Seine erste Reaktion war gewesen, Morgan wieder wegzuschicken, doch dann hatte er sich an den vereitelten Raubüberfall in Cardiff erinnert.

»Routine. Das ist es, wo die etablierten Firmen versagen«, hatte Morgan ihm erklärt. Er sprach schnell und mit einer Aura völliger Selbstsicherheit.

»Sie befahren mit ausgesprochen auffälligen Fahrzeugen jeweils eine von drei Alternativrouten. Schon das ist falsch. Die Fahrzeuge müssen immer anders aussehen, und der Bestimmungsort wird dem Fahrer in verschlüsselter Form erst mitgeteilt, wenn er die Garage verläßt – von Ihnen oder von mir. Wir müssen Scheintransporte durchführen, um das Informationssystem der Profis durcheinanderzubringen. Und ich stelle sämtliche Leute selbst ein – ich rieche einen falschen Fünfziger schon auf hundert Meter Entfernung... Wir schleusen Informanten in die Unterwelt ein und bauen unseren eigenen Spionageabwehr-Apparat auf. In einigen Ländern auf dem Kontinent bedienen wir uns härterer Methoden...«
»Auf dem Kontinent?«
Buckmaster, der normalerweise jedes Gespräch lenkte, war verblüfft gewesen von dem Ausmaß, in dem die Firma nach Morgans Vorstellungen operieren würde.
»Natürlich.« Morgan hatte geschwiegen, bis er die zwischen seinen Zähnen steckende Zigarre angezündet hatte. »Zuerst Europa, dann die USA...«
»Und wann können Sie anfangen?« hatte Buckmaster schließlich gefragt.
»Als Ihre rechte Hand – sofort. Ich habe meinen Koffer mitgebracht. Er steht unten in der Diele...«
Buckmaster hatte ihn vom Fleck weg engagiert und diese Entscheidung nie bereut. Morgan hatte den Namen vorgeschlagen: World Security & Communications. Und das war vor zwanzig Jahren gewesen, lange bevor Buckmaster sich der Politik zugewendet hatte, als jüngster Abgeordneter ins Unterhaus eingezogen war und es Morgan überlassen hatte, den größten Sicherheitsdienst der Welt zu leiten. Er hatte sich geradezu sprunghaft immer weiter ausgedehnt.
Und dann, dachte Morgan und räkelte sich im Sessel, habe ich zu Vorsicht geraten. Habe vorgeschlagen, daß wir erst einmal konsolidieren, was wir aufgebaut hatten. Aber Buckmaster war nicht zu bremsen gewesen. In zahlreichen weiteren Ländern wurden neue Büros eröffnet. Zu viele und zu schnell.
»Und eines Tages gehört der ganze Laden mir«, dachte Morgan. »Vorausgesetzt, daß er nicht vorher pleite geht.« Durch Strohmänner hatte er ein beträchtliches Paket von Aktien der Firma kaufen lassen. Es gab auf der ganzen Welt nur einen einzigen Menschen, an den Morgan dachte. Und das war Gareth Morgan.
Er reckte sich und gähnte. Er war die ganze Nacht aufgewesen. Das Wichtigste zuerst. Tweed aufspüren.

Zweites Kapitel

Tweed bewegte sich schnell. Er erreichte die erste Sabena-Maschine nach Brüssel; am Londoner Flughafen hatte er den auf William Sanders lautenden Paß vorgelegt.

In der belgischen Hauptstadt angekommen, fuhr er mit einem Taxi zum Hilton am Boulevard de Waterloo. Er begab sich zu der speziell für Geschäftsleute eingerichteten Rezeption im achtzehnten Stock und mietete eine Managersuite im zwanzigsten Stock. Er stellte seinen Koffer in der Suite ab und verließ das Hotel.

Er mietete bei Hertz einen BMW, wobei er einen auf den Namen William Sanders ausgestellten Führerschein vorlegte, und stellte den Wagen in einer Tiefgarage in der Nähe des Hotels ab. Er hätte ihn auch in der Garage des Hilton parken können, aber das konnte gefährlich sein, wenn er schnell abreisen mußte.

»Glauben Sie wirklich, daß wir irgendwo untertauchen können?« fragte Paula, als sie zum Hotel zurückkehrten.

»Wenn wir ständig auf Achse bleiben...«

Paula Greys Anwesenheit war etwas, das er nicht einkalkuliert hatte. Sie war ihm in einem zweiten Taxi zum Londoner Flughafen gefolgt, mit ihrem Koffer. Daß er nicht allein war, hatte er erst begriffen, als er am Sabena-Schalter ein Business-Class-Ticket nach Brüssel und zurück kaufte. Er drehte sich um, und Paula stand hinter ihm.

»Ein Business-Class-Ticket nach Brüssel und zurück«, bat sie den Angestellten der Fluglinie.

Sie erhielt ihr Ticket und trat abermals hinter ihn, als er für den Flug eincheckte. Es war Tweed unmöglich, ihr Vorhaltungen zu machen – sie waren von zu vielen Leuten umgeben, und er wünschte sich nichts weniger, als Aufmerksamkeit zu erregen. Bevor er protestieren konnte, saßen sie nebeneinander in der halbleeren Maschine.

»Was in aller Welt haben Sie vor?«

»Sie begleiten. Ich sagte es bereits. Im Büro in London.«

»Das kann ich einfach nicht riskieren. Es gibt Dinge, von denen Sie nichts wissen. Sie könnten in größte Gefahr geraten.«

»Das ist nichts Neues. Erinnern Sie sich an Rotterdam? Um nur ein Beispiel zu nennen.«

»Ich möchte, daß Sie mit der nächsten Maschine nach London zurückfliegen. Ich bin ein ganz gewöhnlicher Flüchtling – gesucht wegen Mord und Vergewaltigung. Ein höchst beunruhigendes Gefühl, das kann ich Ihnen versichern...«

»Und deshalb brauchen Sie jedes bißchen Hilfe, das Sie bekommen können. In unserem Büro sagten Sie etwas von einem Geheimprojekt. Müssen Sie deshalb untertauchen?«
»Ja. Und fragen Sie mich nicht, um was es geht.«
»Ich fliege nicht zurück«, erklärte sie. »Später können Sie mir erzählen, was in der vergangenen Nacht tatsächlich passiert ist. Aber zuerst müssen wir entscheiden, was wir tun, wohin wir wollen, wem wir vertrauen können.«
Tweed, der auf Gefahr ganz automatisch reagierte, war immer noch leicht fassungslos. Er begriff, daß Paula wie immer klar und logisch dachte. Sie hatte die nächsten Schritte, die er tun mußte, auf den Punkt gebracht. Zum ersten Mal schwankte er in seiner Entschlossenheit, sie zurückzuschicken, und sie spürte seine Unsicherheit.
»Also, erste Frage – wem können wir vertrauen?«
»Niemandem«, erwiderte er mutlos. »Absolut niemandem – sie werden handeln, sobald sie vermuten, daß ich das Land verlassen habe. Ihr erster Schritt wird darin bestehen, alle Leute zu informieren, mit denen ich vielleicht Kontakt aufnehmen könnte, zu verlangen, daß ich sofort festgenommen werde, wenn ich irgendwo auftauche...«
»Und Sie glauben wirklich, daß jemand wie Hauptkommissar Kuhlmann vom Bundeskriminalamt diese absurde Behauptung, Sie wären ein Mörder und Sittlichkeitsverbrecher, glauben würde?«
»Ihm wird nichts anderes übrigbleiben...«
Auf diese Weise hatten sie miteinander diskutiert, bis die Maschine in Brüssel landete – Tweed auf eine für ihn ganz untypische Art pessimistisch; Paula optimistisch und in Gedanken mit möglichen Fluchtrouten beschäftigt. Tweeds Verfassung hatte sich geändert, sobald sie Brüssel erreicht hatten und er die Suite im Hilton und den Wagen gemietet hatte.
Als sie ins Hilton zurückgekehrt waren, fuhren sie sofort in ihre Suite hinauf. Trotz der von Tweed vorgebrachten Einwände hatte Paula darauf bestanden, daß sie die Suite miteinander teilten.
»Wenn ich ein anderes Zimmer nehme«, hatte sie erklärt, »muß ich womöglich meinen Paß vorlegen. Und eine Anmeldung auf den Namen Paula Grey würde die Bluthunde direkt auf Ihre Spur führen – sobald ihnen klargeworden ist, daß ich gleichfalls verschwunden bin. Ich kann auf der Couch schlafen, wenn kein Doppelbett da ist...«
»Als ich das letztemal hier war, stand ein Doppelbett im Zimmer«, erinnerte sich Tweed.
»Tun Sie nicht so, als wären Sie prüde«, fauchte sie ihn an. »Wenn Sie sich anmelden, kann ich als Ihre Frau durchgehen...«

Auf dem Rückweg zum Hotel war Paula in einem Laden verschwunden und mit einem Packen Michelin-Straßenkarten von verschiedenen Teilen Europas wieder zum Vorschein gekommen. »Die brauche ich, um unsere Route zu planen«, hatte sie entschieden erklärt.

Jetzt stand Tweed am Fenster und blickte hinaus auf das Panorama der Stadt. Ganz in der Nähe ragte die riesige Masse des von Kuppeln gekrönten Justizpalastes auf, ein Komplex, so gewaltig, daß er eine größere Fläche bedeckte als der Petersdom in Rom. Das empfand er als ironisch.

»Wenn sie mich hier schnappen«, dachte er laut, »werden sie mich wahrscheinlich genau dorthin bringen...«

»Hören Sie auf mit dem Unsinn, und sehen Sie sich mit mir zusammen diese Karten an. Wo wollen wir hin, wenn wir von hier verschwinden?«

»Am besten vielleicht in die Schweiz.« Tweed schüttelte seine Resignation ab und beugte sich über ihre Schulter, um die Karten zu studieren. Die Energie, die in ihr steckte, belebte ihn und verdrängte ein unterschwelliges Verlangen nach Tatenlosigkeit. »Ich werde es riskieren müssen, mit Arthur Beck, dem Chef der Bundespolizei in Bern, Kontakt aufzunehmen. Die Schweiz ist ein neutrales Land; dort haben wir vielleicht die besten Chancen.«

Sie hütete sich, sich etwas von ihrer Befriedigung darüber anmerken zu lassen, daß er zum erstenmal das Wort »wir« gebraucht hatte. Tweeds Finger verfolgten eine Route, die in Richtung Lüttich ostwärts führte und dann durch die Ardennen nach Süden.

»Dort ist der Verkehr sehr schwach – wenn wir es schaffen, bis in die Wälder zu kommen«, sagte er. »Und unsere Chance, unentdeckt zu bleiben, am größten.«

»Und wie geht es von dort aus weiter? Wie kommen wir ungefährdet über die Grenze der Bundesrepublik – vorausgesetzt, daß bis dahin die Fahndung läuft?«

»Am besten wäre es wahrscheinlich, wenn wir über Nebenstraßen in den Ardennen nach Luxemburg fahren. An dieser Grenze gibt es keine Kontrollen. Und wenn wir Glück haben, fahren wir von Luxemburg aus in die Bundesrepublik, dann am Rhein entlang südwärts in Richtung Schwarzwald. Dort gibt es einen kleinen Ort, an dem wir vielleicht in die Schweiz gelangen können. Mit sehr viel Glück.«

»Also nehmen wir diese Route«, sagte Paula entschlossen.

»Die große Frage ist nur – werden wir überhaupt bis zur Schweizer Grenze kommen?«

Als sie dasaßen und den Kaffee tranken, den Tweed beim Zimmerservice

bestellt hatte, brachte Paula das Thema zur Sprache, das sie die ganze Zeit nicht losgelassen hatte. Sie holte tief Luft, nahm all ihren Mut zusammen und fragte:
»Finden Sie nicht, daß es an der Zeit wäre, mir zu erzählen, was in Ihrer Wohnung am Radnor Walk wirklich geschehen ist?«
»Ich bin wie der allergrößte Idiot in eine sorgfältig aufgestellte Falle getappt. Ich glaube, wenn einer von meinen Leuten dasselbe getan hätte, dann hätte ich ihn entlassen. Ich war so unglaublich blöd, daß ich noch immer nicht weiß, was in mich gefahren war.«
Paula schlug die Beine übereinander; sie saß auf der Couch, Tweed gegenüber, der mit stocksteifem Rücken auf dem Schreibtischstuhl saß. »Und wie ist die Sache abgelaufen?«
»Wie Sie wissen, habe ich länger im Büro gearbeitet. Sie waren nach Hause gegangen, und außer mir war nur noch Monica da. Sie nahm den Anruf entgegen und sagte, er wäre für mich. Der Anrufer wollte nicht mehr sagen, als daß er Klaus hieße. Ich hielt ihn für einen meiner Informanten auf dem Kontinent – einen von den Leuten, über die nicht einmal Sie informiert sind, weil ich ihnen absolute Vertraulichkeit zugesichert habe.« Er hielt inne, trank einen Schluck Kaffee.
»Ich weiß, daß Sie solche Leute haben. Erzählen Sie weiter«, ermutigte Paula ihn.
»Ich sprach mit dem Mann. Die Stimme klang wie die von Klaus Richter, obwohl eine Menge Hintergrundgeräusche zu hören waren. Leute redeten, lachten. Er sagte, er wäre in aller Eile herübergeflogen, um mich zu sehen, und ich sollte um zehn im Cheshire Cheese, dem Pub in der Fleet Street, sein. Es hörte sich an, als wäre er sehr nervös. Ich sagte, ich würde kommen. Mein Fehler war, daß ich die Sache nicht sofort durch einen Anruf unter seiner Nummer in Freiburg überprüft habe. Aber wahrscheinlich hatten sie auch in dieser Hinsicht vorgesorgt.« Der Ingrimm in seinen letzten Worten war nicht zu überhören.
»Wer ist ›sie‹?« fragte Paula.
»Ich habe keine Ahnung, wer hinter dem Komplott steckt – und es kann sich um nichts anderes handeln als um ein Komplott. Und ein sehr gefährliches obendrein, weil ich vermute, daß es mit dem Geheimprojekt zusammenhängt, für das ich allein verantwortlich bin. Fragen Sie mich nicht, um was es dabei geht. Ich traf ganz bewußt zu früh im Cheshire Cheese ein – um die Lage zu überprüfen...«
»Ihre übliche Taktik in solchen Fällen. Sie wußten genau, was Sie taten«, ermutigte sie ihn abermals.

»Es war 21.45 Uhr, als ich den Pub betrat. Er war gut besucht. Ich bestellte ein Glas Wein und setzte mich in eine Ecke, von der aus ich das ganze Lokal überblicken konnte. Keine Spur von Richter. Ich wartete und wartete. Es war kurz vor der Sperrstunde, als eine junge Frau einen Briefumschlag in meinen Schoß fallen ließ. Die darin enthaltene Nachricht war kurz. *Kam frühzeitig. Mußte verschwinden. Werde verfolgt. Treffe Sie am Radnor Walk.* Ich hatte gerade Zeit, das zu lesen, bevor die Frau zurückkehrte. Sie flüsterte mir zu, Klaus hätte gesagt, sie müßte die Nachricht wieder an sich nehmen, sobald ich sie gelesen hätte. Eine kluge Maßnahme. Klaus ist ein sehr umsichtiger Mann. Ich gab sie ihr...«
»Hatten Sie die Frau schon einmal gesehen?«
»Nein. Sie trug ein unter dem Kinn gebundenes Kopftuch. Aber die Nacht war wirklich kalt. Schätzungsweise um die Dreißig, ungefähr einssechzig groß, blasses Gesicht, blaue Augen. Dann war sie verschwunden...«
Tweed starrte ins Leere, versuchte, sich genau zu erinnern. Paula drängte abermals.
»Und was taten Sie dann?«
»Wie ich schon sagte, es war spät, kurz vor der Sperrstunde. Ich machte mich zu Fuß auf den Weg vom Cheshire Cheese zum Radnor Walk, was eine Weile dauerte...«
»Um sicherzugehen, daß *Sie* nicht verfolgt wurden?«
»So ist es. Ich wurde nicht verfolgt. Jedenfalls nicht zu Fuß. Da war ein Audi, der an mir vorbeifuhr, kurz nachdem ich den Pub verlassen hatte. Jetzt bin ich ziemlich sicher, daß der Fahrer – ich habe ihn nicht genau gesehen – sich vergewissern wollte, daß ich unterwegs war. Es war schon nach Mitternacht, als ich schließlich im Radnor Walk ankam. Die Haustür stand einen Spaltbreit offen. Keinerlei Anzeichen dafür, daß die beiden Sicherheitsschlösser gewaltsam geöffnet worden waren. Ich schlich hinein, griff mir den schweren Spazierstock mit der bleigefüllten Spitze, der immer im Schirmständer steht, erkundete das Erdgeschoß. Nichts. Meinem Gefühl nach war das Haus leer. Dann ging ich nach oben...«
Er trank noch etwas Kaffee, und in seinen Augen lag wieder dieser abwesende Ausdruck. Diesmal wartete Paula schweigend ab. Er setzte die Tasse ab, und dann sah er sie direkt an.
»Ich betrat das Schlafzimmer. Die Nachttischlampe brannte. Ich sah sie sofort. Sie lag mit dem Gesicht nach oben auf meinem Bett. Verwühlte Laken. Brutal erdrosselt. Große Würgemale am Hals.« Jetzt sprach Tweed mit seiner normalen, völlig sachlichen Stimme. »Die Decke war bis auf ihre langen Beine heruntergezogen. Sie war nackt, hatte eine gute Figur. Mir

wurde sehr schnell klar, daß sie vergewaltigt worden war – die Details können wir uns sparen. Mir wurde auch klar, daß es eine perfekte Falle war – daß alles auf mich als den Täter hindeutete.«

»Weshalb?« Paula beugte sich vor, musterte Tweed eindringlich. »Kannten Sie die Frau?«

»Nein. Sie war mir völlig unbekannt. Der Mörder hat außerdem ein paar hübsche Hinweise geliefert. Meine Pfeife, gefüllt und angeraucht, lag in einem gläsernen Aschenbecher.«

»Aber Sie haben doch vor ein paar Wochen aufgehört, Pfeife zu rauchen. Ich weiß noch, daß Sie gesagt haben, sie schmeckte Ihnen nicht.«

»Das ist etwas, was der Mörder nicht weiß. Aber es ändert nicht das geringste. Ich hätte wieder zur Pfeife gegriffen haben können, bevor ich über sie herfiel. Ein Glas, das ich am Morgen in der Küche hatte stehenlassen, stand auf dem Nachttisch – mit einem Rest Wein darin. Chablis. Aus einer fast leeren Flasche auf einem anderen Tisch. Ich bin sicher, daß das Glas noch meine Fingerabdrücke trug.«

»Aber wie konnten Leute wie Howard so sicher sein, daß Sie der Täter waren? Das will mir einfach nicht in den Kopf.«

»Sie hatten keine andere Wahl.« Tweed putzte seine Brillengläser mit dem Taschentuch, eine Eigenheit von ihm, und Paula war froh, das zu sehen. Das Berichten über das, was letzte Nacht passiert war, hatte ihn beruhigt. »Und kein Alibi«, fuhr er fort. »Ich bin über eine Stunde durch menschenleere Straßen gelaufen. Und ich bezweifle, ob irgend jemand im Cheshire Cheese sich an mich erinnern würde – ich habe mich ganz bewußt bemüht, nicht aufzufallen...«

»Und die Frau, die Ihnen die Nachricht von Richter überbrachte? Sie weiß, daß Sie dort waren.«

»Und steckt höchstwahrscheinlich in dem Komplott mit drin, angeheuert, um mir die Nachricht zu überbringen und sie dann wieder an sich zu nehmen. Kein Beweis...«

»Dieser Klaus Richter in Freiburg«, erinnerte sie sich. »Könnte er helfen?« Sie runzelte die Stirn. »Sie haben von ihm in der Vergangenheit gesprochen. Warum?«

»Weil ich vermute, daß er tot ist«, erwiderte Tweed. »Die Leute, die das organisiert haben, sind Profis – und völlig skrupellos. Was sie mit der Frau angestellt haben, ist der beste Beweis dafür. Ich bin sicher, sie haben an alles gedacht.«

»Und was haben Sie getan, nachdem Sie diese Unbekannte in Ihrem Haus gefunden hatten?«

»Schnell überlegt. Mir war klar, daß man mir eine Schlinge um den Hals gelegt hatte, aus der ich vielleicht nie wieder herauskäme. Mir blieb nichts anderes übrig, als mich aus dem Staub zu machen – in der Hoffnung, daß ich mich der Festnahme entziehen und herausfinden kann, was mit dem Projekt ist, an dem ich gearbeitet hatte. Ich sagte es bereits – ich bin ein Flüchtling. Wir können niemandem vertrauen...«

»Da ist Newman – und Marler.«

»Ein so gräßliches Verbrechen wie das am Radnor Walk macht einen Mann zum Ausgestoßenen, zu einem Paria, der keinen einzigen Freund hat. Wir sind ganz auf uns selbst gestellt. Und es gibt jemanden, der es eben darauf abgesehen hat.«

»Aber wir bleiben doch nicht einfach hier, bis sie kommen und uns abholen?«

»Nein. Wir werden das tun, womit sie am wenigsten rechnen.«

Drittes Kapitel

»Ich habe festgestellt, daß Tweed mit der ersten Maschine nach Brüssel geflogen ist. Unsere Leute dort sind angewiesen, sämtliche Hotels zu überprüfen. Ich habe Abzüge von dem Foto von Tweed hinübergeschickt, das Sie mir gegeben haben«, berichtete Morgan, der am Steuer des Daimler saß. Sie hatten Exeter hinter sich gelassen und fuhren jetzt in Richtung Dartmoor.

Er hatte seine Masse in eine Chauffeursuniform gezwängt, in die sein steckrübenförmiger Körper schlecht hineinpaßte. Seinen Kopf bedeckte eine tief in die Stirn gezogene Schirmmütze. Buckmaster saß neben ihm und starrte hinaus auf die kahle, schneebedeckte Moorlandschaft.

»Tweed muß unbedingt genervt und ständig beunruhigt werden – immer auf der Flucht, bis Sie ihn zu fassen bekommen und Ihre Arbeit erledigen können.«

»Da ist nur ein Problem«, erklärte Morgan. »Sie sagten vorhin, daß Paula Grey gleichfalls verschwunden ist. Sieht so aus, als hätte er seine Bettgenossin mitgenommen, damit er nicht friert.«

»Wir haben keinerlei Hinweise darauf, daß ihre Beziehungen über das rein Berufliche hinausgehen«, fauchte Buckmaster. »Das bedeutet, daß sie vielleicht um so mehr auf der Hut sind. Denken Sie daran. Und wenn diese Grey bei ihm ist, wenn Sie Tweed ausfindig gemacht haben – dann muß sie auch daran glauben.«

»Das ist kein Problem. Ich habe mit Armand Horowitz Kontakt aufgenommen; wir treffen uns in Brüssel.«
»Sie sind also gleich nach ganz oben gegangen«, bemerkte Buckmaster, als sie auf die Straße nach Okehampton eingebogen waren. Es wurde dunkel.
»Für eine solche Sache braucht man einen wirklichen Profi«, entgegnete Morgan. »Horowitz hat noch nie versagt, wenn er jemanden aufs Korn genommen hatte.«
»Davon will ich nichts wissen. Keine Details, kein Vorexerzieren.«
Morgan versank in Schweigen. Buckmasters Gepflogenheit, sich von den Kehrseiten der Firma zu distanzieren, beunruhigte ihn. Er war ziemlich sicher: wenn irgend etwas falsch lief, würde Buckmaster ihn über die Klinge springen lassen. Und dafür, dachte er, zahlt er mir hunderttausend Pfund im Jahr. Aber das bedeutet zugleich, dachte er weiter, daß ich auf der Hut sein muß. Das Spiel, das in der Politik gespielt wurde, hieß Verrat. Im Geschäftsleben war das nicht anders. Und Morgan war so hoch gestiegen, weil er diese Tatsache begriffen hatte.
»Und was werden Sie in Sachen Tweed als nächstes unternehmen?« fragte Buckmaster, als sie durch den Schnee auf Moretonhampstead zufuhren.
»Das werde ich Ihnen gleich sagen. Erst möchte ich diese Klamotten loswerden – und ich schlage vor, daß Sie sich in den Fond setzen, bevor wir Tavey Grange erreicht haben.«
Er brachte den Wagen auf dem Bankett der einsamen Straße zum Stehen. Dann stieg er aus, warf die Schirmmütze auf den Sitz, mühte sich aus der Uniform heraus. Darunter kam ein dunkler Anzug zum Vorschein. Während Buckmaster ungeduldig auf dem Rücksitz saß und mit den Fingern auf dem Knie trommelte, zog Morgan einen teuren schwarzen Mantel an, dessen Kragen mit Astrachan besetzt war, und knöpfte ihn zu. Dann setzte er sich wieder hinter das Lenkrad und fuhr weiter.
Er fuhr zwischen den aus Granit erbauten Häusern hindurch, die die Hauptstraße von Moretonhampstead säumten, und dann weiter auf der Serpentinenstraße, deren Kurven seine Scheinwerfer aus der Dunkelheit holten. Tavey Grange lag eine halbe Meile hinter dem Manor House Hotel. Er beantwortete Buckmasters Frage, als er die Straße verließ und durch ein offenstehendes Tor auf eine lange, durch eine offene Parklandschaft führende Zufahrt einbog. Ein halber Mond war aufgegangen und warf ein gespenstisches Licht auf die schneebedeckten Hänge von Dartmoor.
»Ich fliege von Ihrem Landeplatz hier mit dem Hubschrauber nach London zurück. Morgen fliege ich mit Stieber nach Brüssel, wo wir die Fährte aufnehmen werden.«

»Dazu sollten Sie – inoffiziell – wissen, daß inzwischen insgeheim eine Fahndung nach Tweed an unsere Freunde von der Gegenspionage und an gewisse Polizeichefs in Europa herausgegangen ist. Mit der Anweisung, ihn aufzuspüren und festzunehmen.«
»Das könnte sich als hinderlich erweisen«, knurrte Morgan. »Mir wäre lieber, Sie hätten das nicht getan.«
»Ich mußte es tun. Das war die Reaktion, die man von mir als Minister erwartete. Es hätte Argwohn erregt, wenn ich nichts unternommen hätte. Die Premierministerin war einverstanden. Auf diese Weise wird Mr. Tweed von seinen alten Freunden isoliert und gezwungen, immer weiter davonzulaufen wie ein verängstigter Fuchs.«
»Wenn Sie es sagen.«
Als er sich dem Haus näherte, das noch hinter einer Baumgruppe verborgen lag, war Morgan etwas wohler zumute. Den Anschein, als hätte Buckmaster mit der Firma nichts zu tun, mußte er nur in London wahren. Die Dienstboten in Buckmasters Haus waren sämtlich Ausländer, die, wie Morgan es in Gedanken ausdrückte, ihren Arsch nicht von ihrem Ellenbogen unterscheiden konnten.
Sie passierten die Baumgruppe, und ein großes Haus aus der elisabethanischen Zeit wurde sichtbar. Hohe, massige Kamine, Licht, das aus Sprossenfenstern herausfiel. Morgan drosselte die Geschwindigkeit und überprüfte, nur mit einer Hand steuernd, im Rückspiegel seine Erscheinung. Er wollte so elegant wie möglich aussehen – für das Weibsbild, das nominell seine Chefin war, Leonora Buckmaster. Er kämmte sein Haar. Auf dem Rücksitz pfiff Buckmaster durch die Zähne. Je früher Morgan in den Hubschrauber stieg und verschwand, desto besser.
Leonora Buckmaster kam an die Tür, als der Daimler vorfuhr. Morgan sprang heraus, öffnete den hinteren Schlag. Buckmaster stieg aus. Seine Frau ließ ihre wohlklingende Stimme hören.
»Drinks stehen in der Bibliothek. Danach gleich Dinner. Ich bin schon halb verhungert. Guten Abend, Gareth.«
»Guten Abend, Madam.« Morgan vollführte eine kleine Verbeugung und bedachte sie mit seinem schönsten Lächeln.
Leonora Buckmaster war zehn Jahre jünger als ihr Mann. Eine schlanke Blondine in einem schwarzweißen Kleid von Valentino. Ihr Mann umarmte sie flüchtig und eilte ins Haus, erklärte, er würde schnell ein Bad nehmen.
»Und für Sie einen Drink in der Bibliothek, Gareth?« fragte sie.
Er küßte sie leicht auf die Wange. Es gelang ihr, den Abscheu zu verbergen, den sie bei jeder körperlichen Berührung mit diesem Mann empfand. Sie

mochte zwar Präsidentin der Firma sein, und die ursprünglich in Lances Besitz befindliche Aktienmehrheit lautete jetzt auf ihren Namen, aber Morgan war Generaldirektor und der Mann, der den Betrieb leitete.
»Sehr freundlich von Ihnen, Leonora«, erklärte er, nachdem er den Wagen abgeschlossen hatte. Der Chauffeur würde ihn später in die Garage bringen. Er folgte ihr in die Bibliothek, zog sein Zigarrenetui heraus, dann zögerte er.
»Nicht hier drinnen. Draußen auf der Terrasse«, informierte sie ihn. »Ich habe schon einen Drink. Gießen Sie sich ein. Aber lassen Sie noch etwas in der Flasche...«
Das war kein netter Scherz; Morgan wußte, daß sie glaubte, er tränke zuviel. Hol sie der Teufel, dachte er und behielt seinen Mantel an, obwohl der von Büchern gesäumte Raum gut geheizt war. Er füllte ein Glas zur Hälfte mit unverdünntem Scotch und hob es vor Leonora, die sich, aufrecht und elegant, auf einem Sessel niedergelassen hatte.
»Zum Wohl«, sagte Morgan und nahm einen großen Schluck.
Er öffnete die Tür zur Terrasse, die sich über die ganze Hinterfront des Gebäudes erstreckte, trat hinaus und machte sie hinter sich zu. Die Luft war eiskalt. Er zündete seine Havanna an, tat einen tiefen, befriedigenden Zug. Leonora wurde allmählich lästig, steckte ihre Nase zu tief in die Angelegenheiten der Firma. Nur gut, daß er ihr die entscheidenden Zahlen vorenthalten hatte.
Er wanderte auf der Terrasse entlang. Darunter senkte sich das grasbewachsene Gelände steil zu einem Zierteich. Von einer mondbeschienenen Anhöhe driftete Nebel wie Watte zum Teich hinab.
Auf der Terrasse faßte er einen Entschluß. Er würde in den Hubschrauber steigen, sobald er sein Glas geleert hatte, und würde den Piloten anweisen, ihn zum Londoner Flughafen zu bringen. Sein Koffer lag im Kofferraum des Daimler. Er würde am Flughafen ein paar Hamburger essen und ein Glas Bier trinken und dann mit der Abendmaschine nach Brüssel fliegen. Hinter Tweed her.

Am Park Crescent, im Hauptquartier des S.I.S. in London, saß Howard an Tweeds Schreibtisch. Newman saß ihm gegenüber, und Monica, seit vielen Jahren Tweeds engste Mitarbeiterin, saß an ihrem Schreibtisch und beschäftigte sich mit einigen Akten, während die beiden Männer sich unterhielten.
»Glauben Sie etwa tatsächlich, Tweed hätte es getan?« fragte Newman unumwunden.

»Ich gebe zu, es ist unvorstellbar«, entgegnete Howard und schwenkte eine manikürte Hand; die Direktheit von Newmans Frage hatte eine leichte Röte in sein rundliches Gesicht getrieben. »Aber er hat einen schweren Fehler begangen, indem er außer Landes flüchtete. Und Paula mitnahm. Das sieht nicht gut aus für seinen Fall...«

»Seinen Fall!« Newman explodierte. »Sie reden wie ein Staatsanwalt. Wahrscheinlich hatte er gute Gründe dafür. Woran hat er gerade gearbeitet? Und wissen Sie, auf welchem Wege er das Land verlassen hat?«

»Über das, woran er arbeitete, kann ich nicht reden«, erklärte Howard steif. Er hielt einen Moment inne. »Ich habe es selbst nicht gewußt, bevor ich heute nachmittag ein Gespräch mit der Premierministerin hatte. Und das wird Ihnen nicht gefallen – aber da wir wissen, daß Sie verläßlich sind und schon öfters mit Tweed zusammengearbeitet haben...« Er schwenkte abermals die Hand. »Es ist eine Fahndung herausgegangen, und bestimmte Sicherheitsorgane in anderen Ländern wurden ersucht, ihn ausfindig zu machen und festzunehmen. Ganz klammheimlich. Die Presse darf nichts davon erfahren – und Sie *sind* die Presse. Ich muß Sie ausdrücklich auf die Geheimhaltungsvorschriften hinweisen, die Sie unterschrieben haben. So leid es mir tut...«

»Ich fragte«, wiederholte Newman langsam, »ob Sie wissen, auf welchem Wege er das Land verlassen hat.«

»Nun ja, die Anweisung ging von Buckmaster aus. Bei allen Flughäfen und Seehäfen nachfragen. Sein Foto vorzeigen. Nur den leitenden Sicherheitsbeamten natürlich.«

»Natürlich«, unterbrach ihn Newman ironisch. »Bitte beantworten Sie endlich meine Frage.«

»Jim Corcoran hat am Londoner Flughafen diskrete Erkundigungen eingezogen. Fand ein Mädchen mit einem guten Gedächtnis, das sich erinnerte, daß er am frühen Morgen für einen Flug nach Brüssel eingecheckt hatte. Mit ihm reiste offensichtlich eine Dame. Nach der Beschreibung, die Corcoran erhielt, könnte es Paula Grey gewesen sein...«

»Klingt plausibel«, bemerkte Newman.

»Klingt plausibel!« Das etwas pompöse Wesen fiel von Howard ab, und seine Stimmstärke stieg um einige Dezibel. »Wenn es Paula war, dann bedeutete das, daß jetzt zwei von meinen Leuten flüchtig sind...«

»Unsinn!« Newman zündete sich eine Zigarette an. »Und das alles hat Buckmaster von sich aus getan?«

Howard wand sich ein wenig. »Nun, ich hatte keinerlei Anteil an dem Beschluß, die Fahndung hinausgehen zu lassen.«

Hatte keinerlei Anteil. Newman fiel es schwer, sich zu beherrschen. Dieser schwülstige Kerl! »Wer hat ihn gefaßt?« fragte er.
»Buckmaster – nach Rücksprache mit der Premierministerin. Ich erhielt in der Downing Street Anweisung, diskret nach ihm fahnden zu lassen.« Er beugte sich vor. »Vielleicht sollten Sie wissen, daß ich die P.M. überreden konnte, die von Buckmaster aufgestellte Liste der zu informierenden Leute zusammenzustreichen. Wir haben nur diejenigen informiert, bei denen wir sicher sein können, daß sie die Sache nicht an die große Glocke hängen.«
»Und wer sind diese Leute?«
Howard zögerte abermals. »Warum wollen Sie das alles wissen?«
»Herr im Himmel – weil ich sicher bin, daß Tweed unschuldig ist, daß ihn jemand da hineingeritten hat. Und ich werde etwas unternehmen – und nicht einfach auf meinen vier Buchstaben sitzenbleiben und die Hände ringen.«
»Ich kann nichts anderes tun, Bob«, sagte Howard leise, »als hier, wie Sie es ausdrückten, auf meinen vier Buchstaben sitzenzubleiben. Sie sind also gleichfalls überzeugt, daß es sich um ein Komplott handelt – eine Ansicht, die ich offiziell nicht eingestehen darf. Ich bin sehr erleichtert, daß Sie etwas unternehmen wollen – und vielleicht interessiert es Sie, daß ich die Fahndung, die Buckmaster formuliert hatte, abgeändert und – sagen wir – weniger eindeutig gemacht habe.«
»Neuerdings scheint Buckmaster hier das Sagen zu haben«, fauchte Newman. »Und das gefällt mir ganz und gar nicht...«
Es war ein Experiment, das die Premierministerin vor einiger Zeit unternommen hatte – ein neues Ministerium zur Überwachung der Dienste zu schaffen. Das Ministerium für Äußere Sicherheit. Daß Lance Buckmaster als erster mit diesem Ministerium betraut wurde, schien nur logisch zu sein. Er war relativ jung, tatkräftig und ein guter Redner.
Die Entscheidung für diesen Abgeordneten wurde dadurch noch einleuchtender, daß er eine riesige internationale Sicherheitsorganisation aufgebaut hatte. World Security & Communications hatte sich auf die Sicherung von besonders gefährdeten Transporten spezialisiert – Goldbarren, Gemälde alter Meister, große Mengen von Banknoten.
Aber W. S. & C., wie die Firma weltweit genannt wurde, hatte die Entwicklung von Sicherheitsvorkehrungen bis an ihre äußersten Grenzen vorangetrieben. Sie transferierte geheime Daten der Forschungsabteilungen großer Firmen. Sie war auf das Gebiet der Telekommunikation vorgedrungen und besaß eigene Satelliten, die es Direktoren zum Beispiel in Frankfurt und Washington ermöglichten, telefonisch über wichtige Probleme zu

sprechen, ohne daß sie abgehört werden konnten; die bisher geübte Kodierung wurde überflüssig.

In Anbetracht all seiner Erfahrungen war Buckmaster der gegebene Mann für das neue Ministerium gewesen. Der Haken war nur, daß man das Ausmaß seiner Macht über den Geheimdienst ganz bewußt im Unklaren gelassen hatte. Howard war nach wie vor ermächtigt, der Premierministerin direkt Bericht zu erstatten. Sie hatte darauf bestanden, daß die letzte Entscheidung immer noch bei ihr lag. Howard schwenkte zum drittenmal seine Hand, bevor er sagte, was er dachte.

»Ganz unter uns – es ist ein ständiges Gezerre zwischen mir und Buckmaster. Ich lasse ihn nicht oft hierher kommen. Es gibt bestimmte Akten, bei denen ich mich weigere, ihn Einsicht nehmen zu lassen. Es kann mich meinen Job kosten, aber bisher hat die P.M. mir den Rücken gedeckt.«

»Und was ist mit der Großen Steckrübe, wie Gareth Morgan in der Presse genannt wird? Ich bin ihm auf einer Party begegnet. Sein Gerede enthält eine Lüge pro Minute. Seine Taktik ist, sich bei jedem einzuschmeicheln, von dem er annimmt, er könnte ihm nützlich sein – ein widerwärtiges Schauspiel. Aber hinter der großartigen Fassade und der dicken Zigarre steckt etwas Finsteres.«

»Ich hätte ihn nicht als finster bezeichnet. Wie kommen Sie darauf?«

»Gerüchte von Kontaktleuten. Gut in W. S. & C. versteckt gibt es eine bestens organisierte Abteilung für Industriespionage, geleitet von einem unerfreulichen Zeitgenossen mit undurchsichtigem Hintergrund. Oskar Stieber. Was übrigens nicht sein richtiger Name ist. Sein Vater war Tscheche. Heiratete eine Engländerin. Beide sind tot. Stieber ist Morgans rechte Hand. Verbringt den größten Teil seiner Zeit auf dem Kontinent. Weitere Gerüchte besagen, daß sie bei manchen der zahlreichen Firmen, die Buckmaster geschluckt hatte, verdammt rüde vorgegangen sind. Und zwar so weit, daß sie die Anlagen der Konkurrenten sabotierten.«

»Das habe ich nicht gewußt.« Howard richtete sich in seinem Sessel auf. »Aber eines kann ich Ihnen versichern – ich lasse nicht zu, daß Morgan auch nur in die Nähe dieses Hauses kommt. Aber es ist durchaus möglich, daß es in etlichen Fällen Morgan war, der das von Buckmaster angeforderte Material haben wollte, und ...«

Er brach ab, als Marler ins Zimmer trat, nachdem er kurz angeklopft hatte. Er war Anfang Dreißig und galt allgemein als der kommende Mann im S.I.S. Zu seinen vielen Talenten gehörte, daß er einer der treffsichersten Schützen in ganz Westeuropa war.

Er war schlank, trug ein teures Sportjackett mit dazu passender Hose, war glattrasiert, hatte ein kraftvolles Gesicht und sprach mit etwas affektiert klingender Stimme.

»n' Abend, Bob. Habe seit einer Ewigkeit keine Story von Ihnen mehr gelesen. Leben Sie immer noch von *Kruger: The Computer That Failed*, dem Bestseller, den Sie geschrieben haben?«

Marler, einssiebzig groß, setzte sich auf Paulas Schreibtisch und ließ die Beine baumeln. Newman musterte ihn ohne sonderliches Wohlgefallen. Ihm war aufgefallen, daß Howard steif geworden war, als Marler erschien. Warum?

»Sie wissen recht gut, Marler, daß ich mich jetzt nur noch mit solchen Stories befasse, die ich für wirklich lohnend halte. Das kann man sich leisten, wenn man finanziell unabhängig ist.«

»Also haben Sie nicht vor, über die unerfreuliche Geschichte am Radnor Walk zu schreiben?«

»Das läuft unter ›D‹-Vermerk«, fauchte Howard. »Wir haben der Presse zu verstehen gegeben, daß ein ausländischer Diplomat in eine wilde Party verwickelt war. Drogen und dergleichen. Lenkt sie von der Fährte ab.«

»Gute Idee.« Marler zündete sich eine seiner King Size-Zigaretten an. »Schließlich können wir nicht alle Welt glauben lassen, Tweed wäre außer Rand und Band geraten, hätte mit einer hübschen Frau seinen Spaß gehabt und das arme Ding dann erwürgt...«

»Sie haben eine reizende Art, sich auszudrücken«, bemerkte Newman.

»Damit sind Sie bestimmt der Mittelpunkt jeder Party.«

»Reißen Sie mir nicht gleich den Kopf ab, Bob. Ich weiß, daß es ein ziemlich dicker Hund ist.« Er wendete sich an Howard. »Da Tweed sich aus dem Staub gemacht hat – haben Sie vor, nach ihm fahnden zu lassen, die Hunde auf ihn zu hetzen?«

»Wir haben uns noch nicht zu einem bestimmten Vorgehen entschlossen«, erklärte Howard steif.

»Was nur fair ist. Bin nur gekommen, um mitzuteilen, daß ich den Befehl erhielt, mich einzufinden. Ich meinte, das sollten Sie wissen.«

»Sie meinen – bei der Premierministerin?« Die Entrüstung in Howards Stimme war nicht zu überhören.

»Nein. Lance Buckmaster, unser hochgeschätzter Minister für Äußere Sicherheit, hat mich ersucht, ihm in Tavey Grange, dem Heim seiner Vorfahren im Dartmoor, einen Besuch abzustatten.«

»Weshalb?«

»Das werde ich wissen, wenn ich dort bin. Und jetzt mache ich mich besser auf die Socken. Es ist eine lange Fahrt, zumal im Dunkeln. Unser todschikker neuer Minister schläft nie.« Er stand auf und warf einen Blick auf Newman. »Diese Geschichte am Radnor Walk wäre etwas, in das Sie Ihre Zähne schlagen sollten. Vorausgesetzt, daß Sie nach wie vor auf Tweeds Seite stehen...«

»Tun Sie es?« fragte Newman.

»In meinem Kopf haben viele Gedanken Platz...«

»Weil in ihm sonst nicht viel vor sich geht?« erkundigte sich Newman.

Marler verbeugte sich spöttisch und verließ ohne eine Erwiderung den Raum.

»Sie trauen ihm nicht«, sagte Newman ein wenig bestürzt.

»Sie fragten vorhin, wer auf dem Kontinent informiert worden ist. Wenn Sie mich zitieren sollten, werde ich bestreiten, jemals ein Wort gesagt zu haben.« Howard schaute jetzt auf eine für ihn höchst uncharakteristische Weise grimmig drein. »Chefinspektor Benoit von der Brüsseler Kriminalpolizei. Arthur Beck, der Chef der Schweizer Bundespolizei in Bern. Pierre Loriot von Interpol in Paris. Gunnar Hornberg von der SAPO in Stockholm. René Lasalle beim französischen Geheimdienst in Paris. Und Hauptkommissar Kuhlmann vom Bundeskriminalamt in Wiesbaden.«

»Danke.« Newman hielt einen Moment inne, während Howard sich erhob. »Es dürfte an ein Wunder grenzen, wenn nichts durchsickert. Sie haben ihn wirklich ganz schön eingekreist.«

»Die Liste, die Buckmaster aufgestellt hatte, war noch wesentlich länger«, erklärte Howard, der inzwischen an der Tür angelangt war.

»Und das Fahndungsersuchen enthielt Einzelheiten des Verbrechens, das am Radnor Walk begangen wurde?«

»Diese Männer sind seit vielen Jahren seine Freunde.«

»Aber werden Sie auch noch seine Freunde sein, wenn sie das von Ihnen ausgesandte Fernschreiben erhalten haben?«

»Ich habe den vom Minister verfaßten Text abgeändert«, erklärte ihm Howard. »In meinem Fernschreiben ist nur von einer ›angeblichen‹ Straftat die Rede. Und jetzt muß ich gehen. Ich wünsche Ihnen viel Glück, Bob. Mehr kann ich leider nicht tun.«

Er verließ das Zimmer, und Newman wendete sich Monica zu, die seit seiner Ankunft wie ein Bestandteil des Mobiliars stumm an ihrem Schreibtisch gesessen hatte. Jetzt legte sie einen Finger auf die Lippen, holte ein Kofferradio aus ihrem Schreibtisch, trug es hinüber auf Tweeds Schreibtisch und schaltete es ein. Sie fand ein Musikprogramm, ließ es leise laufen und setzte sich dicht neben Newman.

»Warum das?« fragte er.

»Für den Fall, daß das Ministerium Wanzen angebracht hat. Hier waren ein paar merkwürdige Leute – mit Papieren, die Buckmasters Unterschrift trugen.«

»Aber Howard muß sich dieser Gefahr doch auch bewußt gewesen sein! Und trotzdem ließ er mich reden...«

»Er kann nicht glauben, daß ein Minister so etwas tun würde. Ich kann es – ich habe die Bekanntschaft des Höchst Ehrenwerten Lance Buckmaster gemacht. Ehrenwert? Das kann nur ein Witz sein. Er ist einer der größten Ganoven, die je ihre Finger in die Politik gesteckt haben, und das will etwas heißen. Natürlich kann es sein, daß ich voreingenommen bin – er hat mich Old Faithful genannt.«

»Dieser herablassende Mistkerl!«

»Oh, er hat es absichtlich getan – um mich aufzubringen und zu reizen. Das ist ein Teil seiner üblichen Taktik, wenn er irgendeine Organisation schlukken will. Er sät Zwietracht. Howard glaubt, daß Marler auf seinen Posten aus ist.«

»Marler würde da nicht mitspielen. Ich mag ihn nicht, er ist ein Zyniker; aber er läßt sich von Leuten wie Buckmaster nicht in die Tasche stecken.«

»Sind Sie sicher? Das ist eine große Möhre, die er Marler da vor die Nase hält. Und das hat Howard verunsichert. Auch das gehört zu Buckmasters hinlänglich bekannten Methoden.« Sie rückte näher an ihn heran. »Habe ich recht, wenn ich glaube, daß Sie voll und ganz überzeugt sind, daß Tweed mit diesem gräßlichen Mord nichts zu tun hat?«

»Ja.«

»Dann sollten Sie vielleicht wissen, daß Tweed eine Menge Geld mitgenommen hat. Ein kleines Vermögen in Schweizer Franken und Deutscher Mark. Es fehlt im Safe, und nur zwei Leute kennen die Kombination. Tweed und ich.«

»In Geldverlegenheit kommt er also nicht. Das hatte mir Sorgen gemacht...«

»Außerdem hat er sechs falsche Pässe mitgenommen, die alle sein Foto tragen und auf verschiedene Namen lauten.«

»Weiß jemand davon?«

»Nur ich. Sie lagen in seiner rechten unteren Schreibtischschublade. Außer Tweed habe nur ich die Schlüssel dafür. Ich habe nachgesehen, als niemand hier war. Außerdem internationale Führerscheine, die auf die gleichen Namen lauten. Er hat irgend etwas vor.«

»Er braucht Rückendeckung. Ich muß ihn finden.«

»Nach allem, was wir wissen, ist Paula bei ihm«, erinnerte ihn Monica.

»Das reicht nicht. Ich fliege noch heute nach Brüssel. Ich trage immer eine gewisse Summe in Schweizer Franken bei mir.« Newman runzelte die Stirn; er dachte angestrengt nach. »Ich brauche nicht einmal in meine Wohnung zurückzukehren – es könnte sein, daß sie überwacht wird. Was ich brauche – Kleidung, Rasierzeug –, kann ich in Brüssel kaufen. Daß ich kein Gepäck bei mir habe, wird am Flughafen überhaupt nicht auffallen. Viele Geschäftsleute fliegen am gleichen Tag hin und zurück.«

»Wenn wir nur wüßten, wer hinter alledem steckt«, grübelte Monica.

»Ich soll es herausfinden, nicht wahr? Genau das habe ich schließlich früher oft genug getan – als Auslandskorrespondent.«

Viertes Kapitel

Morgan hatte am Vorabend die letzte Maschine nach Brüssel verpaßt. Nebel hatte sein Eintreffen mit dem Hubschrauber am Londoner Flughafen verzögert. Er verbrachte die Nacht im nahegelegenen Penta-Hotel.

Am Morgen verzehrte er ein reichhaltiges Frühstück – eine doppelte Portion Schinken und Spiegelei, reichlich Sahne im Kaffee. Nachdem er seinen Flug nach Brüssel gebucht hatte, rief er von einer öffentlichen Telefonzelle aus Stieber in der Threadneedle Street an. Er gab ihm die Nummer der Telefonzelle und wies ihn an, von einem Apparat außerhalb des Hauses zurückzurufen. Fünf Minuten später war Stieber wieder am Apparat. Seine kalte Stimme mit dem leichten tschechischen Akzent, den er nie ganz hatte ablegen können, klang erregt.

»Die Wanze im Büro von Sie-wissen-schon hat funktioniert. Als ich das Tonband abspielte, kam alles völlig klar heraus.«

»Berichten Sie nur das Allerwichtigste. Dann holen Sie Ihren Koffer aus dem Büro und sehen zu, daß Sie schleunigst hierherkommen. Heathrow, Terminal zwei. Sabena-Schalter. Sie kaufen ein Business Class-Ticket nach Brüssel. Von Brüssel aus fliegen Sie allein weiter nach Frankfurt, dann vielleicht nach Freiburg. Über Einzelheiten reden wir im Flugzeug. Sie haben anderthalb Stunden, um herzukommen. Und jetzt Ihre Neuigkeiten. Aber schnell...«

»Marler wollte den Chef im Dartmoor aufsuchen. Aber das wirklich Interessante ist, daß Bob Newman vorhat, sich einzuschalten.«

»Der Auslandskorrespondent?« Morgans Stimme klang scharf. »Was plant er?«

»Das weiß ich nicht. Ich glaube, nachdem Howard gegangen war, fand noch

eine weitere Unterhaltung zwischen Newman und jemand anderem statt...«
»Sie *glauben*?«
»Bitte lassen Sie mich ausreden. Ein Radio wurde eingeschaltet, und es spielte Musik, was mir komisch vorkam. Es kann also ein Gespräch stattgefunden haben, das ich nicht mithören konnte – vom Radio übertönt.«
»Pure Vermutung. Es sei denn, Newman ist ein ganz Gerissener. Aber wir können ihn vergessen. Er ist ein Mann von gestern. Setzen Sie ihren Arsch in Bewegung.«

Am Abend vor Morgans Gespräch mit Stieber war Marler in seinem gebraucht gekauften Porsche nach Dartmoor gefahren. Nachdem es dunkel geworden war, hatte er an einem Schnellimbiß angehalten, hatte rasch eine Portion Rührei gegessen und einen Kaffee getrunken und dann seine Fahrt fortgesetzt.
Es war zehn Uhr, als er das Einfahrtstor passierte und seinen Wagen die gewundene Zufahrt zu Tavey Grange entlangsteuerte. Leonora tauchte hinter Fernandez, dem spanischen Butler, auf, der die mit Ziernägeln beschlagene Haustür öffnete.
»Mr. Marler?« Da ihr gefiel, was sie im Licht der Außenlaterne sah, bedachte sie ihn mit ihrem schönsten Lächeln. »Bitte treten Sie ein. José wird Ihren Koffer in Ihr Zimmer hinaufbringen. Haben Sie zu Abend gegessen? Ich habe Ihnen etwas aufgehoben. Lance führt in seinem Arbeitszimmer Ferngespräche – er freut sich darauf, Sie morgen früh zu sehen. Wie wär's mit einem Drink?«
Er streckte ihr die Hand entgegen, erwiderte ihr Lächeln. Leonora hatte kleine, wohlgeformte Hände. Sie ergriff seine Hand und drückte sie herzlich. Marler, normalerweise kalt und unzugänglich, konnte einer attraktiven Frau gegenüber einen beträchtlichen Charme an den Tag legen.
»Sehr freundlich von Ihnen, Mrs. Buckmaster. Aber ich habe unterwegs schon einen Bissen gegessen und meinen Hunger gestillt. Wenn Ihr Mann nicht vor morgen früh zu sprechen ist, möchte ich mich lieber gleich hinlegen. Es war eine lange Fahrt...«
Leonora führte ihn die massive Eichentreppe hinauf zu einem Zimmer an der Rückseite des Hauses, wünschte ihm eine gute Nacht und wanderte dann langsam zur Treppe zurück. Sie hatte großartige Beine. Marler, der noch immer den Aktenkoffer in der Hand hielt, den José zu übergeben er abgelehnt hatte, stellte fest, daß die bodenlangen Vorhänge vor den Fenstern des Zimmers zugezogen waren. Er begann mit der Überprüfung.

In der Tür steckte kein Schlüssel. Er öffnete seinen Aktenkoffer, holte einen Keil aus Gummi heraus, rammte ihn unter die Tür. Dann zog er einen Vorhang beiseite und öffnete eines der Sprossenfenster. Eiskalte Luft flutete in das geheizte Zimmer.
Mit einer Taschenlampe, die er gleichfalls seinem Koffer entnommen hatte, untersuchte er, sich hinauslehnend, die Umgebung. Der Lichtschein fiel auf eine leere, ein Stockwerk tiefer gelegene Terrasse. Er ließ ihn so wandern, daß er die Hauswand ableuchtete. Keine Feuerleiter, kein Fallrohr, an dem jemand hätte hochklettern können. Aber rechts von dem Fenster, das er geöffnet hatte, entdeckte er alten Bewuchs mit fest im Mauerwerk verankertem Efeu. Eine praktische Leiter für jeden Eindringling, der in der Nacht seine Besitztümer durchsuchen wollte.
Er schloß das Fenster, zog den Vorhang wieder zu, schaute sich im Zimmer um. Sein Blick fiel auf eine kleine, aber schwere Porzellanvase, die auf einem kleinen Tisch stand. Er setzte sie behutsam hinter dem Vorhang auf die Fensterbank. Sie würde genügend Lärm machen, um ihn aufzuwecken.
Zufrieden mit seinen Vorsichtsmaßnahmen, wusch er sich in einem luxuriösen Badezimmer, zog sich aus, putzte sich die Zähne und begab sich zu Bett. Was würde der Morgen bringen? Er wußte immer noch nicht recht, weshalb Buckmaster ihn herbeordert hatte.

Am Morgen des nächsten Tages, während Morgan in Heathrow auf Stieber wartete, gesellte sich Buckmaster im Eßzimmer zu Marler.
»Nett, daß Sie gekommen sind«, verkündete er forsch. »Ich hoffe, es stört Sie nicht, aber dies wird ein Arbeitsfrühstück.«
»Sie reden, ich höre zu«, erwiderte Marler und fuhr fort, Marmelade auf seinen gebutterten Toast zu häufen.
»Ich bin nicht sonderlich glücklich über die Art und Weise, auf die die Dinge am Park Crescent gehandhabt werden – unter den gegenwärtigen Umständen.« Buckmaster goß sich Kaffee ein. Marler sagte nichts.
»Worauf ich hinauswill, ist unser Freund Howard. Netter Mann, der richtige Hintergrund – aber ist Nettigkeit allein genug?«
»Die Premierministerin war mit ihm bisher vollauf zufrieden.«
»Bisher. Das ist das entscheidende Wort. Aber was ist mit Tweed und der neuen Lage der Dinge? Wenn die gräßliche Geschichte am Radnor Walk an die Öffentlichkeit dringt, haben wir den größten Skandal in der Geschichte des Geheimdienstes. Können wir uns das leisten? Einige meiner Berater sind der Ansicht, die einfachste Lösung bestünde darin, daß Tweed nie wiederkäme.« Buckmaster hielt inne, um sich ein Stück gebratenen Speck

in den Mund zu schieben. »Ich habe gehört, Sie wären einer der besten Schützen in Europa«, bemerkte er, als hätte er dabei nicht den geringsten Hintergedanken.
»Was genau schlagen Sie vor, Herr Minister?« fragte Marler.
»Oh, ich mache keine definitiven Vorschläge, mein Freund. Denke nur laut nach, betrachtete das Problem von allen Seiten. Und nach allem, was ich gehört habe, sind Sie der Mann, dem es am ehesten gelingen wird, Tweed aus seinem Schlupfwinkel herauszuräuchern, wo immer er sich befinden mag.«
»Darauf würde ich mich nicht verlassen«, konterte Marler.
»Wir wissen, daß er zusammen mit dieser Paula Grey nach Brüssel geflogen ist.« Buckmaster schob mit seiner Gabel einen festen Umschlag über den Tisch. »Da drin sind zwei Fotos, eines von Tweed, das andere von dieser Grey. Ich schlage vor, daß Sie noch heute gleichfalls nach Brüssel fliegen. Wir haben Benoit informiert, daß Tweed gesucht wird. Ebenso Kuhlmann, Loriot, Lasalle und Arthur Beck.«
»Sie meinen, ich könnte mich bei meiner Suche von ihnen unterstützen lassen?« sondierte Marler.
Buckmaster, der gerade ein weiteres Stück Speck in den Mund befördern wollte, hielt inne. »Nun, die Entscheidung darüber, ob das wirklich der beste Weg zur Lösung dieses Problems wäre, liegt bei Ihnen. Wenn Sie verstehen, was ich meine.«
»Ich bin nicht ganz sicher, ob ich das tue.«
»Ich habe gestern abend einen Blick in Ihre Personalakte geworfen. Eine gekürzte Version, nehme ich an. Howard hütet immer noch eifersüchtig seine Autorität, er hat noch nicht recht begriffen, wie die Dinge liegen, seit mein Ministerium geschaffen wurde. Dabei habe ich den Eindruck gewonnen, daß Sie eine Art Einzelgänger sind. Das gefällt mir.«
»Und Sie ermächtigen mich, nach Brüssel zu fliegen und das Problem auf jede mir angebracht erscheinende Art zu lösen? Habe ich Sie recht verstanden?«
»Im großen und ganzen, ja. Im Interesse des Geheimdienstes. Heben Sie soviel Geld ab, wie Sie brauchen. Meine Genehmigung dazu steckt in diesem Umschlag. Ohne Angabe Ihres Auftrags natürlich. Zu Ihrem Schutz.« Buckmaster produzierte sein öffentliches, inzwischen von vielen Zeitungsfotos allgemein bekanntes Lächeln.
»Angenommen, ich würde das Problem für Sie lösen...«
»Nicht für mich«, korrigierte ihn Buckmaster rasch. »Für den guten Namen des Geheimdienstes. Ich bin nichts als ein Rädchen in der Maschine.«

»Ich wollte weitersprechen«, beharrte Marler. »Wo stünde ich dann?«
»Eine gute Frage.« Buckmaster tupfte seine dünnen Lippen mit der Serviette ab. »Schließlich müssen wir alle von Zeit zu Zeit an uns selbst denken, nicht wahr?« Wieder das öffentliche Lächeln, bei dem zwei Reihen einwandfreier Zähne zum Vorschein kamen. »Ich darf Sie darauf hinweisen, daß nach Tweeds Ausscheiden der Posten des Stellvertretenden Leiters frei ist.« Buckmaster lehnte sich auf seinem Stuhl zurück, fuhr sich mit der Hand durchs Haar. »Und wenn alles vorüber ist – wer weiß? Howard könnte denken, daß für ihn die Zeit gekommen ist, in Pension zu gehen.«
»Dafür gibt es bisher keinerlei Anzeichen«, hakte Marler nach.
»Da würde ich nicht so sicher sein. Tweed ist von Howard eingesetzt worden. Er könnte auf die Idee kommen, daß seine Ehre es erfordert. Mit ein bißchen sanfter Überredung...«
Buckmaster sprang plötzlich auf, ließ seinen Stuhl weit vom Tisch zurückgeschoben stehen. »Ich will Ihnen etwas zeigen, bevor Sie nach Brüssel abreisen. Oben in meinem Arbeitszimmer...«
Er lief die Treppe hinauf, immer zwei Stufen auf einmal nehmend, eine Demonstration jungenhafter Energie. Marler folgte ihm gemächlicheren Schrittes. In dem getäfelten Raum ergriff Buckmaster einen Malakka-Spazierstock und deutete mit ihm auf die Wand über dem Kamin. Dort hing ein vergrößertes und gerahmtes Farbfoto vom Emblem der Fallschirmjäger und darunter die Mütze, die Buckmaster während seines aktiven Dienstes getragen hatte. Vier weitere Fotos zeigten den Träger dieser Mütze beim Abspringen aus einem Flugzeug.
»Man hat uns beigebracht, dem Gegner immer an die Kehle zu gehen.«
»Das war, als Sie in der Armee waren.«
»Kommen Sie, Mann. Das ist auch ein Krieg, den wir jetzt führen. Ein Krieg zur Bewahrung des S.I.S. vor allen Feinden, gegen alle, die seinen guten Namen in Gefahr bringen. Sind wir uns darin einig?«
»Ich höre...«
Buckmaster verschränkte die Arme, lehnte sich, nach wie vor den Malakka-Spazierstock in der Hand, an seinen Schreibtisch. Fast so, als posierte er für ein weiteres Foto.
»Sie machen wirklich nicht viel Worte. Das gefällt mir. Verringert das Sicherheitsrisiko. Nachdem Sie Zeit hatten, das Problem zu überschlafen – wie sehen Ihre ersten Schritte gegen Tweed aus?«
»Suchen, ausfindig machen, beseitigen. Und nun sollte ich mich lieber auf den Weg machen. Ich möchte noch heute in Brüssel sein...«
»Dieses Gespräch hat nie stattgefunden.« Buckmaster stand hoch aufgerich-

tet da, baute sich vor seinem Gast auf. »Ich habe ein paar Anrufe zu erledigen. Ich würde Sie in meinem Hubschrauber mitnehmen, der gestern abend zurückgekommen ist, aber ich muß unterwegs noch ein gewisses Abwehrunternehmen inspizieren...«

»Und ich habe meinen Wagen.«

Buckmasters Blick folgte dem Scharfschützen. Alles lief bestens: Sicherheitsorgane und Polizeichefs auf dem ganzen Kontinent waren informiert; der gesamte Apparat von W. S. & C. fahndete unter Morgans eiserner Faust nach Tweed; und nun hatte er auch Marler dazu gebracht, sich an der Menschenjagd zu beteiligen.

Buckmaster setzte große Hoffnungen auf Marler. Er hatte gegenüber allen anderen einen großen Vorteil. Er war ein *Insider*.

Marler holte seinen Koffer und seinen Aktenkoffer aus seinem Zimmer und ging dann die Treppe hinunter. Er wollte Leonora Buckmaster suchen, um sich von ihr zu verabschieden. Zu seiner Überraschung wartete sie in einem offenen, nerzgefütterten Regenmantel in der Diele auf ihn. Darunter trug sie einen schwarzen, eng anliegenden N. Peal-Pullover, der ihre Figur äußerst vorteilhaft zur Geltung brachte. Um den Kopf hatte sie ein Liberty-Tuch gebunden. Sie griff nach einer Reisetasche.

»Könnten Sie mich in die Stadt mitnehmen – falls Sie dahin wollen?«

»Aber gern. Mein Wagen steht draußen.«

Marler ließ sich seine Überraschung nicht anmerken und öffnete die Beifahrertür des Porsche. Sie schwang ihre gutgeformten Beine hinein und begann zu reden, sobald er den Motor angelassen hatte.

»Der Chauffeur hat eine leichte Grippe. Deshalb steht der Daimler nicht zur Verfügung...«

Als Marler angefahren war, warf er einen Blick in den Außenspiegel. Hinter ihm lagen die ehemaligen Stallungen, die jetzt als Garage dienten. Kurz bevor er durch einen steinernen Torbogen auf die Zufahrt gelangte, sah er einen livrierten Chauffeur, der die Haube des Daimler polierte.

»Aber davon ganz abgesehen...« Leonora legte eine Hand auf seinen Arm. »... wollte ich mit Ihnen über dies und jenes sprechen.«

Sie waren schon ein ganzes Stück gefahren und hatten Exeter hinter sich gelassen, bevor sie mit ihrer kehligen Stimme wieder zu reden begann. Der Nebel der vergangenen Nacht hatte sich gehoben, und Marler kam gut voran.

»Mein Mann hat mir erzählt, daß Sie für die General & Cumbria Assurance arbeiten. Sie sind einer der Männer an der Spitze. Ihre Arbeit besteht darin, daß Sie bedeutende Persönlichkeiten vor Entführung schützen – und sie dagegen versichern.«

»So ist es.«

Marler fand, daß Buckmaster ein guter Sicherheitsexperte war, wenn er seine Frau nicht wissen ließ, daß General & Cumbria nur ein Deckmantel für den S.I.S. war.

»Also müssen Sie ein Fachmann auf allen Gebieten sein, die mit Sicherheit zu tun haben«, fuhr Leonora fort.

»Das hoffe ich.«

»Ich bin sicher, Sie wissen, daß mir Lance, als er Minister wurde, seine sämtlichen Anteile an W.S. überschreiben mußte und daß sie jetzt auf meinen Namen lauten. Ich bin Präsidentin des Unternehmens und kann tun, was mir beliebt.«

»Tatsächlich?« Marler konzentrierte sich aufs Fahren.

»Den Mann, den Lance zum Generaldirektor ernannt hat, Gareth Morgan, kann ich nicht ausstehen. Er leitet die Firma, als wäre ich überhaupt nicht vorhanden.«

»Das klingt, als wären Sie ein bißchen verärgert.«

»Mehr als nur ein bißchen. Tatsache ist, daß ich nach jemandem Ausschau halte, der eines Tages an Morgans Stelle treten kann. Ein gräßlicher Kerl. Und ich habe noch ein weiteres Problem.«

»Leider ist das Leben voll von Problemen...«

»Seien Sie doch nicht so zurückhaltend.« Sie stieß ihm spielerisch einen Ellenbogen in die Rippen. »Ich habe das Gefühl, daß Sie ein Mann sind, dem ich mich anvertrauen kann – ich weiß, daß alles, was ich sage, unter uns bleibt.«

»Das müssen Sie entscheiden, Mrs. Buckmaster.«

»Leonora, bitte.« Sie schlüpfte aus den Ärmeln ihres Mantels, zündete sich eine Zigarette an, tat einen tiefen Zug. »Tatsache ist, daß mein Mann mit anderen Frauen herumspielt. Über eine Geliebte könnte ich hinwegsehen – aber jetzt ist er bei der sechsten angelangt. Ich finde, das ist ein bißchen zuviel.«

»Sind Sie sicher? Ziemlich gefährlich – für einen Minister.«

»Natürlich bin ich sicher. Ich könnte Ihnen Namen nennen. Aber er ist sehr diskret. Und seine beruflichen Erfahrungen helfen ihm beim Verschleiern. Ich glaube nicht, daß ich ihm irgend etwas nachweisen könnte. Ich bin nicht einmal sicher, ob mir daran läge – es würde seine Karriere ruinieren. Und dann würde er seine Aktien zurückverlangen, und es könnte zu einem öffentlichen Hickhack kommen. Das wäre nicht in meinem Sinne.« Sie

sprach sehr kühl. »Und es könnte dazu führen, daß meine eigene Vergangenheit durchleuchtet wird.«
»Also ist Stillschweigen die Parole. Und warum erzählen Sie mir das alles?«
»Ich muß mit jemandem reden. Glauben Sie etwa, ich könnte mich meinen Freundinnen anvertrauen? Die wären die ersten, die mich mit Schmutz bewerfen würden. Sie sind neutral. Außerdem wollte ich Sie ins Bild setzen. Für den Fall, daß ich diese Kröte Morgan ausbooten kann.«
Den Rest der Fahrt schwieg sie. Sie rauchte und schaute aus dem Fenster, bis der Wagen vor der Zentrale von W. S. & C. in der Threadneedle Street anhielt. Marler lehnte ihre Einladung zu »einer Tasse Kaffee oder etwas Stärkerem« ab.
»Wirklich nett von Ihnen«, sagte er, als sie nebeneinander auf dem Gehsteig standen. »Aber ich habe eine dringende Verabredung mit einer dieser bedeutenden Persönlichkeiten, die Sie erwähnten. Einem Millionär. Die Pflicht ruft...«
Er fuhr weiter zum Flughafen und brachte den Wagen in die Garage für Dauerparker. Dort blieb er ein paar Minuten sitzen. Eine Art Rekord – am gleichen Tag erst vom Ehemann und dann von der Ehefrau »engagiert« zu werden. Eine glänzende Zukunft lag vor ihm. Dann ergriff er seine beiden Koffer und machte sich auf den Weg zum Sabena-Schalter, um ein Ticket zu kaufen. Nach Brüssel.

Fünftes Kapitel

Tweed verwischte die Spur, die zu ihm führte. Nachdem er eine Nacht im Hilton verbracht hatte, mietete er die Suite für eine weitere Woche und bezahlte im voraus. Der Blondine an der Rezeption erklärte er, er müsse geschäftlich nach Brügge.
»Es kann sein, daß wir dort übernachten werden, aber wenn wir zurückkommen, möchte ich sicher sein, daß meine Zimmer hier verfügbar sind...«
Nach einem zeitigen Frühstück ging er mit Paula zu der Garage, in der er den BMW abgestellt hatte. Sie verstauten ihr Gepäck im Kofferraum, und zehn Minuten später fuhren sie bereits durch die Randbezirke von Brüssel nach Osten, auf Lüttich zu – also in die Brügge genau entgegengesetzte Richtung.
»Meinen Sie, daß sie auf den Trick hereinfallen, wenn sie herausgefunden haben, daß wir im Hilton waren?« fragte Paula.

»Es wird sie zumindest verwirren. Und genau das ist es, was wir von jetzt ab tun müssen. Ständig Täuschungsmanöver durchführen.«
Noch vor Mittag hatten sie auf einer schmalen, von steilen Klippen gesäumten Serpentinenstraße die Grenze nach Luxemburg passiert. Keinerlei Verkehr in beiden Richtungen. Paula verfolgte ihren Weg auf der Karte, fungierte als Lotse für die Route bis zu der Stelle, an der sie versuchen wollten, in die Bundesrepublik zu gelangen.
»Müssen wir davon ausgehen, daß die deutsche Polizei informiert ist?« fragte sie.
»Ja. Wir müssen immer vom Schlimmsten ausgehen. Wenn es uns gelingt, über die Grenze zu kommen, können wir auf der Autobahn in Richtung Schwarzwald fahren.«
»Sie haben einen Plan?«
»Unser eigentliches Ziel ist die Schweiz. Ich weiß nicht, ob Arthur Beck mit uns zusammenarbeiten wird oder nicht. Wir können nicht davon ausgehen, daß er es tut. Ein Mörder und Sexualverbrecher ist schließlich nicht die Sorte Mensch, mit der man gern zu tun hat...«
»Und Sie meinen, die Leute würden das von Ihnen glauben? Leute, mit denen Sie seit Jahren befeundet sind und zusammengearbeitet haben?«
»Das weht zum Fenster hinaus, wenn man zum Ausgestoßenen wird. Ich handle unter der Prämisse, daß wir nirgendwo Freunde haben. Diesmal sind wir ganz auf uns gestellt.«
»Da sind Newman und Marler. Die werden auf das Komplott nicht hereinfallen.«
»Nirgendwo Freunde«, wiederholte Tweed und drehte das Lenkrad, um der Windung der einsamen Straße durch die Kalksteinschlucht zu folgen. »In knapp zwei Stunden werden wir Genaueres wissen. Dann haben wir die Grenze erreicht.«

Hauptkommissar Kuhlmann vom Bundeskriminalamt in Wiesbaden kaute auf seiner Zigarre, während er die mit dem Vermerk *Streng geheim* versehene Nachricht aus London las. Kurt Meyer, sein Assistent, beobachtete ihn dabei.
Kuhlmann war ein kleiner Mann von Mitte Vierzig mit breiten Schultern, dunklem Haar und einem gleichfalls breiten Mund. Er hatte dicke, dunkle Brauen und ein aggressiv wirkendes Kinn. Seine Bewegungen deuteten auf große Tatkraft. Er warf das Fahndungsersuchen auf den Tisch.
»Sie haben es gelesen, Kurt. Was halten Sie davon?«
»Hört sich an, als wäre dieser Tweed ein Scheusal...«

»Man merkt, daß Sie ihn nie kennengelernt haben. Er ist völlig außerstande, irgendein Verbrechen zu begehen – von Mord und Vergewaltigung ganz zu schweigen. Und wenn man bedenkt, daß es von Howard kommt, ist es merkwürdig formuliert.«

Er trat ans Fenster, zündete seine Zigarre an und beobachtete die Polizisten in Zivil, die über den ein Stockwerk tiefer gelegenen Hof eilten. Er knurrte, als Meyer die beiden Fotos aus dem von einem Geheimkurier überbrachten Umschlag zog. Eines von Tweed, das zweite von einer dunkelhaarigen Frau mit reizvollem Gesicht und intelligenten Augen.

»Was unternehmen wir?« fragte Meyer. »Der Minister hat vorgeschlagen, daß wir das Signalement allen Grenzposten zukommen lassen, nachdem wir mit ihnen telefoniert haben...«

»Der Minister ist ein Schwachkopf. Der typische Politiker. Schiebt immer anderen die Verantwortung zu. Und nachdem er die Verantwortung uns zugeschoben hat...« Kuhlmann nahm die Zigarre aus dem Mund und schwenkte sie. »... sollten wir ein bißchen kreativ werden.«

»Kreativ?«

»Der Minister sagte, wir sollten auch Tweeds Foto hinausschicken. Und dabei fällt mir ein, daß wir gerade im Begriff waren, das Foto von diesem Stein zu verschicken, der wegen Betrugs gesucht wird – also könnten wir die beiden vielleicht verwechseln.«

»Verwechseln?«

»Genau das. Die Anweisung lautete, Stein zu beschatten, ohne daß er es merkt. Nicht genug Beweise für eine Verhaftung. Also geht Steins Foto als das von Tweed heraus, und Tweeds Foto als das von Stein.«

»Warum schützen wir diesen Tweed?« erkundigte sich Meyer.

»Zum Teil deshalb, weil ich ihn seit vielen Jahren kenne. Er ist nicht imstande, eine Katze zu erdrosseln, geschweige denn eine Frau. Und die Art, auf die Howard dieses Fahndungsersuchen formuliert hat, gibt mir zu denken. *Nachricht über Aufenthaltsort erbeten wegen angeblicher Ermordung und Vergewaltigung einer Unbekannten. Informationen bitte direkt an mich. Wiederhole: direkt an mich. Howard.* Er will mir eine Botschaft vermitteln.«

»Ich verstehe immer noch nicht.«

»Das sollen Sie auch nicht – niemand außer mir soll das verstehen. Howard glaubt von dieser ganzen Geschichte kein Wort. Also machen Sie sich an die Arbeit. Und vergessen Sie nicht, die beiden Fotos zu vertauschen. Es gehen täglich Berge von Fahndungen heraus. Da wäre es doch erstaunlich, wenn uns nicht einmal ein Fehler unterliefe.«

Als sie hinter der luxemburgischen Stadt Echternach die Grenze der Bundesrepublik erreichten, war Paula nervös. Tweed, der sich geweigert hatte, sich von ihr beim Fahren ablösen zu lassen, wirkte nach außen hin völlig ruhig, als er anhielt und den auf den Namen William Sanders lautenden Paß vorlegte.
»Aus welchem Grund wollen Sie in die Bundesrepublik einreisen?« fragte der Grenzbeamte auf deutsch.
Ein Instinkt veranlaßte Tweed, auf deutsch zu antworten. »Wir wollen ein bißchen Urlaub machen, nachdem die Pauschaltouristen abgereist sind und wir das Land für uns haben.«
Der Beamte musterte Tweed eindringlich und blätterte langsam den Paß durch. Tweed legte eine Hand auf Paulas Nacken, und es gelang ihr, ein mattes Lächeln hervorzubringen. Sie hatten das Gefühl, als hätte der Beamte den Paß stundenlang betrachtet, bevor er ihn zurückreichte und sie durchwinkte.
»Oh Gott«, sagte Paula, als sie außer Sichtweite der Grenzstation waren. »Meine Handflächen sind klatschnaß in den Handschuhen.«
»Dann ist es gut, daß Sie Handschuhe anhaben. Auf solche verräterischen Hinweise wird nämlich geachtet. Aber jetzt sind wir in der Bundesrepublik und müssen zusehen, daß wir weiterkommen.«
»Welche Route?« fragte Paula. »Und es beginnt zu schneien.«
»Eine irreführende. Zuerst in Richtung Trier, dann weiter nach Mainz und Frankfurt.«
»Ein seltsamer Weg in die Schweiz. Dabei kommen wir doch bestimmt in die Nähe von Wiesbaden und dem Bundeskriminalamt.«
»Und damit in eine Gegend, in der Kuhlmann uns zu allerletzt vermuten wird, wenn die Hunde inzwischen von der Leine sind. Und wie es dann weitergeht? Auf der Autobahn Richtung Süden. Anschließend benutzen wir die E 35, die nach Basel führt. Wichtig ist, daß wir uns schneller bewegen, als man sich in London träumen läßt. Später können Sie dann das Steuer übernehmen.«
»Das tue ich gern. Auf der Autobahn kann ich zügig fahren, und das lenkt mich von dummen Gedanken ab. Aber ich beginne jetzt wirklich zu glauben, daß wir es schaffen können.«

Sobald Morgan im Mayfair, dem teuersten Hotel von Brüssel an der Avenue Louise, angekommen war, rief er im Büro von World Security in der Avenue Franklin Roosevelt an. Horowitz, der neben ihm in einem Sessel saß, hörte zu.

»Ich bin im Mayfair, George«, erklärte Morgan. »Haben Sie irgendwelche Informationen in der Sache, die vorrangig erledigt werden sollte?«
»Ja, haben wir. Er ist in Brüssel. Nicht weit von dem Ort entfernt, von dem aus Sie anrufen. Vielleicht wäre es am besten, wenn Sie hierher kämen.«
»Bin in zehn Minuten bei Ihnen.«
Armand Horowitz schaute ins Leere und ging in Gedanken die Maßnahmen durch, die er bereits ergriffen hatte, um Tweed aufzuspüren. Er war Mitte Vierzig, einsachtzig groß, hatte ein langes, hageres, in ein spitzes Kinn zulaufendes Gesicht, war glattrasiert, trug eine Stahlbrille und bewegte sich mit kalkulierter Bedächtigkeit. Er hatte bereits fünfzehn Männer umgebracht – führende Industrielle und andere bedeutende Persönlichkeiten.
Von Morgan hatte er keine sonderlich gute Meinung. Der Waliser schätzte das gute Leben zu sehr, und sein Benehmen war für Horowitz' Geschmack entschieden zu großspurig. Aber er zahlte das Riesenhonorar, das Horowitz für einen »Auftrag« verlangte.
In der luxuriösen Villa an der Avenue Franklin Roosevelt begrüßte George Evans, Direktor der europäischen Filialen von World Security, die beiden Männer in seinem Büro mit Ausblick auf einen jetzt von einer dünnen Schneeschicht bedeckten Rasen. Er war gleichfalls um die Vierzig – Morgan hatte nicht gern ältere Männer in Machtpositionen –, ein großer, schwer gebauter Mann mit lang herabhängenden Armen, einem Mondgesicht und dunklem Haar. Horowitz mußte bei seinem Anblick an einen Affen denken.
»Zur Sache«, befahl Morgan, nachdem er seinen Mantel abgelegt, einen Drink abgelehnt und seine Masse in einen Sessel gezwängt hatte.
»Ich habe den Eindruck, daß Tweed gerissen ist und eine Menge Tricks auf Lager hat...«
»Ich bin nicht hier, um eine Beschreibung von ihm zu erhalten. Wo ist er? In der Nähe des Mayfair, sagten Sie am Telefon.«
»Seither ist von einem meiner Leute ein weiterer Bericht eingegangen.«
Evans, der an seinem Schreibtisch saß und mit einem Bleistift spielte, lehnte sich vor und starrte Morgan an, der seinen Blick mit ausdruckslosem Gesicht erwiderte. Alle Untergebenen brauchten von Zeit zu Zeit einen Tritt in den Hintern, damit sie bei der Stange blieben. »Mein Mann«, fuhr Evans ungerührt fort, »hat angerufen, während Sie hierher unterwegs waren. Wir bezweifeln, daß Tweed und seine Geliebte Paula Grey noch einmal ins Hilton zurückkehren, in dem sie abgestiegen waren.«
»Details«, fauchte Morgan.
»Auf die wollte ich gerade kommen. Mein Mann begab sich mit einem an

Tweed adressierten und mit ›persönlich und vertraulich‹ gekennzeichenten Päckchen ins Hilton. Am Empfang erklärte man ihm, daß niemand mit diesem Namen im Hause abgestiegen wäre. Mein Mann sagte, Tweed arbeite für die Europäische Gemeinschaft und reise oft inkognito, unter anderem Namen. Er trug einen gefälschten Ausweis bei sich, unterschrieben von einem Kommissar, der gerade in Urlaub ist. Außerdem legte er das Foto von Tweed vor, das der Kurier gebracht hat, der mit der Nachtfähre herüberkam. Zuerst wollte das Mädchen an der Rezeption nicht mit Informationen herausrücken, aber mein Mann unterhielt sich eine Weile mit ihr, und dabei rutschte ihr heraus, daß Tweed und diese Grey am frühen Morgen abgereist sind, nachdem er seine Suite für eine weitere Woche gemietet und bezahlt hatte.«

»Er ist uns entschlüpft«, murmelte Morgan, halb für sich.

»Sie sagten, Paula Grey wäre seine Geliebte«, mischte sich Horowitz auf seine bedächtige Art ins Gespräch. Evans bewegte sich auf seinem Stuhl; Horowitz hatte etwas an sich, das ihm Unbehagen einflößte. »Welchen eindeutigen Beweis haben Sie für das Verhältnis, in dem sie zueinander stehen?« fragte Horowitz.

»Ja, also...« Evans streckte seine großen Hände von sich. »Dem Foto nach zu urteilen, ist sie sehr hübsch und jünger als er, also liegt der Schluß nahe...«

»Der völlig falsch sein könnte.«

»Spielt das eine Rolle?« Evans, der sich seiner Position voll bewußt war, mochte es nicht, wenn ihm Leute widersprachen, die lediglich als Hilfskräfte angeheuert worden waren. Dann spürte er den Blick der Augen hinter der Stahlbrille, und wieder war ihm unbehaglich zumute.

»Für mich könnte es bei der Erledigung meines Auftrags eine große Rolle spielen«, erklärte ihm Horowitz. »Es kann sehr nützlich sein, wenn man genau weiß, in welcher Beziehung zwei Menschen, die auf der Flucht sind, zueinander stehen.«

»Nun, Fotos, die beweisen, daß sie zusammen ins Bett gehen, haben wir nicht«, entgegnete Evans schroff.

Morgan verfolgte den Wortwechsel mit heimlicher Befriedigung. Es schadete nichts, wenn Evans ein Dämpfer aufgesetzt wurde. Horowitz nickte nachdenklich.

»Danke für Ihre Informationen, Mr. Evans«, sagte er höflich.

»Wie sind Sie auf diese Sache mit dem Hilton gekommen?« wollte Morgan wissen.

»Ich habe meine sämtlichen Leute losgeschickt und in den besten Hotels in

der Stadt nachfragen lassen. In dem Auszug aus Tweeds Akte, den Sie mit dem Kurier herübergeschickt haben, heißt es, daß er oft in den ersten Häusern absteigt, weil er glaubt, dort am wenigsten aufzufallen.«
»Und mehr haben Sie nicht getan?«
»Doch. Ich ließ es nicht dabei bewenden. Eine weitere Gruppe meiner Leute hat sich um die Autoverleih-Firmen gekümmert. Tweed hat unter dem Namen William Sanders einen BMW gemietet. Der Portier des Hilton hat heute früh gesehen, wie sie abfuhren. Hier ist die Zulassungsnummer.«
Er übergab Morgan einen zusammengefalteten Zettel, den dieser an Horowitz weiterreichte, ohne einen Blick darauf zu werfen. Dann stand er auf und zog seinen Mantel an. Seine Miene war nach wie vor finster.
»Er ist Ihnen entwischt«, erklärte Evans. »Was haben Sie nun vor?«
»Man hat gesehen, daß Tweed in Richtung *Osten* davonfuhr. Ein logischer Weg, wenn man in seinen Schuhen steckt – Belgien liegt zu nahe bei Großbritannien. Er muß nach Holland, Deutschland oder Frankreich unterwegs sein...«
»Dann informieren Sie Ihre Leute in diesen Ländern. Nehmen Sie seine Spur auf...«
»Wenn ich einen Vorschlag machen dürfte.« Horowitz, der gleichfalls aufgestanden war, wendete sich an Evans. »Sie sagten, Sie hätten einen Auszug aus Tweeds Akte gelesen, der einigen Aufschluß über seine Techniken gibt...«
»Es war nur ein Auszug. Irgend jemand in London läßt uns nicht an die vollständigen Akten heran.«
»Ich wollte sagen«, fuhr Horowitz fort, »Tweed mußte eigentlich damit rechnen, daß etwas Derartiges passiert. Er ist ein Profi. Deshalb ist wahrscheinlich, daß er von seinen normalen Gewohnheiten abgegangen ist. Er kann nach wie vor hier sein, in irgendeinem kleinen Hotel. Vielleicht sollten Sie Ihre Leute dort nachfragen lassen.«
»Tun Sie das«, sagte Morgan. »Ich bin gleich zurück.« Er ging zur Tür, gefolgt von Horowitz, der seinen weichen Filzhut wieder aufsetzte und die Krempe herabzog. Draußen auf dem Korridor blieb Morgan in der Nähe der Mahagonitür stehen, die er hinter sich zugemacht hatte.
»Was meinen Sie? Holland, Deutschland oder Frankreich?«
»Bestimmt Deutschland«, erklärte Horowitz prompt. »Holland ist eine Sackgasse – von dort kommt man nirgendwohin. Und bei all dem Ärger, den die Franzosen mit Terroristen haben, bewachen sie ihre Grenzen besonders scharf. Ich an seiner Stelle würde mich für die Bundesrepublik entscheiden.«

»Warten Sie hier.« Morgan kehrte in Evans' Büro zurück, schloß die Tür, trat an den Schreibtisch, hinter dem Evans saß. Er hielt den Hörer in der Hand und war im Begriff zu telefonieren. »Legen Sie das Ding wieder hin.« Morgan lehnte sich über den Schreibtisch und brachte sein Gesicht nahe an das von Evans heran.

»Da haben Sie einen schönen Mist gebaut, nicht wahr? Sie hatten ihn praktisch in der Hand und haben ihn entkommen lassen. Und jetzt geben Sie sich ausnahmsweise einmal ein bißchen Mühe und versuchen Sie, sich das dicke Gehalt zu verdienen, das wir Ihnen zahlen. Sie benutzen sicherheitshalber das Satelliten-Telefon. Rufen in Frankfurt an und sagen Bescheid, daß ich komme. Und während ich unterwegs bin, machen sich alle dreißig Agenten in Deutschland auf die Socken – mit Abzügen von Tweeds Foto und von dem dieser Grey. Sämtliche Hotels. Aber sie sollen sich auch die Autoverleiher vornehmen. Es ist durchaus möglich, daß sich Tweed entschließt, den BMW gegen ein anderes Fahrzeug einzutauschen. Ich will, daß dieser Mann aufgespürt wird. Und zwar schnell.«

»Geht in Ordnung. Danach fliege ich selbst nach Frankfurt und kümmere mich darum, daß alles richtig läuft. Vielleicht sehen wir uns im Flugzeug.«

»Ich hoffe, das wird nicht der Fall sein.« Morgan richtete sich auf. Er lächelte zum ersten Mal, als er eine Zigarre aus seinem Etui holte und sie auf den Schreibtisch legte. »Havanna. Verleiht Ihnen vielleicht eine Inspiration. Ich verlasse mich auf Sie.«

Er verließ das Büro. Horowitz stand auf dem Korridor, die Hände in den Taschen seines Trenchcoats, und starrte zu einem gerahmten Porträt von Lance Buckmaster hinauf, dem Begründer der Firma.

»Der kann uns auch nicht weiterhelfen«, bemerkte Morgan, als sie auf den Fahrstuhl zugingen. »Wir holen unser Gepäck aus dem Mayfair und fliegen dann mit der nächsten Maschine nach Frankfurt. Auf diese Weise sind wir Tweed vielleicht einen Schritt voraus.«

»Verlassen Sie sich nicht zu sehr darauf. Ich fange an, mir ein Bild von diesem Mann zu machen. Ich habe den Eindruck, daß man ihn nicht unterschätzen sollte. Ich brauche die Vorhersage des Wetteramtes für ganz Westeuropa. Sie können gleich ins Hotel zurückkehren; ich kaufe erst noch ein paar Straßenkarten.«

Als Morgan allein zum Mayfair zurückwanderte, war er mit sich zufrieden. Er hatte Evans aufgerüttelt, indem er ihm erst die Leviten gelesen und ihm dann mit der Havanna seines Vertrauens versichert hatte. Das war die einzige Methode, die oberen Ränge bei der Stange zu halten, sie daran zu erinnern, wer der Boß war.

Sechstes Kapitel

Hauptkommissar Kuhlmann legte den Hörer auf und musterte Kurt Meyer, als hätte er ihn noch nie gesehen. Das war eine Technik, deren er sich bediente, wenn er einen Verdächtigen verhörte, den er gut kannte. Meyer, der an seinem Schreibtisch saß, war irritiert und begann, sich mit einer Akte zu beschäftigen.

»Wir haben ihn aufgespürt«, sagte Kuhlmann schließlich. »Stein hat vor ein paar Stunden bei Echternach die Grenze überschritten. Er befindet sich jetzt auf unserem Gebiet.«

»Stein?«

»Tweed, Sie Schwachkopf. Fährt einen BMW, zusammen mit einer jungen Frau. Dürfte sich um Paula Grey handeln. Der diensttuende Beamte erkannte ihn nach dem Foto, das wir an alle Grenzstationen geschickt haben. Die Zulassungsnummer habe ich auch.«

»Sollten wir sie nicht festhalten?« Meyer, jung und schmalgesichtig, hatte Notizblock und Kugelschreiber parat.

»Sie steht in meinem Kopf.« Kuhlmann trat vor eine große, an der Wand aufgehängte Karte der Bundesrepublik. »Ich frage mich, wo er hinwill. Könnte jeder Ort sein – nur in die Nähe von Wiesbaden und damit von mir wird er vermutlich nicht kommen.«

»Sollten wir nicht den Minister informieren?«

»Nein – noch haben wir Tweed nicht. Dieser Anruf ist nicht erfolgt. Und Ihr Job hängt an einem seidenen Faden«, erklärte er seinem Untergebenen heiter.

Mit den Händen in den Taschen seines Jacketts ging Kuhlmann zum Fenster und schaute abermals in den Hof hinunter. Er hatte Meyer nichts davon gesagt, daß ein nicht als Polizeifahrzeug gekennzeichneter Wagen Tweeds BMW folgte, der später von weiteren abgelöst werden würde, damit Tweed keinen Verdacht schöpfte. Kuhlmann war bekannt dafür, daß er gern auf eigene Faust operierte. Das Netz wird gesponnen, dachte er. Die große Frage war nur: Wer war die Spinne?

Am Londoner Flughafen bestieg Newman die Maschine nach Brüssel. Als er sich anschnallte, ließ sich ein weiterer Passagier auf dem Sitz neben ihm nieder. Newman drehte langsam den Kopf. Sein Sitznachbar war Marler.

»Auf die Idee, daß ich Ihre Spur aufnehmen könnte, sind Sie wohl nicht gekommen?«

Newman faltete die Hände und sagte nichts, bis die Maschine startbereit

war und sich auf der Rollbahn befand. Als er antwortete, klang seine Stimme so monoton, als rezitierte er etwas Auswendiggelerntes.
»Sie haben Julia angerufen, die sich um das Haus in Kensington kümmert, in dem ich eine Wohnung habe. Vermutlich vom Flughafen aus. Sie hat Ihnen gesagt, daß ich das Haus mit einer Reisetasche verlassen habe. Sie warteten am Eingang von Terminal zwei, sahen mich in einem Taxi ankommen. Dann folgten Sie mir an den Schalter, unterhielten sich mit dem Mädchen dort, fanden heraus, daß ich ein Business Class-Ticket nach Brüssel gekauft hatte, taten dasselbe und warteten vor dem Abflugraum, bis Sie sahen, daß ich an Bord ging.«
»Zehn von zehn möglichen Punkten. Und ich bildete mir ein, Sie hätten mich nicht gesehen.«
Die Maschine löste sich vom Boden, durchflog im Steilflug eine dichte Wolkenbank, gelangte in strahlenden Sonnenschein. Unter ihnen erstreckte sich ein Meer aus Wolken wie eine endlose Gebirgskette.
»Jetzt können Sie mir erzählen, was Sie vorhaben«, erklärte Newman.
»Wir haben beide dasselbe vor. Versuchen, Tweed und Paula zu finden. Sie zu schützen.«
»Nun, wenn das nicht beruhigend ist«, meinte Newman ironisch.
»Komische Bemerkung.«
»Finden Sie? Und jetzt kommt die 64 000-Dollar-Frage: Glauben Sie, daß er es getan hat?« Newman senkte die Stimme. »Daß er die Frau erdrosselt und dann vergewaltigt hat?«
»Soll das ein Witz sein?«
»Ich habe einen eigenartigen Sinn für Humor. Liegt vielleicht nicht auf Ihrer Wellenlänge. Sie haben meine Frage nicht beantwortet. Und wer hat Sie geschickt?«
»Ich dachte, das wüßten Sie.« Marlers Ton war schnippisch. »Wenn Tweed außer Gefecht ist, hat Howard das Sagen.«
Den Rest des Fluges schwieg Newman. Er dachte angestrengt nach. Er hatte Marler nie gemocht, obwohl er seine großen Fähigkeiten durchaus anerkannte. Jetzt traute er ihm nicht. Warum? Irgendein sechster Sinn, den nicht zu ignorieren er gelernt hatte.
Nun hatte er zwei Möglichkeiten, dachte er, als die Maschine zur Landung in Brüssel ansetzte. Die eine war, daß er Marler abhängte. Das würde nicht leicht sein, aber er wußte, daß er es schaffen würde. Die andere bestand darin, Marler bei sich zu behalten, so zu tun, als glaubte er jedes Wort; auf diese Weise konnte er ihn im Auge behalten. Als die Räder die Rollbahn berührten, hatte er sich für die zweite Möglichkeit entschieden.

Newman wußte noch, wo Tweed einmal während eines äußerst schwierigen Unternehmens abgestiegen war, und wies den Taxifahrer an, sie zum Hilton zu bringen. Er fuhr hinauf in sein Zimmer, während Marler sich in das seine begab, warf seine Reisetasche aufs Bett, eilte zurück zum Fahrstuhl und verließ das Hotel.

Es dauerte ein paar Minuten, bis er eine Telefonzelle gefunden hatte. Er holte sein kleines Notizbuch aus der Tasche, fand die Nummer des Bundeskriminalamtes in Wiesbaden und wählte die dort für Kuhlmann verzeichnete Direktnummer.

Zu seiner Erleichterung war Kuhlmann selbst am Apparat. Seine Stimme klang so knurrig und energiegeladen wie eh und je. Er bat Newman, einen Moment zu warten, und der Engländer hörte, wie er auf deutsch sagte: »Kurt, bringen Sie bitte diese Akte hinunter in die Registratur und schließen Sie sie selbst ein. Die Kombination ist unverändert...« Eine kurze Pause. »Okay, Newman. Was kann ich für Sie tun?«
»Haben Sie aus London ein Fahndungsersuchen nach Tweed erhalten?«
»Von wo sprechen Sie?«
»Von einer öffentlichen Telefonzelle natürlich.«
»Okay. Kein Grund zum Einschnappen. Ich mußte mich vergewissern. Die Antwort auf Ihre Frage lautet ja. Gewissermaßen. Newman, wie war das Wetter, als wir in Lübeck waren?«
»Eine fürchterliche Hitzewelle. Warum – ah, jetzt verstehe ich. Ja, ich bin es. Sie sagten ›gewissermaßen‹. Was bedeutet das?«
»Hörte sich an, als wären Sie es«, sagte Kuhlmann gelassen. »Aber man kann nicht vorsichtig genug sein. Glauben Sie, daß er es getan hat?«
»Großer Gott!« Newmans Stimme klang ungewöhnlich heftig. »Haben Sie nicht mehr alle Tassen im Schrank? Er ist unschuldig. Es muß ein Komplott sein; ich weiß nicht, wer dahintersteckt. Aber Tweed braucht dringend Hilfe, jemanden, der ihm den Rücken freihält. Ich bin in Brüssel. Er war hier, aber ich bin sicher, daß er nicht lange geblieben ist. Nicht mit den Wölfen dicht auf den Fersen. Und Paula ist bei ihm. Ich weiß einfach nicht, wo ich zuerst nach ihm suchen soll.«
»Frankfurt wäre vielleicht ein geeigneter Ausgangsort. Kommen Sie nicht nach Wiesbaden. Rufen Sie mich an, und dann treffen wir uns irgendwo. Ja – der Frankfurter Hof wäre ein geeigneter Ort. Wir machen dann telefonisch einen Zeitpunkt aus. Sprechen Sie nur mit mir selbst.« Seine Stimme klang auf einmal anders. »Ich kümmere mich darum – und danke für deinen Anruf, Lothar. Bis später...«
Newman vermutete, daß Kurt ins Zimmer zurückgekehrt war. Kurt – und

wie noch? Kuhlmann traute offenbar niemandem außer sich selbst. Es wurde immer schlimmer. Die Luft stank nach Verrat.

Als er in die riesige Halle des Hilton zurückkehrte, blieb Newman einen Moment stehen; dann wandte er sich nach rechts in den Teil der Halle, in dem sich die Hotelgäste niederlassen konnten. Marler stand an der Rezeption, sprach mit einem der Mädchen. Er hielt einen Umschlag in der Hand. Newman beobachtete, wie er Banknoten in den Umschlag steckte, ihn zuklebte, etwas daraufschrieb. Dann verschwand er, und das Mädchen mit ihm. Newman vermutete, daß sie zu den Schließfächern hinter dem Tresen gegangen waren. Als Marler zurückkehrte, wartete Newman auf ihn.

»Haben Sie inzwischen ausgepackt?« erkundigte sich Marler und zündete sich eine King Size-Zigarette an.

»Noch nicht. Ich habe einen Kaffee getrunken. Ich sah Sie an der Rezeption.«

»Lassen Sie uns ein Stückchen den Boulevard de Waterloo hinuntergehen«, schlug Marler vor. Er wartete, bis sie sich außerhalb des Hotels befanden, bevor er weitersprach.

»Während Sie Ihren Durst löschten, habe ich mich damit beschäftigt, ein paar Erkundigungen einzuziehen. Nicht direkt natürlich. Tweed war hier. Er hat seine Suite für eine weitere Woche gemietet – aber er ist fort. Und ich vermute, daß er nicht zurückkommen wird.«

»Wie haben Sie das herausbekommen? Hotels sind im allgemeinen mit Informationen über ihre Gäste sehr zurückhaltend.«

»Oh, ich erklärte dem Mädchen einfach, ich hätte mit einem Freund vereinbart, hier eine große Summe Geldes zu hinterlegen, die ich ihm schulde. Zeigte Tweeds Foto vor. Fragte nach einem Schließfach, nachdem das Mädchen gesehen hatte, wie ich belgische Banknoten in einen Umschlag steckte. Zwei große Scheine obenauf, der Rest Kleingeld. Gab dem Mädchen den Schlüssel, bekam eine Quittung, erzählte ihr, mein Freund reise inkognito. Auf den Umschlag, in den das Mädchen den Schlüssel steckte, schrieb es William Sanders. Ich kann nämlich über Kopf lesen. Jetzt müssen wir nur noch überlegen, wo wir mit der Suche nach ihm anfangen wollen.«

»In Frankfurt«, sagte Newman. Dabei beließ er es.

George Evans war es gerade noch gelungen, dieselbe Maschine zu erreichen, mit der auch Morgan und Horowitz flogen, aber der letzte freie Sitz war in der Economy Class. Als die Maschine in Frankfurt landete, verließ er den Flughafen als erster. Er brauchte nicht an der Gepäckausgabe zu warten, an der seine Kollegen aufgehalten wurden.

Das Frankfurter Büro von World Security befand sich in der Kaiserstraße, in einem Neubau mit Scheiben aus Panzerglas und einem System von Fernsehkameras, die alle Eingänge und Korridore überwachten. Morgan traf eine Stunde später ein, stieg aus dem Taxi und sah sich um, während Horowitz den Fahrer bezahlte.
Morgan mochte Frankfurt nicht. Hamburg und München gefielen ihm, aber Frankfurt nannte er nur die Maschinenstadt. Zuviel Verkehr, der die Straßen verstopfte, zu viele Hochhäuser, zuwenig Grün. Eine Betonfestung.
Als er das Gebäude betrat, bestand seine erste Handlung darin, die Sicherheitsvorkehrungen zu testen. Er steuerte direkt auf die Fahrstühle zu. Zwei uniformierte Wachmänner hielten ihn auf, einer von ihnen griff nach seinem Koffer.
»Ich bin Morgan. Der Boss von diesem Laden hier«, fauchte er und schwenkte seinen Paß vor ihrer Nase. »Und ich habe es eilig...«
»Tut mir leid, Sir«, erwiderte einer der Wachmänner auf englisch, »aber wir müssen Ihren Koffer kontrollieren.«
Horowitz, weitaus gelassener, stand bereits am Tresen, wo sein Koffer mit einem Gerät durchleuchtet wurde, wie es auch an Flughäfen verwendet wird. Morgan wartete, bis auch sein Koffer durchleuchtet worden war, und biß sich währenddessen auf die Lippen.
»George Evans erwartet mich. Aber möglicherweise ist er noch nicht eingetroffen.«
»Er ist oben in seinem Büro. Bleiben Sie bitte vor diesem Bildschirm stehen, während ich ihn anrufe.«
»Und weshalb, zum Teufel?«
»Damit er Sie auf dem Bildschirm in seinem Büro sehen kann. Bei allen Besuchern muß die Identität bestätigt werden.«
Der Wachmann sprach mit Evans. Morgan funkelte den Bildschirm an, dann holte er eine Zigarre hervor und klemmte sie sich zwischen die Zähne.
»Wenn Sie mich sehen, George, dann schaffen Sie mir diese Leute vom Hals – schließlich haben wir einiges zu erledigen...«
»Sie können jetzt hinauffahren, Mr. Morgan«, sagte der Wachmann. »Zimmer 401, vierter Stock.«
»Ich bin der Boss von diesem Laden hier. Ich weiß, wo meine Leute sitzen.«
Im Fahrstuhl bemerkte Horowitz: »Die Männer haben getan, was Sie wollten. Und die Sicherheitsvorkehrungen sind recht gut.«
»Man muß dem Personal ständig auf die Zehen treten.« Morgan kicherte, und es hörte sich an wie ein Keuchen. »Manager müssen managen.«

Evans erwartete sie an der Tür, forderte sie zum Eintreten in ein großes, auf die Kaiserstraße hinausgehendes Büro auf. Vor den Fenstern hingen halbgeschlossene Jalousien, die jedes Risiko einer Beobachtung aus den gegenüberstehenden Gebäuden ausschlossen. Evans platzte sofort mit seiner Neuigkeit heraus.
»Wir haben Tweed aufgespürt. Ich erwarte einen weiteren Anruf von meinem Informanten. Die Verbindung wurde unterbrochen, während Sie herauffuhren...« Das Telefon läutete. »Hallo? Sind Sie es wieder, Kurt? Machen Sie's kurz – ich habe wichtigen Besuch.«
Er hörte zu, sagte ja, er hätte verstanden. »Halten Sie mich auf dem laufenden. Wir müssen wissen, wo sie hinwollen – damit wir sie erwarten können. Das Geld liegt am gewohnten Ort für Sie bereit. Bis später, Kurt.«
Er bot Getränke an, und Morgan sagte, er hätte gern einen doppelten Scotch. Horowitz schüttelte den Kopf, ließ sich mit seinem kleinen Koffer auf dem Schoß nieder und warf einen Blick auf Morgan. Morgan hatte bereits im Flugzeug einige Drinks zu sich genommen; er war ein Mann, der eine Menge trank. Vielleicht fühlte er sich von seinem Job unter Druck gesetzt. Keine Entschuldigung.
»Tweed«, begann Evans, nachdem er Morgan ein Kristallglas gereicht hatte, »ist in der Bundesrepublik angelangt. Mit Paula Grey, soweit wir wissen. Auf jeden Fall mit einer Frau. Er kam mit seinem gemieteten BMW sogar nach Frankfurt. Tauschte ihn gegen einen Mercedes ein. Hier ist die Nummer.«
Wieder ging ein zusammengefalteter Zettel von Hand zu Hand, wurde abermals an Horowitz weitergereicht. Evans schaute sehr selbstzufrieden drein, als er sich hinter seinem großen antiken Schreibtisch niederließ. Morgan, der in einem Sessel saß, trank die Hälfte von seinem Scotch, schmatzte und runzelte dann die Stirn.
»Ein Mercedes. Das erschwert die Sache. In diesem Land wimmelt es davon. Nehmen Sie nur die Taxis – alles Mercedes.«
»Was vielleicht der Grund dafür ist, daß Tweed sich für diese Marke entschieden hat«, bemerkte Horowitz mit seiner gelassenen Stimme. »Haben Sie hier eine Toilette?« fragte er seinen Gastgeber.
Evans deutete auf eine Tür, und Morgan wartete, bis er mit Evans allein war, bevor er seine Frage stellte.
»Wie sind wir so schnell an diese Information gekommen? Wer ist Kurt?«
»Ich gebe nicht gern die Identität meiner Informanten preis.« Evans warf einen Blick auf die geschlossene Toilettentür, beugte sich vor, senkte die Stimme. »Kurt Meyer. Der Assistent von Hauptkommissar Kuhlmann –

ein direkter Draht zum Bundeskriminalamt in Wiesbaden. Ich kann Ihnen versichern, so etwas ist nicht leicht zu arrangieren.«
»Aber es ist Ihr Job, so etwas zu arrangieren. Sie haben etwas in der Hand gegen diesen Kurt Meyer?«
»Pornographische Fotos, aufgenommen in einem Erster-Klasse-Bordell. Und er ist verheiratet. Wir bezahlen ihn, um ihm den Kuchen ein bißchen zu versüßen und ihn noch enger an uns zu binden. Im Safe liegen von Meyer unterschriebene Quittungen – er wollte nicht mit ihnen herausrücken, aber ein bißchen Armverdrehen wirkt Wunder.«
»Und das ist alles, was wir wissen?« drängte Morgan. »Daß Tweed und seine Freundin irgendwo in einem Mercedes herumfahren?«
»Nein, das ist nicht alles, was wir wissen.« Evans unternahm keinen Versuch, seine Befriedigung zu verbergen. »Er wird von ungekennzeichneten Polizeifahrzeugen verfolgt. Sie bedienen sich der Bocksprung-Technik – die Fahrzeuge wechseln sich in regelmäßigen Abständen ab. Sie melden ihre jeweilige Position über Funk nach Wiesbaden. Und wenn er kann, gibt Kurt sie an mich weiter – über ein Telefon außerhalb des BKA natürlich. Inzwischen wird Tweed auch von *unseren* Leuten verfolgt.«
Morgan drehte mit seinen dicken Stummelfingern seine Zigarre und dachte nach. Evans' Neuigkeiten waren besser, als er zu hoffen gewagt hatte.
»Wo wurden sie zuletzt gesehen?«
»Auf der Autobahn nach Süden in Richtung Karlsruhe. Natürlich könnte er irgendwo nach Osten oder Westen abbiegen...«
»Nicht nach Westen. Frankreich würde er nicht riskieren. Aber der Osten wäre dankbar.« Morgan steckte die Zigarre in den Mund und zündete sie an; Evans schob einen schweren Rosenthal-Aschenbecher zu ihm hin.
»Vielleicht will er zur tschechischen Grenze und von dort weiter nach Rußland...«
»Nach dem wenigen, das ich von ihm weiß, würde ich sagen, daß das, gelinde ausgedrückt, höchst unwahrscheinlich ist...«
»Aber es wäre ein gutes Gerücht, das man verbreiten könnte, um ihn noch ein bißchen mehr unter Druck zu setzen. Füttern Sie es in Ihre geheimen Kanäle, nutzen Sie Ihre Kontakte zur Presse.« Er blies Rauch in die Luft. »Aber lassen Sie keinesfalls durchsickern, daß wir interessiert sind.«
»Sie wissen, daß wir eine Abteilung haben, die genau darauf spezialisiert ist. Gerüchte ausstreuen für einen Kunden, der im Begriff steht, ein Übernahmeangebot zu machen – Gerüchte über den, der geschluckt werden soll...«
»Aber keine Namen«, warnte Morgan. »Lediglich das Gerücht, daß sich ein

hoher britischer Beamter in den Osten absetzen will.« Er blickte auf, als Horowitz zurückkehrte. »Wir haben Tweed schon am Haken. Fährt auf der Autobahn in Richtung Süden. Sie müssen vorsichtig sein. Die deutsche Polizei beschattet ihn – mit ungekennzeichneten Wagen.«
Horowitz, groß und schlank in dem Trenchcoat, den er nach wie vor trug, in der Hand den Koffer, den er nie aus den Augen ließ, musterte die beiden Männer. In seinen stahlgrauen Augen lag ein unzugänglicher, abwesender Ausdruck. Wieder hatte Evans ein unangenehmes Gefühl: es war fast der Blick eines Henkers, der vor der Hinrichtung seinen neuesten Kunden abschätzt.
»Ich finde das seltsam, Morgan«, bemerkte Horowitz. »Sagten Sie nicht, daß eine Fahndung nach ihm herausgegangen ist? Und wenn das der Fall ist – warum ist Tweed dann nicht verhaftet worden?«
»Keine Ahnung.« Morgan hatte etwas gegen Leute, die ihm mit unlösbaren Problemen kamen. »Was haben Sie vor?«
»Ich wünsche, daß am Frankfurter Flughafen ein Privatjet für mich bereitgestellt wird. Die Firmenmaschine. Mit der fliege ich zu dem kleinen Flughafen in der Nähe von Freiburg im Breisgau.«
»Wird erledigt«, erwiderte Morgan, bevor Evans etwas sagen konnte.
»Es kann ein oder zwei Stunden dauern, bis ich an Bord der Maschine erscheine«, fuhr Horowitz fort. »Ich muß noch jemanden abholen. Ich mache mich gleich auf den Weg.«
Evans schaute ihm nach, bemerkte, wie leise er die Tür hinter sich zumachte. Er stieß den Atem aus. »Ich bin froh, daß er fort ist – es ist fast, als hätte man den Tod im Zimmer.«
»Vielleicht ist das gerade sein Geschäft.«

Armand Horowitz ging die Kaiserstraße hinunter, bis er ungefähr hundert Meter vom Gebäude von World Security entfernt war, bevor er ein Taxi heranwinkte. Zurückblickend konnte er den Mast von Radiomasten und Satelliten-Antennen auf dem Dach des Gebäudes sehen. W. S. besaß ein eigenes, höchst vielfältiges Kommunikationssystem. Aber Horowitz, ein gebürtiger Ungar, war in Sachen Kommunikation auch kein Stümper.
Er hatte eine ganze Weile in der Toilette verbracht, den größten Teil davon mit dem Ohr an einem stethoskop-ähnlichen Instrument, das er gegen die geschlossene Tür gedrückt hatte. Ganz deutlich hatte er gehört, wie Evans von seinem direkten Draht zum BKA in Wiesbaden berichtete und von Kurt Meyers Verrat. Horowitz war schon immer der Ansicht gewesen, daß heimliches Wissen Macht bedeutete.

Als das Taxi zu der von ihm angegebenen Adresse fuhr, die an der Route zum Flughafen lag, dachte Horowitz, aufrecht dasitzend mit seinem Koffer auf dem Schoß, daß er in diesem Spiel der einzige Profi war. Er verachtete Männer wie Morgan und Evans. Sie achteten sorgfältig darauf, daß sie sich nicht die Hände schmutzig machten, hatten aber keine Bedenken, ihn anzuheuern. Evans war ganz offensichtlich unbehaglich zumute gewesen, als sich Horowitz in seinem Büro befand.

Der Taxifahrer hielt an der gewünschten Straßenkreuzung. Sein Fahrgast bezahlte ihn und ließ sich dann mit dem Anziehen seiner Handschuhe soviel Zeit, bis das Taxi verschwunden war. Dann ging Horowitz zu Fuß die letzten hundert Meter bis zu einer baufälligen, ein Stück von der Straße zum Flughafen entfernt stehenden Villa. Er öffnete die linke Hälfte der eisernen Gitterpforte, stieg die Vordertreppe empor, drückte zweimal kurz auf den Klingelknopf, wartete einen Moment, dann klingelte er noch einmal lang. Er hatte keine Veranlassung gesehen, Morgan und Evans wissen zu lassen, daß der Jemand, den er abholen wollte, eine Frau war.

Siebentes Kapitel

Eine Stunde nach Morgan trafen Newman und Marler in Frankfurt ein. Mit einem Taxi fuhren sie zum Hessischen Hof, einem der besten Hotels der Stadt. Sie trugen sich ein und verzichteten auf die Hilfe eines Hausdieners. Als sie im Fahrstuhl standen, erklärte Newman rundheraus:
»Sie warten in Ihrem Zimmer – oder sonstwo im Hotel. Ich muß weg und jemanden treffen.«
»Ich kann mich nicht erinnern, daß irgendjemand Sie zum Boss ernannt hätte...«
»Sie können ja verschwinden. Ich arbeite ebenso gern allein.«
»Kein Grund, unfreundlich zu werden«, erwiderte Marler friedfertig, während sie einen stillen, teppichbelegten Gang entlangwanderten. »Wenn das die Art ist, auf die Sie operieren möchten – von mir aus. Ich lungere so lange im Hotel herum...«
Newman stellte seine Reisetasche ab, holte zwei Anzüge heraus, hängte sie auf, ließ die Tasche offen stehen und verließ den Hessischen Hof. Er überquerte die Straße und ging durch die kleine Grünanlage in Richtung Messegelände, wobei er sich immer wieder umschaute; er hatte sich für diesen Weg entschieden, weil es Marler hier unmöglich gewesen wäre, ihm ungesehen zu folgen.

Von einer Telefonzelle aus rief er Kuhlmann an, der sich sofort meldete.
»Ich bin in Frankfurt. Der Mann von der Hitzewelle in Lübeck...«
»Treffpunkt geändert. Können Sie in einer Stunde am Fahrkartenschalter im Hauptbahnhof sein?«
»Ich warte dort auf Sie.«
Bis zum Hauptbahnhof war es nicht weit. Newman machte sich sofort auf den Weg; anschließend verbrachte er eine halbe Stunde kaffeetrinkend im Restaurant. Als er wieder auf den riesigen Bahnsteigsvorplatz hinaustrat, sah er Kuhlmann am Eingang zu einem der Bahnsteige stehen. Der Deutsche entdeckte ihn sofort, kam auf ihn zu, schüttelte ihm die Hand, begrüßte ihn in seiner Muttersprache.
»Lassen Sie uns ein bißchen auf und ab gehen, Bob. Auf diese Weise können wir reden, ohne Gefahr zu laufen, daß jemand mithört.«
»Sie glauben nicht, daß Tweed getan hat, was man ihm vorwirft?« fragte Newman rundheraus.
»Nein. Howard glaubt es auch nicht. Aber wie steht es mit Ihnen? Irgendwelche Zweifel?« konterte Kuhlmann.
»Nicht den geringsten. Warum zum Teufel wäre ich sonst hier? Ich versuche, Tweed zu finden, ihm den Rücken freizuhalten, herauszufinden, was hinter der ganzen Geschichte steckt.«
Ein Lautsprecher verkündete die bevorstehende Abfahrt eines Intercity nach Basel. Fahrgäste eilten auf die Bahnsteige. Eine Lokomotive fuhr ein, eine lange Reihe von Waggons mit sich ziehend. Kuhlmann, etliche Zentimeter kleiner als Newman, wie üblich in einen dunklen Anzug gekleidet, der die Breite seiner Schultern betonte, ließ sich Zeit, bevor er antwortete.
»Irgendwo ganz oben in London stinkt es nach Verrat und Verschwörung«, bemerkte er schließlich. »Tweed – mit Paula Grey, nehme ich an – war in Frankfurt und fährt gegenwärtig auf der Autobahn in Richtung Süden. Er hat die luxemburgische Grenze mit einem gemieteten BMW mit belgischen Nummernschildern überschritten. Jetzt hat er einen schwarzen Mercedes. Meine Leute haben sich dicht hinter der Grenze an ihn gehängt. Ich hatte gedacht, das wüßte nur ich. Ich habe meinen Minister nicht informiert.«
»Sie sagten, Howard hielte ihn auch nicht für schuldig. Das überrascht mich. Wie kommen Sie darauf?«
»Weil es in dem Fahndungsersuchen hieß, er hätte *angeblich* jemanden ermordet und vergewaltigt. Außerdem hieß es dort, daß ich nur ihm allein Bericht erstatten sollte. Selbst das habe ich bisher nicht getan.«
»Warum nicht?«
»Weil die Leute, die Tweed folgen, über eine Komplikation berichtet haben.

Jemand anders spielt dasselbe Spiel – folgt ihm mit mehreren Wagen. Kurz bevor ich hierher kam, um Sie zu treffen, habe ich erfahren, um wen es sich handelt. Hat mich sehr nachdenklich gemacht.«
»Um wen handelt es sich?«
»Machen Sie sich auf eine böse Überraschung gefaßt. Ich erhielt über Funk die Nummern von zwei der Wagen. Ich habe bei der Zulassungsstelle angerufen. Die Wagen gehören World Security & Communications, Lance Buckmasters internationalem Mammutunternehmen, bevor er Ihr Minister für Äußere Sicherheit wurde. Diese Idioten haben nicht daran gedacht, Wagen zu *mieten*.«

Newman war verblüfft. Sie wanderten eine Weile schweigend hin und her, während er diese neue Wendung verdaute. Er blieb stehen, ließ eine Frau mit einem Kinderwagen vorbei. Kuhlmann zündete sich eine Zigarre an. Dann nahmen sie ihre Wanderung wieder auf.
»Sie sind sich dessen völlig sicher?« fragte Newman.
»Ich dachte, Sie kennen mich inzwischen gut genug, um zu wissen, daß ich in bezug auf das, was ich sage, vorsichtig bin – sehr vorsichtig«, knurrte Kuhlmann. »Vielleicht verstehen Sie jetzt auch, weshalb ich es nicht eilig habe, mich mit London in Verbindung zu setzen. Wem können wir trauen?«
»Vielleicht spielt irgend jemand in den oberen Rängen von World Security sein eigenes Spiel. Die Firma wird nicht mehr von Buckmaster geleitet.«
»Soviel Naivität hätte ich von Ihnen nicht erwartet. Wir haben schon früher Ärger mit diesem Laden gehabt. Wir hatten den Verdacht, daß sie versuchten, hochtechnisierte Geräte, deren Ausfuhr in den Osten verboten ist, in die DDR zu schmuggeln. Auf einem ihrer eigenen Sicherheitstransporter. Ich habe mir einen Mann namens George Evans vorgeknöpft. Er ist hier auf dem Kontinent der Leiter des Unternehmens. Ein Gauner, wie er im Buche steht. Ich hatte leider nicht genügend Beweise, um die Sache vor Gericht zu bringen.«
»Worauf wollen Sie hinaus?« fragte Newman. Er wollte von Kuhlmann eine Bestätigung für seinen wachsenden Argwohn erhalten.
»Auf folgendes: Offiziell wird World Security jetzt von Buckmasters Frau Leonora geleitet. Er hat ihr seine Aktienmehrheit überschrieben. Als ich mit der DDR-Geschichte beschäftigt war, habe ich ein bißchen nachgeforscht. Aber glauben Sie, daß selbst ein Mann wie Evans, leitender Direktor für den Kontinent, durch Geschäfte auf eigene Faust seine Stellung riskieren würde? Ich habe ihn verhört. Dazu ist er nicht der Typ. Er hat nur Befehle ausgeführt – die von Lance Buckmaster kamen.«

»Und Sie meinen, daß er nach wie vor Befehle erteilt?«
»Ja!« erklärte Kuhlmann mit Nachdruck. »Aber worum es bei dieser Geschichte geht, kann ich mir einfach nicht vorstellen. Aber jetzt wissen Sie, warum ich es nicht eilig habe, mit London Kontakt aufzunehmen. Zuerst einmal ist Tweed ein Mann, den ich mag und bewundere. Irgend jemand versucht, ihn mattzusetzen, und wer immer das sein mag – ich gedenke nicht, ihm dabei zu helfen. Und zum zweiten habe ich mit World Security noch ein Hühnchen zu rupfen. Diese DDR-Geschichte war ganz eindeutig faul, und sie haben es geschafft, daß ich wie ein Idiot dastand. Ich bekam sogar von unserem hochgeschätzten Herrn Innenminister eine Zigarre verpaßt. Also halte ich jetzt die Augen offen und warte ab.«
»Und Sie verlassen sich dabei voll und ganz auf mich.«
Newman schaute Kuhlmann ins Gesicht, forderte ihn heraus.
»Ja, das tue ich. Sie haben freie Hand. Ich nicht.«
»Ich weiß ja nicht einmal, wo Tweed ist«, hakte Newman nach.
»Deshalb rufen Sie mich in regelmäßigen Abständen an. Unter einem Codenamen. Felix. Sprechen Sie nur mit mir. Tweed kann nicht pausenlos fahren – selbst dann nicht, wenn ihn Paula Grey am Steuer ablöst. Irgendwo muß er Station machen. Und ich werde wissen, wann er das tut – und wo. Auf dem Frankfurter Flughafen steht ein Polizeihubschrauber bereit, der Sie zum nächstgelegenen Flugplatz bringen wird.« Kuhlmann zog einen Umschlag aus der Innentasche seines Jacketts. »Der Pilot heißt Egon Wrede. Dieser Brief identifiziert Sie, ermächtigt Wrede, Sie dahin zu bringen, wo Sie hinwollen. Mehr kann ich nicht für Sie tun...«
»Moment! Da ist etwas, das mir komisch vorkommt. Weshalb diese Vorsichtsmaßnahmen? Daß ich mit niemandem außer Ihnen sprechen soll? Codename Felix und so weiter? Hört sich an, als könnten Sie niemandem trauen außer sich selbst.«
»So ist es. Hinter dieser Geschichte steckt eine Menge Macht. Mehr kann ich nicht für Sie tun«, wiederholte er und ging davon.

Tweed warf einen Blick in das kleine Notizbuch, das auf seinem Knie lag. Paula saß am Steuer des Mercedes und fuhr mit einer Geschwindigkeit zwischen 140 und 160 Stundenkilometern. Sie befanden sich inzwischen ein gutes Stück südlich von Karlsruhe und näherten sich Offenburg.
Paula war es endlich gelungen, Tweed dazu zu überreden, daß er sie eine Zeitlang fahren ließ. Sie tat es gern – es machte ihr Spaß, schnell zu fahren. Aus dem Augenblick heraus sah sie, wie Tweed abermals einen Blick in den Außenspiegel warf.

»Sind sie immer noch da?« fragte sie.
»Sie sind immer noch da«, sagte er so gelassen, als löste er ein Kreuzworträtsel. »Sieben Wagen, die uns in Abständen folgen, und der silberfarbene Mercedes vierhundert Meter vor uns. Macht zusammen acht – ich habe die Zulassungsnummern gerade noch einmal überprüft«, bemerkte er mit einem Blick auf sein Notizbuch.
»Ein regelrechter Geleitzug.«
»So ist es. Und genau das ist es, was ich nicht verstehe. Acht Wagen, die uns auf dieser ganzen langen Strecke gefolgt sind. Zuerst dachte ich, es handelte sich um Polizeifahrzeuge.«
»Weshalb sollten es keine sein? Wahrscheinlich werden wir gesucht.«
»Weil es zu viele sind – selbst dann, wenn sie sich der Bocksprung-Technik bedienen. Wenn Kuhlmann auf der Lauer liegt – das heißt, wenn er zunächst nur feststellen will, wo wir hinwollen –, dann würde er höchstens vier Wagen einsetzen. Acht deutet auf zwei verschiedene Gruppen hin.«
»Aber um wen könnte es sich dabei handeln?«
»Ich habe keine Ahnung. Stört es Sie, wenn ich rede?«
»Nicht im geringsten. Reden Sie.«
Sie fuhr gern schnell, war sich aber der Gefahr, in hypnotische Benommenheit zu versinken, vollauf bewußt. Die vierspurige Autobahn vor ihr kurvte, führte geradeaus, kurvte wieder. Eine Landschaft, die die Monotonie unterbrechen und sie hätte wachhalten können, gab es praktisch nicht. Dennoch behielt sie die hohe Geschwindigkeit bei. Tweed wollte unbedingt bis nach Freiburg kommen, und es war bereits später Nachmittag.
»Was tun wir, wenn wir in Freiburg angekommen sind?« fragte sie.
»*Bevor* wir in Freiburg angekommen sind«, korrigierte er sie, »übernehme ich das Steuer, und wir hängen sie ab. Alle miteinander.«
»Ich weiß nicht, wie...«
»Sie werden es erleben. Fahren Sie nur zügig weiter.«

Horowitz schaute aus dem Fenster des Lear Jets, der zur Landung auf dem Flugplatz von Freiburg angesetzt hatte. Neben ihm saß eine junge Frau mit tizianrotem Haar und einer hervorragenden Figur, die jetzt unter einem Anorak verborgen war. Ihre Beine steckten in hautengen Jeans, und sie trug kniehohe Stiefel.
Horowitz hatte Eva Hendrix auf dem Weg zum Frankfurter Flughafen abgeholt. Es war nicht ihr richtiger Name, und wie Horowitz war sie in Ungarn geboren. Normalerweise mißtraute er Frauen, aber es war möglich, daß sie sich später an Tweed heranmachen konnte.

»Wo wollen wir zuerst hin?« fragte sie, als die Maschine mit einem Ruck aufsetzte.
»Ins Büro von World Security in Freiburg.«
»Merkwürdiger Ort für ein Büro. Ich dachte immer, die Firma hätte ein großes Büro in Basel, und das ist schließlich nur einen Katzensprung entfernt.«
»Hat sie auch. Aber Freiburg ist stiller. Liegt direkt am Schwarzwald.«
»Gute Gegend, um Leichen zu verscharren«, witzelte sie.
Horowitz erstarrte innerlich für ein paar Sekunden. Damit war sie der Wahrheit näher gekommen, als sie geahnt hatte. Doch da sie gerade damit beschäftigt war, sich eine Zigarette anzuzünden, entging ihr seine Miene. Sie schaute aus dem Fenster in die Dunkelheit hinaus, als der Pilot in die Kabine kam.
»Himmel, es schneit.«
»Also war die Wettervorhersage ausnahmsweise einmal richtig. Sehr hilfreich.«
Sie fragte nicht, wieso das hilfreich war, und der Pilot meldete, daß der gewünschte Wagen bereitstand. Horowitz nickte, nahm den Koffer, den er in der Villa in Frankfurt abgeholt hatte, in die eine und seinen Aktenkoffer in die andere Hand und folgte Eva Hendrix aus der Kabine.
Horowitz, der gern mit leichtem Gepäck reiste, hatte an zahlreichen Orten in ganz Europa gepackte Koffer stehen. Der Wagen war ein Ford, wie er es verlangt hatte. Nichts Spektakuläres. Er hatte die Technik, nicht aufzufallen, zu einer schönen Kunst entwickelt. Als der livrierte Chauffeur sie nach Freiburg fuhr, begann Eva Hendrix mit ihrer einschmeichelnden Stimme zu schwatzen. Die Schneeflocken waren mittlerweile größer geworden, und die Scheibenwischer glitten hin und her.
»Handelt es sich wieder um eine Verführung?« flüsterte sie.
»Eigentlich nicht. Eher um eine Infiltration – wenn sich die Gelegenheit ergibt.«
Er gibt Informationen, als kostete ihn jedes Wort, das er spricht, eine Menge Geld, dachte sie. Nun, er bezahlte sie, also mochte er auf eine sonderbare Art weitermachen. Sie warf einen Blick auf sein kraftvolles Profil, dann schaute sie wieder hinaus auf die verschneite Straße. Er war nicht schwul, da war sie ganz sicher. Ob er von Zeit zu Zeit mit einer Frau schlief? Wenn ja, dann würde es eine klinische Angelegenheit sein, präzise und kalkuliert wie alles, was er tat. Nicht mein Fall, dachte sie.
»An dir als Frau bin ich nicht interessiert«, bemerkte er auf seine langsame und bedächtige Art. »Nur an der Arbeit, die du für mich tun kannst.«

Herr im Himmel! dachte sie. Ein Mann, der die Gedanken einer Frau lesen kann. Normalerweise geht man davon aus, daß es umgekehrt ist. Als sie vor dem Büro von World Security in Freiburg eintrafen, wurde ihnen das verschlossene Tor sofort geöffnet. Offensichtlich war jemand, der die Marke und die Nummer des Wagens kannte, über ihre Ankunft informiert worden.
In der Halle händigte Horowitz dem uniformierten Wachmann das Einführungsschreiben aus, das er von Gareth Morgan erhalten hatte.
»Wir haben kein Foto von Ihnen, Mr. Schmidt«, beschwerte sich der Wachmann.
»Lesen Sie den letzten Satz. Sie scheinen im Prüfen von Dokumenten nicht sonderlich gut zu sein. Das dürfte Mr. Morgan gar nicht gefallen.«
Soweit Horowitz bekannt war, existierte kein Foto von ihm. In dieser Beziehung war er immer sehr vorsichtig gewesen. Die Fotos in seiner Kollektion von Pässen waren verschwommene Abbilder – ohne die Stahlbrille, die er ständig trug.
»Tut mir leid, Sir«, entschuldigte sich der Wachmann. »Das Zimmer des Chefs steht Ihnen zur Verfügung. Ich bringe Sie hinauf. Oder möchten Sie vorher etwas zu sich nehmen?«
»Nichts für mich, danke.«
»Ich bin halb verhungert«, erklärte Eva Hendrix. »Ich hätte gern ein schönes Steak, halb durchgebraten, und etwas zu trinken. Einen doppelten Wodka-Martini.«
»Bringen Sie ihr, was sie haben möchte. Sie kann hier unten in der Halle bleiben. Und mich bringen Sie hinauf in das Büro«, wies Horowitz den Wachmann an.
Das Büro war ein großer Raum im ersten Stock mit einem Schreibtisch, auf dem drei verschiedenfarbige Telefone standen. Horowitz erklärte dem Wachmann, er müsse mit dem Büro von World Security in Frankfurt sprechen. Ungestört.
»Dann lasse ich Sie allein. Sie müssen das blaue Telefon benutzen.«
Horowitz wartete, bis der Wachmann gegangen war, dann stellte er sein Gepäck auf eine Couch und sah sich in dem Zimmer um. Hoch oben in einer Ecke hing eine auf den Schreibtisch gerichtete Kamera. Hier traut keiner dem anderen, dachte Horowitz. Er zog einen Stuhl heran, kletterte darauf, nahm seinen Schal ab und drapierte ihn über die Linse der Kamera.
Bevor er zum Telefonhörer griff, untersuchte er das Zimmer ganz genau. Er fand das Tonbandgerät in einer kleinen, in die Unterseite des Schreibtisches eingearbeiteten Nische. Mit seinem scharfen Gehör hatte er das leise

Schwirren des Bandes vernommen. Wahrscheinlich hatten sie es mit Hilfe einer Fernbedienung eingeschaltet, während er auf dem Weg nach oben war. Aber von dem Gespräch, das er führen wollte, durfte es keine Aufzeichnung geben.
Er hockte sich nieder und untersuchte das Gerät. Er fand die Taste und schaltete es aus. Dann zog er die Kassette heraus, riß das bereits besprochene Stück Band ab und stopfte Band und Kassette in seine Manteltasche.
Er saß am Schreibtisch, im Begriff, die Frankfurter Nummer zu wählen, als die Tür aufgerissen wurde und der uniformierte Wachmann wieder erschien. Er deutete auf die Kamera.
»Daran darf sich niemand zu schaffen machen...«
Horowitz legte den Hörer auf, erhob sich wortlos, ging langsam auf den Wachmann zu. Seine rechte Hand packte Krawatte und Kragen des Wachmanns und schleuderte ihn rückwärts auf den Flur hinaus. Der Wachmann prallte gegen die gegenüberliegende Wand und sank zu Boden.
»Ich sagte bereits, daß ich ungestört telefonieren möchte. Also bleiben Sie gefälligst draußen. Wenn noch jemand hereinkommt, breche ich ihm beide Arme.«
Der Wachmann, noch immer am Boden, starrte in die schiefergrauen Augen hinter den Brillengläsern. Er war noch nie so verängstigt gewesen. Horowitz hatte leise und bedächtig gesprochen. Er schloß die Tür, setzte sich wieder an den Schreibtisch und wählte die Nummer, die er im Kopf hatte. Nach wie vor trug er seine Glacéhandschuhe.
»Ich möchte unverzüglich Gareth Morgan sprechen. Meinen Namen brauchen Sie nicht. Er erwartet meinen Anruf.«
»Hier Morgan«, schnarrte dreißig Sekunden später eine vertraute Stimme. »Ist dort...«
»Namen brauchen nicht genannt zu werden. Ich spreche von Ihrem Freiburger Büro aus. Können Sie mir sagen, wo der Betreffende sich jetzt befindet?«
»Ja. Wir haben vor ein paar Minuten eine Meldung bekommen. Er kommt direkt auf Sie zu. Auf der E 35. Auf halbem Wege zwischen Offenburg und Freiburg.«
»Dann muß ich jetzt Schluß machen. Sie haben für das Fahrzeug gesorgt, das ich verlangt habe, als ich Sie vom Frankfurter Flughafen aus anrief? Mit einem *verläßlichen* Fahrer?«
»Ich habe mich selbst darum gekümmert. Der Fahrer heißt Oskar. Er müßte auf dem Garagenhof hinter dem Haus auf Sie warten.«
»Und der Betreffende fährt nach wie vor den gleichen Wagen?«

»Ja.«
»Dann bis später...«
Horowitz nahm sein Gepäck, nahm seinen Schal von der Kamera, wobei er darauf achtete, nicht vor die Linse zu kommen, fuhr mit dem Fahrstuhl hinunter. Eva Hendrix wartete auf ihr Essen; vor ihr, auf einem Tisch mit Glasplatte, stand ein leeres Glas. Horowitz setzte seinen Koffer neben ihr ab.
»Passen Sie darauf auf. Ich bin in ein paar Minuten zurück.«
Er verließ das Haus durch den Vordereingang und ging um das Gebäude herum zur Rückseite. Es schneite heftig. Der Kälte der Nachtluft war er sich kaum bewußt – er war in Gedanken vollauf mit seinem Job beschäftigt. Der riesige, sechsachsige Gefriergut-Transporter parkte in einem großen Schuppen, dessen Tore offenstanden. Ein Mann saß in der Kabine des Sattelschleppers, rauchte eine Zigarette und las Zeitung. Sobald er Horowitz bemerkte, faltete er das Blatt zusammen, sprang heraus und warf seine Zigarette in den Schnee.
»Ich bin Schmidt«, sagte Horowitz und musterte den Fahrer. »Wer sind Sie?«
»Oskar. Für diesen Job müssen Sie sich ausweisen.«
Horowitz reichte ihm die von Morgan unterschriebene Vollmacht. Oskar las sie sorgfältig im Licht der Seitenscheinwerfer seines riesigen Fahrzeugs. Der Motor schnurrte wie ein Tiger, und Oskar erinnerte Horowitz an das Michelin-Männchen – klein und dick, mit vorquellendem Bauch und rundlichem Kopf. Aber Oskar hatte nichts Amüsantes an sich. Sein Gummigesicht ohne die Spur eines Lächelns erinnerte an den Typ der »schweren Jungs« in amerikanischen B-Filmen. Er gab Horowitz das Schreiben zurück, und dieser zeigte Oskar den Zettel mit der Zulassungsnummer von Tweeds Mercedes. Oskar warf einen Blick auf den Zettel und gab ihn gleichfalls zurück.
»Sie können sich die Nummer merken?« fragte Horowitz.
»Es gehört zu meinem Job, mir solche Dinge zu merken. Was für eine Wagenmarke? Welche Farbe? Wo?«
»Ein Mercedes. Farbe unbekannt. Befindet sich hinter Offenburg auf der E 35. Besetzt mit einem Mann und einer Frau. Was ist das für eine Vorrichtung, die da auf die Kabine montiert ist?«
»Ich zeige es Ihnen, dann fahre ich los.«
Oskar kletterte behende wieder in die Kabine, schlug die Tür zu und legte einen Schalter um. Auf der Kabine befand sich eine große, runde Scheibe mit einer Abdeckung, die aussah wie eine Jalousie. Als Oskar den Schalter

halb umgelegt hatte, leuchtete ein riesiger Suchscheinwerfer auf, dessen Licht so stark war, daß Horowitz den Kopf senken mußte. Der Fahrer drückte den Schalter ganz herunter, und das Licht verstärkte sich derart, daß es blendete. Horowitz riskierte einen Blick nach oben und sah, daß sich die Jalousie in ganz schmale Streifen verwandelt hatte. Er konnte sich denken, welchen Zweck diese Vorrichtung hatte. Der Scheinwerfer mußte eine Reichweite von dreihundert Metern haben.
Er trat beiseite, und das große Fahrzeug glitt schwerfällig aus dem Schuppen. Oskar ließ die ohrenbetäubende Hupe ertönen, und das Hoftor schwang auf. Horowitz beobachtete, wie der Sattelschlepper auf die Straße einbog und verschwand. Der mußte eigentlich mehr als groß genug sein, um sein Werk zu tun, dachte er.
Als er in die Halle zurückkehrte, wartete Eva Hendrix noch immer auf ihr Essen und rauchte eine weitere Zigarette. Er beugte sich über sie, so daß niemand außer ihr ihn hören konnte.
»Wir gehen jetzt. Zu Fuß. Also zieh deinen Mantel an, und dann nichts wie fort von hier . . .«
»Ich warte darauf, daß diese Tränentiere mir mein Steak bringen.«
»Nein, das tust du nicht. Ich habe von Frankfurt aus zwei Zimmer im Hotel Colombi gebucht. Da kannst du ein Essen mit acht Gängen zu dir nehmen, wenn du es bewältigen kannst. Übrigens kann es sein, daß ich dich nicht mehr brauche und daß du morgen mit dem Zug nach Frankfurt zurückfahren kannst.«
»Es schneit immer heftiger. Ich werde klatschnaß werden . . .«
»Binde dir ein Tuch um den Kopf. Und nun setz dich gefälligst in Bewegung. Schluß mit dem Gewäsch. Du weißt, ich errege nicht gern Aufsehen.«
Als sie durch den Schnee stapften, der jetzt noch dichter fiel, stand Horowitz das Bild von Tweed vor Augen, der in seinem Mercedes auf Freiburg zufuhr, während Oskar ihm in seinem Gefriergut-Transporter entgegenkam.

Achtes Kapitel

Dunkelheit. Tweed hatte Paula wieder beim Fahren abgelöst. Die Sicht war schlecht. Es herrschte dichtes Schneetreiben. Tweed hatte die Heizung voll aufgedreht und fuhr 100 Stundenkilometer. Das Fernlicht der Scheinwerfer erhellte die Autobahn gerade ausreichend für diese Geschwindigkeit.

»Das Wetter wird immer schlechter«, sagte Paula. »Ich nehme an, bis zur Abfahrt nach Freiburg sind es noch ungefähr dreißig Kilometer. Fahren wir weiter?«

»Ja. Die Wagen sind immer noch hinter uns. Wir müssen sie alle miteinander abhängen.«

Das Licht der Scheinwerfer hinter ihm war verschwommen, der Abstand zwischen Verfolgern und Verfolgtem war größer geworden, aber sie waren nach wie vor da. Tweed verlagerte sein Gewicht; er fühlte sich steif und lahm.

Die Szenerie vor der Windschutzscheibe wirkte unheimlich. Ein Schneegürtel am Rande der beiden südwärts führenden Spuren, dazu Neonlampen, die ihr gespenstisches Licht auf den Schnee warfen und das dieser ebenso gespenstisch reflektierte. Nur wenige Wagen kamen ihnen auf der anderen Fahrbahn jenseits der Leitplanke entgegen, und noch weniger überholten ihn. Er gähnte.

»Wird es nicht zu warm hier drinnen?« fragte Paula und blickte von der Karte auf. »Vielleicht sollten wir die Heizung abstellen.«

Tweed streckte die Hand aus und stellte die Heizung ab. Wenn es im Wagen zu warm wurde, bestand die Gefahr, daß seine Konzentration nachließ. Der Schneegürtel rollte unaufhörlich vorbei. Tweed streckte seinen Rücken, drückte ihn fest gegen den Sitz. Er mußte hellwach bleiben.

»Wird der Schnee es uns schwerer machen, sie abzuhängen?« fragte Paula.

»Könnte sein, daß er es uns leichter macht. Wir sind nicht mehr so gut zu sehen. Bitte achten Sie auf die Straßenschilder. Wenn wir uns der Ausfahrt nach Freiburg nähern, muß ich es beizeiten wissen.«

»Wird gemacht. Wir erreichen bald eine Ausfahrt, aber das ist noch nicht die nach Freiburg.«

Oskar saß in der Kabine seines Sattelschleppers, den er am oberen Ende einer abschüssigen Ausfahrt geparkt hatte, die von der nach Süden führenden Spur der E 35 nach Freiburg und Basel abzweigte. Der Motor lief, aber die Scheibenwischer hatten es schwer, die Windschutzscheibe von Schnee freizuhalten.

Er hielt ein sehr leistungsfähiges Nachtfernglas dicht vor die Augen. Von seiner erhöhten Position aus konnte er von Norden kommende Fahrzeuge schon in größerer Entfernung erkennen. Das Schneetreiben hatte erfreulicherweise etwas nachgelassen, die Sicht war besser geworden.

Das Manöver, das er plante, war überaus gefährlich und ungesetzlich. Er vertraute auf die Größe des Sattelschleppers; sie würde es einfach und weniger gefährlich machen und den Erfolg sichern. Er trug Handschuhe, von dem Augenblick an, in dem er zum ersten Mal in die Kabine des Transporters gestiegen war, den er auf dem Parkplatz eines Lebensmittel-Großhändlers hundertfünfzig Kilometer weiter nördlich gestohlen hatte. Und für später, wenn die Polizei sich mit der Katastrophe beschäftigte, hatte er noch ein nettes Detail hinzugefügt. Auf dem Sitz neben ihm lag eine halbleere Whiskyflasche – auch nur mit Handschuhen angefaßt.

Oskar, der früher einmal Amateur-Rennfahrer gewesen war, zweifelte nicht daran, daß er imstande sein würde, nach dem »Unfall« die erforderliche Kehrtwendung auszuführen und in Richtung Süden davonzufahren. Wenn ein anderes Fahrzeug hineinverwickelt wurde – dann hatte es eben Pech gehabt.

Wenn die Polizei dann den verlassenen Sattelschlepper fand, würde sie davon ausgehen, daß der Fahrer, der ihn gestohlen hatte, betrunken gewesen war. Dafür würde die Whiskyflasche sorgen. Oskar war sicher, an alles gedacht zu haben. Aber schließlich erhielt er von Schmidt auch neuntausend Mark. Dafür, daß er auf Details achtete.

Er versteifte sich. Ein Mercedes näherte sich. Es hatte fast aufgehört zu schneien, und er hatte klare Sicht. Aber es saß nur eine Frau darin, und die Nummer war eine andere. Der Mercedes schien auf ihn zuzufliegen. Die dumme Kuh fuhr mindestens 140 Stundenkilometer – und das unter diesen Umständen. Kein Wunder, daß es auf der Autobahn immer wieder zu Massenkarambolagen kam. Rast wahrscheinlich zu ihrem Geliebten, dachte er. Trotzdem schien es eine Ewigkeit zu dauern, bis der Wagen die Stelle erreicht hatte, an der die Ausfahrt abzweigte.

Diese Tatsache war sehr beruhigend für Oskar. Wenn das Zielobjekt in Sicht kam, würde er massenhaft Zeit haben, auf die Autobahn hinabzufahren. Er zündete sich eine Zigarette an, dann runzelte er die Stirn. Das Wetter schlug um. Es schneite nicht mehr, und die Temperatur war plötzlich um etliche Grad gesunken. In der Ferne wurde die Luft über der Autobahn dunstig. Von beiden Seiten kam gefrierender Nebel herangekrochen. Er hob wieder das Fernglas an die Augen. Im Augenblick würde er noch genügend Zeit haben, auf die Autobahn hinabzufahren – aber was war, wenn der Nebel näher kam?

»Gleich kommt wieder eine Ausfahrt«, erklärte Paula. »Es ist noch nicht die nach Freiburg – aber wir sind nahe daran.«
»Ich weiß es zu würdigen, daß Sie dieses Schild erkannt haben«, bemerkte Tweed und packte das Lenkrad fester.

Über der Autobahn lag ein dichter weißer Dunst. Von den Seiten drifteten Nebelschwaden heran. Seine Windschutzscheibe begann zu vereisen, und die Scheibenwischer schoben Eiskristalle zur Seite. Eine ungemütliche Kälte drang ins Wageninnere; er schaltete die Heizung wieder ein. Der silberfarbene Wagen vor ihnen war verschwunden. Ob er in die Ausfahrt eingebogen war? Er bezweifelte es.

»Es schneit nicht mehr«, sagte Paula. »Aber dieser Nebel macht das Fahren nicht gerade einfacher.«

»Nur gut, daß wir niemanden vor uns haben.«

»Das Problem ist nur, daß ich nicht mehr sehen kann, wie dicht uns unsere Freunde auf den Fersen sind. Hoffen wir, daß sie genügend Abstand halten. Es wäre unschön, wenn einer von ihnen auf uns auffahren würde.«

Der Gedanke war Tweed auch schon gekommen. Er bewegte seine Glieder und setzte sich dann gerader hin. Irgendwie fühlte er sich jetzt wacher und konzentrierter, als hätte ihm irgend etwas neuen Auftrieb gegeben. Das Adrenalin floß wieder. Wahrscheinlich war es die neue Gefahr durch den Nebel, die es in Gang gesetzt hatte. Er wäre gern langsamer gefahren, getraute sich aber nicht, weil er nicht wußte, was von hinten auf ihn zukam. Das Eis gefror jetzt fester und gab ein knisterndes Geräusch von sich, wenn die Scheibenwischer es bewegten. Die Autobahn vor ihm funkelte im Licht seiner Scheinwerfer wie Glas. Die Fahrbahn wurde tückisch. Plötzlich schrie Paula auf.

»Großer Gott! Da kommt etwas! Muß ein Irrer sein...«

In einiger Entfernung kam ihnen ein riesiger Laster mit gleißenden Scheinwerfern auf Kollisionskurs entgegen. Dann flammte auf dem Dach der Kabine ein weiteres Licht auf, ein Strahl, der sie anfunkelte wie ein großes Auge. Paula erstarrte vor Entsetzen. Das Scheinwerferlicht wurde wesentlich intensiver und blendete sie, während das Monstrum auf sie zurollte. Das Dröhnen von Oskars starkem Motor übertönte das Geräusch ihrer eigenen Maschine.

Tweed preßte die Lippen zusammen und warf einen flüchtigen Blick in den Rückspiegel. Nichts zu sehen von den Wagen, die dem Mercedes folgten. Er behielt seine Geschwindigkeit bei, widerstand der Versuchung, den Druck aufs Gaspedal zu reduzieren. Die beiden Fahrzeuge jagten aufeinander zu. Der Abstand zwischen ihnen wurde geringer – es konnte nur noch Sekunden dauern, bis sie zusammenprallten.

»Ein Wahnsinniger«, keuchte Paula.

»Festhalten!« befahl Tweed.

Jetzt konnte er erkennen, daß es ein riesiger Gefriergut-Transporter war mit

einem Gewicht von Gott weiß wie vielen Tonnen. Mit seiner Größe und der Geschwindigkeit beider Fahrzeuge würde er seinen Wagen zermalmen wie eine Eierschale. Er wußte sofort, daß der Fahrer es darauf abgesehen hatte, ihn umzubringen. Er behielt seine Geschwindigkeit unverändert bei, blieb auf der gleichen Fahrspur.
Oskar beugte sich über sein Lenkrad, eine tote Zigarette im Mundwinkel. Das war das Zielobjekt. Alles stimmte. Anzahl und Geschlecht der darin sitzenden Personen. Die Zulassungsnummer. Er drückte das Gaspedal nieder, und die Kraft der Bewegung ließ den Sattelschlepper beben. Oskar ließ das Lenkrad los, lehnte sich zurück, machte sich auf den Zusammenprall gefaßt...
Paula schloß die Augen. Sie wußte, daß sie so gut wie tot war. Der Gedanke schoß ihr durch den Kopf, daß sie wenigstens mit Tweed zusammen sterben würde.
Tweed saß regungslos wie eine Wachsfigur hinter dem Lenkrad, und sein Verstand war so kalt wie das Eis, das sich auf der Windschutzscheibe bildete. Der Fahrer des Sattelschleppers mußte jetzt annehmen, daß er vor Entsetzen gelähmt war, zu keinem klaren Gedanken fähig, vielleicht sogar eingeschlafen, wie es manchmal vorkam.
Tweed berechnete die kombinierte Geschwindigkeit der beiden Fahrzeuge, so gut er konnte. Sein Verstand arbeitete auf Hochtouren. Als er den rechten Moment für gekommen hielt, in dem er den Mercedes schneller würde bewegen können, als der Fahrer am Voranstürmen seines Mammuts etwas ändern konnte, riß er das Lenkrad nach links und wechselte auf die äußere Spur. Der Moloch ragte über ihm auf. Sein Wagen schleuderte. Tweed steuerte gegen, der Wagen reagierte, hörte auf zu schleudern. Die Seitenwand des Sattelschleppers glitt, nur ein paar Zentimeter entfernt, an seiner rechten Flanke vorbei.
Oskar fluchte gotteslästerlich, dann riß er die Augen weit auf. Scheinwerfer rasten auf ihn zu. Instinktiv riß er das Steuer herum, und der Wagen prallte auf den Sattelschlepper. Ein Geräusch von knirschendem Metall, als das Vorderteil des Wagens zusammengefaltet wurde, ein zweites Krachen, als der hinter ihm fahrende Wagen aufprallte, gefolgt von einem dritten. Der Sattelschlepper schlitterte über die Fahrbahn; Oskar versuchte verzweifelt, ihn wieder unter Kontrolle zu bekommen, sah vor sich die äußere Leitplanke, trat – zu spät – auf die Bremse. Der Sattelschlepper prallte gegen die Leitplanke, durchbrach sie, glitt eine Böschung hinunter.
Die Kabine löste sich vom Chassis, das auf die Seite kippte und die Böschung hinunterrutschte. Die Kabine, von ihrer Last befreit, sauste

weiter, prallte gegen eine niedrige Betonmauer. Oskar wurde durch die Windschutzscheibe geschleudert. Als die Polizei ihn später fand, war sein Kopf fast vollständig vom Körper getrennt; er hing auf makabre Weise aus dem Splitterloch in der Windschutzscheibe heraus, und im Mundwinkel des toten Mannes steckte nach wie vor die tote Zigarette.

»Ich weiß nicht, wie Sie das fertiggebracht haben...«
Paula benutzte ihr Taschentuch, um sich den Schweiß von der Stirn zu wischen und ihre Hände abzutrocknen. Sie atmete schwer, ihr Busen wogte. Sie versuchte, sich wieder in den Griff zu bekommen. Tweed sagte das erste, das ihm in den Sinn kam.
»Ich auch nicht, aber ich habe es geschafft. Auf Kosten anderer. Ist Ihnen klar, daß es eine Massenkarambolage gegeben hat? Gott weiß, wie viele Wagen daran beteiligt waren – vermutlich alle, die uns gefolgt sind. Wie weit ist es noch bis zur Freiburger Ausfahrt?«
Er fragte, um ihre Gedanken in eine andere Richtung zu lenken; außerdem war es wichtig, daß sie nach dem, was gerade passiert war, die Autobahn so schnell wie möglich verließen. Er ging mit der Geschwindigkeit herunter und wischte zuerst die eine und dann die andere Hand an seinem Mantel trocken. Paula beschäftigte sich bereits wieder mit der Karte, schaute auf, als vor ihnen ein Schild auftauchte.
»Die nächste Abfahrt. Bleiben wir in Freiburg?«
»Ja. Ich kenne die Stadt. Habe früher einmal sechs Monate an der Universität studiert, um Deutsch zu lernen. Wir werden dort übernachten. Die Ruhe wird Ihnen guttun. In Freiburg gibt es ein erstklassiges Hotel.«
»Wie heißt es?«
»Colombi.«

Neuntes Kapitel

Als sie in dichtem Schneetreiben zum Hotel Colombi unterwegs waren, blieb Horowitz stehen. Er hatte eine Autovermietung entdeckt, die noch geöffnet hatte. Eva murrte, als sie mit ihrem Koffer in der Kälte dastand.
»Ich möchte endlich etwas essen«, erklärte sie und zog den Mantelkragen enger um ihren schlanken Hals.
Horowitz' Geduld war erschöpft. Lächelnd setzte er sein Gepäck ab und legte beide Hände auf ihre Schultern. Da er gut zehn Zentimeter größer war als sie, mußte er sich zu ihr hinabbeugen.

»Wenn du nicht sofort mit dem Gejammer aufhörst, wird man deine Leiche in einem Straßengraben finden. Wäre ein solches Ende nach deinem Geschmack?«
Sie zitterte, als er sie musterte, aber nicht vor Kälte. »Entschuldige. Was hast du vor?« Ihre Zähne klapperten, und auch daran war nicht die Kälte schuld.
»Ich miete einen Wagen. Dann fahren wir die letzten paar Meter bis zum Colombi. Fühlen wir uns jetzt wohler?«
»Okay. Ich tue alles, was du willst, Armand...«
Horowitz legte einen Führerschein auf den Namen Vogel vor, um einen Audi zu mieten. Nachdem die Formalitäten erledigt waren, fuhr er auf dem Kopfsteinpflaster der Altstadt davon. Es war wichtig, daß er einen Wagen hatte, daß er beweglich war. Er mietete zwei Zimmer in dem prächtigen Hotel, von dessen großer Empfangshalle eine moderne, geschwungene Treppe ins Hochparterre hinaufführte. Die Wärme und die luxuriöse Umgebung besänftigten Eva Hendrix; sie erklärte, sie würde in ihr Zimmer hinaufgehen und sich zum Essen umziehen. Horowitz händigte einem Pagen seine Koffer zusammen mit seinem Zimmerschlüssel aus.
»Wir treffen uns in der Bar«, sagte er zu Eva.
Mit einem Gefühl der Erleichterung begab er sich allein in die Bar und bestellte ein Glas Champagner. Um diese Jahreszeit hielten sich nur wenige Gäste im Hotel auf; er hatte einen Tisch für sich allein. Er trank nur selten Alkohol, doch jetzt genoß er seinen Champagner. Von irgendwoher ertönte Radiomusik, die für eine Meldung unterbrochen wurde. Horowitz, der gerade sein Glas zum Mund führen wollte, erstarrte.
Eine Massenkarambolage in der Nähe von Freiburg auf der E 35. Wie wir erfahren haben, sind acht Wagen beteiligt – zahlreiche Tote –, und wie wir weiter erfahren haben, hat ein großer Gefriergut-Transporter, der auf der südwärts führenden Spur in nördlicher Richtung fuhr, diese neuerliche Katastrophe verursacht. Man nimmt an, daß auch der Fahrer des Transporters bei dem Unfall ums Leben kam... Weitere Einzelheiten in unserer nächsten Nachrichtensendung.
Horowitz stellte sein noch halbvolles Glas auf den Tisch. Er bestellte ein zweites Glas, warf einen Blick auf die Uhr. Als Eva Hendrix erschien, deutete er auf sein Glas.
»Du kannst das austrinken, bis das nächste kommt, das ich für dich bestellt habe. Ich muß fort – noch etwas erledigen, das ich vergessen hatte. Fang schon mit dem Essen an – es kann eine Weile dauern.«
»Und ich habe mich extra schön gemacht für dich...« Sie bemerkte seinen

Ausdruck und brach ab. Sie trug ein grünes Kleid, schulterfrei und eng anliegend. »In Ordnung«, erklärte sie schnell. »Ich fange mit dem Essen an – wir sehen uns, wenn du zurück bist...«
Und vielleicht, dachte sie, habe ich das Glück, daß er lange fortbleibt und ich einen interessanten Mann kennenlerne. Horowitz sah sie nicht einmal an; er öffnete seinen Aktenkoffer, hob den Boden an, blätterte mehrere Dokumente durch, fand, was er suchte, und machte den Koffer wieder zu. Mit dem Koffer in der Hand nickte er ihr zu und ging hinaus zu dem gemieteten Audi.
Er brauchte eine halbe Stunde, um die Unfallstelle zu erreichen. Polizeiwagen mit flackerndem Blaulicht. Überall uniformierte Polizisten. Er erhaschte einen Blick auf den Ort der Katastrophe – die Stelle, an der auf der südwärts führenden Spur die Wagen zusammengeprallt waren, sah aus wie ein Schrottplatz. Die Polizei dirigierte den Verkehr, winkte andere Fahrzeuge vorbei. Er fuhr auf die Standspur, schaltete den Motor ab und stieg aus.
Ganz bewußt näherte er sich einem der älteren Polizisten; die jüngeren gaben keine Auskünfte, genossen es, von ihrer Autorität Gebrauch zu machen, indem sie einem nur sagten, man solle weiterfahren. Der Polizist, den er ansprach, hatte die Hände auf die Hüften gestemmt, und unter seiner Mütze war graues Haar zu erkennen. Horowitz gab die Erklärung, die er sich unterwegs zurechtgelegt hatte.
»Ich bin Beamter, Steuerinspektor.« Er zeigte das gefälschte Dokument vor. »Ich habe im Radio von diesem entsetzlichen Unfall gehört, und ich mache mir große Sorgen...«
»Sie glauben, jemand, den Sie kennen, könnte darin verwickelt sein?« fragte der Polizist mitfühlend.
»Ja. Meine Frau. Sie wollte von Frankfurt herkommen und hat angerufen, daß sie sich verspäten würde. Aber sie könnte gerade um die Zeit hier gewesen sein, als der Unfall passierte...«
»Welche Nummer hat ihr Wagen? Es ist uns wenigstens gelungen, alle Nummernschilder zu finden.« Sofort bedauerte der Polizist diese Bemerkung. »Welche Marke?«
»Ein Mercedes.« Horowitz zögerte. »Haben Sie eine Liste der Nummern? Ja? Darf ich einen Blick darauf werfen? Ich möchte selbst sehen, ob sie daraufsteht. Das Ganze ist ein solcher Schock...«
Der Polizist nickte abermals, zog ein zusammengefaltetes Blatt Papier aus der Tasche seiner Uniform, gab es Horowitz und beleuchtete es mit einer Taschenlampe, während der Steuerinspektor mit dem Zeigefinger die Liste

hinunterfuhr und eine Nummer nach der anderen überprüfte. Schließlich stieß er einen tiefen Seufzer aus.
»Sie ist nicht dabei. Gott sei Dank. Haben Sie etwas dagegen, wenn ich auf die andere Fahrbahn wechsle und nach Freiburg zurückfahre? Kann sein, daß ich sie verpaßt habe, während ich hierherfuhr.«
»Ich dirigiere Sie hinüber. Sie haben Glück gehabt heute abend. Niemand hat den Unfall überlebt. Gefrierender Nebel, und trotzdem rasen die Leute, als bekämen sie es bezahlt. Wahnsinn.«
»Davon gibt es zuviel in der Welt. Und vielen Dank für Ihr Entgegenkommen...«
Horowitz fuhr in sehr nachdenklicher Stimmung nach Freiburg zurück. Die Zulassungsnummer von Tweeds Wagen hatte nicht auf der Liste gestanden. Er war nach wie vor am Leben, trieb sich irgendwo herum. Die Frage war nur: wo? Er versuchte, sich in Tweeds Lage zu versetzen: was würde er tun? Als er wieder beim Hotel Colombi angelangt war, hatte er einen Entschluß gefaßt. Morgen würde ein geschäftiger Tag werden.

In Freiburg verirrte sich Tweed. Seit er zum letztenmal hier gewesen war, hatte man die Straßenführung geändert. Er kam zum Hauptbahnhof.
»Ich glaube, der Zeitschriftenkiosk in der Schalterhalle ist noch offen«, sagte Paula. »Ich laufe hinüber und versuche, einen Stadtplan zu bekommen.«
Ein paar Minuten später kehrte sie mit triumphierender Miene zurück und schwenkte einen Faltplan. Sie ließ sich wieder neben Tweed nieder, hielt inne, bevor sie den Stadtplan aufschlug, und sah ihn an.
»Wenn Sie lieber weiterfahren wollen, soll mir's recht sein. Ist es nicht zu riskant, in der Nähe der Unfallstelle zu bleiben? Der Fahrer dieses Sattelschleppers hat versucht, uns umzubringen – und er wußte genau, wo wir uns befanden. Gott weiß, woher – aber vielleicht sollten wir zusehen, daß wir von hier verschwinden.«
»Sie sind hundemüde und hungrig...«
»Ich sagte doch, daß es mir recht wäre.«
»Ich bin auch hundemüde und hungrig«, erklärte er. »Und das ist ein Zustand, in dem mir schwerwiegende Fehler unterlaufen können. Ich kenne Freiburg. Sehen wir zu, daß wir das Hotel Colombi finden.«
»Es liegt am Rotteckring – ich habe in der Schalterhalle eine Reklame dafür gesehen. Einen Moment.« Tweed wartete und schaute sich um. Moderne Gebäude gegenüber dem Hauptbahnhof, an die er sich nicht erinnerte – offensichtlich gebaut, seit er vor vielen Jahren in Freiburg studiert hatte.

»Ich habe es! Und es ist ganz einfach. Sehen Sie die Straße dort drüben? Das ist die Eisenbahnstraße. Wir fahren sie hinunter, biegen nach links auf den Rotteckring ein und fahren weiter, bis wir das Hotel erreicht haben.«
»Also fahren wir. Ich könnte ein Bad gebrauchen, und Sie vermutlich auch. Und dann ein gutes Essen. Das Colombi ist berühmt für seine Küche.«
Es war nur ein kurzer Weg, und als sie um eine Ecke gebogen waren, entdeckte Paula das Colombi. Doch noch bevor sie das Hotel erreicht hatten, lenkte Tweed den Wagen plötzlich an den Bordstein, schaltete aber den Motor nicht ab, sondern trommelte nur mit den Fingern aufs Lenkrad.
»Was ist los?« fragte Paula. »Eine verspätete Reaktion auf diese grauenhafte Sache auf der Autobahn?«
»Nein. Aber vor ein paar Minuten sagte ich, daß ich hundemüde und hungrig bin und daß dann die Gefahr besteht, daß ich einen schwerwiegenden Fehler mache. Ich glaube, ich war gerade im Begriff, einen solchen Fehler zu machen.«
»Das verstehe ich nicht. Wir können uns darüber unterhalten, wenn wir im Colombi sitzen, im Warmen...«
»Und genau das ist der Fehler, den ich beinahe gemacht hätte.« Er lehnte sich in seinem Sitz zurück. »Überlegen Sie, Paula. Ich werde wegen Mord und Vergewaltigung gesucht. Also hat man sich in London ganz bestimmt meine Akte genau angeschaut, und die verrät einiges über meine privaten Gewohnheiten im Ausland. Zu ihnen gehört, daß ich oft in erstklassigen Hotels absteige, um mit dem Hintergrund zu verschmelzen. Das Colombi steht auf der Liste der dreißig besten Hotels in der Bundesrepublik – und man ist uns fast bis nach Freiburg gefolgt...«
»Aber...« Paula zögerte, dann fuhr sie fort: »Es muß ein Massaker gegeben haben, nachdem Sie dem Sattelschlepper ausgewichen waren. Ich habe es gehört – ein grauenhaftes Getöse aufeinanderprallender Wagen. Vielleicht sind alle tot.«
»Höchstwahrscheinlich. Aber irgend jemand, wer immer es sein mag, hat diese Wagen hinter uns hergeschickt und wird bald wissen, daß wir davongekommen sind. Man wird die Zulassungsnummern überprüfen.«
»Sie glauben, daß eine größere Organisation dahintersteckt? Wahrscheinlich die Polizei...«
»Und vielleicht noch jemand anders. Wie ich schon sagte – acht Wagen sind zuviel für eine einzige Organisation. Wir steigen im Colombi ab, jemand weiß über meine Angewohnheiten Bescheid, und wir sitzen in der Falle.«
»Ja, da könnten Sie recht haben«, pflichtete sie ihm bei. »Also, was tun wir dann?«

»Wir fahren zu einem viel kleineren Hotel, zu dem, in dem ich gewohnt habe, als ich hier war, um Deutsch zu lernen. Dem Oberkirch in der Schusterstraße. Es hat den Vorteil, daß es ziemlich versteckt hinter dem Münster liegt; außerdem gab es damals dort einen großen Parkplatz. Sie brauchen die Karte nicht zu konsultieren. Ich weiß jetzt, wo wir sind. Ich muß nach rechts abbiegen, damit ich auf die Kaiser-Joseph-Straße komme, und dann in eine Nebenstraße, die zum Münsterplatz führt...«
Tweed fuhr die Kaiser-Joseph-Straße hinunter, eine lange, kopfsteingepflasterte Straße, die die Stadt in ost-westlicher Richtung unterteilte. Um diese Tageszeit und bei dem winterlichen Wetter war sie fast leer. Eine gelbe Straßenbahn fuhr auf dem Mittelstreifen, und beide Seiten waren von geschlossenen Läden gesäumt.
Tweed bog auf den Münsterplatz ein, auf dem zahlreiche mit Schnee bedeckte Wagen parkten. Die Räder holperten über das vereiste Kopfsteinpflaster, als er langsam herumfuhr und schließlich hinter zwei Reihen im Schatten des Münsters geparkter Wagen einen leeren Platz fand und den Wagen hineinlenkte.
»Hier sind wir recht gut versteckt, falls jemand auf die Idee kommen sollte, uns zu suchen«, bemerkte er, während er den Motor abschaltete. »Bis zum Hotel sind es nur ein paar Schritte. Aber passen Sie auf, daß Sie nicht ausrutschen.«
»Hauptsache, daß wir uns einer Bleibe für die Nacht nähern«, sagte Paula vergnügt. »Wie weit es ist, ist mir gleich. Ich bin steif wie ein Brett und möchte mir die Beine vertreten.«
Mit ihren Koffern in der Hand überquerten sie den stillen, menschenleeren Platz. Das einzige Geräusch war das Knirschen ihrer Füße im verharschten Schnee. Über ihnen ragte der hohe Turm des Münsters auf wie ein zum Himmel weisender Pfeil. Tweed bog in die Schusterstraße ein, die gleichfalls menschenleer war. Von den Regenrinnen hingen Eiszapfen herab wie Dolche, die im Licht der an den Hauswänden befestigten alten Laternen funkelten.
»Hübsch ist es hier«, bemerkte Paula.
Die Straße war schmal, kopfsteingepflastert, mit alten Häusern, die dicht an dicht standen und aussahen, als stammten sie aus dem Mittelalter. Tweed deutete auf ein kleines, viergeschossiges Gebäude auf der linken Straßenseite. Es hatte cremefarben getünchte Mauern und braune Fensterläden, und wenn man über das Dach hinwegblickte, konnte man den Turm des Münsters sehen.
»Pension Oberkirch«, sagte er. »Endlich eine Bleibe.«

»Sieht sogar von außen behaglich aus«, erklärte Paula mit nach wie vor heiterer Stimme. »Ich glaube, ich verzichte vorerst auf das Bad. Lieber gleich ein schönes, warmes Essen.«

»Ich schließe mich an«, sagte Tweed und hielt ihr die Tür auf.

Eine Welle köstlicher Wärme schlug ihnen entgegen. Draußen lag die Temperatur unter dem Gefrierpunkt. Tweed schätzte, daß es im Innern des Hotels mindestens vierzig Grad wärmer war. Er mietete unter dem Namen James Gage zwei Zimmer und vereinbarte mit Paula, daß sie sich im Speisesaal treffen würden.

Bevor sie sich trennten, standen sie zusammen vor einem prasselnden Kaminfeuer. Paula hockte sich nieder, streckte ihre kältestarren Hände dem Feuer entgegen. Sofort begannen sie auf fast unerträgliche Art zu kribbeln. Sie biß die Zähne zusammen, hielt die Hände aber in der gleichen Position. Das Kribbeln ließ nach. Sie erhob sich.

»Was machen wir morgen?« flüsterte sie. »Zusehen, daß wir weiterkommen?«

»Ich weiß noch nicht. Mit vollem Magen kann ich besser denken – aber ich weiß schon, was ich gleich nach dem Frühstück tun werde.«

»Und was?«

»Auf die Suche nach einer Autovermietung gehen. Den Mercedes gegen einen BMW eintauschen...«

»Aber wir hatten doch einen BMW für die Fahrt von Brüssel nach Frankfurt«, wendete sie ein.

»Und das wird unsere Verfolger ein wenig verwirren – zumal ich glaube, daß sie unsere Spur schon aufnahmen, als wir die Luxemburger Grenze überschritten, und daß sie unserem Mercedes die ganze Zeit gefolgt sind.«

Es war später Abend, als Newman den Hessischen Hof in Frankfurt verließ und die kleine Grünanlage durchquerte. Er hatte Marler in der Bar zurückgelassen und behauptet, er ginge nach oben, um zu duschen.

Zum drittenmal an diesem Tag rief er von der Telefonzelle aus bei Kuhlmann an. Er war nicht sicher, ob der Kriminalbeamte noch in seinem Büro sein würde, aber die knurrige Stimme meldete sich sofort.

»Hier Felix«, sagte Newman. »Nichts Neues, nehme ich an.«

»Die Annahme ist falsch. Der Rundfunk meldete eine Massenkarambolage auf der E 35 kurz vor Freiburg.«

»Großer Gott! Doch nicht Tweed?« In seiner Besorgnis ließ sich Newman den Namen entschlüpfen.

»Nein«, versicherte Kuhlmann ihm unverzüglich. »Das weiß ich genau. Ich

habe mit der Freiburger Polizei telefoniert – sie hat über Funk eine Liste mit den Nummern aller acht an dem Unfall beteiligten Fahrzeuge erhalten. Ihr Freund steht nicht auf der Liste, aber ich glaube, er befand sich irgendwo in der Nähe der Unglücksstelle. Acht meiner Leute sind bei der Karambolage ums Leben gekommen.«
»Das ist ja schrecklich. Sie müssen sich elend fühlen...«
»Nicht elend – wütend. Hören Sie, Newman, wie wär's, wenn wir uns noch einmal träfen – wieder am selben Ort? Sagen wir, in einer Dreiviertelstunde?«
»Ich werde da sein...«
Etwas verblüfft legte Newman den Hörer auf. Er hatte einen Schnitzer gemacht, als er sich den Namen Tweed entschlüpfen ließ, weil es sich angehört hatte, als wäre er unter den Toten. Aber Kuhlmann hatte gleichfalls einen Schnitzer gemacht – er hatte kurz vor Ende des Gesprächs »Newman« gesagt. Und Kuhlmann ließ sich *nie* etwas entschlüpfen – es sei denn, mit Absicht.

Als Kuhlmann den Hörer aufgelegt hatte, warf er Kurt Meyer, seinem Assistenten, einen Blick zu. Meyer hielt den Kopf über ein paar Akten gesenkt, die er miteinander verglich – zu sehr darin vertieft, wie es schien, um zu registrieren, was um ihn herum vorging.
»Ich mache jetzt Schluß«, teilte er Meyer mit. »Haben Sie vor, noch länger zu arbeiten?«
»Vielleicht noch zwei Stunden, Chef. Ich versuche immer noch, durch diesen Fall Grüninger durchzusteigen.«
»Viel Glück.«
Kuhlmann verließ sein Büro, nachdem er seinen dunklen Mantel übergezogen und sich einen Schal umgeschlungen hatte. Er ging hinunter ins nächste Stockwerk, wo zwei Männer an zwei einander gegenüberstehenden Schreibtischen arbeiteten. Er schloß die Tür, lehnte sich dagegen und schürzte die Lippen, bevor er zu sprechen begann.
»Was jetzt kommt, bleibt unter uns dreien. Friedl, ich halte es für möglich, daß Kurt Meyer bald das Haus verläßt. Ich möchte, daß Sie ihm folgen, ohne daß er es merkt. Stellen Sie fest, wo er hingeht, mit wem er sich trifft. Bork, Sie gehen mit Friedl. Nehmen Sie diese Miniaturkamera mit, die eine Minute nach der Aufnahme ein Bild liefert. Die für Nachtaufnahmen. Kein Blitzlicht. Wenn Meyer mit jemandem zusammentrifft, möchte ich ein Foto von dem Betreffenden – aber er darf es keinesfalls merken. Meinen Sie, daß Sie das schaffen?«

»Kein Problem«, erwiderte Friedl. »Zufällig habe ich mir gerade heute morgen einen Anorak und eine neue Mütze gekauft. Meyer hat die Sachen noch nie gesehen. Und ich werde eine Brille aufsetzen. Er wird mich nicht bemerken.«
»Wenn Sie können«, befahl Kuhlmann, »kommen Sie in die Bar des Canadian Pacific Hotels, um mir Bericht zu erstatten. Ich werde dort bis Mitternacht auf Sie warten. Bis später...«

Zehn Minuten, nachdem Kuhlmann gegangen war, verließ Kurt Meyer das Gebäude des Bundeskriminalamtes. Er fuhr in Richtung Frankfurt und unterbrach seine Fahrt nur, um von einer öffentlichen Telefonzelle aus ein Gespräch zu führen. George Evans, der noch in seinem Büro in der Kaiserstraße arbeitete, nahm es selbst entgegen.
»Hier Kurt. Ich habe eine wichtige Information. Es hat sich etwas Bedeutsames ereignet. Können wir uns treffen? Ich nehme an, daß Sie es sofort wissen möchten.«
»Von wo rufen Sie an?«
»Von einer Telefonzelle natürlich. Auf halbem Weg zwischen Wiesbaden und Frankfurt.«
»Sie haben also ein Fahrzeug?«
»Ja. Meinen eigenen Passat.«
»In einer halben Stunde in der Halle vom Frankfurter Hof. Sofern es wirklich etwas Wichtiges ist.«
Evans legte auf, bevor Meyer etwas erwidern konnte, und blickte über seinen Schreibtisch hinweg zu Gareth Morgan, der wie ein großer böser Gnom mit einem Glas Scotch auf der Kante eines Sessels saß.
»Das war mein Kontaktmann in Wiesbaden, Kurt Meyer. Wir treffen uns, wie Sie ja gehört haben, im Frankfurter Hof.«
Morgan leerte sein Glas, wischte sich mit dem Handrücken über den Mund. Dann runzelte er die Stirn, musterte Evans und faßte einen Entschluß.
»Könnte mit der Meldung über die Massenkarambolage in der Nähe von Freiburg zu tun haben. Sie sagten, einer Ihrer Männer hätte Ihnen gerade einen Bericht durchgegeben und dann plötzlich abgeschaltet.«
»Ja, er hat abgeschaltet. Oder ist abgeschaltet worden, was wahrscheinlicher ist. Er sagte gerade *Tweed ist irgendwo vor uns, aber bei diesem Nebel...* Dann stieß er einen ganz fürchterlichen Schrei aus – *ahhhh* –, und dann kam nichts mehr.«
Er hatte die Stimme erhoben, als er den Entsetzensschrei imitierte. Morgan schürzte angewidert die Lippen. Alles Dramatische war sein Ressort. Er

stand auf und stellte das leere Glas auf Evans' Schreibtisch, wo der feuchte Boden auf der auf Hochglanz polierten Platte einen Ring hinterließ. Evans tat so, als hätte er es nicht bemerkt.
»Ich glaube, ich werde Sie begleiten und mir selbst anhören, was dieser Meyer zu sagen hat. Sie können mich als Ihren Leibwächter vorstellen...«
»Ist das klug? Daß Sie selbst in Erscheinung treten? Meyer wird eine Heidenangst haben.«
»Ich möchte es mir selbst anhören«, wiederholte Morgan. »Haben Sie verstanden?«
Er sah keine Veranlassung, Evans darauf hinzuweisen, daß Buckmaster verlangt hatte, daß er, Morgan, das ganze Unternehmen Tweed persönlich überwachte. Und es stand zu erwarten, daß Evans es nicht schaffte, aus diesem Kerl auch noch das letzte Fetzchen Information herauszuholen.
»Übrigens«, fuhr er fort, als Evans die Mäntel aus dem Schrank holte und Morgan in den seinen hineinhalf, »Ihre Betriebskosten hier sind astronomisch. Brauchen Sie in Frankfurt wirklich dreißig Leute? Wenn wir Profit machen wollen, müssen die Ausgaben eingeschränkt werden.«
»London hat mir erklärt, Unkosten spielten keine Rolle. Das einzige, was zählte, wäre das Image – wenn wir unsere Position als größtes Sicherheitsunternehmen auf dem Kontinent halten wollten.«
»Aber haben Sie ein Budget?« beharrte Morgan. Er war sich völlig klar darüber, daß mit »London« Lance Buckmaster gemeint war.
»Was ist ein Budget?« fragte Evans leichthin.
Morgan knurrte. »Machen wir uns auf den Weg zum Frankfurter Hof.«
»Ich bin immer noch der Meinung, daß Sie ein Risiko eingehen, wenn Sie mitkommen...«
»Risiken sind unser Geschäft – falls Sie das noch nicht begriffen haben.«

»Ich bin ganz sicher, daß es ein Versuch war, Tweed umzubringen«, erklärte Kuhlmann, als er abermals mit Newman auf dem Bahnsteigvorplatz des Frankfurter Hauptbahnhofs herumwanderte.
Inzwischen war es wesentlich ruhiger geworden. Das ganze Tempo des Hauptbahnhofs hatte sich verändert. Der Vorplatz war fast menschenleer, und die wenigen Leute, die noch da waren, hatten sich irgendwo niedergelassen. Der Lautsprecher hatte sich offenbar zur Ruhe begeben.
»Wie sind Sie darauf gekommen?« fragte Newman.
»Ich hatte angeordnet, daß ihm vier ungekennzeichnete Fahrzeuge folgten. Sie haben berichtet, daß vier weitere Wagen dasselbe taten. Wir wissen inzwischen, um wen es sich gehandelt hat – Leute von World Security.

Weshalb ich so sicher bin? Ein gestohlener Gefriergut-Transporter fährt in der falschen Richtung auf der Autobahn – das hat ein Autofahrer auf der Gegenfahrbahn gesehen –, und Tweeds Mercedes war dicht vor ihm. Später, bei der Untersuchung, wurden zwei verschiedene Schleuderspuren gefunden – einmal die eines Personenwagens, und zum anderen die, die der Sattelschlepper hinterließ, bevor der Fahrer die Leitplanke durchbrach und ums Leben kam. Oh ja, das war ein Mordversuch.«
»Und wo, meinen Sie, ist Tweed jetzt?«
»In Freiburg, nehme ich an. Sie sind von Brüssel aus den ganzen Tag gefahren, das letzte Stück in Schneetreiben und Nebel. Und der Mordversuch muß ihnen einen schweren Schlag versetzt haben. Die logische Folgerung ist, daß sie die Nacht dazu benutzen, sich auszuruhen.«
»Steht der Polizei-Hubschrauber am Flughafen noch bereit? Und der Name des Piloten ist Egon Wrede?«
»Ja auf beide Fragen. Und Wrede wird frisch und munter sein. Er ist ein Experte darin, Wartezeiten zum Schlafen zu nutzen. Und Essen dürfte er sich aus dem Flughafen geholt haben.«
»Dann fliege ich damit nach Freiburg.«
»Ich hatte gehofft, daß Sie das sagen würden.« Newman war stehengeblieben; sein Verstand lief auf Hochtouren. Kuhlmann schob sich rechts an ihm vorbei, ging hinter ihm herum und kam an seiner linken Seite wieder zum Vorschein, und sein breiter Mund verzog sich zu einem Grinsen. »Überprüfen Sie Ihre Taschen. Vorsichtig. Niemand in Sicht.«
Newman griff in seine rechte Manteltasche. Er erstarrte. Seine Finger trafen auf eine Waffe. Er überprüfte die linke Tasche, und wieder ertasteten seine Finger Metall.
»Eine Walther .38 Automatic«, erklärte ihm Kuhlmann. »Keine Sorge – sie ist gesichert. In der anderen Tasche sind Reservemagazine. Und diesen Zettel sollten Sie einstecken . . .«
Newman überflog den maschinengeschriebenen Text. Eine Genehmigung zum Tragen der Waffe. Ein Kopfbogen des BKA. Von Kuhlmann selbst unterschrieben.
»Wie haben Sie das fertiggebracht?« fragte Newman.
»Vor einer Million Jahren, als ich noch Streife ging, war unter meinen Bekannten ein Taschendieb. Ein richtiger Profi. Hat mir alles beigebracht, was er wußte. Danach habe ich ihn für zwei Jahre eingebuchtet. Fragen Sie sich, weshalb ich Sie versorgt habe?«
»Ja.«
Sie hatten ihre Wanderung wiederaufgenommen, um sich warm zu halten.

»Drei der Leute von World Security, die wir aus den Trümmern herausgeholt haben, waren bewaffnet. Was sich nicht gehört. Sie hatten keine Waffenscheine. Vielleicht brauchen Sie Schutz. Tweed braucht ihn auf jeden Fall. Mehr kann ich nicht für Sie tun...«

Kuhlmann ging davon. Auch Newman verließ den Bahnhof, fand ein Taxi und war zehn Minuten später wieder im Hessischen Hof. Unterwegs beschloß er, wie er mit Marler verfahren würde: ihn weiterhin im Auge behalten. Er holte Marler aus der Bar.

»Wir reisen ab. Einzelheiten erkläre ich Ihnen im Taxi. Holen Sie Ihr Gepäck. Und stellen Sie keine Fragen – Sie erhalten keine Antworten.«

»Angenommen, ich lehne es ab, Sie zu begleiten, wenn Sie mir nicht sagen, was vorgeht?« forderte Marler ihn heraus, als sie die Halle durchquerten.

»Dann boote ich Sie aus...«

»Wir treffen uns hier in fünf Minuten.«

Zehntes Kapitel

»Wir gehen in die Bar«, sagte Morgan, nachdem sie Kurt Meyer getroffen hatten.

»Ein ziemlich öffentlicher Ort«, protestierte Meyer.

»Nicht, wenn wir uns in eine dunkle Ecke setzen«, fauchte Morgan, der das Kommando übernommen hatte. Er bestellte sich einen großen Cognac und überließ es Evans, für die anderen Getränke zu sorgen. Dann beugte er sich vor und tippte Meyer aufs Knie.

»Sie haben mich nie gesehen. Wenn Sie auf irgenwelche komischen Ideen kommen sollten, kriegt Ihre Frau einige interessante Fotos zu sehen. Ich bin sicher, sie werden ihr gefallen.«

»Ich versichere Ihnen...«

»Vom Versichern verstehe ich mehr als Sie.« Morgan lehnte sich zurück, befriedigt, daß er den Ablauf des Gesprächs bestimmte, und wartete, bis die Drinks gebracht und von Evans bezahlt worden waren. Dann beugte er sich wieder vor, und seine Stimme war leise und zischend.

»Und nun reden Sie. Aber schnell.«

»Jemand, der Newman heißt, hat Kuhlmann angerufen.« Er hielt inne, um die Wirkung seiner Worte zu beobachten. Morgan saß ganz still da, und die Augen, mit denen er Meyer fixierte, glichen reglosen Perlen. »Ich entsinne mich, daß Kuhlmann einmal Robert Newman, den Auslandskorrespondenten, erwähnt hat. Vielleicht war das der Mann...«

»Ich warte auf das Wesentliche«, zischte Morgan abermals.
»Nun, mein Chef erzählte diesem Newman, daß Tweed an der Massenkarambolage auf der Autobahn in der Nähe von Freiburg nicht beteiligt war. Aber er sagte, er glaubte, Tweed wäre irgendwo in der Nähe gewesen, als es passierte. Dann verabredete sich Kuhlmann mit diesem Newman...«
»Wo?« drängte Morgan.
»Am gleichen Ort wie zuvor. Er ließ nichts darüber verlauten, wo das ist. Sie wollten sich dort in einer Dreiviertelstunde treffen. Das war's. Sie haben die Meldung im Radio gehört...«
»Wir haben sie gehört. Jeder hat sie gehört«, erklärte Morgan. »Zeit, daß Sie verschwinden. Nicht gleich. Evans hat noch etwas für Sie. Ich hole mir inzwischen einen Drink.«
Morgan trabte zur Bar hinüber und bestellte sich einen weiteren Cognac. Sobald er gegangen war, schob Evans Meyer unter dem Tisch einen Umschlag mit Banknoten zu.
»Der Mann gefällt mir nicht«, beschwerte sich Meyer. »In Zukunft verhandle ich nur mit Ihnen.«
»Sie verhandeln mit dem, den wir bestimmen. Und nun sagen Sie danke für Ihr Geschenk und verschwinden Sie, bevor er zurückkommt.«
»Danke.«
Meyer steckte den Umschlag in die Innentasche seines Jacketts, ließ den Blick rasch durch die schwach beleuchtete Bar wandern und eilte aus dem Hotel. Morgan schüttete seinen Cognac hinunter, leckte sich die Lippen, kam an den Tisch zurück, zog seinen Mantel an und ging wortlos zum Ausgang. Evans folgte ihm.
Sie stiegen in den Fond der großen Mercedes-Limousine, die auf sie wartete. Der Fahrer schloß die Tür, setzte sich hinters Lenkrad und wartete auf Anweisung. Morgan beugte sich vor und sprach durch einen Spalt in der Scheibe, die die vorderen von den hinteren Sitzen trennte.
»Stellen Sie das Radio an. Musik.« Er wartete, bis der Chauffeur ein Musikprogramm gefunden hatte. »Und nun fahren Sie uns zur Kaiserstraße.« Er schob die Scheibe wieder zu.
»Jetzt kann er kein Wort von dem hören, was wir sagen«, bemerkte er.
»Hans ist völlig vertrauenswürdig«, protestierte Evans, als der Wagen vom Hotel auf die Straße ausscherte.
»Niemand ist völlig vertrauenswürdig. Wenn Meyer richtig verstanden hat – und ich glaube, der kleine Schleicher hat richtig verstanden –, dann hat Horowitz Mist gebaut. Wie ich bereits sagte – man kann niemandem trauen. Ist der Jet, mit dem er geflogen ist, inzwischen zurück?«

»Ja. Steht mit einer frischen Besatzung am Flughafen bereit – für den Fall, daß er gebraucht wird.«
»Noch mehr Geldverschwendung. Ich möchte wissen, was das wieder kostet. Es wäre entschieden billiger, wenn die Leute zu Hause auf Abruf bereitstünden.«
»Ich hatte Anweisung aus London...«
»Ich weiß. Dafür zu sorgen, daß der Jet rund um die Uhr bereitsteht. Nun, die Besatzung wird etwas tun müssen für ihr Geld. Ich fliege noch heute abend nach Freiburg und kümmere mich selbst um die Angelegenheit.«
»Das wird Horowitz nicht gefallen. Er arbeitet am liebsten auf eigene Faust. Und seine Erfolgsbilanz ist hervorragend.«
»Seine Erfolgsbilanz hat gerade einen häßlichen Flecken abbekommen. Wenn wir im Büro sind, lassen Sie mich allein. Inzwischen rufen Sie von einem anderen Apparat aus Horowitz an. Ich nehme an, Sie können mit ihm in Verbindung treten.«
»Wenn es sein muß. Er hat mich von Freiburg aus angerufen. Er wohnt im Colombi...«
»Irgendeine obskure Absteige?«
»Im Gegenteil.« Evans' Stimme klang leicht überheblich. »Es ist das beste Hotel, das es in Freiburg gibt, und es gehört zu den dreißig besten in der Bundesrepublik.«
»Noch mehr Geldverschwendung. Kein Wunder, daß er so ein unverschämtes Honorar verlangt. Ich habe es mir anders überlegt. Rufen Sie Horowitz nicht an. Lassen Sie ihn nicht wissen, daß ich heute noch herunterfliege. Rufen Sie statt dessen am Flughafen an, sorgen Sie dafür, daß die Besatzung bereitsteht – und schreiben Sie eine Vollmacht, daß ich über den Jet verfügen kann. Ohne zeitliche Beschränkung.«

Lance Buckmaster befand sich hinter verschlossener Tür in seinem Arbeitszimmer in Tavey Grange, als der Anruf von Morgan kam. Er wurde via Satellit übertragen und von der Funkantenne eingefangen, die zwischen den Tudor-Kaminen montiert war.
»Warten Sie eine Minute«, befahl Buckmaster.
Er hielt die Hand über die Hörmuschel. »Verschwinde in dein Zimmer, Sonia. Ich komme später nach.«
Sonia Dreyfus, siebenundzwanzig, mit langem, dunklem Haar, die Tochter eines reichen Industriellen, saß mit nacktem Oberkörper auf einer langen Ledercouch. Sie zog einen Pullover über, nahm ihre übrige Kleidung und verließ das Zimmer. Sie hatte gelernt, daß es sich empfahl, Lance aufs Wort

zu gehorchen. Ein Glück, daß seine Frau Leonora, die blöde Kuh, in ihrer Londoner Wohnung war.

»So, jetzt können Sie reden. Was ist los?« Buckmasters herablassende Stimme schwebte in die Stratosphäre empor und dann hinunter nach Frankfurt.

Morgan wählte seine Worte mit Bedacht. »Es wurde ein erster Versuch zur Behandlung des Betreffenden gemacht. Wir wissen, wo er sich aufhält. Mit dem Versuch haben wir ihn aufgestöbert...«

»Aber er war erfolglos? Ist es das, was Sie mir auf Ihre umschweifige Art mitteilen wollen?«

»Ihre Annahme trifft zu.«

»Ich will, daß die Sache schnellstens erledigt wird. Erstatten Sie mir hier Bericht – wenn ich hier bin –, sobald das der Fall ist. Ich muß jetzt Schluß machen – es gibt dringendere Angelegenheiten. Gute Nacht.«

In Frankfurt legte Morgan den Hörer auf und wischte sich mit einem seidenen Taschentuch den Schweiß von der Stirn. Das war leichter gegangen, als er befürchtet hatte. Dringendere Angelegenheiten? Um diese Zeit? Wahrscheinlich wollte Buckmaster mit Sonia Dreyfus, seiner neuesten Geliebten, ins Bett. Nach Morgans Berechnung – und er hielt es für ratsam, über Dinge dieser Art auf dem laufenden zu sein – war sie Nummer sechs. Irgendwann würde Leonora sich das nicht mehr bieten lassen.

Er drückte auf den Knopf der Gegensprechanlage und befahl Evans, zu ihm zu kommen. Als er erschien, saß Morgan in einem Sessel und schnitt von einer Zigarre die Spitze ab.

»Die Sache mit Newman ist eine Komplikation, die mir gar nicht gefällt«, begann er.

»Sie glauben, es ist der Auslandskorrespondent, wie Meyer vermutete?«

»Ich glaube es nicht, ich weiß es.« Er machte aus dem Anzünden seiner Zigarre ein Ritual, ließ das Streichholz langsam um die Spitze herumwandern. »Newman und Tweed haben schon öfters zusammengearbeitet. Ich habe erfahren, daß Newman überprüft wurde und als absolut vertrauenswürdig gilt. Jetzt hören wir, daß er sich mit Kuhlmann trifft. Das stinkt nach Verschwörung. Ich rieche es.« Er tippte sich mit dem Zeigefinger auf die Nase.

»Vielleicht hat Newman die Gerüchte gehört, daß Tweed sich in den Osten absetzen will, und wittert eine gute Story. Diese Reporter scheuen doch vor nichts zurück, wenn sie nur Geld machen und einen Sensationsbericht herausbringen können. Keine Spur von Moral.«

Morgan hob eine Braue, sagte aber nichts, sondern paffte nur an seiner

Zigarre. Wenn man bedachte, was Evans schon alles ohne die geringsten Gewissensbisse getan hatte, dann war das eine hübsche Bemerkung.

»Um Geld geht es ihm sicher nicht«, erklärte Morgan. »Sie haben vergessen, daß Newman vor nicht allzulanger Zeit Glück hatte. Daß er einen internationalen Bestseller geschrieben hat, *Kruger: The Computer that Failed*. Das hat ihn auf Lebenszeit finanziell unabhängig gemacht.« Er paffte abermals an seiner Zigarre und blies einen Rauchring in die Luft, der zu der Leuchtstoffröhre an der Decke empordriftete. »Es könnte sein, daß wir ihn zu gegebener Zeit aus diesem Tal der Tränen entfernen müssen.«

»Die Liste wird immer länger«, protestierte Evans. »Tweed, diese Grey, und nun auch noch Newman.«

»Also tun Sie gut daran, unserem Freund Horowitz das entsprechende Honorar zukommen zu lassen – nachdem ich ihm einen Tritt in den Hintern versetzt habe. Und jetzt verschwinde ich. Kann sein, daß Sie mich längere Zeit nicht zu Gesicht bekommen. Kümmern Sie sich während meiner Abwesenheit um den Laden hier...«

Fünf Minuten später saß Morgan im Fond der Limousine und war unterwegs zum Flughafen. Er hatte sich nicht veranlaßt gefühlt, Evans mitzuteilen, daß er von Freiburg aus nach London zurückzufliegen gedachte. Er mußte Leonora im Auge behalten, feststellen, was sie im Schilde führte. Sie mochte zwar Präsidentin der Firma sein, aber er war schließlich ihr Generaldirektor.

Newman und Marler trafen um ein Uhr morgens am Frankfurter Flughafen ein. Der Sicherheitschef, ein untersetzter Mann namens Kuhn, sah sich den Brief von Kuhlmann genau an und begleitete sie dann durch die eisige Nachtluft zu der Stelle, an der der Polizeihubschrauber wartete.

Auch Wrede prüfte das Dokument; dann forderte er sie zum Einsteigen auf. Sie kletterten die Leiter hinauf, und Wrede, ein freundlicher Mann, wies ihnen ihre Plätze an.

»Bitte bringen Sie uns nach Freiburg im Breisgau«, sagte Newman.

»Ich weiß. Es wurde mir bereits telefonisch mitgeteilt. Kaffee ist in der Thermosflasche, und hier sind belegte Brote.« Er reichte ihnen zwei große, in Pergamentpapier eingewickelte Päckchen.

Wrede, ein kleiner, rundlicher Mann – Newman erwartete fast, Marmelade auf den Ärmeln seines wollenen Pullovers zu sehen –, war gerade im Begriff, die Leiter einzuziehen, damit er die Tür schließen konnte, als Kuhn winkend und rufend über die Rollbahn auf sie zulief.

Wrede hörte zu, dann wendete er sich an Newman. »Tut mir leid, aber da ist

ein dringender Anruf für Sie. Sie können ihn im Büro des Sicherheitschefs entgegennehmen.«
»Ich komme mit«, erbot sich Marler.
»Sie bleiben, wo Sie sind...«
Er stieg die Leiter wieder hinunter und eilte mit Kuhn zurück ins Flughafengebäude. Unterwegs bemerkte Newman einen beleuchteten Lear Jet, der dicht bei einem Hangar geparkt war. Das Spielzeug eines Millionärs. Nur um etwas zu sagen, stellte er seine Frage.
»Wem gehört dieser Jet?«
»World Security. Die Besatzung steht ständig in Bereitschaft, vierundzwanzig Stunden am Tag, sieben Tage in der Woche. Kostet ein Vermögen – mehr, als ich in meinem ganzen Leben verdienen werde.«
Newman betrachtete den Jet genauer und merkte sich automatisch die auf den Rumpf gemalte Seriennummer. Im Büro angekommen, ergriff er den Hörer, der neben dem Apparat lag. Kuhn hatte taktvoll das Büro verlassen.
»Wer ist da?« fragte Newman vorsichtig. »Hier spricht Felix.«
»Kuhlmann hier. Ich habe gehofft, daß ich Sie noch erwische, bevor Sie abfliegen. Es gibt Gerüchte, daß sich unser Freund, der der Massenkarambolage entgangen ist, nach Osten absetzen will. Absurd, ich weiß. Das Problem ist nur, daß der Minister diese Gerüchte gleichfalls gehört hat. Er hat Anweisung gegeben, alle Grenzübergänge scharf zu überwachen. Besonders die, die in die DDR und in die Tschechoslowakei führen. Und auch die in die Schweiz«, fügte er hinzu. »Jetzt sitzt er wirklich in der Tinte.«
»Danke, daß Sie mich informiert haben. Ich fliege gleich los.«
Es war ein sehr besorgter Newman, der zum Hubschrauber zurückeilte. Je früher er in Freiburg ankam, desto besser.

Elftes Kapitel

Als der Lear Jet auf dem Freiburger Flugplatz gelandet war, befahl Morgan der Besatzung, sich in der Stadt ein Nachtquartier zu suchen und ihn dann im Colombi anzurufen, damit er sie erreichen konnte, wenn er den Jet wieder brauchte. Er unterließ es, ihnen für einen glatten Flug zu danken – bezahlte Handlanger brauchte man nicht zu verhätscheln.
Der Wagen, dessen Bereitstellung er von Evans verlangt hatte, beförderte ihn durch die Nacht zum Colombi. Das Zimmer, das Evans telefonisch für ihn hatte bestellen müssen, war bereit. Es war halb drei, als er an die Tür von Horowitz' Zimmer klopfte.

»Er wird vermutlich schlafen«, hatte der Nachtportier erklärt.
»Dann muß er eben aufwachen.«
Unter der Tür fiel Licht heraus, aber es dauerte ein paar Minuten, bis die Tür bei vorgelegter Kette einen Spaltbreit geöffnet wurde. Horowitz, neben der Tür flach an die Wand gedrückt, trug einen Morgenmantel, in dessen rechter Tasche seine Hand einen Browning .32 Automatic umklammerte.
»Wer sind Sie?« rief er auf deutsch.
»Sprechen Sie gefälligst Englisch...«
»Ich sagte«, wiederholte Horowitz auf englisch, »wer sind Sie?«
»Ich bin's, Morgan. Sie müssen doch meine Stimme erkennen. Beeilen Sie sich ein bißchen. Es ist halb drei in der Nacht.«
»Schieben Sie beide Hände durch den Spalt und lassen Sie mich dann Ihr Gesicht sehen«, befahl Horowitz.
Wutschnaubend tat Morgan, was Horowitz verlangte. Er funkelte durch den Spalt, sah Horowitz in Sicht kommen, und der Browning war auf seinen umfangreichen Bauch gerichtet. Horowitz schloß die Tür, nahm die Kette ab, öffnete sie. Sobald Morgan drinnen war, schloß er die Tür wieder ab, legte die Kette vor und ließ den Browning in die Tasche zurückgleiten.
»Wo haben Sie die Waffe her?« fragte Morgan, nachdem er sich in einen Sessel hatte sinken lassen.
»Von einem Freund in der Nähe von Freiburg, der einiges für mich aufbewahrt. Was wollen Sie hier?« fragte er auf seine übliche, gelassene Art. »Ich habe alles unter Kontrolle.«
Morgan ließ den Blick durch das Zimmer schweifen. Das Bettzeug war zerwühlt, eine Nachttischlampe brannte, ein Taschenbuch lag aufgeklappt mit dem Einband nach oben auf dem Bett. Auf dem Tisch standen eine Flasche Mineralwasser und ein Glas.
»Natürlich«, sagte Morgan sarkastisch. »Sie haben alles unter Kontrolle. Tweed wandert Gott weiß wo herum und ist nach wie vor am Leben.«
»Gott weiß es vielleicht nicht, aber ich habe eine Idee«, erwiderte Horowitz. Er goß Mineralwasser in das Glas und trank langsam. »Und Sie haben meine Frage nicht beantwortet – was wollen Sie hier?«
»Herausfinden, was zum Teufel vor sich geht.« Morgan beugte sich vor und funkelte Horowitz an, der einen Stuhl herangezogen und sich neben ihm niedergelassen hatte. »Sie haben ein kleines Vermögen dafür kassiert, daß Sie diesen Job erledigen. *Avec vitesse...*«
»Versuchen Sie niemals, sich für einen Franzosen auszugeben«, bemerkte Horowitz gelassen. »Sie würden erkannt, sobald Sie den Mund aufmachen. Ich sagte Ihnen – ich habe alles unter Kontrolle.«

»Dann sagen Sie mir, wie diese Kontrolle aussieht. Was haben Sie als nächstes vor? Und was sollte die Bemerkung, daß Gott es nicht weiß, wohl aber Sie – wo Tweed ist. Wo ist er?«
»Oh, er hat sich irgendwo hier in Freiburg verkrochen. Sie möchten Einzelheiten wissen? Übrigens habe ich erst die Hälfte des vereinbarten Honorars erhalten...«
»Den Rest bekommen Sie, wenn Tweed in der Leichenhalle liegt.«
»Das gehörte zu unserer Vereinbarung und gehört nach wie vor dazu. Ich nehme an, Sie sind mit dem Lear Jet aus Frankfurt gekommen. Wissen Sie, Sie hetzen zuviel herum. Sie haben Übergewicht. Sie sollten auf Ihre Gesundheit achten, mein Freund. Es hätte doch bestimmt gereicht, wenn Sie erst am Morgen hergeflogen wären.«
Morgan knirschte mit den Zähnen. »Ich habe meine gegenwärtige Position erreicht, indem ich mich schneller bewegt habe als die Opposition. Außerdem – mein Boss, der zufällig auch Ihr Boss ist, wird ungeduldig. Er möchte Resultate, und er möchte sie schnell. Wir bezahlen Sie nicht dafür, daß Sie im Bett liegen und lesen.«
»In Wirklichkeit ist es genau das, wofür Sie mich bezahlen.« Jetzt lag eine gewisse Schärfe in Horowitz' Stimme. »Ich halte nichts davon, in der Nacht herumzurennen. Ich ziehe es vor, *nachzudenken* – Sie sollten es bei Gelegenheit auch einmal versuchen. Ich kann es – selbst auf der mageren Grundlage dessen, was ich aus dem Aktenauszug, den Sie mir besorgt haben, über mein Zielobjekt erfahren habe.«
»Ich höre«, fauchte Morgan und zog sein Zigarrenetui aus der Tasche.
»Es wäre mir lieb, wenn Sie dabei nicht rauchen würden. Schließlich muß ich in dieser Atmosphäre schlafen...«
»Himmel!« Morgan steckte das Zigarrenetui weg, holte seine Reiseflasche aus der Tasche und trank einen großen Schluck Cognac. »So, jetzt ist mir wohler. Ich höre immer noch.«
»Meiner Berechnung nach hatte Tweed zu dem Zeitpunkt, an dem sich der Unfall auf der Autobahn ereignete, mindestens zwölf Stunden am Steuer gesessen. Übrigens besteht keinerlei Gefahr, daß der Fahrer des Sattelschleppers reden wird...«
»Danach wollte ich fragen. Die Meldung im Radio war etwas vage. Zumindest die, die wir in Frankfurt gehört haben.«
»Seither ist ein sehr detaillierter Bericht erschienen. Sie werden verstehen, was ich meine, wenn ich Ihnen erzähle, daß er die hübsche Überschrift ›Der geköpfte Irre‹ trug. Abgetrennte Köpfe reden nicht, soviel ich weiß. Er hat den Job vermasselt – aber die Wetterverhältnisse waren sehr ungünstig.

Wie ich bereits sagte, Tweed ist viele Stunden gefahren, um von Brüssel aus an einem Tag bis nach Freiburg zu gelangen. Selbst wenn ihn seine Begleiterin beim Fahren abgelöst hat, müssen sie doch beide sehr müde sein. Freiburg war die nächstgelegene Zuflucht. Tweed hatte bestimmt das Bedürfnis nach einer warmen Mahlzeit und ungestörter Nachtruhe. Er ist irgendwo hier in der Stadt, da bin ich ganz sicher.«
»Und wie wollen Sie ihn finden?«
»Indem ich am Morgen ganz zeitig aufstehe. Ich habe meinen Wecker auf sechs gestellt. Ich komme bequem mit drei Stunden Schlaf aus. Dann mache ich zu Fuß die Runde durch die Stadt, die ich gut kenne – bevor sie aufwacht.«
»Zu Fuß? Und wonach wollen Sie suchen?«
»Nach seinem geparkten Mercedes natürlich. Ich habe die Nummer...«
»Wenn Sie führen, kämen Sie schneller herum.«
»Ja, und würde seinen Wagen übersehen. Freiburg ist nicht groß, und ich gehe schnell. Ich habe lange Beine. Außerdem habe ich mir anhand der Fotos, die Sie mir gezeigt haben, genau eingeprägt, wie Tweed und Paula Grey aussehen. Vielleicht bekomme ich ihn oder sie sogar zu Gesicht. Zu Fuß.«
»Okay.« Der große Schluck Cognac, den er zu sich genommen hatte, übte eine besänftigende Wirkung auf Morgan aus. »Aber da ist noch eine Komplikation. Sie heißt Robert Newman. Er war in Frankfurt – und hat sich heimlich mit Otto Kuhlmann getroffen.«
»Ich verstehe.« Auf Horowitz' langem Gesicht erschien ein nachdenklicher Ausdruck. »Halten Sie es für möglich, daß er hierher kommt?«
»Das können Sie sich selbst ausrechnen. Tweed wurde nicht nur von unseren Leuten, sondern auch von Polizeifahrzeugen verfolgt. Einer unserer Fahrer erkannte einen Mann vom BKA in Wiesbaden. Jetzt sind alle tot. Aber Kuhlmann erzählte Newman von dem Unfall, also...«
»Ich bin schon einen Schritt weiter. Newman könnte in Freiburg eintreffen, und in der Akte heißt es, daß die beiden schon öfters zusammengearbeitet haben. Newman ist *formidable*, wie die Franzosen sagen. Ich werde zusätzliche Vorsichtsmaßnahmen ergreifen müssen. Wollen Sie hier übernachten?« Die Andeutung eines trockenen Lächelns huschte über Horowitz' Gesicht. »Oder fliegen Sie gleich wieder nach Frankfurt zurück?«
»Großer Gott! Wofür halten Sie mich? Für Superman? Nach dem, was ich heute hinter mir habe, brauche ich ein paar Stunden Schlaf.«
Horowitz stand auf. »Dann schlage ich vor, daß Sie sich jetzt auf Ihr Zimmer begeben und zusehen, daß Sie Ihren Schönheitsschlaf bekommen.

Kommen Sie nicht zu mir, falls Sie mich im Frühstückszimmer sehen sollten. Aber geben Sie mir Ihre Zimmernummer.«
»Sechzehn.« Auch Morgan erhob sich, plötzlich müde und erschöpft. Er unterdrückte ein Gähnen. Sogar vor dieser kalten Schlange mußte er die Fassade von Tatkraft und Überlegenheit wahren. Er senkte die Stimme. »Sehen Sie zu, daß die Sache schnell über die Bühne geht.«
»Ich bestimme mein Tempo selbst. Ein geplanter ›Unfall‹ ist wegen des Wetters gescheitert. Sie bekommen, was Ihr Geld wert ist. Gute Nacht.«

Die Sikorsky ging in der Dunkelheit senkrecht herunter. Newman blickte auf die verschneite Landschaft, spürte, wie die Räder auf dem Freiburger Flugplatz aufsetzten und die Rotoren langsamer kreisten. Er wendete sich an Marler, der neben ihm saß.
»Wir sind da. Neben dem Landeplatz wartet ein Polizeifahrzeug auf uns. Überlassen Sie mir das Reden.«
»Da ich nicht die mindeste Ahnung habe, was das alles soll, wüßte ich ohnehin nicht, was ich sagen sollte.«
Als sie die Leiter hinunterstiegen, nachdem Newman sich bei dem Piloten bedankt hatte, wurden sie beim Betreten der *terra firma* von einem hochgewachsenen, uniformierten Polizeibeamten mit schneebedeckter Mütze begrüßt. Er präsentierte mit der Linken seinen Dienstausweis, während er Newman die Rechte entgegenstreckte.
»Mr. Newman, nehme ich an«, sagte er auf englisch. »Hauptkommissar Kuhlmann hat mich gebeten, hier auf Sie zu warten. Ich bin Wachtmeister Andris. Wohin möchten Sie gefahren werden?«
»Bevor wir abfahren, Wachtmeister Andris – ich sehe, daß dort drüben ein Lear Jet steht. Wissen Sie, wann er eingetroffen ist, wem er gehört und wen er hergebracht hat – wenn er jemanden gebracht hat?«
Die Antwort auf die Frage nach dem Eigentümer kannte Newman bereits. Die Maschine hatte die gleiche Nummer wie die, die er auf dem Frankfurter Flughafen gesehen hatte. Ein Jet konnte die Strecke in wesentlich kürzerer Zeit zurücklegen als ein Hubschrauber.
»Ich habe gesehen, wie der Jet vor ungefähr einer Stunde gelandet ist. Wäre fast über die Rollbahn hinausgerollt. Gehört World Security. Ein Mann ist ausgestiegen, ein kleiner, schwer gebauter Mann in einem dunklen Mantel mit einem Astrachan-Kragen. Glatt rasiert, schätzungsweise Mitte Vierzig; er bewegte sich schnell und hatte die kleinen Füße, die man oft bei massigen Männern findet. Ein Mercedes wartete auf ihn. Ich konnte die Anweisung hören, die er dem Fahrer gab. Zum Hotel Colombi.«

»Danke. Sie sind ein vorzüglicher Beobachter. Und wir würden auch gern zum Colombi fahren.« Newman hielt einen Moment inne. »Wir möchten unauffällig eintreffen. Könnten Sie uns irgendwo in der Nähe absetzen, außer Sichtweite des Hoteleingangs?«
Als er ihm die Tür aufhielt, warf Andris einen Blick auf Marler, der sich im Fond neben Newman niederließ. Dann sagte Marler leise: »Er wird mich wiedererkennen. Er fotografiert die Leute mit den Augen.«
»Also benehmen Sie sich gefälligst anständig, solange sie sich in dieser Gegend aufhalten«, erwiderte Newman, warf noch einen Blick auf den Lear Jet, schloß die Augen und schlief ein.
Er wachte erst wieder auf, als der Wagen langsamer wurde und am Bordstein hielt. Andris hatte seine Anweisung buchstabengetreu befolgt. Der Wagen parkte ein gutes Dutzend Meter von dem Licht entfernt, das aus dem Eingang des Colombi herausfiel.
Auf Newmans Vorschlag hin erschien Marler in seinem Zimmer, nachdem er in dem seinen sein Gepäck abgestellt hatte. Marler schien nie müde zu werden und machte einen taufrischen Eindruck. Er hatte sich sogar vor der Landung die Bartstoppeln abrasiert.
»Und wer, glauben Sie, war der mysteriöse Passagier, der vor uns hier eingetroffen ist?« fragte er.
»Gareth Morgan«, antwortete Newman prompt. »Die Beschreibung paßte wie angegossen. Ich kenne die Kröte. Sie auch?«
»Nein.« Marler unterließ es, seinen Ausflug nach Tavey Grange und sein Gespräch mit Buckmaster zu erwähnen. »Wenn Sie und dieser Morgan sich kennen – empfiehlt es sich dann, hier zu bleiben? Sie könnten einander über den Weg laufen.«
»Genau das habe ich vor. Und seine Anwesenheit deutet darauf hin, daß wir Tweed sehr nahe sind. Morgan liebt es, Unternehmungen selbst zu überwachen.«
»Unternehmungen?«
»Ja.« Newman ließ sich in einen Sessel sinken und bedeutete Marler, sich gleichfalls zu setzen. »Gestern am späten Abend kam es auf der Autobahn kurz vor Freiburg zu einer Massenkarambolage – und die Wagen, die Tweed folgten, gehörten World Security. Es beginnt sich herauszuschälen. Tweed ist dem Unfall entgangen...«
»Dafür sei Gott gedankt«, entgegnete Marler leise und zündete sich eine seiner King-Size-Zigaretten an, ein Zeichen innerer Anspannung. »Und was«, fuhr er dann fort, »beginnt sich herauszuschälen?«
»Die Identität der Leute, die Tweed aus dem Weg räumen wollen. Endgül-

tig. World Security. Zumindest stecken sie irgendwie in der Sache mit drin – sonst würde ihnen nicht soviel daran liegen, ihn zu verfolgen.«
»Die wichtigste Frage haben Sie nicht gestellt«, wendete Marler ein. »*Warum* jemandem daran liegen sollte, daß er aus dem Weg geräumt wird. Aber nehmen wir einmal an, Sie haben recht. Wobei zu sagen wäre, daß Sie bei Ihren Überlegungen von einer Menge Annahmen ausgehen. Oder gibt es etwas, wovon Sie mir nichts gesagt haben?«
»Wie in aller Welt sind Sie auf die Idee gekommen?«
Newman gähnte. Er wollte schlafen, um frisch zu sein für die vielen Dinge, die er in ein paar Stunden unternehmen mußte. Das Wichtigste war jetzt, Marler wieder in sein Zimmer zu schicken und die Gewißheit zu haben, daß er für den Rest der Nacht dort blieb.
»Ich werde Ihnen sagen, wie ich auf die Idee gekommen bin«, fauchte Marler. »Sie sind mehrfach verschwunden, haben vermutlich irgendwelche geheimnisvollen Anrufe gemacht. Aus irgendeinem Grund wußten Sie, daß es sich empfahl, nach Freiburg zu fliegen, daß Tweed sich in dieser Gegend aufhält. Schließlich sind Sie kein Hellseher.«
»Warum verschwinden Sie nicht und sehen zu, daß Sie eine Mütze voll Schlaf bekommen?«
Marler erhob sich langsam. »Irgendwie habe ich das Gefühl, daß Sie mir aus irgendeinem verrückten Grund nicht über den Weg trauen.«
»Was verrückt ist, ist Ihr Gefühl. Morgen früh wird Ihnen wohler zumute sein.« Er imitierte Marlers Stimme. »Und jetzt haben Sie die Freundlichkeit und verschwinden in Ihr Zimmer. Vielleicht können wir nach einem guten Frühstück weiterreden.«
Marler verließ wortlos das Zimmer. Newman wartete ein paar Sekunden, dann schlich er auf Zehenspitzen zur Tür und öffnete sie leise – gerade rechtzeitig, um Marler in seinem eigenen Zimmer ein Stück den Gang hinunter verschwinden zu sehen. Newman warf einen Blick auf die Uhr und wartete eine Viertelstunde. Danach war er sicher, daß Marler nicht wieder herauskommen würde. Er schloß die Tür, lehnte sich dagegen, zwang sich zum Nachdenken.
Er mußte den Wecker stellen, das Hotel zeitig verlassen, nach irgendwelchen Hinweisen auf Tweed und Paula Ausschau halten. Es mit den kleineren Hotels versuchen. Tweed konnte von seiner Gewohnheit abgegangen sein. Dann eine Begegnung mit Gareth Morgan, möglichst im Speisesaal. Wenn es ihm gelang, den Mann an der Spitze von World Security aus der Fassung zu bringen, würde sich Morgan vielleicht etwas entschlüpfen lassen.

Zwölftes Kapitel

Am folgenden Morgen, kurz nachdem die ersten Streifen grauen Lichts über dem Schwarzwald erschienen waren, verließ Armand Horowitz durch die Vordertür das Hotel Colombi. Er trug Gummi-Überschuhe – der Schnee war über Nacht steinhart geworden und an vielen Stellen spiegelglatt vereist. Er ging in Richtung Altstadt; sein Ziel war die Umgebung des Münsters.
Obwohl die Temperatur unter dem Gefrierpunkt lag, trug er nur einen leichten Regenmantel und ein seidenes Halstuch und keine Kopfbedeckung. Kälte machte Horowitz nicht das mindeste aus – er empfand sie sogar als belebend. Er behielt ein gleichmäßiges Tempo bei und kontrollierte bei jedem am Bordstein parkenden Mercedes die Nummer.
In dem Aktenkoffer, den er in der rechten Hand trug, befand sich eine Pentax-Kamera. Zumindest sah sie von außen aus wie eine Kamera. Horowitz, ein Sprengstoff-Experte, hatte die halbe Nacht damit verbracht, die Bombe mit Semtex-Sprengstoff herzustellen. An ihrer Unterseite waren vier Magnetfüße angebracht.
Wenn er Tweeds Wagen fand, würde es sehr einfach sein, sich zu bücken, durch Drehen der Scheibe des Belichtungsmessers den Oszillator-Mechanismus einzustellen und die Vorrichtung dann mit den Magnetfüßen an die Unterseite des Wagens zu heften. Der Oszillator würde die Bombe detonieren lassen, sobald der Wagen die leichteste Steigung hinauffuhr.
Wenn der Mercedes explodiert war und die Meldung im Radio durchgegeben wurde, plante Horowitz einen anonymen Anruf bei der Lokalzeitung. Er würde sagen, er gehörte zu einer Splittergruppe der Roten Armee Fraktion, und sie hätten den Industriellen Martin Schuler »hingerichtet«. Man würde annehmen, daß sie versehentlich den falschen Mann erwischt hatten. Ein weiterer »Unfall«.
Horowitz hatte das Material für die Bombe bei dem gleichen Kontaktmann in der Nähe von Freiburg abgeholt, der ihm auch die Browning Automatic und gewisse andere Dinge besorgt hatte. Er ging die Kaiser-Joseph-Straße hinunter, an der bereits die ersten Geschäfte geöffnet wurden. Putzfrauen hebelten mit Spaten das Eis vom Bürgersteig, schoben die Schollen in den Rinnstein.
Er hatte seine ursprüngliche Absicht, zuerst die auf dem Münsterplatz geparkten Wagen in Augenschein zu nehmen, geändert. Tweed, so vermutete er, würde sich vermutlich eher am Stadtrand verstecken, damit er notfalls schnell verschwinden konnte. Er bog in die Schusterstraße ein. In einiger Entfernung stand das Hotel Oberkirch.

Horowitz behielt sein stetiges Tempo bei, gab aber acht, wo er hintrat. Kurz bevor er das Oberkirch erreicht hatte, bog er abermals rechts ab in eine weitere von alten Häusern gesäumte Straße, die Oberlinden hieß und mit Kopfsteinen und Kieselsteinmosaik gepflastert war. Er erreichte das Schwabentor, eines der alten Stadttore, und ging unter einem hohen Turm hindurch. Abermals änderte er die Richtung und überprüfte jeden am Straßenrand geparkten Mercedes.
Nun ging er die Konviktstraße hinunter, eine schmale, gewundene Straße. Aus den Dächern der alten Häuser ragten Gauben hervor, und von hoch angebrachten Blumenkästen hingen die blattlosen Triebe von Rankenpflanzen herab. Die Fontäne des von einem runden Becken umgebenen Springbrunnens war in der Luft gefroren, das Wasser im Becken eine harte Masse aus blaugrauem Eis.

Auch Tweed war früh auf den Beinen. Er wusch und rasierte sich, zog sich schnell an und tätigte einen kurzen Telefonanruf. Die Autovermietung, die er im Branchenbuch gefunden hatte, war bereits geöffnet. Er verließ das Hotel und eilte zum Münsterplatz. Er saß bereits hinter dem Lenkrad und war im Begriff, den Motor zu starten, doch dann stieg er wieder aus. Er hatte Mühe, die Kühlerhaube zu öffnen, und Eis knirschte. Er überprüfte den Motor. Kein Anzeichen, daß sich jemand damit zu schaffen gemacht hatte. Er schloß die Haube und hockte sich nieder, um die Unterseite der Karosserie zu untersuchen. Auch hier schien alles in Ordnung zu sein. Er fuhr langsam vom Münsterplatz herunter, als er den hochgewachsenen Mann mit der Stahlbrille in seinem Außenspiegel sah. Er hatte einen Aktenkoffer bei sich, war stehengeblieben und betrachtete einen geparkten Mercedes. Tweed fuhr davon, verschwand um eine Ecke herum.
Er tauschte den Mercedes gegen einen BMW ein, unter Vorlage eines internationalen Führerscheins, der auf William Sanders lautete. Noch bevor im Oberkirch das Frühstück serviert wurde, hatte er den BMW auf dem Parkplatz neben dem Münster abgestellt. In dem Augenblick, in dem er in das Hotel zurückkehrte, wußte er, daß etwas passiert war. Paula erwartete ihn in der Halle, einen merkwürdigen Ausdruck im Gesicht.

Paula schloß die Tür ihres Zimmers auf, trat beiseite, forderte Tweed zum Eintreten auf. Er tat vier Schritte in den Raum hinein, erstarrte für den Bruchteil einer Sekunde und wendete sich dann an Paula, die gerade die Tür wieder verschloß.
»Konnten Sie mir das nicht vorher sagen?« fragte er vorwurfsvoll.

»Ich dachte, es würde eine wunderbare Überraschung sein.«
»Das ist es.« Tweed drehte sich um. Newman war aufgestanden und streckte ihm die Hand entgegen. »Und wie haben Sie mich gefunden?« war seine erste Frage.
Newman lächelte. Tweeds Verstand funktionierte nach wie vor. Sein erster Gedanke war gewesen: wenn Newman mich finden konnte, können andere es auch.
»Keine Sorge«, versicherte er ihm. »Ich habe mich eines Tricks bedient, der seine Wirkung tun würde, falls ich nach Freiburg kommen sollte. Und ich kenne diese Stadt. Hier habe ich die Spur von Kruger aufgenommen – Sie erinnern sich vielleicht, wie ich das in meinem Buch beschrieben habe.«
Er zog ein zusammengefaltetes Telegramm aus der Tasche und reichte es Tweed. *Gerald schwer krank im St. Thomas Hospital in London. Bitte sofort seinen Bruder benachrichtigen.* Das Telegramm war adressiert an Robert Newman per Adresse Hotel Colombi, Freiburg. Tweed gab ihm das Telegramm zurück.
»Ich verstehe nicht.«
»Ich habe es am Postamt im Frankfurter Hauptbahnhof aufgegeben. Ich wußte, daß sie es ein oder zwei Wochen lang aufbewahren würden. Es wurde mir ausgehändigt, als ich gestern abend im Colombi eintraf. Heute früh habe ich die Runde durch alle kleineren Hotels gemacht und erst das Telegramm und dann Ihr Foto vorgezeigt. Das Telegramm wirkte wie eine Art Sesam-öffne-dich, genau wie ich vermutet hatte. Als ich hierherkam, sagte man mir, Sie wären gestern abend eingetroffen. Das ist ein Schachzug, dessen ich mich in meiner Zeit als Auslandskorrespondent schon etliche Male bedient habe, wenn ich jemanden aufspüren wollte.«
»Clever.« Tweed ließ sich erleichtert in einen Sessel sinken. Jetzt waren die einzigen Menschen bei ihm, denen er voll und ganz vertrauen konnte.
»Wollen Sie hören, was ich herausgefunden habe?« fragte Newman. »Kuhlmann steht auf unserer Seite. Hat keine Sekunde lang geglaubt, daß Sie mit der Ermordung und Vergewaltigung dieser Frau irgend etwas zu tun haben könnten.«
»Ist sie inzwischen identifiziert worden? Ich hatte sie in meinem ganzen Leben noch nie gesehen...«
»Paula hat mir alles berichtet, was Sie ihr über die Vorgänge in jener Nacht erzählt haben. Und jetzt hören Sie zu. Ich muß bald ins Colombi zurück und Gareth Morgan ein paar Hiebe versetzen. Um auf diese Nacht am Radnor Walk zurückzukommen – ich war spät von einer Party gekommen und fuhr ein bißchen herum...«

Paula saß auf der Bettkante, und Tweed lauschte sehr konzentriert jedem Wort, das Newman sagte. Hinterher hätte er den Bericht des Auslandskorrespondenten wortwörtlich niederschreiben können. In der Wärme des Zimmers beschlugen seine Brillengläser. Als er sie mit seinem Taschentuch putzte, fiel ihm ein, daß er jemand anderen bei demselben Tun beobachtet hatte. Einen schlanken, hochgewachsenen Mann mit einer Stahlbrille, der am Rande des Münsterplatzes einen geparkten Mercedes betrachtete. Warum war ihm das jetzt wieder eingefallen?
». . . und dann wurden wir mit dem Polizeifahrzeug vom Freiburger Flugplatz zum Colombi gebracht«, schloß Newman.
»Wir?«
»Marler ist mit mir gekommen. Entschuldigung, das vergaß ich zu erwähnen. Ich habe ihn über das, was ich getan habe, im unklaren gelassen.«
»Warum?« fragte Tweed mit hellwachen Augen.
»Sie werden sagen, weil ich ihn nicht mag. Aber ich bin offengestanden nicht sicher, ob wir ihm in dieser Geschichte trauen können.«
»Sehr vernünftig«, warf Paula ein.
»Warum trauen Sie ihm nicht?« hakte Tweed nach.
»So, wie die Dinge liegen, könnten eine Menge Leute davon ausgehen, daß Ihr Posten bald frei sein dürfte. Ich habe das Gefühl, daß Marler nur allzugern an Ihrem Schreibtisch säße.«
»Durchaus möglich.« Tweed dachte einen Moment nach. »Er ist ehrgeizig. Dagegen ist nichts einzuwenden. Ich glaube nicht, daß Sie recht haben, aber Vorsicht kann nie schaden. Ich habe mich einer Verhaftung durch die Flucht entzogen. Vielleicht ist es wirklich besser, wenn es unter uns dreien bleibt. Bob, könnten Sie noch einmal diese Szene schildern, die Sie in jener Nacht in meiner Wohnung vorfanden? Buckmaster war dort, sagten Sie?«
»Ja. Howard hatte ihn angerufen, bevor er selbst in die Wohnung kam.«
»Und Sie sagten, er wäre der einzige gewesen, der keine Stoppeln im Gesicht hatte – das heißt, so aussah, als wäre er frisch rasiert? Um diese Zeit?«
»Ja. Worauf wollen Sie hinaus?«
»Nur darauf, daß ein Mann, der mit einer Frau verabredet ist, im allgemeinen darauf achtet, daß er frisch rasiert ist, wenn sie sich treffen.«
»Großer Gott!« Newman sprang auf. »Sie glauben doch nicht etwa, es könnte Buckmaster gewesen sein, der . . .«
»Ich ziehe keine theoretischen Schlußfolgerungen.« Tweed blinzelte, dann musterte er seine beiden Vertrauten eindringlich. »Ich glaube, es wird allmählich Zeit, daß Sie beide wissen, um was es eigentlich geht. Das

Geheimprojekt, das ich Paula gegenüber erwähnte – ohne ihr zu sagen, was es damit auf sich hat. Die gesamte Sicherheit der westlichen Welt steht auf dem Spiel.«

Tweed begann erst zu reden, nachdem Newman und Paula ihre Stühle dicht an den seinen herangerückt hatten. Er sprach leise vor dem Hintergrund von Musik aus dem Radio auf dem Nachttisch, das er eingeschaltet hatte. Newman hielt diese Vorsichtsmaßnahmen für unnötig; schließlich waren Tweed und Paula erst am Abend zuvor eingetroffen und hatten ihre Zimmer nicht im voraus gebucht. Aber als Tweed zu reden begann, begriff er, daß Tweed Grund zu äußerster Vorsicht hatte.

»Mit Hilfe von zwei britischen Computer-Fachleuten, Arthur Wilson und Liam Fennan, haben die Amerikaner das Problem der Strategic Defense Initiative gelöst. Sie haben einen relativ billigen Weg gefunden, der es möglich macht, ein Verteidigungssystem in die Atmosphäre hinaufzubefördern, das gewährleistet, daß keine in Richtung Westen abgeschossene sowjetische Rakete den Schirm durchdringt...«

»Sie meinen, das System ist hundertprozentig zuverlässig?« Newmans Stimme klang ungläubig.

»Genau das ist es. Und Washington gibt zu, daß sie es ohne die von Wilson und Fennan geleistete Arbeit niemals geschafft hätten. Um ein sehr komplexes Problem zu vereinfachen: es wurde ein riesiger Computer gebaut – *Able One* oder *Schockwelle*, wie wir ihn nennen. Es sind im Grunde zwei miteinander verbundene Computer, gewissermaßen Zwillinge. Gebaut wurden zwei davon. Und weil wir so viel beigetragen haben, überläßt uns Washington das eine der beiden.«

»Wie und wann?« fragte Newman.

»Unser Exemplar ist von den USA nach Großbritannien unterwegs. Wir haben vor, es in Fylingdales in Yorkshire zu installieren. Es hat einen Nachteil – eine begrenzte Reichweite. Aber sobald das System funktioniert, können wir uns und ganz Westeuropa schützen. *Schockwelle* kann bis zu fünfhundert Raketen im Flug ausmachen – und jede einzelne von ihnen Sekunden nach dem Abschuß vernichten. Die Raketen und ihre Sprengköpfe würden über der Sowjetunion detonieren. Es ist ein verblüffender – und völlig unerwarteter – Durchbruch. Die Russen sind um Jahre hinter uns zurück.«

»Wie wird der Computer transportiert?« fragte Newman.

»Genau das ist es, was mir Sorgen macht. Ich wollte, daß er von einem dieser großen Transportflugzeuge der Amerikaner herübergebracht wird.

Aber irgendwer überzeugte die Premierministerin davon, daß es sicherer wäre, eine so große Fracht zu Schiff über den Atlantik zu befördern. Mit der *Lampedusa*.«
»Also das ist das Geheimprojekt, das Sie erwähnten«, bemerkte Paula. »Wie viele Leute wissen über den Transport Bescheid?«
»Nur drei in Großbritannien und drei in den USA – der Präsident selbst, Admiral Tremayne, der Vorsitzende des Komitees der Stabschefs, und Cord Dillon, der Stellvertretende Leiter der CIA.«
»Und wo befindet sich die *Lampedusa* jetzt?« fragte Newman.
»Auf hoher See. Meiner Schätzung nach müßte sie inzwischen ungefähr die halbe Strecke zurückgelegt haben. Es ist vorgesehen, daß sie, wenn sie in Plymouth eingetroffen ist, in den frühen Morgenstunden vor Anker geht. Dann soll *Schockwelle* in der folgenden Nacht auf einen großen Sattelschlepper umgeladen und unter Polizeischutz nach Yorkshire gebracht werden. Damit er freie Fahrt hat, werden alle Straßen gesperrt.«
»Sie sagten, daß Sie sich Sorgen machen, weil *Schockwelle* sich auf diesem Frachter befindet. Wer sind die drei Leute, die in Großbritannien informiert sind? Wer hat die Premierministerin zum Transport auf dem Seeweg überredet?«
»Eine Menge Fragen.« Tweed lächelte sarkastisch. »Die drei Personen sind die Premierministerin, ich selbst und Lance Buckmaster. Und es war der Minister, Buckmaster, der für den Seetransport optierte.«

Ein paar Minuten herrschte Schweigen. Newman und Paula ließen sich das ganze Ausmaß dessen, was Tweed ihnen enthüllt hatte, durch den Kopf gehen. Tweed warf einen Blick auf die Uhr – im Speisesaal wurde bereits das Frühstück serviert. Aber er hatte noch mehr zu berichten.
»Sie sollten über alles informiert sein – für den Fall, daß mir etwas zustößt. Dann muß jemand da sein, der meine Aufgabe übernimmt...«
»Welche Aufgabe?« warf Paula ein.
»Geduld. Wir müssen so bald wie irgend möglich mit dem Funker auf der *Lampedusa* Kontakt aufnehmen – uns vergewissern, daß alles in Ordnung ist. Die Besatzung wurde von Cord Dillon von der CIA ausgewählt. Er hat persönlich jeden einzelnen Mann überprüft. Dillon ist, wie Sie wissen, ein alter Freund von mir. In London hatte ich ein Geheimsystem, mit dem ich mich über Funk mit der *Lampedusa* in Verbindung setzen konnte.«
Er öffnete seinen Aktenkoffer und holte ein dickes Codebuch heraus.
»Wir haben ein System von Codesignalen, die in bestimmten Zeitabständen übermittelt werden. Ich bin Monitor. Auch Buckmaster verfügt über das

Codesystem – er benutzt die Funkeinrichtungen der Admiralität, während ich von den Anlagen Gebrauch machte, die in unserem zweiten Gebäude am Park Crescent untergebracht sind. Am Abend des Mordes am Radnor Walk habe ich um neun Uhr die *Lampedusa* gerufen – und alles war in bester Ordnung.« Er musterte Newman und Paula eindringlich. »Und nun sage ich Ihnen etwas, das kein Mensch auf der ganzen Welt erfahren darf. Ich habe einen zusätzlichen Code erfunden, von dem außer Cord Dillon und dem Funker niemand etwas weiß. Ich lasse während des Gesprächs das Wort ›Tray‹ fallen – nicht Troy oder Troja. Darauf sollte der Funker antworten: ›Helena ist okay.‹ Das zweite Stichwort ist ›White‹. Wenn alles in Ordnung ist, sollte in der Antwort von der *Lampedusa* eine Erwähnung von Cowes, dem Jachthafen auf der Isle of Wight, enthalten sein. Buckmaster weiß nichts von diesem zusätzlichen Überprüfungssystem. So, jetzt habe ich alles gesagt, was es über die Codes zu sagen gibt. Seht zu, ob ihr durchsteigt.«

Er reichte das Codebuch zuerst Newman und lehnte sich zurück, während der Auslandskorrespondent sich hineinvertiefte. Newman nickte, gab es an Paula weiter.

»Sie haben es einfach gehalten. Eine Frage. Der Funker an Bord der *Lampedusa* hat ein Duplikat dieses Codebuchs?«

»Ja, er hat eines.«

»Aber enthält *sein* Codebuch die beiden zusätzlichen Stichworte mit den dazugehörigen Antworten?«

»Nein«, entgegnete Tweed. »Die sind nirgendwo festgehalten, außer in seinem Gedächtnis. Cord Dillon und ich waren uns einig, daß das sicherer wäre.«

»Mir ist soweit alles klar«, sagte Paula und gab Tweed das Codebuch zurück. »Aber es scheint mir ziemlich nutzlos zu sein – Sie können nicht mit der *Lampedusa* in Verbindung treten, weil Ihnen kein Funkgerät zur Verfügung steht.«

»Sie haben recht. Im Augenblick.« Tweed hielt einen Moment inne. »Aber wenn ich es schaffe, Arthur Beck zur Mitarbeit zu bewegen, kann ich eine seiner Anlagen in Zürich oder Bern benutzen...«

»Wobei Sie von der Annahme ausgehen, daß Beck ebenso hilfsbereit ist wie Kuhlmann«, erklärte sie. »Und das ist eine höchst gefährliche Annahme. Arthur Beck ist schließlich Chef der Schweizerischen Bundespolizei.«

»Und ich habe noch mehr schlechte Nachrichten«, sagte Newman. »Kuhlmann hat mir in Frankfurt mitgeteilt, daß alle Posten an den Grenzen zur DDR, zur Tschechoslowakei und zur Schweiz in erhöhte Alarmbereitschaft versetzt wurden.«

»DDR und Tschechoslowakei?« Tweed war verblüfft. »Warum gerade die Grenzen zu diesen Ländern?«
»Weil jemand das Gerücht in die Welt gesetzt hat, Sie wollten sich in den Osten absetzen.«
»Dieser Jemand ist sehr fleißig gewesen.« Tweed schaute ungewohnt grimmig drein. »Aber es gibt einen Weg, auf dem es mir gelingen könnte, die Grenze zur Schweiz zu überschreiten und mich mit Beck in Verbindung zu setzen. Man hat die Hunde auf mich gehetzt, also wird es wohl nicht ganz einfach sein.« Er warf einen Blick auf Paula. »Ich meine, wir sollten uns trennen. Sie bleiben bei Newman, und ich mache mich allein auf den Weg...«
»Kommt nicht in Frage!« fauchte sie. »Ich habe Sie bis hierher begleitet, und wenn Sie glauben, Sie könnten mich jetzt einfach über Bord werfen, dann sind Sie ziemlich schief gewickelt.«
»Außerdem«, fügte Newman hinzu, »hat es mich ein schönes Stück Arbeit gekostet, Sie aufzuspüren. Geben Sie es doch zu – Sie brauchen Hilfe. Denken Sie an *Schockwelle*, an das, was auf dem Spiel steht. Wir haben schon bei anderen gefährlichen Unternehmen zusammengearbeitet – aber keines davon war von so entscheidender Tragweite.«
»Sie haben natürlich recht.« Tweed streckte die Hände aus, eine Geste des Nachgebens. »Wir werden wieder zusammenarbeiten. Und nun muß ich mir unsere nächsten Schritte überlegen – und zwar schnell. Freiburg könnte zur Falle werden.«
»Und es könnte ein großer Fehler sein, wenn wir gleich verschwinden«, erklärte Paula. »Nach dem, was Bob uns erzählt hat, bin ich überzeugt, daß Buckmaster und World Security dahinterstecken. Es ist durchaus möglich, daß sie alle aus Freiburg herausführenden Straßen überwachen.«
»Sie hat recht«, stimmte Newman ihr zu. »In einigen der an der Massenkarambolage beteiligten Wagen saßen Leute von World Security, die Sie verfolgten. Und sie haben hier in Freiburg ein Büro. Ganz in der Nähe des Colombi, wie ich gesehen habe.«
»Zuerst werden wir frühstücken«, entschied Tweed. »Nach einer guten Mahlzeit kann ich besser denken. Paula ist bestimmt auch hungrig. Und was wollen Sie tun, Bob? Mit uns frühstücken?«
»Nein. Versprechen Sie mir nur, daß Sie hierbleiben. Gut. Ich kehre ins Colombi zurück und werde ein bißchen mit Mr. Gareth Morgan plaudern.«

Im ersten Stock des World Security-Gebäudes in der Nähe des Hotels Colombi saßen Morgan und Horowitz im Büro des Chefs dieser Filiale.

Eingedenk seiner Zeit bei den Fallschirmjägern hatte Buckmaster seinen leitenden Angestellten pseudo-militärische Titel verliehen. In Freiburg war das »Commander« Ken Crombie, ein dreißigjähriger Mann mit verbissenem Gesicht, der in derselben Einheit gedient hatte wie Buckmaster. Morgan verabscheute ihn und war auf der Suche nach dem erstbesten Vorwand, ihn zu entlassen, ließ sich seinen Widerwillen jedoch nicht anmerken.

»Ich bin sehr zufrieden mit der Art und Weise, auf die Sie den Laden hier leiten. Die Tatsache, daß Sie deutsch sprechen, macht Sie zum idealen Mann für diesen Job. Und ich habe Sie doch recht verstanden, daß Sie an allen aus Freiburg herausführenden Straßen Leute postiert haben, die nach Tweeds Mercedes Ausschau halten?«

Horowitz knurrte. »Womit wir nicht das mindeste erreichen. Tweed ist kein Schwachkopf. Er hat den Mercedes zurückgegeben und fährt wieder einen BMW.« Er griff nach einem vor Crombie liegenden Notizblock, benutzte dessen Kugelschreiber, um etwas daraufzuschreiben, schob den Block über den Schreibtisch zurück.

»Das ist die Nummer, nach der Sie Ausschau halten müssen. Sie sollten zusehen, daß Sie an Ihren Sender kommen, Crombie. Ihre Wagen sind doch mit Funkgeräten ausgerüstet?«

»Sie sind sicher, daß diese Information stimmt?« Die Aura aufgeblasener Selbstzufriedenheit, die Crombie umgab, verflüchtigte sich, als sein Blick dem von Horowitz begegnete. Er sprang auf. »Entschuldigen Sie mich«, sagte er zu Morgan. »Ich gebe das gleich in den Senderaum...«

»Wie haben Sie das herausgebracht?« wollte Morgan wissen.

»Ich habe am frühen Morgen mehr als zwei Stunden damit zugebracht, jeden in Freiburg geparkten Mercedes zu überprüfen. Keine Spur von Tweeds Wagen. Daraufhin habe ich die Runde bei den Autoverleihern gemacht, eine auf den Namen Weber lautende Versicherungspolice vorgelegt und erzählt, ein Mercedes mit Tweeds Nummer hätte mich beim Überholen gerammt. Natürlich hat die Agentur, bei der er ihn zurückgegeben hat, den Wagen sofort auf Beschädigungen untersucht. Während der Mann draußen war, habe ich mir seine Unterlagen angesehen, und dort stand es schwarz auf weiß. Mercedes eingetauscht gegen einen BMW. Auf den Namen William Sanders. Daher wissen wir jetzt, wonach wir zu suchen haben. Ich habe vor, eine Runde durch ganz Freiburg zu machen und nach diesem BMW Ausschau zu halten, sobald ich hier verschwinde. Was ich sofort tun werde...«

Bis Crombie ein paar Minuten später zurückkehrte, saß Morgan nachdenk-

lich in seinem Sessel. Horowitz war wie eine Maschine, unerbittlich, bis er seinen Auftrag erfüllt hatte. Sogar Morgan empfand das als beängstigend.
»Sie haben alle informiert?« fragte er, als Crombie ins Zimmer trat. »Gut. Wir hätten selbst daran denken müssen, uns um die Autoverleiher zu kümmern. Und jetzt will ich frühstücken.«
Und in meinem Bericht, dachte er, als er die Eingangsstufen zum Colombi hinaufstieg, wird es so aussehen, als hätte *Crombie* daran denken müssen, hätte es aber nicht getan.

»Darf ich mich zu Ihnen setzen? Platzmangel.«
Morgan, der sich gerade Spiegelei und Speck in den Mund schob, schaute auf. Er kaute den Bissen länger, als nötig gewesen wäre. In dem Mann, der sich ihm gegenüber niedergelassen hatte, erkannte er sofort den Auslandskorrespondenten Robert Newman. Sein Foto war oft genug in den Zeitungen erschienen. Er verbarg seine Bestürzung, indem er scheinbar in aller Ruhe eine Scheibe Toast mit Butter bestrich. Dann lächelte er und bedachte seinen Tischnachbarn mit dem harmlosesten aller Blicke.
»Kennen wir uns nicht? Ja, jetzt fällt es mir wieder ein. Sie sind der berühmte Journalist, der den Kruger-Skandal aufdeckte und hinterher diesen Knüller von einem Buch darüber schrieb. Hat Sie reich gemacht. Wie schön für Sie. Ich war damals noch ein gewöhnlicher Wachmann.«
»Aber seither haben Sie einen langen Weg zurückgelegt, Morgan, und sich in eine Spitzenposition hinaufgewieselt. Generaldirektor von World Security. Buckmasters getreuer Diener.«
Newman bestellte bei dem Kellner, der an ihrem Tisch erschienen war, ein Spiegelei mit Speck und Kaffee. Morgan hatte aufgehört zu essen und wischte sich die dicken Lippen mit einer Serviette ab. Newman sah ihn an und lächelte verbindlich.
»Ihre Sprache gefällt mir nicht, Newman. Ich glaube, Sie haben die Worte ›hinaufwieseln‹ und ›Diener‹ benutzt.« Sein Ausdruck und seine Stimme verrieten Wut, aber er faßte sich schnell wieder. Er mußte herausfinden, was Newman vorhatte, wo er wohnte. »Morgens bin ich nie in sonderlich guter Verfassung«, fuhr er fort. »Ich fühle mich erst wohl, wenn ich gefrühstückt habe.« Er lächelte abermals. »Die Art und Weise, wie Sie an Ihre Stories herankommen, hat Sie weltweit berühmt gemacht. Darf ich fragen, woran Sie jetzt gerade arbeiten? Sind Sie einem weiteren Kruger auf der Spur?«
»So könnte man es ausdrücken. Einer anderen Art von Kruger. Aber es geht gleichfalls um schmutzige Geschäfte, ja.«

Das war ein Schuß ins Dunkle gewesen, einfach das erste, was Newman in den Sinn gekommen war. Die Reaktion überraschte ihn. Morgan starrte ihn an, als könne er nicht glauben, was er gerade gehört hatte. Einen Augenblick lang fehlten ihm die Worte. Dann kehrte das Krokodillächeln zurück.
»Wohnen Sie hier? Oder sind Sie nur für ein gutes Frühstück hereingekommen?«
»Nein, ich wohne hier, genau wie Sie auch. Abteilung Zufall. Wie geht das Sicherheitsgeschäft? Sagen Sie, arbeiten Sie oft mit der Polizei zusammen?«
»Je nachdem.« Morgan gestattete sich einen Moment des Nachdenkens. Auch das hatte fast ins Schwarze getroffen – wenn man bedachte, daß auch Kuhlmanns Leute Tweed gefolgt waren. Dies war ein gefährlicher Gegner. Morgan beschloß, aggressiv zu werden, ihm Angst einzujagen, aber Newman schlug als erster zu.
»Mir sind Gerüchte zu Ohren gekommen, denen zufolge ein britischer Agent, Identität unbekannt, auf dem Weg nach Osten ist.« Newman beugte sich über den Tisch, und seine Stimme war leise und ingrimmig. »Mich interessiert, wer diese Gerüchte in die Welt gesetzt hat, von wem sie ausgegangen sind. Sie haben Kruger erwähnt – nun, ich habe ihn aufgespürt, und ich werde auch denjenigen aufspüren, der für diese Gerüchte verantwortlich ist. Und, was noch wichtiger ist – ich werde herausfinden, warum er es getan hat.«
»Hört sich an, als wäre das ein gefährliches Vorhaben...« setzte Morgan an.
»Sehr gefährlich. Für die Schuldigen. Ich wittere eine Verschwörung. Ich habe gehört, die Polizei beschäftigt sich mit World Security...«
»Das ist eine Lüge!«
»Nun, Sie sollten imstande sein, eine Lüge als solche zu erkennen.« Newman schaltete um, wurde wieder verbindlich. »Schließlich interessiert sich die Polizei nicht zum ersten Mal für Ihre Firma. Da war die Sache mit den hochtechnisierten Anlagen, die in die DDR geschmuggelt werden sollten – Ihre Firma hat es zumindest versucht, aber es ist ihr nicht gelungen.«
»Jetzt hören Sie mir mal einen Moment zu.« Morgan hatte seine Selbstbeherrschung zurückgewonnen. Er sprach ruhig und gelassen. »Sie stehen im Ruf, allein zu arbeiten. Einen Einzelgänger hat man Sie genannt. Eines Tages werden Sie auf etwas stoßen, mit dem Sie nicht fertig werden. Es wird Ihnen unter dem Hintern explodieren.«
»Sie meinen eine Autobombe?« fragte Newman beiläufig.
»Ich habe nichts dergleichen gesagt. Und ich habe Sie nicht gebeten, sich an

meinem Tisch niederzulassen. Wenn Sie hier sitzenbleiben wollen, dann halten Sie den Mund.«

»Ich dachte nur, ich sollte Sie warnen«, fuhr Newman auf die gleiche umgängliche Art fort. Er trank einen Schluck Kaffee. »Schließlich steht Ihr Job auf der Kippe. Buckmaster läßt Leute fallen, wenn sie ihn in Verlegenheit bringen. Ohne viel zu fackeln, ganz gleich, wie lange sie für ihn gearbeitet haben. Und Sie haben sich gerade Butter auf den Anzug fallen gelassen.«

Morgan blickte herunter, benutzte seine Serviette, um die Butter von seinem Ärmel zu wischen. Er zwang sich, noch eine Scheibe Toast zu essen. Er war schwer erschüttert. Die Details der Art und Weise, auf die Horowitz seine Aufträge ausführte, waren ihm unbekannt, aber es hatte einen Fall gegeben, in dem der Wagen des Direktors einer der Firmen, die Buckmaster geschluckt hatte, in die Luft gesprengt worden war. Und daß Newman das Wort »Verschwörung« gebraucht hatte, verstörte ihn.

Morgan ließ den Blick durch das Restaurant schweifen, das fast voll besetzt war. An einem Tisch für sich allein saß ein kleiner, schlanker Mann in den Dreißigern. Morgans Blick glitt über ihn hinweg. Marlers Anwesenheit hatte für ihn keine Bedeutung.

Nur wenige Minuten, nachdem Newman in sein Zimmer zurückgekehrt war, wurde leise an seine Tür geklopft. Es war Marler, der einen weiten Regenmantel trug. Newman forderte ihn auf, sich zu setzen, fragte ihn, ob er irgendwo hinwollte.

»Ja. Hierher. Aus meinem Zimmer.« Er schlüpfte aus dem Regenmantel, griff in eine der Taschen. »So ließ sich das hier am besten verstecken.« Er brachte die Kompaktkamera zum Vorschein, die die Techniker im Keller des Hauses am Park Crescent entwickelt hatten.

»Nettes kleines Instrument«, fuhr Marler fort. »Leicht zu verstecken, und wenn man Aufnahmen macht, werden sie sofort entwickelt, und eine Minute später hat man die Abzüge.« Er holte drei Fotos aus der Innentasche seines Jacketts und legte sie Newman in den Schoß.

»Wo haben Sie die her?«

»Sie sind nicht der einzige, der schon früh am Morgen unterwegs war. Ich klopfte bei Ihnen an, bekam keine Antwort und nahm deshalb an, daß Sie ausgegangen waren. Daraufhin bin ich gleichfalls ausgegangen. Ich suchte mir einen Platz, von dem aus ich klare Sicht auf den Eingang des Hauses von World Security hatte. Dies sind die Fotos von drei Männern, die einzeln das Gebäude betraten oder verließen.«

»Ich verstehe.« Newman verbarg sein Erstaunen, indem er die drei Fotos betrachtete. War das ein Versuch von Marler, eine Vertrauensbasis zu schaffen? Er war sich nicht sicher, auf jeden Fall nicht sicher genug, um Marler zu verraten, wo Tweed sich aufhielt.

Marler, der seine Gedanken erriet, musterte ihn belustigt. Früher oder später würde er Newmans Vertrauen gewinnen. Er zweifelte nicht an seiner Fähigkeit, das zu bewerkstelligen.

»Der hier ist Gareth Morgan, der Mann, dem ich eben beim Frühstück ein paar Hiebe versetzt habe«, bemerkte Newman schließlich. »Die anderen beiden kenne ich nicht. Der Mann mit der Stahlbrille gefällt mir gar nicht.«

»Ihr sechster Sinn macht sich allmählich. Sehen Sie zu, daß Sie ihn weiterentwickeln. Sie betrachten das Foto von Armand Horowitz, Mitteleuropäer und einer der erfolgreichsten Mörder der Welt. Ein regelrechter Profi. Er ist bisher noch nie in Verdacht geraten, und trotzdem weiß ich von meinen Kontaktleuten, daß er mindestens fünfzehn Leute umgebracht hat. Alle für ein dickes Honorar. Und in jedem Fall wurde der Mord für einen Unfall gehalten.«

»Woher wissen Sie das alles – wenn er so klammheimlich operiert?«

»Sie glauben wohl nie etwas, das Ihnen jemand erzählt?«

»Nicht ohne eindeutige Bestätigung. Ich habe früher als Auslandskorrespondent gearbeitet – und war bekannt dafür, daß man sich auf meine Arbeit verlassen konnte.«

Marler seufzte. »Also gut. Vor ein paar Jahren hat Tweed mich in den Untergrund geschickt. Ich gab mich als bester Scharfschütze in Europa aus, nur für einen unverschämt hohen Preis zu kaufen. Wir bauten sogar einen ›Hintergrund‹ für mich auf – ich hatte angeblich etliche Spitzenpolitiker und Industrielle erschossen. Ich hatte Glück und wurde für einen Job angeheuert, der mir Zugang zu einer Bande verschaffte, hinter der Tweed her war. Der Mann, der mich anheuerte, sagte mir, wenn ich abgelehnt hätte, dann hätte er Armand Horowitz engagiert.«

»Und Sie meinen, Morgan hat ihn angeheuert, damit er wieder jemanden umbringt?«

»Das ist doch wohl offensichtlich. Und der Jemand ist Tweed.«

Dreizehntes Kapitel

Später am gleichen Tag, kurz vor Anbruch der Dämmerung, sahen zwei bewaffnete Männer, die in einem Wagen von World Security saßen, wie Tweeds BMW Freiburg verließ und auf der E 35 in Richtung Schweiz fuhr. Der Wagen, ein Mercedes, nahm die Verfolgung auf, und Savage, der Fahrer, wies seinen Beifahrer an: »Sofort das Büro informieren.«
Sein Kollege griff zum Mikrofon. Sie hatten die Möglichkeit zu direktem Funkkontakt auf einer Wellenlänge mit hoher Frequenz.
»Hier Champagner. Eiger fährt jetzt auf der E 35 in Richtung Süden. Wir folgen ihm. Ende.«
Horowitz, der im Funkraum im Keller des Büros von World Security in Freiburg die Nachricht hörte, schürzte seine dünnen Lippen. Der triumphierende Ton in der Stimme des Mannes, der die Nachricht durchgegeben hatte, war ihm nicht entgangen. Neben ihm saß Eva Hendrix.
Der große Kellerraum hatte etwas von einer Klinik an sich – die Wände waren weiß getüncht, und auf den stählernen Tischen drängten sich komplizierte Apparate, darunter auch ein Satellitenempfänger, der mit Hilfe einer Parabolantenne auf dem Dach Nachrichten übermittelte.
»Ich weiß nicht recht«, sagte Horowitz und stand auf.
»Was heißt das?« fragte Eva Hendrix. »Wir haben ihn. Und du hattest recht – du hast gesagt, Eiger wollte in die Schweiz.«
Eiger war der Deckname, den Horowitz Tweed gegeben hatte. Eva Hendrix stand gleichfalls auf und schlüpfte in ihre pelzgefütterte Jacke. Darunter trug sie einen dicken Rollkragenpullover, einen weiten Rock und kniehohe Stiefel mit flachen Absätzen. Sie ging davon aus, daß Horowitz gleich aufbrechen wollte. Vor der Tür wartete ein Audi auf sie.
»Wir schließen uns Savage an?« fragte sie.
»Ja. Es ist das einzige, was wir in diesem Stadium tun können. Ich kann ihn auf der Autobahn einholen.«

Savage trat auf das Gaspedal, als Tweeds BMW plötzlich beschleunigte. Der Abstand zwischen den beiden Fahrzeugen betrug etwa hundert Meter, und sie hatten die Autobahn für sich allein. Der Tachometer am Armaturenbrett des Mercedes stieg von 140 auf mehr als 160 Stundenkilometer.
»Was hat er vor?« fragte der Mann, der neben Savage saß und gerade eine Luger .38 aus seinem Aktenkoffer holte.
»Er versucht, uns abzuhängen. Was ihm nicht gelingen wird. Halt dich bereit. Bei diesem Tempo fliegt er glatt von der Fahrbahn.«

Savage wußte, daß sie sich einer langgezogenen Kurve näherten, einem idealen Ort für ihr Vorhaben. Und nach wie vor war auf der Autobahn kein anderes Fahrzeug in Sicht. Eine bessere Gelegenheit konnte es nicht geben.
Am Tag zuvor hatte Savage am Steuer des silberfarbenen Mercedes gesessen, der sich wenige Minuten vor der katastrophalen Karambolage *vor* Tweed gesetzt hatte. Und deshalb war er lebend und unverletzt davongekommen. Alle Muskeln in seinem mageren Gesicht waren angespannt. Er war ein zäher Typ aus Newcastle und hatte es auf Crombies Posten abgesehen. Der war entschieden zu weich für diese Art von Arbeit. Wenn es ihm gelang, Tweed zu erledigen, würde ihm das bei Morgan eine Menge Pluspunkte eintragen.
»Ich verringere jetzt den Abstand, also halt dich bereit«, erklärte er seinem Begleiter.
»Er wechselt die Spur. Warum?«
»Ich verringere den Abstand. Halt dich bereit, sagte ich...«
Der Mann mit der Luger drückte auf den Knopf, der das Fenster neben ihm öffnete. Kalte Luft schoß herein wie der Nachstrom eines startenden Flugzeugs. Der Unterarm mit der Hand, die die Luger hielt, ruhte fest auf der Fensterkante. Als der Mercedes vorschoß und den Abstand verringerte, visierte er sorgfältig sein Ziel an.

Newman, der am Steuer des BMW saß, blickte immer wieder in den Rückspiegel. Er nickte dem neben ihm sitzenden Marler zu.
»Sie fallen darauf herein. Jetzt sind Sie dran.«
Marler drückte den Knopf für die Sitzeinstellung und schob die Lehne so weit wie möglich zurück. Außer ihnen saß niemand im Wagen. Dann drückte Marler auch die Armlehne herunter und begann, sich durch die Lücke zwischen den beiden Sitzen hindurchzuwinden. Nur einem Mann, der so klein und so schlank war wie Marler, konnte dieses Manöver gelingen.
Als er auf den Rücksitz des Wagens glitt, steigerte Newman die Geschwindigkeit des BMW noch weiter und vergrößerte damit für ein paar Sekunden den Abstand zu dem Mercedes. Was den Mann mit der Luger ablenkte, der gerade im Begriff gewesen war, den Abzug zu betätigen. Die Schußweite hatte sich verändert, war zu groß geworden. Er warf einen Blick auf Savage, aber der war gerade dabei, gleichfalls zu beschleunigen.
Auf dem Rücksitz des Mercedes schlug Marler die Reisedecken zurück und nahm das Gewehr mit dem Nachtsichtgerät zur Hand, das er sich von einem Kontaktmann in der Nähe von Freiburg besorgt hatte. Er entsicherte das Gewehr, öffnete das Fenster an der rechten Seite. Die beiden Wagen

befanden sich nach wie vor auf verschiedenen Fahrspuren, aber der Abstand verringerte sich.

Er verringerte sich, weil Newman im Rückspiegel gesehen hatte, daß Marler schußbereit war. Schon durch die geringfügige Reduzierung des Tempos kam der Verfolger in Sekundenschnelle näher. Savage in seinem Mercedes lächelte verkniffen. Jerry würde mit seiner Luger warten, bis sie bis auf wenige Meter an den BMW herangekommen waren. Die Waffe enthielt acht Schuß. Jerry würde sie leerschießen. Es war damit zu rechnen, daß mindestens zwei Kugeln trafen. Im Rückspiegel sah er, daß sich in der Ferne ein weiteres Fahrzeug näherte; seine Scheinwerfer glichen zwei kleinen Augen. Na, wenn schon, dachte er. Bis es hier angekommen war, würden sie längst fort sein...

Horowitz, der sich dem Mercedes von hinten näherte, saß auf dem Beifahrersitz und hielt ein Nachtglas vor die Augen; seine Stahlbrille hatte er auf die Stirn hochgeschoben. Hinter dem Lenkrad bewies Eva Hendrix, daß eine Frau eine hervorragende Fahrerin sein kann.

Horowitz ließ das Fernglas sinken und lehnte sich entspannt in seinem Sitz zurück.

Eva Hendrix warf ihm einen Blick zu. »Was passiert jetzt?«

»Genau das frage ich mich auch.«

Sie sprach nicht weiter. Horowitz war kein Mann, dem man Fragen stellte. Bei ihm hatte sie immer den Eindruck eiserner Selbstbeherrschung. Er konnte stundenlang mit jemandem im Auto sitzen, ohne ein einziges Wort zu sagen. Seinem Ausdruck konnte sie nichts entnehmen. Plötzlich lehnte er sich nach vorn. Sie spürte äußerste Konzentration. Seine Stimme war angespannt.

»Fahr ein bißchen schneller. Aber halte genügend Abstand von dem Mercedes.«

Im Innern des BMW hatte Marler den Lauf des Gewehrs unter der Fensterkante gehalten, so daß er nicht zu sehen gewesen war. Er hängte den Riemen über den Türgriff, um der Waffe mehr Stabilität zu geben. Der Mercedes sauste auf sie zu wie ein Torpedo. Die Luger wurde zweimal abgefeuert. Zu einem dritten Schuß kam es nicht.

Marler hob den Lauf, der rechte Vorderreifen des Mercedes erschien in seinem Visier, er gab vier Schüsse ab. Zwei der hochbrisanten Geschosse, mit denen er das Gewehr geladen hatte, trafen ihr Ziel. Von dem aufs Korn genommenen Reifen fetzten lange Streifen ab, flogen über die verschneite Fahrbahn. Savage spürte, wie er die Kontrolle über den Wagen verlor, wie er in ein tödliches Schleudern geriet, noch verstärkt durch die Geschwindig-

keit, mit der er gefahren war. Der Mercedes schlidderte über die Fahrbahn, beschrieb einen Halbkreis. Das Heck prallte mit aller Gewalt gegen die Leitplanke und durchbrach sie; dann rollte der Wagen, sich mehrmals überschlagend, über ein Feld. Er war noch nicht zur Ruhe gekommen, als er in Flammen aufging, sich in einen Feuerball verwandelte und die Nacht erhellte wie eine detonierende kleine Bombe.
Öliger schwarzer Rauch stieg aus dem Scheiterhaufen auf. Newman fuhr weiter. Marler schloß das Fenster und lud sein Gewehr nach. Dann zündete er sich eine seiner King Size-Zigaretten an.
»Gute Arbeit«, bemerkte Newman.
»Mittelprächtig. Ich fürchte, nur zwei von meinen vieren haben ihr Ziel getroffen. Es hätten mindestens drei sein müssen...«
»Immerhin haben Sie uns gerettet. Ich nehme die nächste Abfahrt, damit wir nach Freiburg zurückfahren können.«
»Gute Idee. Ich bekomme allmählich Hunger.«

»Das war grauenhaft«, keuchte Eva Hendrix. Sie fuhr langsamer, als sie den Feuerball und die Schleuderspuren auf der Fahrbahn passierten.
»Schlimmer. Es war dilettantisch«, bemerkte Horowitz. »Ich finde es erbärmlich. Da schicken sie Jungen aus, damit sie Männerarbeit erledigen. Fahr bitte im gleichen Tempo weiter – ich muß die Gegenfahrbahn beobachten.«
Sie warf ihm wieder einen Blick zu und sah, daß er den Rücken fest an die Sitzlehne drückte. Wieder hielt er das Nachtglas vor die Augen und suchte die nach Norden führende Fahrbahn ab.
»Erwartest du etwas?« fragte sie und wünschte sich dann, nichts gesagt zu haben.
»Ja.« Das war alles, was Horowitz erwiderte.
Auf der Gegenfahrbahn jagten mehrere Fahrzeuge vorüber. Horowitz las die Nummer jedes Wagens, der ein BMW war.
Ungefähr zehn Minuten später grunzte er, als zwei Scheinwerfer auf sie zukamen. Das Nummernschild war deutlich zu erkennen. Zwei Männer saßen in dem Wagen. Der eine fuhr, der andere rauchte auf dem Rücksitz. Keiner von ihnen war Tweed. Natürlich. Der Wagen fegte vorbei, war verschwunden.
»Nimm die nächste Abfahrt und bring uns zurück nach Freiburg. Du kannst kräftig Gas geben mit deinem hübschen Füßchen«, schlug Horowitz vor.
»Was ist passiert? Wo ist Tweed?«
»Wenn ich Tweed wäre, hätte ich die Stadt nur auf einem einzigen Weg

verlassen. Richtung Osten, in den Schwarzwald. Und Crombie hat vermutlich sämtliche Wachhunde von den Ausfallstraßen zurückgepfiffen. Auch ein Dilettant...«

Daß er damit recht gehabt hatte, wie er erfuhr, als sie ins Büro von World Security am Rotteckring zurückgekehrt waren, bereitete Horowitz keine Genugtuung. Crombie lieferte seine Erklärung, als sie in seinem Zimmer saßen und er für Eva Hendrix und sich selbst einen Drink einschenkte.

»Sobald ich erfahren hatte, daß der BMW entdeckt worden war, rief ich meine Leute von den anderen Ausfallstraßen ab. Eine derart vollständige Überwachung kostet einen Haufen Geld. Allen Beteiligten muß Überstundenlohn gezahlt werden. Und wir haben Anweisung, die Unkosten möglichst niedrig zu halten.«

»Von wem, wenn ich fragen darf? Nein, für mich nicht, danke«, sagte Horowitz, als ihm ein Drink angeboten wurde.

»Von Morgan. Haben Sie sonst noch Wünsche? Ich nehme an, Savage ist nach wie vor hinter Eiger her. Wir haben schon seit einer Weile keinen Bericht mehr von ihm.«

Horowitz warf Eva Hendrix einen warnenden Blick zu. Halt den Mund, laß Crombie zu gegebener Zeit selbst herausfinden, daß ein weiteres Team von World Security zum Teufel gegangen ist. Vielleicht würde er der Polizei eine Geschichte erzählen müssen. Dafür wurde er schließlich bezahlt.

»Wo ist Morgan?« fragte er.

»Nach London zurückgeflogen. Mit dem Lear Jet. Und er hatte es so eilig, als wären alle Hunde der Hölle hinter ihm her.«

»Vielleicht glaubte er das wirklich.«

Der Gedanke, daß Morgan Hunderte von Meilen weit weg war, erleichterte Horowitz. Jetzt konnte er vielleicht die Arbeit, für die er bezahlt wurde, ungestört erledigen. Er musterte Crombie, der sich einen großen Scotch eingeschenkt hatte. Diese Leute tranken zuviel.

»Sie fragten, ob ich sonst noch Wünsche hätte«, sagte er. »Ja, die habe ich. Ich brauche fünf von Ihren Suchhunden. Je schärfer, desto besser. Und zwar noch heute. Und einen Käfigwagen ohne Firmenaufschrift für den Transport.«

»Aber dann hätte ich keine Hunde mehr hier«, protestierte Crombie. »Ich habe gerade noch fünf in Reserve. Alle anderen sind vermietet.«

»Ich habe gesagt, ich brauche fünf. Und Sie haben fünf.« Horowitz fixierte Crombie, der die Augen niederschlug. »Soweit ich weiß, hat Morgan Sie angewiesen, mir alles zur Verfügung zu stellen, was ich brauche.«

»Das stimmt, aber ich habe nicht damit gerechnet, daß ich ohne Hunde dastehen würde. Wir haben ein Angebot für einen Auftrag gemacht, bei dem die Hunde gebraucht werden...«
»Dann lassen Sie Ihren potentiellen Kunden wissen, daß er ohne Wachhunde auskommen muß.«
»Und ich habe keinen Käfigwagen ohne Firmenaufschrift«, informierte ihn Crombie mit schlecht verhohlener Befriedigung.
»Dann ziehen Sie los und kaufen Sie einen. Einen Kombi. Möglichst einen Volvo. Und lassen Sie von Ihren Handwerkern hinten einen Käfig für die Hunde einbauen. Ich brauche den Wagen in zwei Stunden.« Er sah, wie Crombie den Mund öffnete, um zu protestieren. Seine Stimme wurde kalt.
»Muß ich Ihnen erst beibringen, wie man eine so einfache Sache schnell erledigt? Sie haben Ihren Job doch nur, weil Sie als tatkräftiger Mann gelten.«
Crombies rotes Gesicht wurde noch röter. Er setzte sich an seinen Schreibtisch, griff zum Telefon und erteilte auf deutsch seine Befehle. Er erklärte dem Mann, mit dem er sprach, daß der Wagen in zwei Stunden bereitstehen müßte. Dann warf er den Hörer auf die Gabel.
»Schon besser«, bemerkte Horowitz gelassen. »Und nun möchte ich, daß Sie mich und Eva in dieses kleine Büro neben dem Konferenzzimmer bringen. Das mit dem Spionierspiegel, damit wir alles sehen können.«
»Und was wünschen Sie zu sehen?« fragte Crombie.
Horowitz sprach weiter, als hätte er die Unterbrechung nicht gehört.
»Holen Sie sämtliche Leute in den Konferenzraum, die die Ausfallstraßen überwacht haben – alle, bis auf die, die an der Straße postiert waren, die Eiger benutzt hat. Sie haben das Unternehmen mit Hilfe einer detaillierten Karte geleitet? Gut. Dann hängen Sie diese Karte an die Wand, so, daß ich sie durch den Spiegel hindurch sehen kann. Wann hat Savage die Meldung durchgegeben, daß er Tweeds BMW entdeckt hat und die Verfolgung aufnimmt?«
»Genau 16.15 Uhr.«
»Danke. Wenn Sie alle Leute beisammen haben, stellen Sie fest, wann sie ihre Posten verlassen haben. In welcher Reihenfolge. Zwischen der Übermittlung einer Funkmeldung und der nächsten dürften jeweils ein paar Minuten vergangen sein.«
»Einige von ihnen muß ich erst herbestellen. Sie haben dienstfrei...«
»Dann bestellen Sie sie her.«

»Ich verstehe nicht, was du damit bezweckst«, erklärte Eva Hendrix, als sie sich in dem Büro neben dem Konferenzraum niederließ. Vor ihr stand ein weiteres Glas Wodka.
Horowitz stand mit den Händen in den Taschen da und blickte durch das »Fenster«, das auf der anderen Seite aus einem Spiegel bestand, der es den Männern, die sich im Konferenzraum versammelten, unmöglich machte, ihn zu sehen. Auf dem Tisch, an dem Eva Hendrix saß, stand ein Mikrofon, über das Horowitz mit Crombie sprechen konnte, wenn die Konferenz begonnen hatte.
»Was die sich da geleistet haben, war Pfuscharbeit«, sagte er mit dem Rücken zu Eva Hendrix. »Ohne eine Spur von Überlegung und Planung. Wenn hier einer überlegt und geplant hat, dann war es Tweed. Keiner der beiden Männer in dem BMW, den wir auf der Rückfahrt nach Freiburg auf der Autobahn gesehen haben, war Tweed. 16.15 Uhr ist der entscheidende Zeitpunkt.«
»Ich verstehe immer noch nicht...«
»Und Crombie bestimmt auch nicht«, sagte Horowitz sarkastisch. »Ich bin ganz sicher, daß Tweed und die beiden Männer in dem BMW ihre Uhren verglichen und sich auf die Minute genau abgestimmt haben, und daß Tweed, nachdem der BMW beim Verlassen von Freiburg beobachtet und die Meldung hierher durchgegeben wurde, höchstens zehn Minuten später gleichfalls die Stadt verlassen hat.«
»Aber auf welchem Wege?«
»Genau das ist es, was ich herauszufinden versuche. Die Zeit, auf die es ankommt, ist zwischen 16.15 und 16.25 Uhr – spätestens 16.30. Wir können nur hoffen, daß einer der Leute auch dann noch aufgepaßt hat, nachdem er gehört hatte, daß der Vogel entflogen war. Und da ist noch etwas, an das ich Crombie erinnern muß...«
Er kehrte mit seinem entschlossenen Schritt zum Tisch zurück, griff nach dem Mikrofon, drückte auf die Taste und sprach mit Crombie, der die große Karte von Freiburg betrachtete, während seine Agenten hereinkamen und sich auf den in Reihen aufgestellten Stühlen niederließen.
»Crombie«, sprach Horowitz in das Mikrofon, »haben Sie an die Leinwand gedacht, auf die das Foto des Gesuchten projiziert werden soll?«
»Sie wird gerade hereingebracht«, erwiderte Crombie mit leicht gereizter Stimme.
»Zeigen Sie es bitte erst, wenn sich alle hingesetzt haben.«
Das Licht im Konferenzzimmer ging aus, als Horowitz zu sprechen begann. Die zwanzig Agenten, sämtlich Männer, wurden unruhig. Der Verstärker

verlieh Horowitz' Stimme einen unheimlichen, irgendwie bedrohlichen Klang. Der Vorführer ließ Tweeds Foto auf der Leinwand erscheinen. Eine Aufnahme von Kopf und Schultern, das Gesicht gelassen und im Dreiviertelprofil. Horowitz hielt, nach wie vor stehend, das Mikrofon dicht an die Lippen, so daß seine Worte zu einem Zischen verzerrt wurden.
»Sie alle haben an den Ihnen zugewiesenen Ausfallstraßen gewartet. Sie hielten Ausschau nach diesem Mann, Eiger, der einen BMW mit einer Ihnen bekannten Zulassungsnummer fuhr.« Horowitz hielt inne.
Von seinem Standort aus sah er Reihen von zurückgelehnten Hinterköpfen. Die Männer starrten auf die Leinwand. Der Vorführer hielt Tweeds Bild ganz ruhig. Horowitz wartete, hoffte, daß das Bild, wenn es sich ihrem Gedächtnis einprägte, eine Erinnerung wachrufen würde. Dann sprach er weiter.
»Ich möchte, daß Sie jeden Gedanken an diesen BMW aus Ihrem Gedächtnis verbannen. Die Zeit, auf die es ankommt, ist die zwischen 16.15 und 16.30 Uhr – die Zeit, in der Sie abberufen wurden und nicht mehr Ausschau zu halten brauchten. Aber während Sie warteten, vielleicht eine Zigarette rauchten, bevor Sie zur Basis zurückkehrten, könnten Sie unbewußt einen anderen Wagen bemerkt haben.«
Er hielt abermals inne, gestattete ihnen, jede Bemerkung voll zu erfassen, bevor er ihren Verstand mit weiterem Material fütterte. Als er weitersprach, hatte seine Stimme auf seine jetzt reglos dasitzenden Zuhörer eine fast hypnotische Wirkung.
»Einen anderen Wagen, aber keinen BMW. Vermutlich auch keinen Mercedes. Und in diesem Wagen saß Eiger, der Mann, den Sie auf der Leinwand vor sich sehen. Denken Sie nach, meine Herren. Bitte konzentrieren Sie sich.«
»Ich bin gleich zum Büro zurückgefahren«, meldete sich eine Stimme zu Wort.
»Wann war das?« fragte Horowitz.
»Genau 16.20 Uhr, nachdem ich über Funk die Anweisung erhalten hatte, die Überwachung einzustellen.«
»Einer von Ihnen könnte diesen Mann gesehen haben«, beharrte Horowitz.
»Er kann alles mögliche getragen haben. Vielleicht trug er irgendeine Kopfbedeckung, um sein Aussehen zu verändern...«
»Eine Astrachanmütze«, rief eine andere Stimme aufgeregt. »Die hat er getragen. Irgendwie kam er mir bekannt vor.«
»Wo haben Sie ihn gesehen? Was für einen Wagen fuhr er?«
»Einen blauen Audi. Ich stand am Schwabentor, am Rand der Altstadt. Er

kam aus der Konviktstraße und fuhr dann über die Schwarzwaldstraße aus der Stadt heraus. Tut mir leid, aber in dem Moment habe ich mich von den Pelzmützen täuschen lassen. Aber schließlich war ich gerade abberufen worden, also nahm ich an, daß jemand anders ihn aufgespürt hätte.«
»Sie brauchen sich nicht zu entschuldigen. Wissen Sie, wie spät es war, als Sie diese Beobachtung machten?«
»Das kann ich Ihnen genau sagen. Es war 16.30 Uhr – ich hatte es für meinen Bericht notiert. Ich hatte gerade den Befehl erhalten, zur Basis zurückzukehren.«
»Sie verwendeten das Wort ›Mützen‹ – im Plural. Warum?« hakte Horowitz nach.
»Weil die Frau, die neben ihm saß, auch eine Pelzmütze trug.«
»Ich danke Ihnen für Ihre Hilfe, meine Herren. Das war vorläufig alles.«
Horowitz schaltete das Mikrofon aus und wandte sich an Eva Hendrix, die gerade ihr Glas geleert hatte.
»Wenn du noch mehr trinken willst, begnüge dich mit Kaffee. Wir brauchen heute nacht einen klaren Kopf.«
»Heute nacht?« fragte sie. »Das hört sich an, als kämen wir nicht zum Schlafen.«
»Ich brauche keinen Schlaf.« Horowitz ließ sich ihr gegenüber nieder und hob eine geballte Faust. »Es paßt alles zusammen. Wie ich vermutet hatte – Tweed hat alles bestens geplant. Er rechnete damit, daß alle Ausfallstraßen überwacht werden würden. Er überläßt seinen BMW zwei anderen Männern, und der lockt uns auf eine falsche Fährte. Er verläßt Freiburg um 16.15 und fährt auf der E 35 nach Süden. Savage berichtet, daß er sich darangehängt hat. Crombie fällt auf den Trick herein und ruft seine Leute einen nach dem anderen zurück. Fünfzehn Minuten später verläßt Tweed mit einem anderen Wagen die Stadt. Er hat alles auf die Minute genau abgestimmt. Er rechnete damit, daß die Wagen mit Funk ausgerüstet waren und daß binnen fünfzehn Minuten alle Ausfallstraßen unbewacht sein würden. Sogar die Route, auf der er die Stadt verlassen hat, ist beachtlich.«
»Warum?« fragte Eva Hendrix.
»Weil er genau dahin unterwegs ist, wohin ich an seiner Stelle auch gefahren wäre. Über die Schwarzwaldstraße – tief hinein ins Herz des verschneiten Schwarzwaldes. Wir müssen ihn schleunigst aufspüren...«
Horowitz war bereits auf dem Weg zur Tür, als Eva Hendrix ihre Frage stellte.
»Aber wie wollen wir das anstellen? Der Schwarzwald ist riesig – und der Schnee macht es nicht einfacher.«

»Im Gegenteil – der Schnee wird uns helfen«, fauchte Horowitz; zum erstenmal ließ er sich seine Verärgerung über einen Verstand anmerken, der langsamer arbeitete als der seine. »Einen Hubschrauber haben wir hier. Wir lassen weitere aus Frankfurt und Basel kommen. Wir suchen den Schwarzwald aus der Luft ab. Und der Schnee kann uns durchaus zu Tweed hinführen, weil in ihm Spuren zu erkennen sind – die Spur eines Audi, der irgendwo auf eine Nebenstraße abbiegt, die Fußspuren von Tweed und seinen Freunden, wenn sie den Audi verlassen und einen Unterschlupf aufsuchen. Dem Wetterbericht zufolge – den du selbst gehört hast, bevor wir hier herunterkamen – sind alle Straßen, die südwärts, in Richtung Schweiz, aus dem Schwarzwald herausführen, unpassierbar. Und ich wäre dir dankbar, wenn du dich ein bißchen schneller bewegen würdest.«

»Aber was wollen wir tun?« fragte sie beharrlich, als sie ihm mit raschen Schritten folgte.

Er drehte sich am Fuße der Treppe um.

»Wir vergewissern uns, daß Crombie uns Suchhunde zur Verfügung stellt, die richtige Killer sind. Wir fahren in dem Volvo los und halten Funkkontakt mit sämtlichen Hubschraubern, die das Gelände absuchen. Muß ich dir alles bis ins kleinste erklären? Wir organisieren ein riesiges Schleppnetz. Gehen auf Menschenfang.«

Vierzehntes Kapitel

Gareth Morgans Lear Jet landete am frühen Abend auf dem Londoner Flughafen. Bei der Zoll- und Paßkontrolle gab er sich liebenswürdig und wurde schnell abgefertigt. Seine Stimmung schlug um, sobald er im Fond der wartenden Limousine saß und den Chauffeur Hanson angewiesen hatte, ihn auf schnellstem Wege in die Threadneedle Street zu bringen.

»Die Leute gehen mir auf die Nerven. Sie kennen mich, und trotzdem muß ich diesen ganzen bürokratischen Kram über mich ergehen lassen. Man braucht einen Menschen nur in eine Uniform zu stecken, und schon hält er sich für den lieben Gott.«

»Ja, Sir«, erwiderte der uniformierte Chauffeur. Es war typisch für Morgan, daß er die in dieser Bemerkung steckende Beleidigung übersah. Aber schließlich zahlte Morgan ihm jedes Jahr zu Weihnachten einen dicken Bonus aus einem Forschungsfonds. Was bedeutete, daß das Geld nirgendwo verbucht wurde – und daß Hanson die zweitausend Pfund nicht zu versteuern brauchte.

»Was hat sich während meiner Abwesenheit getan?« fragte Morgan seinen Privatspion.
Er starrte in die Nacht hinaus. Sie war kalt und trocken, und der Himmel war mit riesigen Diamanten übersät. Die Scheinwerfer entgegenkommender Wagen waren ungewöhnlich klar und hell. Morgan zündete sich eine Havanna an und hörte sich an, was der Chauffeur zu berichten hatte.
»Mrs. Buckmaster hat sehr viel Zeit in ihrem Büro verbracht und einen Haufen Papiere durchgesehen...«
»Was für Papiere?«
Morgan war sofort hellwach. Er lehnte sich vor und spürte seinen dicken Bauch. Der Arzt hatte gesagt, er äße zuviel und tränke im Übermaß. Der Teufel sollte ihn holen!
»Nun, Sir, ich habe den Nachschlüssel benutzt, den Sie von Mrs. Buckmasters Büro haben anfertigen lassen, als sie kürzlich zum Lunch ausgegangen war. Auf ihrem Schreibtisch lagen Akten von unseren Filialen in der ganzen Welt. Australien, Amerika, Südafrika, verschiedenen europäischen Ländern. Sie waren angefüllt mit Zahlenkolonnen. Ich habe mir die Freiheit genommen, mit der Kamera, die Sie mir gegeben haben, aufs Geratewohl ein paar Seiten zu fotografieren.« Der Chauffeur reichte ihm über die Schulter hinweg einen Plastikkasten. »Wenn Sie wollen, können Sie sie im Scanner betrachten.«
Morgan klappte den Deckel des Kastens mit einer Hand auf, klemmte die Zigarre zwischen die Zähne, holte den ersten Film heraus und steckte ihn in den an das Wagendach montierten Scanner. Er machte Licht und stellte das Gerät scharf ein, indem er an einem kleinen Rad drehte. Die Zahlen auf der Seite waren klar und deutlich zu lesen.
Er betrachtete ein Dutzend Seiten, wohl wissend, daß Hanson ihn im Rückspiegel genau beobachtete. Er ließ sich seine Bestürzung nicht anmerken, aber als er die letzte Seite vor sich sah, fluchte er leise.
»Stimmt etwas nicht, Sir?« erkundigte sich der Chauffeur, der ein gutes Gehör hatte.
Hanson war ein gutaussehender Mann Ende Vierzig mit kultivierter Stimme. Seinen Job hatte er nach einer Zufallsbegegnung mit Morgan in einer Bar bekommen. Er war ein ausgezeichneter Fahrer, aber es fehlte ihm an Zielstrebigkeit, und er hatte eine angefangene Ausbildung zum Buchhalter abgebrochen. Dennoch war er imstande, eine Bilanz zu lesen.
»Sie haben sich das angesehen?« fragte Morgan mit sanfter Stimme.
»Ich mußte, Sir – um sicher zu sein, daß die Fotos gelungen waren. Nicht alle natürlich, aber mir erschienen sie sehr interessant. Es wäre schön, wenn

Sie mir dieses Jahr einen höheren Bonus zahlen könnten – in Anbetracht der Inflation und der steigenden Hypothekenzinsen...«
»Wird gemacht.«
»Das ist sehr großzügig von Ihnen, Sir.«
Er sah im Spiegel, daß Hanson lächelte, und spürte das fast unwiderstehliche Verlangen, auf ihn einzuschlagen. Es war nicht die Tatsache, daß Hanson fuhr – obwohl sie im Augenblick in einem Stau festsaßen –, die Morgan zwang, das Lächeln zu erwidern. Er hatte sofort begriffen, daß Hanson sich über die Bedeutung dessen, was er fotografiert hatte, vollauf im klaren war.
»Keine Spur.« Morgan lächelte wieder, und es war ein öliges Lächeln. »Sie leisten der Firma gute Dienste, und gute Dienste müssen belohnt werden.«
Die Freunde von heute sind die Feinde von morgen, erinnerte er sich. Eine seiner Lieblingsmaximen: Leuten nur so lange zu trauen, als es im eigenen Interesse liegt, ihnen zu trauen. Bald würde er sich Hansons entledigen müssen. Aber auf eine Art, die ihn als potentiellen Feind ohnmächtig machte. Nun, er wußte nicht mehr, wie oft er das schon bewerkstelligt hatte. Er lächelte und nickte Hanson zu, als der Wagen sich wieder in Bewegung setzte.
»Da ist noch etwas, Sir«, fuhr Hanson fort, befriedigt, daß er die Sache mit dem Bonus zur Sprache gebracht hatte. »Mrs. Buckmaster hat viele Stunden mit Ted Doyle verbracht. Womit ich nicht sagen will, daß da irgend etwas vorgefallen wäre«, setzte er mit übertriebenem Respekt hinzu.
»Haben Sie eine Idee, was sie getan haben?«
Morgan zwang sich zu einem beiläufigen Ton. Er schaute aus dem Fenster, damit seine Augen sich nicht im Spiegel mit denen Hansons trafen und ein zu großes Interesse verrieten. Und Hanson war jetzt eindeutig reif: er war mit dieser pikanten Sache erst herausgerückt, nachdem er sicher war, daß Morgan bei der Bonuserhöhung mitspielte. Was auf eine verschlagene Form von Erpressung hinauslief, eine Taktik, deren sich Morgan auch anderen gegenüber bediente. Es erboste ihn, daß ein bloßer Chauffeur ihn ausnützte.
»Ich mußte etliche Male Kaffee und Sandwiches hineinbringen«, fuhr Hanson fort. »Doyle saß neben Mrs. Buckmaster an ihrem Schreibtisch. Vor ihnen lagen mehrere in verschiedenfarbiges Leder gebundene Journale.«
»Sagt mir nicht viel«, bemerkte Morgan. »Sehen Sie zu, daß Sie so schnell wie möglich zum Büro kommen...«
Die Information sagte ihm sehr viel, und er wurde noch wütender. Leonora hatte die ganz geheimen Journale in die Hand bekommen, die Aufschluß

gaben über die finanzielle Position der Filialen in der ganzen Welt. Und Doyle, der sie hätte unter Verschluß halten müssen, arbeitete mit ihr Hand in Hand.
Der Gedanke, daß sich Doyle um den Zustand von Lance Buckmasters Imperium ehrliche Sorgen machen könnte, kam Morgan nicht. Der Gedanke an Ehrlichkeit war ihm fremd.
Es war 20 Uhr, als Hanson die Threadneedle Street entlangfuhr. Außer dem seinen waren keine Wagen unterwegs. Morgan reckte den Hals, um zum achtzehnten Stock hinaufzublicken. Er war hell erleuchtet. Er runzelte die Stirn. War es möglich, daß Leonora um diese Zeit noch in ihrem Büro saß?
In der Tiefgarage stieg er aus und wies Hanson an, auf ihn zu warten. Er holte seinen Spezialschlüssel heraus und schob ihn in das Schloß neben dem Fahrstuhl. Sekunden später war der Schnellift da. Er trat hinein, drückte auf den Knopf, stieg im achtzehnten Stock aus und wartete, bis sich die Fahrstuhltür hinter ihm geschlossen hatte. Seinen Koffer hatte er im Auto gelassen; er stand in seinem dunklen Mantel da und lauschte. Die abendliche Stille in dem fast leeren Gebäude hatte etwas Unheimliches. Er machte sich auf den Weg zu Leonoras Büro.
Er hatte es fast erreicht, als die Tür geöffnet wurde. Ted Doyle kam heraus. In der Hand hielt er ein in rotes Leder gebundenes Journal. Er blickte überrascht auf, als er sah, daß Morgan nur zehn Schritte von der schalldichten Tür entfernt auf ihn wartete.
»Mr. Morgan! Ich hatte keine Ahnung, daß Sie kommen würden...«
»Das scheint mir auch so.« Morgan bemächtigte sich des roten Journals, riß es Doyle geradezu aus den Händen, klemmte es unter den Arm. »Was haben Sie in meiner Abwesenheit damit zu schaffen?«
Doyle war ein schlanker, hochgewachsener Mann in den Dreißigern mit magerem, intelligentem Gesicht; er trug eine Brille mit scharf geschliffenen Gläsern. Ein erstklassiger Buchhalter und ein Mann, der auf Morgans schwarzer Liste stand. Er würde unter dem Schatten eines Verdachts entlassen werden, sobald sich die Gelegenheit dazu bot. Irgend etwas mit fehlendem Geld und dem Frisieren von Bilanzen. Doyle mußte in Mißkredit geraten, wenn er die Firma verließ. Der Gedanke, daß ihn das ruinieren würde, kam Morgan nicht. Die Welt war ein Dschungel, in dem nur ein einziges Gesetz galt: nur die Tauglichsten und Skrupellosesten überlebten.
»Ich habe nur einen Blick auf einige Zahlen geworfen«, erwiderte Doyle.
»Gut zu wissen, daß jemand die Stellung hält.« Morgan lächelte, klopfte dem Buchhalter mit seiner freien Hand auf die Schulter. »Das hier behalte ich fürs erste.«

Er ging weiter, doch dann drehte er sich noch einmal um.

»Übrigens, Doyle, ich möchte später noch mit Ihnen reden. Könnten Sie in Ihrem Büro auf mich warten? Lassen Sie sich etwas zu essen bringen, damit Sie inzwischen nicht verhungern.«

Er lächelte wieder und schloß die Tür zu seinem eigenen Büro auf. Sobald er drinnen war, wurde seine Miene grimmig. Bei Ted Doyle waren drastische Maßnahmen erforderlich. Und zwar schnell. Er verschloß das Journal in seinem Schreibtisch, nachdem er einen Blick hineingeworfen hatte.

Dann zog er seinen Mantel aus, ging in seinen privaten Waschraum, machte sich frisch, bürstete sein dichtes dunkles Haar, knöpfte sein Jackett zu und verließ das Büro. Langsam wanderte er zu Leonoras Räumen hinüber. Über der geschlossenen Tür leuchtete das rote Licht. *Kein Zutritt. Konferenz.* Sie hatte es eingeschaltet, während sie mit Doyle zusammensaß. Er klopfte an. Das Licht wurde grün. Er trat ein.

Leonora Buckmaster saß ihm gegenüber an ihrem Schreibtisch. Sie saß sehr aufrecht da. Die Schreibtischlampe, die einzige Lichtquelle im Zimmer, ließ ihr blondes Haar golden funkeln. Ihre Miene war kalt und starr. Nichts deutete darauf hin, daß sie sich freute, ihren Generaldirektor zu sehen. Vor ihr lag aufgeschlagen ein grünes Journal.

»Was tun Sie hier um diese Zeit?«

Er bedachte sie mit seinem schönsten Lächeln. »Bin gerade von einer Runde bei einigen unserer europäischen Filialen zurück. Komme direkt vom Flughafen.«

»Haben Sie in diesen europäischen Filialen zufällig einen Blick in die Bücher geworfen?«

»Deshalb war ich nicht dort. Ich habe mich um die neuesten Aufträge gekümmert.«

Eingeschlossen, dachte er, den Auftrag an Horowitz, Tweed zu töten.

»Wissen Sie, daß wir ganz dicht vor dem Bankrott stehen?«

Jetzt war es Morgan, der erstarrte. Innerlich verfluchte er Doyle, weil er während seiner Abwesenheit mit ihr zusammengearbeitet hatte. Ihre Bemerkung – die Tatsache, daß sie jetzt Bescheid wußte – war wie ein Schlag in die Magengrube. Er schaffte es, überrascht dreinzuschauen, zog einen Stuhl heran und ließ sich ihr gegenüber nieder.

»Nein, ich weiß nichts dergleichen, Leonora. Hat dieser schwachsinnige Buchhalter wieder einmal die Zahlen falsch interpretiert?«

»Die Zahlen sprechen für sich. Mein Vater hat mich gelehrt, Bilanzen zu lesen – auch frisierte.«

»Also hat Doyle die Zahlen manipuliert...«
»Doyle hat mir gezeigt, wie die Lage hier ist, in Australien, den Vereinigten Staaten, in Südafrika – und auf dem europäischen Kontinent.«
»Aber er weiß nichts von dem Darlehen über fünfhundert Millionen, über das ich gerade verhandele. Damit ändert sich das Bild, meinen Sie nicht? Darf ich rauchen?«
Sie war so verblüfft, daß sie keinen Einspruch erhob. Er schnitt von einer Zigarre die Spitze ab und zündete sie dann ganz gemächlich an, indem er das Streichholz darum herumwandern ließ.
»Und darf ich fragen, wo dieses gigantische Darlehen herkommen soll? Die Banken leihen uns keinen roten Heller mehr. Das weiß ich genau. Also, wo kommt dieses Darlehen her?«
»Das werden Sie zu gegebener Zeit erfahren. Das Geschäft ist zum Teil streng vertraulich.«
»Es war mein Geld, mit dem diese Firma gegründet wurde...« Leonora holte tief Luft. Fast hätte sie hinzugefügt, sie wäre jetzt überzeugt, daß Lance sie nur deshalb geheiratet hatte. Aber sie verabscheute Morgan und hatte nicht die Absicht, mit ihm über ihre Privatangelegenheiten zu sprechen. Bisher war es ihr immer gelungen, sich nichts von dem heftigen Widerwillen anmerken zu lassen, den sie Morgan gegenüber empfand. Sie zwang sich, gelassen zu erscheinen.
Morgan paffte an seiner Zigarre. Er spürte, daß er ihr den Wind aus den Segeln genommen hatte. Wieder einmal hatte er seine Karten richtig ausgespielt. Die Ironie an der ganzen Sache war nur, daß Morgan selbst keine Ahnung hatte, wo das Geld herkommen sollte. Das war etwas, was ihm Buckmaster bei ihrer Unterhaltung in Tavey Grange nicht verraten hatte. Die Verschlagenheit, die Morgan zur zweiten Natur geworden war, veranlaßte ihn, seine nächste Bemerkung sorgfältig zu formulieren.
»Glücklicherweise haben wir in Ted Doyle einen hervorragenden Buchhalter. Ich bin sicher, daß er unser gegenwärtiges Problem begriffen hat und diskret sein wird.«
»Ich auch.« Leonora spielte mit ihrem goldenen Kugelschreiber. »Ted ist ein loyaler Mitarbeiter. Ich vertraue ihm voll und ganz.«
Morgan nickte, um seine Bestürzung zu verbergen. Sie hatte gerade bestätigt, daß Doyle wußte, auf welche Klippen World Security zusteuerte. Er würde zu sehr drastischen Maßnahmen greifen müssen, denn jetzt bestand die Gefahr, daß Doyle sich einem seiner Freunde in der City anvertraute. Und wenn er das tat, bedeutete das das Ende von World Security.

»Wenn es sonst nichts mehr zu besprechen gibt, verschwinde ich jetzt in meinem Zimmer und sehe mir an, was während meiner Abwesenheit hereingekommen ist. Und dann fahre ich heim und schlafe. Schlaf ist etwas, von dem ich während meiner Reise entschieden zuwenig bekommen habe.«
»Solche Reisen sind anstrengend«, pflichtete Leonora ihm bei und lächelte. »Sie verlangen zuviel von sich, Gareth. Versuchen Sie, es ein bißchen langsamer gehen zu lassen.«
»Da haben Sie vermutlich recht.« Morgan nahm seine Zigarre in die Hand, erhob sich, ging um den Schreibtisch herum und küßte sie auf die Wange. Sie ertrug seine Nähe, ohne zurückzuzucken. »Und vielleicht sollten Sie auch heimfahren«, schlug er vor, als er auf die Tür zuging.
»Ja, das sollte ich wohl. Es ist spät geworden.«
Sobald Morgan die Tür hinter sich geschlossen hatte, wich der verbindliche Ausdruck aus ihrem Gesicht. Ich muß einen Weg finden, ihn über Bord zu werfen, dachte sie. Schließlich war sie die Präsidentin der Firma, überlegte sie, während sie ihre Puderdose hervorholte und wütend die Stelle betupfte, an der Morgan sie geküßt hatte. Sie zog ihre Zobeljacke an, in Gedanken nach wie vor mit diesem Problem beschäftigt.
Die Schwierigkeit lag darin, daß Lance Morgan zum Generaldirektor ernannt hatte. Morgan – der Sohn eines Bergmanns – hatte geholfen, World Security aus dem Nichts aufzubauen. Er kannte die Organisation in- und auswendig, eingeschlossen die Abteilung für Industrielle Forschung, die er persönlich leitete. Sie hatte beunruhigende Gerüchte über diese Abteilung gehört, die in jeder Filiale überall auf der Welt eine geheime Sektion hatte.
Ich werde noch einmal mit Ted Doyle sprechen, beschloß sie, während sie den Inhalt ihrer Ferragamo-Handtasche überprüfte. Und wir werden uns das rote Journal noch einmal genau ansehen. Sie ging zur Tür, schaltete das Licht aus und strebte auf den Privatlift zu, zu dem nur drei Personen einen Schlüssel hatten – sie selbst, Lance und Morgan.
Sie war immer ein wenig nervös, wenn sie am späten Abend das gespenstisch stille, menschenleere Gebäude verließ. Ihre Schritte widerhallten auf dem mit Marmorfliesen gekachelten Boden. Sie blieb vor dem Privatlift stehen, zögerte einen Moment, bevor sie den Schlüssel ins Schloß steckte. Sie hatte das unbehagliche Gefühl, beobachtet zu werden. Doch unter der Tür von Morgans Büro hinter ihr fiel kein Licht heraus. Sie starrte auf die geschlossene Tür des Fahrstuhls und fragte sich abermals, ob er nicht eine Lücke im Sicherheitssystem darstellte. Der Fahrstuhl fuhr an allen Stockwerken vorbei und mündete in der Tiefgarage. Als sie Morgan daraufhin ansprach, hatte er ihre Befürchtungen als grundlos abgetan und sie darauf

hingewiesen, daß nur die drei Personen an der Spitze einen Schlüssel hatten. Sie steckte ihren Schlüssel ins Schloß, trat ein, nachdem sich die Tür geöffnet hatte, und drückte auf den Knopf für die Garage.

Morgan hielt sein rechtes Auge dicht an den Spion in seiner Tür. Wie ein Voyeur betrachtete er Leonoras Beine unter der hüftlangen Zobeljacke. Seit zehn Minuten wartete er darauf, daß sie ging. Es kam ihm vor wie eine Ewigkeit, bis sie schließlich mit dem Schlüssel hantierte und im Fahrstuhl verschwand. Er seufzte vor Erleichterung, wischte sich mit einem Taschentuch den Schweiß von der Stirn, schaltete das Licht in seinem Zimmer ein.
Ungefähr zehn Minuten saß er an seinem Schreibtisch, löschte seinen Durst mit Cognac aus seiner Taschenflasche und blätterte dabei in dem roten Journal. Er konnte sich nicht vorstellen, wie Doyle darangekommen war. Während seiner Abwesenheit lag das Journal immer im Tresorraum, in einem eigenen Schließfach, und nur er kannte die Kombination, mit der es geöffnet werden konnte.
Nun, es gab einen Menschen, der ihm darüber Aufschluß geben konnte. Und das war, außer ihm, zugleich der einzige Mensch, der sich oberhalb des Erdgeschosses, in dem Wachmänner Vorder- und Hintereingang überwachten, im Haus aufhielt. Ted Doyle.
Er drückte das Journal an seine breite Brust, verließ sein Zimmer und ging den langen Korridor entlang zu dem Büro am hinteren Ende. Er betrat es, ohne anzuklopfen. Doyle, der an seinem Schreibtisch saß und eine Akte las, schaute auf. Auf dem Schreibtisch standen ein Karton mit Sandwiches und ein Becher Kaffee, beides unberührt.
»Ich habe mit Leonora über Sie gesprochen«, begann Morgan, nachdem er sich Doyle gegenüber auf einem Ledersessel niedergelassen hatte. »Ich glaube, es wird nicht mehr lange dauern, bis man Ihnen einen Sitz im Aufsichtsrat anbietet.« Er lächelte; das Journal hielt er nach wie vor in der Hand.
»Das freut mich, Mr. Morgan.« Doyle betrachtete ihn durch seine scharfgeschliffenen Brillengläser. »Ich nehme an, Sie haben sich eingehend mit Mrs. Buckmaster unterhalten.«
»So ist es.« Morgans kleine Augen funkelten befriedigt. Wie geplant, hatte er bei Doyle einen falschen Eindruck erweckt – daß er mit der Präsidentin über das gesprochen hätte, was in dem Journal stand. »Aber eine Frage habe ich vergessen. Wie sind Sie an dieses Journal gekommen? Schließlich bin ich der einzige, der die Kombination kennt.«
»Ah, ich verstehe, was Sie meinen.« Doyle entspannte sich, lehnte sich auf

seinem Stuhl zurück. »Mrs. Buckmaster war der Ansicht, daß es irgendwo ein Hauptjournal geben müsse. Ich sagte ihr, wo es aufbewahrt wird und daß Sie der einzige sind, der die Kombination kennt. Ihr lag sehr viel daran, es zu sehen. Daraufhin schlug ich ihr vor, eine Vollmacht auszuschreiben, und wir ließen einen Safe-Experten kommen. Ich mußte ihm etwas vormachen, behauptete, wir hätten den Zettel verlegt, auf dem die Ziffern der Kombination standen. Angesichts der Vollmacht hatte er keine Bedenken, das Schließfach zu öffnen...«
Ein Schwall von Wut fegte durch Morgan hindurch, aber er schaffte es, zu lächeln und seinen Zorn zu verbergen. Doyle war entschieden zu clever gewesen. Er war zu einer noch größeren und unmittelbareren Gefahr geworden, als Morgan ursprünglich angenommen hatte. Äußerst drastische Maßnahmen waren erforderlich. Er warf einen Blick auf seine Uhr.
»Wir haben uns sehr ausführlich über Ihren Eintritt in den Aufsichtsrat unterhalten. Aber da sind noch ein oder zwei Fragen, die ich Ihnen gerne stellen würde. Sie kennen mich ja – wenn ich einmal einen Entschluß gefaßt habe, setze ich ihn gern sofort in die Tat um. Können Sie warten, bis ich zurückkomme? Ich erwarte in fünf Minuten einen Anruf aus New York. Es macht Ihnen doch nichts aus, auf mich zu warten?«
Er lächelte abermals, stand auf und ging zur Tür. Doyle würde notfalls stundenlang in seinem Büro bleiben. Wieder in seinem eigenen Bau angekommen, holte er tief Luft und griff dann zum Telefon.

Leonora lag tief und fest schlafend in ihrem Bett in ihrer Wohnung in Belgravia, als ein Geräusch sie aufweckte. Sie setzte sich auf, schaltete die Nachttischlampe ein. Zwei Uhr. Himmel!
Allein zu schlafen war ihre Methode, Lance unter Druck zu setzen. Sie hatte sich in ein eigenes Schlafzimmer zurückgezogen, nachdem Detektive ihr berichtet hatten, daß Lance sich seine sechste Geliebte zugelegt hatte, ein Flittchen aus Frankfurt. Eine andere Möglichkeit, ihn zur Raison zu bringen, war ihr nicht eingefallen. Aber als sie ihn von ihrer Absicht unterrichtete, war seine Reaktion enttäuschend gewesen.
»Ich habe beschlossen, im Gästezimmer zu schlafen. Das wird mir helfen, mit meinen Gedanken ins reine zu kommen.«
»In Ordnung.« Er machte eine wegwerfende Geste. »Du brauchst deinen Schönheitsschlaf, und ich habe oft bis in die Nacht hinein mit diesen infernalischen Kassetten zu tun. Gute Idee. Eine Sorge weniger – ich brauche nicht zu befürchten, daß ich dich störe.«
»Ach, du hast noch andere Sorgen?« fragte sie sarkastisch.

»Massenhaft, meine Liebe. Das Organisieren eines Ministeriums ist nicht gerade ein Kinderspiel.«

»Ich dachte, das hättest du inzwischen hinter dir...«

»Ich fange gerade erst an«, hatte er erwidert und das gemeinsame Schlafzimmer verlassen.

Sie hörte auf dem Flur vor ihrem Zimmer die Dielen knarren. Sie schlüpfte in ihren Morgenmantel, ergriff einen schweren Silberleuchter und schlich auf Zehenspitzen zur Tür. Sie öffnete sie leise und erblickte Lance, der sich ins Schlafzimmer schleichen wollte. Er trug seinen militärisch geschnittenen Regenmantel, der leicht feucht war. Als er hörte, wie die Tür geöffnet wurde, drehte er sich um.

»Hat sie dich so lange aufgehalten?« fragte sie.

Seine Reaktion bestürzte sie. Er kam mit wutverzerrtem Gesicht auf sie zu. Sie wich einen Schritt zurück, und er baute sich vor ihr auf.

»Keine Sorge – ich komme nicht herein. Ich dachte, die Idee war, daß du ungestört schlafen wolltest.« Seine Stimme hob sich. »Mußt du mir ständig nachspionieren? Hast du immer noch keine Ahnung, was es bedeutet, Minister zu sein? Und seit du dich entschlossen hast, hier einzuziehen, geht mein Leben niemanden mehr etwas an – außer mich selbst.« Er hielt inne, und die Muskeln in seinem Gesicht arbeiteten. Seine Stimme wurde kalt und arrogant. »Und vergiß nicht, wie sehr du es genießt, die Frau eines Ministers zu sein...«

Er streckte die Hand aus, packte den Türgriff und knallte die Tür zu, hinter der seine Frau stand. Sie zitterte. Lance war sehr gut in Form, sehr kräftig. Er hätte sie mit einem Hieb niederschlagen können. Sie schloß ihre Tür ab, kehrte ins Bett zurück und lag dann wach, bis der Tag dämmerte.

Genau um vier Uhr morgens fand ein Streifenpolizist die Leiche von Ted Doyle auf dem Gehsteig unter dem Fenster seines achtzehn Stockwerke höher gelegenen Büros.

Fünfzehntes Kapitel

Um sechs Uhr morgens beugte sich Chefinspektor Roy Buchanan von der Mordkommission über Ted Doyles Leiche. Sein Schädel war zertrümmert von der Gewalt des Aufpralls. Buchanan, ein schlanker Mann in den Vierzigern mit gelassenem, zynischem Wesen, zwang sich, im Licht der von Detektiven gehaltenen Taschenlampen alles genau und konzentriert zu

betrachten. Neben dem Chefinspekteur beugte sich Dr. Kersey über die Leiche; seine Tasche stand auf dem Gehsteig.
»Ist er gefallen, oder wurde er gestoßen, oder ist er herausgesprungen?« bemerkte Buchanan, nachdem er sich aufgerichtet hatte. Er blickte zu dem Licht hinauf, das aus dem offenen Fenster im achtzehnten Stock herausfiel.
»Darauf läuft es hinaus, meinen Sie nicht?«
»Möglich ist alles«, stellte Kersey fest. »Vielleicht finden Sie dort oben einen Hinweis.«
Er deutete hinauf, und Buchanan überquerte die Straße, um das hochliegende Fenster besser sehen zu können. Aber der veränderte Blickwinkel half ihm auch nicht weiter. Er versuchte herauszufinden, wo ein aus dieser Höhe herabstürzender Mensch landen mußte. Soweit er es beurteilen konnte, mußte er auf die Außenkante des breiten Gehsteigs aufprallen. Und genau das hatte er getan.
Der Nachtwächter, der in der Nähe des Haupteingangs im Erdgeschoß Dienst tat, öffnete den Leuten von Scotland Yard das Gebäude. Im Gefolge von Buchanan drängten sie sich in den Fahrstuhl – Techniker, Fingerabdruck-Spezialisten, Fotografen, der ganze Apparat von Fachleuten, die einen Teil ihres Lebens damit verbringen, den Tod von Männern und Frauen zu untersuchen, von denen sie nie zuvor gehört hatten. Nach außen hin erweckten sie oft den Eindruck einer gewissen Abgebrühtheit, die jedoch nichts anderes war als Professionalismus.
Der Wachmann führte Buchanan und seinen Assistenten, Sergeant Warden, in Doyles Büro. Der Wachmann wollte mit eintreten, aber Buchanan hinderte ihn daran, indem er ihm die Hand auf den Arm legte.
»Alles weitere können Sie uns überlassen. Sonst ist niemand im Haus? Nur zwei weitere Wachmänner? Sagen Sie ihnen, sie möchten warten, bis ich mit ihnen gesprochen habe. Sie warten bitte auch. Und jetzt fahren Sie wieder hinunter.«
»Fenster weit offen«, bemerkte Buchanan, als sie allein im Zimmer waren. »Licht noch eingeschaltet. Alles ganz normal, wie nicht anders zu erwarten. Bisher.«
»In der Schreibmaschine ist ein Blatt eingespannt«, stellte Warden fest.
Beide Männer trugen Gummihandschuhe. Buchanan ging langsam zu der Schreibmaschine hinüber und ließ dabei den Blick über den teppichbelegten Fußboden wandern. Dann las er, was auf dem Blatt stand.
Sehe keine Möglichkeit, meine Wettschulden zu bezahlen. Der Druck ist unerträglich geworden. Es gibt nur einen Ausweg. Ted Doyle.
»Sieht so aus, als hätten wir alles«, stellte Warden fest. »Er wird zum

Stammkunden eines Buchmachers. Er gerät tief in die Kreide, kann nicht bezahlen. Der Buchmacher schickt die schweren Jungs, damit sie ihm beibringen, daß es ernst ist. Er sitzt in der Patsche und beschließt, ein Ende zu machen.«

»Wir wissen noch nicht, ob das tatsächlich der Fall war«, entgegnete Buchanan. »Und an dieser Notiz ist irgend etwas merkwürdig. Die Unterschrift ist getippt, nicht handschriftlich.«

»Das haben wir schon öfters gehabt«, meinte der phlegmatische Warden.

»Mir ist das alles ein bißchen zu perfekt. Nennen Sie es den sechsten Sinn.«

Buchanan trat ans Fenster, untersuchte das Sims, das breit war und feucht von dem Nieselregen, der um Mitternacht eingesetzt hatte. Er hatte bemerkt, daß Doyles grauer Anzug feucht gewesen war. Das Sims war sauber, ohne ein Anzeichen von Fußspuren, aber er hatte auch bemerkt, daß Doyle Schuhe mit Gummisohlen ohne ein Krümchen Schmutz getragen hatte. Also konnte er auch nicht erwarten, Fußspuren zu finden.

Er stützte sich mit einer Hand ab und blickte auf die Straße hinunter. Polizisten in Zivil bewegten sich um den Leichnam herum. Mehrere Blitzlichter flammten auf, aus dieser Höhe nicht mehr als Lichtpunkte. Buchanan biß die Zähne zusammen: der Blick aus dieser Höhe machte ihn schwindlig. Er wendete sich vom Fenster ab und erteilte Warden seine Anweisungen.

»Sorgen Sie dafür, daß die Jungs von der Fingerabdruck-Abteilung sich die Tasten dieser Schreibmaschine vornehmen. Und ihre besondere Aufmerksamkeit sollen sie dem Fensterrahmen widmen. Und natürlich alles mit Doyles Fingerabdrücken vergleichen.«

»Natürlich...«

»Auf der Fahrt hierher habe ich Sie gebeten, herauszufinden, wer diese Firma leitet. Haben Sie das getan?«

»Ja, Sir. Es kam über Funk durch, als Sie gerade auf dem Weg in das Gebäude waren, kurz bevor ich mich Ihnen anschloß. Der Generaldirektor heißt Gareth Morgan. Er hat ein Haus in Wandsworth. Präsidentin der Firma ist Leonora Buckmaster, die Frau von Lance Buckmaster, dem Minister für Äußere Sicherheit. Sie wohnt in Belgravia. Das könnte für die Presse ein gefundenes Fressen sein.«

»Oh, das glaube ich nicht. Sie ist vollauf beschäftigt mit dem schweren Erdbeben, das sich gerade in der Sowjetunion ereignet hat. Ich denke, als ersten möchte ich diesen Gareth Morgan sehen. Versuchen Sie, ihn zu erreichen. Sagen Sie ihm nur, beim Gebäude von World Security hätte es eine Tragödie gegeben, und wir bäten um sein Erscheinen.«

»Wird gemacht.«
Warden war schon unterwegs, um in einem anderen Büro ein Telefon ausfindig zu machen, als Buchanan ihm nachrief: »Und die Meute kann jetzt hereinkommen und sich an die Arbeit machen. Ich warte hier auf Morgan.« Buchanan nickte Dr. Kersey zu, der mit seiner Tasche in der Hand an der Tür aufgetaucht war.
»Der Tote ist auf dem Weg zur Gerichtsmedizin«, teilte Kersey ihm mit.
»Und Sie möchten zu gegebener Zeit meinen Autopsiebericht haben...«
»Möglichst noch gestern.«
»Dann fahre ich jetzt los...«
»Bevor Sie verschwinden, Tom – Sie haben die Leiche gesehen. Ich hätte gern einen Anhaltspunkt, wann Doyle gestorben ist. Nur so über den Daumen gepeilt.«
»Sie wissen, daß ich nie Vermutungen anstelle.« Kersey, ein stattlicher, rotgesichtiger Mann in den Fünfzigern, schüttelte den Kopf. »Das weiß ich erst nach der Autopsie.«
»Aber in diesem Stadium der Untersuchung würde es für mich eine sehr große Hilfe bedeuten, wenn ich eine *ungefähre* Ahnung hätte.« Buchanan schlug die behandschuhten Hände leicht gegeneinander. »Niemand verlangt, daß Sie sich festlegen.«
»Zwischen Mitternacht und zwei Uhr, nach dem Zustand der Leiche. Aber das ist wirklich nur eine flüchtige Schätzung. Genaueres kann ich erst nach der Autopsie sagen. Und ich glaube, den Bericht wollten Sie noch gestern haben. Also sollte ich zusehen, daß ich an die Arbeit komme...«

Um 7.30 Uhr entstieg Morgan der von Hanson gefahrenen Limousine, zeigte dem uniformierten Polizisten, der in der Halle Dienst tat, seinen Ausweis und begab sich, seinen Schlüssel in der Hand, quer über den weiten Marmorfußboden zum Privatlift.
Buchanan, der neben dem Polizisten saß, musterte ihn eingehend. Er maß dem ersten Eindruck, den ein Zeuge auf ihn machte, immer große Bedeutung bei. Er sprang auf und trat neben Morgan, als der Generaldirektor den Fahrstuhlschlüssel ins Schloß steckte.
»Chefinspektor Buchanan«, stellte er sich vor. »Ich leite die Untersuchung.«
Morgan wäre fast der Schlüssel aus der Hand gefallen. Er starrte den hochgewachsenen Mann neben sich an, und seine kleinen Augen blickten direkt in die grauen von Buchanan, die einen etwas abwesenden Eindruck machten.
»Dann können Sie mir vielleicht sagen, warum ich um diese Tageszeit

hierherkommen mußte? Alles, was mir Ihr Sergeant Warden am Telefon mitteilte, war, daß sich eine Tragödie ereignet hätte. Was für eine Tragödie? Und wäre es möglich, diesen uniformierten Polizisten, der den Eingang bewacht, gegen einen in Zivil auszuwechseln? Es ist eine schlechte Reklame für die größte Sicherheitsorganisation der Welt, wenn man die Polizei in ihrem Hause sieht. Ich wäre Ihnen dankbar, wenn Sie das in Betracht ziehen würden.«

Morgans Gesicht war ernst, aber seine Miene entspannte sich, als er seine Bitte vortrug. Buchanan nickte, bat ihn, einen Moment zu warten, gab die erforderlichen Anweisungen für eine Auswechslung des Wachtpostens und kehrte zum Fahrstuhl zurück.

»Ist das ein Lift nur für die Firmenleitung?« fragte er.

»Ja. Nur zwei Personen haben einen Schlüssel. Ich selbst und die Präsidentin der Firma.« Er drehte den Schlüssel, die Tür ging auf, und sie traten ein.

»Sie haben meine Frage noch nicht beantwortet«, mahnte Buchanan, während der Fahrstuhl zum achtzehnten Stock emporschoß. »Ich sehe, daß man mit diesem Fahrstuhl bis in den Keller fahren kann.«

»In die Tiefgarage. Es kommt oft vor, daß wir schnell weg müssen, etwa um ein Flugzeug zu erreichen. Dies ist eine internationale Organisation.«

»Das weiß ich, Mr. Morgan. Außerdem ist mir aufgefallen, daß über der Tür keine Lichter vorhanden sind, die die jeweilige Position des Fahrstuhls anzeigen. Vermute ich richtig, daß der diensttuende Wachmann im Erdgeschoß nicht wissen kann, ob jemand, der diesen speziellen Fahrstuhl benutzt, das Gebäude betritt oder verläßt?«

»Auf seinen Fernsehmonitoren kann er auch die Garage sehen«, erwiderte Morgan kurz. »Würden Sie mir jetzt bitte sagen, wer von dieser sogenannten Tragödie betroffen ist?«

»Oh, für den Betroffenen war es in der Tat eine Tragödie. Vielleicht sollten wir in Ihr Büro gehen, damit wir uns ungestört unterhalten können.«

Sie waren im achtzehnten Stock ausgestiegen, als Buchanan seinen Vorschlag machte. Er bedeutete Warden, der vor Doyles Tür stand, mit einem Kopfnicken, sich ihnen anzuschließen.

»Genau dahin bringe ich Sie«, fauchte Morgan und schloß die Tür zu seinen Räumen auf. Er hielt inne, als er bemerkte, wie Warden mit undurchdringlichem Gesicht neben Buchanan trat. »Sagten Sie nicht, wir wollten uns ungestört unterhalten?«

»Das ist mein Assistent, Sergeant Warden, der bei der Unterredung zugegen sein wird.«

Sie blieben stehen, während Morgan seinen schwarzen Mantel ablegte,

einen Blick in den Spiegel warf und sich dann hinter seinem Schreibtisch niederließ. Er machte eine Handbewegung, und Buchanan stellte fest, daß die Hand plump war und die Nägel kurz geschnitten. Ein Mann, der über beträchtliche Körperkräfte verfügte.
»Nehmen Sie Platz, meine Herren. Und sagen Sie mir, was passiert ist.«
»Ich bedaure, Ihnen mitteilen zu müssen, daß Ihr Hauptbuchhalter Ted Doyle in den frühen Morgenstunden auf dem Gehsteig unter seinem offenen Bürofenster tot aufgefunden wurde.«
Buchanan saß entspannt und mit übergeschlagenen Beinen auf seinem Stuhl. Seine scheinbar verschlafenen Augen achteten genau auf Morgans Reaktion. Der Generaldirektor streckte die Hände aus.
»Das ist ja entsetzlich. Doyle war seit zehn Jahren bei der Firma. Was meinen Sie mit der Bemerkung, er wurde tot aufgefunden? Ein Herzanfall?«
»Kaum. Vielleicht habe ich mich nicht deutlich genug ausgedrückt. Er ist achtzehn Stockwerke tief hinuntergestürzt – allem Anschein nach aus seinem Bürofenster.«
»Sie meinen, er ist aus dem Fenster gefallen?«
»Auch das ist kaum denkbar. Sie müssen sein Büro kennen. Selbst wenn er betrunken war, hätte er hochklettern müssen, um auf das äußere Sims zu gelangen, das sehr breit ist. Hat er getrunken?«
Warden bemühte sich um ein ausdrucksloses Gesicht. Dieses Katz-und-Maus-Spiel war typisch für Buchanan. Er holte Informationen heraus wie ein erfahrener Kronanwalt. Morgan öffnete eine Kiste auf dem Schreibtisch, entnahm ihr eine Zigarre, schnitt die Spitze ab und zündete sie an.
»*Getrunken* hat er nicht, soweit mir bekannt ist«, antwortete er schließlich. »Ich finde das alles sehr bestürzend.«
»Sie sehen auch bestürzt aus.« Buchanan hielt inne, und Morgan warf ihm einen raschen Blick zu. Der Anflug von Ironie in der Bemerkung war ihm nicht entgangen. Warden war fasziniert – er hatte das Gefühl, daß Buchanan einen nicht zu unterschätzenden Gegner vor sich hatte. »Und«, fuhr sein Chef fort, »mir ist aufgefallen, daß Sie das Wort ›getrunken‹ betont haben. Hatte Mr. Doyle irgendwelche anderen Laster?«
»Irgendein Laster hat jeder. Sie vermutlich auch.« Morgan schwenkte seine Zigarre. »Ich rauche. Offenbar wollen Sie mir beibringen, daß der arme Doyle Selbstmord begangen hat.«
Buchanan schob die Hände in die Hosentaschen. »Darf ich fragen, wie Sie auf diesen Gedanken gekommen sind?«
»Das ist doch logisch. Sie halten es für ausgeschlossen, daß es ein Unfall

gewesen sein könnte. Demnach ist – so wenig es mir gefällt – Selbstmord die einzig denkbare Alternative.«
»Hatte Doyle andere Laster?« wiederholte Buchanan.
»Nun...«, Morgan zögerte, paffte mehrmals an seiner Zigarre. »Ich sage es nur ungern, aber ich hatte Grund zu der Annahme, daß er ein Spieler war. Die Ponies hatten es ihm angetan. Pferderennen.«
»Darf ich fragen, wie Sie das herausgefunden haben? Kein sehr wünschenswerter Zeitvertreib für einen Chefbuchhalter, sollte man meinen.«
»Zum erstenmal ist mir der Gedanke vor etwa zwei Monaten gekommen. Ich habe an einem Samstag hier gearbeitet und rief bei ihm zu Hause an, um ihn etwas zu fragen. Im Hintergrund hörte ich den Fernseher – mit der Reportage von einem Rennen.«
»Das ist nicht gerade viel, um zu dem Schluß zu gelangen, den Sie gezogen haben. Es gibt Unmengen von Leuten, die sich die Rennen im Fernsehen anschauen und nie in ihrem Leben eine Wette abschließen.«
»Genau dasselbe passierte an zwei weiteren Samstagen. Ich muß zugeben, daß ich beim drittenmal nur deshalb angerufen habe, um herauszufinden, ob er es jeden Samstag tat. Er weigerte sich immer, samstags zu arbeiten, selbst wenn einmal Not am Mann war. Sonntags ja, aber niemals samstags.«
»Auch das ist noch kein eindeutiger Beweis, Mr. Morgan.«
»Aber das, was gestern abend passierte, gab mir die Gewißheit, daß ich mit meiner Vermutung recht gehabt hatte. Wie Sie ganz richtig bemerkten, ist das kein wünschenswerter Zeitvertreib für einen Chefbuchhalter. Doyle hatte keinen Zugang zu großen Geldbeträgen. Alle wichtigen Schecks müssen von mir oder Mrs. Buckmaster, der Präsidentin der Firma, gegengezeichnet werden. Außerdem war der Titel Chefbuchhalter nicht viel mehr als ein Lohn für treue Dienste. Wir haben einen Finanzdirektor, Axel Moser, der sich um alle finanziellen Probleme kümmert. Er ist zur Zeit in Australien.«
»Was ist gestern abend passiert?«
Morgan zögerte abermals und schürzte die Lippen, als widerstrebte es ihm, einen toten Mitarbeiter anzuschwärzen. »Er bat mich um ein Darlehen von zweitausend Pfund in bar. Sagte, er brauchte es, um die Zinsen für seine Hypothek zu bezahlen. Ich habe seine Bitte rundheraus abgelehnt, weil ich vermutete, daß er das Geld in Wirklichkeit auf Pferde setzen wollte.«
»Wie hat er Ihre Ablehnung aufgenommen?«
»Ziemlich schlecht. Sagte, eine solche Summe bedeutete doch gar nichts für eine Firma von dieser Größenordnung...«

»Sie hatten also einen Streit?« warf Buchanan ein. Jetzt hatte er die Hände über den Knien verschränkt. Er beugte sich vor und musterte Morgan eindringlich.
»Nein. Nichts dergleichen. Er schien lediglich – nun, enttäuscht. Als hätte er fest damit gerechnet, das Geld zu bekommen.«
»Wann fand dieses Gespräch statt? Und wo?«
»In Doyles Büro. Ich habe das Gebäude um 22 Uhr verlassen. Also muß es etwa 21.30 Uhr gewesen sein, als wir miteinander sprachen.«
Buchanan entspannte sich wieder, wechselte ohne jede Vorwarnung die Richtung der Fragen. »Woher wissen Sie so genau, daß es 22 Uhr war, als Sie das Gebäude verließen? Gibt es jemanden, der Ihre Aussage bestätigen kann? Reine Routine.«
Morgan klopfte die Asche von seiner Zigarre in einen Kristallascher. Verschafft sich Zeit zum Überlegen, stellte Warden fest. Und Morgan war sich klar darüber, daß dieser hochgewachsene, magere Chefinspektor ein beachtlicher Gegner war. Er lehnte sich in seinem Sessel zurück, entschlossen, das Tempo selbst zu diktieren.
»Ich habe Ihnen eine simple Frage gestellt«, sagte Buchanan sanft.
»Mir ist, als wären es zwei Fragen gewesen...«
»Entschuldigung. Es waren zwei Fragen. Aber inzwischen sollten Sie die Antworten wissen...«
»Meine Zeit ist kostbar«, erklärte Morgan aggressiv. »Ich bekomme einen Haufen Geld dafür, daß ich sie nach besten Kräften nutze. Also achte ich immer auf die Uhrzeit. Sehen Sie hier...« Er beugte sich vor und drehte einen breiten schwarzen Kasten so um, daß Buchanan die Vorderseite sehen konnte. Sie enthielt eine Reihe von Zifferblättern. Die Zeit in London, New York, San Francisco, Frankfurt, Sydney.
»Ein nützliches Instrument...«, setzte Buchanan an, aber Morgan redete schon weiter.
»Ich weiß, daß es 22 Uhr war, weil ich auf diese Uhr sah, bevor ich in die Tiefgarage hinunterfuhr. Mein Fahrer Hanson wartete auf mich. Er hat mich zu meinem Haus in Wandsworth gefahren.«
»Und wann sind Sie dort eingetroffen? Ich bin sicher, daß Sie auch das wissen – Sie sagten, Sie leben nach der Uhr...«
»Um 22.25 Uhr. Und ich werde Ihre nächste Frage gleich mitbeantworten. Meine Frau kann bestätigen, daß ich das Haus nicht mehr verlassen habe, bis heute morgen Ihr Anruf kam. Und wenn das alles ist – ich muß eine internationale Organisation leiten.«
»Das ist noch nicht alles, Mr. Morgan. Sie haben sich bis 22 Uhr in diesem

Gebäude aufgehalten. Als Sie gingen, befand sich Doyle vermutlich noch in seinem Büro. War gestern abend sonst noch jemand hier?«

»Ja. Mrs. Buckmaster. Ich war gerade aus dem Ausland zurückgekehrt. Deshalb hatten wir eine Menge zu bereden. Ich habe einige unserer europäischen Filialen besucht. Und sie wollte wissen, wie die Dinge dort liegen.«

»Und Mrs. Buckmaster war noch hier, als Sie gingen?«

Warden stellte fest, daß auf Morgans Stirn Schweißtröpfchen erschienen. Das hatte er schon oft erlebt. Buchanan machte immer weiter, wechselte die Stimmung, die Richtung der Befragung, paßte seine Zähigkeit der des Zeugen an, verlor aber nie die Beherrschung.

»Nein«, antwortete Morgan. »Sie ist gegen 21 Uhr gegangen. Ich machte gerade meine Tür auf, um ein bißchen herumzuwandern und mir die Beine zu vertreten, als ich sah, daß sie in den Privatlift trat.«

Buchanan stand auf, und Warden folgte seinem Beispiel. Morgan stand gleichfalls auf, um sie zur Tür zu begleiten. Immer den Eindruck von Verbindlichkeit erwecken. Buchanan wartete, bis Morgan die Tür geöffnet hatte, bevor er seinen letzten Pfeil abschoß.

»Vielleicht würden Sie gern in Doyles Büro mitkommen? Schließlich war er zehn Jahre lang Ihr Angestellter. In dem Zimmer herrscht ein bißchen Gedränge von meinen Leuten – aber das muß nun einmal sein...«

Buchanan ging den Korridor entlang. Warden trat beiseite, und Morgan fühlte sich verpflichtet, Buchanan zu folgen. Innerlich kochte er vor Wut; es war Buchanans unerschütterliches Wesen, das ihm auf die Nerven ging. Er drückte seine Zigarre in einem Standascher aus und trat neben Buchanan, der vor der Tür zu Doyles Zimmer stehengeblieben war. Plötzlich drehte er sich um und stellte eine weitere Frage.

»Als Sie hier hereinkamen, um mit Doyle zu sprechen – haben Sie da einen unberührten Karton mit Sandwiches und einen Pappbecher voll Kaffee auf seinem Schreibtisch gesehen?«

»Ja, das habe ich. Natürlich nahm ich an, daß er noch länger arbeiten wollte und sich im Schnellimbiß um die Ecke etwas zu essen geholt hatte.«

»Und Sie sind sich dessen ganz sicher? Daß die Sandwiches und der Kaffee unberührt waren?«

»Das sagte ich doch, oder etwa nicht? Ein Mann, der im Sicherheitsgeschäft arbeitet, ist darauf trainiert, Details zur Kenntnis zu nehmen.«

»Danke. Aber ich glaube, jetzt ist nicht der rechte Moment, da hineinzugehen. Zuviel Betrieb...«

»Dann kehre ich an meinen Schreibtisch zurück, wenn Sie nichts dagegen haben. Diese Sache mit Doyle ist wirklich tragisch, aber die Arbeit muß trotzdem getan werden.«

»Bevor Sie gehen – ich brauche hier im Haus für die Dauer der Untersuchung ein Zimmer als Zentrale.«

»Mosers Büro. Ich sagte es bereits – er ist in Australien.« Morgan zog ein Schlüsselbund aus der Tasche, löste einen Schlüssel ab, schloß eine Tür auf und überreichte Buchanan den Schlüssel. »Das ist der einzige Schlüssel zu diesem Zimmer«, log er. »Sie können also völlig ungestört arbeiten.«

»Danke für Ihr Entgegenkommen«, sagte Buchanan höflich. Als Morgan sich abwendete, setzte er hinzu, als wäre es ihm gerade erst eingefallen: »Oh, später werde ich Ihnen noch ein paar weitere Fragen stellen müssen. Aber das hat Zeit, bis wir Genaueres wissen.«

Sie betraten ein großes Büro mit Fenstern, durch die man weitere Hochhäuser sah. Zwischen zweien von ihnen driftete von der Themse her ein massiver Vorhang aus gefrierendem Nebel auf sie zu. Buchanan betrachtete die verschwommene Aussicht.

»Welchen Eindruck hatten Sie von Morgan?« fragte er Warden.

»Ein merkwürdiger Mann. Hat sich aus dem Nichts hochgearbeitet. Genießt seine jetzige Position.«

»Das alles ist so weit richtig.« Buchanan klimperte mit Kleingeld in seiner Tasche. »Aber an seiner Reaktion auf die Nachricht von Doyles Tod stimmte etwas nicht. Eine entsetzliche Tragödie und so weiter – aber keinerlei Anzeichen für bestürzte *Ungläubigkeit*, als er es erfuhr.«

»Vielleicht denkt er nur an sich selbst. Was glauben Sie, Sir, was es gewesen ist? Selbstmord?«

»Das hätte ich vielleicht angenommen, wenn da nicht der leere Essenskarton und der leere Pappbecher in seinem Papierkorb gewesen wären.«

»Ich verstehe nicht recht...«

»Überlegen Sie doch! Sie befinden sich in einer Verfassung, in der Sie daran denken, aus einem Fenster im achtzehnten Stock zu springen. Ich vermute, Morgan hat meine Frage unbedacht beantwortet. Er sagte, die Behälter wären unberührt gewesen, als er mit Doyle sprach und ihm das angeblich verlangte Darlehen verweigerte. Können Sie sich vorstellen, daß Doyle – in dieser Verfassung – wartet, bis Morgan gegangen ist, und dann darangeht, eine substantielle Mahlzeit aus Schinkensandwiches zu sich zu nehmen und sie mit einem Becher Kaffee hinunterzuspülen? Die Techniker haben in der zerknüllten Schachtel Spuren von Schinken und Brot gefunden. Und Kaffeereste in dem Becher. Also?«

»Nein, das kann ich mir nicht vorstellen«, sagte Warden langsam.

»Wenn ich also recht habe«, erklärte Buchanan in unverändert gelassenem Ton, »dann war es weder ein Unfall noch ein Selbstmord. Das bedeutet, daß wir einen Mord aufklären müssen.«

Morgan öffnete eine extra gesicherte Schublade in seinem Schreibtisch, zog die Liste der Angestellten heraus. Neben jedem Namen stand eine Nummer. Doyles Nummer war 35.
Aus einer Metallkassette voller Schlüssel holte Morgan den mit der Nummer 35 heraus. Zum Schutz vor einem etwaigen »Maulwurf« innerhalb der Firma hatte Morgan die Forschungs- und Entwicklungsabteilung angewiesen, von den Schlüsseln zu den Privatwohnungen der Angestellten Nachschlüssel anzufertigen.
Wenn Verdacht auf irgendeinen Mann – oder irgendeine Frau – fiel, dann konnte jemand losgeschickt werden, der wartete, bis ein Haus oder eine Wohnung leer war. Der würde dann den Schlüssel benutzen, um in die Behausung des Verdächtigen einzudringen und sie gründlich zu durchsuchen. Das war natürlich ungesetzlich, aber derartige Maßnahmen, die ohne irgendwelche Rücksichten auf ethische Fragen totale Sicherheit gewährleisteten, hatten World Security zur größten und erfolgreichsten Organisation auf diesem Gebiet gemacht.
Mit dem Schlüssel in der Tasche öffnete Morgan die Tür seines Büros, lugte hinaus auf den leeren Korridor und eilte dann zum Privatlift. Hanson saß in der Tiefgarage hinter dem Lenkrad der Limousine, las in einem Taschenbuch und verspeiste einen Apfel. Morgan gab ihm den Schlüssel.
»Sie kennen Doyles Adresse in Pimlico. Sie haben schon öfters Papiere hingebracht. Er ist Junggeselle, die Wohnung wird also leer sein.«
»Ich soll sie durchsuchen?«
»Im Gegenteil. Sie gehen zu Pferderennen. Sie wetten am Totalisator?«
»Ja, das stimmt...«
»Niemand kann nachweisen, wem ein Wettschein vom Totalisator gehört hat. Die Scheine sind anonym. Sie haben gewöhnlich ein paar Scheine auf Verlierer...«
»Hier drin liegen ein paar.« Hanson öffnete das Handschuhfach. »Und noch etliche mehr in meiner Brieftasche. Ich weiß nicht, warum ich sie aufgehoben habe – von Zeit zu Zeit miste ich sie aus. Und das ist wieder einmal fällig...«
»Genau das werden Sie jetzt tun. Ziehen Sie Handschuhe an, wischen Sie diese Scheine sauber, dann zerknüllen Sie sie. Werfen Sie sie in eine Schublade in Doyles Wohnung. Egal wohin – es soll nicht so aussehen, als

hätte er sie verstecken wollen. Und, Hanson...« Morgan packte seinen Arm. »Bevor Sie in die Wohnung gehen, vergewissern Sie sich, daß keine Polizei in der Nähe ist. Sie wird bald dort auftauchen. Und nehmen Sie den Ford Cortina, nicht diese Limousine. Zu auffallend. Nun bewegen Sie sich schon, Mann, bewegen Sie sich...«

Sechzehntes Kapitel

Um zehn Uhr fuhr Leonora Buckmaster mit ihrem Volvo-Kombi am Haupteingang des Gebäudes von World Security vor. Aus einem bleiernen Himmel rieselten Schneeflocken in die Threadneedle Street herunter. Ganz Westeuropa lag bereits unter einer dichten Schneedecke.
Sie öffnete die Wagentür, stieg aus, schloß die Tür wieder und blickte an dem über ihr aufragenden Bürogebäude empor. Ihr Gesicht war sehr ernst, als sie durch die Tür schritt, die einer der uniformierten Wachmänner für sie öffnete. In einer Hand hielt sie ihren Ausweis, in der anderen den Fahrstuhl- und die Autoschlüssel. Ein Mann in Zivilkleidung trat vor, um ihren Ausweis zu inspizieren, der ihr Foto enthielt.
»Polizei, Mrs. Buckmaster...«
»Dann möchte ich gleich mit Chefinspektor Buchanan sprechen – so heißt er doch, nicht wahr?« Sie reichte dem Wachmann ihre Wagenschlüssel. »Keith, seien Sie so gut und bringen Sie meinen Wagen in die Garage. Danke.« Sie wendete sich wieder an den Polizisten. »Was geht hier eigentlich vor? Ich bin die Präsidentin.«
»Der Chefinspektor erwartet Sie im achtzehnten Stock.«
»Wirklich? Wie aufmerksam von ihm...«
Sie machte sich auf den Weg zum Fahrstuhl und überquerte den Marmorfußboden mit langen, eleganten Schritten. Hinter ihrem Rücken nickte der Polizist seinem Kollegen zu, der die Telefonvermittlung übernommen hatte. Der zweite Mann griff zu einem Hörer.
Als im achtzehnten Stock die Fahrstuhltür aufging, sah sich Leonora einem hochgewachsenen, schlanken Mann gegenüber, der ein paar Schritte von der Tür entfernt auf sie wartete. Seine grauen Augen musterten sie, bemühten sich um einen ersten Eindruck. Eine attraktive Frau, schätzungsweise Mitte Dreißig. Sie trug eine hüftlange Zobeljacke, und in ihrem vollen blonden Haar hingen noch einzelne Schneeflocken.
Er registrierte das gut geschnittene Gesicht, die wachen blauen Augen, den festen und zugleich vollen Mund, der auf eine gewisse Sinnlichkeit hindeu-

tete. Eine Frau, zu der sich vermutlich die meisten Männer sofort hingezogen fühlten. Buchanan fühlte sich nicht zu ihr hingezogen. Für ihn war sie nur eine Zeugin in einem noch ungeklärten Todesfall.
»Mrs. Buckmaster? Ich bin Chefinspektor Buchanan. Könnten wir uns vielleicht in Ihrem Büro unterhalten?«
»Was zum Teufel geht hier eigentlich vor? Ihre Leute haben, wie es scheint, den gesamten Sicherheitsapparat in diesem Gebäude übernommen. Ihr Sergeant Warden ruft mich an, fordert mich auf, so bald wie möglich herzukommen, sagt, es hätte sich eine Tragödie ereignet, und weigert sich dann, mir Näheres mitzuteilen...«
Während sie sprach, strebte sie auf dem langen Korridor ihrem Büro entgegen. Mit seinen langen Beinen hatte Buchanan keine Mühe, mit ihr Schritt zu halten. Er sprach sachlich, fast so, als redete er über Alltagsdinge.
»Mir wäre es lieber, wenn wir uns in Ihrem Büro darüber unterhalten würden. Und Sergeant Warden hat auf meine ausdrückliche Anweisung so gehandelt.«
Sie blieb einen Moment stehen, bevor sie ihren Schlüssel ins Schloß steckte. Männer mit Kameras kamen aus Doyles Büro. Sie runzelte die Stirn, was ihrer Attraktivität jedoch keinen Abbruch tat.
»Sind das auch Ihre Leute? Was tun sie in Doyles Büro?«
Buchanan deutete auf die Tür. Einen Augenblick später erschien Warden an der Tür, die zu den Toiletten der Geschäftsleitung führte.
»Das ist Sergeant Warden. Wenn Sie nichts dagegen haben, möchte ich, daß er bei unserem Gespräch zugegen ist.«
Sie warf einen Blick auf Warden, schloß wortlos die Tür auf und trat ein. Während sie ihre Zobeljacke auszog und ausschüttelte und sie dann in einen Schrank mit Schiebetüren hängte, forderte sie die Männer zum Platznehmen auf.
»Möchten Sie einen Kaffee?« fragte sie, als sie sich hinter ihrem Schreibtisch niederließ, auf dem sich nichts befand außer drei Telefonen, einem roten, einem blauen und einem weißen.
»Danke, im Moment nicht«, erwiderte Buchanan. »Ich fürchte, ich habe eine unerfreuliche Neuigkeit für Sie. Ted Doyle wurde heute nacht achtzehn Stockwerke unter seinem Fenster gefunden.«
»Oh nein! Das kann ich nicht glauben.« Ihre wohlgeformte rechte Hand flog an ihre Kehle und preßte sich gegen den Rollkragen ihres grünen Pullovers.
»Das ist unmöglich. Wir haben doch gestern abend noch in diesem Büro zusammengesessen. Er war in bester Verfassung. Ich kann es einfach nicht

glauben. Hat es einen Einbruch gegeben? Hat er einen Eindringling gestört? Wie geht es ihm? So, wie Sie sich ausgedrückt haben...«
Ihre Worte überschlugen sich fast. Ihre Stimme war leise und heiser, kehlig. Ihr Blick wanderte von einem Mann zum anderen, ihre linke Hand lag zur Faust geballt auf der Schreibtischplatte. Buchanan sprach ganz ruhig.
»Ja, das Schlimmste ist passiert. Er ist tot. Einen Sturz aus dieser Höhe überlebt man nicht. Können Sie sich die Gewalt vorstellen, mit der er auf den Gehsteig aufprallte?«
Das war brutal, und Warden zuckte innerlich zusammen. Manchmal hatte er das Gefühl, daß sein Chef zu weit ging. Buchanans Augen waren kalt, als er sie musterte. Er verschränkte die Arme und wartete. Entweder war sie eine hervorragende Schauspielerin, oder ihre Reaktion war echt. Doch das zu entscheiden, war in diesem Stadium unmöglich.
Sie holte eine Karaffe mit Wasser von einem Nebentisch, füllte ein Glas und trank ein paar große Schlucke. Dann setzte sie sich aufrecht hin.
»Bitte erzählen Sie mir, was passiert ist.«
»Sie sagten, Sie hätten gestern abend mit Doyle zusammengesessen. Wann war das?«
»Ungefähr von sieben bis acht. Bei der zweiten Uhrzeit bin ich sicher. Gareth Morgan, unser Generaldirektor, traf vom Flughafen kommend hier ein. Ich war überrascht, ihn zu sehen. Ich weiß noch, daß ich auf die Uhr schaute, als ich seine Stimme hörte. Es war 20 Uhr.«
»Sie hörten seine Stimme?« Buchanan beugte sich vor, hielt ihrem Blick stand. »Mit wem sprach er?«
»Er stieß auf Ted – Ted Doyle, meine ich –, als dieser gerade mein Büro verließ.«
»Und haben Sie gehört, was Morgan sagte?«
»Leider nein. Er redete leise. Aber natürlich erkannte ich seine Stimme.«
»Und Doyle kehrte mit Morgan in dieses Büro zurück?«
»Nein.« Sie schluckte. »Ich habe ihn nicht wiedergesehen.«
»Und wo wäre Doyle normalerweise hingegangen?«
»In sein eigenes Büro...«
»Sie waren also fertig mit dem, was Sie an diesem Tag mit ihm besprechen wollten?«
»Ja.«
»Was also kann ihn daran gehindert haben, nach Hause zu gehen?«
Warden hörte mit wachsendem Interesse zu. Buchanan hatte das Tempo beschleunigt, schoß eine frische Frage ab, sobald sie die vorhergehende beantwortet hatte. Sie griff nach dem Wasserglas.

»Bitte. Ich habe noch gar nicht richtig begriffen, daß Ted tot ist. Sie gehen zu schnell vor.«
»Ich stelle nur ganz simple Fragen, Mrs. Buckmaster. Ich bin sicher, daß nichts von dem, was ich bisher gefragt habe, eingehendes Nachdenken erfordert, bevor Sie antworten können. Ich frage Sie noch einmal – was kann ihn daran gehindert haben, nach Hause zu gehen? Weil«, fuhr er erbarmungslos fort, »wir genau wissen, daß er nicht nach Hause gegangen ist.«
»Vielleicht wollte er noch arbeiten, ungestört von irgendwelchen Anrufen.«
»Ich verstehe.« Buchanan schaute sich in dem großen Büro um, als sähe er es in diesem Moment zum ersten Mal. In einiger Entfernung stand ein zweiter, kleinerer Schreibtisch. Vermutlich der ihrer Sekretärin. Er richtete den Blick wieder auf sie, begann plötzlich wieder zu sprechen.
»Sie sagten vorhin, Sie hätten ungefähr eine Stunde lang mit Doyle zusammengesessen. Von sieben bis acht. Das ist eine lange Zeit. Worüber haben Sie gesprochen?«
»Ist das von Belang?«
Ihre langen Wimpern zuckten leicht. Zum erstenmal spürte Buchanan bei ihr einen Vorbehalt. Warum? Er ließ nicht locker.
»Es könnte von Belang sein. Allem Anschein nach war es das vorletzte Gespräch, das er vor seinem Tode führte. Das letzte hatte er mit Morgan – nachdem dieser gesehen hatte, wie Sie um 21 Uhr gingen.«
»Wie kann er das wissen?«
Die Frage war ihr unwillkürlich entschlüpft. Sie saß sehr still da und starrte Buchanan an. Er antwortete mit beiläufiger Stimme.
»Er sagte, er hätte die Tür seines Büros geöffnet und Sie im Fahrstuhl gesehen, der gleich darauf nach unten fuhr. Also, worüber haben Sie und Doyle sich ungefähr eine Stunde lang unterhalten?«
»Wir sind zusammen die Bilanzen verschiedener europäischer Büros durchgegangen. Wir haben eine Filiale in jedem westeuropäischen Land. Dort sitzen einige unserer besten Kunden. Sowohl in den Ländern, die der Europäischen Gemeinschaft angehören, als auch in solchen, bei denen das nicht der Fall ist. Der Schweiz zum Beispiel. Also hatten wir eine Menge Zahlenmaterial durchzusehen. Es ging darum, die Ergebnisse der verschiedenen Filialen miteinander zu vergleichen und unter anderem festzustellen, ob wir in irgendeinem bestimmten Gebiet unsere Dienstleistungen verbessern könnten.«
»Ich verstehe«, bemerkte Buchanan abermals. Dann verstummte er wieder. Das war ihre bisher längste Antwort gewesen. Voll von ungefragten

Details. Fast so, als wollte sie das, worüber sie tatsächlich gesprochen hatten, bemänteln. Er attackierte sie aus einem anderen Winkel.
»Wie wichtig ist – war – Ted Doyle? Er hatte den Titel Chefbuchhalter. Aber Sie haben doch außerdem einen Finanzdirektor, Axel Moser. Wie waren die Verantwortlichkeiten geteilt?«
»Ted kümmerte sich um die alltäglichen Probleme. Er hatte eine ganze Menge Macht...«
»Hatte er auch Zugang zu allen Unterlagen?«
Sie blinzelte abermals. Wieder griff sie nach dem Wasserglas, ließ sich Zeit beim Trinken. Dann stellte sie das Glas behutsam auf einen Untersatz, betupfte sich mit einem Taschentuch die Lippen.
»Natürlich. Wie hätte er sonst seine Arbeit tun können? Dieses ständige Trommelfeuer geht mir allmählich auf die Nerven.«
»Das tut mir leid. Aber ich bin sicher, Ihnen liegt ebensoviel daran wie mir, herauszufinden, warum Doyle gestorben ist. Und ich bin fast fertig. War Doyle verheiratet? Und könnten Sie mir seine Adresse geben – es würde uns weiterhelfen. Das sind meine letzten beiden Fragen, Mrs. Buckmaster. Fürs erste.«
Sie schrieb seine Adresse aus dem Gedächtnis auf einen Zettel, den sie Buchanan über den Schreibtisch hinweg reichte. Er gab ihn an Warden weiter.
»Er war Junggeselle«, sagte sie. »Nicht, weil er es unbedingt so wollte. Aber er war sehr schüchtern im Umgang mit Frauen.«
Buchanan erhob sich. Sie begleitete die Männer zur Tür, doch Buchanan ließ den Blick noch einmal über das Büro schweifen, bevor er neben sie trat. Er stellte seine Frage, als sie schon den Türgriff in der Hand hielt.
»Wie viele Schlüssel gibt es zu Ihrem Privatlift? Ich nehme an, irgend jemand hat einen Ersatzschlüssel? Für den Fall, daß einer verlorengeht?«
»Niemand hat einen Ersatzschlüssel. Das wäre der Sicherheit abträglich. Und es gibt nur drei Schlüssel. Ich habe einen und Gareth Morgan den anderen.«
»Und wer hat den dritten Schlüssel, Mrs. Buckmaster?«
Sie schaute ihm direkt in die Augen. »Lance hatte einen. Er wollte ihn zurückgeben, als er zum Minister ernannt wurde, stellte dabei aber fest, daß er ihn verloren hatte. Natürlich kommt er nicht mehr her, seit er Minister ist. Das wäre gegen die Regeln.«
»Natürlich. Ich bedanke mich für Ihre Mitarbeit, Mrs. Buckmaster. Ich werde Sie über unsere Fortschritte bei der Untersuchung dieses Mordfalls auf dem laufenden halten...«

Buchanan ließ sie stehen, und sie starrte ihm fassungslos nach, als er und Warden sich auf dem Korridor entfernten.

Siebzehntes Kapitel

Der Schwarzwald glich einem riesenhaften Eisschrank. Tweed saß mit kältestarren Fingern am Steuer. Neben ihm klatschte Newman in die Hände, um den Kreislauf anzuregen, und im Fond zog Paula den pelzgefütterten Mantel, den sie in Freiburg gekauft hatte, enger um sich.
Der gemietete und mit Schneeketten ausgerüstete blaue Audi rollte über die vereiste Oberfläche einer Landstraße, die zu beiden Seiten von hohen Tannen flankiert war, so daß sie fast das Gefühl hatten, eingemauert zu sein. Das Licht der voll aufgeblendeten Scheinwerfer wurde von hohen Schneewällen am Straßenrand reflektiert. Offensichtlich hatte im Laufe des Tages ein Schneepflug versucht, die Straße offenzuhalten.
Paula warf einen Blick durch die Heckscheibe. Die Scheinwerfer eines zweiten, unauffällig grauen Audi, von Marler gefahren, waren durch die vereiste Scheibe nur verschwommen zu sehen. Die Außentemperatur lag weit unter dem Gefrierpunkt. Das Krachen, mit dem die Räder den verkrusteten Schnee durchbrachen, übertönte das Motorengeräusch.
»Sind Sie sicher, daß Sie wissen, wohin wir fahren?« fragte sie. »Schließlich ist es lange her, seit Sie zum Deutschlernen in Freiburg waren.«
»Ich dachte, Sie wüßten inzwischen, daß ich ein fotografisches Gedächtnis für Routen habe«, sagte er. Der Wagen schleuderte leicht, dann hatte er ihn wieder unter Kontrolle. »In meiner freien Zeit bin ich kreuz und quer durch den Schwarzwald gefahren. Unser Ziel ist ein kleiner Kurort, der Badenweiler heißt. Von dort aus können wir zur Schweizer Grenze fahren. Und dann kommt es darauf an, daß wir die Grenze ungesehen überschreiten. Ich glaube, der rechte Ort dafür ist Laufenburg, ein Städtchen am Ufer des Rheins, das halb in der Bundesrepublik und halb in der Schweiz liegt. Eine Brücke verbindet die beiden Teile, und um die Grenze zu überschreiten, brauchen wir nur über diese Brücke zu gehen. Aber das kommt später.«
»Und was kommt jetzt?«
»Wir versuchen, einen Unterschlupf für die Nacht zu finden. Freiburg war eine Todesfalle.«
»Vielleicht können wir dann über das reden, was in London passiert ist«, meinte Paula.

»Nicht, wenn Marler dabei ist«, widersprach Newman. »Und kein Wort über diesen Computer, der irgendwo auf hoher See schwimmt.«
»Sie lassen doch wohl nicht zu, daß Ihre Abneigung gegen Marler Ihr Urteilsvermögen trübt?« fragte Tweed.
»Nein, das tue ich nicht...«

Nachdem Newman den BMW übernommen hatte, damit auf der Autobahn nach Süden gefahren war und das von Tweed geplante Ablenkungsmanöver durchgeführt hatte, war er nach Freiburg zurückgekehrt. Inzwischen war Tweed durch die Maschen des über die Stadt gelegten Netzes geschlüpft und unterwegs zu dem mit Newman vereinbarten Treffpunkt im Schwarzwald.
Als sie den Wagen in der Nähe des Hotels Colombi parkten, war Newmans Meinung über Marler zwiespältig gewesen. Gewiß, auf der Autobahn hatte er getan, was in seinen Kräften stand. Er hatte die Reifen des verfolgenden Mercedes zerschossen, woraufhin dieser in Flammen aufgegangen war. Dennoch hatte Newman Vorbehalte. Wie weit würde Marler gehen, um eine vorgetäuschte Loyalität zu beweisen? Ziemlich weit, nach Newmans Ansicht.
Ohne Marler zu informieren, wo er hinwollte, war Newman im Laufe des Tages noch einmal zu Fuß ins Hotel Oberkirch zurückgekehrt. Dort hatte Tweed ihm mitgeteilt, auf welche Weise er den Posten zu entschlüpfen gedachte, die, wie er meinte, mit Sicherheit alle Ausfallstraßen überwachten.
»Und was ist mit Marler?« hatte Newman gefragt. »Ich traue ihm nicht...«
»Dann haben Sie jetzt eine Gelegenheit, ihn auf die Probe zu stellen«, hatte Tweed erklärt. »Nehmen Sie ihn mit – Sie werden ihn vielleicht brauchen können. Sie sagten, er hätte sich von einem Freund ein Gewehr besorgt – und er ist der beste Schütze in ganz Europa. Wenn eine heikle Situation eintritt und er das Seinige tut, dann bringen Sie ihn zu dem vereinbarten Treffpunkt mit – aber sagen Sie ihm, er soll einen zweiten Audi mieten. In einer anderen Farbe als der, den ich fahre. Bringen Sie den BMW zur Autovermietung zurück, und kommen Sie mit Marler zu dieser Stelle hier...«
Tweed hatte eine große Schwarzwald-Karte auf dem Bett ausgebreitet und auf ein kleines Dorf hoch oben in den Bergen gedeutet. Paula, die neben der Karte auf dem Bett saß, war gleichfalls besorgt.
»Für mich war Marler seit jeher eine unbekannte Größe«, bemerkte sie. »Ich meine, wenn er sich uns anschließt, sollten wir es nicht riskieren, ihm zu sagen, wo wir hinwollen – in die Schweiz.«

»Dann erzählen Sie ihm beide nichts. Überlassen Sie es mir, mit Marler umzugehen.«

Als Newman und Marler schließlich an der vereinbarten Wegkreuzung außerhalb des Dorfes angekommen waren, hatte Tweed vorgeschlagen, daß Newman in seinen Audi umstieg.

»Marler«, hatte er dann gesagt, »es kann sein, daß wir abermals ein Ablenkungsmanöver brauchen. Dieses Foto von Horowitz, das Sie vor dem Büro von World Security in Freiburg aufgenommen haben, beweist mir, daß jemand vor nichts zurückscheut, um mich aus dem Weg zu räumen. Also fahren Sie allein in dem grauen Audi und folgen mir in die Berge.« Er hatte trocken gelächelt. »Ich hoffe nur, Sie sind wirklich ein so guter Fahrer, wie Sie immer behaupten. Wir fahren in eine weiße Hölle...«

Paula schaute aus dem Fenster. Es war, als führen sie zwischen zwei riesigen schwarzen Gezeitenwellen hindurch, die jeden Augenblick auf sie niederstürzen konnten. Als Tweed den Wagen um eine Kurve steuerte, glitten die Scheinwerfer über eine dichte Palisade aus Tannen. Nirgendwo war ein Anzeichen von Leben zu entdecken.

»Wir sind nicht mehr weit von der Stelle, an der wir auf einen breiten Holzweg einbiegen müssen, falls es ihn noch gibt«, bemerkte Tweed.

Sie brachten eine weitere gefährliche Kurve hinter sich. Dann lag ein gerades Stück Landstraße vor ihnen, das einen steilen Hang emporführte – ungefähr einen Kilometer lang; selbst im Licht des aufgehenden Mondes war es schwierig, Entfernungen abzuschätzen. Sein gespenstisches Licht wurde von dem gefährlichen Eisbelag auf der Straße reflektiert, ließ Eiskristalle in den Schneewällen am Straßenrand aufglitzern. Plötzlich drosselte Tweed die Geschwindigkeit, dann hielt er an. Er öffnete das Fenster und lauschte. Da war es wieder, das ferne Tuckern eines Hubschraubers. Das Geräusch kam schnell näher. Gleichzeitig tauchten auf der Kuppe eines Hügels die Lichter eines entgegenkommenden Fahrzeugs auf. Hinter sich hörte er Marler hupen.

»Marler hat alle Lichter ausgeschaltet«, sagte er.

»Er kommt nahe zu uns heran«, rief Paula, »und benutzt unsere Scheinwerfer, um seinen Weg zu finden. Ich glaube, er will mit uns reden...«

Sekunden später stand Marler neben dem geöffneten Fenster. Er sprach schnell.

»Hubschrauber mit Suchscheinwerfer nähert sich von Südosten. Ich glaube, er hat es auf uns abgesehen. Ich mache kehrt, fahre mit voll aufgeblendeten Scheinwerfern zurück. Ich werde ihn ablenken...«

»Danke«, sagte Tweed ebenso schnell. »Wenn Sie durchgekommen sind, fliegen Sie zurück nach London. Veranlassen Sie, daß zwei Objekte überwacht werden – das Ministerium für Äußere Sicherheit und der Laden von World Security... Ich werde auf Ihrem Anrufbeantworter eine Nummer hinterlassen.«
»Fügen Sie nach der Vorwahl die Ziffern vier und fünf ein.«
»Nachdem ich die ganze Nummer umgedreht habe...«
»Also dann. Viel Glück!«
Dann war Marler verschwunden. Tweed löste die Handbremse, gab Gas. Der ihnen entgegenkommende Wagen war schon erheblich näher. In seinem Rückspiegel sah er, daß Marler seinen Audi bereits gewendet hatte und mit aufgeblendeten Scheinwerfern davonfuhr. Das Tuckern war viel lauter geworden.
»Achten Sie auf den Wagen, der uns entgegenkommt«, warnte Newman. Tweed beugte sich vor, blickte immer wieder nach links. »Wir haben Glück. Festhalten...« Er schwang das Steuer herum, überquerte die Straße und bog auf einen breiten Holzweg ein, den man in den Wald geschlagen hatte. Die Räder begannen über tiefe, steinhart gefrorene Furchen zu rumpeln. Er kämpfte mit dem Lenkrad, spürte, wie die Räder in breite, im Laufe der Jahre von Holzfuhrwerken ausgemahlene Rinnen glitten. Er fuhr vorsichtig weiter, spürte immer wieder, wie die Räder an den Kanten dieser steinhart gefrorenen Rinnen blockierten. Newman löste seinen Sicherheitsgurt, zog die Walther aus dem Hüftholster, warf einen Blick durch das Heckfenster. Noch waren keine Scheinwerfer in Sicht, aber in dem ihnen entgegenkommenden Wagen mußte man ihr Abbiegen bemerkt haben. Natürlich konnte es ein völlig harmloser Fahrer sein, aber Newman bezweifelte es. Immer vom Schlimmsten ausgehen. Sie hatten schon seit einer Ewigkeit kein anderes Fahrzeug mehr gesehen, und dann tauchte eines im gleichen Moment auf, in dem auch der Hubschrauber erschien. Er schaute nach vorn.
»Wir fahren in eine Sackgasse«, bemerkte er.
»Nicht unbedingt.« Über die Schulter sagte er zu Paula, die angespannt dasaß und immer wieder nach hinten schaute: »Wenn ich anhalte, holen Sie unser Gepäck aus dem Wagen. Kann sein, daß wir flüchten müssen.«
»Wohin denn?« fragte Newman.
»Früher stand da oben im Wald eine alte Jagdhütte. Ein gewundener Pfad führt zu ihr hinauf. Die Holzfäller haben sie benutzt, wenn sie hier übernachten wollten. Dort gibt es sogar elektrischen Strom und einen Kühlschrank, in dem wir vielleicht etwas zu essen und zu trinken finden.«

»Wohl kaum...«
»Aber wir müssen den Wagen verstecken, bevor der Hubschrauber uns findet. Da – sehen Sie! Ich hatte recht. Sehen Sie diesen großen Felsbrocken da vorn?«
»Was ist damit?«
»Das ist die Stelle, an der der Pfad abzweigt. Schnallen Sie sich wieder an. Ich gebe Gas.«
»Gott steh uns bei...«
Tweed trat scharf aufs Gaspedal. Der Audi schleuderte und rutschte über das Eis, aber er kam voran. Tweed hatte sein Fenster einen Spaltbreit geöffnet, und bitterkalte Luft verwandelte das Wageninnere in einen Eisschrank. Er hörte, wie der Hubschrauber näherkam, und drehte das Steuer nach links. Die Räder knirschten und stockten an den Rändern der Rinnen, dann waren sie durch. Sie schossen von dem Holzweg herunter und durch eine schmale Öffnung zwischen hohen Tannen hindurch. Dann standen sie auf einer mit jungfräulichem Schnee bedeckten Lichtung. Tweed löschte alle Lichter und schaltete den Motor ab. Die Haube war unter schneebeladenem Gebüsch vergraben.
Als er aus dem Wagen sprang und die Autoschlüssel in die Tasche steckte, war Paula schon dabei, Newman drei kleine Koffer zuzureichen. Er stapfte rasch zurück und warf einen Blick auf den Holzweg. Er trug Bergstiefel, die er in Freiburg gekauft hatte, einen dunklen Mantel und eine Pelzmütze. Als Paula und Newman bei ihm angekommen waren, nahm er ihnen seinen Koffer ab.
»Sie haben gesehen, wie wir abgebogen sind«, bemerkte er mit ruhiger Stimme. Sein Verstand war so eiskalt wie die Nacht. Seine Instinkte reagierten wieder auf Gefahr. Im Geiste war er in die Zeit zurückgekehrt, in der er aktiv als Agent gearbeitet hatte.
Nicht weit von der Stelle entfernt, an der der Holzweg von der Straße abzweigte, bewegten sich zwei kleine Augen, die Scheinwerfer eines Wagens, langsam auf sie zu.
»Wir überqueren den Holzweg und steigen den Pfad hinauf«, befahl er. »Noch sind sie zu weit weg, als daß sie uns sehen könnten.«
»Sie tun das, zusammen mit Paula.« Newmans Stimme klang grimmig. Sie hörten ein Klicken, als er seine Automatic entsicherte. »Ich komme nach. Diese Leute müssen aufgehalten werden...«
Tweed erhob keine Einwände. Er faßte Paulas freien Arm. »Los jetzt, sie kommen näher...«
In gebückter Haltung überquerten sie vorsichtig den tückischen Holzweg.

Der Wagen war noch so weit entfernt, daß das Licht seiner Scheinwerfer sie nicht erreichte. Sie machten sich auf den Weg durch den Wald.

In dem Volvo-Kombi, der in den Schwarzwald hinauffuhr, saß Horowitz neben dem Fahrer und blickte durch seine Stahlbrille auf die vor ihnen liegende Straße. Sein mageres Gesicht war ausdruckslos. In der rechten Hand hielt er das Mikrofon des leistungsstarken Funkgeräts, das im Wagen installiert worden war. Die automatische Antenne war auf ganzer Länge ausgefahren. Dann erreichte ihn die Nachricht vom Hubschrauber.
»Elbe zwei ruft Bismarck. Elbe zwei ruft...«
»Bismarck hört«, meldete sich Horowitz. »Etwas Neues?«
»Kann sein, daß wir Eiger geortet haben. Ein blauer Audi, dichtauf gefolgt von einem grauen Audi.«
»Weiter überwachen. Neue Instruktionen abwarten.«
Horowitz benutzte eine Stablampe, um einen Blick auf die Straßenkarte zu werfen, die auf seinem Schoß lag. Stieber, der neben ihm sitzende Fahrer, ein kleiner, untersetzter, wie ein Faß gebauter Mann, drehte den Kopf in seine Richtung. »Behalten Sie die Straße im Auge«, sagte Horowitz leise, ohne aufzuschauen.
»Haben wir sie aufgespürt?« rief Eva Hendrix, die im Fond saß. Ihr war kalt, und sie hatte Angst. Hinter ihr stand der in Freiburg in aller Eile gebaute Drahtkäfig. Und in diesem Käfig, viel zu nahe für ihre Gemütsruhe, befanden sich fünf Schäferhunde, die sich ruhelos bewegten. Hin und wieder ließ eines der scharfen Tiere ein leises Knurren hören, und sie versuchte, noch ein Stückchen weiter von den Biestern abzurücken; sie hielt sich an der Rückenlehne von Horowitz' Sitz fest, als der Wagen eine enge Kurve nahm.
»Meine Vermutungen waren richtig«, stellte Horowitz fest, fast nur für sich selbst. »An der nächsten Kreuzung biegen Sie links ab und geben Gas.«
»Diese verdammten Straßen sind die reinsten Eisbahnen«, murrte Stieber.
»Und Gustav«, fuhr Horowitz fort, ohne die Bemerkung zur Kenntnis zu nehmen, »fährt mit seinem Mercedes aus der entgegengesetzten Richtung auf sie zu.«
»Ist Gustav bewaffnet?« fragte Eva Hendrix atemlos.
»Ja. Und nun halt den Mund.« Horowitz rief den Hubschrauber, der das Ziel ausgemacht hatte. Inzwischen waren es vier Hubschrauber, die über dem Schwarzwald patrouillierten. »Hören Sie mich, Elbe zwei? Gut. Verlieren Sie Eiger nicht aus den Augen, sonst sind Sie Ihren Job los. Nehmen Sie Verbindung mit Gustav auf und sagen Sie ihm, daß das

Zielfahrzeug ihm entgegenkommt. Halten Sie mich ständig auf dem laufenden. Ende.«

»Wie lange wird es dauern, bis wir sie erreicht haben?« fragte Stieber, nachdem er weisungsgemäß an der Kreuzung nach links abgebogen war. Sie fuhren eine steile Anhöhe hinauf, und je tiefer sie in den Wald eindrangen, desto schwieriger wurde das Fahren.

»Wenn Sie dieses Ding in Bewegung halten, keine zehn Minuten. Dann können Sie Ihre Arbeit tun – wenn Gustav sie Ihnen bis dahin noch nicht abgenommen hat.«

Stieber nickte befriedigt. Er fungierte als Hundeführer und fühlte sich so richtig in seinem Element, wenn er die Tiere auf ein flüchtendes Ziel ansetzte. Ob das ein Mann oder eine Frau war, spielte für Stieber keine Rolle. Er liebte die Hunde. Menschen hielt er für entbehrlich.

Trotz seiner gefütterten Handschuhe war Newman steif vor Kälte. Er hockte hinter einem Gebüsch, das ihm keine Deckung geboten hätte, wenn seine Äste und Zweige nicht mit einer dicken Schneeschicht bedeckt gewesen wären. In der rechten Hand hielt er die Walther, und ihm wurde klar, daß er sie mit der bloßen Hand abfeuern mußte, wenn die Zeit dazu gekommen war.

Die Zeit dazu kam. Das Licht der unabgeblendeten Scheinwerfer fiel bereits auf das letzte Stück des Holzweges vor der Lichtung. Der Motor quälte sich, und das Fahrzeug näherte sich nur langsam. Der Fahrer besaß ganz offensichtlich nicht Tweeds Fähigkeit, eine dermaßen schwierige Strecke zu meistern.

Häufig war das Knirschen von Metall gegen unnachgiebiges Erdreich zu hören. Der Fahrer schaffte es nicht, seinen Wagen in den Rinnen zu halten; er kam immer wieder aus ihnen heraus, und dann scharrte das Chassis auf den mörderischen Kanten. Newman bewegte die Zehen, die sich anfühlten wie Eis. Hoffentlich gab das keine Frostbeulen.

Plötzlich lag die Stelle, an der er sich verborgen hielt, im Licht der Scheinwerfer. Newman senkte den Kopf, um nicht geblendet zu werden, zog den rechten Handschuh aus, ergriff die Walther, kam zu dem Schluß, daß er im Dunkeln beide Hände brauchen würde, zog auch den anderen Handschuh aus und faßte die Waffe mit beiden Händen.

Der Mercedes hatte angehalten. Offenbar hatten seine Insassen die Stelle gesehen, an der Tweed mit dem Audi auf die Lichtung eingebogen war. Wie viele waren es? Höchstens vier, vermutete er. Und die Gefährlichsten würden diejenigen sein, die an der ihm abgewandten Seite des Wagens ausstiegen. Der Mercedes fuhr noch ein paar Meter weiter und hielt dann abermals an, dicht neben der Stelle, an der der Audi stand.

Das Scheinwerferlicht fiel jetzt in eine andere Richtung, und Newman hatte einen besseren Blick auf den Wagen. Der Fond war leer, und vorn saß nur der Fahrer, ein schwergebauter Mann mit einer Schirmmütze. Er öffnete die Tür und sah sich um. Newman stellte fest, daß er in der Rechten eine Waffe hielt, eine Luger, soweit er sehen konnte. Wenn er ihn lebend zu fassen bekam, würde er vielleicht wertvolle Informationen aus ihm herausholen können...

Der Mann stieg aus, blieb mit lauschend zur Seite geneigtem Kopf dicht neben dem Wagen stehen.

»Waffe fallenlassen!« rief Newman.

Der Mann riß seine Luger hoch und feuerte, aber in der lastenden Stille des Waldes hatte Newmans Stimme widerhallt. Die Kugel ging weit an ihm vorbei. Newman gab in rascher Folge drei Schüsse ab. Der Mann sackte gegen den Wagen. Die Kraft verließ seine Finger, die Luger fiel in den Schnee. Ihr Besitzer glitt langsam zu Boden und lag dann ganz still.

Die Stille wurde von einem anderen Geräusch durchbrochen, dem fernen Tuckern eines näherkommenden Hubschraubers. Newman lief zu dem Mann, fühlte den Puls an der Halsschlagader. Nichts. Der Revolvermann war tot. Newman griff in seine Brusttasche und zog einen Ausweis heraus, der hinter durchsichtiger Folie ein Foto des Besitzers enthielt. *Gustav Braun. World Security. Abteilung Industrielle Forschung.*

Er steckte den Ausweis in die Tasche seines Regenmantels, blickte den Holzweg hinunter. Das Tuckern des Hubschraubers war jetzt sehr laut. Er flog dicht über den Baumwipfeln, und der Lichtstrahl des Suchscheinwerfers an seinem Bug wanderte den Holzweg entlang.

Newman rannte zurück zu seinem Koffer, ergriff ihn und überquerte den Weg, bevor der Scheinwerferstrahl an dieser Stelle angekommen war. Im Schutz der Bäume blieb er kurz stehen, um ein frisches Magazin in seine Walther zu schieben. Als das Tuckern zu einem Dröhnen anschwoll, war er auf dem Pfad verschwunden und hatte dieselbe Richtung eingeschlagen wie Tweed und Paula.

Eine leichte Bewölkung dämpfte das Mondlicht zu einem verschwommenen Leuchten, als Marler mit dem grauen Audi bergab fuhr. Er war sicher, daß er von dem Hubschrauber aus gesehen worden war, aber er war über ihn hinweggeflogen; offenbar suchte er nur nach Tweeds Audi.

Marler fuhr ohne Licht. Den Verlauf der Straße konnte er auch in dem

schwachen Mondlicht erkennen. Vor ihm spannte sich eine Brücke über die Straße. Einen Moment später sah er die Scheinwerfer eines ihm entgegenkommenden, unsichtbaren Wagens – unsichtbar, weil, wie er sich erinnerte, die Straße unmittelbar hinter der Brücke eine scharfe Kurve beschrieb. Abgesehen von dem Fahrzeug, das sich Tweeds Audi genähert hatte, war seit mehr als einer Stunde kein anderer Wagen zu sehen gewesen. Einem sechsten Sinn folgend faßte er seinen Entschluß.
Kurz vor der Brücke steuerte er den Wagen quer über die Straße in das schneebedeckte linke Bankett. Er brachte den Wagen bis an die Brücke heran, die letzten paar Meter bis zu seinem Versteck rutschend. Er öffnete das der Straße zugewandte Fenster, schaltete den Motor aus, griff nach dem unter einer Decke neben ihm liegenden Gewehr, hob den Lauf so weit an, daß er durch das offenstehende Fenster zielte. Dann saß er ganz still da, den Finger am Abzug.
Der Volvo-Kombi nahm die Kurve unter der Brücke mit beträchtlichem Tempo – entschieden zu schnell für diese Straßenverhältnisse. Aber er hatte Glück. Der Wagen setzte seine Fahrt bergauf fort. Als er Marler passierte, konnte dieser zwei Männer vorn sehen, eine Frau im Fond und hinter ihr einen Käfig mit vier oder fünf Hunden. Niemand schaute in seine Richtung.
»Großer Gott!« murmelte Marler. »Suchhunde . . .«
Er beschloß, nicht umzukehren. Tweeds Befehle waren eindeutig gewesen, und Newman würde zusehen müssen, wie er zurechtkam. Schließlich hatte er, weil er einen Artikel über den S.A.S. schreiben wollte, eine Ausbildung bei dieser Elite-Einheit absolviert.

»Elbe zwei an Bismarck . . .«
»Hier Bismarck. Bitte Lagebericht.«
In dem Volvo saß Horowitz ganz entspannt da und hielt das Mikrofon leicht in der Hand. Hatte Gustav Braun inzwischen mit seinem Mercedes den Audi gerammt? Irgend etwas getan, um Tweed aufzuhalten, bis sie da waren?
»Elbe zwei berichtet. Blauer Audi mit Eiger ist von der Straße abgebogen, auf die Sie fahren. Achten Sie auf links abzweigenden breiten Holzweg. Fliege jetzt auf Höhe unter tausend Fuß den Weg entlang. Braun ist auf denselben Weg eingebogen.«
Horowitz hängte das Mikrofon wieder in die Halterung. Der entscheidende Moment war sehr nahe. Tweed hatte versucht, im Wald zu verschwinden; der Hubschrauber hatte ihn von der Straße gescheucht. Er saß in der Falle.

Er warf einen Blick auf Stieber, der das Lenkrad trotz der Kälte mit bloßen Händen umklammerte.

»Passen Sie auf, daß Sie die Stelle nicht verfehlen, an der der Holzweg abzweigt.«

»Kann ich gar nicht. Der Suchscheinwerfer des Hubschraubers zeigt ganz deutlich an, wo dieser Weg verläuft. Ich hoffe, wir können die Hunde einsetzen...«

Horowitz verzog den Mund, als er den erwartungsvollen Ausdruck auf Stiebers Gesicht und dessen gebleckte Zähne sah. Der Mann war ein Sadist. Sein größtes Vergnügen bestand darin, zuzusehen, wie seine Hunde einen Menschen in Stücke rissen. Wenn er nicht ein so guter Hundeführer gewesen wäre, hätte Horowitz auf seine Dienste verzichtet. Ein Auftrag wie dieser verlangte eine professionelle – eine klinische Einstellung.

Stieber lenkte den Wagen von der Straße herunter und jagte ihn viel zu schnell den Holzweg hinauf. Er verließ sich darauf, daß das Gewicht des Wagens ausreichen würde, ihn vorwärtszubringen. Das konnte nicht gut gehen. Horowitz war gerade im Begriff, ihn darauf hinzuweisen, als der Volvo außer Kontrolle geriet, quer über den Weg schleuderte und zum Stillstand kam. Im Licht ihrer Scheinwerfer sahen sie den Mercedes mit offener Fahrertür unter den Bäumen stehen.

»Wir haben's geschafft«, frohlockte Stieber.

»Legen Sie die Hunde an die Leine, bevor ich aussteige«, befahl Horowitz.

Der geparkte Mercedes hatte etwas Beunruhigendes an sich, und nun, da der Motor des Volvo nicht mehr lief, hörte Horowitz, daß der des Mercedes noch tickte. Der Hubschrauber war weitergeflogen, suchte den Holzweg mit seinem Scheinwerfer ab. Sein Tuckern wurde leiser. »Du bleibst im Wagen«, wies er Eva Hendrix an, und sie war froh, daß sie nicht auszusteigen brauchte.

Stieber war bereits dabei, den Käfig zu öffnen. Er leinte die unruhigen Tiere an, befahl ihnen, sich still zu verhalten. Der Hubschrauber hatte gewendet und verhielt jetzt über den geparkten Fahrzeugen. Horowitz stieg aus, eine Browning .32 Automatic in der Hand. Mit der anderen Hand gab er ein Zeichen nach oben, und der Pilot schaltete den gleißenden Suchscheinwerfer aus.

Horowitz näherte sich vorsichtig dem Mercedes, duckte sich an der der geöffneten Tür abgewendeten Seite. Dann lugte er um das Heck herum und sah den tot daliegenden Gustav.

Nach wie vor geduckt, untersuchte er ihn rasch. Zwei Kugeln im Kopf, eine dritte in der Brust. Er schaltete seine Taschenlampe aus und überlegte.

Keine Pulverspuren. Der Mann, der Gustav getötet hatte, mußte ein hervorragender Schütze sein. Etwas, das man im Gedächtnis behalten mußte. An der anderen Seite des Weges zerrten die fünf Hunde an der Koppelleine, an der Stieber sie hielt.
»Tweed ist in diese Richtung gegangen«, rief er. »Sie haben seine Witterung aufgenommen.«
»Sie haben mehr aufzuspüren als nur Tweed«, warnte Horowitz.
Er erinnerte sich an den Auszug aus Tweeds Akte, den er gelesen hatte. Darin hatte gestanden, daß Tweed nie eine Schußwaffe benutzte. Wer also hatte Gustav erschossen?
»Sie können noch nicht weit sein«, rief Stieber ungeduldig. »Es ist noch gar nicht lange her, daß der Audi, der jetzt verschwunden ist, diesen Weg entlangfuhr...«
»Warten Sie!«
Horowitz kehrte zu dem Volvo zurück, ließ sich auf dem Beifahrersitz nieder und rief Elbe zwei. Der Funker meldete sich sofort.
»Hier Bismarck. Sie kennen die Stelle, an der die Wagen stehen. Fliegen Sie von dort aus ostwärts über den Wald. Benutzen Sie Ihren Scheinwerfer. Ich will, daß Eiger – er ist jetzt zu Fuß unterwegs – nervös wird, nicht zur Ruhe kommt. Verstanden? Dann fliegen Sie los...«
Er ging wieder hinüber zu der Stelle, an der die fünf Hunde an der Leine zerrten, schaltete seine Stablampe ein, sah deutliche Fußspuren, die in den Wald hineinführten. Er bückte sich, fand einen frisch abgebrochenen Zweig, richtete sich wieder auf.
»Hinter ihnen her«, befahl er Stieber. »Schnell – bevor die Biester die Fährte verlieren. Ich weiß nicht genau, wie viele Leute Sie verfolgen. Zwei mindestens. Ich will sie alle. Ich folge Ihnen mit Eva Hendrix in einigem Abstand.«
»Keine Sorge.« Stieber grinste, leckte sich die Lippen. »Sie sind schon so gut wie tot.«

Achtzehntes Kapitel

Tweed führte sie den steilen, gewundenen Pfad zwischen den Bäumen hinauf. Schneebedeckte Kalksteinbrocken markierten den Weg, und links von ihnen verlief ein zugefrorener Bach. Paula trabte in kniehohen Stiefeln mit flachen Absätzen hinter ihm her, und ungefähr ein Dutzend Meter hinter ihr bildete Newman die Nachhut.

Jeder von ihnen trug seinen kleinen Koffer, und Tweed bewegte sich so zuversichtlich bergauf, als wäre er diesen Pfad erst gestern entlanggewandert. Das bißchen Mondlicht, das zwischen den Bäumen einfiel, genügte ihm zur Orientierung, und seine Augen hatten sich inzwischen an die Dunkelheit gewöhnt.
Die lastende Stille, nur durch die leisen Geräusche unterbrochen, die ihre Füße beim Einsinken in den Schnee machten, bedrückte Paula. Sie erreichten eine ebene Wegstrecke, und sie ließ den Blick über ihre Umgebung und nach oben wandern. Ungezählte senkrecht aufragende Baumstämme umgaben sie wie eine Palisade. Die Äste der riesigen Tannen glichen ausgestreckten Armen mit Händen, die sich unter der Last gefrorenen Schnees bogen. Sie fuhr zusammen, als plötzlich ein Geräusch wie ein Gewehrschuß ertönte. Tweed blieb stehen, schaute über die Schulter.
»Das war nur ein Ast, der unter dem Gewicht des Schnees gebrochen ist.«
»Es ist furchtbar kalt. Wie weit ist es noch?«
»Ungefähr einen Kilometer«, log er. Seiner Erinnerung nach war es bis zu der Jagdhütte noch ein ganzes Ende weiter. »Bleiben Sie nur in Bewegung. Schauen Sie nicht auf Ihre Füße, sondern halten Sie den Kopf hoch...«
»Dann rutsche ich aus«, protestierte sie.
»Sie müssen die Füße ganz flach aufsetzen. Versuchen Sie, so zu gehen wie ich...«
Sie staunte über seine Ausdauer, über die Art, auf die er auch bergauf ein gleichbleibendes Tempo vorlegte. Aber schließlich hatte er es sich seit mehr als einem Jahr zur Gewohnheit gemacht, die fünf oder sechs Kilometer zwischen Park Crescent und seiner Wohnung am Radnor Walk zu Fuß zu bewältigen. Der Gedanke an die Wohnung und das, was dort passiert war, drängte sich mit seinem ganzen Grausen wieder in den Vordergrund ihres Bewußtseins. Sie mußte ihn danach fragen, wenn sie die Jagdhütte erreicht hatten.
Wieder hörte Tweed das ferne Tuckern eines Hubschraubers, der sich ihnen näherte, und über der dichten Masse von Ästen und Zweigen wurde schwach ein zweiter Mond sichtbar. Der Hubschrauber kam immer näher; Newman schloß auf, so schnell er konnte, und trat neben Tweed und Paula.

Es war später Abend, als Hauptkommissar Kuhlmann im Freiburger Polizeipräsidium erschien. Inspektor Wagishauser, der leitende Beamte, ein adretter kleiner Mann mit säuberlich gestutztem Schnurrbart, starrte ihn offenen Mundes an, stand aber sofort auf und kam um seinen Schreibtisch herum, um Kuhlmann zu begrüßen.

Kuhlmann erinnerte ihn immer an alte Filme mit Edward G. Robinson. Er war zwar ziemlich klein, aber breitschultrig, mit einem großen Kopf und einem breiten Mund, und von ihm ging eine Aura aus, die jedermann zum Aufschauen veranlaßte, wenn er einen Raum voller Menschen betrat. Er trug einen grauen Mantel, den er jetzt ablegte, und zwischen seinen Zähnen klemmte eine Zigarre.
»Hauptkommissar Kuhlmann!« Die Überraschung in Wagishausers Ton war nicht zu überhören. »Wiesbaden hat mich gebeten zu warten, es würde jemand herüberfliegen, der mich sprechen wollte – aber ich hatte keine Ahnung, daß Sie es sein würden.«
»Sie sollten allmählich wissen, daß ich nur selten verkünde, wo ich hinwill«, knurrte Kuhlmann. Noch während er sprach, durchquerte er das Zimmer und trat vor eine an der Wand hängende Karte des Landes Baden-Württemberg, in der eine Reihe von Nadeln mit Fähnchen steckte.
»Was ist hier los?« fragte Kuhlmann.
»Auf der Autobahn hat es eine Massenkarambolage gegeben...«
»Ich habe davon gehört. Haben Sie die Leichen schon überprüft? Wer war beteiligt?«
»Das Ganze ist höchst merkwürdig. Mehrere Polizeibeamte sind ums Leben gekommen – sie sind, ihrer Anweisung entsprechend, dem BMW gefolgt. Irgendein Irrer hat sich mit einem riesigen Gefriergut-Transporter als Geisterfahrer betätigt – ist auf der südwärts führenden Fahrbahn in der falschen Richtung gefahren. Vier der in den Unfall verwickelten Fahrzeuge gehörten World Security. Sie haben neun Leute verloren. Es gab keine Überlebenden.«
»Mir geht es vor allem darum, was aus dem BMW geworden ist.«
»Er ist verschwunden. Wir dachten zuerst, er hätte die Fahrt in die Schweiz fortgesetzt. Also haben wir eine Straßensperre errichtet, aber er ist nicht aufgetaucht. Ich habe unseren Grenzposten bei Basel angerufen; dort ist auch kein Wagen mit der Nummer erschienen, die Sie mir...«
»Hört sich an wie mein Mann. Sie haben damit gerechnet, daß er schnurstracks zur Schweizer Grenze fährt. Aber er tut nie das, womit man rechnet. Ich möchte wetten, er ist an der nächsten Ausfahrt von der Autobahn herunter- und wieder in Richtung Norden gefahren. Gibt es sonst noch etwas?«
»Nur, daß Streifenwagen über ungewöhnliche Aktivitäten im Luftraum über dem Schwarzwald berichtet haben.«
Kuhlman fuhr herum, nahm die Zigarre aus dem Mund. »Was für ungewöhnliche Aktivitäten? Wissen Sie Genaueres?«

»Mehrere Hubschrauber fliegen kreuz und quer über den Schwarzwald. Wir nehmen an, daß sie World Security gehören. Der Tower am Flugplatz hat berichtet, daß zwei aus Frankfurt gekommen sind und einer aus Basel. Sie haben aufgetankt und sind dann sofort wieder gestartet.«
»Und sie fliegen in einer Nacht wie dieser nach wie vor über dem Schwarzwald herum?«
»Es hat den Anschein...«
»Als ich kam, habe ich auf dem Flugplatz eine Polizei-Sikorsky gesehen. Ist sie noch dort?«
»Ja.«
»Sorgen Sie dafür, daß sie in einer halben Stunde mit einem schwenkbaren Maschinengewehr ausgerüstet ist.« Kuhlman zog seinen Mantel an. »Außerdem muß sie voll aufgetankt sein, wenn ich auf dem Flugplatz ankomme. In einer halben Stunde.«

Newman, Paula und Tweed waren unter den schneebedeckten Ästen einer riesigen Tanne in Deckung gegangen. Der Hubschrauber verhielt genau über ihnen und ließ seinen Suchscheinwerfer langsam über den unter ihm liegenden Wald wandern.
»Er wird unsere Fußspuren im Schnee entdecken«, flüsterte Paula und fragte sich dann, weshalb sie flüsterte. Das Dröhnen der Rotoren hätte selbst einen lauten Ruf übertönt.
Sie deutete auf den Weg neben dem gefrorenen Bach, den sie entlanggegangen waren. Sie hatten deutliche Abdrücke im Schnee hinterlassen, und in der Deckung durch die Bäume gab es Lücken. Tweed legte ihr den Arm um die Schultern und drückte sie aufmunternd. Die klirrende Kälte durchdrang ihren Mantel, und ihre Füße fühlten sich an wie Eisklumpen.
»Nicht bewegen«, warnte Newman.
Er hatte seine Handschuhe ausgezogen und sie unter den Arm geklemmt. Die Walther hielt er schußbereit in der Hand. Es sah nicht so aus, als könnte der Hubschrauber irgendwo landen, aber er wollte kein Risiko eingehen. Der Suchscheinwerfer glitt langsam über das Schneedach, unter dem sie sich versteckt hatten. Sekunden später hätte Paula fast aufgeschrien und schlug entsetzt die Hand vor den Mund.
Wahrscheinlich war es die Nähe der wirbelnden Rotoren, die fast zur Katastrophe geführt hätte. Ohne jede Vorwarnung brach die Plattform über ihnen zusammen, überschüttete sie mit Schnee, nahm ihnen die Deckung. Newman wiederholte seine Warnung und stand reglos da wie eine Statue. Jetzt konnte er den Umriß des Hubschraubers erkennen.

Er schien direkt über den Baumwipfeln zu schweben, eine langgestreckte Silhouette, schwach leuchtend, wo der Rumpf das Mondlicht reflektierte. Sogar die verschwommene Scheibe der wirbelnden Rotorblätter war zu sehen. Paula biß die Zähne zusammen. Tweed verstärkte den Druck seines Arms, um sie stillzuhalten. Ihre Koffer, die sie neben sich abgestellt hatten, waren unter Schnee begraben. Der Bach, der etwa einen halben Meter breit war und sonst über Steine und um sie herum bergab plätscherte, war steinhart gefroren. An den Stellen, an denen das Mondlicht daraufffiel, funkelte schieres Eis, und sie hatte das Gefühl, noch mehr zu frieren. Oh Gott, dachte sie, wie lange werde ich diesen Alptraum noch durchstehen?
Der Hubschrauber begann zu steigen und flog dann langsam davon. Als das Motorengeräusch leiser wurde und sie gerade im Begriff waren, ihren mühsamen Weg bergauf fortzusetzen, registrierten sie ein anderes Geräusch. Tweed hörte es zuerst und legte warnend seine Hand auf Paulas Arm, die sich gerade gebückt hatte, um im Schnee den Griff ihres Koffers zu finden. Sie richtete sich auf, und ihre behandschuhte Hand umfaßte den Griff.
»Was ist?« flüsterte sie.
Dann sah sie, daß Newman den Kopf in die Richtung gedreht hatte, aus der sie gekommen waren, und angestrengt lauschte. Er hatte die Ohrklappen seiner Mütze hochgeschlagen, den Kopf zur Seite gelegt. Tweed stand da wie eine Wachsfigur. Seine Miene war grimmig, und er starrte den Pfad hinunter. Dann hörte Paula es auch.
»Oh Gott, nein!«
»Suchhunde«, sagte Newman knapp.
»Die auf uns zukommen«, bemerkte Tweed.
Newman schaute sich um und warf einen Blick auf den gefrorenen Bach. Dann wühlte er im Schnee, fand Tweeds Koffer, gab ihn ihm. Während er nach seinem eigenen Koffer suchte, klopfte Tweed den Schnee von seinem herunter, und Paula folgte automatisch seinem Beispiel.
Das unheimliche Heulen der sie verfolgenden Hunde widerhallte in der weißen Wildnis. Paula hatte das Gefühl, als wären sie ihnen schon entsetzlich nahe, ein ganzes Rudel dieser grauenhaften Bestien. Newman richtete sich mit seinem Koffer auf, sah Tweed an und sprach sehr schnell.
»Sie gehen mit Paula weiter zu der Jagdhütte. Ich bleibe hier. Wir können den Biestern nicht davonlaufen. Keine Widerrede. Nur noch eins. Wie finde ich die Jagdhütte?«
»Sie folgen dem Bach«, erklärte Tweed ihm rasch. »Weiter oben fließt er direkt neben der Hütte vorbei.«

»Ihr müßt von diesem Pfad herunter«, befahl Newman, »und auf dem gefrorenen Bach weitergehen. Das ist die einzige Möglichkeit, den Hunden die Witterung zu nehmen. Schafft ihr das?«
»Wir müssen. Haben Sie einen Plan?«
»Ja, aber nun macht um Himmels willen, daß ihr fortkommt!«
Tweed und Paula trugen Schuhe mit Kreppsohlen, aber die Sohlen von Tweeds Stiefeln waren geriffelt. Er machte einen langen Schritt, packte Paula beim Arm, setzte einen Fuß auf den Bach, spürte, daß er im Schnee Halt fand, und marschierte schnell bergauf. Paula rutschte mehrmals aus, aber Tweed hielt sie immer fest, verhinderte, daß sie stürzte. Eine halbe Minute später waren sie außer Sicht. Das wütende Geheul der Hunde war schon viel näher. Newman bückte sich, öffnete seinen Koffer.

Horowitz kletterte in stetigem Tempo den Pfad hinauf, und Eva Hendrix hatte Mühe, mit ihm Schritt zu halten. Seine Augen hinter den Gläsern der Stahlbrille waren kalt und gelassen. Er registrierte das Durcheinander von Fußabdrücken im Schnee – die vielen kleinen von den Hundepfoten, die breiten Abdrücke von Stiebers Stiefeln und außerdem noch weitere von anderen Personen. Was ihn beunruhigte, war die Tatsache, daß er hören konnte, wie die Hunde blutdürstig heulten, und daß das Heulen ganz nah war und von einer bestimmten Stelle kam. Er ging um eine dichte Baumgruppe herum und fand Stieber, der die Hunde an der Koppelleine hielt und ihm entgegenblickte.
»Warum sind Sie stehengeblieben?« fragte er. »Und bringen Sie diese Biester zur Ruhe.«
Stieber gab einen Befehl, und die Hunde verstummten, zerrten aber nach wie vor aufgeregt an der Leine. Als Eva Hendrix außer Atem herangekommen war, standen sich die beiden Männer gegenüber.
»Sie haben die Hunde gehört?« fragte Stieber.
»Sie waren nicht zu überhören. Warum haben sie plötzlich so einen entsetzlichen Lärm gemacht?«
»Weil das Fleisch nahe ist.« Stieber frohlockte. »Sehr nahe. Sie riechen es. Ich habe nur gewartet, um Ihre Zustimmung zu erhalten.«
»Zustimmung wofür? Kommen Sie zur Sache!«
»Daß ich die Hunde loslasse. Damit sie allein losstürmen – ihre Arbeit erledigen.«
»Ich will das nicht sehen«, murmelte Eva Hendrix.
Horowitz überlegte. »Wie weit sind die Objekte Ihrer Meinung nach entfernt?« fragte er dann.

»Nicht mehr als einen knappen Kilometer.«
Nicht nur die Hunde zerrten an der Leine. Horowitz spürte, daß auch Stieber es kaum erwarten konnte, das blutige Ende der Jagd zu erleben. Er wischte Schnee von seinem Ärmel, dann gab er gelassen seinen Befehl.
»Lassen Sie die Hunde los.«
Die japsenden, knurrenden Tiere, von der Leine befreit, stürmten los, sprangen den Pfad hinauf, verschwanden außer Sichtweite. Über das Eis rutschend und schlitternd folgte Stieber, weit hinter seinen Tieren zurück.

Newman saß ungefähr drei Meter über dem Boden, und seine Füße baumelten von einem Ast der großen Tanne herunter, unter der sie Deckung gesucht hatten. Seinen Koffer hatte er in eine Astgabel geklemmt, und direkt unter ihm lag im Schnee ein schmutziges Hemd, das er aus dem Koffer geholt hatte. In der Rechten hielt er die voll geladene Walther.
Das Gebell der Hunde hatte sich verändert; es kam jetzt sehr schnell näher. Er nahm an, daß der Hundeführer sie von der Leine gelassen hatte. Vor Kälte fast erstarrt, beugte er die Arme, wobei er die Waffe von der einen Hand in die andere beförderte. Er bewegte die Beine vor und zurück, um den Kreislauf in Gang zu halten. Als die Plattform aus Schnee zusammengebrochen war, hatte sie glücklicherweise auch den dicken Ast von seiner Last befreit, so daß er auf Holz saß; dennoch konnte er spüren, wie die Kälte seine Kleidung durchdrang. Das aufgeregte Kläffen war jetzt ganz nahe. Ein Stück den Weg hinunter sah er Bewegung. Er faßte die Walther mit beiden Händen, zielte.
»Kommt her, wenn ihr euch traut«, sagte er zu sich selbst.
Der unbekannte Faktor war, wie viele es waren. Er hatte acht Schüsse im Magazin und hoffte, daß er nicht nachzuladen brauchte. Er hätte sich einen höher gelegenen Platz aussuchen können, aber es waren bewegliche Ziele. Er brauchte eine ganz kurze Entfernung. Der erste Hund kam in Sicht, ein massiges Biest mit offenem Maul und gebleckten Zähnen. Newman verhielt sich ganz still.
Der Hund reagierte schneller, als er erwartet hatte. Er roch kurz an dem Hemd, sah sich um, schaute nach oben, entdeckte ihn. Er gab ein kehliges Knurren von sich, und vier weitere Hunde kamen herangestürmt. Dann duckte er sich und sprang in die Höhe. Newman riß die Walther hoch, schoß ihn in den Kopf. Ein zweiter Hund sprang hoch, erreichte fast seine Füße. Er schoß ihn in die Brust. Den Bruchteil einer Sekunde blieb er in der Luft hängen, dann brach er im Schnee zusammen. Ein dritter Hund sprang ihn an und kam so hoch, daß sich sein Kopf auf gleicher Höhe befand wie seine

Füße, nur ein paar Zentimeter weit von ihnen entfernt. Er feuerte zweimal. Der Hund stürzte herab wie ein Stein, blieb auf der Seite liegen. Die letzten beiden Hunde zögerten, umkreisten die Leichen. Er gab zwei weitere Schüsse ab, und sie sackten zusammen; einer zuckte noch.
Eine lastende Stille legte sich über den Wald. Newman blickte den Weg hinunter, während er nachlud und das leere Magazin so weit wie möglich von sich warf. Noch kein Hundeführer in Sicht. Kein menschliches Wesen hätte mit den Tieren Schritt halten können.
Er griff nach seinem Koffer, beugte sich vor und ließ ihn auf einen Schneehaufen fallen, der den Aufprall dämpfte. Dann kletterte er von dem Baum herunter, näherte sich dem Tier, das noch zuckte, zielte und drückte ab. Noch ein weiteres, krampfhaftes Zucken, dann lag es still.
Newman ging von dem Baum aus durch den Schnee nach Süden, während Tweed und Paula in Richtung Osten gegangen waren. Er kam zu einer Stelle, die von Moos bewachsen und schneefrei war, ging noch ein paar Schritte weiter. Dann ging er langsam rückwärts, bis er den Baum wieder erreicht hatte, wobei er seine Stiefel genau in die bereits gemachten Abdrücke setzte.
Er ergriff seinen Koffer, tat einen großen Schritt, setzte einen Fuß auf den gefrorenen Bach. Ohne noch einen Blick zurückzuwerfen, machte er sich auf den Weg bergauf, verschwand außer Sicht.

Horowitz, dem Eva Hendrix folgte, hörte, wie ein Geheul, in dem sich Wut und Jammer mischten, durch den Wald hallte. Es kam nicht von einem Hund, sondern von einem Menschen. Er stieg höher hinauf und umrundete langsam eine Baumgruppe, die Luger in der Hand.
Stieber stand da und starrte auf seine toten Hunde. Als er Horowitz hörte, fuhr er herum, und sein Gesicht war dermaßen von Wut verzerrt, daß es Horowitz an die Visagen seiner Meute erinnerte, als sie noch gelebt hatte.
»Sie haben meine Hunde getötet, diese Schweine...«
»Die Hunde haben versucht, sie zu töten«, erinnerte ihn Horowitz mit sanfter Stimme.
Stieber starrte den Ungarn wütend an; seine rechte Hand glitt in den Ausschnitt seines eigenen Regenmantels. Horowitz' Hand mit der Luger fuhr hoch. Die Mündung zielte auf Stiebers Brust.
»Ziehen Sie Ihre Hand langsam heraus. Und zwar leer. So, das ist schon vernünftiger. Sie beruhigen sich allmählich? Gut. Übrigens, Stieber – wenn Sie mich noch einmal bedrohen, erschieße ich Sie. Verstanden? Und nun wollen wir uns wieder auf das konzentrieren, was wir zu erledigen haben.«

»Da sind Fußspuren, die nach Süden führen. Ich gehe ihnen nach.«
Horowitz stand ganz still da, während Stieber neben den Fußabdrücken durch den Schnee davonwanderte. Eva Hendrix, die hinter Horowitz stand, zitterte, wendete den Blick von den Kadavern ab.
»Ich weiß nicht, wie sie das fertiggebracht haben«, keuchte sie. »Fünf Hunde, die gleichzeitig angreifen.«
»Oh, das war nicht Eiger. Er trägt nie eine Waffe bei sich. Aber jemand anders, der bei ihm ist, tut es.« Er blickte auf. »Und dieser andere ist clever und gefährlich. Siehst du diesen kahlen Ast? Er hat den Schnee abgeräumt und dann gewartet – außer Reichweite der Hunde, aber in einer idealen Position, um sie zu erwischen. Das waren die Schüsse, die wir gehört haben.« Er stieß mit dem Fuß an das zerknitterte Hemd. »Der Schütze hat sogar ein getragenes Hemd hingelegt, um dafür zu sorgen, daß die Hunde zu der Stelle kamen, an der er wartete. Eiger hat einen äußerst tüchtigen Beschützer. Ah, da kommt Stieber mit leeren Händen.«
Stieber machte einen niedergeschlagenen Eindruck. »Die Spur hat einfach aufgehört. Sie sind über kahlen Boden weitergegangen.«
»Da bin ich mir nicht so sicher.« Horowitz machte eine ungeduldige Handbewegung. »Wir können hier keine Zeit mehr vergeuden. Noch habe ich ein As im Ärmel. Die Hubschrauber. Wir müssen zu unserem Volvo zurück, damit ich mich wieder mit ihnen in Verbindung setzen kann.«

Neunzehntes Kapitel

Kuhlmann saß an Bord des Polizeihubschraubers, der in Richtung Badenweiler flog, und schaute auf das endlose Meer des Schwarzwaldes hinab. Sie flogen fünfhundert Fuß über den Bäumen. Aus dieser Höhe war der Schwarzwald ein Gewirr aus schwarz und weiß. Schwarz, wo der Schnee von den Tannen abgerutscht, und weiß, wo er auf ihnen gefroren war. Der Mond warf ein bleiches Licht auf die leere Welt unter ihnen. Kuhlmann blickte auf, versteifte sich.
Links von ihnen, knapp einen Kilometer entfernt, flog ein weiterer Hubschrauber. An seinem Bug war ein nach unten gerichteter Scheinwerfer montiert, dessen Strahl langsam rotierend den Wald absuchte.
»Sehen Sie den Hubschrauber da drüben an Backbord?« knurrte er in das an seinem Kopfhörer befestigte Mikrofon. Die Frage galt dem in der Kanzel sitzenden Piloten. »Gehen Sie tiefer, fliegen Sie darauf zu und dann, wenn Sie bis auf fünfzig Meter heran sind, auf parallelem Kurs.«

»Fünfzig Meter?« Der Pilot kreischte fast. »Das ist viel zu nahe!«
»Genau das wird der andere Pilot denken...«
»Chef, der Kopilot hat die Maschine mit dem Nachtglas beobachtet. Sie gehört World Security.«
»Setzen Sie sich daneben. Das ist ein Befehl.« Er wendete sich an den Schützen, der neben ihm an der Tür saß. Vor ihm befand sich ein schwenkbares Maschinengewehr. »Wenn wir in der richtigen Position sind«, fuhr Kuhlmann fort, »müssen sie vielleicht dazu überredet werden, meinen Befehlen zu gehorchen. Wenn ich es Ihnen sage, eröffnen Sie das Feuer, geben eine Salve ab, die ein Dutzend Meter vor ihrer Pilotenkanzel vorbeipfeift. Das sollte eigentlich Überredungskraft genug haben...«
»Das ist illegal«, protestierte der Schütze.
»Wenn ich es anordne, ist es legal.«
Der Hubschrauber hatte den Kurs geändert und verlor an Höhe. Kuhlmann nahm seinen Kopfhörer ab, erhob sich, trat in den schmalen Gang und machte sich, an den Rückenlehnen der Sitze Halt suchend, auf den Weg zur Pilotenkanzel. Er betrat sie, hielt sich mit einer Hand aufrecht; die andere streckte er nach dem Kopiloten aus und ergriff das Nachtglas. Der Kopilot fungierte gleichzeitig als Funker. Er blickte nervös auf, während sich Kuhlmann breitbeinig hinstellte, den Rücken gegen den Rahmen des Einstiegs stemmte und die Brennweite justierte. Der Kopilot warf dem Piloten einen vielsagenden Blick zu, verdrehte die Augen himmelwärts. Kuhlmanns Ruf, daß er vor keinem Risiko zurückscheute, war ihm vorausgeeilt.
Minuten später schwebte der Polizeihubschrauber neben der Maschine von World Security, die nach wie vor ihren Scheinwerfer eingeschaltet hatte. Jetzt suchte Kuhlmann mit seinem Nachtglas den unter ihnen liegenden Wald ab. Plötzlich schwenkte er das Glas zurück. Ja, er hatte recht gehabt. Mitten in einer Lichtung stand auf dem Gipfel eines steilen Berges eine schneebedeckte Hütte. Keinerlei Anzeichen für Leben. Kein Rauch aus dem Schornstein. Er glaubte nicht, daß der andere Hubschrauber die Hütte bereits entdeckt hatte. Er gab dem Kopiloten das Nachtglas zurück und griff nach dem vor ihm montierten Mikrofon.
»Ich rufe World Security-Hubschrauber 4902. Hier spricht die Polizei. Kehren Sie sofort zu Ihrer Basis zurück. Ich wiederhole: Kehren Sie sofort zum Flugplatz Freiburg zurück. Hier spricht Hauptkommissar Kuhlmann vom BKA.«
Der Kopilot machte ihn auf sich aufmerksam, deutete nach Norden. Kuhlmann blickte in diese Richtung und sah drei weitere Hubschrauber mit

Suchscheinwerfern, die den Wald überflogen. Der Kopilot, der die Maschinen durch sein Nachtglas beobachtet hatte, reichte Kuhlmann einen Kopfhörer.

»Das sind alles Maschinen von World Security. Was geht da vor?«

»Um das herauszufinden, sind wir hier.«

Sie flogen nach wie vor neben dem anderen Hubschrauber her, der seinen Kurs beibehielt. Kuhlmann verlangte mit einer Handbewegung nach dem Mikrofon, nahm es fest in die Hand.

»Ich rufe World Security-Hubschrauber 4902. Hier spricht wieder Hauptkommissar Kuhlmann. Ich wiederhole zum letzten Mal – kehren Sie sofort zu Ihrer Basis auf dem Flugplatz Freiburg zurück!«

Es folgte atmosphärisches Knistern, dann kam eine Antwort. Die Stimme des Funkers an Bord des anderen Hubschraubers klang abgehackt.

»Hier 4902. Kann nicht verstehen, was Sie sagen ...«

Kuhlmann gab das Mikrofon zurück, sprach in grimmigem Ton in das Mikrofon an seinem Kopfhörer. »Hans, ich habe gesagt, Sie sollen Ihnen eine Salve verpassen. Ich warte immer noch. Das ist ein Befehl.«

Nichts passierte. »Herr im Himmel«, murmelte Kuhlmann. Der Kopilot bemerkte seinen Ausdruck, schaute woanders hin. Kuhlmann fuhr herum, kehrte in die Fahrgastkabine zurück. Hans saß wie erstarrt vor dem Maschinengewehr. Er blickte auf, schüttelte in einer Geste der Hilflosigkeit den Kopf. Kuhlmann bückte sich, packte seinen Arm, zerrte. Hans riß seinen Kopfhörer herunter, erhob sich von seinem Platz und fiel, als der Hubschrauber schwankte, auf den gegenüberliegenden Sitz.

Kuhlmann war bereits dabei, seine Masse auf den Sitz des Schützen zu zwängen. Er schnallte sich an, arbeitete mit beiden Händen zugleich. Die eine betätigte einen Hebel, ließ die Tür aufgleiten. Eiskalte Luft schoß in die Kabine. Hans schauderte, aber Kuhlmann schien der Temperatursturz nichts auszumachen. Er schwenkte den Lauf des Maschinengewehrs, richtete das Fadenkreuz auf einen ungefähr zehn Meter vor der Nase des anderen Hubschraubers liegenden Punkt, drückte auf den Abzug. Eine kurze Salve, danach eine wesentlich längere ...

Der World Security-Hubschrauber stieg senkrecht empor, beschrieb eine Wendung um einhundertachtzig Grad, flog in Richtung Freiburg davon. Kuhlmann streckte den Arm aus und zog die Tür wieder zu. Er kam sich vor wie ein Eisblock. Er setzte den Kopfhörer wieder auf, wendete sich an den Piloten.

»Eskortieren Sie ihn zurück nach Freiburg. Und nun verbinden Sie mich mit dem Präsidium dort. Verlangen Sie Inspektor Wagishauser.«

Er wartete, rieb die großen Hände mit den gedrungenen Fingern gegeneinander. War das eine kalte Nacht! Ein paar Minuten später meldete sich Wagishauser. Kuhlmann erteilte rasch seine Anweisungen.
»Sorgen Sie für ein Empfangskomitee auf dem Flugplatz. Über dem Schwarzwald sind noch drei weitere Hubschrauber von World Security unterwegs. Befehlen Sie ihnen, noch gestern nach Freiburg zurückzukehren. Ich eskortiere die vierte Maschine heim. Ich mußte sie mit einer Maschinengewehrsalve vor die Nase überreden, meinem Befehl Folge zu leisten.«
»Was haben Sie getan?« Wagishausers Stimme klang fassungslos.
»Das haben Sie doch gehört. Und nun nehmen Sie Verbindung mit den anderen drei Hubschraubern auf. Sie müssen aus der Luft verschwinden. Das ist ein Befehl. Wenn es Schwierigkeiten gibt, machen Sie sich auf, fahren zum Büro von World Security, machen den Funkraum ausfindig und bringen die Leute dazu, daß sie die anderen drei Hubschrauber zurückrufen. Okay?«
»Aber worum geht es denn überhaupt? Was können Sie gegen sie vorbringen?«
»Verdacht auf Beteiligung an Drogenschmuggel natürlich...«

Horowitz, der auf dem Beifahrersitz des stehenden Volvo saß, gelang es nicht, mit dem Hubschrauber Elbe zwei Verbindung aufzunehmen. Keine Antwort. Er hielt es für möglich, daß es Probleme gegeben hatte, und ging auf die Wellenlänge des Polizeifunks. Gerade noch rechtzeitig, um Kuhlmanns Durchsage mithören zu können.
Sorgen Sie für ein Empfangskomitee... Ich eskortiere die vierte Maschine heim... Mußte sie mit einer Maschinengewehrsalve überreden...
Er bedeutete Eva Hendrix, die wieder im Fond saß, still zu sein, während er dem Rest des Gespräches lauschte. Stieber, nach wie vor außer sich wegen des Massakers an seinen geliebten Hunden, war bestürzt. Als Kuhlmann geendet hatte, schaltete Horowitz das Gerät aus und starrte schweigend durch die Windschutzscheibe.
»Mist!« rief Eva Hendrix. »Jetzt sitzen wir schön in der Tinte.«
»Wir sollten zusehen, daß wir rasch verschwinden«, erklärte Stieber. »Ich bin einmal von diesem Kuhlmann verhört worden. Der Mann ist völlig gefühllos.«
Es amüsierte Horowitz, daß ausgerechnet Stieber einen anderen Menschen als gefühllos bezeichnete. Er warf einen Blick über die Schulter und sah, daß Eva Hendrix ein Spitzentaschentuch mit den Zähnen zerfetzte.

»Ihr beide regt euch viel zu schnell auf«, bemerkte er. »Ein paar Rückschläge haben in meinem Geschäft nicht das mindeste zu bedeuten. Wir sind nach wie vor hinter Eiger her. Ich bin ganz sicher, daß er sich auf den Weg zur Schweizer Grenze machen wird, sobald die Straßen nach Süden wieder passierbar sind. Der letzte Wetterbericht hat Frostmilderung vorhergesagt. Wir müssen Geduld haben. Inzwischen sorge ich dafür, daß ein frisches Team von World Security-Leuten bereitsteht...«
»Mindestens acht von ihnen sind schon bei diesem Unfall auf der Autobahn umgekommen«, warf Stieber ein.
»Bitte hören Sie mir zu. Das waren alles Briten. Diesmal muß Evans deutsche Leute abstellen – Männer, die die Gegend genau kennen.«
»Welche Gegend?« fragte Eva Hendrix.
»Die Grenzübergänge zur Schweiz natürlich. Basel, Konstanz und so weiter. Wenn Eiger versucht, die Grenze zu überschreiten, werden wir schon auf ihn warten.«

Nachdem Kuhlmann auf dem Freiburger Flugplatz gelandet war, stieg er in den Wagen, den er über Funk bestellt hatte. Er wurde direkt ins Polizeipräsidium gefahren. Ihm folgten zwei Polizei-Transporter mit den Besatzungen der vier World Security-Hubschrauber.
Inspektor Wagishauser empfing ihn mit der Nachricht, daß der Innenminister aus Bonn angerufen hatte.
»Er hat offenbar erfahren, was sich im Luftraum über dem Schwarzwald getan hat. Hörte sich an, als wäre er völlig fassungslos...«
»Das ist bei ihm ein Dauerzustand. Darf ich Ihr Telefon benutzen?«
Die beiden Männer waren allein im Zimmer, als Kuhlmann die Bonner Nummer wählte. Wie er erwartet hatte, war der Minister noch in seinem Büro und nahm das Gespräch über seinen Privatanschluß selbst entgegen.
»Was geht da unten vor, Kuhlmann? Ein Mann namens Evans hat sich bei mir beschwert. Er ist leitender Direktor...«
»Ich kenne den Kerl. Habe ihn wegen der Sache mit dem Schmuggel von hochtechnischen Geräten in die DDR verhört.«
»Was Sie nicht beweisen konnten...«
»Wenn Sie mir zuhören würden, Herr Minister, könnte Ihnen das eine Menge Ärger ersparen. Diese Geschichte könnte bis vor den Kanzler kommen, und der könnte Ihnen ein paar äußerst unangenehme Fragen stellen.«
Eine lange Pause. »Reden Sie«, sagte der Minister, und Kuhlmann wußte, daß er ihn am Haken hatte.

»Es fing damit an, daß wir gebeten wurden, Tweed ausfindig zu machen. Aber man hat uns nicht mitgeteilt, daß man sich einer britischen Firma – World Security – bedienen würde, um ihn zu jagen und auf dem Gebiet der Bundesrepublik umzubringen. So zumindest sieht es mittlerweile aus. Was, meinen Sie, würde der Kanzler davon halten?« Er wartete die Reaktion des Ministers nicht ab. »Den letzten Beweis haben vier Hubschrauber von World Security geliefert, die mitten in der Nacht über dem Schwarzwald patrouillierten. Übrigens wurde bereits ein Versuch unternommen, Tweed zu töten; daher diese Massenkarambolage auf der Autobahn, die acht Polizeibeamte ins Leichenschauhaus brachte. Wäre es nicht vielleicht richtiger, Sie würden mich die Sache auf meine Art erledigen lassen?«

»Was hat das alles zu bedeuten?« fragte der Minister.

»Wenn Tweed festgenommen und nach London zurückgebracht würde – stellen Sie sich vor, welchen Skandal das auslösen könnte. Während ein stiller Tod hierzulande das Problem fein säuberlich lösen würde«, erklärte Kuhlmann gelassen.

»Ich lege den Fall nur zu gern in Ihre Hände.«

Wie nicht anders zu erwarten, dachte Kuhlmann und grinste Wagishauser zu, der fasziniert zuhörte.

»Da ist noch etwas, wo ich nicht recht weiß, wie ich mich verhalten soll – es könnte einigen Einfluß auf Ihr Vorgehen haben.« Der Minister hielt einen Moment inne. Ich habe ihn wirklich am Haken, dachte Kuhlmann. »Lance Buckmaster, der britische Minister für Äußere Sicherheit, hat mich angerufen. Er wollte wissen, wie wir bei der Suche nach Tweed vorankommen.«

»Sagen Sie ihm, die Jagd wäre in vollem Gange. Aber Tweed ist ein Fuchs – dieses Wort wird ihm gefallen – und schwer aufzuspüren. Wir sind dabei, das Durchsuchungsgebiet einzuengen. Keine Details. Und fragen Sie ihn, ob er an unseren Fähigkeiten zweifelt.«

»Das ist eine gute Taktik. Ich überlasse alles Ihnen. Sie haben *carte blanche* für die Lösung des Problems...«

Kuhlmann legte den Hörer auf und grinste abermals. Kuhlmann, der beste Kriminalbeamte in der ganzen Bundesrepublik, war zugleich ein unübertroffener Meister im Umgang mit Politikern, die er verachtete. Wagishauser ließ sich ihm gegenüber nieder.

»Ich hätte nie gewagt, so mit ihm zu reden.«

»Und deshalb sind Sie hier, und ich sitze hinter einem schönen Schreibtisch in Wiesbaden.«

Kuhlmann zündete sich eine Zigarre an und dachte ein paar Minuten über die Lage nach. Er war überzeugt, daß Tweed der letzte Mensch war, der

etwas mit Mord und Vergewaltigung zu tun haben konnte. Und er hatte genügend Erfahrung, um zu erkennen, ob jemand ein Verbrecher war oder nicht. Es mußte sich um eine Verschwörung handeln. Er konnte Tweed nicht aktiv unterstützen, aber auf dem Weg zu seiner Entdeckung Straßensperren errichten. Dem alten Kollegen Zeit verschaffen. Er blickte zu Wagishauser hinüber.
»Der nächste Schritt besteht darin, diesen Evans und seine Mietlinge unter Druck zu setzen. Evans ist in Freiburg. Rufen Sie ihn an, holen Sie ihn aus dem Bett. Ich will ihn in einer halben Stunde hier haben. Von jetzt ab gerechnet.«

Zwanzigstes Kapitel

Die Jagdhütte stand hoch oben auf dem Gipfel eines kleinen Berges, und von den Fenstern im Obergeschoß aus hatte man freien Blick über den Schwarzwald, der von allen Seiten wie ein Meer gegen den Berg anbrandete. Paula stand zitternd an einem Fenster, das sie geöffnet hatte, blickte hinaus, suchte die Gegend nach irgendwelchen Anzeichen für einen Hubschrauber ab. Der vom Mond erhellte Himmel war leer. Sie schloß das Fenster und ging die Treppe der aus Holz errichteten Hütte hinunter.
»Alles in Ordnung«, teilte sie Tweed mit. »Ich konnte weder auf der Erde noch in der Luft irgend etwas entdecken.«
»Dann können wir das Feuer anzünden, damit es hier warm wird, bevor wir ganz erfroren sind.«
Er hockte vor einem großen gemauerten, mit Holzscheiten gefüllten Kamin. Während sie oben gewesen war, hatte er in einer unverschlossenen Truhe ein paar alte Zeitungen gefunden und sie zwischen die Scheite gestopft.
Sie hatten die Hütte verschlossen und mit vorgelegten Läden vorgefunden. Während ihrer Wanderung bergauf hatte Tweed einen kurzen, geraden Ast entdeckt und mitgenommen; er hatte erkannt, daß er sich notfalls als Waffe gebrauchen ließ, und auf dem letzten, steil aufwärts führenden Stück hatte er ihn als Gehstock benutzt. Nachdem er um die Hütte herumgewandert war, hatte er den Ast als Stemmeisen benutzt und damit einen der Läden aufgebrochen. Dann hatte er die dahinterliegende Scheibe mit der behandschuhten Hand zerschlagen, durch das Loch hindurchgegriffen und das Fenster entriegelt, so daß sie einsteigen konnten.
Das Innere der Hütte war eiskalt und roch muffig. Außerdem registrierte

Paula den schwachen Duft von Tannenzapfen, die auf den Scheiten am Kamin lagen. Der Strom war abgestellt, der Kühlschrank leer. Tweed hatte auf diese Entdeckung mit einem Grinsen reagiert.
»Dann hungern wir eben.«
»Wohl kaum. Als ich in Freiburg allein unterwegs war, habe ich ein bißchen eingekauft.«
»Sie haben eingekauft?«
»In einem Supermarkt.« Sie stellte ihren Koffer auf einen klobigen Holztisch, öffnete ihn etwas mühsam mit ihren behandschuhten Händen, und begann, Vorräte herauszuholen. Zwei Dosen gebackene Bohnen, zwei Dosen Fleisch, einen Campingkocher mit dem dazugehörigen Gas, zwei Dosen Kaffee, eine mit Milchpulver, zwei Laibe Brot und ein Stück Butter.
»Damit können wir überleben – aber nicht lange«, warnte sie.
»Daran hätte ich selbst denken müssen.«
»Männer!« In ihrer Stimme lag eine Spur gutmütiger Verachtung. »Sie bilden sich immer ein, Essen käme aus dem luftleeren Raum.«
»Ich muß gestehen, ich bin davon ausgegangen, daß der Strom eingeschaltet sein würde, für den Fall, daß verirrte Wanderer herkommen – und daß sich im Kühlschrank irgend etwas Tiefgefrorenes finden ließe.«
»Aber sind Sie schon einmal im Winter hiergewesen?«
»Nein«, gab er zu. »Damals war es Herbst. Und jetzt sollte ich zusehen, daß ich das Feuer in Gang bekomme, bevor wir erfrieren.«
»Wenn Rauch aus dem Schornstein steigt, wird er meilenweit zu sehen sein«, warnte sie.
»Also gehen Sie nach oben. Von dort aus können Sie die ganze umliegende Landschaft überblicken. Stellen Sie fest, ob sich irgendwo etwas regt. Inzwischen bereite ich alles so weit vor, daß ich das Feuer anstecken kann – wenn die Luft rein ist.«
Als sie die Treppe herunterkam und ihm Bericht erstattete, wiederholte sie ihre Warnung. »Die Hütte steht völlig frei da – auf dem höchsten Berg in der ganzen Runde. Der Rauch könnte uns verraten.«
»Das müssen wir riskieren – sonst frieren wir uns tot«, erklärte er, bevor er das Papier in Brand steckte.
Paula erkundete das Erdgeschoß, fand eine modern eingerichtete Küche mit einem Propangasherd – aber kein Propangas. Die Hütte war mit Stühlen, Tischen und Schränken aus roh behauenem Holz ausgestattet. In einem der Schränke im Wohnraum fand sie einen Stapel Schlafsäcke. Tweed, der noch immer vor dem Kamin hockte und das Feuer mit einem alten Blasebalg anfachte, schaute auf.

»Also haben wir etwas, worin wir schlafen können.«
»Sie meinen, wir kriechen einfach hinein?« fragte sie.
»Warum nicht? Wir brauchen Schlaf...«
»Männer!« sagte sie wieder, hielt einen der Schlafsäcke vor ihr Gesicht und roch daran. »Sie sind feucht und müssen erst austrocknen.«
Sie zog Stühle vors Feuer, öffnete einen der Schlafsäcke und hängte ihn über einen Stuhl. In diesem Augenblick erhob sich Tweed schnell, legte ihr einen Finger einer Hand auf die Lippen, packte sie mit der anderen, deutete auf die Küche.
»Was ist?« flüsterte sie.
»Es kommt jemand. Ich hörte ein leises Knirschen von Füßen auf verharschtem Schnee. Gehen Sie in die Küche. Ganz leise.«
Er bewegte sich lautlos, ergriff den schweren Ast, der ihm als wirksame Keule dienen konnte, und bezog bei der Haustür, die er eine Weile zuvor entriegelt hatte, Position, indem er sich mit dem Rücken zu der rauhen Wand hinstellte, und zwar an der Seite, an der die Tür aufging. Paula war verschwunden. Er hielt die Keule mit sicherem Griff, wartete.
Die Tür bewegte sich einen Millimeter. Tweed hätte es nie bemerkt, wenn er sie nicht genau beobachtet hätte. Sekunden später wurde die schwere Tür, wie von einer Sturmbö getroffen, nach innen aufgeschlagen und prallte gegen die Wand. Newman kam hereingestürzt, duckte sich, hielt die Walther mit beiden Händen, schwang die Waffe im weiten Bogen herum.
»Kein Grund zur Panik, Bob«, sagte Tweed gelassen, aber noch immer mit dem Rücken an der Wand.
»Sie hätten einen roten Teppich auslegen sollen.« Newman ließ die Waffe wieder in sein Holster gleiten. Tweed machte schnell die Tür zu und sperrte die Kälte aus, während Newman weiterredete. »Ich sah Fußspuren, die zu dieser Hütte führten. Keine Garantie, daß es Ihre waren.«
Paula tauchte aus der Küche auf. »Bob! Was ist aus diesen gräßlichen Hunden geworden, die wir gehört haben?«
»Fleisch für Aasfresser. Es waren fünf. Ich habe sie erschossen, dann habe ich mich auf dem gefrorenen Bach davongemacht. Wo endet der eigentlich? Wir sind doch hier offensichtlich auf dem Gipfel eines Berges.«
»Ich zeige es Ihnen«, sagte Tweed. »Es ist bemerkenswert.« Er hielt einen Moment inne. »Besteht die Gefahr, daß man Ihnen gefolgt ist?«
»Wofür halten Sie mich? Ich habe die Hunde am Fuß dieser großen Tanne liegengelassen, unter der wir uns versteckt hatten, und bin ein Stück bachaufwärts gegangen. Mein nächster Schritt bestand darin, auf einen anderen hohen Baum zu steigen, von dem aus ich die Kadaver gerade noch

sehen konnte. Ich habe damit Ausschau gehalten.« Er zog ein kleines Fernglas aus der Tasche. »Zwei Männer und eine Frau kamen an. Sie verbrachten ungefähr fünf Minuten dort – einer von ihnen folgte einer falschen Spur, die ich gelegt hatte, und kehrte dann zurück. Kurze Diskussion. Dann kehrten alle drei auf dem Weg zurück, auf dem sie gekommen waren. Ich setzte meinen Weg bachaufwärts fort. Was wollten Sie mir zeigen?«

Tweed ging ihnen voraus, trat durch die Haustür auf eine breite Veranda, stieg die Treppe hinunter und führte Newman und Paula um das Haus herum zu der Seite, an der sich der gefrorene Bach befand. Er deutete auf einen schneebedeckten Hügel.

»Da kommt der Bach her. Jetzt ist natürlich alles steinhart gefroren. Normalerweise sprudelt hier eine überaus kräftige Quelle. Und im Frühjahr, wenn Schnee und Eis schmelzen, wird der Bach zum reißenden Strom.«

»Können Sie jetzt etwas Eis schmelzen?« fragte Paula. »Dann hätten wir frisches Wasser für unseren Kaffee. Ich habe zwar eine Plastikflasche voll Wasser, aber frisches würde besser schmecken.«

»Ein ziemlich kalter Job«, bemerkte Newman, hockte sich nieder und schob Schnee beiseite, bis er einen dicken Eiszapfen freigelegt hatte.

»Sehen Sie zu, was Sie tun können«, wies ihn Paula an, »während ich uns unter Bedingungen, die ich für reichlich primitiv halte, etwas zu essen mache. Und Sie, Tweed, behalten inzwischen das Feuer im Auge...«

Sie ließ sie allein. Newman warf Tweed einen Blick zu. »Ist Ihnen schon einmal der Gedanke gekommen, daß Frauen ganz schön herrschsüchtig sein können?«

Sie aßen von Papptellern an dem Tisch, den sie nahe an das im Kamin lodernde Feuer herangerückt hatten. Aus den Tannenscheiten trat Harz aus, das zischte und prasselte, aber Paula war froh über das Geräusch – es lockerte die drückende Stille, die über der einsamen Hütte lag. Sie hatte ihnen Fleisch mit gebackenen Bohnen serviert, die sie auf dem Campingkocher heiß gemacht hatte, und dazu Brot und Butter. Sie benutzten Plastikbesteck, und Newman beging den Fehler, einen Witz darüber zu machen.

»Das erinnert mich an das Essen im Flugzeug – bis hin zu den Messern und Gabeln aus Plastik.«

»Wirklich?« Paula verschränkte die Arme. »Hätten Sie vielleicht Metallbesteck vorgezogen? Aber dann hätten Sie es tragen müssen. Ich hatte genug zu schleppen, als wir diesen Berg hinaufkletterten.«

»Ich hatte angenommen, Ihr Koffer enthielte nur ein paar Kleider. Ich bitte um Entschuldigung – ich habe nur versucht, die Atmosphäre ein bißchen aufzulockern.«
Tweed mischte sich ins Gespräch. »Das dürfte schwierig sein. Unter den gegebenen Umständen. Wir alle – Paula nicht ausgenommen – spüren die Anstrengung der letzten Tage.«
»Dann würde ich, wenn es Ihnen nichts ausmacht«, sagte Newman nüchtern, »gern hören, wie das alles angefangen hat. Ich bin am Radnor Walk zufällig in die Sache hineingeraten, und bis jetzt hat mir noch niemand erzählt, was sich wirklich abgespielt hat.«
»Dazu war bisher noch keine Zeit, Bob. Aber Sie haben recht«, pflichtete Tweed ihm bei. »Und jetzt ist vielleicht die beste Gelegenheit. Folgendes ist passiert...«
Newman hörte schweigend zu. Tweed erzählte von dem vorgeblichen Anruf von Klaus Richter, seiner Aufforderung, sich an dem verhängnisvollen Abend im Cheshire Cheese in der Fleet Street mit ihm zu treffen. Er berichtete knapp, ließ aber kein relevantes Detail aus. Paula beobachtete ihn besorgt; sie befürchtete, das Erzählen der grausigen Geschichte könnte ihm in dem Zustand nahezu völliger Erschöpfung, in dem er sich befand, zu sehr zusetzen. Als Tweed geendet hatte, nickte Newman.
»Das paßt genau mit dem zusammen, was ich in Ihrer Wohnung beobachtet habe. Bis zu der halb gerauchten Pfeife im Aschenbecher. Aber was ist mit diesem Klaus Richter? Sie sagten, er wohnt in Freiburg?«
»Ja, in einem neuen Wohnblock am Rande der Altstadt.«
»Aber da haben wir doch übernachtet«, warf Paula überrascht ein. »Das Hotel Oberkirch liegt in der Altstadt. Weshalb haben wir dann Klaus Richter nicht aufgesucht, um herauszufinden, was los ist?«
»Weil ich sicher war, daß es eine Falle sein würde«, erklärte Tweed. »Überlegen Sie doch. Richter war der Köder, mit dem ich fortgelockt und daran gehindert wurde, frühzeitig zum Radnor Walk zurückzukehren. Damit jemand genügend Zeit hatte, diese arme Unbekannte zu erwürgen und zu vergewaltigen. Also hat mich Richter entweder unter Druck angerufen – vielleicht hat ihm jemand eine Waffe an die Schläfe gedrückt. Aber auch, wenn jemand seine Stimme imitiert haben sollte, würden sie seine Wohnung in Freiburg ständig bewachen – zumal als ihnen klar wurde, daß ich in diese Richtung fuhr. Und das haben sie offensichtlich gewußt – daher der Mordversuch auf der Autobahn. Nein, Richters Wohnung wäre der letzte Ort gewesen, den ich aufgesucht hätte. Wahrscheinlich ist er inzwischen ohnehin tot.«

»Ich finde trotzdem, die Sache sollte überprüft werden«, bemerkte Newman.
»Oh, sie wird überprüft werden. Einer der Aufträge, die ich Marler erteilt habe, war der, Richters Wohnung einen Besuch abzustatten. Er wird sehr vorsichtig sein.«
»Marler? Sie vertrauen ihm immer noch?«
»Ich muß. Ich bin ziemlich knapp an Personal. Und Sie, Bob, brauche ich als Beschützer.«
»Was ich wissen möchte«, sagte Paula mit angespannter Stimme, »ist, wer die Frau am Radnor Walk umgebracht hat.«
»Damit habe ich Marler ebenfalls beauftragt. Er fliegt nach London zurück, nachdem er sich um Richters Wohnung gekümmert hat. Sie müssen sich darüber im klaren sein, daß das alles von der Opposition schon lange im voraus geplant worden ist, mit allen erdenklichen Eventualitäten. Und Marler ist ziemlich gut darin, die Pläne anderer Leute ans Licht zu ziehen.«
»Aber wer ist diese Opposition?« fragte Paula aufgebracht. »Wir operieren im dunkeln, flüchten von einem Ort zum anderen, erreichen nichts.«
»Ich glaube, ich kann Ihre Frage beantworten«, entgegnete Newman. »Jemand, der mit einem Mercedes den Holzweg entlanggefahren war, hat versucht, mich zu erschießen. Statt dessen habe ich ihn erschossen. Ich habe ihn durchsucht und das hier gefunden.«
Er zog einen Ausweis aus der Tasche, warf ihn auf den Tisch. Paula nahm ihn, betrachtete ihn, dann starrte sie die beiden Männer an.
»Gustav Braun. Angestellter von World Security & Communications.«

»Das ist die Opposition«, sagte Newman. »Ich habe Gerüchte gehört, denen zufolge sich World Security im Geschäftsleben ziemlich skrupelloser Methoden bedient – aber daß sie regelrechte Mordkommandos ausschicken, war mir bisher nicht bekannt.«
»Das könnte darauf hindeuten, daß es sich um ein ganz besonders wichtiges Unternehmen handelt«, meinte Tweed.
»So ist es. Um Sie zu jagen und zu töten. Die große Frage ist nur – wer leitet das Unternehmen? Gareth Morgan, Lance Buckmaster – oder Leonora Buckmaster? Es kann nur einer von den dreien sein. Nur jemand, der ganz oben an der Spitze steht, würde es riskieren, so weit zu gehen.«
»Welchen Eindruck hatten Sie von Gareth Morgan, als Sie sich im Colombi mit ihm unterhielten?« fragte Tweed.
»Hart wie Granit, tückisch wie eine Kobra, der größte Lügner seit dem Baron von Münchhausen und sehr ehrgeizig.«

»Demnach könnte das Motiv vielschichtig sein – wenn Morgan vorhat, die gesamte Organisation in die Tasche zu stecken. Sein erster Schritt würde darin bestehen, Lance Buckmaster in Mißkredit zu bringen.«
»Wie könnte er das?« fragte Paula.
»Indem er ihn kompromittiert – vielleicht so sehr, daß er dafür sorgt, daß er wegen Mordes verurteilt wird. Und wenn das der Fall ist, benutzt Morgan mich als Werkzeug. Es ist durchaus möglich, daß Marler eine Schlangengrube entdeckt.«
»Er wird sich nicht über Langeweile beklagen können – bei den Aufträgen, mit denen Sie ihn zurückgeschickt haben«, bemerkte Newman.
»Ja, er hat eine Menge zu tun«, pflichtete Tweed ihm bei. »Unter anderem soll er versuchen, an den Bericht des Pathologen heranzukommen, der bei der Ermordeten die Autopsie vorgenommen hat. An ihren Handgelenken und auf dem Laken waren Blutspuren. Ich vermute, daß sie gefesselt wurde, bevor der Mörder über sie herfiel. Die Blutgruppen sind also sehr wichtig. Der Pathologe müßte sie in seinem Bericht verzeichnet haben.«
»Sie hätten Marler zu Ihrem Schutz hierbehalten sollen«, erklärte Newman. »Und statt dessen mich nach London schicken, damit ich alledem nachgehe...«
»Aber Marler gehört dem S.I.S. an und hat Zugang zu Orten, in die man Sie nie hineinlassen würde. Ich weiß, daß Sie auf Herz und Nieren überprüft worden sind, Bob – aber wenn Sie in Geheimhaltungsbereiche vordringen durften, geschah es immer auf meine Veranlassung. Jetzt bin ich diskreditiert, um es gelinde auszudrücken. Und das bedeutet, daß man Sie auch beargwöhnt hätte.«
Tweed hat wirklich an alles gedacht, schoß es Paula durch den Kopf. Dann stellte sie die Frage, die sie schon seit Tagen beschäftigte.
»Aber weshalb hat sich jemand die Mühe gemacht, Sie auf diese Weise zu belasten? Dafür zu sorgen, daß man Sie verdächtigt, dieses grauenhafte Verbrechen begangen zu haben, wobei er so weit ging, daß er den Mord tatsächlich verübte. Weshalb?«
»Wenn wir die Antwort darauf kennen, werden wir auch wissen, wer die Frau am Radnor Walk ermordet hat«, erwiderte Tweed. »Aber ich glaube, wir sind alle am Ende unserer Kräfte. Wir brauchen Schlaf. Vorher sollten wir uns auf einen Wachplan einigen – wir müssen ständig vom Fenster im Obergeschoß Ausschau halten, ob sich jemand der Hütte nähert. Newman und ich werden uns abwechseln. Zwei Stunden Schlaf, zwei Stunden Wache.«
»Kommt nicht in Frage«, erklärte Paula entschlossen. »Schließlich gehöre

ich auch zum Team. Ich wache mit. Aber was tun wir als nächstes – morgen früh? Lange hier zu bleiben wäre gefährlich.«
»Und deshalb werden wir morgen früh von hier verschwinden«, entschied Tweed. »Wir müssen zusehen, daß wir noch im Laufe des morgigen Tages in die Schweiz kommen. Uns schneller bewegen, als es irgend jemand erwartet.«
»Ohne Wagen?« zweifelte Paula.
»Der blaue Audi steht immer noch in der Nähe des Holzweges im Wald«, erinnerte Newman sie. »Tweed hat ihn so tief ins Gebüsch hineingefahren, daß der Motor halbwegs vor der Kälte geschützt sein dürfte. Ich nehme an, es wird eine Weile dauern, bis es mir gelingt, ihn wieder in Gang zu setzen, aber ich werde ihn in Gang setzen.«
»Gut«, stimmte Tweed zu. »Und es gibt einen Weg, der von der Straße abzweigt, auf der wir von Freiburg aus heraufkamen – ein Stück oberhalb der Stelle, an der wir auf den Holzweg abgebogen sind. Bringen Sie den Audi zu diesem zweiten Weg, Bob, das wird uns eine Menge Zeit sparen. Sie kommen zu Fuß schneller voran als wir.«
»Weshalb sind wir dann, als wir herkamen, nicht weiter hinaufgefahren und haben diesen kürzeren Weg benutzt?« fragte Paula und unterdrückte ein Gähnen.
»Aus zwei Gründen. Wir wurden vom Hubschrauber aus beobachtet und hätten ihn direkt zu dieser Hütte dirigiert. Zweiter Grund: Newman gefiel der Wagen nicht, der uns entgegenkam. Zu Recht, wie sich herausgestellt hat.«
»Ich wüßte zu gern«, erklärte Paula, als sie aufstand und sich den vor dem Feuer aufgehängten Schlafsäcken zuwandte, »wie Marler zurechtgekommen ist, nachdem er sich auf die Rückfahrt gemacht hat.«

ZWEITER TEIL

Der Killer – Horowitz

Einundzwanzigstes Kapitel

In der Nacht nach der gescheiterten Suche nach Tweed hatte Horowitz ein paar Stunden in dem von Morgan freigemachten Zimmer im Hotel Colombi geschlafen. Um genau fünf Uhr sorgte der automatische Wecker in seinem Kopf dafür, daß er erwachte. Er stand auf, sofort hellwach, wusch und rasierte sich und zog sich schnell an.

Mit einem dicken Schal und einem Mantel gegen die Kälte geschützt, erzählte er dem Nachtportier, er hätte nicht schlafen können und wollte einen Spaziergang machen. Der Portier schüttelte den Kopf.

»Es ist bitter kalt draußen. Und seien Sie vorsichtig – die Straßen und die Gehsteige sind spiegelglatt.«

Horowitz dankte ihm für die Warnung und machte sich auf den Weg in die Altstadt.

Die Kälte verwandelte seine Atemluft in kleine Dampfwolken, und von den Dachtraufen hingen Reihen von Eiszapfen herab. Er hatte den Rand der Altstadt erreicht; vor ihm lag eine Treppe aus Betonstufen, die zu einer Gruppe von Neubauten hinaufführte, von dem Architekten ganz bewußt so gestaltet, daß sie zu den gegenüberstehenden alten Gebäuden paßten.

Sie hatten steile Ziegeldächer und große Dachgauben. Hinter ihnen, nicht weit entfernt, ragte ein dichter Wald auf. Zu etlichen der Häuser, die sämtlich in geräumige Wohnungen unterteilt waren, gehörten hübsche, mit Bäumen und Sträuchern bepflanzte Gärten. Horowitz schaute sich noch einmal um, dann öffnete er behutsam die zu einem Innenhof führende Pforte.

Er machte die Pforte hinter sich wieder zu, ging zum Haus hinauf, blickte durch ein vorhangloses Fenster hinein. Klaus Richter saß in einem Sessel vor dem Fernseher. Horowitz begab sich zur Haustür, klopfte in einem bestimmten Rhythmus an, drückte die Klinke herunter und trat langsam ein. Eine Welle von Wärme schlug ihm entgegen.

»Behalten Sie Ihre Hände, wo sie sind, sonst knallt's«, befahl eine kehlige Stimme.
Horowitz erstarrte, drehte langsam den Kopf. Stieber saß mit dem Rücken zur Wand auf einem Stuhl und zielte mit einer abgesägten doppelläufigen Schrotflinte auf Horowitz' Bauch.
»Ach, Sie sind's.«
Es klang enttäuscht. Horowitz rührte sich nicht von der Stelle und sprach mit seiner normalen, gelassenen Stimme.
»Zuerst drehen Sie das Ding in eine andere Richtung – zur gegenüberliegenden Wand.« Als Stieber gehorcht hatte, fuhr er fort: »Und nun sichern Sie die Flinte und legen sie so auf den Fußboden, daß der Lauf zur Wand zeigt.«
Auf Stiebers Gesicht erschien ein widerwärtiges Grinsen, als er den Befehlen nachkam.
»Mir scheint, Sie sind ein bißchen nervös.«
»Nur vorsichtig. Sie waren die ganze Nacht hier? Gut. Wenigstens sind Sie wach. Ist irgend jemand hier aufgetaucht? Schließlich könnte Eiger zurückgekommen sein, um Richter aufzusuchen – oder die Frau geschickt haben.«
»Sehen Sie irgendwelche Leichen?« erwiderte Stieber grob. »Nein, bis jetzt ist niemand aufgetaucht«, setzte er schnell hinzu, als er den Ausdruck auf Horowitz' Gesicht sah.
»Kurz nach Tagesanbruch werden Sie abgelöst. Bis dahin bleiben Sie hier.«
Er warf einen Blick auf Richter, und jetzt drang ihm ein widerlicher Gestank in die Nase. Er fragte sich, wie Stieber ihn die ganze Nacht ausgehalten hatte, bis ihm einfiel, daß er früher Schweinezüchter gewesen war. Richter war umgebracht worden, indem man ihm Luft in eine Vene gespritzt hatte. Horowitz schätzte, daß es gut vierundzwanzig Stunden her war, seit Stieber ihn getötet hatte. Er wollte gerade gehen, als Stieber noch eine Bemerkung machte.
»Ich wüßte zu gern, ob die Bombe, die Sie unter dem blauen Audi angebracht haben, den wir im Wald fanden, jemanden in die Luft gejagt hat.«
»Hoffen wir es.«
»Der Gedanke an die Bombe macht mir Spaß. Hat mir die Zeit vertrieben, während ich mit dem Zombie dort drüben hier gesessen habe. Die Vorstellung, daß Eiger zu seinem Wagen zurückkehrt, immer wieder versucht, den Motor anzulassen. Das allein hätte eigentlich ausreichen müssen, die Bombe auszulösen – die Vibrationen. Vielleicht hat er ihn auch in Gang gebracht und ist auf den Weg zurückgefahren – und dann BUMM! Ich wäre

gern dort gewesen, um das zu sehen – in sicherer Entfernung natürlich. Das wäre zu schön gewesen ...«
»Ich gehe jetzt«, sagte Horowitz. »Sagen Sie dem Mann, der Sie ablöst, er soll bis Einbruch der Dunkelheit hierbleiben und dann gehen. Danach kommt niemand mehr.«
Horowitz war froh, das Haus verlassen zu können. Die Einstellung der Kröte, die er darin zurückließ, erfüllte ihn mit Abscheu. Und er bezweifelte, daß irgend jemand in die Nähe des Hauses kommen und nach Richter schauen würde.

Marler, der am Abend zuvor gleich nach dem Verschwinden des Hubschraubers nach Freiburg zurückgefahren war, übernachtete gleichfalls im Colombi. Der Wecker auf seinem Nachttisch klingelte um 5.30 Uhr.
»Sie sind heute morgen schon der zweite Gast, der vorhat, den Elementen zu trotzen«, bemerkte der Portier.
Marler blieb an der Tür stehen. »Tatsächlich? Das war vielleicht mein Freund, der gleichfalls vor dem Frühstück gern ein bißchen frische Luft schnappt. Wie sah er aus?«
»Schlank und hochgewachsen. Älter als Sie. Vielleicht vierzig. Schwer zu sagen. Und er trug eine Stahlbrille. Hatte einen sehr sicheren Gang. Und den wird er heute morgen brauchen. Alles vereist. War es Ihr Freund?«
»Nein. Die Beschreibung paßt nicht auf ihn. Danke, daß Sie mich gewarnt haben.«
Und es war eine Warnung, dachte Marler, als er durch die stille Altstadt wanderte, die wesentlich weiter ging, als der Portier jemals ahnen konnte. Die Beschreibung entsprach genau dem Foto von einem der beiden Männer, die er am Vortag beim Betreten des Büros von World Security beobachtet hatte. Der Portier hatte ihm eine eindeutige Beschreibung von Armand Horowitz geliefert.
Weshalb war Horowitz so früh am Morgen in Freiburg unterwegs? Marler bemerkte die vom Colombi wegführende Fußspur im Schnee. Er handelte auf gut Glück und folgte der Spur, um zu sehen, wohin sie führte.
Sein Argwohn verdichtete sich, als er ihr in die Schusterstraße und von dort in die Münzgasse folgte. Sie führte zur Adresse von Klaus Richter, die Tweed ihm gegeben hatte. Konviktstraße 498. War es möglich, daß Horowitz in Richters Wohnung wartete, weil er damit rechnete, daß früher oder später jemand erschien, der sich mit Richter unterhalten wollte? Er kam zu dem Schluß, daß das nicht nur möglich war – es war wahrscheinlich. Horowitz ließ sich keine Chance entgehen.

Als er sich der langen Flucht der Betonstufen näherte, die zu den Neubauten emporführten und dann weiter zu der Fußgängerbrücke über den Schloßbergring, schob er die Hände in die Taschen seines Trenchcoats und überprüfte ihren Inhalt. Eine Browning .32 Automatic, ein Schlagring – und eine mit Mace-Gas gefüllte Sprühdose, eine höchst ungesetzliche Waffe.
Er blieb vor einem verschlossenen Café stehen. Es hieß Wolfshöhle – ein angemessener Name, wenn Horowitz sich in der Nähe aufhielt. Rechts von ihm befand sich ein Springbrunnen, aus dem sich normalerweise Wasser in das ihn umgebende Becken ergoß. Die Fontäne war zu Eis erstarrt, ebenso das im Becken stehende Wasser, und bisher hatte er noch keinen Menschen zu Gesicht bekommen.
Er stieg langsam die Treppe hinauf, stellte fest, daß die Hausnummer 498 an der rechten Seite lag und der Zugang zum Innenhof mit einer kleinen Pforte verschlossen war. Er bemerkte auch die in diesen Hof führenden Fußspuren und das zersplitterte Eis am Riegel der Pforte. Er stieg weiter empor, um das Haus von der Rückseite her in Augenschein zu nehmen.
Da war ein kleiner, von Mauern umschlossener Hintergarten. Marler war barhäuptig, und das Licht einer Laterne fiel auf sein Haar. Die Kälte machte ihm nichts aus. Er dachte einen Moment nach. Auf dem unteren Abschnitt der Treppe hatte er eine zweite Spur aus Fußabdrücken gesehen, die in Richtung Münzgasse von der Wohnung wegführten. Bedeutete das, daß die Wohnung jetzt leerstand? Eine gefährliche Annahme.
Er erstieg die Gartenmauer, sprang in eine Schneewehe hinunter, die dafür sorgte, daß er weich und lautlos aufkam. Dann schlich er zur Hintertür. In der Wohnung brannte kein Licht. Er zog einen Lederbeutel aus der Tasche, inspizierte das Schloß, wählte einen Dietrich aus, steckte ihn ins Schloß, hantierte vorsichtig und spürte, wie der Riegel sich bewegte. Er ließ den Beutel wieder in die Tasche gleiten, nahm die Sprühdose mit Mace in die Hand, drückte langsam die Klinke herunter und schob die Tür ganz behutsam auf. Gut geölte Angeln. Kein Geräusch. Warme Luft schlug ihm entgegen. Er versteifte sich.
Die Heizung war eingeschaltet. Weshalb – wenn sich niemand in der Wohnung aufhielt? Er verengte die Augen zu einem Schlitz, blinzelte in die Dunkelheit. Er war in der Küche. Er schnupperte. Ein schwacher Duft von Kaffee, erst vor kurzem aufgegossen. Er schloß die Hintertür so behutsam, wie er sie geöffnet hatte. Seine Augen gewöhnten sich an die Dunkelheit.
Die Küchentür stand offen, und dahinter lag ein gerader Korridor, der vermutlich zu dem nach vorn heraus liegenden Wohnzimmer führte. Bei seiner Ankunft war ihm aufgefallen, daß – anders als bei allen anderen

Wohnungen – an den Fenstern der Vorderseite weder Stores noch Übergardinen vorgezogen waren.
Der Korridor war gefliest. Das war gut – so bestand nicht die Gefahr, daß irgendwelche Dielen verräterisch knackten. Er ging langsam den Korridor entlang und hielt dabei die Mace-Dose wie einen Revolver in Brusthöhe. Die Tür zu dem Raum, den er für das Wohnzimmer hielt, war angelehnt. Er lauschte. Ein leises Knarren, das sich anhörte, als ob jemand auf einem Stuhl eine andere Position einnähme. Seine Nerven verwandelten sich in Stahl, wie immer in kritischen Augenblicken.
Er erreichte die Tür, blickte durch den Spalt zwischen Tür und Wand. Ein Mann saß, mit dem Gesicht zu ihm, ganz still auf einem Sessel. Zu still. An der inneren, dem Korridor zugewandten Wand saß ein zweiter Mann, klein, untersetzt, mit rundlichem Kopf. Auf seinem Schoß lag eine abgesägte Schrotflinte. Reizend.
Marler kehrte lautlos in die Küche zurück. Auf der Arbeitsplatte stand eine Dose mit Kaffee. Aus dem Wohnzimmer war ein eigentümlicher Geruch herausgedrungen. Marler hatte ihn erkannt – es war der Geruch nach Tod und Verwesung. Er nahm die Kaffeedose in die Hand, vergewisserte sich, daß der Deckel fest daraufsaß, dann warf er sie hinunter. Sie rollte über den Fußboden, blieb an der Wand liegen.
Marler drückte sich jetzt neben der Tür an die Wand. Aus dem Wohnzimmer kam das gleiche knarrende Geräusch wie zuvor, jetzt jedoch lauter. Wie von einem Mann, der sich langsam erhebt. Der Mann bewegte sich so leise, daß Marler erst wußte, daß er die Küche erreicht hatte, als sich die Läufe der Schrotflinte durch den Türspalt schoben. Der untersetzte Mann tat noch zwei weitere Schritte. Marler holte tief Luft, hielt den Atem an und sprühte dem Mann einen Strahl Mace in das feiste Gesicht.
Danach ging alles sehr schnell.
Stieber keuchte, torkelte in die Küche. Seine linke Hand flog zu seinen von dem Gas geblendeten Augen, er stöhnte vor Schmerzen. In der Rechten hielt er nach wie vor die Schrotflinte. Marler trat hinter ihn. Sein rechter Arm legte sich um Stiebers Hals, riß ihn zurück bis fast zu dem Punkt, an dem er brechen mußte.
»Ein bißchen mehr Druck«, zischte er auf deutsch, »und dein Genick bricht wie ein Streichholz. Sichere die Flinte. Aber schnell.«
Obwohl schmerzgepeinigt, begriff Stieber, was sein unbekannter Angreifer von ihm verlangte. Er tastete an der Flinte herum. Mehr aus Glück als durch Überlegung fand er den Sicherungsbügel, legte ihn um.
»Schon besser«, erklärte Marler. »Und jetzt gehen wir zusammen ins

Wohnzimmer. Du schlurfst mit den Füßen. Ich habe nicht vor, lockerzulassen. Aber ich könnte ebensogut ein bißchen stärker zudrücken...«
Stieber war desorientiert, in einem Schockzustand. Nach der durchwachten Nacht war er nicht in der Verfassung, Widerstand zu leisten, geschweige denn, klar zu denken. Ein Gefühl verdrängte alles andere. Angst. Er machte kehrt, schlurfte in Marlers eisernem Griff den Flur entlang, die linke Hand vor den Augen. Der Schmerz wurde immer schlimmer.
Marler führte ihn ins Wohnzimmer, befahl ihm, die Flinte auf den Tisch zu legen. *Ganz vorsichtig.* Dann führte er ihn zu dem harten Stuhl, auf dem er gesessen hatte – vermutlich, um sich wachzuhalten –, und drückte ihn herunter. Stieber ließ sich daraufsinken und rieb sich mit beiden Händen die Augen, während Marler ihn nach weiteren Waffen abtastete. Nichts.
Richters Leiche war so in einem Sessel abgestützt worden, daß jemand, der durchs Fenster schaute, ihn für lebendig halten konnte. Marler blieb etliche Meter von der Leiche entfernt stehen, rümpfte die Nase. Dann wendete er seine Aufmerksamkeit wieder Stieber zu.
»Ich werde dir jetzt ein paar Fragen stellen. Die meisten Antworten kenne ich bereits. Wenn du mich nur einmal anlügst, breche ich dir das Genick. Sag die Wahrheit, dann bleibst du noch eine Weile am Leben. Verstanden?«
Stieber nickte. Mit der Rechten massierte er jetzt sein Genick, das fürchterlich schmerzte. Aber sein Sehvermögen kehrte zurück. In seinem eigenen Interesse hatte Marler nur eine kleine Menge Gas versprüht. Jetzt konnte Stieber ihn als verschwommene Silhouette wahrnehmen, aber er bemühte sich, die Silhouette nicht anzustarren. Seine Augen fielen auf den Umriß der nicht weit von ihm entfernten Schrotflinte.
»Verstanden«, erwiderte er.
»Klaus Richter hat in London angerufen. Du hast ihn zu diesem Anruf gezwungen. Wie?«
»Ich habe ihm ein Messer an die Kehle gesetzt.«
»Der Anruf wurde von hier aus getätigt? Von diesem Apparat dort?«
»Ja.«
»Ich habe dich gewarnt.« Marlers Stimme war klar, leidenschaftslos. »Der Mann, der den Anruf in London entgegengenommen hat, hörte eine Menge Hintergrundgeräusche.«
»Tonband...« Stieber tat der Hals weh, und er konnte nur krächzen. Er streckte einen Finger aus. Marler stellte fest, daß der Finger direkt auf ein Tonbandgerät zeigte, das auf einer Anrichte stand. Stiebers Blick wurde allmählich wieder klar.

Ohne Stieber aus den Augen zu lassen, ging Marler zu dem Tonbandgerät und schaltete es ein. Die Geräusche von Stimmen und Musik im Hintergrund erfüllten den Raum. Auf diese Weise hatten sie den Anruf überzeugend klingen lassen: Geräusche wie in einer Gaststätte. Er schaltete das Gerät aus.
»Name des Mannes, den Richter angerufen hat. Heraus damit!«
»Tweed, wer immer das sein mag...«
»Als Richter den Hörer aufgelegt hatte, hat ihn jemand umgebracht.« Er richtete den Browning auf Stieber. »Wer es war, ist mir egal. Aber ich will es wissen...«
»Ich war's. Habe ihm mit einer Spritze Luft in eine Vene geblasen.«
»Wer hat dir den Befehl dazu gegeben?«
Eine lange Pause. Stieber rutschte auf dem Stuhl hin und her. Marler steckte den Browning wieder in das Holster, beugte und streckte seine Hände, näherte sich Stieber.
»Horowitz«, krächzte Stieber schnell. »Armand Horowitz. Und lassen Sie ihn um Gottes willen nicht wissen, daß ich es Ihnen gesagt habe.«
»Oder um deinetwillen. Ich werde es nicht tun. Wo ist Horowitz jetzt?«
»Keine Ahnung.« Eine weitere Pause. »Er war hier, ungefähr eine halbe Stunde vor Ihnen – um sich zu vergewissern, daß ich da bin, für den Fall, daß Eiger auftaucht und nach Richter sehen will. Statt dessen sind Sie aufgetaucht. Dann ist er gegangen. Wohin, weiß ich nicht. Ich glaube nicht, daß er zurückkommen wird. Ich hoffe zu Gott, daß er es nicht tut – mein Hals muß grün und blau sein, und das wird er bemerken.«
»Zeig mir die Spritze, mit der du Richter umgebracht hast. Für diesen Teil deiner Geschichte brauche ich Beweise.«
Stieber mühte sich auf die Füße, torkelte zu einer Kommode, öffnete eine Schublade. »Hier drinnen...«
»Zeig sie mir«, befahl Marler.
Stieber holte die Spritze aus der Schublade. Marler nickte. Damit war sichergestellt, daß das Instrument Stiebers Fingerabdrücke trug.
»Leg sie wieder in die Schublade. Wie heißt du?«
»Oskar Stieber.«
»Für wen arbeitest du?«
»Für World Security. Die Sache mit Richter war ein Auftrag, den ich nebenbei erledigt habe.«
Wie zu erwarten, dachte Marler. Stieber schwankte, hatte Mühe, das Gleichgewicht zu wahren. Er taumelte zu dem Stuhl zurück, auf dem er gesessen hatte, dann unternahm er einen plötzlichen Versuch, sich der

Flinte zu bemächtigen. Was genau das was, war Marler erwartet hatte. Bevor Stieber die Waffe erreichen konnte, schloß sich Marlers Arm zum zweitenmal um seinen Hals. Stieber schrie vor Wut und Verzweiflung, sackte zusammen wie ein leerer Kartoffelsack.
»Hoch mit dir, sonst ist es aus«, fauchte Marler.
Stieber zwang sich in eine aufrechtere Haltung. Marler verengte den Todesgriff, dann ließ er ein wenig locker. Stieber krächzte, und seine Stimme zitterte.
»Ich habe die Wahrheit gesagt.«
»Das bezweifle ich nicht. Aber der Griff nach der Flinte war ein gemeiner Trick. Ein guter Versuch, das gebe ich zu. Und jetzt werde ich dir sagen, wie es weitergeht. Ich brauche Zeit, um von hier zu verschwinden.«
»Ich werde kein Wort sagen. Ich bleibe so lange hier, wie Sie...«
»Ja, genau das wirst du tun. Warum? Weil wir jetzt die Treppe zu einem der Schlafzimmer hinaufgehen werden. Und dann werde ich dir mit Klebeband die Hände auf den Rücken fesseln und die Knöchel zusammenbinden. Dann lasse ich dich auf einem Bett liegen. Wenn ich weit von hier fort bin, rufe ich einen deiner Freunde an, dessen Namen du mir sagst, und der kann dich befreien. Hast du überhaupt Freunde, Oskar?«
Er dirigierte Stieber in den Korridor. Vorher warf er noch einen prüfenden Blick in das Zimmer; alles war perfekt. Stiebers Fingerabdrücke auf der Schrotflinte; und, was noch wichtiger war, Stiebers Fingerabdrücke auf der Spritze. Die Polizei sollte imstande sein, daraus etwas zu machen. Am Fuß der Treppe benutzte er die linke Hand, um den Browning aus dem Holster zu ziehen. Er setzte Stieber die Mündung auf den Rücken, dann nahm er den Arm von seinem Hals. »Das ist ein Browning. Geh langsam hinauf.«
Stieber nahm eine Stufe nach der anderen. Als sie oben angekommen waren, befahl Marler seinem Gefangenen, sich in einem der nach hinten hinausgehenden Zimmer mit dem Gesicht nach unten auf ein Bett zu legen. Er holte eine Rolle Klebeband aus der Tasche, band Stieber die Hände auf den Rücken und fesselte dann seine Knöchel.
Stieber drehte den auf dem Kissen liegenden Kopf. »Ich habe einen Freund...« setzte er an.
»Ich auch«, teilte Marler ihm mit.
Er machte die Tür zu, zog Gummihandschuhe an, lief die Treppe hinunter und nahm den Hörer des Telefons im Wohnzimmer ab. Der tote Richter starrte ihn an, als er die Nummer des Polizeipräsidiums wählte.
»Hier in Freiburg wurde ein Mord begangen. Ich muß mit Hauptkommissar Kuhlmann sprechen. Nein, mit niemand anderem. Und ich lege auf, wenn

er nicht in dreißig Sekunden am Apparat ist. Wenn er irgendwo anders sein sollte, will ich die Nummer, unter der ich ihn erreichen kann.«
»Er ist hier. Warten Sie.«
»Dreißig Sekunden, nicht länger.«
Kuhlmann, frisch rasiert, war die ganze Nacht aufgewesen; er saß gerade in der Kantine und trank eine Tasse Kaffee. Beim Verhör von Evans war er keinen Schritt weitergekommen. Der Waliser hatte steif und fest behauptet, er wäre gerade erst von einer Konferenz in Basel zurückgekommen. Er hätte keine Ahnung von irgendwelchen Operationen, und im übrigen würde er nur in Anwesenheit seines Anwalts reden.
Kuhlmann folgte dem Beamten, der ihm gesagt hatte, er würde am Telefon verlangt. Nein, der Mann am anderen Ende hatte keinen Namen genannt. Wieder so ein Spinner, dachte Kuhlmann.
»Hier Kuhlmann. Wer ist dort?« fragte er.
»Ein gutmeinender Informant«, erwiderte der Unbekannte. »Konviktstraße 498. Ein Mord. Der Mörder befindet sich noch in der Wohnung. Ebenso das Opfer. Das war's.«
Marler legte leise den Hörer auf. Sein scharfes Gehör hatte das Geräusch von Schritten gehört, die sich dem Gebäude näherten, das Knirschen von Schnee, das Öffnen der Pforte.
Er eilte den Korridor entlang in die Küche, machte die Tür hinter sich zu, öffnete die Hintertür, trat hinaus und schloß sie wieder. Eiskalte Luft prallte ihm entgegen. Er rannte zur Mauer, kletterte hinauf, hielt sich an dem auf ihr angebrachten Metallgeländer fest. Inzwischen hatte er die Gummihandschuhe gegen seine Lederhandschuhe vertauscht. Er überstieg das Geländer und blickte hinunter auf die menschenleere Treppe.
Im Schnee war deutlich eine frische Fußspur zu erkennen, die an der Pforte endete. Er schlich hinunter, bis er den Eingang zur Wohnung sehen konnte. Eine vertraute Gestalt stand mit dem Rücken zu ihm vor der Haustür, ein schlanker, hochgewachsener Mann. Armand Horowitz war aus irgendeinem Grunde zurückgekommen.
Marler wartete, bis Horowitz im Haus verschwunden war, dann eilte er die restlichen Stufen hinunter, wendete sich nach links und ging die Konviktstraße in Richtung Schwabentor hinab. Es war ein Wettlauf gegen die Zeit. Es konnte sein, daß Kuhlmann früh genug eintraf, um beide Männer zu erwischen. Es konnte aber auch sein, daß Horowitz Stieber schnell genug befreite und beide entkamen. Das war Kuhlmanns Problem.
Marlers Probleme lagen an einem ganz anderen Ort. In England.

Zweiundzwanzigstes Kapitel

In London war es sieben Uhr morgens. Buckmaster saß im Haus von World Security in der Threadneedle Street an Morgans Schreibtisch. Er war schon zeitig mit Leonoras Volvo von der Wohnung in Belgravia abgefahren; daß sie darauf bestanden hatte, allein zu schlafen, hatte seine Vorteile. Er konnte kommen und gehen, ohne daß sie es merkte. Der Volvo stand in der Tiefgarage.

Morgan, in einem dunklen Anzug, der über seinem feisten Bauch spannte, hatte sich seinem Chef gegenüber auf einem Stuhl niedergelassen. Er war noch etwas verschlafen, aber seine Augen waren hellwach und glichen zwei schwarzen Johannisbeeren.

»Tweed ist also immer noch frisch und munter.« Buckmaster fuhr sich mit einer Hand durch sein widerspenstiges Haar, lehnte sich in dem Drehstuhl zurück und legte einen Fuß in einem handgearbeiteten Schuh auf die Schreibtischplatte. »Ich dachte, Sie hätten dieses kleine Problem inzwischen bereinigt«, sagte er sarkastisch und verschränkte die Hände im Genick.

»So klein ist das Problem nicht.« Morgan spielte mit einer dicken Zigarre, zündete sie aber nicht an. »Wir haben bedeutende Fortschritte gemacht. Wir wissen, daß er sich irgendwo im Schwarzwald aufhält...«

»Aufgehalten hat«, fauchte Buckmaster. »Wer garantiert Ihnen, daß er immer noch dort ist?«

»Auf der Autobahn wurde ein Versuch unternommen...«

»Keine Einzelheiten, bitte. Wann gedenken Sie Ihre Arbeit zu erledigen?«

Er sprach mit bewußt gelangweilter Stimme, in dem Tonfall, in dem er schwachsinnige Fragen im Unterhaus zu beantworten pflegte. Mit Genugtuung registrierte er ein Aufflackern von Wut in Morgans Augen. Man mußte den Leuten ständig auf die Zehen treten. Vor allen denen an der Spitze.

»Der Schnee wird uns helfen«, erklärte Morgan nachdrücklich. »In Süddeutschland hat es heftig geschneit. Was bedeutet, daß ein Wagen leichter zu entdecken ist. Er muß das Gebiet bald verlassen – und wir wissen, was für einen Wagen er fährt.«

»Ich will, daß er nicht zur Ruhe kommt.« Buckmaster beugte sich vor und hieb mit der flachen Hand auf den Schreibtisch. »Ich will, daß er zu Tode gejagt wird. Buchstäblich. Ich will, daß er so durcheinandergebracht wird, daß er nicht mehr klar denken kann. Ich will, daß er vor Angst den Verstand verliert. Der beste Weg, ihn so weit zu bringen, führt vielleicht über Paula Grey.« Er lächelte sadistisch. »Sie verstehen, was ich meine?«

Morgan war immer stolz darauf gewesen, daß er imstande war, jedem Druck zu widerstehen. Aber während seines Wütens hatte Buckmaster die Stimme immer mehr erhoben und zum Schluß fast geschrien. Seine Gesicht war vor Rachsucht verzerrt und vor Wut rot angelaufen. Morgan hatte sich schon öfters gefragt, ob Buckmaster vielleicht dicht am Rande des Wahnsinns stand.
»Ich verstehe, was Sie meinen«, sagte Morgan langsam. »Wir haben schon früher vor ähnlichen Problemen gestanden. Und wir haben den Apparat, um sie zu lösen.«
»*Sie* haben den Apparat!« Buckmasters Stimme steigerte sich zu einem wahnwitzigen Kreischen. Er beugte sich über den Schreibtisch. »Ich will, daß dieser Mann vernichtet wird. Das geht nicht, wenn Sie hier in London auf Ihrem fetten Hintern sitzen. Sie sagten Freiburg. Schwarzwald. Dort sollten Sie sein. Die Jagd organisieren.«
»Ich fliege noch heute zurück. Überlassen Sie alles mir. Sie wissen, daß ich noch nie versagt habe.«
»Es gibt immer ein erstes Mal.« Buckmasters Stimme verwandelte sich in ein Zischen. »Es wäre besser für Sie, wenn es nicht gerade dieses wäre.«
Er benutzte beide Hände, um seine Krawatte zu richten und ihre Enden wieder in den Hosenbund zu stecken. Dann produzierte er ein breites Lächeln, stützte die Ellenbogen auf den Schreibtisch und legte die Hände in einer Geste zusammen, die an eine Gottesanbeterin erinnerte.
»Ich habe volles Vertrauen in Sie, Gareth. Ohne Sie hätte ich diese Organisation nie aufbauen können. Sie sind der einzige Mensch auf der Welt, dem ich voll und ganz vertrauen kann.«
Morgan nickte nachdenklich. Er war gerade Zeuge einer typischen Buckmaster-Vorstellung gewesen. Zuerst der Einsatz von Drohungen und fast unbeherrschter Wut. Dann ein rascher Wechsel zu liebenswürdiger Verbindlichkeit. Die Technik war ihm bestens vertraut, aber bisher hatte er sie immer bei Leuten praktiziert, die tief unter ihm standen. Es gefiel ihm nicht, daß er ihr ausgesetzt worden war. Er wechselte das Thema.
»Der Mord und die Vergewaltigung am Radnor Walk. Ist das Opfer inzwischen identifiziert worden? Das käme mir bei der Verfolgung von Tweed vielleicht zustatten. Das Sonderdezernat zieht sein Netz enger – eine Taktik dieser Art.«
»Es gibt noch keinerlei Hinweise.« Buckmaster war wieder ganz entspannt. Seine Hände waren im Nacken verschränkt, die Beine unter dem Schreibtisch ausgestreckt. »Der Chefinspektor, der die Untersuchung leitet, meint, daß die Frau Ausländerin war. Tweed ist viel im Ausland herumgereist.«

»Wie kommt er darauf?« Morgan konnte die Besorgnis in seiner Stimme nicht verhehlen.
»Weil aus ihren Kleidern alle Etiketten herausgetrennt waren. Ihre Wäsche war neu – sie hat sie vermutlich zum erstenmal getragen. Das gleiche gilt für ihre Handtasche, ihre Schuhe und ihre Strumpfhose. In ihrer Handtasche fand sich ein Kassenbeleg, aus dem hervorging, daß sie einige dieser Dinge am Tag zuvor bei Harrods gekauft hatte. Keine Kreditkarten. Nur frische Banknoten im Portemonnaie.«
»Was sie sehr englisch erscheinen läßt«, meinte Morgan.
»Zu englisch für den Inspektor. Eher als Ausländerin, die mit englischen Sachen ausgestattet wurde.« Buckmaster gähnte. »Sie scheinen an ihrer Identifizierung sehr interessiert zu sein.«
»Den Grund dafür habe ich Ihnen gerade genannt.«
»Ich muß gehen.« Buckmaster erhob sich, knöpfte sein Jackett zu, griff nach seinem Mantel. »Bevor Leonora erscheint. Manchmal taucht sie schon sehr früh hier auf. Wie kommen Sie mit ihr zurecht?«
»Ich kann mit ihr umgehen. Sie ist eine Frau. Die neigen alle dazu, sich von ihren Gefühlen leiten zu lassen, sogar hysterisch zu werden. Weshalb sie nicht geeignet sind, an der Spitze eines Unternehmens zu stehen.«
»Großer Gott! Sehen Sie sich dieses Wetter an!« Buckmaster war ans Fenster getreten. Ein Vorhang aus dichten, stetig herabrieselnden großen Schneeflocken verhüllte die Aussicht. Buckmaster fuhr auf dem Absatz herum. »Ich muß los. Ich bin nicht hiergewesen.«
»Natürlich nicht.«

Eine halbe Stunde später war Morgan gerade damit beschäftigt, ein paar Verträge durchzusehen, als er über die Gegensprechanlage gerufen wurde.
»Gareth? Könnten Sie in mein Büro kommen? Auf ein kurzes Gespräch?«
Es überraschte ihn, Leonoras Stimme zu hören. Sein erster Gedanke war, daß Buckmaster gerade noch rechtzeitig verschwunden war. Sein zweiter Gedanke galt der Frage, was sie im Schilde führte. Ihre Stimme hatte sehr kehlig, sehr flehend geklungen. Es war der Ton, den sie anschlug, wenn sie jemanden aus der Fassung bringen wollte.
Sie saß in einem Chanel-Kostüm hinter ihrem Schreibtisch, und ihr blondes Haar schimmerte im Licht der Schreibtischlampe; draußen war es noch fast dunkel. Als er sich in einem Sessel an der anderen Seite des Schreibtisches niedergelassen hatte, erhob sie sich, schob einen Stuhl mit gerader Rückenlehne um den Schreibtisch herum und setzte sich neben ihn. Dann schlug sie die wohlgeformten Beine übereinander.

»Lance war hier, um mit Ihnen zu reden, nicht wahr? Heute morgen.«
»Nein.« Die Lüge ging Morgan glatt von der Zunge. »Als Minister darf er nicht...«
»Ich weiß. Es wird vorausgesetzt, daß er mit der Leitung der Firma nicht das mindeste zu tun hat.« Sie hatte mit einem Bleistift gegen ihre makellosen weißen Zähne geklopft. Jetzt benutzte sie den Bleistift dazu, ihm auf die Knöchel der auf seinem Knie liegenden dickfingrigen Hand zu klopfen. »Aber ich kann ein Geheimnis wahren. Also heraus mit der Sprache, Gareth.«
Ich kann auch ein Geheimnis wahren, dachte Morgan. »Ich bin seit 7 Uhr hier«, teilte er ihr mit. »Und seither habe ich allein in meinem Büro gearbeitet.«
»Weshalb hat er dann heute morgen meinen Volvo genommen? Ich mußte mich von Hanson im Daimler herfahren lassen.« Ihre blauen Augen blickten in die Ferne. »Aber wenn er nicht hier war, dann kann er nur jemanden besucht haben. Eine Person weiblichen Geschlechts. Ein wirklich unermüdlicher Mann. Um diese Tageszeit. Wie finden Sie das?«
»Er ist Minister für Äußere Sicherheit«, erklärte Morgan. »In dieser Eigenschaft kann er überall gewesen sein – womöglich an einem Ort, an dem er lieber nicht gesehen werden wollte. Vielleicht hat er deshalb den Volvo genommen.«
»Gareth, wenn er fremdgeht, will ich wissen, mit wem. Ich setze eine erstklassige Detektei auf ihn an. Früher oder später werde ich wissen, wer sie ist.« Ihre Stimme nahm einen einschmeichelnden Ton an. »Sie wissen, es gibt nicht viele Leute, auf die ich mich wirklich verlassen kann. So dumm, daß ich mich irgendwelchen Freundinnen anvertrauen würde, bin ich nicht. Ich brauche jemanden, mit dem ich reden kann. Und da kommen nur Sie in Frage. Ich hoffe, Sie wissen, daß Lance vorhat, Sie aus der Firma auszubooten.«
Morgan regte sich in seinem Sessel. Das war eine gefährliche Situation. Welches war der beste Weg, sie zu seinem künftigen Vorteil auszunutzen? Leonora hatte ihm eine Zeitbombe in den Schoß geworfen.
»Nein, das weiß ich nicht«, sagte er schließlich.
»Aber das bedeutet nicht, daß es ihm auch gelingen wird«, fuhr sie fort.
»Vorausgesetzt, daß ich auf Ihrer Seite stehe.«
»Ich bin Ihnen dankbar für Ihre Unterstützung«, sagte er und suchte krampfhaft nach einer Möglichkeit, das Gespräch zu beenden.
»Wir werden uns später weiter darüber unterhalten, Gareth.«
Sie bedachte ihn mit einem gewinnenden Lächeln, stand auf, ging um ihren

Schreibtisch herum und deutete mit einer schlanken Hand auf ihren Eingangskorb. Morgan erklärte, er hätte gleichfalls eine Menge Arbeit auf dem Schreibtisch, und verließ ihr Zimmer.
In seinem eigenen Büro angekommen, verschloß er die Tür, drückte auf den Knopf, der das rote »Nicht stören«-Licht einschaltete, und ließ sich auf seinen Stuhl sinken. Er wischte sich mit einem Taschentuch den Schweiß von der Stirn und den Händen, holte seine Taschenflasche heraus und trank einen großen Schluck. Er war schwer erschüttert. War es möglich, daß Buckmaster plante, sich seiner zu entledigen? Oder trieb Leonora ein verschlagenes Spiel mit ihm? Außerdem beunruhigte ihn der Gedanke, daß sie eine Detektei damit beauftragen wollte, Buckmaster nachzuspüren. Da konnte es gar nicht ausbleiben, daß die Detektive früher oder später Beweise für ein Verhältnis mit einer attraktiven Frau lieferten.
Sollte er Buckmaster warnen? Er kam zu dem Schluß, daß es vielleicht richtiger wäre, die Sache auf sich beruhen zu lassen, bis er wußte, wie sich die Dinge entwickelten. Aber ein Risiko ging er in beiden Fällen ein. Wenn Buckmaster ungewarnt herausfand, was Leonora gesagt hatte, dann war er draußen. Diese närrischen Weiber neigten dazu, bei einem Streit die Beherrschung zu verlieren und ihren Männern Dinge zu erzählen, die sie nicht erzählen sollten. Aber wenn er Buckmaster warnte und Leonora in einer Schlacht um die Leitung der Firma den Sieg davontrug, dann würde ihre erste Amtshandlung darin bestehen, ihm den Laufpaß zu geben.
Leonora betrachtete währenddessen ihr Gesicht in einem Spiegel, suchte nach Anzeichen für die gefürchteten Falten. Der Gedanke, daß sie Gareth verunsichert hatte, befriedigte sie. Vielleicht würde er sich sogar auf ihre Seite schlagen. Sie lächelte ihr Spiegelbild an. Morgan hatte keine Ahnung, daß, wenn sie die Firma in die Hand bekam, ihre erste Amtshandlung darin bestehen würde, ihn vor die Tür zu setzen.
Sie kehrte an ihren Schreibtisch zurück, holte ihr Notizbuch aus der Handtasche, suchte die Telefonnummer heraus, die Marler ihr während der gemeinsamen Fahrt von Dartmoor nach London gegeben hatte. Ihre schlanken Finger wählten die Nummer, aber sie stellte schnell fest, daß sie nur mit einem dieser widerwärtigen Anrufbeantworter verbunden war. Sie hörte Marlers Stimme vom Tonband.
»Hier ist...« Er nannte nur die Nummer, nicht seinen Namen. »Ich bin zur Zeit nicht erreichbar. Bitte hinterlassen Sie eine Nachricht nach dem Pfeifton.«
Sie dachte schnell nach, formulierte ihre Nachricht sehr vorsichtig; sie mißtraute auf Band aufgenommenen Anrufen.

»Hier spricht die Dame, die Sie von Dartmoor mitgenommen haben. Bitte rufen Sie mich so bald wie möglich im Büro an. Im Büro«, wiederholte sie; dann unterbrach sie die Verbindung. Ein Anruf in ihrer Wohnung in Belgravia wäre riskant – Lance hielt sich zu oft dort auf.
Ich spinne da ein ganz schön gemeines Netz, dachte sie. Und der Gedanke befriedigte sie ungemein.

Marler fuhr vom Londoner Flughafen aus mit dem Taxi zu einem Mann, der ein Archiv für Fotos bekannter Persönlichkeiten unterhielt. Er bekam, was er wollte – ein Foto, das besser war, als er es sich erhofft hatte –, und bezahlte die beträchtliche Gebühr. Dann fuhr er mit einem anderen Taxi zu seiner Wohnung in Chelsea und hörte den Anrufbeantworter ab.
Leonora hatte es geschafft, die paar Worte, die sie gesprochen hatte, sehr sexy klingen zu lassen. Marler hörte sie sich zweimal an, bevor er den Hörer wieder auflegte. Ich wüßte nur zu gern, was du im Schilde führst, dachte er. Er schaltete in seiner winzigen Einbauküche die Kaffeemaschine ein, bereitete eine Tasse Kaffee und leerte die Tasse mit zwei großen Schlucken. Bevor er seine Wohnung wieder verließ, rammte er eine karierte Schirmmütze auf sein blondes Haar, zog einen Stumpen aus einer Packung und steckte ihn in seine Brusttasche. In der Hand hielt er den steifen Umschlag mit dem Foto.
Das nächste Taxi brachte ihn in die Wardour Street in Soho. Er bezahlte den Fahrer und ging dann die paar hundert Meter zu seinem eigentlichen Ziel, einem Büro im ersten Stock eines Hauses in der Greek Street, zu Fuß. Die Umgebung war eine Mischung aus respektablen Restaurants, Aufnahmestudios und weniger respektablen Sexshops.
»Grubby« Grundy, wie er in der Branche genannt wurde, arbeitete innerhalb einer kleinen Festung. Marler stieg die schmutzige Treppe hinauf und benutzte dann die Sprechanlage, die über einem Schild mit der Aufschrift *J. Grundy, Fotoagentur* an die Tür montiert war.
»Grundy? Hier ist Freddy Moore. Ich habe Arbeit für Sie...«
»Ich bin im Augenblick sehr beschäftigt. Warten Sie eine Minute«, antwortete eine kiesige Stimme durch das Sprechgitter.
Marler zündete sich seinen Stumpen an. Er wußte, daß er viel Zeit hatte. Er konnte hören, wie die Angeln der Stahltür knirschten, die hinter der hölzernen Eingangstür lag. Dann kam das Geräusch von zurückgleitenden Riegeln, von drei Schlössern, die geöffnet wurden. Marler zog den Schirm seiner Mütze tiefer. Er sah aus wie ein berufsmäßiger Tipgeber bei Pferderennen.

Die Holztür wurde bei vorgelegter Kette geöffnet, und ein Gesicht, das einer verrunzelten Walnuß glich, lugte durch den Spalt. Grundys Alter zu schätzen, war unmöglich. Er trug eine altmodische Weste, auf seiner Hakennase saß ein Kneifer. Die Manschetten seines Hemdes waren abgeschabt, das Hemd seit einer Ewigkeit nicht mehr gewaschen worden.
»Sie sind es«, bemerkte Grundy und löste die Kette.
»Inzwischen sollten Sie meine Stimme kennen«, bemerkte Marler. Er sprach mit dem Stumpen im Mund, was seine Stimme veränderte.
»Heutzutage kann man nicht vorsichtig genug sein«, murmelte Grundy. »Stimmen können nachgeahmt werden. Kommen Sie herein. Wie ich schon sagte, ich habe viel zu tun, Sie müssen also ein paar Wochen auf das warten, was Sie haben wollen.«
Marler sagte nichts, während sich Grundy damit beschäftigte, seine Festung wieder zu schließen. Dieses Gerede war nur ein Versuch, den Preis hochzutreiben. Grundy schlurfte zu einem hölzernen Arbeitstisch, der mit Fotos und Fotomontagen in verschiedenen Formaten übersät war. Alles nur Schaufensterdekoration.
»Was wollen Sie haben?«
Grundy trank aus einem angeschlagenen Becher eine Flüssigkeit, die aussah wie abgestandener Tee. Das große, auf die Greek Street hinausgehende Zimmer roch so muffig, als wäre seit Wochen keine frische Luft hereingelassen worden. Marler öffnete den Umschlag und legte, nachdem er Platz geschaffen hatte, das Foto mit der Bildseite nach unten auf den Tisch.
»Ich brauche eine Ihrer berühmten künstlerischen Montagen mit einer Frau. Keiner Hure. Einer, die aussieht, als hätte sie Klasse, auch wenn das nicht der Fall ist... Nein, nicht anfassen!« warnte er, als Grundy nach dem Foto greifen wollte. »Zuerst müssen wir uns über den Preis einig werden. Die Frau muß sich in der Horizontale befinden...«
Grundy kicherte. »Ah! Ein schmutziges Bild. Das ist nicht ganz billig...«
»Wieviel? Ich brauche nur einen Abzug. Und ich hole ihn heute nachmittag ab.«
»Ich weiß nicht, ob ich das schaffen kann.«
»Dann gehe ich eben woandershin...«
Marler wollte nach dem Foto greifen, aber Grundys knorrige Hand klatschte schnell darauf. Er schüttelte den Kopf, stellte eine resignierte Miene zur Schau.
»Bei den paar Malen, bei denen wir miteinander ins Geschäft gekommen sind, wollten Sie immer alles noch gestern haben. Fünfhundert Mäuse...«
»Fünfhundert Pfund!« Marler nahm den Stumpen aus dem Mund,

schnippte Asche auf den Fußboden, steckte ihn wieder zwischen die Lippen.
»Sie sind wohl nicht bei Trost. Einhundert ist mein Preis. Für ein Foto.«
»Sie wissen nicht, was alles dazugehört. Ich muß zwei Abzüge machen – einen von Ihrem Foto, einen von dem der Frau. Dann muß ich die beiden zusammenbringen und einen weiteren Abzug machen. Und schließlich muß ich, nachdem ich alles so retuschiert habe, daß man nicht mehr erkennen kann, daß es zwei Fotos waren, noch einen weiteren Abzug herstellen.«
»Das weiß ich«, erklärte Marler. »Und weil ich gerade großzügiger Laune bin, erhöhe ich das Angebot auf hundertfünfzig.«
»Zweihundert«, fauchte Grundy. »Und das ist mein letztes Angebot – dort ist die Tür.«
»Abgemacht. Zweihundert. Und das schließt die Negative ein. Sie haben vergessen, sie zu erwähnen.« Marler streckte beide Arme aus, packte Grundy bei seiner Weste, schüttelte ihn und musterte den Fotografen mit seinen eisblauen Augen. Als er den schmierigen Stoff zwischen seinen Fingern fühlte, wünschte er sich, Handschuhe anzuhaben. »Ich würde ungern zurückkommen und nach einem fehlenden Negativ fragen müssen, also machen Sie keine Zicken. Und nun zeigen Sie mir die Frau.«
Grundy zitterte, als Marler ihn freigab. Vor sich hinmurmelnd holte er ein Schlüsselbund aus der Hosentasche, schob einen Haufen gerahmter Vergrößerungen beiseite und legte einen Safe frei. Er hockte sich vor dem Safe nieder, schloß ihn auf, durchblätterte einen Stapel Hochglanzfotos, wählte drei aus, schloß den Safe wieder ab und stand auf.
»Eine von den dreien sollte Ihnen eigentlich gefallen. Alles Nackedeis...«
»Zeigen Sie her.«
Marler betrachtete die drei Fotos, die Grundy auf den Tisch gelegt hatte. Sie waren leicht pornographisch, zeigten die Frauen beim Liebesakt mit einem Mann. Eine war eine Blondine, deren Aussehen Marler überraschte – er hätte es nicht für möglich gehalten, daß sie ein solches Foto zuließ. Sie lag auf der Seite.
»Die hier, denke ich. Wenn Sie sie verkuppeln können.«
Grundy grinste geil. »Oh, ich wette, ich kann sie bestens verkuppeln.«
Er griff nach Marlers Foto, drehte es um. Buckmaster, voll angekleidet, war fotografiert worden, als er mit hinter dem Kopf verschränkten Händen auf der Couch lag. Grundy fluchte lästerlich, funkelte Marler an.
»Moore, das ist Lance Buckmaster. Dieser verdammte Minister. Wenn ich das gewußt hätte, dann wäre ich keinen Penny von den fünfhundert Piepen heruntergegangen, die ich verlangt habe...«

Marler hob eine Hand, während Grundy sich über den Tisch beugte, und drückte seine Finger hart in einen bestimmten Muskel. Grundy jaulte vor Schmerz. Marlers Stimme war leise, unheildrohend.
»Da ist noch etwas, wofür ich zahle. Sie haben ein schlechtes Gedächtnis. Wenn ich höre, daß Sie über diese Sache geredet haben, komme ich wieder.« Er ließ den Blick durch den verdreckten Raum wandern, über die mit braunen Aktendeckeln vollgestopften Regale. »Manche Leute würden dieses Zimmer liebend gern abwracken, aber es ist ohnehin schon ein Wrack. Sie reden, ich erfahre es, und Sie werden das Wrack sein.« Er gab Grundy frei. »Sie *können* sie verkuppeln?«
»Sie werden sich beide in einer perfekten Position befinden. Wenn ich mit meiner Arbeit fertig bin, wird es aussehen, als käme der Betreffende voll auf seine Kosten.«
»Ich komme heute nachmittag um fünf wieder. Machen Sie Ihre Sache ordentlich. Ich habe ein künstlerisches Auge, und ich erwarte ein Meisterwerk. An die Arbeit, Grundy.«

Marler stand mitten auf der Waterloo Bridge auf dem Gehsteig. Er hatte den Kragen seines Trenchcoats hochgeschlagen, um sich vor der bitteren Kälte zu schützen. Es schneite wieder.
Als er Leonora von einer Telefonzelle aus anrief, hatte er ihr genaue Anweisungen gegeben. Sie sollte sich von einem der Direktoren einen Wagen leihen, die Themse überqueren und südlich davon bis zur Waterloo Station fahren. Dann sollte sie auf die Brücke einbiegen, auf ihr entlang*kriechen*. Nachdem sie sich erkundigt hatte, welcher Wagen verfügbar war, hatte sie ihm mitgeteilt, daß sie einen silberfarbenen Mercedes fahren würde. Jetzt sah er einen silberfarbenen Mercedes im Schneckentempo auf sich zukommen. Ein Taxi überholte sie, sein Fahrer rief ihr eine wütende Bemerkung zu. Sie blieb bei ihrem Kriechen.
Marler musterte eingehend die Fahrzeuge hinter ihr, um festzustellen, ob eines davon ihr folgte. Es sah nicht so aus. Sie fuhr neben ihm an den Bordstein. Er öffnete die Beifahrertür, warf noch einen Blick zurück, sprang hinein, schlug die Tür zu, griff nach dem Sicherheitsgurt.
»So, und jetzt los! Nehmen Sie die Unterführung am Strand und dann weiter nach Norden...«
»Wie Sie wünschen. Sie können ganz schön herrisch sein. Ich mag herrische Männer...«
Während sie ihm schmeichelte, befolgte sie seine Anweisungen, steuerte den Wagen geschickt in die Fahrspur und beschleunigte. Dann verschwan-

den sie in der Unterführung, und sobald sie freie Fahrt hatte, drückte sie das Gaspedal herunter und brauste los.
»Stört es Sie, wenn ich rauche?« fragte er und warf dabei einen Blick in den Rückspiegel.
»Natürlich nicht. Sie können mir auch eine geben.«
Er zündete eine seiner King Size-Zigaretten für sie an und gab sie ihr. Sie steckte sie zwischen die Lippen, tat einen tiefen Zug. Dann warf sie ihm einen Blick zu und lächelte.
»Die schmeckt ausgezeichnet.«
»Behalten Sie die Straße im Auge. Ich möchte, daß wir möglichst bald weit von hier fort sind. Es kann sein, daß wir verfolgt wurden. Daß Sie verfolgt wurden, meine ich.«
»Wer sollte das tun?«
»Morgan – oder vielmehr eine seiner Kreaturen. Wenn er in der Stadt ist.«
»Ist er. Er kam heute morgen ins Büro. Gerade aus dem Ausland zurück. Kennen Sie Europa gut, Marler?«
»Komische Frage.«
»Wieso? Sie haben mir doch erzählt, daß Sie bei einer Versicherung arbeiten, die darauf spezialisiert ist, bedeutende Persönlichkeiten überall auf der Welt vor Entführung zu schützen. Von denen gibt es in Europa eine ganze Menge. Ich brauche jemand, der Erfahrung mit Nachforschungen hat und herausfinden kann, was in den Büros von World Security auf dem Kontinent vor sich geht. Ich habe ein paar merkwürdige Gerüchte über die Industrielle Forschungsabteilung gehört. Sie untersteht Morgan direkt.«
»Was für Gerüchte? Geradeaus weiterfahren.«
Der Verkehr war ausnahmsweise einmal dünn. Sie näherten sich dem Bahnhof Euston.
»Gerüchte, daß wir Industriespionage betreiben. Aber das muß unter uns bleiben. Ich möchte keine bösen Überraschungen erleben. Die Abteilung bringt viel Geld ein – aber als Präsidentin bin ich es, die die Verantwortung trägt.«
»Sie wollen mich engagieren?«
»Ja. Für den Anfang biete ich Ihnen ein Honorar von zwanzigtausend plus Spesen. Wenn Sie darauf bestehen, können wir auch einen Geheimvertrag aufsetzen.«
»Keinen Vertrag. Kein Geld. Nicht, bevor ich ein bißchen herumgeschnüffelt habe. Und wenn ich Sie in Ihrem Büro anrufe, heiße ich Freddie Moore. So, und nun setzen sie mich am Bahnhof ab.«
»Sie brauchen nicht lange, um einen Entschluß zu fassen. Das gefällt mir.

Mir gefällt der Gedanke, mit Ihnen zusammenzuarbeiten. Wenn Sie zurück sind – können wir dann zusammen essen und uns dabei über das unterhalten, was Sie herausbekommen haben?«
»Darüber reden wir später...«
Marler stieg aus dem Wagen, den sie vor dem Bahnhofseingang zum Halten gebracht hatte. Er verabschiedete sich mit einer Handbewegung, und sie fuhr davon. Marler kaufte sich eine Zeitung und tat so, als läse er sie, während er den Verkehr beobachtete. Niemand folgte Leonora. Er fragte sich, was sie denken würde, wenn sie wüßte, daß es Lance Buckmaster war, mit dem er als nächstem zusammentreffen würde.

Dreiundzwanzigstes Kapitel

Morgan saß hinter seinem Schreibtisch und versuchte sich zu wappnen. Der Wachmann am Haupteingang hatte angerufen und ihn informiert, daß Chefinspektor Buchanan eingetroffen war. Morgan drückte auf den Knopf, der das rote Licht vor seiner Tür auf Grün umspringen ließ. Er hätte gern gesagt, er wäre nicht zu sprechen, säße gerade in einer Konferenz, hatte aber das Gefühl, daß es unklug wäre, wenn er Hilfsbereitschaft vermissen ließe. Die Tür ging auf, und seine Sekretärin Melanie führte den hochgewachsenen Polizisten herein. Wieder wurde der Chefinspektor von Sergeant Warden, seinem Assistenten, begleitet. Morgan blieb sitzen, schwenkte eine dickfingrige Hand.
»Bitte, nehmen Sie Platz. Kaffee? Tee?«
»Nein danke, Sir«, erwiderte Buchanan, als er sich auf einem der beiden Morgan gegenüberstehenden Stühle niederließ, nachdem er ihn ein Stück zurückgeschoben hatte, um für seine langen Beine Platz zu schaffen.
Morgan bedeutete Melanie mit einem Kopfschütteln, sie alleinzulassen. Sie ging und machte die Tür hinter sich zu. Morgan faltete die Hände auf dem Schreibtisch und wartete darauf, daß Buchanan zu reden begann. Der Chefinspektor ließ sich Zeit.
»Wir sind inzwischen ganz sicher, daß es sich beim Tod Ihres Buchhalters Ted Doyle um einen Mordfall handelt.«
»Darf ich fragen, warum?«
»Gewiß doch. Selbstmord scheidet aus – kein Motiv. Die Autopsie hat keinerlei Hinweise auf Alkohol in seinem Körper geliefert. Damit ist ein zufälliger Sturz gleichfalls ausgeschlossen – zumal aus diesem Fenster. Womit nur Mord übrigbleibt.«

»Aber ich dachte...«
»Wenn Sie gestatten – ich bin noch nicht fertig, Sir.« Buchanans Ton war entschieden, seine grauen Augen stahlhart. »Ich nehme an, Sie wollten gerade sagen, daß Doyle ein Spieler war. Wir haben uns seine Wohnung angesehen. Dort haben wir unter einer Kaffeekanne in der Küche ein paar Wettscheine gefunden – Scheine, die am Totalisator gekauft wurden.« Buchanan, der die rechte Hand in die Hosentasche geschoben hatte, hielt inne, aber Morgan hatte seine Lektion gelernt. Er schwieg und preßte seine Hände nur etwas fester zusammen. Schließlich fuhr Buchanan fort:
»Eine Merkwürdigkeit an diesen Scheinen war, daß sich auf ihnen keinerlei Fingerabdrücke fanden. Wenn Doyle sie in den Händen gehabt hat, hätten seine Fingerabdrücke darauf sein müssen. Man stellt sich nicht hin und wischt nutzlose Wettscheine sauber – oder irgendwelche anderen Scheine.« Buchanan hielt wieder inne. Morgan fühlte sich zu einer Reaktion verpflichtet. »Das ist wirklich merkwürdig«, pflichtete er ihm bei. »Was war die andere Merkwürdigkeit?«
»Wie bitte?«
»Sie sagten ›*eine* Merkwürdigkeit‹. Das läßt darauf schließen, daß noch etwas anderes merkwürdig war.«
»Entschuldigung.« Buchanan warf einen Blick auf Warden, der ganz still dasaß und Morgan musterte. Dann wendete er sich wieder ihrem Gastgeber zu. »Darauf wollte ich gerade kommen. Wir haben eine Zeugin.« Er hielt zum dritten Male inne. Morgans Fingerknöchel waren weiß. »Die andere Merkwürdigkeit ist das, was diese Zeugin sah. Ihre Wohnung liegt der von Doyle gegenüber. Eine verläßliche Zeugin – etwas, was relativ selten ist...«
Morgan begann, die Anspannung zu spüren. Dieser Kerl spielte mit ihm Katz und Maus. Er versuchte, nicht an die Schweißtropfen zu denken, die sich auf seiner hohen, runden Stirn bildeten. Nachdem er wieder eine Pause eingelegt hatte, sprach Buchanan weiter.
»Diese Frau hat gesehen, wie ein Mann in Doyles Wohnung ging. Dunkle Hose – eine von der Art, wie ein Dienstmann sie trägt oder ein Chauffeur, und eine hüftlange Wildlederjacke. Haben Sie eine Ahnung, wer das gewesen sein könnte?«
»Nicht die geringste«, log Morgan. »War das, bevor Doyle – starb?«
»Nein, hinterher, aber am gleichen Tag. Er blieb nur ein paar Minuten in der Wohnung. Als er herauskam, konnte unsere Zeugin sein Gesicht ganz deutlich erkennen. Ich weiß nicht, was ich davon halten soll.«
»Vielleicht war es ein Freund von Doyle«, meinte Morgan.
»Ein Freund mit einem Schlüssel zu Doyles Wohnung?«

»Entschuldigung. Ich verstehe nicht...«
»Ich werde es Ihnen erklären. Die Frau sah, wie dieser Unbekannte Doyles Wohnung betrat. Er benutzte einen Schlüssel, um die Tür zu öffnen. Den Aussagen dieser Frau zufolge war Doyle, den sie gekannt hat, ein Junggeselle, der sich oft und gern klassische Musik anhörte. Vor allem Wagner. Allein. In seinem Wohnzimmer hatte er eine ziemlich teure Hi-Fi-Anlage. Aber das wissen Sie vielleicht, Sir. Haben Sie ihn jemals in seiner Wohnung aufgesucht?«
»Nie!« Morgans Antwort kam sehr schnell. »Weshalb sollte ich das?«
»Es hätte ja sein können, daß Sie ihn gelegentlich nach Büroschluß aufsuchten, um irgendwelche kniffligen Buchhaltungsprobleme mit ihm zu erörtern.«
»Derartige Probleme erörtere ich mit unserem Finanzdirektor. Er hält sich zur Zeit im Ausland auf...«
»Das sagten Sie mir bereits bei unserem letzten Gespräch.« Buchanan, der bisher mit übergeschlagenen Beinen dagesessen hatte, löste die Beine voneinander, zog die Hand aus der Hosentasche und beugte sich vor. »Wissen Sie, ob vielleicht jemand hier im Hause einen Schlüssel zu Doyles Wohnungstür hat?«
»Niemand hier, da bin ich ganz sicher«, log Morgan abermals, dann preßte er die Lippen zusammen.
»Sie begreifen, worauf das alles hinausläuft, Sir?«
»Nein. Tut mir leid.«
»Ein Unbekannter betritt Doyles Wohnung mit einem Schlüssel. Im Wohnzimmer steht, wie ich bereits erwähnte, eine Hi-Fi-Anlage im Wert von mehreren tausend Pfund. Genau das, was sich jeder Einbrecher unter den Nagel reißen würde. Also ist dieser mysteriöse Besucher nicht dort aufgekreuzt, um irgend etwas mitzunehmen. Vielleicht war er dort, um etwas zurückzulassen. Wettscheine ohne Fingerabdrücke. Er hat übrigens Handschuhe angehabt. Ich sagte es bereits – die Zeugin ist ungewöhnlich verläßlich.«
Morgan hob die schweren Schultern und enthielt sich jeden Kommentars, als ginge das alles über seinen Horizont. Buchanan erhob sich, und fast im gleichen Augenblick stand Warden aufrecht neben ihm.
»Ich glaube, das war alles, Sir. Fürs erste jedenfalls.« Buchanan bedachte Morgan mit einem frostigen Lächeln. »Ich dachte, Sie wären gern über den augenblicklichen Stand unserer Ermittlungen informiert.« Er wendete sich zum Gehen, dann drehte er sich auf dem Absatz um. »Sie haben doch wohl nicht vor, das Land zu verlassen, Sir?«

»Was zum Teufel soll das bedeuten?« Morgan funkelte den Chefinspektor wütend an. »Ich bin Generaldirektor einer internationalen Firma. Ich fliege noch heute auf den Kontinent hinüber.«
»Kann ich Sie dort irgendwo erreichen?«
»Unser Büro in Basel sollte wissen, wo ich mich aufhalte. Auf jeden Fall ist Mrs. Buckmaster hier, wenn Sie jemanden brauchen sollten.«
»Natürlich. Sie kann eventuelle Fragen ja auch beantworten. Entschuldigung, das hatte ich außer Acht gelassen. Aber das darf sie nicht erfahren – Frauen mögen es nicht, wenn man sie außer Acht läßt, nicht wahr? Wir gehen jetzt. Gute Reise...«
Buchanan schwieg, während sie das Gebäude verließen; sein Gesicht war nachdenklich gerunzelt. Er wartete, bis sie im Wagen saßen, Warden am Lenkrad, Buchanan neben ihm.
»Was meinen Sie, Sergeant?«
»Er war sehr angespannt, Sir. Sehr nervös. Seine Hände haben ihn verraten. Er preßte sie fester zusammen, als Sie die Wettscheine erwähnten, und noch fester, als Sie ihn wissen ließen, daß Sie eine Zeugin haben.«
»Ja, das habe ich bemerkt. Aber das braucht nicht unbedingt etwas zu bedeuten. Viele Leute werden nervös, wenn sie sich mit einem Polizeibeamten unterhalten. Und ich hatte ihm gerade gesagt, daß es sich um einen Mordfall handelt.«
»Und später standen ihm Schweißtropfen auf der Stirn.«
»Auch das könnte auf natürliche Anspannung zurückzuführen sein. In diesem Stadium unserer Untersuchung befindet er sich, was mich betrifft, nach wie vor in einer neutralen Zone. Fahren Sie zurück zum Yard.«

Morgan schäumte vor Wut. Hanson hatte zugelassen, daß er gesehen wurde, als er in Doyles Wohnung ging, um die Wettscheine dort zu deponieren. Er hatte sogar seine dunkle Chauffeurhose getragen; wenigstens hatte er genug Verstand gehabt, eine andere Jacke anzuziehen.
Morgan beschloß, Hanson bei der ersten sich bietenden Gelegenheit auseinanderzunehmen. Und ihn darauf hinzuweisen, daß er sich niemals mehr auch nur in der Nähe dieses Stadtteils sehen lassen sollte. Außerdem machte sich Morgan Sorgen wegen Buchanan. Ein gerissener Hund mit einer ganzen Kiste voller Tricks. Zum erstenmal hatte Morgan das Gefühl, jemandem begegnet zu sein, der es an Verschlagenheit mit ihm aufnehmen konnte. Aber jetzt hatte er keine Zeit, darüber nachzudenken.
Er durchblätterte seine Wählkartei, zog die Karte von Freiburg heraus, schob sie in den Schlitz des Telefons. Dann drückte er auf den Knopf, der

das rote Licht vor seiner Tür einschaltete. Er wollte nicht riskieren, daß während dieses Gesprächs jemand hereinkam. Die Verbindung war hergestellt.

»World Security Freiburg? Verbinden Sie mich mit Evans. Hier ist Morgan. Ein bißchen dalli, wenn ich bitten darf... – Sind Sie das, Evans? Hören Sie genau zu. Ich habe nicht vor, mich zu wiederholen. Ich fliege noch heute nach Basel. Das wird während der nächsten paar Tage mein Standquartier sein. Irgendwelche Neuigkeiten über unser Zielobjekt?«

»Nein.«

»Er wird in die Schweiz wollen. Und Sie tun folgendes. Schicken Sie Männer los, die sämtliche Grenzübergänge zur Schweiz beobachten sollen. Den ganzen Rhein entlang von Basel bis Konstanz.«

»So viele Leute habe ich nicht«, protestierte Evans.

»Muß ich Ihnen erst beibringen, wie Sie sich Ihr Lätzchen umzubinden haben? Ihre besten Leute postieren Sie an den größeren Grenzübergängen. Für die kleineren engagieren Sie Hilfskräfte. Die Leute sollen Filmkameras mieten. Sie sollen sich so postieren, daß sie die Übergänge von der Schweizer Seite aus beobachten und mit den Kameras jeden aufnehmen können, der die Grenze überschreitet.«

»Und wenn das Zielobjekt wirklich auftauchen sollte?«

»Dann müssen sie sich etwas einfallen lassen. Wenn ihnen ein Wagen oder ein Laster zur Verfügung steht, sollen sie ihn benutzen. Vorausgesetzt, sie können es so einrichten, daß es wie ein Unfall aussieht. Muß ich noch deutlicher werden?«

»Ich habe verstanden.«

»Und wenn Sie die Wacht am Rhein organisiert haben, fliegen Sie nach Basel. Ich erwarte, Sie dort vorzufinden, wenn ich ankomme.«

»Geht in Ordnung.«

Plötzlich kam Morgan ein Gedanke. »Dieses Gespräch ist doch hoffentlich nicht aufgezeichnet worden?«

»Doch – das ist es. Sie haben angeordnet, daß *jedes* Gespräch aufgezeichnet wird.«

»Der Himmel bewahre mich vor Fachidioten. Evans, Ihre erste Amtshandlung nach diesem Gespräch besteht darin, das Band zu löschen. Haben Sie gehört? *Löschen Sie das Band!*«

»Mache ich. Eigenhändig.«

»Und nun setzen Sie Ihre Wachhunde in Marsch. Das Zielobjekt muß innerhalb der nächsten vierundzwanzig Stunden gefunden werden.«

Vierundzwanzigstes Kapitel

Im Schwarzwald war das Wetter umgeschlagen. Der Morgenhimmel war strahlend blau. Als Tweed vor die Tür der Jagdhütte trat, mußte er in der blendenden Helle die Augen zusammenkneifen. Die Sonne wurde vom Schnee reflektiert, an den Ästen der gewaltigen Tannen funkelten Eiskristalle. Die Temperatur lag noch immer unter dem Gefrierpunkt, aber die Luft war frisch und belebend. Hinter ihm erschienen Paula und Newman mit ihren Koffern. Tweed hatte seinen Entschluß gleich nach dem Aufwachen gefaßt.

»Wir fahren los, sobald es hell geworden ist – in Richtung Schweizer Grenze.« Er hatte auf dem Tisch eine Karte ausgebreitet. »Wir sind nicht weit von Badenweiler entfernt. Das ist ein kleiner Kurort, und um diese Jahreszeit werden nicht viele Leute dort sein. Von dort führt eine gute Straße südwärts nach Kandern und zur A 98, die am Rhein entlang verläuft. Unser Ziel ist Laufenburg, ein Städtchen, das ich kenne. Ich sagte bereits, daß dort der Fluß die Grenze bildet. Um in die Schweiz zu kommen, brauchen wir nur über eine Brücke zu gehen.«

»Wo befinden sich die Kontrollstationen?« hatte Paula gefragt.

»An beiden Enden der Brücke.«

»Ist das nicht riskant?«

»Natürlich ist es riskant.« Tweeds Stimme hatte sich angehört, als genösse er es, wieder in Aktion treten zu können. Zum erstenmal seit seiner Flucht aus England schien er wieder er selbst zu sein – einfallsreich, gelassen, entschlossen. »Riskant ist es an jedem Grenzübergang. Aber es wäre noch weitaus riskanter, wenn wir hierblieben. Horowitz weiß, daß wir uns in dieser Gegend aufhalten. Das beweisen die Bluthunde, die Newman gestern abend erledigt hat.«

»Dieser Horowitz macht mir Angst.« Paula hatte geschaudert.

Bevor sie sich schlafen gelegt hatten, hatte ihnen Newman die Fotos gezeigt, die Marler vor der Freiburger Filiale von World Security aufgenommen hatte. Die Fotos, die Gareth Morgan und Armand Horowitz beim Betreten des Gebäudes zeigten. Tweed hatte den Ungarn sofort erkannt.

»Von diesem abgesehen, existiert von dem Mann nur noch ein einziges weiteres Foto. Pierre Loriot von Interpol hat es mir gezeigt. Er ist der gefährlichste Killer in ganz Westeuropa. Eine merkwürdige Bekanntschaft für jemanden, der sich für einen ehrbaren Geschäftsmann ausgibt...«

Das war am Abend zuvor gewesen. Jetzt, da sie sich zum Verlassen der Hütte bereitmachten, stellte Paula eine weitere Frage.

»Wie kommen wir von hier fort? Zu Fuß?«
»Nicht unbedingt«, hatte Tweed erwidert, als sie beim Frühstück saßen, das Paula zubereitet hatte: Brot und Dosenfleisch. »Es ist durchaus möglich, daß der Audi, mit dem wir heraufgekommen sind, noch da steht, wo wir ihn zurückgelassen haben. Ich hoffe es jedenfalls. Wir haben ihn gut versteckt – und als unsere Verfolger eintrafen, dürften sie vollauf mit dem Mercedes und dem Mann beschäftigt gewesen sein, den Bob erschossen hat.«
»Darauf wollen wir uns lieber nicht verlassen. Ich gehe voraus und erkunde die Lage«, hatte Newman erklärt.
Bevor sie aufbrachen, half er Paula, die Hütte wieder in Ordnung zu bringen. Er hatte den Inhalt des Toiletteneimers in eine Schlucht gekippt und den Eimer dann mit einer Sprühdose desinfiziert, die Paula in einem Schrank gefunden hatte. Damit sie mit leichterem Gepäck reisen konnten, landeten auch die restlichen Nahrungsmittel in der Schlucht.
»Kein Hubschrauber zu sehen oder zu hören«, bemerkte Newman, als er hinter Tweed die eisglatten Verandastufen hinabstieg. »Und wir sollten alle genau aufpassen, wo wir hintreten – einen verstauchten Knöchel können wir jetzt nicht gebrauchen...«
Dann gingen sie los, Newman voraus, in der einen Hand seinen Koffer, in der anderen die geladene Walther. Sobald sie sich im Wald befanden und dem gefrorenen Bach folgten, wurde der Untergrund sehr tückisch. Paula, die sich einen warmen Schal um den Kopf gebunden hatte, zitterte, aber nicht vor Kälte. Die Atmosphäre des dunklen und schweigenden Waldes glich der in einem riesigen Grabmal. Newman, der ein schnelleres Tempo vorgelegt hatte, war bereits außer Sicht.
»Ob die arme Frau, die man in Ihrer Wohnung gefunden hat, schon identifiziert worden ist?« meinte Paula.
»Ich bezweifle es. Ich nehme an, irgend jemand – der Mörder – hat sie aus dem Ausland kommen lassen. Um seine Spuren zu verwischen.«
»Haben Sie eine Vermutung, wer der Mörder sein könnte?«
»Ich glaube, inzwischen weiß ich es. Entweder Lance Buckmaster oder Gareth Morgan.«
»Großer Gott! Wie kommen Sie auf die Idee? Würden Sie das nicht einem Handlanger überlassen, vielleicht sogar einem gedungenen Mörder?«
»Nein. Das Risiko wäre zu groß. Wer immer die Frau ermordet und dann vergewaltigt hat, wollte ganz sicher gehen, daß niemand mit dem Finger auf ihn zeigen kann. Sinn der Sache war, mich aus dem Weg zu räumen, und das ist ihnen gelungen.«
»Weshalb haben Sie auch Morgan in Verdacht?« fragte sie.

»Nicht so laut. In dieser Stille sind Stimmen weithin zu hören. Weshalb Morgan? Wegen des Ausweises, den Newman dem Mann im Mercedes abgenommen hat, der versuchte, ihn zu erschießen. Diesem Ausweis zufolge hieß der Mann Gustav Braun und war Angestellter von World Security. Braun war nur ein kleiner Fisch, der es nie riskiert hätte, die Waffe auf jemanden anzulegen, wenn er nicht von ganz oben damit beauftragt worden wäre. Von Gareth Morgan. Ich hoffe zu Gott, daß Arthur Beck uns freundschaftlich gesonnen ist – ich muß unbedingt so bald wie möglich an ein leistungsfähiges Funkgerät herankommen. Damit ich Kontakt mit der *Lampedusa* aufnehmen kann.«

Sie hatten das untere Ende des Pfades erreicht, und Tweed ließ seinen Blick den Holzweg entlangwandern, auf dem sie am Vorabend gekommen waren. Kein Mensch in Sicht, nicht einmal Newman. Paula stieß einen Seufzer der Erleichterung aus und lief über den Weg. Sie konnte die schneebedeckte Silhouette des Audi erkennen; er stand dort, wo sie ihn halb im Gebüsch versteckt zurückgelassen hatten.
»Halt! Keinen Schritt näher! Rührt den Wagen nicht an.«
Newmans Stimme. Paula drehte sich um, und er kam hinter dem Stamm einer großen Tanne zum Vorschein. Sie hörte ein leises *Plop*. Sie schaute sich um, um festzustellen, von wo das Geräusch gekommen war. Währenddessen kam Newman auf sie zu und winkte sie zurück auf die andere Seite des Weges, an der Tweed stand.
Als sie zu ihm zurückgekehrt war, sah sie, wie eine Ladung Schnee vom Ast einer Tanne herunterrutschte und das gleiche Plop-Geräusch machte, als sie auf dem Boden landete. Newman deutete auf den heruntergefallenen Schnee.
»Die Temperatur ist gestiegen. Der Schnee taut. Ihr beide geht wieder ein Stück den Pfad hinauf, während ich den Audi überprüfe.«
»Warum das?« fragte Paula.
»Sehen Sie sich um. Unter der dünnen Schneedecke sind Spuren zu erkennen, wo sie den Mercedes gewendet haben und davongefahren sind – vermutlich mit Brauns Leiche im Kofferraum. Ich habe zuerst einmal abgewartet, um sicher zu sein, daß sie nicht ein paar Männer als Hinterhalt hiergelassen haben. Nichts zu sehen oder zu hören. Aber es ist durchaus möglich, daß sie den Audi gesehen und uns ein Geburtstagsgeschenk hinterlassen haben. Ein letztes Geburtstagsgeschenk.«
»Er meint eine Bombe«, sagte Tweed leise, ergriff Paulas Arm und führte sie zurück auf den Pfad.

Newman wanderte um den weißen Hügel herum, in dem der Audi steckte. Er ging langsam, setzte behutsam einen Fuß vor den anderen. Er glaubte zwar nicht, daß sie Landminen ausgelegt hatten, aber World Security war zu jeder Teufelei imstande – zumal, wenn Horowitz zu ihren Verfolgern gehörte.
Er betrachtete die Haube und schob mit der behandschuhten Hand einen Teil des Schnees herunter. Die Vorderkante der Haube war mit einer Eisschicht versiegelt. Unwahrscheinlich, daß sie sich am Motor zu schaffen gemacht hatten.
Er setzte seine Umkreisung fort. Auf der Fahrerseite war Schnee gegen die Unterkante des Chassis geweht worden. Außer an einer Stelle. Da war eine Lücke, ungefähr einen halben Meter breit – so breit wie der Körper eines Mannes. Er bückte sich, schob mit der behandschuhten Hand weiteren Schnee beiseite.
Er legte sich hin, schob sich mit den Füßen voran langsam unter den Wagen. Er hielt einen Moment inne, um eine Stablampe aus der Tasche seines Trenchcoats zu ziehen, dann verschwand er unter dem Audi. Flach auf dem Rücken im Schnee liegend, zog er den rechten Handschuh aus, schaltete die Taschenlampe ein und ließ den Strahl langsam herumwandern. Also doch!

Die Sprengvorrichtung war ein schmaler schwarzer Metallkasten, der mit vier aus ihm herausragenden Beinen an dem Audi befestigt war. Newman erinnerte sich an die Zeit in Wales, als er eine Ausbildung beim S. A. S. absolviert hatte, weil er eine Reihe von Artikeln über diese Elitetruppe schreiben wollte. An den Mann mit der Sturmhaube, dessen Gesicht er nie gesehen hatte. Den Mann, den er nur als »Sarge« kannte. Jetzt hörte er seine Stimme, erinnerte sich an das, was er im Kurs über das Entfernen von Bomben gesagt hatte.
So, du bist also schlau gewesen und hast die Bombe gefunden. Vorsicht, Mann. Das Finden des Mistdings ist nur der erste Schritt. Untersuch es auf Sprengfallen, du dämlicher Kerl...
Newman rutschte auf dem Rücken herum, ließ den Strahl an den Kanten der Vorrichtung herumwandern, suchte nach verräterischen Drähten. Es waren keine da, aber an einer Kante ragte ein ungefähr zentimeterlanger Hebel heraus, den er ohne die Taschenlampe nicht gesehen hätte. Er klemmte die Lampe zwischen die Zähne, streckte die bloße Hand aus, ergriff den Kasten und zog vorsichtig daran. Er rührte sich nicht von der Stelle.
Er war ziemlich sicher, daß die kleinen Beine an den vier Ecken, mit denen

der Kasten an dem Wagen befestigt war, magnetisch waren. Daß der herausragende Hebel auf das Magnetsystem einwirkte. Den Hebel herunterdrücken und den Kasten ablösen. Plötzlich wurde ihm bewußt, daß er trotz der Kälte schwitzte. Wenn er sich irrte, wenn der Hebel eine Falle war, dann bedeutete das das Ende von Bob Newman.
Aber sie brauchten den Wagen. Er tat einen tiefen Atemzug. Seine rechte Hand griff wieder hoch, der ausgestreckte Zeigefinger näherte sich dem Hebel. Du verdammter Idiot! Er zog die Hand zurück, streifte den Handschuh von der linken Hand und hielt sie unter den Kasten, um ihn auffangen zu können, wenn – *falls* – er sich vom Chassis löste. Noch ein tiefer Atemzug. Also los. Es gab nur zwei Möglichkeiten.
Sein rechter Zeigefinger berührte das eiskalte Metall des Hebels. Er hielt inne, betrachtete ihn noch einmal ganz genau im Licht der Taschenlampe. Danach war er sich über seine Funktion nicht sicherer als vorher. Sein Zeigefinger drückte auf den Hebel. Das Metall glitt in den Schlitz, der Kasten fiel in seine ausgestreckte linke Hand.
Er ließ den Atem entweichen. Das Hinausrutschen ins Freie – mit dem Kasten in der Hand – war eine Nervenprobe. Er stand langsam auf, kehrte zur Mitte des Holzweges zurück. Er rief zu Paula und Tweed hinauf, die auf dem Pfad außer Sichtweite waren.
»Macht euch auf einen großen Knall gefaßt. Mir wird nichts passieren. Ich werfe eine Bombe weg.«
Er drehte sich auf dem Holzweg in die der Hauptstraße entgegengesetzte Richtung, schleuderte den Kasten mit einem Überarmschwung und mit aller Kraft von sich und ließ sich in den Schnee fallen. Er flog in hohem Bogen davon und landete am Fuße einer Tanne. Das Getöse der Explosion war so laut, daß ihm fast die Trommelfelle geplatzt wären. Von den umstehenden Bäumem stürzten Kaskaden von Schnee herab.
Newman beobachtete finster, wie der Baum, neben dem die Bombe gelandet war, ins Schwanken geriet. Dann folgte ein zerrendes, krachendes Geräusch. Die große Tanne neigte sich, kippte um und fiel, ihre Wurzeln zerreißend, auf den Holzweg. Dann breitete sich eine unheimliche Stille aus. Der Baum lag auf dem Pfad, verhinderte das Durchkommen. Newman war heilfroh, daß er so viel Verstand gehabt hatte, die Bombe in die der Hauptstraße entgegengesetzte Richtung zu schleudern.
»Großer Gott!«
Paula war rutschend und schlitternd den Pfad hinuntergerannt. Sie sah, daß Newman aufstand und ihm nichts passiert war; dann fiel ihr Blick auf die umgestürzte Tanne. Newman klopfte die Vorderseite seines Mantels ab, um

sie vom Schnee zu befreien, und sie wischte ihm gleichzeitig den Schnee vom Rücken.
»Also haben sie uns tatsächlich ein Abschiedsgeschenk hinterlassen«, bemerkte Tweed.
»Wenigstens ist der Wagen jetzt sicher«, sagte Paula. »Ich bin froh, daß wir jetzt einsteigen können. Ich bin halb erfroren.«
»Sie werden noch eine Weile weiterfrieren müssen«, erklärte Newman. »Ich muß ihn mir noch genauer ansehen.«
Es dauerte eine halbe Stunde, bis er mit seinen behandschuhten Händen das Eis von der Kühlerhaube gelöst hatte. Dann hob er sie vorsichtig an und überprüfte den Motor. Dann mußte er das Türschoß vom Eis befreien, bevor er den Schlüssel einführen konnte. Immer noch mißtrauisch, veranlaßte er sie, sich in sicherer Entfernung von dem Wagen aufzuhalten, während er versuchte, ihn anzulassen. Beim zwanzigsten Versuch sprang der Motor an. Paula stieß einen leisen Freudenschrei aus.
Sie legten ihr Gepäck in den Kofferraum. Dann saßen sie weitere zehn Minuten im Wagen; Newman stellte die Heizung an, und sie warteten darauf, daß es warm wurde. Schließlich wendete er sich an Tweed, der neben ihm saß.
»Jetzt können wir fahren.«
»Dann los. Richtung Badenweiler und dann südwärts zur Grenze.«
Der Audi schlitterte, als Newman ihn auf den Holzweg zurücklenkte, und rutschte über massives Eis aus einer Fahrspur in die andere. Er fuhr ganz langsam, paßte sich gekonnt dem Schleudern an, brachte das Fahrzeug auf die Mitte des Weges zurück. Paula mußte etwas sagen, um sich abzulenken: sie hatte eine Heidenangst, daß der Wagen steckenbleiben würde, daß sie in dieser fürchterlichen weißen Wildnis stranden könnten.
»Diese Bombe, die Sie gefunden haben, Bob. Wie sollte sie funktionieren?«
»Ich vermute, daß sie einen Erschütterungsmechanismus hatte. Jeder, der den Wagen anließ und damit Vibrationen auslöste, hätte sie zum Detonieren gebracht.«
»Gott sei Dank, daß Sie sie gefunden haben. Offenbar haben wir es mit Leuten zu tun, die vor nichts zurückschrecken...«
Sie verstummte, als Newman das Ende des Holzwegs erreichte, auf die Hauptstraße einbog und in die Freiburg entgegengesetzte Richtung fuhr. Die Straße stieg steil an, folgte einer Reihe von Kurven, und wieder ragte beiderseits von ihr eine dichte Mauer aus Tannen auf. Der Schnee war unberührt; seit es das letztemal geschneit hatte, war kein anderes Fahrzeug hier entlanggekommen.

Jedesmal, wenn er eine ebene Wegstrecke erreichte, bremste Newman und öffnete sein Fenster. Sofort drang eiskalte Luft ins warme Wageninnere. Er streckte den Kopf hinaus und lauschte. Nur das gelegentliche *Plop* von tauendem Schnee, der von den Ästen rutschte, unterbrach die drückende Stille.

»Worauf lauschen Sie?«

»Auf etwas, was ich glücklicherweise nicht hören kann. Das Motorengeräusch eines Hubschraubers. Heute morgen scheinen keine unterwegs zu sein. Merkwürdig.«

»Sofern Kuhlmann sie nicht heruntergeholt hat«, meinte Tweed. »Gestern abend hörte ich ganz schwach das Geräusch von Maschinengewehrfeuer zusammen mit dem von zwei Hubschraubern.«

»Das wäre denkbar«, pflichtete Newman ihm bei. »Kuhlmann ist zäh und tut, was er für richtig hält. Aber um sich den Rücken freizuhalten, wird er trotzdem die Grenzposten anweisen, nach uns Ausschau zu halten. Wenn wir an der Grenze angekommen sind, werde ich erst einmal die Lage peilen.«

»Sie werden nicht bei uns sein«, teilte Tweed ihm mit.

»Was haben Sie vor?«

»Sie fahren uns bis in den deutschen Teil von Laufenburg, setzen uns dort ab und fahren dann nach Basel. Ich möchte, daß Sie das dortige Büro von World Security unter die Lupe nehmen. Es ist eine große Niederlassung. Es wird Zeit, daß wir zurückschlagen, feststellen, was für ein Laden das in Wirklichkeit ist.«

»Und wie stellen Sie sich das vor? Daß ich einfach hineingehe und frage? Wohl kaum.«

Tweed schrieb etwas auf den Zettelblock, den er immer bei sich hatte. Er rieß das oberste Blatt ab und reichte es Newman. »Setzen Sie sich mit diesem Mann in Verbindung. Berufen Sie sich auf mich. Er bringt Sie hinein.«

Newman las, was Tweed geschrieben hatte. Alois Turpil. Eine Adresse in Bern. Eine Telefonnummer. Er warf einen Blick auf Tweed.

»Dieses Büro von World Security in Basel ist wahrscheinlich eine Festung. Wie kann mir dieser Turpil helfen? Wer ist er überhaupt?«

»Einer meiner Kontaktmänner aus der Unterwelt. Und der tüchtigste Safeknacker in Europa. Außerdem Experte für Sicherheitsanlagen. Er wird Sie hineinbringen und wieder hinausexpedieren, und niemand wird etwas merken.«

»Das hoffen Sie...«

»Wenn Sie auf irgendwelches interessante Material stoßen, rufen Sie Arthur Beck von der Schweizer Bundespolizei in Bern an. Das ist die zweite Nummer, die ich auf den Zettel geschrieben habe, die ohne Namen. Wie ich schon sagte – ich hoffe, er ist so hilfsbereit wie Kuhlmann. Wenn Sie auf eine Straßensperre stoßen, kommen Sie nach Zürich. Sie finden uns im Hotel Schweizerhof gegenüber dem Hauptbahnhof.«
»Sofern Sie in die Schweiz hineinkommen.«
»Da haben Sie natürlich recht«, stimmte Tweed zu. »Wenn wir Badenweiler hinter uns gelassen haben, fahren wir hinunter nach Kandern – dort hört der Wald auf, und wir befinden uns in völlig freier Landschaft.«
»Und das hört sich an wie das reinste Spießrutenlaufen. Vor allem, wenn das Wetter so klar bleibt, was es vermutlich tun wird.«

Horowitz stand neben Evans und schaute aus einem Fenster im ersten Stock des Basler Büros von World Security. Unter ihnen floß der Rhein rasch westwärts, schon hier, Hunderte von Kilometern, bevor er in die Nordsee mündete, so breit wie die Themse. Ein gewaltiger, mit einer schneebedeckten Plane abgedeckter Lastkahn glitt vorbei. Horowitz betrachtete die schmale Steinpromenade, die der Flußbiegung folgte.
»Haben alle Wachen an der Grenze Posten bezogen?« fragte er und rückte die Stahlbrille auf der Nase zurecht.
»Müßten sie eigentlich«, erwiderte Evans. »War eine ganz schöne Hektik, sie alle an Ort und Stelle zu bringen. Ich habe das telefonisch von Freiburg aus veranlaßt, bevor ich hierherflog.«
»Und was ist mit den kleineren Grenzübergängen – wie Konstanz, wo man die Grenze zu Fuß überschreiten kann? Oder Laufenburg, wo man nur eine Brücke zu überqueren braucht, um in die Schweiz zu gelangen?«
Evans schaute überrascht drein, warf einen Blick auf den schlanken, reglos dastehenden Mann. »Sie scheinen sich in dieser Gegend sehr gut auszukennen. Sind Sie vielleicht Schweizer?«
»Das ist eine Sache, die niemanden etwas angeht«, erklärte Horowitz auf seine übliche bedächtige Art. »Wo ich herstamme.«
Er drehte sich zu Evans um, dem unter dem Blick dieser unerbittlichen Augen, die ihn durch die Brillengläser hindurch anstarrten, wieder sehr unbehaglich zumute war. Von diesem seltsamen Menschen ging eine Aura tödlicher Entschlossenheit und eiskalter Selbstbeherrschung aus.
»Und Sie haben meine Frage noch nicht beantwortet«, erinnerte ihn Horowitz.
»Ich habe in Zürich Verstärkung angefordert. Das dortige Büro war auch

knapp an Leuten. Deshalb wurden zur Bewachung der kleineren Grenzübergänge zusätzliche Männer engagiert. Obwohl ich nicht glaube, daß Tweed diese Grenzübergänge kennt.«
»Wenn ich Tweed wäre, wäre es genau so ein Ort, den ich mir aussuchen würde, um über die Grenze zu kommen.«
»Wozu brauchen wir diese Frau?« fragte Evans, um das Thema zu wechseln. Er deutete auf Eva Hendrix, die mit einer Tasse Kaffee außer Hörweite am anderen Ende des großen Büros saß.
Horowitz blickte zu ihr hinüber. Eva Hendrix las eine deutsche Modezeitschrift. Sie hob beide Hände und fuhr sich damit durch das tizianrote Haar. Danach saßen die Locken genau so, wie sie vorher gesessen hatten; es war eine unbewußte, aber häufig praktizierte Geste.
»Sie könnte sich in irgendeinem Stadium des Unternehmens als nützlich erweisen«, erklärte Horowitz und beließ es dabei.
Er sah keine Veranlassung, Evans darüber zu informieren, daß er hoffte, sie in Tweeds Gesellschaft zu infiltrieren. Er hatte ihr bereits die Geschichte eingedrillt, die sie ihm erzählen sollte – eine Geschichte, von der Horowitz überzeugt war, daß sie Tweed von ihrer Unschuld überzeugen würde. Das Telefon läutete, und Evans nahm den Hörer ab. Er sprach ein paar Worte auf deutsch, legte auf und erstattete Horowitz mit selbstzufriedener Miene Bericht.
»Das war einer der beiden Männer, die in Laufenburg eingetroffen sind. Er hat angerufen, um mir mitzuteilen, daß sie einen Standort bezogen haben, von dem aus sie die von Ihnen erwähnte Brücke überblicken können.«
»Dann müssen wir abwarten.« Horowitz verließ das Fenster und ging hinüber zu Eva Hendrix. »In Fällen wie dem, mit dem wir es zu tun haben, ist Warten der Schlüssel zum Erfolg. Sich viel zu bewegen, wäre ein schwerer Fehler. Ich bewege mich erst, wenn ich meinen Mann aufgespürt habe und *er* sich nicht mehr bewegt.«

Die Luft in dem hochgelegenen kleinen Kurort Badenweiler war klar und frisch. Um diese Jahreszeit machte das Städtchen einen verlassenen Eindruck. Newman fuhr langsam durch die gewundenen Straßen. Mit Schnee beladene Bäume und Sträucher verstärkten den Eindruck eines Ortes, aus dem die Bewohner geflüchtet waren wie vor einer gefährlichen Epidemie.
Sie fuhren vorbei an großen, von Bäumen halb verdeckten Hotels, alle leerstehend und mit geschlossenen Läden. Als sie eines dieser Hotels passierten, schaute Tweed aus dem Fenster. Das Römerbad. Hier hatte er einmal im Sommer gegessen, in einem Restaurant an der Rückseite des

Hauses mit einem weiten Ausblick über die Berge bis zu den Vogesen jenseits des Rheins.

»Die ganze Stadt kommt mir vor wie ein einziger Garten«, flüsterte Paula.

»Und im Oberkirch in Freiburg hat mir jemand erzählt, daß während der Saison bestimmte Straßen von 13 bis 15 Uhr von der Polizei gesperrt werden«, bemerkte Tweed.

»Warum das?«

»Damit die reichen Leute, die im Sommer hierherkommen, ungestört ihren Nachmittagsschlaf halten können.«

»Das soll wohl ein Witz sein?«

»Nein, es ist nun einmal so eine Stadt. Eine Oase der Reichen...«

Als sie sich einem Wegweiser näherten, traf Tweed seine Entscheidung aus der Eingebung des Augenblicks heraus. Er beugte sich vor, um das Schild zu lesen, dann sprach er rasch.

»Biegen Sie nicht nach Kandern ab, Bob. Fahren Sie geradeaus weiter.«

»Wie Sie wünschen. Darf ich fragen, warum?«

»Es ist eine abgelegenere Route, und wir bleiben wesentlich länger im Wald, bevor wir ins Freie hinausmüssen. Wenn Morgan und Horowitz Leute damit beauftragt haben, nach uns Ausschau zu halten, dann werden sie vermutlich davon ausgehen, daß wir auf dem direkten Weg über Kandern zur Grenze fahren.«

Sie waren schnell wieder aus der kleinen Stadt heraus. Sie passierten noch ein paar prachtvolle, gleichfalls zur Zeit unbewohnte Villen, und plötzlich war alle Zivilisation verschwunden. Newman fuhr eine steile, vielfach gewundene und einsame Straße hinauf; auch hier war die Schneedecke völlig unberührt von anderen Fahrzeugen. Die dichte Mauer aus Tannen, die beiderseits von ihnen aufragte, verwandelte die Straße in einen dunklen Korridor, in einen weißen Tunnel. Die Straße schien endlos anzusteigen, und Newman mußte ständig das Lenkrad drehen, um den Wagen um eine nervenaufreibende Folge von Haarnadelkurven herumzusteuern; er konnte nur beten, daß ihnen kein Schneepflug entgegenkam. Jetzt standen nur noch links von ihnen Bäume; rechts fiel das Gelände steil ab. Ein Schleudern, und sie würden in die Ewigkeit hinabstürzen.

»Sie sind jetzt schon lange gefahren«, bemerkte Tweed. »Möchten Sie, daß ich Sie ablöse?«

»Ich glaube, ich habe jetzt ein Gefühl für das Eis, das unter der Schneedecke steckt.«

»Können wir nicht aufhören, darüber zu reden, und einfach weiterfahren?« fragte Paula mit zusammengebissenen Zähnen.

Es war das erstemal, daß sie sich Nervosität anmerken ließ. Newman betrachtete sie kurz im Rückspiegel und lächelte. Sie schaffte es, das Lächeln andeutungsweise zu erwidern, und rutschte auf die linke Wagenseite hinüber. Fort von dem gräßlichen Abgrund. Sie konnte den Anblick nicht mehr ertragen.

»Es ist nicht mehr weit bis zum Gipfel«, tröstete Tweed sie eine kurze Weile später. »Ich bin diese Strecke einmal im Sommer gefahren.«

»Aber jetzt ist Winter«, erwiderte Paula. »Entschuldigung – ich werde meinen großen Mund halten.«

Der Abgrund war verschwunden. Sie fuhren noch immer bergauf, auf einer gewundenen, wieder beiderseits von Bäumen gesäumten Straße. Paula wischte sich die feuchten Hände mit einem Taschentuch ab. Newman hatte das Tempo beschleunigt, und dann erreichten sie den Gipfel, und die ganze Welt veränderte sich.

Newman nahm das Gas weg und lenkte den Wagen von der Straße herunter auf eine große, leere Fläche. Er bremste und lehnte sich bei laufendem Motor in seinem Sitz zurück. Tweed öffnete die Tür und stieg aus; Paula und Newman folgten seinem Beispiel. Paula schnappte nach Luft.

»Das sieht aus, als stünden wir auf dem Gipfel der Welt.«

»Das tun wir auch«, erklärte Tweed. »Jedenfalls in diesem Teil des Schwarzwaldes. Sehen Sie das Schild dort?«

Auf der Tafel stand *Waldparkplatz Kreuzweg 1079 Meter*. In der Ferne erstreckte sich ein endloses Tal nach Süden, ein Tal ohne Bäume. Die vor ihnen abfallende Landschaft lag unter einer glatten Decke aus Schnee, das Gleißen des von ihr reflektierten Sonnenlichts war fast schmerzhaft. Paula holte tief Luft, dann keuchte sie. Ihr war, als hätte sie flüssiges Eis eingeatmet.

Tweed hatte ein kleines Fernglas aus der Tasche des Schaffellmantels gezogen, den er in Freiburg gekauft hatte. Er stand auf der Plattform und suchte das gesamte Panorama ab. Newman schirmte die Augen gegen das Gleißen ab und sah sich gleichfalls um.

»Wonach sucht ihr?« fragte Paula und schlug die behandschuhten Hände zusammen.

»Nach Bewegung«, erwiderte Tweed. »Auf dem Boden, in der Luft. Aber ich kann nichts entdecken.«

»Ich auch nicht«, erklärte Newman. »Wir sollten zum Wagen zurückkehren und zusehen, daß wir nach Laufenburg kommen.«

»Dort drüben ist ein Skilift...«

Paula deutete nach links. Am unteren Ende des Abhangs stand eine kleine,

geschlossene Kabine. Die Kabel waren so mit Eis verkrustet, daß sie aussahen, als wären sie aus Silber. Sie stiegen wieder ein, und Paula entspannte sich – sie hatten den bedrängenden Wald, die fürchterliche Fahrt am Rand des Abgrunds hinter sich. Doch Minuten später, als Newman mit mäßiger Geschwindigkeit bergab fuhr, gerieten ihre Nerven wieder ins Flattern.
Die zwischen offenen Feldern steil abfallende Straße war eine wahnwitzige und gefährliche Route. Newman steuerte den Audi in endlosen Spiralen um enge Haarnadelkurven. Paula saß verkrampft da, als sie um eine weitere Kurve herumschleuderten, die im Winkel von hundertachtzig Grad auf die nächste Ebene hinabführte.
»Fahren wir nicht ein bißchen zu schnell?« fragte sie.
»Wir sind im Freien«, erklärte Newman knapp. »Je schneller wir diese einsame Straße hinter uns haben und die Autobahn erreichen, desto besser.«
Falls wir sie jemals erreichen, murmelte sie lautlos. Sie passierten einsame Bauernhöfe und Scheunen mit steilen Giebeldächern. Sie fuhren durch eine Reihe von kleinen Dörfern. Kalbelesch. Schinau. Neuenweg. Burchau. Dann waren sie unten in der Ebene und erreichten Tegernau und eine Wegkreuzung.
»Wir fahren geradeaus weiter bis zur Autobahn«, erklärte Tweed, der eine aufgeschlagene Karte auf den Knien hielt.
Eine Stunde später erreichten sie Laufenburg, ein mittelalterliches Städtchen auf einem zum Rhein hin abfallenden Hügel. Newman brachte den Wagen zum Stehen und drehte sich zu Tweed um.
»Ich könnte Sie in die Schweiz hinüberführen, es einfach darauf ankommen lassen«, sagte er.
»Das Risiko ist zu groß. Wir haben diesen blauen Audi benutzt, seit wir Freiburg verlassen haben. Paula und ich werden zu Fuß weitergehen. Früher stand direkt am Ende der Rheinbrücke ein Gasthaus. Ich hoffe, daß es noch da ist. Von dort aus können wir sehen, was sich auf der Brücke tut. Und wenn ich Ihnen einen guten Rat geben darf – wenn es möglich ist, tauschen Sie diesen Wagen gegen einen anderen ein, bevor Sie bei Basel über die Grenze gehen.«
Der Abschied war kurz. Newman reckte aufmunternd den Daumen empor, dann fuhr er in Richtung Westen davon. Tweed stand im Schnee, seinen Koffer in der Hand, und lächelte Paula zu.
»Von hier aus ist es nicht weit. Nur den Hügel hinunter. Aber passen Sie auf, wo Sie hintreten.«

»Danke, gleichfalls.«
Sie folgte ihm, setzte die Füße vorsichtig auf. Sie begegneten keinem Menschen; es sah aus, als wäre die Stadt verlassen. Sie bogen um eine Ecke, und Tweed ging schneller; dann blieb er stehen und wartete, bis Paula ihn eingeholt hatte.
»Dort ist er. Der Grenzübergang. Auch das Gasthaus ist noch da.«
Sie schaute hinunter. Am unteren Ende der Anhöhe stand ein kleines, eingeschossiges Gebäude mit Parkplätzen. Vor dem Gebäude stand ein deutscher Beamter mit blauem Mantel und Schirmmütze. Die Grenzstation am Ende der Brücke. Auf der anderen Straßenseite erhob sich ein farbig getünchtes Haus. *Gasthof Laufen* stand in altertümlicher Fraktur an der Wand.

Fünfundzwanzigstes Kapitel

Basel. Die deutsche Grenzstation lag nördlich der Stadt und nördlich des Rheins. Uniformierte Beamte hielten Wagen an, verlangten Ausweise, warfen prüfende Blicke auf die Passagiere in jedem Fahrzeug.
Stieber hatte seinen Mercedes dicht neben der Grenzstation geparkt und musterte vorgebeugt dasitzend jedes ankommende Fahrzeug. Neben ihm saß ein Wachmann aus dem Basler Büro von World Security.
»Vergessen Sie nicht«, knurrte Stieber mit seiner kehligen Stimme, »daß wir nach einem blauen Audi suchen. Wahrscheinlich mit drei Personen. Wenn wir ihn sehen, folgen wir ihm in die Stadt. Und schnappen ihn uns bei der ersten Gelegenheit.«
»Das haben Sie mir alles schon dreimal gesagt«, bemerkte der Wachmann, ein gewaltiger, einsachtzig großer Mann. »Und ich hoffe nur, daß niemand das Arsenal findet, das Sie mitgebracht haben.«
»Die Posten kennen mich«, fauchte Stieber. »Sie wissen, daß ich zu World Security gehöre. Sie werden mich anstandslos durchwinken.«
Das Arsenal, von dem der Wachmann sprach, bestand aus zwei Totschlägern, die Stieber in der Tasche hatte, einer 9-mm-Luger in einem Schulterholster und einer im Handschuhfach versteckten Handgranate. Sie saßen da und warteten. Es war Spätvormittag und ein strahlend sonniger Tag. Der Schnee zerschmolz zu Matsch.

Am späten Vormittag näherte sich Newman dem Basler Grenzübergang. Jetzt, da er Laufenburg weit hinter sich gelassen hatte, begann er sich um

Tweed und Paula Sorgen zu machen. Konnten sie wirklich ungesehen die Grenze passieren? Wurde der Übergang bewacht?
Er fuhr durch die Vororte von Basel und konnte in der Ferne bereits die Grenzstation sehen. Er trug keine Waffe bei sich. Er hatte die Walther – ohne die Munition – unterwegs aus dem Fenster auf ein leeres Feld geworfen. Ohne die Munition, für den Fall, daß ein Kind sie fände. Ungefähr fünfzehn Kilometer weiter hatte er nacheinander sämtliche Magazine auf ein anderes Feld geworfen. Vor der Grenzstation wartete eine Fahrzeugschlange. Ungewöhnlich. Er fuhr langsamer, kam hinter einem Passat zum Stehen. Während er wartete, musterte er die Straße hinter der Grenzstation. Am Straßenrand stand ein in seiner Richtung geparkter Mercedes. Zwei Männer saßen darin, einer mit einem runden Kopf, der sich über das Lenkrad vorbeugte und großes Interesse an der Schlange erkennen ließ.
Amateure, dachte Newman. Zu dicht an der Grenze. Zu offensichtlich. Eindeutig nicht Kuhlmanns Leute. Womit nur die Ganoven von World Security übrigbleiben.
Abermals bereitete ihm der Gedanke an Tweed und Paula Sorgen, doch dann sagte er sich, daß das albern war. Tweed war einer der erfahrensten Agenten der Welt. Und die Tatsache, daß er die letzten Jahre an seinem Schreibtisch am Park Crescent verbracht hatte, hatte seiner Meisterschaft keinen Abbruch gestan. Außerdem hatte er seither mehrmals mit der Tradition gebrochen und sich aktiv in Operationen eingeschaltet.
Jetzt musterte der Mann mit dem runden Kopf Newmans Wagen. Er sagte etwas zu seinem Begleiter, zündete sich eine Zigarette an und machte es sich hinter dem Lenkrad bequem. Als sich die Schlange in Bewegung setzte, war Newman froh, daß er unterwegs eine Autovermietung entdeckt hatte. Er hatte erklärt, der Audi gefiele ihm nicht, hatte seinen internationalen Führerschein vorgelegt und den Audi gegen den cremefarbenen BMW eingetauscht, den er jetzt fuhr. Die Schlange bewegte sich schneller. Newman bemühte sich, nicht zu dem geparkten Mercedes hinüberzuschauen, und blickte auf, als ein Beamter an sein Fenster trat.
»Ihre Papiere bitte.«
Newman präsentierte seinen Führerschein und seinen Paß.
Der Grenzbeamte warf einen kurzen Blick auf den Führerschein, einen etwas längeren auf den Paß, gab Newman die Papiere zurück und winkte ihn weiter. Newman setzte seine Fahrt ins Stadtzentrum fort. Am Schweizer Kontrollpunkt brauchte er überhaupt nicht anzuhalten.
An der deutschen Grenzstation wartete der Beamte ein paar Minuten,

überprüfte bei ein paar weiteren Fahrzeugen die Papiere, dann wendete er sich an seinen Kollegen.
»Übernimm du jetzt, Hans. Ich muß einen Anruf erledigen.«
Im Gebäude der Grenzstation wählte er die Nummer des Freiburger Polizeipräsidiums und verlangte Hauptkommissar Kuhlmann. Er mußte ein paar Minuten warten, bevor sich eine knurrige Stimme meldete. »Ja, was ist?«
»Grenzstation Basel, Herr Hauptkommissar. Wachtmeister Berger. Robert Newman, der britische Auslandskorrespondent, hat vor ein paar Minuten die Grenze überschritten. Mit einem BMW. Zulassungsnummer...«
»Die brauche ich nicht. Wer saß außerdem noch in dem Wagen?«
»Niemand, Herr Hauptkommissar. Er war allein.«
»Danke für die Information. Sie brauchen das nicht festzuhalten. Ich möchte nicht, daß diese Tatsache in den schriftlichen Unterlagen auftaucht. Das war's.«
Kuhlmann legte den Hörer auf, kaute auf seiner Zigarre, trat vor die an der Wand aufgehängte Karte von Süddeutschland und der Schweiz. »Ausgesprochen clever, Tweed«, sagte er zu niemandem außer sich selbst. »Aber ich verwette meine Pension darauf, daß Sie wiederkommen werden. Und dann wehe den Leuten, die hinter Ihnen her sind.«

Gareth Morgan landete auf dem Baseler Flughafen, und eine wartende Limousine brachte ihn direkt zum Büro von World Security. Er zeigte dem Wachmann seinen Ausweis und fuhr mit dem Fahrstuhl hinauf zu Evans' Zimmer. Es war Spätnachmittag und bereits so dunkel, daß das Licht eingeschaltet war. Evans, der an seinem Schreibtisch gesessen hatte, erhob sich. Horowitz saß mit Eva Hendrix auf der Couch und beschäftigte sich mit einem Kreuzworträtsel. Stieber, der am Fenster stand und auf den Rhein hinausgeschaut hatte, drehte sich um und begrüßte Morgan mit einer Handbewegung.
»Also?« fragte Morgan und warf seinen Koffer neben Eva Hendrix auf die Couch. »Was ist passiert? Wie weit sind wir? Wie lauten die jüngsten Berichte?«
Nie einen Zweifel daran lassen, daß der Boss angekommen ist. Sein Wesen war aggressiv, sein Mund eine dünne Linie. Horowitz schrieb ein Wort in sein Rätsel, legte die Zeitung gemächlich beiseite, schaute auf.
»Nichts ist passiert.« Er lächelte ingrimmig. »Wir sind in Basel. Der jüngste Bericht von Stieber lautet, daß niemand bei Basel über die Grenze gekommen ist. Nicht, daß ich damit gerechnet hätte, daß ein Mann mit Tweeds Erfahrung auf diesem Wege kommen würde.«

Morgan funkelte Stieber an. »Und was tun Sie hier? Sie haben die Grenze unbewacht gelassen. Tweed könnte versuchen, nach Einbruch der Dunkelheit durchzuschlüpfen.«
Horowitz antwortete mit der gleichen unbeteiligten Stimme wie zuvor. »Andere Männer haben die Wache übernommen und Stieber abgelöst. Wissen Sie, Morgan, das Warten müssen Sie noch lernen...«
»Ich sorge dafür, daß etwas passiert.«
»Dann sorgen Sie dafür, daß Tweed den Rhein überquert. Wir haben an den kleineren Grenzübergängen Männer mit Filmkameras postiert. Kuriere stehen zum Abholen der Filme bereit. Morgen nachmittag werde ich in Ihrem Vorführraum im Keller sitzen und mir die Filme anschauen.« Er griff wieder nach seinem Kreuzworträtsel. »Fürs erste heißt die Devise Geduld.«
»Ich bezahle Sie nicht dafür, daß Sie hier sitzen und Kreuzworträtsel...«
Horowitz hatte den Bleistift erhoben, um ein weiteres Wort zu schreiben. Er drehte den Stift, richtete ihn auf Morgan wie den Lauf eines Revolvers. »Sie bezahlen mich dafür, daß ich Resultate erziele. Auf die Art, die ich für richtig halte. Zu dem Zeitpunkt, den ich für richtig halte. Ist das klar?«
Morgans Augen zuckten unter dem Blick der Augen hinter der Stahlbrille zur Seite. Er verzog den Mund und wendete sich an Evans. »Wir gehen ins Zimmer des Buchhalters. Ich will die Bücher sehen. Jetzt.«
Horowitz beschäftigte sich bereits wieder mit seinem Kreuzworträtsel. Neben ihm stieß Eva Hendrix den angehaltenen Atem aus, bestürzt über den Ton, der in Horowitz' Stimme gelegen hatte.

Tweed hatte im Gasthof Laufen zwei Zimmer gemietet und für sich selbst um eins mit Ausblick auf den Rhein gebeten. Von seinem Fenster aus schaute er auf die Brücke hinab, die beide Länder voneinander trennte. Paula stand neben ihm; sie hatte den Blick durch die vorgezogenen Gardinen hindurch auf das jenseitige Ufer der Brücke, auf die Schweiz gerichtet. Auch der schweizerische Teil von Laufenburg zog sich an der Flanke eines zum Fluß hin abfallenden Hügels empor, der an der linken Seite besonders steil und mit alten Häusern mit schneebedeckten Dächern bebaut war. Tweed betrachtete den Grenzübergang durch sein Fernglas, das er sich am Riemen um den Hals gehängt hatte.
»So nah und doch so fern. Wie lange wollen wir hier warten?« fragte Paula.
»Den Rest des Tages, die ganze Nacht. Morgen früh werden wir dann versuchen, in die Schweiz zu kommen. Von hier aus kann ich sehen, wie alles abläuft, ob die Leute an einem oder an beiden Enden angehalten werden. Es ist ein idealer Beobachtungsposten.«

Paula ging hinüber zu Tweeds Bett, setzte sich auf die Kante, schlug die Beine übereinander und versuchte, sich mit einer Modezeitschrift die Zeit zu vertreiben.
Tweed hatte sein Fernglas wieder vor die Augen gehoben. Die Sonne schien hell, war ein Stückchen weitergewandert. Sie ließ in einem der Häuser links von der Brücke etwas aufblitzen. Unter ihm traf ein aus Deutschland kommender Wagen an der Grenzstation ein. Ein Beamter hielt ihn an, prüfte die Papiere des Fahrers, ging um den Wagen herum, öffnete den Kofferraum, schaute hinein, schlug die Klappe wieder zu und winkte den Wagen weiter. Auf der Schweizer Seite wurde der Wagen anstandslos durchgewinkt.
Die Sonne war abermals ein Stückchen weitergewandert. Der blitzende Reflex in einem der Häuser hoch über dem Rhein verschwand. Tweed justierte das Fernglas, blickte etliche Sekunden lang hindurch, grunzte.
»Hat etwas Ihre Aufmerksamkeit erregt?« fragte Paula.
»Ja. Ich habe gefunden, wonach ich suchte. In einem der Häuser jenseits der Brücke bedient jemand eine Filmkamera und fotografiert alles, was die Brücke passiert.«
»Großer Gott!« Sie warf die Zeitschrift beiseite und trat neben ihn. »Wo? Was meinen Sie – wer könnte das sein? Die Schweizer Polizei?«
»Nein. Die würde die Leute an ihrer Grenzstation überprüfen. Das sind Leute, die ihrem Geschäft heimlich nachgehen. Ohne Zweifel Männer, die von World Security geschickt wurden – und auf uns warten.«
»Wäre es dann nicht besser, wenn wir uns einen anderen Grenzübergang suchten?«
»Nein, der hier erfüllt seinen Zweck vollauf. Es läuft alles nach Plan. Morgen früh gehen wir hinüber.«
Nach dieser kryptischen Bemerkung verfiel Tweed in Schweigen, und Paula konnte ihn nicht dazu bringen, eine eingehendere Erklärung abzugeben. Sie konnte sich nur fragen, warum er so gut gelaunt war und sogar leise vor sich hinsummte, während er weiterhin die Brücke im Auge behielt.

In Basel angekommen, war Newman zum besten Hotel der Stadt gefahren, das wahrscheinlich zugleich eines der besten in der ganzen Schweiz war. Die Drei Könige. Es hatte den Vorteil, daß es nur ungefähr einen Kilometer östlich vom Hauptquartier von World Security am Rheinufer stand.
Er parkte den BMW ein Stückchen vom Hotel entfernt, holte sein Gepäck aus dem Kofferraum und betrat die große Halle, an die er sich von früheren Besuchen her erinnerte. Der Empfangschef begrüßte ihn herzlich.

»Es ist eine Weile her, seit wir das Vergnügen hatten, Sie als Gast begrüßen zu dürfen...«

Newman bat um ein Doppelzimmer mit Ausblick auf den Rhein, füllte das Anmeldeformular aus, ließ seinen Koffer offen auf dem Bett stehen, verließ das Hotel gleich wieder und fuhr mit der Straßenbahn zum Hauptbahnhof. Von einer Telefonzelle aus rief er Alois Turpil in Bern an. Die Erwähnung von Tweeds Namen wirkte Wunder.

»Was kann ich für Sie tun, Mr. Newman?« fragte eine gutturale Stimme auf deutsch.

»Ich habe hier in Basel einen Job für Sie, der in Ihr Fach schlägt. Ich kenne Ihr Honorar. Heute abend, wenn Sie es einrichten können. Sie können? Gut. Ich kann Sie am Zug abholen, wenn Sie mir sagen, wann Sie ankommen. 18 Uhr? Ja, das würde mir passen. Über Einzelheiten sprechen wir dann beim Abendessen. Zu kompliziert für ein Telefongespräch.«

»Natürlich«, schnurrte die Stimme. »Wir treffen uns auf dem Bahnsteig, auf dem mein Zug ankommt?«

»Ja. Ich werde einen blauen Anzug mit Nadelstreifen und einen hellen Trenchcoat tragen und ein Exemplar der *Financial Times* in der Hand halten.«

»Mr. Newman, ich habe Ihr Foto oft in den Zeitungen gesehen. Es gehört zu meinem Geschäft, über alle wichtigen Leute informiert zu sein. Ich würde Sie auch erkennen, wenn Sie nackt wären.« Die Stimme kicherte.

»Dazu ist es ein bißchen zu kalt. Wir sehen uns um 18 Uhr. Und vergessen Sie Ihr Werkzeug nicht.«

»Und Sie vergessen das Geld für mein Honorar nicht.«

Newman legte den Hörer auf und runzelte die Stirn. Da war eine Andeutung von Schmeichelei gewesen, die ihm nicht gefallen hatte. Und das Kichern hatte einen unangenehmen Beiklang gehabt. Er griff nach seinem Aktenkoffer, den er an der Rückseite der Telefonzelle abgestellt hatte. Als er dann in dem großen Bahnhofsrestaurant saß und einen Kaffee trank, fiel ihm wieder ein, was Tweed gesagt hatte.

»Es kann sein, daß Sie Turpil nicht mögen. Ich liebe ihn auch nicht gerade, aber seine Fähigkeiten sind einzigartig. Was sein Honorar betrifft, müssen Sie handeln. Es wird ihm nicht passen, in der Schweiz operieren zu müssen – das widerspricht seiner Gewohnheit. Er wird seine Einwände hochspielen, um ein höheres Honorar herauszuholen. Vermutlich wird er dreißigtausend Schweizer Franken verlangen. Feilschen Sie. Es wird Ihnen gelingen, ihn auf zwanzigtausend herunterzuhandeln. Vor allem, wenn Sie ihn Bargeld sehen lassen. Er ist sehr geldgierig, unser Alois...«

Dann hatte Tweed seinen Aktenkoffer geöffnet und Newman mehrere Stapel Schweizer Banknoten in großen Scheinen ausgehändigt. Das war in der Hütte im Schwarzwald gewesen. Erst da hatte Newman begriffen, weshalb Tweed ihn gebeten hatte, sich in Freiburg einen eigenen Aktenkoffer zu kaufen.

Newman beschloß, Turpil nicht wissen zu lassen, wo er in Basel abgestiegen war. Er würde mit ihm im Restaurant Merkur essen, das ihm auf der Straßenbahnfahrt zum Hauptbahnhof aufgefallen war. Er würde versuchen, so anonym wie möglich zu bleiben. Er hoffte nur, daß ihm Turpil, wenn er ihn persönlich kennenlernte, besser gefallen würde als seine Stimme am Telefon.

Als er Turpil begegnete, war ihm der Safeknacker sofort äußerst unsympathisch. Und was noch schlimmer war – er mißtraute dem Mann.

Als Marler im Ministerium für Äußere Sicherheit anrief und Buckmaster zu sprechen wünschte, wurde er, nachdem er seinen Namen genannt hatte, dreimal an verschiedene Sekretärinnen weitergereicht, bis er bei Miss Weston angelangt war. Ihre Stimme hörte sich an, als hätte sie etwas Widerwärtiges verschluckt, und ihr Ton klang herablassend.

»Mr. Marler, sagten Sie?«

»So ist es. Und zwar schon dreimal. Der Minister kennt mich – ich möchte mit ihm sprechen.«

»Der Minister hat mich informiert, daß Sie möglicherweise anrufen würden. Er ist nach Hause gefahren, auf seinen Landsitz. Die Adresse darf ich Ihnen nicht geben.«

»Danke«, fauchte Marler und legte den Hörer auf.

Er hielt es für unklug, ihr zu sagen, daß er wußte, daß es sich bei dem Landsitz um Tavey Grange im Dartmoor handelte, und fluchte, als er sich zu Fuß auf den Rückweg zu seiner Wohnung in Chelsea machte. Fünf Minuten später steuerte er seinen Zweithand-Porsche über das Kopfsteinpflaster des Hofes und fuhr in Richtung Westen davon.

Die Fahrt verlief ohne Zwischenfälle, aber als er in Richtung Moretonhampstead auf das Moor abgebogen war, lag der Schnee wesentlich höher. Die weißen Hügelkämme zeichneten sich scharf vor dem klaren blauen Himmel ab und glichen in der Luft erstarrten Gezeitenwellen. Auf dem Kopfsteinpflaster vor dem Haupteingang parkte ein weiterer roter Porsche.

Die Oberfläche war spiegelglatt. Er wäre fast ins Schleudern geraten, als er seinen Wagen neben den anderen setzte, und als er auf die überdachte Vortreppe zuging, mußte er sich sehr vorsehen, daß er nicht hinstürzte. Er

fragte sich, woher die Vorliebe der Engländer für halsbrecherisches Kopfsteinpflaster wohl kommen mochte. Als er am Glockenstrang zog, öffnete der Butler José die Tür.
»Ah, Mr. Marler. Treten Sie ein. Der Minister erwartet Sie.«
»Er erwartet mich?«
»So ist es, Sir. Miss Weston hat aus London angerufen.«
In Gedanken korrigierte Marler seinen Eindruck von Miss Weston und war gleichzeitig froh, daß er ihr nichts gesagt hatte. Er trat in die Wärme der zentralbeheizten Halle. Lance Buckmaster kam die massive Treppe herunter, angetan mit einer hüftlangen, pelzgefütterten Jacke – der obligaten Uniform für Autofahrer der oberen Gesellschaftsklassen im Winter. Buckmaster war in Hochform und begann schon zu reden, noch bevor er die unterste Stufe erreicht hatte.
»Sie haben ein gutes Tempo vorgelegt. Es ist ein wundervoller Tag für eine Fahrt übers Moor. Auf eine Erfrischung können Sie warten, bis wir zurück sind, denke ich.«
Es wäre nett gewesen, wenn er mir wenigstens die Wahl gelassen hätte, dachte Marler, aber er folgte der hochgewachsenen, agilen Gestalt wieder hinaus ins Freie. Buckmaster blieb plötzlich stehen, als er Marlers Wagen sah.
»Sie fahren also auch einen Porsche.« Seine Stimme klang leicht beleidigt. Hinter ihnen wurde die Tür geschlossen, und José verschwand im Innern des Hauses. »Wir nehmen meinen. Ich werde Ihnen ein paar Tips geben, wie man diese Karre fährt.«
»Ihrer ist neu«, erklärte Marler, als er neben dem Minister einstieg. »Das könnte ich mir von meinem Gehalt nicht leisten.«
»Wir wollen zusehen, daß wir von hier wegkommen, bevor Sie mir Bericht erstatten«, fauchte Buckmaster, als redete er mit einem ausländischen Dienstboten.
Er fuhr durch das Tor des Anwesens direkt auf die Hauptstraße, drückte auf die Hupe, hielt nicht an, um festzustellen, ob aus der einen oder anderen Richtung irgendein Fahrzeug kam. Marler griff nach dem Sicherheitsgurt und enthielt sich jeder Bemerkung über dieses verkehrswidrige Verhalten.
Er legte selbst gern ein rasantes Tempo vor, aber die Art, in der Buckmaster den Porsche über das Moor steuerte, war haarsträubend. Sie passierten ein Feld, hinter dem ein kleiner, jetzt zugefrorener See lag. Buckmaster deutete hinüber, mit nur einer Hand lenkend.
»Dort drüben stehen im Sommer Zwergponies. Ein hübscher Anblick. Sehen aus wie große Hunde. Niedlich.«

»Ah, ja«, entgegnete Marler.
Als sie den steilen Abhang, der in das Dörfchen Postbridge hinunterführte, sowie die ebenso steile Wegstrecke, die aus dem Ort herausführte, hinter sich hatten, gab Buckmaster richtig Gas. Auf der schneebedeckten Straße waren Fahrrinnen, nicht viele. Bald kletterten sie in der weiten, offenen Landschaft höher empor, jagten mit hoher Geschwindigkeit um mörderische Kurven. Marler sah Stellen mit funkelndem Eis. Buckmaster hatte sein Fenster geöffnet, und ein Schwall eiskalter Luft füllte das Wageninnere. Marler knöpfte seinen Mantel bis zum Hals zu. Buckmaster warf ihm einen Blick zu und ließ sein wieherndes Lachen hören.
»Belebend, nicht wahr? Bläst einem die Spinnweben aus dem Kopf.«
»Wir haben eben einen Hinweis auf eine gefährliche Kurve passiert.«
»Ich kenne diese Straße wie meinen Handrücken.«
»Wir fahren aber nicht auf Ihrem Handrücken.«
»Sie sind ein aufsässiger Kerl, stimmt's, Marler? Das jedenfalls steht in Ihrer Akte – zumindest sinngemäß. Auf die feine Beamtenart ausgedrückt...«
Er hörte auf zu reden. Der Porsche war ins Schleudern geraten. Sie waren jetzt sehr hoch oben, keine anderen Fahrzeuge, weite Aussicht und, auf Marlers Seite, ein Steilabfall in einen tiefen Abgrund. Buckmaster kämpfte, um den Wagen wieder unter Kontrolle zu bringen, und schaffte es gerade eben, den Porsche um die Kurve zu steuern. Marler blickte in den Abgrund, in dem ein gewaltiger, wie die Schnauze eines Hais geformter Felsbrocken aufragte.
»Das da unten ist Shark's Tor«, rief Buckmaster forsch. »Gefällt Ihnen die Fahrt? Oder sind Sie ängstlich?«
»Nur vorsichtig.«
Sie waren jetzt auf dem Gipfel des Moors, und in der von der Sonne beschienenen Ferne ragte ein Kamm mit einer Ansammlung von Felsbrocken auf, von denen Marler vermutete, daß sie aus der Nähe betrachtet riesig sein würden. Buckmaster deutete darauf.
»Das da hinten ist Haytor. An so einem Tag freut man sich, daß man lebt.«
»Solange sich daran nichts ändert.«
Wieder das wiehernde Lachen. Buckmaster genoß es, mit den Nerven seines Passagiers zu spielen. Wie ein großer Schuljunge, dachte Marler. Genau die richtige Wahl für einen Minister der Krone.
»Und jetzt will ich Ihren Bericht hören«, sagte Buckmaster plötzlich. Er holte eine Kassette aus dem Handschuhfach, schob sie in den Recorder, betätigte einen Schalter. Nichts tat sich. Kein Laut kam. Buckmaster zuckte

die Achseln. »Sollte eigentlich Strawinskys *Sacre du Printemps* spielen. Das ist das dritte Mal, daß der Kassettenrecorder streikt. Da bezahlt man nun ein kleines Vermögen für diese Blechschachtel von einem Auto, und nichts funktioniert. Das Haus dort rechts ist ein Gasthaus – das einzige Gebäude im Umkreis von vielen Meilen. Und nun reden Sie. Liefern Sie Ihren Bericht.«
Das Gasthaus, halb unter Schneewehen verborgen, die bis zu den Fensterbänken im Erdgeschoß reichten, machte einen verlassenen Eindruck. Marler fragte sich, wer zum Teufel selbst im Sommer einen solchen Ort aufsuchen würde.
»Tweed ist am Leben und wohlauf«, begann er. »Ich habe ihn ausfindig gemacht, mit ihm gesprochen – in Freiburg, am Rand des Schwarzwaldes.«
»Sie haben was? Sie haben ihn vor dem Lauf gehabt, und da erzählen Sie mir, er wäre am Leben und wohlauf? Was zum Teufel haben Sie sich dabei gedacht, Marler? Habe ich mich nicht ganz klar ausgedrückt, bevor Sie nach Europa geflogen sind?«
Buckmaster hatte die Stimme erhoben, und den letzten Satz schrie er so laut, daß es fast ein Kreischen war. Seine behandschuhte Hand verrutschte auf dem Lenkrad. Abermals lag links neben der Straße ein steiler, felsübersäter Abgrund. Marlers Hand bewegte sich, packte das Lenkrad, drehte es ein Stückchen in seine Richtung, ließ es wieder los.
»Wagen Sie es nicht noch einmal, das Lenkrad anzufassen, wenn ich fahre«, kreischte Buckmaster mit wutverzerrtem Gesicht.
»Sie waren haarscharf am Rand – und unter dem Schnee ist Eis.« Marlers Stimme war kalt und knapp. »Konzentrieren Sie sich aufs Fahren, und warten Sie ab, bis ich fertig bin.«
Buckmaster kämpfte mit seinen Gefühlen, verblüfft und ernüchtert von etwas, das er in Marlers Stimme noch nie gehört hatte. Er reduzierte das Tempo, während sein Passagier fortfuhr.
»Man versucht nicht, einen Mann zu ermorden, wenn er von bewaffneten Leibwächtern umgeben ist. Außer ihm waren noch drei Männer in seinem Zimmer im Hotel Oberkirch in der Schusterstraße. Und Tweed glaubt, ich stünde auf seiner Seite. Das ist ein großer Vorteil. Im Augenblick hält er sich irgendwo im Schwarzwald auf. Sein Ziel ist die Schweiz. Vielleicht weil es ein neutrales Land ist. Ich fliege bald hinüber, und ich werde ihn wiederfinden. Sie brauchen sich also keine Sorgen zu machen...«
»Ich mache mir aber Sorgen. *Große* Sorgen.« Buckmasters Stimmung schlug in etwas um, das Verdrießlichkeit sehr nahe kam. »So lange, bis das Problem Tweed gelöst ist. Ein für allemal. Wenn es zu einer Verhandlung

wegen Vergewaltigung und Mord kommt, gibt es einen Skandal, über den die Regierung stürzen wird.«
»Erst Mord und dann Vergewaltigung...«
»Wie auch immer.« Plötzlich drückte Buckmaster das Gaspedal herunter. Marler sah, wie der Tachometer kletterte – auf siebzig, achtzig, neunzig Stundenkilometer. Auf einer gewundenen, verschneiten und vereisten Straße. Das einzige, was sie bisher gerettet hatte, war das Fehlen jeglichen Verkehrs. Buckmaster warf Marler einen schnellen Blick zu. »Woher wissen Sie denn, was am Radnor Walk zuerst passierte? Der Mord oder die Vergewaltigung?«
»Tweed hat mir erzählt, was er angeblich vorfand, als er in seiner Wohnung eintraf. Nur wenige oder gar keine Anzeichen dafür, daß sich das unbekannte Opfer gewehrt hat. Etwas Blut auf dem Laken. Hautspuren unter dem Nagel ihres rechten Zeigefingers. Es sah so aus, als hätte die Frau den Mörder gekannt und keine Angst vor ihm gehabt. Jedenfalls anfangs nicht.«
»Angeblich ist das richtige Wort. Also das ist die Geschichte, die er zu erzählen gedenkt – falls er den Zeugenstand jemals lebendig erreichen sollte. Das ist Ihr Job, Marler. Als Sie mich das letzte Mal in Tavey Grange aufsuchten, meinten Sie, daß das die Lösung wäre.«
»Tat ich das?«
»Wir sind gleich in Princetown. Da kehre ich um. Ich muß am Nachmittag im Unterhaus sein und einen Haufen dämlicher Fragen beantworten.«
»Sie fahren nach London zurück?«
»Himmel, nein. Der Hubschrauber steht bereit. Diese Stadt habe ich nie gemocht. Das Zuchthaus liegt zwar auf der anderen Seite, aber der ganze Ort stinkt danach.«
Eine recht anschauliche Beschreibung, dachte Marler. Die Häuser, in denen die Wärter mit ihren Familien wohnten, bildeten lange, kahle Zeilen. Sie passierten ein Gebäude mit der Aufschrift *Prison Officers' Association*. Als sie Princetown hinter sich hatten und wieder auf offener Straße waren, gab Buckmaster erneut Gas, und Marler machte sich auf eine weitere Nervenprobe gefaßt.
Inzwischen war die Sonne verschwunden und der Himmel zu einer Decke aus bleigrauen Schneewolken geworden. Während sie auf dem Moor bergab fuhren, schaute Marler hinaus auf die kahle Landschaft, aus der die Tors aufragten wie prähistorische Wächter. Eine Weltuntergangslandschaft.
»Ich glaube nicht, daß Howard den an ihn gestellten Anforderungen genügt«, sagte Buckmaster plötzlich. »Es kann sein, daß ich ihn zum

Rücktritt auffordern muß. Dann wäre der Posten des leitenden Direktors frei.«

Noch ein Wurf mit der Wurst nach der Speckseite, dachte Marler, und ich bin die Speckseite. Keine eindeutige Aussage, nur eine verschlagene Andeutung. Buckmasters instabiler Charakter beunruhigte ihn. Als er dem Minister mitgeteilt hatte, daß Tweed am Leben und wohlauf war, hatte Buckmasters Reaktion jedes vernünftige Maß überschritten, war fast rasende Wut gewesen. In der Öffentlichkeit trat er gewöhnlich in der Pose des einstigen Fallschirmjäger-Offiziers auf. Aber Marler hatte eine ganz andere Seite dieses Mannes zu sehen bekommen.

»Ich erwarte den Besuch des Pathologen, der die Autopsie an der ermordeten Frau vorgenommen hat«, bemerkte Buckmaster und wechselte damit abermals das Thema. »Ein langweiliger Kerl, dieser Dr. Rose.«

Sie näherten sich der gefährlichen Kurve, hinter der die Straße steil abfiel; die Schlucht, in der Shark's Tor aus dem Schnee emporragte, lag jetzt links von Marler. Er sprach mit dem gleichen kalten Ton, den er schon einmal angeschlagen hatte.

»Hier fahren Sie langsamer. Wenn Sie Selbstmord begehen wollen, dann warten Sie, bis Sie allein im Wagen sitzen.«

»Verdammte Unverschämtheit...«

Aber Buckmaster verlangsamte das Tempo, bis er die mörderische Kurve hinter sich hatte. Als sie den Abhang hinunterfuhren, beugte Marler sich vor, drückte auf die Auswurftaste des Recorders, ergriff die Kassette mit der linken Hand und warf sie aus dem Fenster, das er kurz zuvor geöffnet hatte. Sie flog über den Steilhang zu Shark's Tor hinunter.

»Warum zum Teufel haben Sie das getan?« wollte Buckmaster wissen.

»Sie haben eine Leerkassette eingelegt, um unsere Unterhaltung aufzuzeichnen. *Meinen* Anteil an der Unterhaltung. Ich habe etwas gegen Tonbänder, mit denen man mich unter Druck setzen könnte.«

Buckmaster grinste wölfisch. »Aber Sie müssen zugeben, daß es ein guter Versuch war.«

Sechsundzwanzigstes Kapitel

Am Park Crescent erkannte Marler schon an Howards erster Frage, aus welcher Richtung der Wind wehte.

»Wo haben Sie gesteckt – oder sollte ich nicht fragen?«

Howard saß in Tweeds Büro, aber bezeichnenderweise nicht auf Tweeds

Stuhl hinter seinem Schreibtisch. Er hatte sich mit übereinandergeschlagenen Beinen auf einem Sessel niedergelassen, gekleidet in einen teuren grauen Chester Barrie-Anzug von Harrods, für Howard das einzige Geschäft in London. Marler hatte den Eindruck, daß Howards rundliches, rosiges Gesicht deutliche Zeichen von Anspannung erkennen ließ.
Tweeds langjährige, treue Assistentin Monica saß an ihrem eigenen Schreibtisch und beobachtete Marler wie ein Habicht. Sie befingerte ihren grauen Haarknoten. Ohne Tweed wirkte das vertraute Büro fast so, als wäre niemand anwesend.
»Darf ich rauchen, Sir?« fragte Marler.
Howard schwenkte gleichgültig die Hand, dann deutete er auf einen dicht neben seinem Sessel stehenden Stuhl. »Setzen Sie sich.«
Marler ließ sich auf dem Stuhl nieder und zündete sich eine seiner King Size-Zigaretten an. Dann warf er Howard seine Frage zu und beobachtete dabei genau dessen Reaktion.
»Sie sind überzeugt, daß Tweed schuldig ist, und daß er diese Frau am Radnor Walk ermordet und vergewaltigt hat?«
»Sind Sie es?« antwortete Howard mit einer Gegenfrage und wippte mit einem Bein auf und ab.
Es war ein Unentschieden, ein Patt. Monica war es, die es brach, mit vorwurfsvoller Stimme.
»Schon der Gedanke daran ist absurd. Was ich herauszufinden versuche, ist, wer es in Wirklichkeit getan hat – und warum.«
Howard wandte sich an Monica. »Sie glauben ihm?«
»Offensichtlich...«
»Danke für das Vertrauensvotum«, fauchte Marler. »Aber ich muß Ihnen beiden glauben. Ich tue es. Offensichtlich.«
Howard streckte seine Beine. »Wir reden in Tweeds Büro, weil Harry Butler dieses Zimmer gerade auf Abhörgeräte untersucht hat. Es ist jetzt sauber. Im Augenblick überprüft er mein Zimmer.«
Marler war verblüfft. »Was zum Teufel geht hier vor?«
»Harry hat festgestellt, daß sein Telefon angezapft war. Kurz bevor Sie hier auftauchten, hat er mich angerufen, um mir mitzuteilen, daß auch in meinem Telefon eine Wanze sitzt. Heute nacht ist jemand hier eingebrochen. Er hat George, unserem Wachmann, einen Schlag auf den Kopf versetzt. George ist zu Hause, mit einer leichten Gehirnerschütterung. Dann wurde ein ungeschickter Versuch unternommen, einen unserer Aktenschränke aufzubrechen«, fuhr Howard fort. »Ich bin ziemlich sicher, daß das nicht der eigentliche Grund für den Einbruch war. Deshalb mein

Auftrag an Harry, das ganze Gebäude Zimmer für Zimmer zu durchsuchen. Der Einbrecher hat das Haus verwanzt. Identität unbekannt.«
»Haben Sie eine Vermutung?«
»Ich habe nie Vermutungen«, entgegnete Howard steif.
»Aber ich tue es«, warf Monica ein. »Buckmaster will wissen, was hier vorgeht. Seine Machtbefugnisse über dieses Gebäude, über den S.I.S. sind beschränkt – dank einer Direktive der Premierministerin. Wer verfügt über die erforderlichen Fachkenntnisse? Wir haben ein paar merkwürdige Gerüchte gehört über eine Firma, die sich World Security nennt.«
»Wir haben keine Beweise, Monica«, warnte Howard. Er schob die Unterlippe über die Oberlippe. Marler wartete ab. Howard war im Begriff, einen Entschluß zu fassen. Dann nahm er eine Akte von Tweeds Schreibtisch.
»Vielleicht sollte ich es Ihnen sagen. Streng vertraulich. Ich habe vom Sonderdezernat den Namen des Pathologen erfahren, der an der Ermordeten die Autopsie vorgenommen hat. Ihre Identität ist nach wie vor unbekannt. Der Pathologe ist ein Dr. Rose. Er mag Buckmaster nicht, der ihn ständig wegen des Obduktionsberichtes anruft. Und noch weniger gefällt ihm Buckmasters Anordnung, daß dieser Bericht nur in einer Ausfertigung geschrieben und ihm ausgehändigt werden soll. Er ist heute nachmittag mit Seiner Hochwohlgeboren verabredet. Aber Dr. Rose war heute morgen hier, auf meine Bitte hin. Insgeheim.«
»Und was geht aus diesem Bericht hervor?«
»Eine interessante Tatsache.« Howard schlug die Akte auf, blätterte sie durch. »Auf dieser Seite bestätigt er, daß das Opfer zuerst ermordet und anschließend vergewaltigt wurde. Unter dem Nagel des rechten Zeigefingers fand er Haut- und Blutspuren. Obwohl es keine anderen Anzeichen für einen Kampf gab, glaubt Rose, daß es ihr gelang, dem Mörder den Rücken zu zerkratzen, während er sie erdrosselte.« Howard schaute auf. »Sind Sie wirklich von Tweeds Unschuld überzeugt?«
»Großer Gott, was verlangen Sie denn? Eine eidesstattliche Erklärung?«
»Schon gut. Und jetzt kommen wir zu der interessanten Tatsache. Das Blut unter dem Fingernagel der Frau entspricht dem eines Fleckens auf dem Laken. Die Frau hatte Blutgruppe 0 positiv.«
»Machen Sie es nur schön spannend. Wir haben massenhaft Zeit...«
»Das Blut auf dem Laken und unter ihrem Fingernagel gehörte einer sehr seltenen Blutgruppe an. AB negativ. Das ist die Blutgruppe des Mörders.«
Er klappte die Akte zu, legte sie wieder auf den Schreibtisch und schwieg einen Moment. Howard schätzte dramatische Effekte. Als er fortfuhr, klang seine Stimme grimmig.

»Tweeds Blutgruppe ist A positiv. Damit ist er aus dem Schneider. Begreifen Sie jetzt, wie wichtig Roses Bericht ist? Glücklicherweise habe ich diese Fotokopie.«
»Kann ich eine Kopie davon haben?«
»Nein«, sagte Howard.
»Sie können ihm ruhig eine geben«, mischte sich Monica abermals ins Gespräch. »Ich kann den Bericht für ihn noch einmal kopieren, ohne daß jemand etwas davon erfährt.« Sie warf einen Blick auf Marler, als Howard ihr die Akte reichte. »Aber Sie müssen versprechen, ihn nicht aus der Hand zu geben.«
»Ich verspreche es.«
Er deutete eine Verbeugung an, wartete, bis sie das Zimmer verlassen hatte.
»Sie sagten, damit wäre Tweed aus dem Schneider. Aber Sie glauben nicht, daß er ungefährdet wieder auftauchen und zurückkehren könnte?«
»Nein. Auf keinen Fall. Buckmaster versucht, mich auszubooten, den S.I.S. per Fernsteuerung zu übernehmen. Dagegen wehre ich mich mit Zähnen und Klauen. Wenn er eine Akte verlangt, liefere ich ihm nur einen frisierten Auszug – das nur als Beispiel für die Schlacht, die zwischen uns tobt. Die Premierministerin hält sich neutral. Bisher zumindest. Wie geht es Tweed? Möchte er schnellstens hierher zurückkehren? Er hatte irgendein Geheimprojekt laufen, von dem ich keine Ahnung habe. Was mir von Anfang an nicht recht war. Und nun, nach dem, was passiert ist...« Er schwenkte seine manikürte Hand in einer resignierten Geste.
»Tweed ist okay«, erwiderte Marler nach einer längeren Pause. »Ich bezweifle, daß er es eilig hat, zurückzukommen. Er hat etwas vor. Man hat versucht, ihn in der Nähe von Freiburg auf der Autobahn zu ermorden...«
»Großer Gott! Ich hatte keine Ahnung, daß es so weit gekommen ist. Aber sagen Sie mir – wer ist ›man‹?«
»Mit völliger Gewißheit ist das schwer zu sagen.« Marler blies einen kreisrunden Rauchring, sah zu, wie er emporschwebte und sich auflöste, nachdem er zum Oval geworden war. »World Security hat ein großes Büro in Freiburg.«
»Sie meinen, Gareth Morgan, diese fette Kröte, macht Geschäfte auf eigene Rechnung?«
Howards schneller Reflex überraschte Marler. Nicht weniger überrascht war er von der Veränderung in Howards Wesen. Der S.I.S.-Chef, der die Hälfte seiner Zeit in seinem Club verbrachte, war zum Tiger geworden, und seine blauen Augen funkelten kriegerisch. Buckmaster hatte ein Wunder vollbracht – er hatte Howard zu einem verbissenen Kämpfer gemacht.

»Es könnte Morgan sein«, erwiderte Marler. »Er war in Freiburg, als ein Netz über die Stadt ausgeworfen wurde, um Tweed zu fangen. Natürlich ist er durchgeschlüpft. Bob Newman ist bei ihm. Und Paula auch.«
»Ich wollte schon fragen, wo sie ist. Braucht Tweed Rückendeckung? Ich könnte Harry Butler und Pete Nield binnen einer Stunde abfliegen lassen.«
»Halten Sie sie in Reserve – bis Sie einen Anruf bekommen, daß ein Butler und ein Helfer für ein Bankett gebraucht werden.«
»Und Sie gehen natürlich wie gewöhnlich Ihrer eigenen Wege?«
»Natürlich.«

Am gleichen Abend um neun Uhr stattete Marler Leonora Buckmaster im Gebäude von World Security in der Threadneedle Street einen Besuch ab. Sie wartete in ihrem Büro auf ihn. Neben ihrem Schreibtisch stand auf einem Dreifuß ein eisgefüllter Silbereimer. Eine Flasche Champagner reckte den Hals aus dem Eis, als wollte sie sagen: »Mir ist kalt, rette mich...«
»Haben Sie etwas zu berichten?« fragte Leonora, als Marler den Korken zog und zwei auf dem Schreibtisch stehende Gläser füllte. Sie trug einen eng anliegenden Rollkragenpullover von N. Peal und einen cremefarbenen, wadenlangen Faltenrock. Marler fragte sich, ob sie außer ihrer Strumpfhose sonst noch etwas anhatte. Sie wischte eine blonde Locke aus dem Mundwinkel; mit der anderen Hand griff sie nach dem Glas.
»Auf uns.«
»Wohl bekomm's«, erwiderte Marler.
Im achtzehnten Stock des Gebäudes war es sehr still. Er hatte den Eindruck, daß sich außer ihnen nur noch die Wachmänner am Haupteingang im Haus aufhielten. Er ignorierte den dicht neben dem ihren stehenden Stuhl und setzte sich so, daß der Schreibtisch zwischen ihnen lag wie ein Schlagbaum.
»Ich habe Ihnen etwas zu zeigen«, begann er. »Aber bevor ich es Ihnen zeige, sollte ich vielleicht Ihr Glas wieder auffüllen.«
»Dazu ist das Zeug da.«
Sie streckte ihm ihr Glas entgegen und blickte zu ihm auf, als er sich vorbeugte, um weiteren Champagner einzuschenken. Sie deutete mit einem Nicken auf eine große Couch unter einem der Fenster. Marler stellte fest, daß alle Vorhänge zugezogen waren. Er vermied es ganz bewußt, ihrem Blick zu folgen.
»Auf der Couch wäre es vielleicht behaglicher«, meinte sie und leerte ihr Glas zur Hälfte.
»Es wäre vielleicht weniger riskant, wenn ich einmal nach Tavey Grange komme und Lance in der Stadt ist«, konterte er.

»Nein.« Sie schüttelte den Kopf, und ihr blondes Haar fegte über ihr Gesicht. »José, der Butler, ist ein Schleimer. Erstattet seinem Boss über alles Bericht. Hier ist die Aussicht, daß wir allein und ungestört bleiben, wesentlich größer.«

»Ich sollte Ihnen zeigen, was ich mitgebracht habe«, sagte er schnell. Er nahm den festen Umschlag, der auf seinem Schoß gelegen hatte, und zog das Hochglanzfoto heraus, das er bei Grubby Grundy abgeholt hatte. Er hielt das Foto so, daß sie es nicht sehen konnte, und tat so, als zögerte er.

»Los, Marler. Zeigen Sie es mir, was immer es sein mag. Und weshalb haben Sie Ihre Handschuhe nicht ausgezogen? Hier drinnen ist es so warm, daß man Eier braten könnte.«

»Und genau das habe ich getan – oder jedenfalls versucht –, als ich mir die Hände verbrannte. Eine von diesen billigen Pfannen, die bis in den Griff heiß werden. Sieht ein bißchen unschön aus. Hier haben Sie es. Wappnen Sie sich.«

Sie ergriff das Foto mit einer Hand. Ihre Lippen preßten sich zusammen, sie trank den Rest ihres Champagners, hielt ihm das Glas hin und starrte dabei unverwandt auf das Foto. Das Bild, das Grundy angefertigt hatte – Buckmaster voll angezogen auf einer Couch hingestreckt, mit einer auf ihm liegenden nackten Frau.

»Die kenne ich nicht«, sagte sie schließlich.

»Entschuldigung. Es ist ein bißchen pornographisch.«

»Er hat eine neue Methode erfunden. Er ist voll angezogen – und sie splitterfasernackt. Vielleicht hat er festgestellt, daß er es genießt, ausgezogen zu werden.«

»Vielleicht.«

»Wer ist diese spezielle Kuh?«

»Keine Ahnung«, log Marler.

»Und darf ich fragen, wie Sie daran gekommen sind?«

»Sie haben es gerade getan.« Marler trank einen Schluck Champagner. »Ein Privatdetektiv, den ich kenne, ein Experte im Umgang mit Varioobjektiven, hat es aufgenommen. Sie erwarten doch nicht, daß ich Namen und Adresse nenne?.«

Sie hatte ihr Glas auf den Schreibtisch gestellt, drehte das Foto hin und her und bepflasterte es mit ihren Fingerabdrücken. Als sie es auf den Schreibtisch warf, ergriff er es mit seinen behandschuhten Händen und schob es wieder in den Umschlag; dann beugte er sich vor, um ihr abermals einzuschenken.

»Ich möchte dieses Foto behalten, Marler«, sagte sie.

»Ich besorge Ihnen drei Abzüge. Diesen hier brauche ich für den Fotografen, damit er das richtige Negativ heraussuchen kann.«
»Hat er denn mehrere Aufnahmen gemacht? Von so einem Motiv?«
»Ich sagte es bereits, er ist Detektiv.« Er hob ihr das Glas entgegen, trank einen Schluck. »Gott weiß, wie viele er in einem Jahr macht. Und nicht unbedingt immer solche von dieser Art. Häufig genügt schon eine Aufnahme von einem Mann und einer Frau, die gemeinsam eine Wohnung betreten.«
»Dann besorgen Sie mir drei Abzüge.« Sie runzelte die Stirn. »Wenn Lance auf diese Art weitermacht, ist er nicht mehr weit von einem Nervenzusammenbruch entfernt. Er hat seinen großen Job am Hals – und dann seine Frauen. Da wir gerade von Frauen reden – auf der Couch wäre es wirklich viel behaglicher.«
»Das nächstemal, wenn Sie nichts dagegen haben.« Marler warf einen Blick auf die Uhr und stand auf. »Mir bleiben genau neunzig Minuten, um ein Flugzeug zu erreichen.«
»Wenn Sie es nicht anders wollen . . . Sie finden Ihren Weg hinaus?«
»Ich finde ihn . . .«
Als er durch die Nacht zum Londoner Flughafen fuhr, dachte Marler darüber nach, daß er, indem er Leonora das Foto gezeigt hatte, für Lance Buckmaster das Fundament für eine Menge Ärger gelegt hatte.

Der Minister tätigte seinen Anruf von einer öffentlichen Telefonzelle im Postamt in der Nähe des Leicester Square. Er bekam Verbindung mit Freiburg und erfuhr, daß sich Morgan in Basel aufhielt. Er wählte die Schweizer Nummer und erreichte Morgan, der gerade im Begriff war, sich in die Firmenwohnung zurückzuziehen.
»Sie wissen, wer spricht«, sagte Buckmaster. »Keine Namen, kein Strafexerzieren.«
»Was kann ich für Sie tun, Sir?«
»Ich habe den Bericht des Pathologen. Es existiert nur eine Ausfertigung.«
In Basel seufzte Gareth Morgan erleichtert, aber unhörbar. Er enthielt sich jeder Bemerkung und wartete auf die nächste Anweisung.
»Ich mache mir Sorgen um einen Dr. Arthur Rose«, fuhr Buckmaster fort. »Ich glaube, er ist unfallgefährdet. Er arbeitet am St. Thomas-Hospital am Embankment.«
»Ich kenne das Krankenhaus. Sie wollen, daß ich jemanden hinschicke, der sich um ihn kümmert?«
»Finden Sie nicht, daß das unter den gegebenen Umständen angezeigt wäre?«

»Durchaus. Betrachten Sie es als erledigt.«
Buckmaster legte den Hörer auf, und in seinem Basler Büro wendete sich Morgan an Stieber, der recht gut englisch sprach. Der Deutsche schaute Morgan erwartungsvoll an, als dieser den Wandsafe öffnete, mehrere Bündel Banknoten herausholte und sie auf den Schreibtisch warf.
»Sie machen einen Ausflug nach London. Morgen mit der Frühmaschine. Ein Dr. Arthur Rose, Arzt am St. Thomas-Hospital. In der Nähe der Waterloo Station – am Ufer der Themse, fast genau gegenüber dem Parlament. Der gute Doktor ist unfallgefährdet. Seien Sie vorsichtig, aber sehen Sie zu, daß Sie die Sache schnell erledigen. Sie kennen sich in London aus.«
»Ist das für mich?«
Morgan nickte, und Stieber nahm die Banknoten und stopfte sie in seine Jackentaschen. Als er das Zimmer verlassen wollte, erteilte Morgan ihm noch eine Anweisung.
»Wenn Sie in London gelandet sind, besteht Ihre erste Amtshandlung darin, diese Schweizer Banknoten in Pfund Sterling umzutauschen. Alle. Was übrigbleibt, wechseln Sie vor dem Rückflug bei einer anderen Bank wieder in Schweizer Franken ein.« Seine Stimme nahm einen bedrohlichen Ton an. »Nicht vergessen – Sie tauschen sämtliche Noten um.«
»Wird gemacht.«
Und das, dachte Morgan, als die Tür ins Schloß gefallen war, gewährleistete, daß er kein Geld mit meinen Fingerabdrücken bei sich trägt, wenn er die Sache verpfuscht. Er wischte sich den Schweiß von der Stirn. Diese Tweed-Geschichte wurde allmählich ziemlich kompliziert. Und Morgan machte sich immer Sorgen, wenn seine Unternehmungen kompliziert wurden.

Nachdem Stieber am folgenden Morgen in London eingetroffen war, wechselte er das Geld und fuhr dann mit der U-Bahn in die Stadt. Taxifahrer hatten für seinen Geschmack ein allzugutes Gedächtnis. Schließlich tauchte er am Bahnhof Regent's Park aus der Unterwelt auf. Als er dem Fahrstuhl entstieg und dann in Richtung Osten ging, überquerte er ein Ende des Park Crescent, der für ihn keinerlei Bedeutung hatte.
Sein Ziel war eine Straße, die auf den Fitzroy Square mündete und in der es von Gebrauchtwagenhändlern und ihrer dubiosen Ware wimmelte. Stiebers Kenntnis von London konzentrierte sich weitgehend auf die unfeineren Gegenden.
Er entschied sich aufgrund des Preises und der Unauffälligkeit des Fahrzeugs für einen Ford Escort. Er bestand auf einer langen Probefahrt in

Richtung Norden mit dem Händler, einem gerissenen Kerl in einem schmutzigen, offenen Hemd.
»Benzin kostet Geld, Mann«, erklärte ihm der Händler, als sie zurückfuhren.
»Dieser Schrotthaufen auch.«
Stieber trug eine übergroße Sonnenbrille und eine mitgebrachte Mütze – eine Kopfbedeckung, die er bei einem früheren Besuch in der britischen Hauptstadt erstanden hatte. Sie verlieh ihm das Aussehen eines hellen Jungen, von dem man annehmen konnte, daß er etwas mit dem Rennsport zu tun hatte – und zwar auf eine Art und Weise, die vom Jockey Club nicht gutgeheißen wird.
Nachdem sie zurückgekehrt waren und der Wagen wieder am Bordstein vor dem Geschäft des Händlers stand, verbrachte Stieber eine weitere halbe Stunde damit, um den Preis zu feilschen. Das wurde von ihm erwartet. Als sie sich einig geworden waren, fuhr er auf direktem Wege zum St. Thomas-Hospital, wobei er sorgsam darauf achtete, daß er gegen keine Verkehrsregel verstieß und vor allem auf der linken Straßenseite fuhr. Stieber wollte nicht, daß sein Blitzbesuch in London mit irgendwelchen amtlichen Dokumenten belegt wurde.
Wie im Ausland zu operieren war, hatte Morgan ihm beigebracht. Für den Fall, daß er in Schwierigkeiten geriet, hatte er Adresse und Telefonnummer eines Anwalts im Kopf, der sich auf »problematische« Klienten spezialisiert hatte.
Auf seinem Weg zum Krankenhaus überquerte er, von Norden kommend, die Westminster Bridge und registrierte automatisch, daß es an ihrem südlichen Ende einen Fußgängerüberweg gab. Er fuhr langsam und fand einen leeren Parkplatz. Ein anderer Wagen war im Begriff, auf ihn einzubiegen. Stieber beschleunigte, schnitt ihn, zwang den anderen Fahrer, schleunigst auf die Bremse zu treten. Als er in die Parklücke fuhr, sprang der andere Fahrer aus seinem Wagen und kam auf ihn zu. Der typische Gentleman aus der City mit einem Bowler auf dem Kopf. Stieber hätte nicht gedacht, daß es solche Leute noch gab.
»Sie haben mir den Parkplatz weggenommen«, schäumte der Bowler. »Und hätten fast einen Unfall verursacht.«
»So ist es.« Stieber lehnte sich aus dem offenen Fenster, streckte seine große Pranke aus. »Geben Sie mir die Hand.«
Der Bowler war verblüfft, wußte nicht recht, wie er reagieren sollte. In der Annahme, daß Stieber nachgeben wollte, streckte er seine Hand aus. Stieber ergriff sie und drückte so hart zu, daß er dem Bowler fast die Finger

zerquetschte. Er schrie vor Schmerz, als Stieber seine Hand freigab und sprach.
»Zieh keine Schau ab, Kumpel.«
Stieber redete wie der Gebrauchtwagenhändler vom Fitzroy Square. Der andere Mann fluchte, kehrte zu seinem eigenen Wagen zurück, kam zu dem Schluß, daß er mit diesem brutalen Kerl nichts zu tun haben wollte, und fuhr davon.
Stieber steckte Geld in die Parkuhr und griff nach dem festen Umschlag, den er in einem Schreibwarengeschäft gekauft und mit leeren Din A 4-Bogen vollgestopft hatte. Er rückte seine Sonnenbrille zurecht, zog seine Mütze in einem verwegenen Winkel ins Gesicht und näherte sich dem Haupteingang des Krankenhauses.
Er wußte, daß sich Dr. Rose irgendwo im Gebäude aufhielt. Er hatte, nachdem er den Ford Escort gekauft hatte, von einer Telefonzelle aus angerufen. Er trat ein und wendete sich an die diensttuende Schwester. Das war der riskante Teil.
»Ich habe hier ein paar wichtige Papiere für Dr. Arthur Rose. Eilt aber nicht.«
»Sie können sie hier bei mir lassen.«
»Geht nicht. Ich soll sie ihm persönlich aushändigen. Wie ich sagte, es eilt nicht, aber er muß sie bis heute abend haben.«
»Er sitzt in einer Konferenz.«
»Dann komme ich wieder. Wissen Sie, wann er gewöhnlich geht?«
»Heute abend gegen sieben.«
»Hier ist das Parken schwierig – man kriegt nur die verbotenen Plätze«, fuhr Stieber fort. Er starrte die Schwester durch seine Sonnenbrille hindurch an. »Wenn Sie die Bemerkung gestatten – Sie sehen toll aus in dieser Tracht. Steht Ihnen wirklich gut...«
Das recht gewöhnlich aussehende Mädchen errötete, kehrte aber, als Stieber fortfuhr, schnell wieder zur Pose der korrekten Empfangsschwester zurück.
»Könnte ich Dr. Rose vielleicht kurz sehen? Dann erkenne ich ihn, kann ihm diese wichtigen Papiere aushändigen und laufe zu meinem Wagen zurück, bevor ein Strafzettel daranhängt.«
»Ich denke, das läßt sich machen.« Sie rief eine Schwester an, die gerade durch die Halle eilte. »Susan, kannst du diesen Herrn zum Konferenzraum im dritten Stock bringen, wo Dr. Rose gerade seinen Vortrag hält? Er möchte ihn nur sehen, damit er ihn später wiedererkennt.«
Stieber sprach kein Wort mit der strenggesichtigen Schwester, die mit ihm im Fahrstuhl hinauffuhr. Sie führte ihn einen Korridor entlang und blieb

dann vor einem großen Fenster stehen. Etwa ein Dutzend Männer in weißen Kitteln saßen dahinter und hörten einem auf einem Podest stehenden Mann in Straßenkleidung zu.
»Das ist Dr. Rose. Auf dem Podest.«
Ein gutgebauter Mann um die Vierzig mit rundlichem Gesicht und einer randlosen Brille. An den Schläfen ergrauendes Haar. Glatt rasiert. Die Schwester stand Wache und dachte nicht daran, zu verschwinden. Stieber wollte das Gebäude nicht durch den Haupteingang verlassen und der Schwester am Empfang keine Gelegenheit geben, ihn ein zweites Mal und eingehender zu betrachten.
»Danke...« Plötzlich schlug er die Hand vor den Mund. »Himmel, mein Magen... Mir ist schlecht. War mir doch so, als hätte dieser Hamburger komisch geschmeckt...«
»Durch diese Tür geht es zu den Toiletten«, sagte die Schwester. »Sie finden Ihren Weg hinaus? Gut.« Sie hielt ihm die Tür auf. Sie hatte ohnehin alle Hände voll zu tun und legte nicht den geringsten Wert darauf, auch noch Erbrochenes aufwischen zu müssen.
Stieber verschwand in der Toilette, betrat eine Kabine, verriegelte die Tür und ließ sich, seinen Umschlag in der Hand, auf dem Becken nieder. Er wartete ein paar Minuten, betätigte die Spülung und lugte in den Korridor hinaus. Leer. Er ging schnell auf die mit *Notausgang* bezeichnete Tür zu. Dahinter führte eine Eisentreppe bis ins Erdgeschoß.
Niemand war in Sicht, als er das Gebäude durch einen Hinterausgang verließ und zu seinem Wagen zurückkehrte. Er fuhr ein paar Straßen weiter, fand einen Pub mit einem freien Parkplatz, ging hinein und bestellte sich ein Schinkensandwich und ein Bier.
Wenn er in London war, hielt er sich am liebsten in irgendeinem Pub auf. Nicht des Bieres wegen, das grauenhaft schmeckte im Vergleich zu den deutschen Sorten, sondern wegen der Unterhaltungen, die er belauschte. Um sein Englisch aufzupolieren, Akzente aufzunehmen, die umgangssprachlichen Ausdrücke aufzuschnappen, den Paß, ohne den man nicht akzeptiert wurde, war ein Pub der ideale Ort.
»Sind Sie Taxifahrer?« fragte der Barmann, als er ihm das zweite Glas brachte. »Das ist ein Hobby von mir – raten, welchen Beruf meine Gäste haben.«
»Nein. Ich bin arbeitslos.«
»Pech. Aber das geht Ihnen nicht alleine so. Sind Sie schon lange ohne Job?«
»Erst seit einem Monat. Kommt mir vor wie ein Jahr...«

Glücklicherweise kam ein anderer Gast an die Bar. Stieber hatte seine Brille abgenommen und die Mütze in die Tasche seines Anoraks gestopft, bevor er das Lokal betreten hatte. Wie Taxifahrer hatten auch Barmänner ein gutes Gedächtnis.

Er schlug den Rest des Tages tot, indem er noch zwei weitere Pubs besuchte, wo er Orangensaft trank – er konnte es nicht riskieren, von der Polizei angehalten zu werden und in ein Röhrchen pusten zu müssen. Dann fuhr er am Südufer des Flusses herum und orientierte sich über den Straßenverlauf. Er mußte mehrmals um das Krankenhaus herumfahren, bis er einen Parkplatz gefunden hatte.

Inzwischen war es dunkel geworden. Drei Parkplätze wurden gleichzeitig frei. Die Briten machten früh Feierabend. Die Züge hatten Verspätung – die Schienen waren vereist, Signale festgefroren. Stieber hatte in einer Zeitung, die er gekauft hatte, bevor er einen der Pubs betrat, den Wetterbericht gelesen. Die Temperatur war rapide gesunken, auf den Straßen schimmerte Eis. Das Fehlen von Passanten und das Eis würden helfen. Stieber hatte das Gefühl, daß dies leicht sein würde. Im Gegensatz zu der Sache mit Tweed. Aber das entsprach seinen Erfahrungen – Jobs waren entweder ein Klacks oder verdammt schwierig. Ein Klacks. Wieder ein Ausdruck, den er in einem der Pubs aufgeschnappt hatte. Anfangs hatte er nicht gewußt, was er bedeutete, aber im weiteren Verlauf der Unterhaltung war es ihm klargeworden.

Er parkte an einer Stelle, an der er freie Sicht auf den Haupteingang des St. Thomas-Hospitals hatte. Sicherheitshalber war er eine Stunde zu früh eingetroffen, und nun brauchte er nur noch zu hoffen, daß Dr. Rose allein herauskam.

Während er dasaß, die behandschuhten Hände auf dem Lankrad – er hatte ständig Handschuhe getragen, seit er am Morgen aus dem Flugzeug gestiegen war –, dachte er über die Briten nach. Sie arbeiteten nicht so, wic die Deutschen es taten. Und sie verbrachten entschieden zuviel Zeit in ihren fürchterlichen Pubs, unterhielten sich oder saßen einfach da, lasen vielleicht eine ihrer langweiligen Zeitungen. Wenn Stieber sich entspannen wollte, ging er ins Kino und schaute sich einen Sexfilm mit hübschen Mädchen an.

Punkt sieben Uhr verließ Dr. Arthur Rose mit Mantel und Aktenkoffer das Krankenhaus – allein. Während Stieber aus seiner Parklücke herausfuhr, ging Rose auf die Westminster Bridge zu, auf der tückischen Oberfläche vorsichtig einen Fuß vor den anderen setzend. Stieber konnte seinem Glück kaum trauen.

Er schaute durch die Windschutzscheibe und in den Rückspiegel. Keine Menschenseele in Sicht. Nicht einmal ein Auto. Er fuhr langsam auf die Brücke zu. Dann blinzelte er. So viel Glück war kaum vorstellbar. Ein Klacks. Rose war am Fußgängerüberweg stehengeblieben, drückte auf den Ampelknopf und wartete.
Die Ampel sprang für die Fahrzeuge auf Rot, und Rose trat vom Bordstein herunter. Stieber gab Gas, raste vorwärts. Er sah, wie sich Rose auf das Geräusch hin umdrehte, sah sein entsetztes Gesicht, dann prallte der Wagen mit Höchstgeschwindigkeit gegen ihn. Stieber spürte den weichen Schlag von Fleisch und Knochen gegen Metall. Roses Körper wurde hochgeschleudert, seine Arme flegelten durch die Luft, der Aktenkoffer flog in hohem Bogen davon. Der Körper fiel herunter, sackte auf der Straße zusammen. Stieber behielt seine Geschwindigkeit bei, spürte, wie der Wagen ruckte, als die Reifen über die Leiche hinwegrollten. Immer auf Nummer Sicher gehen, dachte Stieber und kicherte.

Er fuhr quer durch die Stadt nach Finchley; dort hatte er während der drei Monate, die er auf Morgans Anraten zum Aufpolieren seines Englisch in London verbracht hatte, ein Zimmer bewohnt. Bei der langsamen Fahrt durch eine Nebenstraße entdeckte er ein in völliger Dunkelheit dastehendes Haus. Er fuhr weiter und parkte den Wagen hinter der nächsten Ecke.
Er kehrte zu Fuß zu dem Haus zurück, betrachtete es noch einmal genauer. Dann stieß er die Pforte auf und schlich sich über einen bemoosten Weg zum Seiteneingang. Auch nach hinten heraus brannte kein Licht. Er drückte auf die Klingel, fluchtbereit für den Fall, daß er drinnen irgendein Geräusch hörte. Nichts.
Er brauchte fünf Minuten, um eine Scheibe in der Hintertür einzuschlagen, hineinzugreifen und den Schlüssel herumzudrehen, die Küche zu betreten, die Tür hinter sich zu schließen. Auf dem Tisch lag eine Decke. Er riß sie herunter, klemmte sie unter den Arm und ging über den Flur in das nach vorn hinaus liegende Wohnzimmer. Auf dem Tisch standen zwei versilberte Leuchter und eine versilberte Schale. Er ergriff sie, wickelte sie in die Tischdecke und verließ das Haus auf dem gleichen Wege, auf dem er es betreten hatte.
Als er durch die menschenleere Straße zu seinem Wagen zurückkehrte, hatte es wieder zu schneien begonnen. Er öffnete den Kofferraum, legte das in die Tischdecke eingewickelte Diebesgut hinein, machte ihn leise wieder zu. Eine halbe Stunde später ließ er den Wagen acht Kilometer entfernt in der Nähe einer U-Bahn-Station stehen.

Eine Stunde später entstieg Stieber der U-Bahn, die ihn zum Flughafen gebracht hatte. Da an diesem Abend keine Maschine mehr abflog, nahm er ein Zimmer im Penta-Hotel und ging, nachdem er sich seines Koffers entledigt hatte, zum Abendessen ins Restaurant.
Während er aß, ließ er noch einmal alle Details seines kurzen Besuchs Revue passieren. Er war nicht mit einem Taxi gefahren. Natürlich war es möglich, daß die Polizei seinen verlassenen Wagen früher oder später mit dem Mord an Dr. Rose in Verbindung brachte, zumal sich an der Kühlerhaube deutliche Hinweise auf den Zusammenstoß mit dem Doktor finden mußten. Aber das Ganze würde aussehen wie das Werk eines kleinen Diebes, der zufällig einen Fußgänger überfahren hatte. Die »Beute« im Kofferraum würde diese Theorie stützen. Das Werk irgendeines Halbstarken. Kein Profi würde versilbertem Zeug einen zweiten Blick gönnen.
Stieber genoß sein Abendessen, genehmigte sich eine Flasche Riesling. Die hatte er verdient. Morgen würde er mit dem Gefühl, saubere Arbeit geleistet zu haben, nach Basel zurückfliegen.

Siebenundzwanzigstes Kapitel

Im Gasthof Laufen war Tweed aus dem Bett, sobald es hell geworden war. Binnen zehn Minuten hatte er sich gewaschen, rasiert und angezogen und sein Nachtzeug in seinem Koffer verstaut – etwas, das er Jahre zuvor als aktiver Agent gelernt hatte. Im Notfall mußte man schnell verschwinden können. Dann stand er am Fenster, hielt das Fernglas vor die Augen und ließ es dann am Riemen baumeln.
Er blickte gerade auf die Brücke hinunter, wo an beiden Enden die rot-weißgestreiften Schlagbäume gehoben wurden, als Paula an seine Tür klopfte. Er schloß auf, ließ sie ein, schloß die Tür wieder ab und trat neben sie ans Fenster. Er spürte, wie nervös sie war.
»Sollten wir nicht lieber noch ein oder zwei Tage warten?« fragte sie.
»Nein, wir gehen am Vormittag hinüber. Wir haben eine ganze Nacht an einem Ort verbracht. Das ist lange genug. Wir müssen in Bewegung bleiben.«
»Sie tun so, als wären Sie mächtig frisch, mächtig zuversichtlich. Ich wollte, mir ginge es ebenso. Wie kommt das?«
»Ich bin froh, daß ich dieses Zimmer genommen und die Brücke beobachtet habe. Jetzt kenne ich die Routine.«
Paula preßte die Lippen zusammen, schaute hinaus auf die Brücke und den

Fluß. An dieser Stelle beschrieb der Rhein eine S-Kurve. Auf der deutschen Seite standen Beamte des Bundesgrenzschutzes in grünen Mänteln und Schirmmützen vor dem Abfertigungsgebäude. Ihre Schweizer Kollegen am anderen Ende trugen blaue Mäntel und blaue Schirmmützen. Alle hatten die Mäntel zum Schutz vor der Kälte bis zum Hals zugeknöpft.
»Die Routine ist wichtig?« erkundigte sich Paula.
»Äußerst wichtig. Auf dieser Seite werden alle Fahrzeuge angehalten, Pässe und Wagenpapiere geprüft. Sie haben sogar Frauen angehalten, die die Brücke auf Fahrrädern überqueren wollten. Nur Fußgänger werden nicht kontrolliert. Das habe ich herausgefunden. Also müssen wir uns unserer Koffer entledigen. Mit ihnen würden wir selbst als Fußgänger kontrolliert werden.« Tweeds Stimme war knapp, tatkräftig. »Das bedeutet, daß wir unsere Sachen in Plastiktüten verstauen müssen. Etliche Leute trugen welche bei sich, und niemand hat sich darum gekümmert.«
»An der Stelle, an der Newman uns abgesetzt hat, war ein kleiner Supermarkt. Ich könnte hingehen, ein paar Kleinigkeiten kaufen, ein paar Plastiktüten besorgen.«
»Nach dem Frühstück.«
»Aber was machen wir mit unseren Koffern?«
»Wir schieben sie hier hinein. Ich habe mich umgesehen.« Tweed führte sie zu einer kleinen Tür unter der Dachschräge. Er öffnete sie und ließ den Strahl seiner Taschenlampe in die Abseite fallen, damit Paula hineinschauen konnte. Sie richtete sich wieder auf.
»Wird sie das Zimmermädchen nicht finden?« gab sie zu bedenken.
»Nicht gleich. Ich verstecke sie unter den beiden Decken, die auf dem Bord da drinnen liegen. Bevor ich das tue, mache ich die Schlösser kaputt. Das erklärt, weshalb wir sie zurückgelassen haben. Aber wenn die Koffer gefunden werden, sind wir längst über alle Berge.«
»Wirklich?« Sie trat wieder ans Fenster. »Wird die Brücke immer noch von diesen Männern mit der Filmkamera beobachtet?«
»Natürlich.«
»Aber dann werden sie uns fotografieren!«
»Das hoffe ich...«
Sie fuhr auf dem Absatz herum. »Wieder einmal eine Ihrer geheimnisvollen Bemerkungen. Was meinen Sie damit?« fauchte sie. »Und diese Klamotten finde ich abscheulich. Bestehe ich die Musterung?«
Paula trug abgetragene Blue Jeans und einen wattierten Anorak; ihre Füße steckten in Turnschuhen. Sie hatte diese Klamotten, wie sie sich ausdrückte, in Freiburg gekauft, weil Tweed es verlangt hatte.

»Sie sehen gut aus. Sie sehen aus wie alle anderen Leute auch. Das ist heutzutage eine Art Uniform. Also verschmelzen Sie mit Ihrem Hintergrund. Und jetzt Frühstück. Mit vollem Magen werden Sie sich wohler fühlen.« Er lächelte. »Und ich auch.«
»Es tut mir leid«, sagte sie und schlang ihm impulsiv die Arme um den Hals, »daß ich ein bißchen nervös war. Wenn wir unterwegs sind, wird wieder alles in Ordnung sein – ganz bestimmt.«
»Ich weiß. Ein gutes Frühstück. Jetzt gleich...«

Tweed wanderte als erster den Hügel zum deutschen Grenzposten hinunter, gefolgt von Paula im Abstand von rund einem Dutzend Metern. Er hatte auf dieser Anordnung bestanden, teils, um ihr mehr Sicherheit zu geben, aber er hatte ihr auch eine strikte Anweisung erteilt.
»Mir wird nichts passieren – aber falls es doch dazu kommen sollte, dann gehen Sie weiter und wenden sich an die Schweizer Polizisten, deren Wagen neben dem Schlagbaum parkt.«
Als er sich dem deutschen Grenzposten näherte, wurde gerade ein BMW angehalten. Tweed trug in jeder Hand eine Plastiktüte mit den Dingen, die vorher in seinem Koffer gesteckt hatten. Paula war auf ähnliche Weise beladen. Sie sahen aus wie zwei Leute, die gerade ihre Einkäufe erledigt haben, zwei Leute, die sich überhaupt nicht kennen.
Tweed blieb am Bordstein stehen, schaute zurück, wie um sich zu vergewissern, daß kein Auto kam, sah Paula, die ihm mit hocherhobenem Kopf folgte. Er passierte den Grenzposten in normalem Tempo. Die Sonne strahlte wieder hell vom Himmel und spiegelte sich gleißend im Chrom des BMW.
Jetzt war er auf der Brücke, wanderte steten Schrittes auf dem linken Gehsteig entlang. Er hatte die deutsche Grenzstation passiert, ohne daß jemand Notiz von ihm genommen hatte; die Grenzer waren damit beschäftigt, den Fahrer des BMW zu kontrollieren, in seinen Kofferraum zu schauen. Tweed hatte den halben Weg hinter sich gebracht, unter sich den schnell fließenden Rhein, als er stehenblieb und direkt zu dem Haus mit der versteckten Filmkamera hinaufschaute.
Paula war fassungslos und mußte sich dazu zwingen, weiterzugehen. Was zum Teufel hatte Tweed vor? Es war fast, als hätte er die unsichtbaren Wächter hinter den Gardinen ganz bewußt herausgefordert. Dann hatte er sich wieder in Bewegung gesetzt, näherte sich dem Schweizer Grenzposten.
»Es wird dort schiefgehen, wo wir am wenigsten damit rechnen«, sagte sich Paula. »Die Schweizer haben von London seine Beschreibung erhalten...«

Sie biß die Zähne zusammen, als Tweed näher herankam und einer der Schweizer Grenzer die Straße überquerte. Er würde Tweed anhalten. Es war alles aus. Nachdem sie schon so viel hinter sich hatten...
Der Beamte stand mit den Händen auf den Hüften auf dem Gehsteig, Tweed zugewandt, der sich ihm stetig näherte. Der Beamte blickte über das Geländer der Brücke, unter der eine Polizeibarkasse zum Vorschein kam, rief etwas zu den Männern an Bord hinunter, schwenkte eine Hand, kehrte über die Straße zu seinem Posten zurück und begann ein Gespräch mit seinem Kollegen. Tweed ging vorbei und bog auf die hinter der Brücke bergauf führende Straße ein.
Er hätte nur zu gern zurückgeschaut, um festzustellen, wie es Paula erging, aber er widerstand der Versuchung. Er stieg weiter die von alten Häusern gesäumte Straße hinauf, die eine Rechtskurve beschrieb. Von der Stelle, an der er sich jetzt befand, war der Bahnhof keine zehn Minuten weit entfernt.
Er wußte, daß er außer Sichtweite der Brücke war, als er hinter sich das Knirschen schneller Schritte hörte, doch er drehte sich auch jetzt nicht um. Paula holte ihn ein, schwer atmend. Es war so kalt, daß ihr Atem wie der Tweeds in Form kleiner Dampfwolken aus ihrem Mund kam.
»Meinen Sie nicht, daß wir uns jetzt wieder zusammentun könnten?« fragte sie.
»Kommt darauf an, was Sie damit meinen. Wir befinden uns an einem ziemlich öffentlichen Ort.«
Sie versetzte ihm mit dem Ellenbogen einen freundschaftlichen Rippenstoß.
»Sie wissen genau, was ich meine. Und sehen Sie sich dieses Schild an. Wir haben es geschafft.«
An der Straße wies ein großes Schild in die Richtung, aus der sie gekommen waren. *Bundesrepublik Deutschland.* Tweed lächelte sie an, als sie gemeinsam die vereiste Straße hinaufwanderten.
»Möchten Sie umkehren und noch einmal hinüberschauen?«
»Besten Dank, ich glaube, darauf kann ich verzichten.«
Nach all dem, was hinter ihnen lag, fühlten sie sich jetzt so erleichtert, daß sie sich neckten wie Schulkinder. Sie passierten mehrere teuer aussehende Villen mit grau getünchten Mauern, dann waren sie auf ebenem Gelände. An einer Kreuzung stießen sie auf ein weiteres Schild. *Altstadt.*
Tweed deutete mit einer Kopfbewegung nach rechts. »Ein wunderschönes Beispiel für eine mittelalterliche Stadt. Schade, daß wir nicht die Zeit haben, sie uns anzusehen. Ah, da ist der Bahnhof. Hier biegen wir links ab.«
Paula warf einen Blick nach rechts. Eine gerade Straße mit Kopfsteinpflaster führte zu einem alten Turm mit einem Torbogen, durch den man in die

Altstadt gelangte. Unter seinem steilen Dach war eine Uhr mit römischen, in Gold aufgemalten Ziffern. Sie war so groß, daß sie sehen konnte, wie der Minutenzeiger sich bewegte.
Unter anderen Umständen hätte sie sich die Stadt gern angesehen, aber ihr war kalt, und sie wollte so schnell wie möglich von der Grenze fortkommen. Als sie nach links abgebogen waren, sah sie den Bahnhof, ein zweigeschossiges Gebäude mit korallenrot getünchten Mauern und Läden vor den Fenstern, das einem Wohnhaus ähnlicher sah als einem Bahnhof.
Tweed betrat die Halle, studierte den Fahrplan. Er trat an den Fahrkartenschalter, stellte seine Plastiktüten ab und starrte den Schalterbeamten an. Paula war neben ihn getreten.
»I – want – two – tickets – to – Zürich. Single...«
Zu Paulas Verblüffung sprach er englisch, redete mit dem Beamten, als hätte er einen Schwachsinnigen vor sich. Der Mann ließ von der Maschine zwei Fahrkarten ausdrucken, während Tweed mit Schweizer Banknoten hantierte. Dann musterte er die Fahrkarten und starrte abermals den Beamten an.
»These – are – first – class?« murmelte er.
»Wie bitte?« sagte der Beamte in einwandfreiem Englisch.
Paula verlor die Geduld. »Erste Klasse fahren«, sagte sie.
»Ah, erste Klasse? Ich habe den Herrn nicht richtig verstanden...«
Der Beamte gab ihnen andere Fahrkarten, sortierte die Banknoten, die Tweed durchgeschoben hatte, gab ihm die Hälfte zurück, beugte sich vor, sprach langsam und deutlich.
»Sie müssen in Eglisau umsteigen. Der Zug fährt in fünf Minuten. Der nächste Zug.«
»Das ist mir anhand Ihres Fahrplans schließlich klargeworden«, knurrte Tweed. »Die britischen Fahrpläne sind viel besser als die deutschen.«
»Schweizer«, korrigierte ihn der Beamte. »Sie sind in der Schweiz.«
»Das weiß ich. Halten Sie mich für blöd?«
Auf dem menschenleeren Bahnsteig ging Paula, der das Überqueren der Brücke noch in den Knochen steckte, in die Luft.
»Sind Sie verrückt geworden? Mitten auf dieser verdammten Brücke bleiben Sie stehen und schauen hinauf zu dem Haus mit der Filmkamera. Und jetzt ziehen Sie vor dem Schalterbeamten eine Schau ab, sprechen englisch, obwohl Sie ohne weiteres hätten deutsch sprechen können. Dieser Mann wird sich bestimmt an uns erinnern, wenn jemand Erkundigungen einzieht.«
»Das hoffe ich.« Tweed war wieder ganz der alte, hellwach und tatkräftig. »Ich lasse eine Falle zuschnappen.«

»Wie meinen Sie das? Manchmal fühle ich mich regelrecht gedemütigt, weil wir nur ständig davonlaufen. Das ist so gar nicht unsere Art.«
»Und deshalb«, wiederholte Tweed, »lasse ich eine Falle zuschnappen. Lege eine Pulverspur hinter uns an, wenn Sie so wollen – eine Pulverspur, die unsere Verfolger zu gegebener Zeit in die Luft jagen wird.«

Achtundzwanzigstes Kapitel

Newman benutzte dieselbe Telefonzelle im Basler Hauptbahnhof, um Alois Turpil anzurufen. Der Esel hatte ihre Verabredung am Vorabend nicht eingehalten. Newman war beim Einlaufen des Zugs um 18 Uhr auf dem Bahnsteig gewesen, hatte mit seiner *Financial Times* zugesehen, wie Passagiere ausstiegen. Dann war der Bahnsteig leer, der Zug hatte den Bahnhof verlassen, und niemand hatte sich ihm genähert. Er fluchte, ging ins Bahnhofsrestaurant und bestellte einen großen Scotch.
»Wer ist da?« erkundigte sich dieselbe Stimme am anderen Ende der Leitung.
»Das sollten Sie eigentlich wissen. Sie sind gestern abend nicht gekommen. Was haben Sie sich eigentlich dabei gedacht?« fragte Newman.
»Wenn Sie mir gesagt hätten, wo Sie wohnen, und mir eine Telefonnummer gegeben hätten, hätte ich Sie angerufen«, schnurrte Turpil. »Mir ist etwas sehr Wichtiges, völlig Unvermutetes dazwischengekommen. Ich konnte nicht weg. Von wo aus rufen Sie jetzt an?«
»Von einer Telefonzelle am Hauptbahnhof natürlich.«
»Heute abend kann ich kommen. Ganz bestimmt. Wir treffen uns am gleichen Ort um die gleiche Zeit.« Seine Stimme hatte einen unterwürfigen Ton angenommen.
»Eines lassen Sie sich gesagt sein, Turpil. Wenn Sie mich wieder versetzen, erfährt es unser gemeinsamer Freund, und Sie bekommen nie wieder einen Auftrag von ihm. Oder von mir. Nein, unterbrechen Sie mich nicht. Hören Sie lieber zu. 18 Uhr heute abend. Auf dem Bahnsteig, auf dem der Zug einläuft. Halten Sie Ausschau nach der *Financial Times* unter meinem Arm. Sie ist auf rosa Papier gedruckt.«
»Das weiß ich...«
»Gut, daß Sie wenigstens etwas wissen. Ihre letzte Chance, Turpil.«
Newman knallte den Hörer auf die Gabel und verließ die Zelle.

»Wachen Sie auf. Jetzt kommt Laufenburg.« Horowitz grub seinen Ellenbogen in die übergewichtige Masse von Morgan, der auf dem Sitz neben ihm saß.
»Was kommt jetzt?«
Morgan hatte einen reichlichen Lunch mit sämtlichen Beilagen verzehrt. Einen Aperitif vorweg. Weißwein, dann Rotwein zu der aus vier Gängen bestehenden Mahlzeit. Gefolgt von Kaffee und einem großen Cognac. Er blinzelte. Sie saßen im dunklen Vorführraum im Keller des Basler Büros von World Security.
Weitere Bilder erschienen auf dem Schirm, Filme, die am Vortag mit den an den kleineren Grenzübergängen versteckten Kameras aufgenommen worden waren. Es war früher Nachmittag. Die Filme waren von Kurieren auf Motorrädern gebracht worden. Sie hatten acht Filme von acht verschiedenen Übergängen gesehen, bevor Morgan in tiefen Schlaf versunken war.
»Das habe ich Ihnen gerade gesagt. Jetzt kommt Laufenburg.«
»Wieder Fehlanzeige«, knurrte Morgan und griff nach seinem Zigarrenetui. Er zog eine Zigarre heraus und drehte sie zwischen seinen dicken Fingern. Wenn er sie anzündete, würde ihn dieser Erzpuritaner Horowitz anöden. Er bemühte sich um Konzentration. Leute, die eine Brücke überqueren. Wieder nichts ...
Horowitz beugte sich vor. Morgan spürte, daß sein Sitznachbar gespannt war wie eine zusammengepreßte Stahlfeder. Er blinzelte abermals, gähnte, setzte sich aufrecht hin, um sich wachzuhalten.
»Den Film anhalten!« rief Horowitz dem hinter ihnen stehenden Vorführer zu. »Ja, das ist das Bild. Und jetzt vergrößern Sie es. Den Mann, der die Brücke überquert und zwei Plastiktüten trägt ...«
Morgan runzelte die Stirn, steckte die Zigarre in den Mund, kaute darauf herum, als der Film angehalten und das Bild vergrößert wurde, Kopf und Schultern eines barhäuptigen Mannes zeigte, der die Rheinbrücke überquerte. Horowitz' Stimme war ein scharfes Zischen.
»Das ist Tweed. Wann wurde diese Aufnahme gemacht?« rief er.
»Gestern vormittag.«
Die Stimme des Vorführers hörte sich an wie ein körperloses Echo. Außer ihm waren nur zwei Personen anwesend, Horowitz und Morgan. Der Waliser starrte auf das Gesicht des Mannes, der mit grimmiger Miene direkt zur Kamera aufschaute. Das Bild war verschwommen, aber jetzt, nachdem Horowitz ihn darauf aufmerksam gemacht hatte, war auch Morgan ganz sicher, daß er Tweed vor sich hatte. Horowitz wendete sich wieder an den Vorführer.

»Es kann sein, daß eine Frau bei ihm ist. Lassen Sie den Film weiterlaufen.«
Das verschwommene Bild verschwand, die Leinwand war ein paar Sekunden lang leer, bevor der Film weiterlief und den größten Teil der Brücke zeigte. Morgan lehnte sich zurück, aber Horowitz saß reglos vorgebeugt da. Dann zerriß seine bedächtige Stimme abermals die Stille.
»Die Frau – auch mit Plastiktüten – in Jeans und Anorak. Anhalten. Die Aufnahme vergrößern. Schnell!«
Morgan saugte an seiner feuchten Zigarre. Eine weitere Aufnahme von Kopf und Schultern füllte die Leinwand aus, gleichfalls verschwommen, aber das Gesicht war deutlich zu erkennen. Horowitz lehnte sich auf seinem Sitz zurück und wendete sich an Morgan.
»Ich habe die Fotos eingehend genug betrachtet, um ganz sicher zu sein. Diese Frau ist Paula Grey. Sie haben beide die Grenze zur Schweiz überschritten.«
»Nun, auf seine Freundin will er natürlich nicht verzichten«, bemerkte Morgan. »Alle häuslichen Freuden genießen...«
»Den Akten zufolge ist Paula Grey seine Assistentin. Von intimen Beziehungen ist darin nicht die Rede.«
Horowitz' Stimme klang streng und hörte sich an, als fände er Morgans Lebensanschauung widerwärtig. Ja, ein Erzpuritaner, dachte Morgan, und ein kaltblütiger Mörder obendrein. Der hat es gerade nötig, den Moralapostel zu spielen! Aber er sagte nur:
»Damit hätten Sie Ihre Leute. Was haben Sie jetzt vor?«
»Wo ist Stieber?«
»Er kommt erst morgen zurück«, antwortete Morgan schnell. »Ich habe ihn fortgeschickt. Er soll in Deutschland etwas für mich überprüfen.«
»Dann brauche ich sofort einen Wagen, der mich nach Laufenburg bringt. Das ist nicht weit von hier, und ich möchte mich mit den Leuten unterhalten, die den Film aufgenommen haben. Außerdem muß ich vielleicht in Laufenburg weitere Erkundigungen einziehen. Ich möchte sofort losfahren. Mit je einem Abzug von diesen beiden Aufnahmen.«
»Ich komme mit.« Morgan hievte seine Masse von dem Stuhl hoch. »Ich sage dem Vorführer, daß die Abzüge in fünf Minuten fertig sein müssen. Und draußen auf dem Parkplatz steht ein Mercedes, der uns schnell an Ort und Stelle bringen wird.«

»Sie brauchen kein Filmmaterial mehr zu vergeuden«, erklärte Morgan dem Mann, der die Kamera bediente, nachdem sie das Zimmer in dem alten Haus oberhalb des Rheins betreten hatten. »Sie haben unseren Mann

erwischt, Stutz, und gibt es einen Aschenbecher in dieser Bude, Jost?« fragte er den anderen Mann und schwenkte seine brennende Zigarre.
»Herr Stutz«, begann Horowitz wesentlich höflicher, als der Mann an der Kamera auf einen Schalter drückte, sich erhob und seine schmerzenden Arme reckte. »Herr Stutz, dies ist ein vergrößertes Bild von einem Mann, den Sie beim Überqueren der Brücke gefilmt haben. Gestern, wenn ich recht verstanden habe. Können Sie sich zufällig an diesen Mann erinnern? Sie waren hinter zugezogenen Gardinen versteckt – deshalb das leicht verschwommene Bild –, aber das Merkwürdige ist, daß es so aussieht, als schaute er direkt zu Ihnen herauf.«
Stutz, ein kleiner, magergesichtiger Mann, betrachtete die Vergrößerung, kratzte sich den Kopf. Dann gab er Horowitz das Foto zurück und schob sich ein Pfefferminzbonbon in den Mund.
»Ja, an den Mann erinnere ich mich. Und ich hatte das komische Gefühl, als schaute er tatsächlich zu mir herauf. Was unmöglich ist.«
»Nicht unbedingt. Er ist überaus clever. Und diese Frau – erinnern Sie sich auch an sie?«
Stutz reagierte schneller, warf einen Blick auf das Foto und gab es Horowitz dann zurück. »Nein. An die erinnere ich mich nicht.«
»Sie folgte dem Mann im Abstand von etwa einem Dutzend Metern«, beharrte Horowitz.
»Dann ist alles klar. Ich war so verblüfft, weil der Mann direkt zu mir hochschaute, daß ich wahrscheinlich überhaupt nicht darauf achtete, was ich in den nächsten paar Minuten filmte.«
»Ich danke Ihnen, Herr Stutz. Übrigens – um welche Zeit hat der Mann die Brücke überquert?«
»Am späten Vormittag. Die genaue Uhrzeit weiß ich nicht.«
»Nochmals vielen Dank, Herr Stutz. Noch eine letzte Frage. Gibt es in Laufenburg eine Autovermietung?«
Es war sein Kollege Jost, ein kleiner, untersetzter Mann, der die Frage beantwortete. »Nein, die gibt es hier nicht.«
»Sie scheinen sich Ihrer Sache sehr sicher zu sein, Herr Jost.«
»Ich habe voriges Jahr hier Urlaub gemacht. Was der Grund dafür ist, daß ich diesen Auftrag erhielt. Ich wußte, wo wir ein Zimmer mieten und die Kamera aufstellen konnten. In Laufenburg gibt es keine Autovermietung.«
Morgan wartete, bis sie allein waren und neben dem Mercedes auf der vereisten Straße standen, bevor er seine nächste Frage stellte.
»Sie meinen, daß sie einen Wagen gemietet haben, um sich nach dem Überschreiten der Grenze schnell aus dem Staub zu machen?«

»Wohl kaum.« Horowitz bedachte Morgan mit einem fast verächtlichen Blick. »Nicht, wenn es hier keine Firma gibt, bei der man einen Wagen mieten kann. Also haben wir zwei Leute zu Fuß mit einer schweren Plastiktüte in jeder Hand. Die Tüten waren prall gefüllt, das war deutlich zu sehen. Und das bei diesem Wetter. Sie mußten schnell von hier verschwinden. Sie hatten ein aufreibendes Erlebnis hinter sich – das Überschreiten der Grenze. Ihnen muß daran gelegen haben, diesen Ort so schnell wie möglich zu verlassen. Wie? Ich denke, wir fahren als nächstes zum Bahnhof...«
Wieder glitt Horowitz schnell hinter das Lenkrad. Morgans Reaktion auf eine reichhaltige Mahlzeit war ihm nicht entgangen. Trägheit. Zum Fahren brauchte man schnelle Reflexe, zumal bei diesen Straßenverhältnissen. Sein Urteil wurde bestätigt, als er den Motor startete und die Räder auf dem Eis durchdrehten. Er nahm den Fuß von der Bremse, ließ den Wagen ein paar Meter rückwärts rutschen, bremste auf festgefahrenem Schnee. Der Wagen setzte sich bergauf in Bewegung.
Als sie die ebene Strecke am oberen Ende der Anhöhe erreicht hatten, deutete Morgan mit seiner Zigarre nach rechts.
»Dort drüben ist ein Hotel Bahnhof. Durchaus möglich, daß sie da drinnen sitzen, während wir vorbeifahren.«
»Nein.« Horowitz fuhr im Kriechtempo weiter, sah den Bahnhof zu seiner Linken, drehte das Lenkrad. »Ich fange an, mich in das Denken von diesem Tweed hineinzuversetzen. Er ist ein cleverer und einfallsreicher Gegner. Er weiß, wann er warten muß. Er muß zumindest eine Nacht im Schwarzwald verbracht haben, vielleicht sogar zwei, bevor er hierherkam. Und er muß auch die Bombe entdeckt haben, die ich an dem Audi anbrachte, den er in der Nähe des Holzweges versteckt hatte. Sie haben Ihren World Security-Ausweis für die Schweiz bei sich?«
»Ja. Warum?«
»Ich habe vor, das Bahnhofspersonal zu befragen. Sie brauchen nur Ihren Ausweis vorzuzeigen und ›Polizei‹ zu sagen. Alles andere überlassen Sie mir. Ihr Ausweis sieht denen der Schweizer Polizeibeamten sehr ähnlich. Was vermutlich der Grund dafür ist, daß Sie ihn so gestalten ließen. Eines Tages wird sich die Polizei beschweren.«
»Wir machen einen Haufen Geschäfte in der Schweiz. Die macht uns keine Schwierigkeiten.«
»Das spielt für die Polizei in diesem Land keine Rolle. Ah, dort ist der Bahnhof...«
Morgan tat, was Horowitz ihm aufgetragen hatte. Er trat an den Fahrkartenschalter, zückte seinen Ausweis. »Polizei.« Horowitz stand neben ihm.

»Wir glauben, daß Sie uns möglicherweise weiterhelfen können«, begann er mit seiner bedächtigen Stimme. »Wir suchen nach einem gefährlichen Verbrecher. Einem Deutschen, den man für einen Engländer halten könnte. Möglicherweise in Begleitung einer attraktiven Frau. Hier ist ein Foto von ihm. Es ist ein bißchen verschwommen, aber der Mann ist trotzdem gut zu erkennen. Haben Sie ihn jemals gesehen?«
»Ja«, sagte der Schalterbeamte prompt. »Den werde ich nicht so schnell vergessen.«
»Wirklich? Wie kommt das?«
»Er war sehr aggressiv, behandelte mich wie einen dummen Jungen und stellte sich ausgesprochen dämlich an, als er zwei Karten nach Zürich verlangte. Ich glaube nicht, daß er die Schweiz gut kannte – er sprach englisch, langsam, Wort für Wort, und ich kann natürlich gut englisch.«
»Natürlich«, pflichtete ihm Horowitz liebenswürdig bei.
»Er drückte sich so konfus aus«, fuhr der Schalterbeamte fort, »daß ich ihm zwei normale Fahrkarten gab, aber er wollte erster Klasse fahren. Die Frau, die bei ihm war, mußte ›erster Klasse‹ auf deutsch sagen. Dann mußte ich das Geld für ihn sortieren.«
»Zwei Rückfahrkarten erster Klasse nach Zürich?« fragte Horowitz.
»Nein. Einfache Fahrt. Er wußte, daß er in Eglisau umsteigen mußte.«
»Und erinnern Sie sich, um welche Zeit das war?«
»Am Vormittag.« Der Beamte dachte nach. »Irgendwann am späten Vormittag. Was hat er denn verbrochen?«
»Kann sein, daß er sich Geld angeeignet hat, das ihm nicht gehörte.« Horowitz lächelte. »Sie haben uns sehr geholfen. Ich danke Ihnen.«
Morgan stampfte mit den Füßen auf, um seine Schuhe von Schnee zu befreien, bevor er wieder in den Mercedes einstieg und sich neben Horowitz niederließ. Dann schlug er die behandschuhten Hände zusammen, um den Kreislauf wieder in Gang zu setzen.
»Jetzt wissen wir es. Also Zürich.«
»Ich finde Tweeds Verhalten höchst merkwürdig«, bemerkte Horowitz. »Und höchst beunruhigend.«
»Was für ein Verhalten? Mir kam es völlig plausibel vor.«
»Ich sagte vorhin schon, daß ich anfange, Tweed kennenzulernen, zu begreifen, wie sein Verstand arbeitet. Zuerst, beim Überqueren der Brücke, schaut er direkt in die Kamera. Zufall? Das glaube ich nicht. Ich glaube, er hat irgendwie herausbekommen, daß dort eine Kamera versteckt war. Und dann, nachdem er am Bahnhof angekommen ist, zieht er eine große Schau ab, lenkt, ganz gegen seine sonstigen Gewohnheiten, die Aufmerksamkeit

so auf sich, daß man sich an ihn erinnert. Warum? Wir fahren jetzt zurück nach Basel. Später fahre ich nach Zürich, vielleicht mit Stieber. Aber Zürich macht mir Sorgen. Ich werde sehr vorsichtig agieren, das verspreche ich Ihnen.«

Neunundzwanzigstes Kapitel

Newman hatte eine Zeitlang in seinem gegenüber dem Eingang des modernen, achtstöckigen World Security-Gebäudes geparkten Wagen gesessen. Dann hatte er sich einen anderen Parkplatz gesucht und die Gegend zu Fuß erkundet.
Sechs Stufen führten zu der großen, gläsernen Eingangstür hinauf. Hinter ihr patrouillierten Wachmänner mit Hunden. Er ging die seitlich an dem Gebäude entlangführende Nebenstraße hinunter und gelangte zum Rhein. Nicht weit von einer der den breiten Fluß überspannenden Brücken führte eine Treppe zu einem Fußweg hinunter, der sich am Ufer entlangzog.
Er stieg hinunter und blickte dann hoch. Ein bitterkalter Wind wehte ihm ins Gesicht. Es würde noch mehr Schnee geben. In dem frischen Schnee auf der Uferpromenade waren viele Fußabdrücke zu erkennen; unter ihnen lag festgetretener Schnee. Von den Fenstern in allen Stockwerken des über ihm aufragenden Gebäudes hatte man freien Blick auf das jenseitige Ufer. An der Kaimauer hing eine Eisenleiter, die zu einem Bootsanleger hinunterführte.
Den Rest des Tages achtete er darauf, daß er nicht noch einmal in die Nähe des Gebäudes kam. Am Nachmittag begann es zu schneien. Würde das ihr Eindringen in das Gebäude erleichtern oder erschweren? Vorausgesetzt natürlich, daß Turpil diesmal auftauchte.
Um 18 Uhr stand er auf dem gleichen Bahnsteig wie am Vortag. Der Zug fuhr ein, Passagiere stiegen aus, Frauen drückten Schals fester an den Hals, als ihnen beim Verlassen der warmen Abteile die eiskalte Luft entgegenschlug.
Newman, die *Financial Times* unter dem Arm, stand ein Stück abseits. Alle Passagiere verschwanden auf der Bahnsteigtreppe, der Zug fuhr ab, und zurück blieb ein bis auf Newman leerer Bahnsteig. Er fluchte.
»Na schön, Turpil«, sagte er in Gedanken. »Das war's. Gott sei Dank, daß ich nicht gesagt habe, wo ich wohne...«
»Mr. Newman? Mr. Robert Newman?«
Die gutturale Stimme klang vertraut. Newman fuhr herum. Ein Mann war

am oberen Ende der Bahnsteigtreppe aufgetaucht, hatte sich so lautlos bewegt wie eine Katze. Ein kleiner Mann, einen Kopf kleiner als Newman, schmächtig gebaut, aber mit einem bemerkenswerten Gesicht. Deutlich hervortretende Knochen, eine Hakennase, ein breiter, dünnlippiger Mund und ein spitzes Kinn. Er musterte Newman eindringlich mit blaßblauen Augen.

Alois Turpil trug Jeans mit Fahrradklammern, die dafür sorgten, daß die Unterkanten der Beine dicht an seinen Knöcheln anlagen, und einen dunklen, bis zum Hals zugeknöpften Anorak. Auf seinem Kopf saß über einer hohen Stirn eine wollene Pudelmütze.

»Diesmal sind Sie also gekommen«, bemerkte Newman auf deutsch.

»Ich habe Ihnen das am Telefon erklärt, Mr. Newman«, erwiderte Turpil auf englisch. »Wollen wir ins Restaurant gehen und uns unterhalten? Hier ist es entschieden zu kalt.«

»Woher sind Sie gekommen?« fragte Newman, als sie auf das Restaurant zugingen. »Im Zug waren Sie nicht.«

»Immer das tun, womit niemand rechnet. Das ist die einzige Möglichkeit zu überleben. Ich bin mit dem Wagen gekommen. Dann habe ich Sie vom gegenüberliegenden Bahnsteig aus beobachtet – hinter einem Gepäckkarren versteckt. Ich wollte mich vergewissern, daß Sie allein waren...«

Sie wählten einen Tisch, der in einer Ecke stand. Wahrscheinlich lag es am Wetter, der Jahreszeit, der Tageszeit – das Lokal war fast leer. Ein Kellner mit einer weißen Schürze trat zu ihnen.

»Möchten Sie etwas trinken?« fragte Newman.

»Nichts Alkoholisches. Aber gegen eine Tasse Kaffee hätte ich nichts einzuwenden.« Turpil, der nach wie vor seine Pudelmütze trug, wartete, bis sie wieder allein waren. »Ich trinke nie Alkohol, wenn ich arbeite. Trübt den Verstand. Also, Mr. Newman, was kann ich für Sie tun?«

Newman klemmte seinen unter dem Tisch stehenden Aktenkoffer fester zwischen die Beine, streckte Turpil sein Zigarettenpäckchen entgegen, zog eine Zigarette heraus, nachdem Turpil den Kopf geschüttelt hatte. Ohne Umschweife, beschloß er.

»Wir müssen ins Büro von World Security am Rheinufer einbrechen. Ich möchte dort geheime Akten fotografieren, die sich vermutlich in der sogenannten Forschungs- und Entwicklungs-Abteilung befinden, was immer das sein mag. Ich habe eine Kamera. Sie sorgen dafür, daß wir hineinkommen, öffnen Aktenschränke, alle Safes, die Sie finden können. Ich fotografiere bestimmte Dokumente, Sie legen sie wieder genau dorthin, wo wir sie gefunden haben. Wenn wir wieder verschwunden sind, dürfen die Leute

nicht wissen, daß wir ihnen einen Besuch abgestattet haben. Und vor allem sollen sie nicht wissen, daß ich Akten fotografiert habe.«
Er brach ab, als der Kellner den Kaffee servierte. Sie tranken schweigend; Newman wartete auf Turpils Reaktion. Er schätzte sein Alter auf etwa fünfzig oder etwas darüber. Schwer zu sagen; er war so schmächtig. Das Schweigen dauerte an. Turpil musterte Newman wiederholt mit seinen seltsam leuchtenden Augen. Diese Augen gefielen dem Engländer nicht – es lag etwas Unzugängliches darin, etwas, das auf einen Mann hindeutete, dem seine Mitmenschen völlig gleichgültig waren.
»Dieses Lokal ist zu öffentlich«, sagte Turpil, nachdem er seinen Kaffee getrunken hatte. »Es gibt doch bestimmt noch einen anderen Ort, an dem wir uns ungestört unterhalten können.«
Newman seufzte, bezahlte die Rechnung, führte Turpil aus dem Bahnhof hinaus zu der Stelle, an der er seinen BMW geparkt hatte. Er bemerkte, daß Turpil einen Blick auf das Nummernschild warf, und gratulierte sich zu seiner Vorsichtsmaßnahme. Bevor er den Wagen stehengelassen hatte, hatte er ein paar Handvoll Schnee aufgeschaufelt und damit die Nummernschilder zugepflastert. Vorn und hinten.
Turpil ließ sich auf dem Beifahrersitz nieder. Newman setzte sich hinter das Lenkrad, schaltete den Motor ein und die Heizung. Im Wageninnern herrschte eine Temperatur wie in einem Eisschrank. Die Windschutzscheibe war vereist.
»Was Sie da vorhaben, ist gefährlich, äußerst gefährlich«, erklärte Turpil. »Die Leute von World Security können sehr unangenehm werden. Wenn wir erwischt werden, dürfte es darauf hinauslaufen, daß wir hinterher bewußtlos im Rhein treiben.«
»Sie kennen also das Gebäude«, sagte Newman mit plötzlicher Einsicht.
»Das habe ich nicht gesagt. Sie haben mir gesagt, was Sie wollen. Jetzt muß ich wissen, wie Sie meine Dienste zu honorieren gedenken.«
»Fünfzehntausend Schweizer Franken.«
»Lachhaft. Mit dem Herkommen habe ich meine Zeit vergeudet. Ihr Freund Tweed würde es besser wissen.«
»Ich spreche von Bargeld, Turpil.«
Newman hob den Aktenkoffer auf seinen Schoß, schloß ihn auf und hob den Deckel. Turpil warf einen Blick auf die darinliegenden Banknotenstapel, und Newman bemerkte ein kurzes Aufblitzen der blaßblauen Augen. Er klappte den Koffer wieder zu.
»Und ich arbeite nur gegen Bargeld«, erwiderte Turpil. »Wir vergeuden Zeit. Wann wollen wir in das Gebäude einsteigen?«

»Gegen Mitternacht, dachte ich...«
»Nein. Am frühen Morgen, gegen drei Uhr. Dann hat die Aufmerksamkeit der Wachmänner ihren tiefsten Punkt erreicht.«
»Sie kennen das Gebäude«, beharrte Newman. »Ich erhöhe das Honorar. Zwanzigtausend Franken. Mein letztes Angebot. Und außerdem alles, was ich hier in diesem Koffer habe, alles, was ich ausgeben kann.«
Er erwähnte nicht, daß er von dem Geld, das Tweed ihm gegeben hatte, für weitere Unkosten zehntausend Franken in einem Schließfach in den Drei Königen deponiert hatte. Er ließ die Schlösser des Aktenkoffers zuschnappen, zündete sich eine Zigarette an und schaute hinaus auf die verschneite, menschenleere Straße.
»Ich arbeite grundsätzlich nicht innerhalb der Schweiz«, informierte ihn Turpil mit seiner leise schnurrenden Stimme.
Newman gab keine Antwort, sondern sah auf die Uhr. 18.30.
»Sie sind ganz schön knauserig«, bemerkte Turpil, und Newman wußte, daß der Fisch den Köder geschluckt hatte. Es war der Anblick von so viel Bargeld gewesen. Turpils nächste Bemerkung bewies ihm, daß er den Charakter des Mannes richtig eingeschätzt hatte.
»Haben Sie etwas dagegen, wenn ich selbst einen Blick in den Koffer werfe?«
»Durchaus nicht...«
Nachdem er den Inhalt überprüft und Newman den Koffer zurückgegeben hatte, saß Turpil mehrere Minuten lang schweigend da. Inzwischen kannte Newman seine Eigenheiten. Auch er sagte nichts. Dann tippte Turpil auf den geschlossenen, auf Newmans Schoß liegenden Aktenkoffer.
»Im allgemeinen bekomme ich eine Anzahlung, bevor ich mich an die Arbeit mache. Fünfzig Prozent des vereinbarten Honorars.«
Newman schüttelte den Kopf. Es war nicht nur das Herausgeben von so viel Geld – Turpil hätte ihn für nachgiebig gehalten, wenn er seiner Forderung entsprochen hätte. Sie führten eine Art rituellen Tanz auf, und Newman begann, die Geduld zu verlieren.
»Wie sehen die nächsten Schritte aus – zwischen jetzt und der vereinbarten Zeit?«
»Sie amüsieren sich allein bis 2.30 Uhr. Dann hole ich Sie in Ihrem Hotel ab...«
»Dem Hilton«, sagte Newman prompt. Er schaute dem neben ihm sitzenden Mann ins Gesicht. »Aber bevor Sie ins Blaue hinein verschwinden, habe ich noch ein paar Fragen. Wo befindet sich Ihre Ausrüstung? Und was werden *Sie* in der Zwischenzeit unternehmen?«

»Meine Ausrüstung liegt in meinem Wagen, der nur ein Dutzend Meter von hier entfernt geparkt ist. Es ist ein Audi mit einem frisierten Motor. Ich werde das World Security-Gebäude noch einmal gründlich überprüfen.«
»Noch einmal?«
Zum erstenmal lächelte Turpin. »Ich war früher Sicherheitsexperte. Ich habe das Sicherheitssystem in dem Gebäude installiert, und ich kenne mich da drinnen besser aus als in meiner eigenen Wohnung.«
Also hat das ganze Gerede darüber, wie schwierig der Job ist, nur den Zweck gehabt, mehr Geld herauszuholen, dachte Newman. Aber er war erleichtert, daß Turpil auf vertrautem Territorium operieren würde, und so sagte er nichts, als Turpil die Tür öffnete. Bevor er sie wieder schloß, beugte er sich noch einmal herein.
»Am Haupteingang des Hilton. Genau um 2.30 Uhr. Jede Minute ist wichtig.«
Er schlug die Tür zu, bevor Newman etwas erwidern konnte.

Sobald sie in Zürich angekommen waren, hatte Tweed von einer Telefonzelle im Hauptbahnhof aus seinen alten Freund Arthur Beck, den Chef der Schweizerischen Bundespolizei in Bern, angerufen. Paula stand dicht neben ihm und bewachte die Plastiktüten. Beide waren sehr nervös. Wie würde Beck reagieren?
»Arthur Beck«, meldete sich die vertraute, energische Stimme. »Mit wem spreche ich?«
»Tweed am Apparat...«
»Nennen Sie mir den Namen Ihrer reizenden Assistentin – es hört sich an wie Sie, aber...«
»Paula Grey. Und als wir das letzte Mal hier waren, hielten Sie am Flughafen Kloten eine aus Athen kommende Maschine fest, während wir uns unterhielten.«
»Das genügt. Entschuldigen Sie die Vorsichtsmaßnahme. Von wo aus rufen Sie an?«
»Aus einer öffentlichen Telefonzelle.«
»Auf diesen Anruf habe ich gewartet, seit Sie in Laufenburg über die Grenze gekommen sind, mein Freund.«
»Und woher zum Teufel wissen Sie das?«
»Oh, ich habe per Luftpost Howards Bericht über Ihr unkonventionelles Benehmen in London sowie Fotos von Ihnen und Paula erhalten. Ich habe Abzüge von den Fotos an alle Grenzposten geschickt. Sie haben doch bestimmt den Schweizer Beamten bemerkt, der Sie auf der Brücke angese-

hen hat und dann zu seinem Kollegen zurückkehrte. Er hat Sie nach dem Foto erkannt und mir über Funk Meldung erstattet. Und wo sind Sie jetzt?«
»In Zürich. Ich brauche so schnell wie möglich Zugang zu einem leistungsfähigen Funkgerät, das ich ungestört benutzen kann. Vielleicht kann ich Ihnen mehr sagen, wenn – falls – wir uns treffen.«
»Oh, wir müssen uns unbedingt treffen. Ich könnte veranlassen, daß ein Wagen vom Zürcher Polizeipräsidium Sie herbringt, aber ich meine, Sie sollten in Deckung bleiben. Hätten Sie etwas dagegen, mit dem Zug nach Bern zu kommen? Nein? Gut. Nehmen Sie am Bahnhof ein Taxi. Ich schlage vor, daß Sie die Taubenhalde durch den Hintereingang betreten. Sie erinnern sich, wo das ist? Dann erwarte ich Sie. Lassen Sie mir genügend Zeit, den roten Teppich auszurollen.«
»Es wird ein paar Stunden dauern. Wir müssen etwas essen und dann einen Zug nach Bern nehmen.«
»Gut. Richten Sie es so ein, daß Sie nach Einbruch der Dunkelheit ankommen. Wenn Sie da sind, können Sie mir erzählen, wer da in London den Verstand verloren hat und den wilden Mann spielt. Nicht Howard, nach dem zu urteilen, was ich zwischen den Zeilen gelesen habe. Seien Sie vorsichtig.«
Tweed lächelte, als er den Hörer auflegte, teils vor Erleichterung, teils aber auch über den »wilden Mann« – Beck war stolz auf seine englischen Sprachkenntnisse.
»Er ist uns offenbar freundlich gesonnen«, teilte er Paula mit. »So, und jetzt müssen wir zuerst zwei Koffer kaufen, in die wir unsere Sachen packen können. Dann Mittagessen.«
»Ich kenne ein Geschäft in der Bahnhofstraße, in dem es Koffer gibt. Dort drüben ist ein Café. Warten Sie dort auf mich. Ich komme zurück, so schnell ich kann...«

Horowitz saß allein mit Morgan in dessen Basler Büro. Er hatte Eva Hendrix nach Frankfurt zurückgeschickt, nachdem er ihr ein beträchtliches Honorar gezahlt hatte. Er sah keine Möglichkeit mehr, sie in Tweeds Umgebung einzuschleusen.
»Es wird Zeit, daß ich nach Zürich fliege«, verkündete er. »Ich möchte Stieber mitnehmen. Wann erwarten Sie ihn zurück – aus Deutschland, sagten Sie?«
»Er kann jede Minute kommen.«
»Sie müssen in Zürich so viele Leute wie möglich auf Tweed und die Frau ansetzen. Man hat dort ihre Fotos, nehme ich an?«

»Ja. Ich rufe an, gebe Anweisung, weitere Abzüge herzustellen.«
»Ich hoffe, diese Leute sind verläßlich. Können sie ein Netz über eine so große Stadt wie Zürich auswerfen?«
»Natürlich.« Morgan war entrüstet. »Ich habe eine alte Frau, die auf einem Fahrrad unglaubliche Strecken zurücklegen kann. Wir haben Motorradfahrer, Leute zu Fuß, die aussehen wie Chaoten. Wir haben Männer, die an strategischen Punkten, an denen niemand mit ihnen rechnet, Luftballons und Spielzeug verkaufen. Wir können Zürich regelrecht abgrasen . . .«
»Schicken Sie zwei Leute, einen Mann und eine Frau, zum Hauptbahnhof. Dort sind Tweed und seine Begleiterin vermutlich angekommen. Sie sollen sämtliche Hotels überprüfen. Denken Sie sich eine Geschichte aus, die sie vorbringen können, wenn sie die Fotos vorzeigen. Ich schlage vor, daß sie erzählen, er müßte dringend nach New York fliegen, weil seine Frau schwer erkrankt ist. Sie können behaupten, von einer großen Versicherungsfirma zu kommen, bei der Tweed einer der leitenden Angestellten ist. Von der Prudential. Haben Sie die Ausrüstung, um falsche Visitenkarten der Prudential zu drucken?«
»Ja. In unserem Büro in Zürich.« Morgan unterdrückte seine Verärgerung über diese Flut von Anweisungen. »Sie fliegen noch heute nach Zürich?«
Horowitz stand auf. »Nein, morgen. Das gibt Ihnen genügend Zeit, Ihre Leute in Zürich in Motion zu setzen.«
»Das wird mich jeden verfügbaren Mann kosten«, protestierte Morgan.
»Schicken Sie Leute von hier nach Zürich. Dort ist Tweed. Wir sehen uns später.«
Horowitz verließ ohne ein weiteres Wort das Büro und kehrte ins Hotel Drei Könige zurück, in dem er abgestiegen war. Morgan saß wutschnaubend da und paffte an seiner Zigarre, als das Telefon läutete. Es war Buckmaster. Er wollte wahrscheinlich wieder Druck machen.
»Nur eine kurze Nachricht«, teilte ihm die herablassende Stimme mit. »Es tut mir leid, aber ich muß Ihnen mitteilen, daß Dr. Rose einen tödlichen Unfall hatte. Überfahren von jemandem, der anschließend Fahrerflucht beging, heißt es in den Zeitungen. Ich bedaure, der Überbringer einer so traurigen Botschaft zu sein. Bis später.«
Morgan ließ sich in seinem Sessel zurücksinken und seufzte vor Erleichterung. Dieser Anruf kompensierte zumindest sein Gespräch mit Armand Horowitz.

Nachdem Newman beobachtet hatte, wie Turpil in seinem Auto den Parkplatz verließ, war er zum Abendessen zum Hotel Drei Könige zurückgefahren. Den Äußerungen Turpils war zu entnehmen gewesen, daß er vorhatte, den Einbruch in das Gebäude von World Security sorgfältig vorzubereiten. Er parkte den BMW in der Nähe des Hotels, betrat die Halle, erwiderte den Gruß des Empfangschefs, fuhr in sein Zimmer hinauf und duschte.

Die Fahrt durch die Dunkelheit vom Bahnhof zum Hotel war kurz, aber aufreibend gewesen. Es hatte zwar aufgehört zu schneien, aber die Temperatur war rapide gesunken. Die Straßenbahnschienen hatten sich in Eisstangen verwandelt, und die Straßen waren spiegelglatt; zweimal war er in Kurven ins Schleudern geraten.

Nach der Dusche, die ihn erfrischte und aufwärmte, zog er einen wärmeren, für die nächtliche Arbeit geeigneten Anzug an und fuhr hinunter in den Speisesaal. Die Rheinterrasse, auf der man im Sommer im Freien speisen konnte, war geschlossen und mit knöcheltiefem Schnee bedeckt.

Der Speisesaal war nur schwach besetzt. Der Oberkellner wollte ihn zu einem Tisch geleiten, aber Newman reagierte schnell.

»Ich hätte gern diesen Zweiertisch dort drüben an der Wand.«

»Aber selbstverständlich, mein Herr.«

Newman setzte sich mit dem Rücken zur Wand. Er tat, als läse er die Speisekarte; in Wirklichkeit beobachtete er den hochgewachsenen, hageren Mann mit der Stahlbrille, der vier Tische von ihm entfernt saß und Newman ein Dreiviertelprofil darbot. Sein Anblick hatte Newman einen schweren Schlag versetzt.

Er erinnerte sich an die Aufnahme, die Marler von zwei Männern beim Verlassen des Freiburger Büros von World Security gemacht hatte. Den Mann mit der Steckrübenfigur hatte Marler als Gareth Morgan identifiziert. Sein hochgewachsener Begleiter war, wie Marler etwas ausführlicher erklärt hatte, einer der gefährlichsten Killer in ganz Europa. Und jetzt schien Armand Horowitz genau wie Newman der Ansicht zu sein, daß das beste Hotel der Stadt für ihn gerade gut genug war.

Dreißigstes Kapitel

30,10 Grad nördlicher Breite. 41 Grad östlicher Länge. Mittelatlantik, südwestlich der Azoren. William North, der amerikanische Kapitän der *Lampedusa,* eines 20 000-Tonnen-Frachters mit nur einem Schornstein, gab Befehl, die Maschinen zu stoppen. Da sie Hunderte von Meilen von den vielbefahrenen Schiffahrtswegen entfernt waren, beunruhigte ihn der Anblick des an Steuerbord nur eine halbe Meile entfernt liegenden Schiffes. Sein Erster Offizier hatte ihm gerade auf der Brücke Meldung gemacht.

»Der Funker hat ein SOS von diesem Schiff aufgefangen, Sir. Demnach haben sie eine verletzte Frau an Bord. Ist die Kajütstreppe hinuntergefallen und hat sich das Bein gebrochen. Komplizierter Bruch. Sie haben keinen Arzt an Bord. Außerdem haben sie Probleme mit ihrer Maschine. Gestatten Sie, daß wir die Frau an Bord nehmen?«

North stand breitbeinig da, hielt das Fernglas vor die Augen und betrachtete das Schiff. Es machte keine Fahrt, schaukelte auf der sanften Dünung. Dann suchte er den Horizont ab; wie nicht anders zu erwarten, war kein anderes Schiff in Sicht. Es war hellichter Tag, und die Sonne funkelte auf den Wellenkämmen.

»Wir haben einen Arzt«, beharrte der Erste Offizier. »Wenn sie dort bleibt und sie ihre Maschine nicht reparieren können, ist sie in Lebensgefahr.«

»Lassen Sie mich nachdenken.«

North ließ das Fernglas sinken. Es gab viel, worüber er nachdenken mußte. Das havarierte Schiff hieß *Helvetia* und fuhr unter französischer Flagge. Ungefähr 20 000 Tonnen, schätzte er. Es konnte weit nach Süden gedriftet sein, wenn der Maschinenschaden schon vor einiger Zeit aufgetreten war.

Ja, es gab viel, worüber er nachdenken mußte. Im Laderaum der *Lampedusa* stand der riesige Computer. North hatte eine Besatzung von zwanzig amerikanischen Matrosen, sämtlich bewaffnet. Unter der mit Segeltuch abgedeckten Erhebung auf dem Vorschiff steckte ein überschweres Maschinengewehr. Durch sein Fernglas betrachtet, schien die *Helvetia* hilflos auf der See zu rollen.

»Angenommen, wir fahren einfach weiter«, dachte North laut. »Kümmern uns nicht um sie und setzen unsere Reise nach Plymouth fort. Dann können wir den Briten dieses technische Wunderding aushändigen, an Land gehen und ihr Bier kosten.«

»Dann würde ich in der nächsten Zeit nicht gut schlafen«, entgegnete sein Erster Offizier.

»Ich glaube, ich auch nicht«, pflichtete North ihm bei. Er faßte seinen Entschluß. »Also gut. Der Funker soll ihnen sagen, daß sie die Frau mit einem Boot herüberschaffen dürfen. Ich wiederhole – mit einem Boot. Informieren Sie Dr. Schellberger, daß eine Patientin an Bord kommt. Warten Sie! Der Funker soll außerdem auf der vereinbarten Wellenlänge nach Langley berichten, was wir tun. Ich nehme an, Sie haben sich beim Sonar-Team vergewissert, daß sich keine U-Boote in dieser Gegend aufhalten?«

»Ich habe es getan, bevor ich auf die Brücke kam. Routinemaßnahmen in jeder ungewöhnlichen Situation.«
»Gut. Okay. Veranlassen Sie alles Erforderliche. Wir können nicht den Rest des Jahres hier herumtrödeln. Und damit wir ganz sicher gehen – sagen Sie den Schützen, Sie sollen sich beim Maschinengewehr postieren. Aber lassen Sie die Abdeckung darauf. Wir wollen nicht, daß der Kapitän der *Helvetia* einen Herzanfall bekommt. Dann hätte Schellberger gleich zwei Patienten...«
North stand da, die Hände auf den Hüften, und starrte zu dem anderen Schiff hinüber. Dann rief er seinen Offizier zurück, der gerade von der Brücke heruntereilte.
»Noch etwas, Jeff, sagen Sie den Männern von der Wache, sie sollen auf der Hut sein und in der Nähe des Vorschiffs Posten beziehen.«
North, ein Mann von einsachtzig, runzelte die Stirn. Weshalb ordnete er all diese Vorsichtsmaßnahmen an? Weil irgendetwas an dieser gottverdammten Situation ihn beunruhigte. Was, wußte er nicht. Alles machte einen völlig friedlichen Eindruck. Er warf einen Blick auf die Uhr. Sie würden ungefähr eine halbe Stunde brauchen, um die Frau an Bord der *Lampedusa* zu bringen. Die Besatzung der *Helvetia* bestand aus Weißen, Europäern. Das hatte er festgestellt, als er das Deck des Schiffes durch das Fernglas beobachtete.
Er warf einen Blick über die Schulter, als ein kleiner, dicklicher Mann die Leiter emporkletterte. Für sein Alter und sein Gewicht war der weißhaarige Dr. Schellberger sehr flink.
»Ich habe gehört, es gibt Arbeit für mich«, bemerkte er. »Eine Hüftfraktur und ein gebrochenes Bein. Das dürfte ganz schön wehtun.«
North nickte. Dann fiel ihm eine andere Lösung des Problems ein. Er schlug dem Doktor vor, an Bord der *Helvetia* zu gehen und sich dort um die Patientin zu kümmern. Schellberger schüttelte den Kopf.
»Bei einem komplizierten Bruch weiß man nie, was passiert. Mir wäre es lieber, ich hätte sie hier an Bord und könnte sie im Auge behalten.«
North nickte zustimmend. Der Erste Offizier kehrte zurück, erstattete Bericht. »Der Funker schickt Ihre Nachricht an die *Helvetia*. Er wurde aufgehalten, weil er erst eine Botschaft aus London empfangen mußte. Anschließend nimmt er mit Langley Verbindung auf.«
»Danke. Ich nehme an, in einer halben Stunde können wir unsere Fahrt fortsetzen.«

Mehrere tausend Meilen nordwestlich verließ Lance Buckmaster den Raum in der Admiralität, der ihm auf ausdrücklichen Wunsch der Premierministerin zur Verfügung gestellt worden war. In diesem Raum, zu dem niemand außer ihm einen Schlüssel hatte, stand ein Hochleistungs-Funkgerät, das zu bedienen er keinerlei Mühe hatte. Ähnlich leistungsfähige Apparate standen in allen größeren Büros von World Security & Communications.
Er kehrte durch die Dunkelheit zu seinem Büro im Ministerium für Äußere Sicherheit zurück. Dort setzte er sich an eine Schreibmaschine und tippte eine kurze Notiz für die Premierministerin. Er überlas sie, zeichnete sie mit einem schwungvollen »B« ab, steckte sie in einen Umschlag, versiegelte ihn, schrieb »Streng vertraulich. Zur persönlichen Kenntnisnahme« darauf, rief einen Boten, gab ihm den Umschlag und wies ihn an, ihn der Premierministerin direkt auszuhändigen.
Wieder allein, verschränkte er die Hände im Genick, streckte sich und gähnte. Jetzt hatte er nichts mehr zu tun, als sich durch den Inhalt seiner roten Depeschenkästen hindurchzuarbeiten. Die Notiz war, wie die Premierministerin es schätzte, ganz kurz gewesen.
18.10 Uhr. Mit North Verbindung aufgenommen. Frachtbeförderung weiterhin plangemäß.

Auf der Brücke der *Lampedusa* beobachtete Kapitän North durch das Fernglas die Vorgänge an Bord der *Helvetia*. Man hatte eine Stiege heruntergelassen, deren Plattform nun unmittelbar über den Wellen hing. Außerdem war ein großes Boot an den Davits herausgeschwenkt und neben der Plattform zu Wasser gelassen worden. Zwei Besatzungsmitglieder eilten die Stiege hinab, vertäuten das Boot vorn und achtern an der Plattform.
Weitere Leute erschienen am oberen Ende der Stiege, Männer mit einer Tragbahre, die sich langsam bewegten und ihre Last vorsichtig die Stiege herunterbeförderten. Auf der Tragbahre konnte North eine Frau mit langem, dunklem Haar erkennen, eine Frau, die sehr still dalag und deren linkes Bein anscheinend mit einem Stück Holz geschient war.
North ließ sein Fernglas sinken, überprüfte die Lage auf dem Vorschiff. Wie er angeordnet hatte, standen mehrere Leute neben dem mit Segeltuch abgedeckten Maschinengewehr. Weitere hielten sich mit versteckten Handfeuerwaffen an der Backbordreling auf und schauten zur *Helvetia* hinüber. Da sein Schiff so lag, daß es dem Havaristen den Bug zuwendete, hatte North das Gefühl, alle erforderlichen Maßnahmen ergriffen zu haben. Unnötig, Leute auf das Heck zu verschwenden.

An Bord der *Helvetia* stand Greg Singer, ehemals Sergeant beim S.A.S., am oberen Ende der Stiege und überwachte das Unternehmen. Er war ein massiger Mann, dreiunddreißig Jahre alt, einsachtzig groß, mit einem Kopf, der aussah wie eine aus Teakholz gehauene Skulptur. Sein dunkles Haar war kurz geschnitten, und er trug Jeans und eine Matrosenjacke.
Aus dem Special Air Service war er wegen Brutalität im Umgang mit jungen Rekruten ausgestoßen worden. Sein Vorgesetzter hatte sein Ausscheiden bedauert.
»Singer ist ein ganz zäher Brocken«, hatte er bemerkt. »Ein Jammer, daß er bei diesem Kurs zu weit gegangen ist. Er hat Verstand...«
›Zu weit‹ war ein britisches Understatement dafür, daß er beim Klettern in den Brecon Beacons in Wales zwei jungen Leuten den Kiefer gebrochen hatte, weil sie sich seiner Meinung nach nicht genügend Mühe gaben. Jetzt sah er auf die Stoppuhr, die er in seiner großen Hand hielt. Bei diesem Unternehmen kam es auf jede Sekunde an. Und für ihn stand ein Honorar von 100 000 Pfund auf dem Spiel. Für einen derartigen Haufen Geld war er bereit, bis zum Äußersten zu gehen. Und genau das hatte er vor. Er schob die rechte Hand in seine Jacke, fühlte den Kolben der Luger, die in seinem Ledergürtel steckte. Kapitän Hartmann, ein gebürtiger Österreicher, trat neben Singer.
»Der Funker meldet, daß sie uns erlaubt haben, die Verletzte an Bord zu bringen.«
»Dann wird es Zeit, daß wir den Störsender einschalten«, erklärte Singer; seine Miene war so ausdruckslos wie die eines Götzenbildes.
»Ist bereits geschehen. Von der *Lampedusa* gelangt keine einzige Nachricht mehr irgendwohin. Was ist mit den Froschmännern?«
»Sie sind vor fünf Minuten von Bord gegangen und werden das Heck ungefähr zu der Zeit erreichen, zu der unser Boot anlegt.«
Singer eilte die Stiege hinunter, sprang in das Boot. Die Tragbahre war bereits in der Nähe des Bugs abgesetzt worden. Mit Singer befanden sich fünf Männer in dem großen Boot, in dem etliche Ballen Segeltuch herumlagen. Auf Singers Befehl hin wurde der Motor angelassen; die Haltetaue wurden gelöst und auf die Plattform geworfen, und das Boot nahm in der sanften Dünung Kurs auf die *Lampedusa*.
Die Aufmerksamkeit aller Männer an Bord dieses Schiffes war auf das herannahende Boot konzentriert, ein Faktor, den Singer in seine Überlegungen einkalkuliert hatte. Nichts war besser geeignet, die Wachsamkeit einzuschläfern, als unersättliche Neugier. Er schaute wieder auf seine Stoppuhr. »Ein bißchen langsamer«, befahl er.

Auf exakte Synchronisation kam es an. Die fünf unter Wasser schwimmenden Froschmänner mußten das Heck der *Lampedusa* ungefähr eine Minute vor dem Zeitpunkt erreichen, an dem Singers Boot an der Stiege beidrehte, die North inzwischen hatte ausbringen lassen. Drei Minuten war die äußerste Zeitspanne, die das gesamte Unternehmen nach Singers Plan dauern durfte.

Eine friedliche Szene, dachte North, der mit verschränkten Armen auf der Brücke wartete. Ein klarer blauer Himmel, funkelndes Sonnenlicht auf den Wellenkämmen. Das Boot war inzwischen so nahe, daß man hineinsehen konnte. Die verletzte Frau war in den Zwanzigern. Ihre Wildlederjacke stand offen, gab den Blick auf einen enganliegenden Pullover frei, unter dem sich die beiden Hügel ihrer Brüste deutlich abzeichneten, und ihre Beine waren unter einer Decke verborgen. Mehrere Besatzungsmitglieder der *Lampedusa* stießen beifällige Pfiffe aus. Die Frau lächelte kurz, schwenkte die rechte Hand. Die Pfiffe irritierten North.

»Schluß damit!« rief er. »Richtet euch darauf ein, die Verletzte an Bord zu bringen.«

Am Heck der *Lampedusa* erschien etwas, das einem Alptraum entsprungen sein konnte. Hände packten das Schandeck, Körper hievten sich darüber und auf Deck. Sie steckten in Taucheranzügen, die ihre Gesichter maskierten, und als sie an Bord kamen, trugen sie wasserdichte Beutel bei sich, die sie an Deck absetzten.

Sie bewegten sich lautlos und sehr schnell. Sie zerrten die Schwimmflossen von den Füßen, die Masken von den Gesichtern, öffneten die Beutel, holten Gasmasken und Atemgeräte aus ihnen heraus. Sie setzten sie auf, zogen Gaspistolen aus den Beuteln und rannten an beiden Seiten des Decks los. Plötzlich erschien ein Matrose der *Lampedusa* am oberen Ende einer Kajütstreppe. Er starrte verblüfft auf die gräßlichen Gestalten, die auf ihn zugerannt kamen, griff nach dem Revolver in seinem Holster. Einer der maskierten Eindringlinge zielte, feuerte seine Gaspistole ab. Der Matrose griff sich an die Kehle, gab ein gräßliches, gurgelndes Geräusch von sich, stürzte die Treppe hinunter. Er war tot, bevor er unten ankam.

Die Eindringlinge schwärmten aus; einige von ihnen eilten die Kajütstreppe hinunter, andere rannten auf die Brücke zu. Oben angekommen, blieben sie hinter der Brücke stehen. Ein Mann kroch vorwärts und lugte um die Ecke.

Das Boot von der *Helvetia* hatte inzwischen an der Plattform der *Lampedusa* festgemacht. Besatzungsmitglieder waren hinuntergeklettert und hoben die Tragbahre hoch, beförderten sie behutsam auf die Plattform. Singer zerrte etwas unter einem der Segeltuchballen hervor, setzte schnell die

Gasmaske auf, bückte sich abermals, zerrte eine Uzi-Maschinenpistole heraus. Er rannte die Stiege hinauf und war an Deck, bevor North begriffen hatte, was vorging.
»An das Maschinengewehr!« rief er. »Feuer frei auf die...«
Er brach mitten im Satz ab, als ein kurzer Feuerstoß aus der Uzi seinen Körper zerriß. Singer richtete die Waffe auf die Männer am Maschinengewehr. Sie hatten die Leinwand heruntergerissen, schwenkten, den Anweisungen des Ersten Offiziers folgend, den Lauf. Singer gab ein paar weitere Feuerstöße ab. Vier Männer brachen auf dem Deck zusammen. Blut begann aus den Leichen herauszusickern, verfärbte die Decksplanken. Singer legte einen Hebel um, stellte die Waffe auf Einzelfeuer, legte ein frisches Magazin ein.
Er rannte von der Brücke, eine Kajütstreppe hinunter, immer noch die Gasmaske vor dem Gesicht. Schon ein Hauch des Zyanidgases war tödlich. Vor ihm bewegten sich zwei weitere seiner maskierten Männer den Gang entlang. Er sprang über zwei Tote, eilte zum Funkraum. Automatisch machte er Bestandsaufnahme. Sieben bisher. Wenn man North, den Kapitän, mitrechnete, waren zwanzig Mann an Bord, die erledigt werden mußten. Er stürzte in den Funkraum.
Der Funker, ein Amerikaner namens Hoch, hielt in einer Hand mehrere Codebücher. Mit der anderen versuchte er, das Bullauge zu öffnen. Singer schob seine Maske so weit hoch, daß der untere Teil seines Gesichts frei war, drückte die Mündung der Uzi gegen Hochs Schläfe.
»Leg die verdammten Bücher auf den Tisch. So ist's brav. Und nun frage ich nur einmal. Hast du Langley Meldung gemacht?«
Hoch, ein großer, dicklicher Mann, öffnete den Mund, und nichts kam heraus. Er schluckte und versuchte es noch einmal.
»Ich habe es versucht. Ging nicht. Ein Haufen Störgeräusche – atmosphärische Störungen. Keine Verbindung...«
Singer durchfuhr eine Welle der Erleichterung. Der Störsender an Bord der *Helvetia* hatte funktioniert. Er trat ein paar Schritte zurück, deutete auf den Fußboden.
»Du bist der einzige, der vielleicht am Leben bleiben wird. Wir brauchen dich, Kamerad. Leg dich flach auf den Boden. Nein, auf den Bauch.«
Singer zog ein Paar Handschellen aus der Tasche, rammte Hoch die Mündung der Uzi ins Genick, um ihm noch mehr Angst einzujagen. Dann legte er die Uzi beiseite und bückte sich über den vor Angst schlotternden Mann. Er riß ihm die Hände auf den Rücken, legte die Handschellen an. Er zerrte den Amerikaner hoch, ballte seine massige Rechte, versetzte seinem

Opfer einen Schlag auf den Kiefer. Hoch stürzte bewußtlos zu Boden. Ja, den werden wir noch brauchen, dachte Singer. Zum Durchgeben von Meldungen. Die Leute am anderen Ende würden seinen »Touch« kennen – die Art, auf die er seine Signale eingab.
Singer ergriff seine Uzi, zog seine Gasmaske herunter, öffnete die Tür und sprang, die Waffe in beide Richtungen schwingend, auf den Gang hinaus. Einer seiner Männer mit aufgesetzter Gasmaske trat eine der Kabinentüren auf. Drinnen lösten sich ein paar Schüsse. Als sein Mann an die gegenüberliegende Wand des Ganges zurückgeschleudert wurde, vollführte er eine Reflexhandlung und drückte auf den Abzug seiner Pistole. Eine Gaspatrone flog in die Kabine. Stille.
Singer näherte sich langsam, blieb neben der offenen Tür stehen, blickte hinein, indem er den Kopf schnell vorstreckte und wieder zurückzog. Dann stand er auf der Schwelle. Sechs Besatzungsmitglieder der *Lampedusa* lagen übereinandergestürzt da, die Waffen noch in den leblosen Händen. Das Gesicht eines Mannes begann bereits, sich bläulich zu verfärben. Zyanose.
Singer hörte ein schwaches Stöhnen, fuhr herum. Sein auf dem Gang liegender Mann war getroffen, aber noch am Leben. Sie hatten nicht die Zeit, um sie mit der Pflege von Verwundeten zu vergeuden. Singer überzeugte sich davon, daß der Gang leer war, schlüpfte in die Kabine, löste eine .38er Smith & Wesson aus einer toten Hand, kehrte auf den Gang zurück und beugte sich über den schwerverwundeten Mann. Er setzte ihm die Waffe an den Kopf, zog den Abzug durch. Der am Boden liegende Mann zuckte einmal krampfhaft, dann lag er still. Singer legte die Waffe wieder in die Hand des toten Amerikaners.
Was er getan hatte, brauchte keiner zu wissen. Schlecht für die Moral. In Gedanken machte er eine erneute Bestandsaufnahme. Zwanzig Mann an Bord der *Lampedusa* – North eingeschlossen. Machte neunzehn. Bisher waren dreizehn erledigt. Blieben noch sechs.
Auf seinem Weg zum Achterdeck fand er einen am Fuße einer Treppe, zwei weitere auf Deck. Blieben noch drei. Der Maschinenraum. Hatten sich die verdammten Narren um den Maschinenraum gekümmert? Er bezweifelte es. Er stieg weitere Treppen hinunter, blieb vor einer Stahltür stehen, öffnete sie und trat auf den dahinterliegenden Metallrost. Eine Leiter führte hinunter ins Herz des Kahns.
Drei Maschinisten schauten hoch, vom Anblick der Erscheinung wie gelähmt. Er erledigte sie einen nach dem anderen. Neunzehn. Freie Bahn. Er eilte zurück auf die Brücke. Es gab eine Menge zu tun.

Singer stand, nun ohne Gasmaske, auf der Brücke und atmete die frische Seeluft ein. Ingrid, die Schwedin, die die Rolle des Lockvogels gespielt hatte, war von der Tragbahre befreit worden, hatte die vorgetäuschte Schiene von ihrem Bein gelöst und lehnte sich jetzt über die Reling.
»Naylor«, rief Singer einem Matrosen aus Liverpool zu. »Setzen Sie Ihre Maske wieder auf. Sie kennen sich auf diesem Kahn aus. Sollten sich zumindest auskennen – schließlich haben Sie wie wir alle in Antwerpen den Grundriß auswendig gelernt. Sie gehen durchs ganze Schiff und öffnen sämtliche Bullaugen. In einer Stunde will ich das Schiff sauber haben. Sehen Sie zu, daß bis dahin auch der letzte Rest des Gases verflogen ist. Schließlich müssen wir hier schlafen und essen.«
»Bin schon unterwegs, Sergeant.«
»Lapointe«, wendete er sich dann an einen Franzosen. »Auch Sie setzen Ihre Gasmaske wieder auf. Aber vorher stellen Sie einen Arbeitstrupp zusammen. Alle Leichen müssen binnen einer Stunde auf die *Helvetia* befördert werden. Werft sie in den Maschinenraum. Und nicht vergessen – jede von ihnen wird mit Handschellen an eine Metallstrebe gefesselt. Auf einem Gang werden Sie einen von unseren Leuten finden. Johnson. Sie haben ihn erschossen. Nehmen Sie ihn auch mit. Belastendes Beweismaterial können wir uns nicht leisten. Oder wollt ihr alle in der Türkei gehängt werden? Nein? Das dachte ich mir.« Er lächelte ingrimmig. Nichts war besser geeignet, die Anspannung zu lockern, als ein kleiner Scherz.
»Wird gemacht«, erwiderte Lapointe und eilte die Treppe von der Brücke herunter.
»Und nun der zweite Schornstein...«
Singer trat neben Ingrid an die Reling. Das Boot, das sie von der *Helvetia* herübergebracht hatte, war zurückgefahren und lag nun wieder neben dem Frachter. Ein riesiger zylindrischer Gegenstand wurde auf das Boot verladen und sicher vertäut. Er war so groß, daß er über Bug und Heck hinausragte. Durch das Fernglas, das er Kapitän North abgenommen hatte, beobachtete Singer das Verladen. Inzwischen hatten Lapointe und ein Helfer den Toten dicht an die noch immer am Schiffsrumpf hängende Stiege befördert.
»Es ist also alles gut gegangen, Sergeant?« fragte Ingrid, als erkundigte sie sich nach dem Verlauf eines Banketts.
»Bisher ja.«
Singer warf einen Blick auf sie, dann schaute er weg. Als er sie kennenlernte, hatte sie in Rotterdam ein kleines Bordell geleitet. Sie war entbehrlich – bevor sie ihren Bestimmungsort erreichten, würde er dafür sorgen, daß sie eines Nachts mit schweren Gewichten an den Knöcheln über Bord

geworfen wurde. Frauen stifteten nur Unruhe auf einem Schiff mit so vielen Männern. Und Frauen konnten ihren großen Mund nicht halten.
Singer hatte seine Mannschaft rekrutiert, indem er von einem westeuropäischen Hafen zum anderen gereist war – von Oslo bis nach Marseille. Er war sehr wählerisch gewesen. Die Leute, die er suchte, durften noch nicht im Gefängnis gesessen haben, und sie mußten ihr Handwerk verstehen.
Kapitän Hartmann war ein typischer Fall. Er war ein hervorragender Seemann, der beinahe sein Patent verloren hatte, als an Bord seines Schiffes Drogen gefunden wurden. Die Anklage war mangels Beweisen fallengelassen worden, aber hinterher war es Hartmann sehr schwergefallen, wieder eine Anstellung zu finden.
»Woran denken Sie?« fragte Ingrid und drückte ihren Arm gegen den seinen. Er rückte ein Stück von ihr weg. Singer war ein tüchtiger Organisator und überdachte ständig die nächsten Schritte, die zur Durchführung seines Programms erforderlich waren.
»Pearson«, rief er eine halbe Stunde später, »machen Sie klar zum Aufrichten des Schornsteins. Haben Sie Ihr Werkzeug zur Hand? Ich will verläßliche, aber schnelle Arbeit.«
Pearson, ein Schiffszimmerer, bückte sich zu seiner Werkzeugkiste, holte eine Bohrmaschine heraus, schwenkte sie und grinste.
Das Boot hatte angelegt, und mehrere Männer hievten das beträchtliche Gewicht der Schornstein-Attrappe an Deck. Es war Pearsons Aufgabe, ihn hinter dem bereits vorhandenen Schornstein zu montieren. Andere Männer hingen bereits in Seilschlingen am Rumpf, übermalten den Namen *Lampedusa* und ersetzten ihn durch *Helvetia*, den Namen des Frachters mit den zwei Schornsteinen, der nach wie vor eine halbe Meile entfernt auf dem Wasser lag.
»Alle Mann zu Pearson«, befahl Singer. »Helft ihm – dieser Schornstein ist verdammt schwer.«
Er stieg zum zweitenmal in den Laderaum hinunter, den er schon nach dem Zählen der Leichen aufgesucht hatte. Inzwischen waren sie alle in mehreren Fuhren mit dem schnellen Motorboot auf die *Helvetia* gebracht worden. Das Hinuntersteigen in den riesigen Laderaum war ein riskantes Unternehmen – zwischen dem Niedergang und der Fracht war nur sehr wenig Platz.
Eine Zigarette rauchend, blickte Singer abermals an dem Computer hoch. *Schockwelle.* Daneben kam er sich vor wie ein Zwerg. Ein Monstrum von einem Computer, hatte die Stimme am Telefon gesagt, die ihm alle Anweisungen erteilt hatte.
Eine gute Beschreibung, dachte er, während er hochschaute. Seine Größe,

der Gedanke an die ungeheure Menge von Schaltkreisen, die in dem Metallgehäuse steckten, hatten etwas Beängstigendes. Ich verdiene mein Geld, dachte Singer, dann eilte er wieder die Leiter hinauf. Es gab noch mehr zu tun, und er mußte alles persönlich überprüfen.

An Deck angekommen, kletterte er zu der Plattform hinunter, an der das Motorboot vertäut war. Naylor, der berichtet hatte, daß alle Bullaugen geöffnet worden waren und das Gas abzog, saß am Motor, den er auf ein Nicken von Singer hin startete.

Ein paar Minuten später kletterte Singer an Bord der fast völlig verlassenen *Helvetia*. Singer stieg allein in den Maschinenraum hinunter. Nur ein einziger Lebender erwartete ihn – Marc, der belgische Sprengstoffexperte, ein kleiner, untersetzter Mann, den nichts aus der Ruhe brachte.

»Wo ist die Bombe?« fragte Singer.

»Hinter Ihnen, am Schott. Der große schwarze Kasten dort.«

Singer drehte sich um. »Und die wird das Schiff auf den Meeresgrund befördern? Sind Sie ganz sicher?«

»Nein, Sir«, entgegnete Marc auf seine höfliche Art. »Sie wird es in die Luft jagen. Das ist doch der richtige Ausdruck?«

»Ja, das ist es...«

Singer inspizierte die einundzwanzig Leichen, die an Bord geschafft worden waren. Jede war mit Handschellen an eine Stahlstrebe gefesselt und außerdem mit einem Seil um die Knöchel an einem großen Metallring festgemacht worden. Selbst so weit von den Schiffahrtsrouten entfernt wollte Singer nicht riskieren, daß eine Leiche auf dem Wasser trieb. Befriedigt stellte er noch eine letzte Frage, bevor er mit dem Belgier das Schiff verließ.

»Sie sagten, Sie können die Bombe mit diesem Funkgerät zur Detonation bringen. Sie sind ganz sicher, daß das von der *Lampedusa* aus funktioniert – das heißt von der *Helvetia*, wie wir sie von jetzt ab immer nennen müssen?«

»Sie wird in die Luft fliegen«, wiederholte Marc. Daß seine Fähigkeiten angezweifelt wurden, schien ihn nicht zu stören.

»Okay. Dann lassen Sie uns von hier verschwinden...«

Singer blieb einen Moment auf dem Deck stehen, bevor er zum Motorboot hinuntereilte. Er betrachtete das andere Schiff, auf dem jetzt die Schornstein-Attrappe aufgerichtet worden war. Wirklich erstaunlich, wie überzeugend die Zutat wirkte. Sie hatten gute Vorarbeit geleistet und in Lloyds Schiffahrtsregister die genauen Maße des realen Schornsteins ermittelt. Die Höhe, den Durchmesser, die Farbe.

Fünf Minuten später befand sich Singer wieder an Bord des anderen Schiffes. Nach wie vor mit Überprüfen beschäftigt, wendete er sich an Kapitän Hartmann.

»Haben Sie alle Papiere mitgebracht? Die Frachtbriefe, in denen steht, daß wir Bauxit von Jamaika in die Türkei befördern?«

»Sie sind in meiner Kajüte, Sergeant.«

Alle waren darauf gedrillt worden, ihn mit seinem Rang anzureden. Das förderte die Disziplin. Singer kratzte über seine Bartstoppeln, überdachte einen weiteren Punkt.

»Sie wissen, daß unser Rendezvous im östlichen Mittelmeer stattfinden soll. Aber Sie müssen die Straße von Gibraltar in der Nacht passieren.«

»Ich weiß, und ich habe unseren Kurs entsprechend abgesetzt.«

Singer drehte sich zu Marc um, der ein kleines, wie eine Kamera aussehendes Instrument in der Hand hielt. »Sprengen!« Marc drehte sich in Richtung der bisherigen *Helvetia*, hielt einen Moment inne, drückte dann auf einen Knopf. Wie ein Vulkan explodierte die *Helvetia* in einem Inferno von Flammen und Rauch.

Das Vorschiff flog in die Luft, beschrieb einen Bogen, stürzte mit dem Bug voran wie ein riesiger Torpedo ins Meer. Das Mittelteil des Schiffes hob sich aus dem Wasser, zerbarst in tausend Teile, die auf die See herabregneten. Das Heck zerriß in zwei Teile, schwamm noch ein paar Sekunden und versank dann rasch in der Tiefe.

Die Zerstörung der *Helvetia*, ein beeindruckendes Spektakel, das Singers Leute wie gebannt verfolgten, war von ohrenbetäubendem Getöse begleitet. Dann rollte eine Flutwelle auf die *Lampedusa* zu.

Die Männer klammerten sich an der Reling fest und erwarteten ihr Herankommen, immer noch hypnotisiert von der Gewalt der Explosion, vom vollständigen Verschwinden des großen Frachters. Die Welle rollte majestätisch auf sie zu. Singer stellte sich breitbeinig hin, packte die Reling. Die Welle erreichte sie, und der Frachter legte sich im Winkel von fast fünfundvierzig Grad auf die Seite. Ingrid, die neben Singer stand, war vor Angst, das Schiff könnte kentern, wie versteinert. Das Schiff richtete sich wieder auf, die Welle rollte jenseits von Steuerbord weiter. Die letzten Überreste der *Helvetia* versanken, die See nahm wieder ihr normales Aussehen an. Singer wendete sich von der Reling ab, schaute Kapitän Hartmann an.

»Das war's«, sagte er lakonisch. Der Gedanke, daß einundzwanzig Männer verbrannt worden waren, kam ihm überhaupt nicht. Singer dachte stets nur an das, was als nächstes getan werden mußte.

»Okay, Skipper«, rief er. »Nehmen Sie Fahrt auf. Kurs auf Gibraltar. Wie lange wird es dauern, bis wir dort sind?«
»Mehrere Tage. Hängt vom Wetter ab.« Hartmann gab Befehl, die Maschine in Gang zu setzen.

Einunddreißigstes Kapitel

Während der paar Stunden, die sie in Zürich verbrachten, waren Tweed und Paula sehr aktiv. Paula kaufte in der Bahnhofstraße zwei Koffer, kehrte mit ihnen zum Hauptbahnhof zurück. Tweed nahm einen der Koffer, dann suchten sie die Toiletten auf. In einer der Kabinen stellte Tweed seinen Koffer auf den Toilettensitz, beförderte den Inhalt seiner beiden Plastiktüten in den Koffer und verschloß ihn. Dann stopfte er die eine Tüte in die andere, betätigte die Spülung und traf beim Schnellimbiß wieder mit Paula zusammen.
Auch sie trug ihren Koffer und hatte die Plastiktüten zusammengeknüllt. Tweed warf sie in einen Abfallbehälter.
»Was steht als nächstes auf dem Programm?« erkundigte sich Paula.
»Wir mieten zwei Zimmer im Hotel Schweizerhof an der anderen Seite des Bahnhofsplatzes. Sie erinnern sich – ich habe Bob gesagt, daß er mich dort erreichen kann.«
»Natürlich. Ich bin noch nicht wieder ganz bei mir. Darf ich Ihnen in einem Laden etwas Hübsches zeigen, bevor wir ins Hotel gehen? Es ist nicht weit – nur ein paar Schritte die Bahnhofstraße hinunter.« »Warum nicht?«
Tweed hielt es für angebracht, ihrem Wunsch zu entsprechen. Sie hatte unter Druck gestanden, seit sie in Brüssel angekommen waren. Ihm war, als wäre das vor einem Jahr gewesen. Er folgte Paula eine Rolltreppe hinunter in das Einkaufszentrum unter dem Platz. Sie durchquerten den großen Komplex, vorbei an Geschäften, in denen Obst und Süßigkeiten verkauft wurden, betraten eine zweite Rolltreppe und kamen am Anfang der Bahnhofstraße wieder heraus.
In der großen Banken- und Einkaufsstraße brauchten sie nicht weit zu gehen, bevor Paula vor einem Schaufenster stehenblieb. Tweed betrachtete die Auslagen. In dem Geschäft wurden Walkmans verkauft. Im Schaufenster war eine Hängematte aufgespannt worden, und in ihr lag ein großer Plüschaffe. Er trug einen Walkman, und auf seinem Gesicht lag ein Ausdruck völliger Hingerissenheit. »Ist der nicht süß?« sagte Paula.
»Ja, wirklich hübsch«, pflichtete Tweed ihr bei. »Aber diese Dinger sind eine

Erfindung des Teufels. Die Hälfte aller jungen Leute wird eines Tages taub sein...«

Im Hotel Schweizerhof mietete Tweed zwei Zimmer für eine Woche. Nachdem er das Anmeldeformular ausgefüllt hatte, bestand er darauf, im voraus zu bezahlen.

»Wir gehen in unsere Zimmer«, erklärte er, »aber dann müssen wir einen Geschäftsfreund in Interlaken aufsuchen. Wir lassen einige von unseren Sachen in den Zimmern, nehmen unsere Koffer aber mit. Es kann sein, daß wir in Interlaken übernachten müssen. Auf diese Weise wissen wir, daß unsere Zimmer bereitstehen, wenn wir zurückkommen.«

»Dagegen ist nichts einzuwenden, Sir«, versicherte ihm das Mädchen an der Rezeption auf englisch.

»Und nun möchte ich den Empfangschef sprechen.«

Tweed lieferte abermals eine kurze Erklärung. »Das Problem ist, daß ich einen Anruf von einem meiner Angestellten erwarte. Könnten Sie die Nachricht aufbewahren, bis wir zurück sind?«

Er reichte dem Empfangschef eine Banknote. »Selbstverständlich, Sir. Danke. Ich werde dafür sorgen, daß alle Anrufe für Sie festgehalten und aufbewahrt werden.«

In seinem Eckzimmer mit Ausblick auf den Hauptbahnhof und die Bahnhofstraße holte Tweed ein paar Sachen aus seinem Koffer und verstaute sie in Schubladen. Im Badezimmer hinterließ er eine Zahnbürste und eine Tube Zahnpasta, dann kehrte er fast gleichzeitig mit Paula in die Halle zurück.

»Wir könnten hier essen«, schlug sie vor. »Erinnern Sie sich an das Restaurant im ersten Stock? Es ist sehr hübsch, das Essen ist ausgezeichnet und die Bedienung gut.«

»Nein, nicht hier«, flüsterte Tweed mit dem Koffer in der Hand. »Unsere Namen stehen im Melderegister. Wir essen im Erste-Klasse-Restaurant am Bahnhof. Das ist anonymer und deshalb sicherer.«

»Ich glaube, ich kann nicht mehr ganz klar denken«, bemerkte sie.

Am Bahnhof nahmen sie ein verspätetes Mittagessen zu sich und verbrachten danach noch etliche Zeit beim Kaffee. Es war bereits dunkel, als sie um 17.10 Uhr den Expreß nach Bern bestiegen. Die langweilige Fahrt durch die Dunkelheit dauerte knapp anderthalb Stunden. Als sie in der großen Höhle des Berner Hauptbahnhofs aus dem Zug stiegen, war es genau 18.29 Uhr.

Vor dem Bahnhof hantierte Tweed mit seinem Koffer, bis zwei weitere Passagiere in die ersten beiden Taxis eingestiegen waren, dann wies er den Fahrer des nächsten wartenden Taxis an, sie zum Hotel Bellevue Palace zu bringen. Als er den Fahrer bezahlte, hatte es wieder zu schneien begonnen.

Er wartete, bis der Wagen verschwunden war, dann griff er nach seinem Koffer.

»Wir müssen ein ganzes Stück laufen«, erklärte er. »Durch diese Nebenstraße hier kommen wir zum Hintereingang der Taubenhalde, dem Präsidium der Schweizer Bundespolizei.«

»Ich muß mir einen wärmeren Mantel kaufen«, sagte sie und knöpfte ihre Wildlederjacke bis zum Hals zu.

»Und gehen Sie vorsichtig«, warnte er, als sie in die neben dem Bellevue Palace steil ansteigende Nebenstraße eingebogen waren.

»Wohin führt diese Straße?«

»Zu der berühmten Terrasse oberhalb der Aare. Bei gutem Wetter hat man von dort eine phantastische Aussicht auf das Berner Oberland.«

»Von gutem Wetter kann heute nicht die Rede sein...«

»Die Terrasse liegt hinter dem Parlamentsgebäude. Dort gibt es eine kleine Drahtseilbahn, die Marzilibahn, mit der wir hinunterfahren können.«

Ein scharfer Wind peitschte ihnen ins Gesicht, während sie durch den Schnee stapften. Tweed blickte hoch und fluchte leise. »Sieht aus, als wäre die Drahtseilbahn vereist. Außer Betrieb. Das bedeutet, daß wir einen steilen Pfad zu Fuß hinter uns bringen müssen.«

»Großartig«, war ihr einziger Kommentar.

Arbeiter in orangefarbenen Overalls und mit Lampen arbeiteten an den vereisten Seilen; die Kabine stand dunkel am oberen Ende der Strecke. Sie schlitterten den vereisten Pfad hinunter, und Tweed strebte auf den Eingang eines modernen Gebäudes zu. An der Rezeption legte er einem uniformierten Polizisten seinen Paß vor.

»Ich habe eine Verabredung mit Arthur Beck. Er erwartet uns.«

Paula genoß die Wärme, während Tweed wartete. Der Polizist griff zum Telefon, sprach ein paar Worte in Schweizerdeutsch, das sie nicht verstand, gab Tweed den Paß zurück.

»Sie kennen den Weg zur Taubenhalde, Mr. Tweed? Er ist ein bißchen kompliziert.«

»Ich bin nicht das erstemal hier. Können wir, Paula?«

Paula war fasziniert, als sie Tweed durch einen langen, unterirdischen Gang folgte und sie dann über ein 80 Meter langes Rollband in die Eingangshalle der Taubenhalde gelangten. Ein weiterer uniformierter Polizist geleitete sie zu einem Fahrstuhl, der zum zehnten Stock führte. Die Fahrstuhltür blieb geschlossen, bis der Polizist einen Spezialschlüssel in ein Schloß gesteckt hatte. Als sie heraustraten, wartete Arthur Beck vor der Tür.

»Sie sind wohlbehalten angekommen. Gut.«

Beck umarmte Paula, küßte sie auf beide Wangen, sagte, er freue sich sehr, sie zu sehen, dann reichte er Tweed die Hand.
»Und ich glaube, ich freue mich auch, Sie zu sehen. Kommen Sie mit in mein Büro.«
Beck, ein Mann in den Vierzigern, hatte ein leicht gerötetes, rundliches Gesicht; das Auffallendste an ihm waren seine hellwachen grauen Augen unter dunklen Brauen. Er war mittelgroß und bewegte sich schnell. Er trug einen eleganten grauen Anzug und dazu ein blaugestreiftes Hemd mit einer blauen Krawatte mit eingewebtem Eisvogelmuster. Als sie in seinem großen, auf die Hauptstraße hinausgehenden Büro angekommen waren, nahm er ihnen die Mäntel ab, hängte sie auf und bot ihnen Kaffee an.
»Oder hätten Sie nach Ihrer langen und anstrengenden Reise lieber etwas Stärkeres?«
Sie stellten ihre Koffer an einer Ecke ab und baten beide um Kaffee. Beck benutzte die Gegensprechanlage auf seinem Schreibtisch und bestellte Kaffee für drei, bedeutete ihnen, sich auf Sesseln niederzulassen und gesellte sich dann zu ihnen. Es war typisch für ihn, daß er gleich zur Sache kam.
»Wie dringend ist es, daß Sie an ein Funkgerät herankommen? Die Sendezentrale ist im Keller.«
»Sehr dringend. Und ich muß Sie bitten, mir zu gestatten, daß ich es selbst und allein bediene.«
»In zehn Minuten hat er die ganze Taubenhalde an sich gerissen und sitzt hinter meinem Schreibtisch«, erklärte Beck; Paula lächelte. Sie mochte Beck, den Tweed einmal als den tüchtigsten Polizisten in ganz Europa bezeichnet hatte.
Becks Verhalten änderte sich, als er den Blick auf Tweed richtete. »Bevor ich Sie in unsere Kommunikationszentrale hineinlasse, muß ich wissen, mit wem Sie sprechen wollen – und warum.«
Tweed nickte und schwieg einen Moment. Damit hatte er gerechnet, und nun hatte er seinen Rubicon erreicht. Er mußte entweder Informationen preisgeben, die so geheim waren, daß niemand Bescheid wußte außer Buckmaster, den Amerikanern, der Premierministerin, Newman, Paula und ihm selbst – oder auf die Gelegenheit verzichten, Verbindung mit der *Lampedusa* aufzunehmen. Er wartete, bis eine uniformierte Polizistin mit einem Tablett erschien, auf dem eine silberne Kanne und Tassen aus Meißner Porzellan standen. Sie stellte das Tablett auf einen Tisch, den Beck herangezogen hatte, dann verließ sie das Zimmer. Während sie den dampfendheißen Kaffee tranken, informierte er Beck über *Schockwelle*.

»Ich kenne ein paar hohe Offiziere, die für diese Information einen Arm und ein Bein geben würden«, bemerkte Beck.
»Ich habe Sie darauf hingewiesen, daß sie einzig und allein für Sie bestimmt ist.«
»Das ist mir klar. Aber Sie haben erklärt, daß mit diesem Computer die Strategic Defence Initiative zur Realität wird, daß er nicht nur England gegen alle in der Sowjetunion abgeschossenen Raketen verteidigen wird, sondern ganz Westeuropa. Und das würde bedeuten, daß auch die Schweiz unter dem Schutz dieses grandiosen Schirms stehen würde.«
»So ist es.«
»Dann schlage ich vor, daß ich mich mit der reizenden Paula unterhalte, während Sie im Keller Ihrer Arbeit nachgehen. Ich muß Sie hinunterbegleiten.« Er wendete sich an Paula. »Ich bin in drei Minuten zurück. Währenddessen überlegen Sie sich bitte, was Sie gern essen würden. Ein schönes Steak, halb durchgebraten? Oder lieber eine Bachforelle? Eine schwerwiegende Entscheidung. Denken Sie darüber nach...«
Beck ließ Tweed in einem Raum im Keller allein, nachdem er ihn gefragt hatte, ob er mit dem Funkgerät umgehen könnte, das auf einer an der Wand befestigten Metallkonsole stand. Tweed sagte, er wäre mit dem Gerät vertraut, erwähnte aber nicht, daß es das gleiche Modell war wie das, das sie auch in der Sendezentrale in ihrem zweiten Gebäude am Park Crescent benutzten.
Er setzte den Kopfhörer auf und stellte die richtige Wellenlänge ein. Es dauerte zehn Minuten, bis er Verbindung mit dem Schiff bekam, das er zu erreichen versuchte. Der Codename der *Lampedusa* war *Valiant*.
»Hier spricht Monitor«, begann er. Monitor war sein Codename für das Unternehmen. »Geht alles nach Plan?«
»Es geht alles nach Plan«, kam die Antwort.
»Ist die Fracht in gutem Zustand?« fragte er so, daß es sich anhörte, als beförderte der Frachter verderbliche Ware. Es war kaum damit zu rechnen, daß sie auf dieser Wellenlänge abgehört wurden, aber er war trotzdem vorsichtig.
»Die Fracht ist in ausgezeichnetem Zustand«, kam die Antwort.
»Wie ist das Wetter, und wie geht es Tray?«
Tweed hielt den Atem an, nachdem er diese Frage gestellt hatte. Die erste Fangfrage, die niemand kannte außer ihm und dem Funker an Bord der *Lampedusa*.
»Bisher war das Wetter gut. Den Rest der Frage habe ich nicht verstanden – atmosphärische Störungen.«

Tweed erstarrte. Sein Verstand wurde so kalt wie Eis. Er gab ein weiteres Signal mit der zweiten geheimen Anspielung ein.
»Ist die Besatzung gesund? Grüßen Sie White von mir.«
»Alle Besatzungsmitglieder wohlauf. Verständigung schlecht. Rest Ihres Signals wieder verstümmelt.«
»Ende. Ich melde mich wieder wie vereinbart. Gruß an North...«
Ein paar Minuten lang blieb Tweed vor dem Funkgerät sitzen, erstarrt wie eine Wachsfigur. Er hatte einen schweren Schock erlitten. Auch auf die zweite Trickfrage hatte er nicht die korrekte Antwort erhalten. Auf die Erwähnung von White hätte ein Hinweis auf Cowes auf der Isle of Wight folgen müssen, eine Bemerkung wie »White ist vor der Abfahrt krank geworden und nach Cowes zurückgekehrt«.
Jetzt mußte er entscheiden, ob er Beck über die Lage informieren sollte. Er wog schnell das Für und Wider ab. Er war ein Flüchtling. Niemand außer Beck konnte ihm jetzt helfen. Und er wußte bereits über *Schockwelle* Bescheid.
Er stand auf, stellte das Gerät auf eine andere Wellenlänge ein, dann drückte er auf die Klingel neben der Tür, die Beck abgeschlossen hatte. Der Schweizer kam schnell mit dem Fahrstuhl herunter, um ihn zu befreien; dann schloß er die Tür wieder ab. Während sie mit dem Fahrstuhl hinauffuhren, schwieg Tweed. Als er Becks Büro betrat, sah er, daß Paula an einem Tisch mit einem makellosen Tischtuch saß und gerade den Rest eines Omelettes verzehrte.
»Möchten Sie auch etwas essen?« fragte Beck.
»Ich glaube, ich möchte einen Drink. Einen steifen Cognac.«
Zwei Augenpaare starrten ihn an. Tweed trank sehr selten. Es kam hin und wieder vor, aber dann immer Wein, nie stärkere alkoholische Getränke, außer, um eine Erkältung zu bekämpfen. Beck nickte, trat an einen Schrank, goß etwas Cognac in einen Schwenker und streckte ihn Tweed wortlos entgegen.
Paula schob den Rest ihres Omelettes in den Mund, trank schnell einen Schluck Kaffee, tupfte sich die Lippen mit einer Serviette ab. Dann drehte sie sich um, schlug die wohlgeformten Beine übereinander und musterte Tweed. Beck saß mit einem Glas Bier zurückgelehnt in seinem Sessel und wartete mit halbgeschlossenen Augen.
»Irgendjemand hat *Schockwelle* in seine Gewalt gebracht. Und das ist eine Katastrophe«, verkündete Tweed.

Zweiunddreißigstes Kapitel

»Wir haben Tweed bereits in Zürich aufgespürt.« Morgan stach mit einem Brieföffner auf den Löscher ein, als wollte er Tweed daran festspießen. Er saß zurückgelehnt auf dem Sessel hinter seinem Schreibtisch im Basler Büro von World Security. Auf der anderen Seite des Schreibtisches saß, aus dem Drei Könige herbeibeordert, Armand Horowitz, und neben ihm Stieber. Morgan paffte voller Genugtuung an seiner Zigarre und fuhr dann fort.
»Er ist im Hotel Schweizerhof abgestiegen. Wir haben ihn.«
»Das Hotel liegt gegenüber vom Hauptbahnhof«, bemerkte Horowitz mit einem Stirnrunzeln. »Er lenkt Aufmerksamkeit auf sich – in Laufenburg, beim Kauf der Fahrkarten nach Zürich. Und nun erzählen Sie mir, daß er in Zürich aus dem Bahnhof heraus und ins nächstgelegene große Hotel marschiert ist.«
»So ist es. Er ist doch nicht so clever, wie Sie behaupten. Vielleicht ist er erschöpft. Woher soll ich das wissen? Verlangen Sie, daß ich Ihnen Tweed auf einem silbernen Tablett serviere? Nun, genau das habe ich getan.«
»Ich erwische ihn, bevor morgen die Sonne untergeht«, warf Stieber ein. »Sie können alles mir überlassen.«
»Wie wir es in Freiburg getan haben?« erkundigte sich Horowitz. »Ich kehre in Richters Haus in der Konviktstraße zurück und finde Sie vor, zu einem säuberlichen Bündel verschnürt. Nur gut, daß ich so eine Ahnung hatte und zurückgekehrt bin.«
»Das möchte ich nicht noch einmal erleben«, klagte Stieber. »Dieser verdammte Engländer, der mir in der Küche auflauerte, war so kalt wie Eis. Ein Profi bis in die Fingerspitzen. Ich war halb wahnsinnig vor Angst, das gebe ich offen zu.«
»Was schmeckt Ihnen denn nicht?« fragte Morgan. Er musterte Horowitz.
»Es ist alles zu einfach. Es war zu leicht, der Spur von Laufenburg nach Zürich zu folgen. Und nun entscheidet er sich für das nächstliegende Hotel. Wie haben Sie das so schnell herausgefunden?«
»Weil ich einen gut organisierten Apparat habe. Ich sagte Ihnen bereits, daß ich Leute ausschicken würde, die mit Tweeds Foto und irgendeiner Geschichte die Runde durch die Hotels machen würden. Sie haben mit den großen Hotels angefangen. Eines der Teams erschien im Schweizerhof und wurde fündig. Und das ist noch nicht alles.«
»Was haben Sie noch getan?«
Horowitz' Stimme klang verdrossen. Sie klang außerdem beunruhigt und völlig unbeeindruckt von Morgans großsprecherischer Zuversicht.

»Ich sagte bereits, daß ich alles bestens organisiert habe. Ich bediene mich zur Beobachtung und für die Kommunikation der Walkman-Technik. Sie wissen, wie das läuft?«
»Nein, ich weiß es nicht.«
Morgan lehnte sich über seinen Schreibtisch und gestikulierte mit seiner Zigarre, eine Angewohnheit, die Horowitz irritierte. »Sie kennen doch diese Walkmans, mit denen die jungen Leute herumlaufen und sich über Kopfhörer mit Popmusik berieseln lassen. Sie fahren sogar Rad mit diesen Dingern, was verdammt gefährlich ist...«
»Ja, jetzt verstehe ich. Bitte weiter.«
»Also habe ich einen Haufen junger Leute ausgebildet – alle Anfang Zwanzig. Keine Sorge, sie wissen nicht, daß sie für World Security arbeiten. Sie glauben, sie arbeiteten für einen Schuldeneintreiber. Wir schulen sie in einem Gebäude, das wir eigens für diesen Zweck in einer Zürcher Hintergasse gemietet haben.«
»Vielleicht sagen Sie uns, was sie tun«, schlug Horowitz vor.
»Von diesen Kopfhörern, mit denen sie herumlaufen, führt ein Draht in eine Jackentasche. Sehen aus wie ganz gewöhnliche Walkmans. In Wirklichkeit sind es getarnte Walkie-Talkies – sehr leistungsfähig, mit einem Radius von drei Kilometern. Sie können Anweisungen von Funkwagen empfangen, die wir so postiert haben, daß sie die ganze Stadt abdecken. Und sie können über ein verstecktes Mikrofon mit den Funkwagen Kontakt aufnehmen. Begreifen Sie jetzt, wie der Hase läuft?«
»Bitte fahren Sie dort.«
»Man hat ihnen auf einer Filmleinwand ein stark vergrößertes Foto von Tweed gezeigt, ebenso eines von dieser Grey. Sie patrouillieren durch die Straßen, bis sie einen von ihnen oder beide entdecken. Dann geben sie die Meldung sofort an den nächsten Funkwagen durch. Das Bühnenbild für den letzten Akt steht.«
Morgan schwenkte großspurig seine Zigarre und machte es sich wieder in seinem Sessel bequem.
»Mir ist das alles zu offensichtlich«, bemerkte Horowitz. »Tweed ist einer der verschlagensten und gefährlichsten Gegner, die ich je gehabt habe. Er ist sogar der Bombe entgangen, die ich im Schwarzwald an seinem Wagen anbrachte.«
»Vermutlich hat sie versagt und ist nicht detoniert...«
»Wenn ich eine Bombe anbringe, dann detoniert sie auch«, erklärte ihm Horowitz. »In diesem Fall werde ich mir mein Geld sauer verdienen müssen, das spüre ich schon jetzt.«

»Ich verstehe wirklich nicht, warum Ihre Nerven Sie im Stich lassen«, bemerkte Morgan. Er betrachtete die Spitze seiner Zigarre.
»Meine Nerven sind in bester Verfassung«, sagte Horowitz mit so kalter Stimme, daß Morgan überrascht aufschaute. »Ich fliege nach Zürich, und ich nehme Stieber mit. Ich möchte an Ort und Stelle sein und mir selbst ein Bild davon machen, was dort in Wirklichkeit vorgeht. Rufen Sie in Zürich an, sagen Sie Ihrem Direktor dort, daß er meinen Anweisungen Folge zu leisten hat.«
»Wenn Sie darauf bestehen...«
»Ich bestehe darauf.«
»Dann werden Sie mit Evans zusammenarbeiten. Er ist bereits an Bord einer Maschine nach Zürich.«
Horowitz nickte, ergriff seinen Koffer und verließ das Büro ohne ein weiteres Wort. Stieber folgte ihm. Morgan blieb stirnrunzelnd hinter seinem Schreibtisch sitzen. Warum hinterließ Horowitz in ihm immer so ein ungutes, an Angst grenzendes Gefühl? Er sah auf die Uhr. 18 Uhr. Zeit für einen Schluck Cognac. Er griff nach seiner Taschenflasche.

In seinem Büro in der Taubenhalde hatte Beck sehr aufmerksam zugehört und den Blick keine Minute von Tweed abgewandt, während dieser ihm summarisch berichtete, was vorgefallen war, seit er die Leiche der Unbekannten in seiner Wohnung am Radnor Walk entdeckt hatte.
Paula wunderte sich, wieviel Tweed in seinem Bericht ausließ. Er hatte weder den Mordversuch auf der Autobahn bei Freiburg erwähnt noch die Bombe, die im Schwarzwald an seinem Audi angebracht worden war. Aber er hatte über Bob Newman und Marler gesprochen. Newman kannte Beck, hatte schon einmal hier in diesem Büro gesessen.
»Das war's so ungefähr«, schloß Tweed, als er seinen Bericht mit der Geschichte von ihrem Überschreiten der Grenze in Laufenburg, ihrer Ankunft in Zürich, ihrem Mieten von Zimmern im Hotel Schweizerhof beendet hatte.
»Ich verstehe«, sagte Beck schließlich. »Dieser Mord in Ihrer Wohnung ist höchst mysteriös. Wer hat ein Motiv für eine so brutale Tat?«
»Ich weiß es noch nicht.«
»Aber Sie haben doch bestimmt einen Verdacht. Und ich finde es äußerst seltsam, daß die Frau bisher noch nicht identifiziert werden konnte.«
»Das wissen Sie? Woher?«
»Ganz einfach. Ich habe Howard in London angerufen und ihn gefragt, wie die Dinge liegen.«

»Und hat er nicht irgendwelche Ansichten geäußert?«
»Nein, hat er nicht. Ich hatte den Eindruck, daß er völlig im Dunkeln tappt. Und sich Ihretwegen große Sorgen macht.«
»Was wissen Sie von einer Organisation mit Namen World Security?« fragte Tweed unvermittelt.
»Einer der großen Konzerne der westlichen Welt. Als Buckmaster noch an der Spitze stand, machte er ein Übernahmeangebot nach dem anderen, verleibte ihm Dutzende von kleineren Firmen ein. Manchmal mit äußerst rüden Methoden. Aber das scheint heute im Big Business gang und gäbe zu sein.«
»Ist das alles, was Sie über World Security wissen?« drängte Tweed.
Beck trank einen weiteren Schluck Kaffee. Tweed wartete, warf einen Blick auf Paula. Ihre Miene verriet gespannte Aufmerksamkeit. Beck setzte seine Tasse ab.
»Der Mann, dem Sie diese Frage stellen müssen, ist Oberst Romer, der Direktor der Zürcher Kreditbank. Sie erinnern sich an Romer?« Beck griff nach einem Kugelschreiber und begann, etwas auf das oberste Blatt eines Blockes aus Kopfbogen zu schreiben. Dann sprach er weiter. »Sie hatten Romer einmal im Verdacht, in kriminelle Aktivitäten verwickelt zu sein. Zu Unrecht, wie sich herausstellte. Er arbeitet jetzt im Hauptsitz der Bank in Zürich. In der Talstraße. Geben Sie ihm diesen Brief von mir.«
Er unterzeichnete, was er geschrieben hatte, faltete das Blatt zusammen, schrieb die Adresse auf einen Umschlag, steckte das Blatt hinein, schob die Klappe in den Umschlag, anstatt den Brief zuzukleben, und reichte ihn Tweed.
»Danke. Und nun brauche ich, wie ich bereits sagte, ein Versteck, irgendeinen abgelegenen Zufluchtsort, an dem ich halbwegs sicher bin und mir meine nächsten Schritte überlegen kann.«
»Ich habe darüber nachgedacht. Brunni wäre das richtige. Ein gottverlassenes Nest im Kanton Schwyz, hoch oben in den Bergen. Hinter Einsiedeln. Ein Freund von mir hat dort ein Chalet für den Sommer, direkt am Fuße des Mythen. Dort sollten Sie eigentlich sicher sein.«
»Und habe ich dort die Möglichkeit, über Funk mit der Außenwelt in Verbindung zu treten?«
Beck schaute Paula an und lächelte. »Er verlangt nicht viel, meinen Sie nicht auch?«
»*Schockwelle* steht auf dem Spiel, das Schicksal der westlichen Welt – einschließlich der Schweiz«, erklärte sie ihm.
»Aber Sie sagten, jemand hätte diesen großen Gott von einem Computer in

seine Gewalt gebracht. Und wohin soll er Ihrer Meinung nach jetzt befördert werden?«
»Nach Rußland«, erwiderte Tweed prompt.
»Und wie ist ein derartiges Unternehmen mit Glasnost und Perestroika zu vereinbaren?« erkundigte sich Beck.
»Gorbatschow steckt in großen Schwierigkeiten«, entgegnete Tweed. »Wir wissen, daß er in seinem Land sowohl von den Rechten als auch von den Linken bedrängt wird, die eine unheilige Allianz geschlossen haben. Sie halten sich für die wahren Hüter des Leninismus. Und nun gelangt die Nachricht nach Moskau, daß sie *Schockwelle* in die Hand bekommen können. Damit wäre Rußland vor jedem Raketenangriff aus dem Westen sicher. Die Generäle der Roten Armee murren ohnehin schon, weil Gorbatschow ihnen die Flügel beschneidet. Wie könnte er sich die Chance entgehen lassen, sich dieses wundervolle Gerät anzueignen? Wenn er das täte, würde seinen sofortigen Sturz nach sich ziehen. Es gibt weiß Gott genügend Vertreter des harten Kurses, die genau darauf warten.«
»Das sind Vermutungen«, meinte Beck.
»Ja, es sind Vermutungen«, gab Tweed zu. »Theorien wäre vielleicht das richtigere Wort.«
»Wir haben genug geredet. Paula sieht müde aus.« Beck stand auf. »Sie brauchen beide eine ruhige Nacht. Ich habe für Sie unter falschen Namen zwei Zimmer im Bellevue Palace reservieren lassen.«
»Unter falschen Namen?« Tweed war verblüfft. »Die Schweizer Hotels haben sehr strenge Anmeldevorschriften.«
»Aber ich werde Sie begleiten. Ich kümmere mich um den Papierkram. Geben Sie mir Ihre Pässe, und überlassen Sie alles weitere mir. Draußen wartet ein Wagen.«
»Es ist nicht weit. Wir könnten zu Fuß gehen«, schlug Tweed vor.
»Dann besteht die Gefahr, daß jemand Sie erkennt. Morgen früh wird Ihnen das Frühstück in die Zimmer gebracht. Ich hole Sie beide um zehn ab, wenn Ihnen das recht ist. Ein weiterer Wagen bringt Sie dann nach Zürich. Ein ungekennzeichneter Wagen.« Er blieb an der Tür stehen, während Paula und Tweed nach ihren Koffern griffen, nachdem sie ihre Mäntel übergezogen hatten. »Und heute nacht wird ein Beamter in Zivil vor Ihren Zimmern Wache halten. Ich hoffe, Sie haben nichts dagegen.«
»Würde das etwas ändern?« fragte Tweed mit einem müden Lächeln.
»Nein, das würde es nicht.«

Paula klopfte an die Tür, die ihre beiden Zimmer verband. Tweed, der gerade dabei war, seinen Koffer auszupacken, ging zur Tür und zog den Riegel zurück. Paula stürmte mit einer Miene wie eine Donnerwolke ins Zimmer.
»Wir sind Gefangene«, protestierte sie. »Eine Wache vor unseren Türen. Eine Eskorte von einem Gebäude aus, das zu Fuß nur fünf Minuten von diesem Hotel entfernt ist. Und morgen früh wieder eine Eskorte nach Zürich. Beck glaubt Ihnen nicht.«
»Beruhigen Sie sich. Er ist nur vorsichtig. Ich habe ihm eine ziemlich dramatische Geschichte erzählt. Und außerdem liegt ihm der Bericht aus London über den Mord in meiner Wohnung vor. Er will kein Risiko eingehen. Und das kann ich ihm nicht verübeln.«
»Und Sie«, fauchte sie, »haben die grauenhaften Vorfälle ausgelassen, die ihn vielleicht überzeugt hätten. Sie haben weder den Mordversuch auf der Autobahn erwähnt noch die Bombe, die wir unter dem Audi fanden.«
»Das habe ich absichtlich getan«, erklärte er ihr. »Sie hätten meinen Bericht über das Vorgefallene noch dramatischer gemacht. Von dem Augenblick an, in dem wir im Hilton in Brüssel ankamen, habe ich mit Derartigem gerechnet. Deshalb habe ich mir einen Plan zurechtgelegt, wie ich ihn zu gegebener Zeit überzeugen kann. Vergessen Sie nicht, die Schweiz ist ein neutrales Land.«
»Und was ist das für ein Plan?«
»Das werden Sie herausfinden, wenn die Ereignisse ihren Lauf nehmen. Unser Gegenpart wird uns dabei helfen.«

Dreiunddreißigstes Kapitel

Basel, 2.45 Uhr. Es schneite wieder, als Turpil den Audi durch die menschenleeren Straßen der Innenstadt lenkte. Newman saß neben ihm und blickte hinaus auf die mittelalterlichen Gebäude. Er erhaschte einen Blick auf das Münster, dann war es wieder verschwunden. Ihm war aufgefallen, daß die Rücksitze leer waren.
»Wo ist Ihre Ausrüstung?« fragte er.
»Im Kofferraum natürlich. Für den Fall, daß wir von einer Polizeistreife angehalten werden, habe ich eine getippte telefonische Nachricht von einem Arzt in der Tasche, derzufolge meine Schwester krank ist. Sie sind ein enger Freund der Familie.«
»Wie heißt Ihre Schwester?«

»Klara. Sie ist die Treppe hinuntergestürzt. Wohnt am St. Johanns-Platz. Das ist nicht weit von World Security entfernt.«
»Und gibt es diese Klara wirklich?«
»Natürlich nicht.« Turpil schwenkte eine kleine Hand. »Aber das ist die beste Erklärung dafür, warum wir um diese Zeit unterwegs sind.«
Newman lehnte sich zurück und beobachtete, wie der Schnee fiel. Turpil hatte das Unternehmen besser geplant, als er erwartet hatte. Sie bogen in eine Nebenstraße ein, und Turpil brachte den Wagen zum Stehen. Er öffnete ein Fenster, lauschte und machte es dann wieder zu.
»Ich kann Schritte im Umkreis von einer Meile hören, von einem Wagen ganz zu schweigen. Hier, nehmen Sie das. Stecken Sie es sich ins Ohr, wenn ich es Ihnen sage. Es ist ein Ohrstöpsel.«
»Und wozu dient er?«
»Er steigert Ihr Hörvermögen. Achten Sie darauf, daß Sie ihn so ins Ohr stecken, daß das Gitter nach außen zeigt. Das ist das Mikrofon.«
»So etwas habe ich noch nie gesehen...«
»Das hoffe ich. Ich habe es selbst erfunden. Ich war früher einmal Uhrmacher. Präzisionsarbeit. Ich habe eine ganze Kollektion von solchen Dingen. Verlieren Sie es nicht. So, und jetzt holen wir das Werkzeug.« Turpil zog ein weiteres der winzigen Instrumente aus der Tasche, steckte es in sein rechtes Ohr und grinste. »Jetzt höre ich jeden, der sich uns nähert.«
Er öffnete die Haube des Kofferraums, holte eine schmale, rechteckige Segeltuchtasche heraus und reichte sie Newman. Er selbst nahm eine kleine Ledertasche und machte den Kofferraum wieder zu. Das Schneien hatte ein wenig nachgelassen. Turpil entnahm seiner Tasche ein Paar Überschuhe aus Gummi, streifte sie über seine Schuhe. »Gibt besseren Halt.« Er warf einen Blick auf Newmans Füße. »Ich hoffe, Ihre Schuhe sind rutschsicher.«
»Gummisohlen mit gewelltem Profil.«
»Dann lassen Sie uns losziehen.«

Sie gelangten auf eine breite Straße, und zu seiner Rechten sah Newman den Eingang zum Gebäude von World Security. Er war nicht zu übersehen – die Türen aus Panzerglas lagen im Licht von darübermontierten Scheinwerfern. Drinnen waren keinerlei Anzeichen von Leben zu entdecken, aber er blickte aus einem schiefen Winkel hinein.
»Da wandern Wachmänner herum«, flüsterte Turpil.
»Ich kann sie nicht sehen.«
»Nein, aber ich kann sie hören – ihre Schritte auf dem Marmorfußboden. Mit meinem Knopf im Ohr. So, und jetzt hinunter zum Fluß...«

Newman erkannte die Nebenstraße wieder, die er beim Auskundschaften der Umgebung entlanggewandert war. Sie waren am Rheinufer, und Turpil ging voraus, stieg behende die sechs vereisten Stufen hinab. Newman blieb einen Moment stehen, steckte den Stöpsel ins Ohr, wendete den Kopf. Der Lärm kam so plötzlich und war so ohrenbetäubend, daß er fast die Balance verloren hätte. Es hörte sich an wie eine gewaltige Meeresbrandung. Es dauerte einen Moment, bis er begriffen hatte, daß das, was er hörte, das vielfach verstärkte Fließen des Rheins war. Er riß den Stöpsel heraus und steckte ihn in die Tasche seines Trenchcoats. Unten lugte Turpil um die Ecke, dann bedeutete er Newman, ihm zu folgen.

Mit der Segeltuchtasche in der Hand stieg Newman vorsichtig die zur Promenade hinabführenden Stufen hinunter. Als er um die Ecke bog, peitschte ihm ein schneidender Wind ins Gesicht. Hinter der Stelle, bis zu der Turpil gegangen war, gab es keinerlei Fußabdrücke. Aber Newman hatte keine Ahnung, wie Turpil von hinten in das Gebäude hineinkommen wollte. Die unterste Fensterreihe lag fast vier Meter über ihnen. Turpil blickte hinauf, wartete, daß Newman ihn erreichte.

»Bei diesem Wetter besteht wenigstens nicht die Gefahr, daß wir Liebespärchen aufscheuchen«, bemerkte er, wobei er Newman das linke Ohr zuwendete.

»Sie kommen hierher?«

»Im Sommer stolpert man über sie. Die Schweizer Jugend ist auch nicht mehr, was sie einmal war. Geben Sie mir Ihre Tasche.«

Turpil löste die Riemen und holte etwas heraus, was aussah wie ein Aluminiumrost mit großen Gummisaugnäpfen an einer Stange. Er zog es Stück um Stück aus, und Newman begriff, daß es eine Leiter war, mindestens viereinhalb Meter lang. Turpil lehnte sie an die Mauer, regulierte die Höhe, schwang sie zur Seite und rieb etliche Hände voll Schnee in die Saugnäpfe; dann schmolz er ihn mit der Wärme seiner behandschuhten Hände.

»So, jetzt wird sie sicher an der Mauer befestigt sein«, erklärte er und richtete die Leiter wieder auf. Er verschob sie so weit, daß sich ihr oberes Ende genau unter einer Fensterbrüstung befand, dann drückte er die ganze Leiter kräftig herunter.

»Das ist World Security«, erinnerte ihn Newman; er beugte sich nieder, um in Turpils linkes Ohr zu sprechen. »Diese Fenster dürften mit den besten Alarmanlagen gesichert sein, die es auf dem Markt gibt.«

»Das sind sie«, bestätigte ihm Turpil. »Aber sie können zum Lüften sechzehn Zentimeter weit hochgeschoben werden, bevor der Kontakt zur

Alarmanlage hergestellt wird. Drinnen befindet sich rechts neben jedem Fenster ein Schalter. Man hebt ihn an, dann drückt man ihn herunter und wieder herauf, und der Alarm ist abgeschaltet. Auf diese Weise können sie bei warmem Wetter die Fenster vollständig öffnen. Es ist nur eine Vorsichtsmaßnahme. Sie halten es für unmöglich, daß jemand von dieser Seite aus in das Gebäude eindringt.«
»Wie können Sie so sicher sein, daß keine zusätzlichen Sicherungen angebracht worden sind?«
»Habe ich Ihnen das nicht erzählt?« Turpil grinste listig. »Vor ein paar Monaten haben sie mich geholt. Ich sollte einen Defekt beseitigen. Ich habe das ganze System überprüft. Sie haben nicht die geringste Änderung vorgenommen, seit ich die Anlage installiert habe.«
»Das war vor ein paar Monaten. Sehen wir zu, daß wir hineinkommen.«
Newman, immer ein vorsichtiger Mann, war nicht restlos überzeugt. Es war durchaus möglich, daß Morgans Organisation über eigene Experten verfügte und daß diese inzwischen ein paar Fallen eingebaut hatten. Alarmvorrichtungen, von deren Existenz Turpil nichts wußte.
»Stecken Sie sich den Stöpsel ins Ohr«, wies Turpil Newman an. Er deutete auf die Promenade. »Falls sich jemand nähern sollte, werden Sie es hören. Ich steige inzwischen hinauf. Wenn ich drinnen bin, winke ich, und Sie kommen nach. Fertig? Los geht's...«
Er stieg die Leiter hinauf. Mit einer Hand hielt er sich fest, in der anderen trug er die Ledertasche. Newman steckte den Stöpsel ins Ohr. Wieder überfiel ihn das tosende Brandungsgeräusch, bis er begriffen hatte, daß das Instrument dem Rhein zugewendet war. Er drehte sich so um, daß sein Gesicht zur Mauer zeigte und das Mikrofon auf die Promenade gerichtet war. An die Stelle der ohrenbetäubenden Brandung trat ein merkwürdiges, sausendes Geräusch. Verblüfft ließ er den Blick schnell über die Promenade schweifen, bewegte den Kopf dabei aber so wenig wie möglich.
Der Wind wehte Schwaden aus leichtem Schnee über die vereiste Oberfläche der Promenade, und das erzeugte ein sonst unhörbares Geräusch. Ihm wurde bewußt, wie empfindlich das Instrument reagierte. Er blickte hoch.
Der Schneefall hatte fast vollständig aufgehört. Turpil war am oberen Ende der Leiter angekommen und wischte mit einer Hand den Schnee von seiner Kleidung. Er hob das Fenster ein paar Zentimeter an, griff mit einer Hand hinein, ließ sie ein paar Sekunden drinnen und schob dann das Fenster ganz auf. Dann kletterte er mit seiner Tasche über die Brüstung hinein, schaute heraus und winkte.
Newman lauschte einen Moment, hörte nichts außer dem Sausen des

verwehten Schnees. Er zog den Stöpsel aus dem Ohr, steckte ihn in die Tasche und rüttelte an der Leiter. Sie bewegte sich nicht; ihre gummiüberzogenen Füße steckten jetzt fest und sicher in gefrorenem Schnee. Er begann hinaufzusteigen.
Er war schwerer als Turpil und spürte, wie die Leiter unter ihm schwankte, als er seine Füße behutsam auf eine der eiskalten Sprossen nach der anderen setzte. Je höher er kam, desto heftiger wurde der Wind. Sein Trenchcoat flatterte. Die Kälte drang durch seine Handschuhe, ließ seine Finger steif werden.
Er widerstand der Versuchung, sich zu beeilen oder in die Tiefe zu schauen. Er kletterte höher. Ein Fuß rutschte von einer Sprosse ab. Er packte die Leiter fester, ignorierte die bittere Kälte. Als er sein Gleichgewicht wiedergefunden hatte, setzte er den Aufstieg fort, bis er auf der Höhe des geöffneten Fensters angekommen war. Turpil streckte eine Hand heraus, legte sie Newman auf die Schulter und zog, bedeutete ihm, schnell einzusteigen.
Newman brauchte keine Ermutigung. Er schwang ein Bein über die Brüstung, schob den Kopf durch die Fensteröffnung, hievte sich hinein. Trotz des offenen Fensters schlug ihm Wärme entgegen, und seine Finger begannen zu kribbeln.
»Wir müssen die Leiter hochziehen«, erklärte ihm Turpil.
»Warum das? Wir brauchen sie, um wieder herauszukommen...«
»Nein! Heraus kommen wir auf andere Weise. Es kann sein, daß wir eine ganze Weile hier sind. Jemand könnte die Leiter sehen. Keine Widerrede. Helfen Sie mir, sie hochzuziehen.«
Sie ergriffen gemeinsam die oberste Sprosse und zerrten mit aller Kraft. Plötzlich lösten sich die Füße aus dem gefrorenen Schnee, und die Leiter war frei. Während des Hochziehens schob Turpil sie zusammen, bis sie wieder zu dem Rost geworden war, den Newman in der Segeltuchtasche getragen hatte.
»Ich möchte zu gern wissen, wie wir hier wieder herauskommen wollen«, fauchte Newman.
»Ich habe alles vorbereitet – falls wir es eilig haben sollten...«
Turpil holte eine Stablampe aus seiner Tasche, nachdem er einen Vorhang vor das geöffnete Fenster gezogen hatte. Eine weitere Stablampe reichte er Newman, der allmählich beeindruckt war. Turpil schien bestens ausgerüstet zu sein.
»Aber wie kommen wir wieder heraus?« wiederholte er.
Turpil bewegte den Strahl seiner Taschenlampe. Auf dem Boden lag ein zusammengerolltes Bergsteigerseil, in Abständen geknotet. An einem Ende

saß ein großer, mit Gummi überzogener Ring. Dieser Ring lag am Bein eines großen Stahltisches. Newman bückte sich, um ihn genauer in Augenschein zu nehmen.

Der Ring am Tischbein war nicht ganz geschlossen; die Öffnung sah aus wie zwei einander gegenüberstehende Krallen. Und um die ganze Länge des Seils war ein Draht gewickelt, der am anderen Ende des Seils in einem kleinen Griff endete.

»Der Tisch ist am Boden festgeschraubt«, erklärte Turpil. »Er wird für Computer und ähnliche Geräte benutzt, deshalb muß er sehr stabil sein.«

»Ich verstehe immer noch nicht, wie dieses Seil funktioniert. Ich nehme an, wenn wir flüchten müssen, werfen wir es aus dem Fenster und seilen uns dann wie Bergsteiger an der Mauer ab. Warum können wir nicht die Leiter benutzen?«

»Sie haben gesagt, wir dürften keine Spuren unseres Einbruchs hinterlassen. Das Einziehen der Leiter würde zu lange dauern. Wenn wir uns beide abgeseilt haben, betätige ich diesen Griff hier. Die beiden Klauen am Tischbein öffnen sich, und wir können das Seil herausziehen. Auch eine meiner Erfindungen. Aber wir vergeuden Zeit – also: was ist es, das Sie hier suchen? Wir sind im Hauptbüro der Forschungs- und Entwicklungsabteilung, wie sie es nennen. Der Abteilung, in der die schmutzigen Tricks ausgeheckt werden. Und in der die geheimen Unterlagen aufbewahrt werden...«

»Schmutzige Tricks? Was meinen Sie damit?«

»Erpressung und Sabotage zum Beispiel. Sie machen ein Angebot zur Übernahme einer anderen Firma. Also sabotieren sie deren Sicherheitstransporte, geben die entsprechenden Tips an die Unterwelt, die Fahrzeuge werden überfallen und ausgeraubt. Der Ruf der betreffenden Firma ist ruiniert. Von der Erpressung erzähle ich Ihnen später. Was genau wollen Sie haben?«

»Beweise für illegale – kriminelle – Aktivitäten...«

»Endlich kommen Sie zur Sache. Als erstes setze ich das ganze Alarmsystem außer Betrieb. Dann öffne ich den Safe, den ich eingebaut habe. Manchmal spielen sie natürlich die Superklugen und verstecken etwas Wichtiges in einer unverschlossenen Schublade unter einem Stapel Notizblöcke. Wenn Sie ein bißchen herumstöbern wollen, ziehen Sie die hier über.« Er reichte Newman ein Paar dünne Gummihandschuhe, ein weiteres Paar streifte er selbst über.

Mit der Stablampe zwischen den Zähnen öffnete er die an der Wand befestigte Alarmzentrale und legte ein kompliziertes Arrangement von

farbigen, an Klemmen angeschlossenen Kabeln frei. Er redete weiter, während er einen Anschluß nach dem anderen vertauschte.
»Sie dürfen hier nicht rauchen. Rauch hält sich. Später müssen Sie die Tür zum Flur öffnen – nachdem Sie Ihren Stöpsel ins Ohr gesteckt haben. Richten Sie ihn nach rechts; am Ende des Flurs befinden sich die Treppe und die Fahrstühle. Wenn jemand kommt, werden Sie es hören, auch wenn er noch einen Kilometer weit entfernt ist. Und wenn Sie die Tür öffnen, dürfen Sie keinesfalls einen Fuß hinaussetzen. Davor ist eine Kontaktmatte. Keine von den primitiven Dingern – sie ist in das Parkett eingearbeitet.«
Mit seinen behandschuhten Händen und der Stablampe in der Linken ging Newman daran, die Schubladen eines großen Schreibtisches zu untersuchen. Er hatte noch nichts gefunden, bis er die unterste Schublade auf der linken Seite herauszog. Darin lag ein Stapel Blöcke für interne Notizen.
»So, die Alarmanlage ist neutralisiert. Wenn ich irgend etwas falsch gemacht habe, reagiert die Zürcher Anlage. Die beiden Systeme sind gekoppelt. Zusätzliche Vorsichtsmaßnahme. Die Zürcher Wache findet nichts, ruft hier an.«
Turpil nahm eine große Tabelle mit der Aufschrift *Gesamtumsatz* von der Wand. Die Kurve auf der Tabelle kletterte in neue Höhen der Geschäftstätigkeit. Ein großer, in die Wand eingelassener Safe kam zum Vorschein. Turpil steckte seinen Stöpsel ins Ohr. Newman schaute auf, rechnete damit, daß der kleine Mann ein Stethoskop aus der Tasche holen würde.
»Kein Stethoskop«, rief er leise.
»Sie haben zu viele Filme gesehen. Ich höre mit meinem Stöpsel, wie die Zuhaltungen fallen.« Er hielt das Ohr dicht an den Safe und stellte mit seinen behandschuhten Händen langsam die Kombination ein. Newman wendete sich wieder der Schublade zu. Unter einem der Blöcke fand er einen Terminkalender für das laufende Jahr. Warum versteckt?
Ganz unten, auf dem Grund der Schublade, lag ein weiterer Terminkalender. Für das vergangene Jahr. Er blätterte ihn von der ersten Seite an durch. Angefüllt mit Notizen. Was seine Aufmerksamkeit erregte, waren bestimmte Tage, die ein auffälliges, mit Filzstift geschriebenes Initial trugen – im Gegensatz zu sämtlichen anderen Eintragungen, die mit einem gewöhnlichen Kugelschreiber vorgenommen worden waren. Das Initial war »M«.
Neben jedem »M« stand eine Zeit. Immer spät am Abend. 21.30 Uhr. 22 Uhr. 21 Uhr. 22.30 Uhr. Alle Daten lagen zwischen Januar und April. Er vergewisserte sich noch einmal. Das letzte Datum war der 25. April.
Newman blätterte den Kalender für das laufende Jahr durch. Januar und einen Teil des Februars. Weitere Termine, aber keine »M«-Eintragungen

mehr. Er wunderte sich, zum Teil darüber, daß neben etlichen Zeiten – anders als bei der Mehrzahl der Eintragungen – kein Name angegeben war. Newman schaute auf, sah, daß Turpil den großen Wandsafe öffnete. Er ging hinüber, und Turpil steckte eine Hand in seine Tasche und holte zwei Stücke Waschleder heraus, die er Newman hinhielt.
»So, jetzt ist der ganze Schnee von Ihren Schuhen abgeschmolzen. Wischen Sie damit den Fußboden auf. Keinerlei Hinweise darauf, daß wir hier waren, sagten Sie...«
Newman fluchte innerlich. Aber Turpil hatte recht; Newman hatte die Schmelzwasserpfützen auf dem Parkett bemerkt und vorgehabt, sie zu erwähnen. Er hockte sich nieder und machte sich ans Werk. Er benutzte das eine Leder zum Aufwischen der Pfützen, das andere zum Nachpolieren. Als er fertig war, gab er Turpil die Leder zurück. Turpil steckte sie in eine Plastiktüte, die er dann in seine Tasche stopfte. Turpil warf einen Blick auf die Uhr, dann deutete er auf den Safe.
»Jetzt sind Sie dran. Merken Sie sich genau, wie alles gelegen hat.«
Der Wandsafe war schulterhoch. Newman benutzte seine Taschenlampe, um seinen Inhalt zu untersuchen. Links lagen mehrere Bündel Banknoten, von Gummibändern zusammengehalten. Sie interessierten ihn nicht. In der Mitte lag ein Stapel von großen Umschlägen. Er nahm den obersten, trug ihn zum Schreibtisch, zog die darin steckenden Blätter heraus.
Aufstellungen der Einnahmen und Ausgaben der Firma im Vorjahr. Gewisse Posten waren mit roter Tinte unterstrichen; alles über die Summe von 6000 Franken. Neben jeder stand derselbe Vermerk. *Einmalige Ausgabe.* Bestechungsgeld? Newman überflog sämtliche Blätter, dann überprüfte er sie sicherheitshalber ein zweites Mal.
Er runzelte die Stirn. Etliche Blätter waren am unteren Rand mit einem schwungvollen Initial abgezeichnet, und alle waren datiert. Das Initial war ein »B«. Er fand andere Blätter mit dem Vermerk »Sab.« und den Namen von World Security geschluckter Firmen. »Sabotage« war ein Wort, das die deutsche und die englische Sprache gemeinsam hatten. Newman schaute auf. Turpil hatte die Tür zum Flur geöffnet. Er machte sie wieder zu, trat zu Newman.
»Kein Ton. Aber wir dürfen uns trotzdem nicht zuviel Zeit lassen.«
»Turpil, nehmen Sie diese Blätter und fotografieren Sie sie. Sie sagten, Sie hätten eine Kamera dabei.« Der kleine Mann griff in die Tasche und brachte eine flache Kompaktkamera mit Blitzbirne zum Vorschein.
»Besteht nicht die Gefahr, daß jemand das Blitzlicht sieht?« fragte Newman.

»Der Vorhang ist zugezogen, und es gibt kein Fenster zum Flur. Ich lege die Blätter auf dem Schreibtisch aus.«
»Und wenn Sie gerade dabei sind – da ist ein Terminkalender vom vorigen Jahr, den ich ausgegraben habe. Fotografieren Sie fünf Seiten. 11. Januar, 28. Januar, 16. Februar, 4. März und 25. April. Und auf dem Vorsatzblatt finden Sie den Namen des Eigentümers. Morgan. Den fotografieren Sie auch.«
Newman wendete sich wieder dem Safe zu. Er fand nichts von Interesse, bis er beim sechsten der großen Umschläge angelangt war. Drinnen steckten die Hochglanzfotos von vier verschiedenen, sehr attraktiven Frauen zwischen Ende Zwanzig und Mitte Dreißig. Alles Aufnahmen von Kopf und Schultern, alle farbig.
Eine Schönheit mit tizianrotem Haar, eine Blondine und zwei Brünette. Alle trugen ein herausforderndes Lächeln zur Schau und hatten die Augen hinter langen Wimpern halb geschlossen. Newman runzelte die Stirn und betrachtete das Foto der Blondine genauer. Er merkte sich die Reihenfolge und trug die Fotos hinüber zu Turpil. Er war froh, daß er Turpil aufgefordert hatte, eine Kamera mitzubringen. Wieder und wieder hatte aufflammendes Blitzlicht den Raum erhellt. Turpil arbeitete sehr schnell. Newman legte die Fotos auf die Schreibtischplatte.
»Von denen möchte ich besonders gute Kopien«, sagte er. »Auch wenn es wohl nur Schwarz-Weiß-Aufnahmen sind...«
»Ich benutze einen Farbfilm.« Ein weiterer Blitz. »Einzige Möglichkeit, die roten Unterstreichungen festzuhalten. Sie können die Terminkalender wieder wegpacken – Sie wissen, wo sie gelegen haben.«
Turpil warf einen Blick auf die vier Fotos, die Newman auf dem Schreibtisch ausgelegt hatte. Er hielt einen Moment inne, als er das Foto der Blondine sah, dann betrachtete er die anderen drei Fotos, nickte und fotografierte die letzten beiden Kostenaufstellungen. Bevor er sich den Fotos zuwendete, schaute er auf die Uhr.
»Sie haben noch drei Minuten, um weiterzusuchen. Danach wird es riskant.«
Newman kehrte zum Safe zurück und stapelte die Umschläge in der Reihenfolge, in der er sie vorgefunden hatte, um sie schnell wieder hineinbefördern zu können. Dann zog er ein dickes, rotes Journal heraus. Voller Zahlen, die ihm nichts sagten.
Einem Impuls folgend, schlug er die letzte Seite auf. Sie enthielt die Bilanz. Er trug das auf der letzten Seite aufgeschlagene Journal zum Schreibtisch.
»Noch eine Aufnahme von dieser Seite, dann machen wir Feierabend...«

Newman raffte die Blätter mit den Kostenrechnungen zusammen, sortierte sie in der ursprünglichen Reihenfolge, schob sie wieder in den Umschlag und legte sie in den Safe zurück. Ebenso verfuhr er mit den Fotos, als Turpil sie ihm reichte. Zum Schluß legte er das Journal wieder dorthin, wo er es vorgefunden hatte. Als er sich umdrehte, stand Turpil neben ihm.

»Ich muß den Safe zumachen, die Kombination wieder einstellen, das Alarmsystem reaktivieren. Gehen Sie zur Tür, benutzen Sie Ihren Stöpsel, horchen Sie den Flur nach rechts ab. Wir müssen vorsichtig sein – und schnell. Aber vorher packen Sie die Terminkalender wieder weg.«

Newman verstaute die Terminkalender, legte die Notizblöcke darauf und schlich zu der geschlossenen Tür. Er steckte den Stöpsel ins Ohr, öffnete die Tür und schob den Kopf hinaus. Keinerlei Bewegungsgeräusche. Als sie kamen, wäre Newman fast aus der Haut gefahren. Ohrenbetäubendes Knurren wütender Hunde, gefolgt von den Schritten mehrerer Personen, dann weitere Hundegeräusche. Ohne den endlosen Flur vor sich hätte er schwören können, daß sie schon fast vor der Tür standen.

Er drehte sich um, wollte Turpil warnen. Der kleine Mann hatte den Safe geschlossen, brachte das Alarmsystem wieder in Ordnung. Ein Instinkt veranlaßte ihn, über die Schulter zu schauen. Newman schlich zu ihm.

»Wir stecken in der Klemme. Ich habe Wachhunde gehört und Männerschritte. Anscheinend ganz nahe, und sie kommen auf uns zu.«

»Immer mit der Ruhe. Sie sind noch weit entfernt, und sie überprüfen jedes Büro. Machen Sie schnell die Tür zu.«

Turpil hatte sogar einen weiten Regenmantel für Newman mitgebracht, den Newman über seinen inzwischen getrockneten Trenchcoat ziehen konnte. Trotz des offenen Fensters herrschten in dem Gebäude fast tropische Temperaturen. Kurz zuvor hatte Turpil den Vorhang für einen Moment beiseitegeschoben. Es schneite wieder heftig.

Newman war ein wenig nervös, als Turpil ihm die Segeltuchtasche mit der zusammengeschobenen Leiter reichte und ihn anwies, sie sicher an seinem Gürtel zu befestigen. Dann zog Turpil den Vorhang beiseite, griff nach dem zusammengerollten Seil, lehnte sich aus dem Fenster, um einen prüfenden Blick auf die Promenade zu werfen, und ließ dann das Seil fallen.

»Ich gehe zuerst. Passen Sie auf, wie ich es mache. Ich nehme an, Sie wissen, wie man sich abseilt?«

»Nun machen Sie schon...«

Newman mußte unablässig daran denken, wie nahe die Wachhunde sich angehört hatten. Turpil erinnerte ihn daran, daß er das Fenster herunterziehen und dann von außen den Alarm wieder einschalten mußte.

»Sie drücken den Schalter einmal herunter, dann hoch und wieder herunter. Dann ist der Alarm eingeschaltet. Genau umgekehrt, wie ich es beim Hereinkommen gemacht habe.«
»Verstanden. Und jetzt los. Sie können jede Minute hier sein.«
Turpil hatte den Griff seiner Tasche an einem Gürtel befestigt, den er aus ihr herausgeholt und sich umgeschnallt hatte. Er zog an dem Seil, stieg über die Brüstung, verschwand. Newman steckte den Kopf aus dem Fenster.
Vor dem Aussteigen hatte sich Turpil seine Pudelmütze wieder über den Kopf gezogen und sah nun von oben aus wie ein Gnom. Er kletterte an dem Seil hinunter und benutzte seine Füße dazu, sich von der Hauswand abzustoßen. Newman war überrascht von der Schnelligkeit, mit der er das tat. Dann hatte Turpil die Promenade erreicht und bedeutete ihm, gleichfalls herunterzukommen.
Newman hatte die Gummihandschuhe bereits zusammen mit dem Ohrstöpsel in seine Manteltasche gesteckt und trug jetzt seine Lederhandschuhe. Er ergriff das Seil, schwang sich über die Brüstung, erinnerte sich gerade noch rechtzeitig an das Fenster und fluchte. Er hielt sich mit einer Hand oberhalb eines Knotens fest, griff hoch, zog das Fenster ziemlich weit herunter, langte hinein und tastete nach dem verdammten Schalter, der nicht mehr da zu sein schien, fand ihn endlich, schaltete den Alarm wieder ein und schloß das Fenster bis auf einen schmalen Spalt.
Er spürte die Anspannung im ganzen Körper – seine rechte Hand und sein rechter Arm hatten sein volles Gewicht tragen müssen. Dankbar ergriff er das Seil auch mit der Linken und begann mit dem Abstieg. Die Knoten waren ein Segen; sie verhinderten, daß er abrutschte und sich die Hände aufscheuerte. Kein Segen war jedoch der Schnee – er wehte ihm in die Augen und drang unter seinen Mantelkragen, während er sich abseilte, sich mit den Füßen von der Wand abstieß, den Rücken nach außen wölbte, hoffte, daß das verdammte Ding sein wesentlich größeres Gewicht tragen würde. Als seine Füße auf der Promenade auftrafen, hatte er das Gefühl, eine Ewigkeit gebraucht zu haben.
»Wir müssen uns beeilen«, zischte Turpil.
»Jetzt sieht er es auch ein«, dachte Newman bitter, hielt aber den Mund.
Turpil wies ihn an, ein Stück weiterzugehen, dann blieb er stehen und packte den Griff am Ende des Drahtes. Er schaute hoch, drehte den Griff, drückte ihn zusammen, zerrte an dem Seil. Newman wurde klar, daß sich der Klauenring am anderen Ende hinter der Fensterbrüstung verhakt hatte. Er spürte, wie die Kälte in ihn hineinkroch, und stampfte mit den Füßen auf. Immer noch hochschauend, zerrte Turpil aus Leibeskräften. Der Ring

flog aus dem Fenster, und Turpil ließ das Seilende los und rannte auf Newman zu. Der Ring bohrte sich in den Schnee. Turpil lief zurück und rollte schnell das Seil auf. Newman folgte ihm.

»Zurück zum Audi?« fragte er. Turpil schüttelte den Kopf, hängte sich das Seil über die Schulter und ging so dicht an der Kaimauer entlang, daß Newman fest damit rechnete, daß er abrutschen würde. Mit einer Handbewegung forderte Turpil Newman auf, ihm zu folgen, dann kniete er nieder und verschwand. Newman warf noch einen Blick auf das Gebäude, trat an die Öffnung im Geländer und schaute hinunter. An der Mauer hing eine Eisenleiter, die zu einem kleinen Anleger hinunterführte. An einem Poller war ein Boot festgemacht, in das Turpil bereits hineinstieg.

Newman holte tief Luft und kletterte mit verkrampften Fingern und dem Rhein den Rücken zuwendend die dick vereisten Sprossen hinunter. Turpil drängte zur Eile. Das Boot hatte eine Segeltuchmarkise, die das Steuer und die Instrumente schützte. Newman stieg gleichfalls ein, Turpil machte das Boot los, zog das Haltetau ein und warf es auf das Deck. Sofort wurden sie von der starken Strömung in Richtung Flußmitte getrieben. Turpil hatte sich unter der Markise niedergelassen, machte aber keinerlei Anstalten, den Motor zu starten. Newman setzte sich neben ihn und löste die Segeltuchtasche von seinem Gürtel.

»Was steckt dahinter?« fragte er.

»Wenn im Gebäude ein Alarm ausgelöst wird, haben sie eine feste Routine. Ein paar Wachmänner rennen sofort hinaus, Männer mit versteckten Waffen, und umrunden das ganze Haus. Sehen Sie, dort sind Lichter.«

Newman blickte zurück auf das Gebäude, von dem sie sich immer weiter entfernten. An dem Fenster, durch das sie ausgestiegen waren, waren die Vorhänge zurückgezogen, und das Licht starker Lampen fiel auf die Promenade und suchte sie von links nach rechts ab. Inzwischen war das Boot so weit fort, daß sie es unmöglich entdecken konnten, und bald wurde das Lampenlicht vom Schneetreiben ausgelöscht. Die Markise über ihnen war unter der Last des bereits auf ihr liegenden Schnees heruntergesackt.

»Zum Starten des Motors ist es wohl noch zu früh?« fragte Newman zitternd.

Es war entsetzlich kalt. Sie trieben schnell der Strommitte entgegen, und ein schneidender Wind durchdrang Newmans Regenmantel und den Trenchcoat, den er darunter trug. Sobald die Hauptströmung es erfaßt hatte, glitt das Boot wesentlich schneller voran.

»Viel zu früh«, erklärte Turpil. »Es könnte sein, daß sie es da hinten noch hören. Aber davon abgesehen, möchte ich nicht, daß irgendjemand um

diese Stunde einen Bootsmotor hört. Aber keine Sorge, wir kommen dorthin, wo der Audi jetzt steht.«
»Unmöglich«, protestierte Newman, »wir sind schon meilenweit von dem Platz entfernt, auf dem wir ihn abgestellt haben.«
»Aber dort ist er nicht mehr«, erklärte Turpil, als hätte er ein Kind vor sich. »Kurz nachdem wir uns auf den Weg gemacht haben, hat Klara, die einen Schlüssel hat, den Audi auf die andere Rheinseite gefahren und dort geparkt. Wir sind jetzt nahe daran, deshalb werde ich den Motor anlassen.«
»Einen Moment. Wer ist Klara? Doch nicht Ihre imaginäre Schwester?«
»Meine wirkliche Schwester aus Bern. Sie hat ihren eigenen Wagen an derselben Stelle geparkt und dann ihr Fahrrad aus dem Kofferraum geholt, ist mit ihm zu dem Audi gefahren und hat ihn, wie ich bereits sagte, ans andere Rheinufer gebracht und ihn dort abgestellt, wo sie ihren Wagen geparkt hatte.«
Newman stand auf, um seine schmerzenden Beine zu strecken, und trat ans Heck.
»Bevor ich's vergesse – geben Sie mir meinen Ohrstöpsel zurück«, rief Turpil, bevor er den Motor anließ.
»Steckt in meiner Tasche.« Newman zog die Gummihandschuhe heraus, steckte sie in die andere Tasche, holte den Stöpsel heraus, tat so, als verlöre er das Gleichgewicht, und hielt sich schnell an der Kante des Schandecks fest.
»Tut mir leid, Turpil, er ist über Bord gefallen.«
Er ließ den Stöpsel rasch in seine Hosentasche gleiten. Ein nützliches Instrument, das man in keinem Laden kaufen konnte.
»Den müssen Sie mir bezahlen«, rief Turpil und ließ den Motor anspringen. Newman kehrte unter die Markise zurück und setzte sich. »Wie lange dauert es noch, bis wir bei dem Audi angekommen sind?« fragte er.
»Nur ein paar Minuten.« Turpil, der am Ruder saß und das Boot zum Ostufer steuerte, warf einen Blick über die Schulter. »Es ist eine ganze Weile her, seit ich Tweed zum letztenmal gesehen habe. Vielleicht treffe ich ihn bald wieder. Nur um Hallo zu sagen und so weiter . . .«
Newman war steif vor Kälte, sein Genick war feucht von eingedrungenem und geschmolzenem Schnee, alle Glieder taten ihm weh, aber sein Verstand war trotzdem hellwach. Die Art, auf die Turpil von Tweed gesprochen hatte, war eine Spur zu beiläufig gewesen. Newman machte eine unbestimmte Handbewegung.
Sie waren bereits nahe an die hohe Mauer am Ostufer des Flusses herangekommen und hielten auf einen Anleger zu, von dem aus eine Treppe zur

Promenade emporführte, als plötzlich ein Scheinwerfer aufflammte und die Wasseroberfläche absuchte. Turpil reagierte blitzschnell.
Er riß das Ruder herum, steuerte zurück in die Strommitte, außer Reichweite des Scheinwerfers, dann schaltete er den Motor ab und ließ das Boot wieder treiben. Abermals wurde es von der kräftigen Strömung erfaßt. Auf ein Zeichen von Turpil stand Newman auf und trat neben ihn.
»Wir können den Audi nicht benutzen«, erklärte Turpil mit klappernden Zähnen. »Die Polizei hat ihn gefunden. Wir müssen unsere Pläne ändern.«
»Ich hatte den Eindruck, daß der Scheinwerfer auf einem Streifenwagen montiert ist«, bemerkte Newman. »Lassen Sie den Motor wieder an und nehmen Sie Kurs auf den nächsten Anleger am Westufer. Wir müssen zusehen, daß wir so schnell wie möglich an Land kommen.«
»Wenn Sie es wünschen – aber warum?« Turpil startete den Motor.
»Weil die Männer in dem Streifenwagen über Funk eine Polizeibarkasse herbeirufen werden, damit sie nach uns sucht. Der nächste Anleger. Dann stoßen wir das Boot ab und lassen es flußabwärts treiben.«
Die plötzliche Krise hatte bewirkt, daß Newman die Kälte und seine schmerzenden Glieder vergaß und automatisch wieder das Kommando übernahm. Ein paar Minuten später hatten sie einen Anleger gefunden; Turpil machte das Boot fest, sie kletterten heraus. Nichts war zu hören außer dem Rauschen des Wassers und dem Anschlagen des Bootes am Anleger. Es hatte aufgehört zu schneien.
»Was tun wir jetzt?« fragte Turpil.
»Laufen. Dorthin, wo ich meinen Wagen geparkt habe. Sie können darin warten, bis ich meine Hotelrechnung bezahlt habe. Ist in dem Boot irgend etwas, womit man Sie identifizieren könnte?«
»Nein. Ich habe es am Abend gestohlen.«
»Dann machen Sie es los. Schnell.«
Turpil löste das Tau vom Poller und warf es auf das Deck. Das Boot trieb davon, glitt rasch der Flußmitte entgegen. Newman trug noch immer die Segeltuchtasche mit der Leiter. Turpils Werkzeugtasche stand auf der hölzernen Plattform.
»Es empfiehlt sich nicht, mitten in der Nacht mit Einbrecherwerkzeug durch Basel zu wandern«, erklärte Newman.
»Damit dürften Sie recht haben . . .«
Turpil ergriff seine Tasche und schleuderte sie weit von sich. Sie ließ das Wasser aufspritzen und versank sofort. Newman ließ ihr die Tasche mit der Leiter folgen. Turpil zog die Kamera aus der Tasche, aber Newman riß sie ihm aus der Hand und steckte sie in die Tasche seines Trenchcoats.

»Das ist auch belastendes Material«, protestierte Turpil.
»Das braucht Sie nicht zu kümmern. Ich bin es, der es bei sich hat. Für die Aufnahmen haben wir verdammt schwer gearbeitet. Und da hinten kommt eine Barkasse mit einem Suchscheinwerfer. Wir müssen zusehen, daß wir schnell von hier wegkommen. Und«, setzte er hinzu, als wäre es ihm gerade eingefallen, »wir fahren nach Zürich, wo Sie Tweed treffen können.«
Als sie die Treppe hinaufgestiegen und in einer Nebenstraße verschwunden waren, war Newman überzeugt, daß er den Köder gut gespickt hatte – mit dem Versprechen, daß er Tweed wiedersehen würde. Diese Bemerkung auf dem Boot war ganz entschieden zu beiläufig gewesen. Newman war entschlossen, Alois Turpil nicht aus den Augen zu lassen.

Vierunddreißigstes Kapitel

Alle Wege führten nach Zürich.
Am folgenden Morgen frühstückten Tweed und Paula in ihren Zimmern. Als sie herauskamen, stellten sie fest, daß andere Polizisten in Zivil vor ihren Türen Wache hielten. Einer von ihnen trat vor, zeigte Tweed seinen Ausweis.
»Wir sollen Sie zum Wagen begleiten. Ihre Rechnung ist bezahlt. Vor dem Eingang wartet ein Mercedes auf Sie.«
»Wir werden behandelt wie Fürsten«, scherzte Paula.
»Oder wie Gefangene«, flüsterte Tweed.
Beck erwartete sie im Fond des Wagens; er saß auf einem Klappsitz. Er winkte ihnen, sich zu beeilen, und sie stiegen mit ihren Koffern in den Händen ein. Die Tür wurde geschlossen, und der Fahrer, gleichfalls in Zivil, betätigte die Zentralverriegelung. Als sich der Wagen in Bewegung setzte, warf Tweed einen Blick auf Beck.
»Sie haben wohl Angst, daß wir herausspringen könnten, wenn der Wagen an einer Ampel anhält?«
»Das ist eine Sicherheitsmaßnahme«, sagte Paula schnell.
»Paula hat recht«, pflichtete Beck ihr bei.
Der Wagen blieb stehen – die Ampel zeigte Rot. Tweed schaute aus dem Fenster. Das Glas war bernsteinfarben getönt und schirmte das Gleißen der Sonne ab. Als sie die Hoteltreppe hinuntergestiegen waren, hatte das vom Schnee reflektierte Sonnenlicht sie fast geblendet. Außerdem, überlegte Tweed, bewirkte das getönte Glas, daß man nur schwer in den Wagen hineinschauen und sehen konnte, wer darin saß.

Zu seiner Rechten überspannte eine lange Brücke die Aare. Eine Straßenbahn rumpelte darüber, fuhr vor ihnen über die Kreuzung. Warum wurden in England die Straßenbahnen nicht wieder eingeführt? Der Wagen setzte sich in Bewegung, bog am Casino vorbei nach links ab. Sie fuhren durch die Altstadt; der Mercedes rumpelte über Kopfsteinpflaster, von dem der Schnee abgeschmolzen war.

»In Zürich müssen wir noch einmal ins Hotel Schweizerhof«, bemerkte Tweed. »Wir müssen einige von unseren Sachen in unseren Zimmern dort zurücklassen.«

»Der Fahrer kann sie holen.«

»Nein, wir holen sie selbst. Wenn wir ankommen, soll der Fahrer nicht direkt vor dem Hotel vorfahren, sondern uns ein Stück davon entfernt absetzen.«

»Wenn Sie es wünschen...«

»Und es kann sein, daß sich Bob Newman mit mir in Verbindung setzen will. Wahrscheinlich wird er Sie anrufen, um herauszufinden, wo wir stecken. Ich muß ihn unbedingt treffen.«

»Wenn Sie es wünschen...«

»Ich wünsche es.«

Tweed lehnte sich auf seinem Sitz zurück und sprach kein Wort mehr, bis sie in Zürich angekommen waren.

Newman unternahm keinen Versuch, irgendwelche Geschwindigkeitsrekorde aufzustellen, als er durch die Nacht in Richtung Zürich fuhr. Neben ihm saß Turpil; die Hände auf seinem Schoß kamen keine Minute zur Ruhe. Ein gutes Stück von Basel entfernt legten sie in einem Fernfahrer-Restaurant, das die ganze Nacht geöffnet war, eine Pause ein.

»Hier bekommen wir einen Kaffee und etwas zu essen«, sagte Newman.

»Nach dem, was wir hinter uns haben, bin ich jetzt mächtig hungrig«, knurrte Turpil.

Es war ein langer Marsch gewesen zum Hotel Drei Könige. Newman hatte Turpil zu seinem Wagen gebracht, ihn angewiesen, sich in den Fond zu setzen, und ihm ein Notizbuch gegeben, das er aus dem Handschuhfach geholt hatte. »Wenn ein Streifenwagen anhalten sollte, erzählen Sie den Beamten, Sie warteten auf Robert Newman, den Auslandskorrespondenten. Waren Sie schon einmal in Frankreich? Gut. Vermutlich, um irgendwelche Aufträge zu erledigen. Also kritzeln Sie ein paar Bemerkungen über Albert Leroux in das Buch – erzählen Sie ihnen, ich schriebe eine Story über ihn. Über Leroux und die Unterschlagungen, deren er verdächtigt wird, hat so

viel in den Zeitungen gestanden, daß Ihnen eigentlich etwas einfallen müßte...« Dann hatte Newman eines der hinteren Fenster einen Spaltbreit geöffnet und Turpil im Wagen eingeschlossen.
Jetzt steuerte Newman den BMW auf den hinter dem Restaurant liegenden Parkplatz, auf dem mehrere gewaltige, fünf- und sechsachsige Lastzüge standen. Sie stiegen aus und betraten das Restaurant. An den Tischen mit Kunststoffplatten saßen derbe Männer in Lederjacken; sie verzehrten Schinkenbrötchen, tranken Kaffee und unterhielten sich.
»Tweed ist in Zürich?« fragte Turpil, der gerade ein Schinkenbrötchen verschlang.
»Was haben Sie gesagt? Ich verstehe Sie nicht, wenn Sie mit vollem Mund reden.«
Damit verschaffte sich Newman ein paar Sekunden Zeit, um sich eine Antwort einfallen zu lassen. Es beunruhigte ihn, daß Turpil erneut Interesse an Tweeds Aufenthaltsort erkennen ließ. Turpil wiederholte seine Frage, dann trank er gierig weiteren Kaffee.
»Das habe ich nicht gesagt«, entgegnete Newman. »Aber wenn wir dort sind, werde ich erfahren, wie ich mit ihm in Verbindung treten kann. Ich werde wissen, wo er sich aufhält, und ich werde ihn sehen.«
»Ist er allein?«
»Keine Ahnung.« Newman lächelte. »Sie kennen Tweed...«
»Wenn wir angekommen sind, möchte ich als erstes baden. Wo werden wir wohnen? Außerdem habe ich nichts anzuziehen.«
Der hakennasige kleine Mann machte sich über sein drittes Brötchen her. Als er seine Frage stellte, beobachtete er Newman mit seinen Wieselaugen.
»In einem kleinen Hotel, das ich kenne. Dort können Sie baden. Und sich irgendwo in der Nähe neue Sache kaufen. Und nun habe ich eine Frage.«
Sofort trat ein wachsamer Ausdruck in Turpils Augen. »Und die wäre?«
»In der Kamera in meiner Tasche stecken die Aufnahmen von vier Frauen. Ich kann mir ungefähr denken, auf welche Weise sie ihren Lebensunterhalt verdienen. Aber die, die mich wirklich interessiert, ist die blonde Schönheit.«
Newman trank einen Schluck Kaffee und wartete. In Turpils Augen erschien ein wissendes Funkeln. Er grinste, sprach aber erst, nachdem er den Rest seines Brötchens verzehrt hatte.
»Die Dame gefällt Ihnen? Kann ich mir vorstellen. Sie ist sehr teuer, aber Sie können es sich ja leisten. Schließlich haben Sie mit dem Bestseller, den Sie geschrieben haben, ein Vermögen verdient. Wurde in alle Sprachen übersetzt. Wie hieß er noch?«

»*Kruger: The Computer That Failed*«, erwiderte Newman kurz. »Kommen Sie auf das zurück, worüber wir sprachen. Die sehr teure Dame. Wie genau verdient sie sich ihren Lebensunterhalt? Wie heißt sie? Wo wohnt sie?«
»Informationen kosten Geld.«
Turpil rieb mit dem Daumen über die Spitze des Zeigefingers. Newman, nahe daran zu explodieren, überlegte noch einmal. Wenn er zahlte, war damit zu rechnen, daß Turpil in Zürich weniger bockig war, weil er sich weitere Einnahmen erhoffte.
»Wieviel Geld?«
»Für tausend Franken bekommen Sie die Antworten – und die Frau.«
»Sie sind nicht gerade billig, nicht wahr?«
»Sie ist auch nicht billig.« Turpil grinste. »Eine Klassefrau.«
»Ich rede von *Ihnen*«, fauchte Newman. Zu schnell nachzugeben, wäre ein Fehler. »Tausend Franken sind zu viel.«
»Also reden wir von etwas anderem.«
»Nein, reden wir über die Frau, über...«
Was er sagen wollte, ging im plötzlichen Aufdröhnen von Auspuffgeräuschen unter. Einer der großen Diesellaster fuhr davon. Die Luft im Restaurant war überheizt, erfüllt vom Gestank billiger Zigaretten, in den sich Küchendüfte mischten. Newman zuckte die Achseln, trank einen weiteren Schluck Kaffee. Turpil beugte sich vor.
»Sie wollten etwas sagen?«
»Lassen wir das. Ich habe den Eindruck, daß Sie ohnehin nichts über die Frau wissen.«
»Ich weiß eine ganze Menge. Ich habe mich ihrer bedient.« Er sah den Ausdruck auf Newmans Gesicht. »Nein, Sie mißverstehen mich. Nicht auf die Art. Sie hat mir Informationen geliefert. Gegen Bezahlung. Sie ist Engländerin, kam in die Schweiz, um in Genf als Sekretärin zu arbeiten. Es dauerte nicht lange, bis sie herausgefunden hatte, auf welche Weise sie mehr verdienen konnte, wesentlich mehr. Es gibt reiche Schweizer, denen es widerstrebt, sich eine Geliebte zu halten und ihr in einer anderen Stadt eine Wohnung einzurichten, weil dadurch laufende Kosten entstehen. Banker und Geschäftsleute. Also nehmen sie ihre Dienste für eine Nacht in Anspruch, zahlen in bar, und damit hat es sich. Zu ihren Kunden gehören auch reiche Franzosen und Deutsche jenseits der Grenze.«
»Also ein Callgirl der Spitzenklasse.« Newman tat, als hätte er das Interesse verloren. »Sie sagten, Sie hätten sich ihrer bedient? Wie?«
Turpil zögerte, doch dann konnte er der Versuchung, Newman zu beweisen, wie clever er war, nicht widerstehen.

»Ich habe eine Abmachung mit ihr. Sie will einen reichen Deutschen in Stuttgart besuchen. Seine Frau ist verreist, aber er wagt es trotzdem nicht, sie in seine Wohnung kommen zu lassen – die Nachbarn könnten sie sehen. Also treffen sie sich in einem Hotel in Ulm. Sie erzählt es mir, und ich weiß, daß ich ungefährdet in seine Wohnung einsteigen kann. Es ist erstaunlich, wieviel Bargeld bei den Deutschen herumliegt.« Er grinste. »Geld, von dem das Finanzamt keine Ahnung hat.«

»Ich habe begriffen«, bemerkte Newman. »Wann haben Sie sich ihrer zum letztenmal bedient?«

»Oh, das ist schon ein paar Monate her.«

»Und wie heißt sie? Wo wohnt sie?«

Turpil verstummte. Er machte die gleiche Geste wie zuvor, rieb den Daumen am Zeigefinger, dann griff er nach dem letzten Schinkenbrötchen.

»Hören Sie auf zu essen«, fuhr Newman ihn an und reichte ihm eine zusammengefaltete Banknote. Tausend Franken.

»Sie heißt Sylvia Harman. Sie wohnt in der Altstadt von Zürich. In einer teuren Wohnung. Die Adresse ist Rennweg 1420.«

»Und was verlangt sie dafür, daß sie jemandem eine Nacht lang Gesellschaft leistet?«

»Sechstausend Franken.«

Horowitz saß in der Maschine, die um 10.55 Uhr vom Flughafen Basel in Richtung Zürich gestartet war. Neben ihm saß Morgan, ein paar Reihen hinter ihnen Stieber. Die Maschine war zu drei Vierteln leer, so daß sie sich ungestört unterhalten konnten.

»Ich bin die halbe Nacht aufgewesen«, knurrte Morgan. »Wurde wegen eines Alarms aus dem Bett geholt. Merkwürdige Geschichte. Der Alarm wurde in unserem Büro in Zürich ausgelöst. Als sie dort nichts feststellen konnten, haben sie in Basel angerufen. Die Alarmanlagen sind miteinander verbunden.«

»Und was haben sie gefunden?« erkundigte sich Horowitz aus purer Höflichkeit, in Gedanken mit anderen Dingen beschäftigt.

»Panikreaktion. Und keinerlei Anzeichen für gewaltsames Eindringen. Ich kann den Finger nicht darauflegen, aber irgendwie beunruhigt mich die Geschichte.«

»Sie sollten es der Polizei melden«, schlug Horowitz ironisch vor. Er wünschte sich, sein Begleiter würde den Mund halten.

»Sie machen wohl Witze? Und was haben Sie vor, wenn wir in Zürich angekommen sind?«

»Oh, ich werde ein bißchen in Zürich herumlaufen, ein paar Leuten, die ich kenne, gewisse Fragen stellen...«
»Die Zeit wird allmählich knapp. Im Büro hatte ich einen Anruf aus London. London erwartet Resultate.« Morgan hielt einen Moment inne. »Wenn Sie schnell handeln, Ihren Job rasch erledigen, könnte ein Bonus für Sie herausspringen.«
»London kann warten.« Horowitz' Stimme klang eisig. Er drehte sich zu Morgan um, der am Gang saß. »Und jetzt hören Sie mir zu, Morgan. Wir haben uns auf ein bestimmtes Honorar zuzüglich Spesen geeinigt. Ich arbeite nicht auf Bonus-Basis. Ich betrachte das Wort Bonus als Beleidigung. Ich bin nicht einer der kleinen Ganoven, die Sie anheuern, damit sie Sand ins Getriebe der Fahrzeuge eines Konkurrenten schütten...«
»Es war ja nur ein Vorschlag«, erklärte Morgan hastig. »Gut gemeint, aber...«
»Ich habe nichts übrig für Leute, die es gut meinen.«
Danach trat Schweigen ein. Horowitz schaute aus dem Fenster. Morgan spielte mit einer Zigarre, ließ sie zwischen seinen Fingern kreisen. Eine Stewardeß beugte sich über ihn.
»Entschuldigen Sie, mein Herr, aber das Rauchen ist hier nicht gestattet. Und der Kapitän hat darum gebeten, auch auf den Rauchersitzen auf Pfeifen und Zigarren zu verzichten.«
Morgan funkelte sie an. »Ist mit Ihren Augen etwas nicht in Ordnung? Diese Zigarre ist nicht angezündet. Ich schlage vor, daß Sie gleich nach dem Verlassen dieses Flugzeuges einen Augenarzt aufsuchen und sich eine Brille verschreiben lassen.«
»Ich bitte vielmals um Entschuldigung. Ich hatte irrtümlich angenommen, daß Sie im Begriff waren, sie anzuzünden. Darf ich Ihnen noch etwas zu trinken bringen?«
»Einen großen Cognac, um diesen lausigen Service zu überstehen.«
Die Stewardeß eilte davon, um seine Bestellung auszuführen, und in Morgan brodelte die Wut. Es war Horowitz gewesen, der darauf bestanden hatte, daß sie sich in der Nichtraucher-Abteilung niederließen. Morgan kämpfte mit widerstreitenden Emotionen. Er war wütend auf Horowitz, wußte aber zugleich, daß es sich nicht empfahl, ihm auf die Zehen zu treten.
Die Stewardeß brachte seinen Cognac. Morgan nahm ihn ohne ein Wort des Dankes entgegen und schüttete die Hälfte davon mit einem großen Schluck hinunter. Als die Maschine zur Landung ansetzte, ergriff Horowitz, noch immer zum Fenster hinausschauend, das Wort.

»Ich kann mir wirklich keine bessere Methode vorstellen als die, mit der Sie die Aufmerksamkeit auf uns gelenkt und dafür gesorgt haben, daß sie sich an uns erinnert, wenn wir die Maschine verlassen haben.«
»Okay, Sie haben recht. Sie haben immer recht. Ich habe zu wenig Schlaf gehabt, deshalb habe ich die Beherrschung verloren. Aber das ist keine Entschuldigung. Wenn wir in Zürich sind, fahren wir direkt zu unserem Büro – wenn es Ihnen recht ist. Ein Wagen wird am Flughafen auf uns warten. Wenn wir angekommen sind, können Sie sich über alle Details des Netzes informieren, das wir ausgeworfen haben. Wenn Ihnen etwas nicht gefällt, dann ändern Sie es. Ich werde kein Wort sagen. Sie sind der Boss.«
»Das ist die einzig vernünftige Methode«, entgegnete Horowitz und verstummte dann wieder, als der Kapitän verkündete, daß die Maschine in Kürze landen würde, und die Zeichen »Rauchen einstellen« und »Bitte anschnallen« aufleuchteten.

Fünfunddreißigstes Kapitel

In den Außenbezirken von Zürich hatte Beck mit Tweed argumentiert, aber schließlich nachgegeben. Trotzdem fühlte er sich nicht wohl bei dem Gedanken an das Risiko, das er in Kauf nehmen mußte.
»Ich möchte, daß Sie uns beide vor dem Hauptbahnhof absetzen«, hatte Tweed erklärt. »Paula und ich gehen dann hinüber zum Schweizerhof und holen unsere Sachen.«
»Und was tun Sie anschließend?« wollte Beck wissen.
»Wir kommen zu Ihnen zurück«, hatte Tweed erwidert, als wundere er sich über die Frage.
Jetzt parkte der Mercedes vor dem Hauptbahnhof neben dem Taxenhalteplatz. Beck hatte den Fond des Wagens verlassen und sich neben den Fahrer gesetzt. Er griff zum Mikrofon und meldete sich mit dem vereinbarten Codewort.
»Commander an alle Wagen. Wer von euch ist dem Hauptbahnhof am nächsten?«
»Hier Wagen neun. Wir überqueren gerade die Bahnhofsbrücke in Richtung Hauptbahnhof.«
»Fahren Sie zum Taxenhalteplatz. Ich komme zu Ihnen.«
Beck hängte das Mikrofon wieder in die Halterung und wendete sich an den Fahrer.
»Behalten Sie den Eingang zum Schweizerhof im Auge. Sie wissen, wie

unsere beiden Passagiere aussehen. Wenn der Mann herauskommt, folgen Sie ihm. Ich kann über den anderen Wagen mit Ihnen Funkverbindung halten.«
»Und was ist mit dieser tollen Frau?«
»Keine Experimente, Ernst. Schließlich sind Sie ein verheirateter Mann«, erwiderte Beck mit gespielter Strenge. »Wenn sie bei ihm ist, um so besser. Sollte sie allein herauskommen, brauchen Sie sich nicht um sie zu kümmern. Es ist der Mann, den wir im Auge behalten müssen. Bin in einer Minute zurück.«
Während Beck an dem riesigen Bahnhof entlangwanderte, fragte er sich abermals, was er unternehmen sollte. Tweed hatte ihm eine plausible Geschichte erzählt, hatte ihm von seiner Flucht aus England über Brüssel in den Schwarzwald berichtet. Aber Beck war überzeugt, daß Tweed sehr vieles unerwähnt gelassen hatte. Es schien ausgeschlossen, daß Tweed in seiner Wohnung in London eine Frau ermordet und anschließend vergewaltigt hatte. Das Problem war nur, daß Beck im Laufe seiner Tätigkeit als Polizeibeamter schon viele böse Überraschungen erlebt hatte. Für Tweeds Unschuld gab es keine eindeutigen Beweise. Also blieb ihm nichts anderes übrig, als ihn zu überwachen.
Um zum Schweizerhof zu gelangen, waren Tweed und Paula nach dem Verlassen des Wagens auf einer der Rolltreppen in das Shopville genannte Einkaufszentrum unter dem Bahnhofsplatz hinuntergefahren. Es gab zahlreiche Ausgänge, und Beck war etwas nervös gewesen, weil ihm die Zeit, bis sie am Hoteleingang wieder zum Vorschein kamen, entschieden zu lang vorgekommen war. Dann waren sie zu seiner großen Erleichterung dort aufgetaucht.
Wagen neun stand am Ende der Taxenschlange. Ein ungekennzeichnetes Fahrzeug. Er war froh, daß die beiden Männer in Zivil, die in dem Wagen saßen, Tanner und Graf waren, zwei sehr zuverlässige Leute. Er beugte sich hinein und wendete sich an Tanner, der auf dem Beifahrersitz saß.
»Ein Mann und eine Frau haben soeben das Hotel Schweizerhof betreten. Steigen Sie aus, und hängen Sie sich an sie. Der Mann ist mittelgroß, mittelschwer, Mitte Vierzig. Trägt einen hellgrauen Anzug und eine Hornbrille.«
Während er Tweed beschrieb, kam ihm der Gedanke, wie leicht dieser herumwandern konnte, ohne daß er jemandem auffiel. Normalerweise einer seiner Vorzüge, aber in diesem Fall verdammt unpraktisch.
»Und die Frau?« fragte Tanner.
»Etwa dreißig, eine Mähne von rabenschwarzem Haar, fein geschnittenes

Gesicht, gleichfalls mittelgroß, aber schlank – gute Figur. Trägt Jeans und einen Anorak. Hellgrau.«
»Geht in Ordnung, Chef.«
Beck kehrte zu seinem Wagen zurück, um selbst mit aufzupassen. Jetzt konnte nichts mehr schiefgehen.

Mit ihren Koffern in der Hand durchquerten Tweed und Paula die Halle. Tweed trat an die Rezeption, und der Empfangschef händigte ihm die Zimmerschlüssel aus.
»Ich habe eine Nachricht für Sie. Und noch etwas, das ich Ihnen erzählen muß.« Beim zweiten Satz beugte er sich über den Tresen und senkte die Stimme. Er reichte Tweed einen zusammengefalteten Zettel. Die Nachricht, einem Vermerk zufolge vor ein paar Stunden eingegangen, war kurz und einfach.
Bin mit einem Freund im St. Gotthard. Bob.
»Danke«, sagte Tweed. »Und das andere?«
»Heute morgen tauchten zwei Männer hier auf und erkundigten sich, ob Sie bei uns wohnen. Sie hatten sogar ein Foto von Ihnen. Einer von ihnen zückte einen Ausweis, der in einer Plastikhülle steckte, und sagte ›Polizei‹. Irgendetwas an ihrem Verhalten, an dem Ausweis, machte mich mißtrauisch. Ich sagte ihnen, Sie wohnten zwar bei uns, wären aber nach Interlaken gefahren. Ich sagte außerdem, ich wüßte nicht, wann Sie zurückkämen – es könnte sein, daß Sie mehrere Tage fortblieben. Bitte entschuldigen Sie, daß ich den Zeitpunkt Ihrer Rückkehr falsch angegeben habe, und ich hätte mir den Ausweis genauer ansehen müssen...«
»Das macht nichts«, sagte Tweed leichthin. »Hört sich an, als wären es Leute von der Konkurrenz gewesen.«
Er reichte dem Empfangschef einen weiteren Geldschein und lehnte die Hilfe eines Gepäckträgers ab. Dann traten sie in einen Fahrstuhl und fuhren hinauf zu ihren Zimmern. Tweed wartete, bis Paula ihr Zimmer aufgeschlossen hatte, bat sie, ihren Koffer abzustellen und dann in sein Zimmer mitzukommen. Sie sprach erst, nachdem Tweed seine Tür zugemacht und verschlossen hatte.
»Jemand weiß, daß wir hier sind.«
»So ist es«, sagte Tweed grimmig.
Er reichte ihr Newmans Nachricht.
»Bob hat wieder einmal sehr klug gehandelt. Er weiß, daß ich gewöhnlich hier wohne, wenn ich in Zürich bin, also hat er sich ein anderes Hotel gesucht. Das St. Gotthard liegt direkt hinter uns an der Bahnhofstraße.«

»Und dieser Hinweis auf einen Freund?«
»Ich vermute, damit ist Alois Turpil gemeint, aber ich habe keine Ahnung, weshalb er ihn mitgebracht hat. Wir müssen uns schnell bewegen. Gehen Sie in Ihr Zimmer, ziehen Sie sich etwas völlig anderes an...«
»Gott sei Dank. Ich hasse diese Jeans...«
»Sorgen Sie dafür, daß Sie so anders wie möglich aussehen, aber beeilen Sie sich. Ich ziehe mich auch um und komme zu Ihnen, wenn ich fertig bin.«
»Ich bin immer früher fertig als Sie«, sagte sie und verließ das Zimmer.

Als Newman in Zürich eintraf, begann in der Stadt gerade der Arbeitstag. Auf den Straßen und in den Trams drängten sich die Menschen. Er parkte in der Nähe des St. Gotthard, schloß Turpil in dem Wagen ein, nachdem er seinen Paß an sich genommen hatte, und betrat das Hotel. Er mietete zwei Zimmer, brachte seinen Koffer in sein Zimmer, ließ ihn dort stehen und rief im Hotel Schweizerhof an, um Tweed für den Fall, daß er dort auftauchte, eine Nachricht zukommen zu lassen.
Der erste Teil des Vormittags war ausgefüllt mit hektischer Aktivität. Er überfiel Turpil, sobald er zum Wagen zurückgekehrt war.
»Der Film in der Kamera – ich möchte, daß er entwickelt wird. Ich brauche Abzüge, und zwar schnell. Und außerdem diskret. Ein gewöhnliches Geschäft kommt nicht in Frage.«
»Ich kenne da jemanden.« Turpil hielt einen Moment inne. »Aber das kostet Geld.«
»Sie sollten sich diesen Satz auf Ihre Visitenkarte drucken lassen. Wieviel – und wie weit ist es bis zu diesem Freund?«
»Nicht weit. Außerdem ist er sehr diskret. Für das Entwickeln und die Abzüge? Zweitausend Franken.«
»Kommt überhaupt nicht in Frage. Verschwenden Sie nicht meine Zeit!«
»Um Ihnen einen Gefallen zu tun, könnte ich ihn vielleicht überreden, die Arbeit für tausend Franken zu tun...«
»In denen Ihre Kommission natürlich enthalten ist«, sagte Newman zynisch. »Also fahren wir los. Wohin?«
»Lindengasse 851. Ich dirigiere Sie hin. Es ist in der Nähe der Sihl und schwer zu finden...«
Newman folgte Turpils Anweisungen und fuhr die Bahnhofstraße hinunter. Die Straße war knöcheltief mit zertretenem Schneematsch bedeckt, und über ihnen hingen bleierne Wolken so tief, daß Newman das Gefühl hatte, er brauchte nur den Arm auszustrecken, um sie zu erreichen. Mehr Schnee war unterwegs, eine Menge Schnee.

Newman bog nach rechts in die Pelikanstraße ein, und dann dirigierte Turpil ihn durch ein wahres Labyrinth kleiner Nebenstraßen. Hier lag der Schnee höher und wies weniger Fußspuren auf. Schließlich brachte er den Wagen vor einem Haus am Ende der Lindengasse zum Stehen. Newman wußte, daß sie nicht weit von der Sihl entfernt waren, dem zweiten Fluß Zürichs, der in der Nähe des Hauptbahnhofs in die Limmat mündete.
Zu seiner Verblüffung war Turpils »Freund« eine krumme, alte Frau, die er Newman als Gisela vorstellte. Ihre erste Frage ließ erkennen, womit sie ihr Geld verdiente.
»Sind die Fotos obszön?«
»Nein, das sind sie nicht«, fauchte Newman und ließ den Blick über die Wände wandern, an denen gerahmte Fotos von nackten Frauen in aufreizenden Posen hingen.
»Das Honorar beträgt tausend Franken«, sagte Turpil schnell.
»Aber nur, weil Sie mir öfters Aufträge verschaffen«, erwiderte Gisela und nahm den Film, den Newman ihr reichte.
»Und zwar einschließlich der Negative«, erklärte Newman.
»Sie verlangen ziemlich viel für Ihr Geld...«
Aber in der Dunkelkammer erwies sich, daß sie ihr Handwerk verstand. Newman beobachtete, wie die Abzüge der Aufnahmen von den vier Frauen völlig klar herauskamen. Er hatte sie gebeten, von jeder Aufnahme zwei Abzüge zu machen. Sie ließ sich Zeit mit den Fotos der Mädchen, dann nahm sie sich, wesentlich schneller, die Dokumente vor. Als die Abzüge trocken waren, steckte sie sie in zwei steife Umschläge, die keinerlei gedruckte Hinweise auf ihre Herkunft trugen.
Newman kehrte mit Turpil ins St. Gotthard zurück.

Im Zürcher Büro von World Security an der Bellerivestraße machte Morgan aus seinem Triumph keinen Hehl. Er saß in einem großen schwarzen Ledersessel; ihm gegenüber hatten sich Horowitz und Stieber auf einer Couch niedergelassen.
»Meine Herren, wir haben Tweed aufgespürt. Hier in Zürich. Ich weiß, in welchem Hotel er wohnt. Genau gegenüber dem Hauptbahnhof, wo er zweifellos aus dem Zug gestiegen ist, der ihn von Laufenburg aus hierhergebracht hat.«
Er paffte an seiner Zigarre und schaute aus dem Fenster. Das moderne Gebäude ging auf einen Park hinaus, und der dahinterliegende Zürichsee glich einem Teller aus geschmolzenem Blei. Sein Büro befand sich im vierten Stock. Er richtete seinen Blick auf die beiden Männer.

»Im Hotel Schweizerhof«, teilte er ihnen mit.
»Sind Sie sicher?« fragte Horowitz.
»Natürlich bin ich sicher«, fauchte Morgan. »Diese Frage stellen Sie mir immer wieder. Meine Männer haben berichtet, daß er dort gemeldet ist.«
»Aber hat irgendjemand ihn tatsächlich gesehen?« beharrte Horowitz.
Morgan beherrschte sich nur mit Mühe. Dieser gedungene Killer war überhaupt kein Mensch – er war so auf Präzision versessen, daß sein Verstand funktionierte wie eine Schweizer Uhr.
»Noch nicht«, beantwortete Morgan seine Frage. »Sind Sie denn nie zufrieden?«
»Mir kommt das sehr merkwürdig vor. Das Hotel. Wie Sie sagten, hat er den Zug aus Laufenburg wahrscheinlich am Hauptbahnhof verlassen. Aber bedenken Sie, wie leicht es war, ihm zu folgen. Die Art und Weise, auf die er beim Überqueren der Brücke zu dem Mann hochgeschaut hat, der ihn ohne sein Wissen filmen sollte. Dieses absurde Benehmen beim Fahrkartenkauf in Laufenburg. Und nun, in Zürich, steigt er in dem dem Hauptbahnhof am nächsten gelegenen großen Hotel ab. Ich sagte es bereits – ich fange an, meinen Gegner kennenzulernen. Und sein Verhalten paßt einfach nicht zu dem Ruf, in dem er steht.«
»Also ist er vermutlich halb verrückt vor Angst. Hat sein Urteilsvermögen eingebüßt. Sucht wie ein Kaninchen im nächstgelegenen Bau Zuflucht. Und meine Jungs sind mit ihren Walkmans unterwegs. Es ist nur eine Frage der Zeit, bis einer von ihnen meldet, daß er ihn gesehen hat.«
»Es ist einfach nicht Tweeds normale Art«, beharrte Horowitz. Er stand auf. »Ich denke, ich fahre mit der Tram zum Schweizerhof und stelle selbst fest, was da vor sich geht.«
»Von mir aus. Aber warum mit der Tram? Ich kann Ihnen einen Wagen geben...«
»Weil die Tram eines der anonymsten Verkehrsmittel ist.«

In seinem Eckzimmer im Hotel Schweizerhof hatte Tweed viel zu erledigen. Zuerst tauschte er seinen schlichten grauen Anzug gegen einen blauen mit grauen Nadelstreifen aus und hängte den grauen in den Schrank.
Dann ließ er sich am Schreibtisch nieder und schrieb auf einem Kopfbogen des Hotels ein paar Zeilen an Beck. Er steckte das Blatt in einen Umschlag, auf den er *A. Beck* schrieb. So konnten viele Leuten heißen.
Die Bahnhofsuhr stand genau auf Mittag, als er die Nummer des St. Gotthard wählte und bat, ihn mit Mr. Robert Newman zu verbinden. Keine halbe Minute später hörte er die vertraute Stimme.

»Sie wissen, wer spricht, Bob«, begann Tweed. »Ich bin im Schweizerhof, mit Paula...«
»Sie haben es genau abgepaßt. Ich bin gerade mit meinem Freund zurückgekommen.«
»Gut. Wir müssen uns unbedingt treffen. Allein. Ohne meine Beschützer – oder meine Eskorte, was vielleicht der passendere Ausdruck wäre.«
»Verstanden.« Newman senkte die Stimme. »Kann ich meinen Freund mitbringen – ich möchte ihn nicht allein lassen. Sie verstehen, was ich meine?«
»Bringen Sie ihn auf alle Fälle mit. Sie kennen das Hotel Baur en Ville? Gut. Dort gibt es ein kleines, sehr gutes Restaurant, das man durch einen Seiteneingang erreicht. Sie kennen es? Sehr gut. Dann wissen Sie auch, daß es sich über drei Etagen erstreckt. Ich werde an einem Tisch in der obersten Etage sitzen. Sagen wir, in einer Viertelstunde.«
»Ich habe Verschiedenes, das ich Ihnen zeigen möchte. Bis später«, sagte Newman. Dann legte er den Hörer auf.
Tweed wechselte gerade seine Krawatte, als jemand an die Tür des kleinen Vorraums klopfte. Er öffnete die Tür bei vorgelegter Kette, sah, daß es Paula war, und ließ sie ein. Sie trug einen leichten Regenmantel über einem Pullover und hatte ihr Haar zu einem Pferdeschwanz zusammengebunden, was ihr Aussehen völlig veränderte.
»Ich sagte Ihnen doch, daß ich als erste fertig sein würde«, hänselte sie ihn. »Männer brauchen immer eine halbe Ewigkeit...«
»Wir werden mit Newman essen. Ich habe gerade mit ihm gesprochen. Wir treffen uns im Baur en Ville. Er bringt jemanden mit. Könnte sich um Turpil handeln. Wenn er es ist, dann beschäftigen Sie ihn so, daß Newman und ich ungestört miteinander reden können. Und nun müssen wir zusehen, daß wir von hier verschwinden, ohne daß Beck es bemerkt.«
»Was ich für ziemlich unmöglich halte...«
Tweed hatte seinen blauen Überzieher gegen einen Regenmantel ausgetauscht. Er machte in der Hotelhalle Station, unterhielt sich kurz mit dem Empfangschef, händigte ihm den zugeklebten Umschlag aus.
»Bitte lassen Sie diesen Umschlag von einem Pagen zu dem silberfarbenen Mercedes bringen, der dort drüben vor dem Bahnhof parkt. Aber bitte erst in fünf Minuten, nachdem wir gegangen sind. Das hier ist für den Pagen – und das für Sie.«
»Bitte warten Sie einen Moment, Sir.«
Der Empfangschef ging zur Tür, schaute auf die Uhr, als wartete er auf ein bestelltes Taxi, und kehrte dann zu Tweed zurück.

»Ich habe den Wagen gesehen. Alles weitere können Sie mir überlassen...«

Etwas verblüfft folgte Paula Tweed, der durch die Halle auf die Bar zusteuerte und dabei einen Blick auf den Bahnhofsplatz warf. Dann änderte er die Richtung, ging auf den Haupteingang zu und bog dann nach links ab, wo sich vor ihm die automatische Tür öffnete, die zu einem kleinen, zum Hotel gehörenden Café führte. Paula sah, daß ein haltender Bus Beck die Sicht nahm, und stieg hinter Tweed die Treppe zu dem Café hinunter, das durch einen Vordereingang dem allgemeinen Publikum zugänglich war; mehrere elegant gekleidete Damen saßen an den Tischen und verzehrten Omelettes. Der Bus hatte sich noch nicht wieder in Bewegung gesetzt, als Tweed das Café durch den Vordereingang verließ und nach links in die von der Bahnhofstraße wegführende Richtung einbog.

Der Bahnhofsplatz war völlig verstopft, und kein Fahrzeug kam von der Stelle. Paula folgte Tweed in eine an der Seitenfront des Hotels entlangführende Nebenstraße. Sie holte ihn ein.

»Halten Sie sich mindestens ein Dutzend Meter hinter mir«, befahl er. »Und wenn wir in der Bahnhofstraße sind, bleiben Sie auf der anderen Straßenseite. Sie werden nach zwei Leuten Ausschau halten.«

Widerstrebend fiel sie zurück und wünschte, sie hätte ihren Browning in der Handtasche. Tweed war in Gefahr – sie spürte es. Und deshalb wollte er, daß sie Abstand hielt.

Tweed umrundete drei Viertel des Blocks, erreichte die von Banken und Geschäften gesäumte Bahnhofstraße und bog auf dem breiten Gehsteig nach rechts, in die vom Bahnhof und vom Schweizerhof wegführende Richtung ein. Seine Gummi-Überschuhe patschten durch den Schneematsch. Er ging langsam, schaute sich um, als sähe er die Straße zum erstenmal. Paula wartete, bis eine Tram vorbeigefahren war, dann wechselte sie auf den anderen Gehsteig hinüber.

Ein Junge, wie üblich mit Jeans und Anorak bekleidet, den Kopfhörer eines Walkmans über den Ohren, trat Tweed vor die Füße, warf einen Blick auf ihn, entschuldigte sich. Tweed trabte weiter, mit eingezogenen Schultern und den Händen in den Manteltaschen. Ein Mädchen auf einem Fahrrad, in der gleichen Richtung unterwegs und gleichfalls mit einem Walkman ausgerüstet, hielt an und forderte winkend ein Ehepaar zum Überqueren der Straße auf. Übertrieben höflich, dachte Tweed: Sie hätte massenhaft Zeit gehabt, vorbeizuradeln, ohne die Leute zu behindern.

Er warf einen Blick auf Paula, die auf der anderen Straßenseite entlangwanderte. Ein weiterer Junge mit einem Walkman wendete den Kopf ab, blieb

stehen, betrachtete ein Schaufenster mit Damenunterwäsche. Nicht sein Fall, es sei denn, er wäre andersherum. Ein hübsches Mädchen, das mit einem Minirock den Elementen trotzte, kam auf den Jungen zu, der sich wieder in Bewegung gesetzt hatte. Das Mädchen hatte hübsche Beine. Der Junge betrachtete sie, als sie an ihm vorüberging. Eindeutig nicht andersherum. Plötzlich erinnerte sich Tweed an das Schaufenster, das Paula ihm gezeigt hatte – das mit dem Affen, der mit verzücktem Blick und einem Walkman auf dem Kopf in einer Hängematte lag.
Tweed kam an eine Tram-Haltestelle. Er suchte in seiner Tasche nach einem Ein-Franken-Stück, steckte es in den Automaten, nahm seine Fahrkarte heraus und wartete. Der Junge, der vor Tweed aufgetaucht war, folgte ihm. Er trat gleichfalls an den Automaten und löste eine Fahrkarte.
Tweed musterte ihn. Der Junge wendete den Blick ab, schlurfte mit seinen Turnschuhen im Schnee, schob den Matsch zu einem Damm zusammen, schaute sich ziellos um. In alle Richtungen, außer in die, wo Tweed stand.
Eine Tram näherte sich mit einem winselnden Geräusch. Fahrgäste traten vor, bereit zum Einsteigen. Tweed warf einen Blick auf die Tafel mit dem Bestimmungsort, dann trat er zwei Schritte zurück. Der Junge lehnte am Fahrkartenautomaten. Die Tram, ein schweres blaues Monstrum aus drei aneinandergekoppelten Wagen, hielt an.
Die automatischen Türen gingen auf, die Fahrgäste auf dem Gehsteig warteten, bis alle ausgestiegen waren, dann begannen sie einzusteigen. Alles funktionierte automatisch – die Türen, die Trittstufe, die heruntergelassen und wieder hochgeklappt wurde, wenn die Tram abfuhr. Noch stand sie. Die Türen begannen sich zu schließen. Tweed sprang vor und vermied es gerade noch, zwischen den zugehenden Türen eingeklemmt zu werden.
Als die Tram abfuhr, setzte er sich und schaute aus dem Fenster. Der Junge hatte nicht schnell genug reagiert. Auf seinem Gesicht malten sich Wut und Enttäuschung. Die Tram fuhr. Das Mächen mit dem Walkman strampelte auf seinem Fahrrad daneben her. Es blickte zu ihm hoch. Im falschen Augenblick. Es übersah eine vereiste Stelle auf der Straße. Das Fahrrad rutschte weg, und das Mädchen landete auf einem Haufen Schnee, den die Straßenreinigung zusammengeschippt hatte.
Tweed blieb bis eine Haltestelle vor dem See in der Tram, dann stieg er aus. Er überquerte die Straße, besorgte sich eine neue Fahrkarte und stieg dann in eine andere, in entgegengesetzter Richtung fahrende Bahn.

Sechsunddreißigstes Kapitel

»Verdammter Mist!« fluchte Beck.
Er saß auf dem Beifahrersitz des Mercedes und las die Nachricht, die er gerade erhalten hatte, zum zweitenmal.
Mein lieber Beck – es tut mir leid, aber ich muß mich für ein paar Stunden absetzen. Ich habe ein paar wichtige Dinge zu erledigen. Ich melde mich dann im Zürcher Polizeipräsidium. Bitte entschuldigen Sie mein Schwänzen. Tweed.
Er sprang aus dem Wagen, suchte sich seinen Weg durch den stehenden Verkehr. Der Empfangschef, der gerade in der Halle herumwanderte, sah, wie er den Wagen verließ, erkannte in ihm den Mann, dem Tweeds Brief ausgehändigt werden sollte. Er stand hinter seinem Tresen, als Beck mit finsterer Miene eintrat.
»Bei Ihnen wohnen ein Mr. Tweed und eine Miss Paula Grey. Ich bin mit Mr. Tweed verabredet.«
Ob das der Mann der Frau war, die sich Paula Grey nannte, überlegte der Empfangschef. Er mochte Tweed, und das nicht nur, weil er Stammgast war und großzügige Trinkgelder gab.
»Vielleicht ist er in seinem Zimmer«, sagte er. »Ich rufe hinauf.«
»Keine Antwort«, erklärte er ein paar Minuten später, »und jetzt sehe ich auch, daß sein Schlüssel nicht am Haken hängt. Vielleicht ist er im Restaurant...«
»Ich sehe selbst nach«, fauchte Beck und rannte die Treppe hinauf. Dann überprüfte er die Bar und zuletzt das kleine Café. Er ging hinaus zu Tanner, der ein paar Schritte rechts neben dem Eingang stand und so tat, als läse er Zeitung. Beck erfuhr, daß er Tweed nicht gesehen hatte, aber der Gehsteig war sehr belebt gewesen. Beck wanderte zu Graf, der um die Ecke herum, in der Bahnhofstraße, Position bezogen hatte. Auch bei ihm hatte er kein Glück. »Verdammter Mist!« fluchte Beck abermals und kehrte zu seinem Wagen zurück.

»Das ist doch nicht zu fassen!« sagte Morgan und knallte den Hörer auf die Gabel. Er hatte gerade einen Bericht von dem Funkwagen erhalten, der in der Nähe der Quaibrücke stand, an der die Limmat aus dem See herausfließt. Er funkelte Stieber an, als wäre es dessen Schuld.
»Sie hatten ihn – Tweed – wie auf dem Präsentierteller.«
»Was ist passiert?« erkundigte sich Stieber vorsichtig.
»Er wurde gesehen, wie er die Bahnhofstraße entlangging. Können Sie sich

vorstellen, daß er es schaffen würde, wieder zu entwischen, nachdem er entdeckt worden ist?«
»Aber er hat es geschafft?«
»O ja, er hat es geschafft. Er hat sie überlistet. Mit dem ältesten Trick der Welt. Tat so, als hätte er nicht vor, in eine Tram einzusteigen, und sprang dann im letzten Moment auf. Löste sich in Luft auf. Wie konnte ich nur darauf verfallen, solche Schwachköpfe anzuheuern?«
Stieber enthielt sich vorsichtshalber einer Antwort. Das Telefon läutete, und Morgan griff nach dem Hörer.
»Ja? Wer spricht?«
»Das wissen Sie genau. Sie hören sich an, als wären Sie wütend. Ist irgend etwas schief gelaufen?«
Horowitz' gelassene, zynische Stimme war nicht zu verkennen. Morgan umklammerte den Hörer fester. Es blieb ihm nichts anderes übrig – er mußte Farbe bekennen.
»Wir haben den Betreffenden ausfindig gemacht«, verkündete er.
»Wirklich? Wo ist er?«
»Nun, er wurde in der Bahnhofstraße gesehen. Ging in Richtung See. Dann ist er verschwunden. Wir müssen wieder von vorn anfangen, was wir natürlich tun.«
»Natürlich.« Sein Ton klang höhnisch. »Wo und wie ist er verschwunden, wie Sie sich ausdrückten? Hat er sich in eine Wolke aus blauem Rauch aufgelöst?«
Morgan erklärte, Horowitz hörte zu, dann legte er den Hörer auf. Horowitz hatte vom Hauptbahnhof aus angerufen. Geduld. Er würde so lange mit der Tram in der Gegend herumfahren, bis er Tweed entdeckte.

Tweed betrat das Restaurant im Baur en Ville, in dem Paula auf ihn wartete. Er ergriff ihren Arm.
»Wir gehen zur obersten Etage – von dort aus können wir jeden sehen, der das Lokal betritt.«
Er bat den Oberkellner, einen weiteren Tisch jenseits des Ganges freizuhalten, erklärte, daß sie noch zwei Bekannte erwarteten. Die Wände des Restaurants waren dunkel getäfelt, und als sie sich mit dem Rücken zu einer Wand niedergelassen hatten, hatten sie von ihrer erhöhten Position aus einen guten Überblick über das gesamte Lokal.
»Ist alles in Ordnung?« waren Paulas erste Worte. »Ich sah, wie Sie im letzten Moment auf eine Tram aufsprangen. Haben wir Probleme?«
»Wir hatten sie.« Tweed griff nach der Speisekarte. »Ich erzähle Ihnen

später davon. Da kommt Newman mit Freund Turpil. Und ich möchte, daß Sie Turpil an dem anderen Tisch da drüben unterhalten. Er war früher Uhrmacher, und...«
Er brach ab, als die beiden Männer herankamen. Tweed bemerkte, daß Newman Turpil gewissermaßen vor sich herschob. Der kleine Mann begrüßte Tweed überschwenglich.
»Ich freue mich so, Sie wiederzusehen. Es ist so lange her, seit wir uns das letztemal begegnet sind. Sie erinnern sich an Genf?«
»Natürlich.« Tweed schüttelte seine schlaffe Hand. »So. Und nun muß ich mich mit Mr. Newman über ein paar geschäftliche Dinge unterhalten. Das ist Paula. Sie wird Ihnen Gesellschaft leisten. Sie werden Ihre Gegenwart mehr genießen als unsere.«
»Das glaube ich auch...«
Paula hatte ihren Mantel aufgehängt, und Turpil betrachtete wohlgefällig ihre Figur. Sie reichte ihm die Hand und führte ihn dann zu dem anderen Tisch. Turpil bot ihr den Platz an der Wand an, aber sie lehnte ab.
»Ich würde lieber außen sitzen. Da haben meine Beine mehr Platz.«
Tweed lächelte. Sie hatte Turpil in eine Position manövriert, in der er praktisch eingepfercht war. Außerdem war er zu weit entfernt, um etwas von der Unterhaltung zwischen Tweed und Newman aufschnappen zu können. Beide bestellten Kalbsschnitzel und Mineralwasser.
»Was geschah, als Sie in Basel die Grenze passierten?« erkundigte sich Tweed.
»Jemand wartete auf Sie. Zwei Männer in einem Wagen, der nahe der Grenzstation parkte. Nicht von der Polizei. Der Fahrer war ein Ganove mit einem Kopf wie ein Fußball.«
»Sie haben den Audi bemerkt?«
»Das konnten sie nicht. Ich hatte ihn am Stadtrand von Basel gegen einen BMW eingtauscht. Inzwischen haben Turpil und ich schwer gearbeitet – wir sind letzte Nacht ins Baseler Büro von World Security eingebrochen. Da ist einiges, was ich Ihnen zeigen muß, aber zuerst möchte ich wissen, wie es Ihnen ergangen ist. Sie sind hergekommen, Gott sei Dank.«
»Zürich ist eine Falle«, erklärte Tweed und kam damit direkt zur Sache. »Auf meinem Weg hierher sind mir haufenweise junge Leute mit Walkmans aufgefallen. Das Problem dabei ist, daß es sich in Wirklichkeit gar nicht um Walkmans handelt, sondern um mobile Funkausrüstungen. Ich habe gesehen, wie einer von ihnen in etwas sprach, das wie ein Mikrofon aussah, nachdem er mich entdeckt hatte.«
»Eine clevere Idee...«

»Die Idee ist clever, aber die Leute, die sie in die Tat umsetzen sollen, sind es glücklicherweise nicht. Amateure. Aber jetzt wissen Sie, worauf Sie achten müssen, wenn wir von hier verschwinden.« Er schwieg, während das Essen serviert wurde, dann wechselte er das Thema. »Ich komme wieder darauf zurück, daß der Schlüssel zu dieser ganzen Geschichte die Frage ist, wer die Frau in meiner Wohnung umgebracht hat. Und die Identität der Frau. Sie wollten mir etwas zeigen?«

Newman warf einen Blick auf den Tisch jenseits des Ganges. Paula hatte Turpil in ein Gespräch verwickelt, sich nach seiner Zeit als Uhrmacher erkundigt. Der kleine Mann genoß es ganz offensichtlich, in einer attraktiven Frau eine interessierte Zuhörerin zu haben. Newman zog einen Satz der Fotos von den vier Frauen heraus, legte sie vor Tweed auf den Tisch.

»Kopien von Fotos, die wir in einem Safe im Basler Büro fanden«, sagte er und begann zu essen.

Tweeds Blick wanderte über die Fotos, hielt dann inne. Er starrte auf das Foto der blonden Schönheit, tippte mit dem Finger darauf und starrte Newman mit starrer Miene an.

»Das ist die Frau, die in meiner Wohnung ermordet wurde. Wer ist sie?«

»Turpil zufolge eine gewisse Sylvia Harman. Engländerin. Hat hier in Zürich gewohnt. Rennweg 1420...«

»Nur einen Katzensprung von hier entfernt«, bemerkte Tweed.

»Sie war ein Callgirl der Spitzenklasse...«

Newman gab die Informationen, die er von Turpil erhalten hatte, an Tweed weiter. Tweed hörte zu, aß automatisch, legte jedoch Messer und Gabel hin, als Newman sagte, das wäre noch nicht alles. Er zog die Kopien der Kostenaufstellungen und der Seiten aus dem Terminkalender aus dem steifen Umschlag und reichte sie Tweed.

»Listen von Einnahmen und Ausgaben und Seiten aus einem Terminkalender vom Vorjahr. Der Terminkalender war gut versteckt.«

Tweed überflog die Kopien, dann sah er Newman an. »Sie verlangte sechstausend Franken für eine Nacht, sagten Sie?«

»So ist es. Ganz hübsch teuer, nicht wahr? Sie sehen den Zusammenhang?«

»Ja. Die Posten mit dem Vermerk *Einmalige Ausgabe*. Jeweils über sechstausend Franken – Sylvia Harmans Honorar für geleistete Dienste. Außerdem die fünf Daten zwischen Januar und April in dem Terminkalender mit dem Initial ›M‹. Die gleichen Daten, unter denen auch die ›einmaligen Ausgaben‹ verzeichnet sind. Das deutet auf eine Liaison zwischen jemandem im Basler Büro von World Security und Sylvia Harman hin.«

»Und ›M‹ läßt auf Morgan schließen...«
»Das könnte ein Deckmantel für Buckmaster sein. Die Daten liegen zwischen Januar und April vorigen Jahres. Im Juni machte er dann seinen großen Satz und verwandelte sich aus einem Hinterbänkler zum Minister für Äußere Sicherheit.«
»Mir kommt das ein bißchen zu subtil vor.«
»Wie immer es Ihnen vorkommen mag – ich gratuliere Ihnen. Sie wissen, was all das bedeutet – auf einen Schlag haben Sie etwas erreicht, das ich nie für möglich gehalten hätte. Sie haben die tote Frau in meiner Wohnung identifiziert. Und diese Kopien beweisen eine direkte Verbindung zwischen ihr und World Security. Schließlich haben Sie ihr Foto im Safe dieser Firma gefunden.« Tweed seufzte erleichtert. »Ich gratuliere Ihnen, Bob«, wiederholte er. »Damit liegt auf der Hand, wie unser nächster Schritt aussehen muß.«
»Tut es das?«
»Ja. Wir brechen in Sylvia Harmans Wohnung am Rennweg ein.« Er blickte hinüber zu dem Tisch, wo Turpil nach wie vor pausenlos auf Paula einredete, die immer wieder nickte, wobei ihr Pferdeschwanz schaukelte. »Und die Mittel und Wege dazu haben wir an dem Tisch da drüben. Unseren Freund Turpil...«

Die Diskussion, zu der es anschließend kam, war heftig. Tweed und Newman hatten sich zu Turpil und Paula begeben und sich an ihren Tisch gesetzt, wo sie nun alle Kaffee tranken.
Tweed schlug Turpil den Einbruch vor. Es folgte das übliche Feilschen um das Honorar, bis sich Tweed, der Turpil gegenübersaß, zur Zahlung einer großzügig bemessenen Summe bereiterklärte. Newman hatte sich gerade erboten, Turpil zu begleiten, als Paula das Wort ergriff.
»Daß Sie die Wohnung untersuchen, hat keinen Sinn. Sie haben keine Ahnung, wo eine Frau etwas verstecken würde. Nur eine Frau weiß, wo sie nachsehen muß. Ich gehe mit Turpil...«
»Kommt gar nicht in Frage«, fauchte Tweed.
»Spielen Sie doch nicht den Macho«, konterte Paula. »Ich habe gelernt, überlegt zu handeln«, sagte sie – eine Formulierung, die Turpil nichts verriet. »Ich wiederhole – nur eine Frau weiß, wo sie nachsehen muß.« Sie wurde lauter, spielte einen Wutausbruch. »Oder ist das Ihre Art, mir zu sagen, ich hätte nicht den Mut dazu? Wenn ja, wäre ich Ihnen sehr verbunden, wenn Sie mir das ohne alle Umschweife sagen würden.«
Sie stritten noch ein paar Minuten lang weiter, und Paula dachte nicht

daran, nachzugeben. Es war Newman, der Öl auf die Wogen goß. Er wendete sich an Tweed.
»Sie hat recht. Und ich kann sie begleiten und als Aufpasser fungieren. Falls irgend etwas schiefgehen sollte und ein bißchen Muskelkraft gebraucht wird, bin ich zur Stelle. Es sei denn, das gefällt Ihnen auch nicht.«
Tweed warf die Hände hoch. »In der Minderheit, überstimmt, zu Boden geredet. Ihr seid Schufte und Rebellen, alle beide...«
»Aber Sie sind endlich einverstanden?« sagte Paula und lächelte. Sie wendete sich an Turpil. »Sie sagten, Sie kennen die Wohnung, sind schon öfters dort gewesen. Also wissen Sie wohl auch, wie man hineinkommt?«
»Ein Kinderspiel«, erklärte Turpil.
»Wäre es dann«, fuhr Paula fort, »aufs Ganze gesehen nicht sicherer, wenn wir es bei Tageslicht täten? Sie sagten, sie lebt allein? Sind Sie sicher?«
»Ganz sicher. Sie ist reich genug und hat es nicht nötig, die Unkosten mit jemandem zu teilen. Sie lebt allein. Um diese Tageszeit ist sie gewöhnlich beim Training. Tut alles mögliche, um sich fit zu halten. Aber ich kann natürlich nicht dafür garantieren, daß sie nicht daheim ist.«
»Sie ist bestimmt nicht daheim.« Newman hatte darüber nachgedacht, wie er Turpil davon überzeugen konnte, ohne ihn wissen zu lassen, daß die Frau tot war. »Ich kann es Ihnen ja erzählen. Während Sie im St. Gotthard Ihr Bad nahmen, habe ich einen Freund angerufen, den nach weiblicher Gesellschaft verlangte, und ihm Sylvias Nummer gegeben, die ich aus dem Telefonbuch herausgesucht hatte. Er rief zurück und sagte, sie hätte sich bereiterklärt, ihn heute nachmittag in seinem Hotel zu besuchen.«
»Worauf warten wir dann noch?« fragte Turpil. »Das Werkzeug, mit dem wir in die Wohnung hineinkommen, habe ich bei mir.«
Tweed war aufgefallen, daß Turpil ihn während der langen Diskussion wiederholt verstohlen gemustert hatte. Er beugte sich vor.
»Möglicherweise haben wir später noch einen weiteren Job für Sie. Aber dazu müssen Sie uns in die Berge begleiten, wo ich ein paar Tage Urlaub machen will. Im Kanton Schwyz, in der Nähe von Einsiedeln.«
Newman schaute über den Tisch hinweg zu Paula hinüber, völlig verblüfft von diesem eklatanten Verstoß gegen alle Sicherheitsvorkehrungen. Paula hatte Mühe, sich ihre Bestürzung und Fassungslosigkeit nicht anmerken zu lassen. Tweed sagte, er würde im Sprüngli auf sie warten, der Konfiserie in der Bahnhofstraße, in der Teestube im ersten Stock. Er nickte Turpil zu.
»Vergessen Sie nicht, unseren Freund wieder mitzubringen.« Er erhob sich und bückte sich dann, um Newman ins Ohr zu flüstern: »Ich verlasse mich darauf, daß Sie sehr gut auf Paula aufpassen.«

Es war noch hell, als sie ihren Einbruch im Rennweg 1420 unternahmen. Der Rennweg war eine von kleineren Geschäften gesäumte Straße, die im spitzen Winkel von der Bahnhofstraße abzweigte und in den am Westufer der Limmat gelegenen Teil der Altstadt führte.

Newman war froh darüber, daß sich auf der Straße sehr viele Leute befanden, die Einkäufe machten. Zu Sylvia Harmans Wohnung führte eine gerade, von der Straße aus zugängliche Treppe. Die Tür an ihrem unteren Ende stand offen; Newman vermutete, daß sie nur nachts abgeschlossen wurde.

Turpil verschwand im Haus, und Paula folgte ihm die Treppe hinauf. Er blieb vor einer massiven Tür im ersten Stock stehen, drückte auf den Klingelknopf und wartete, auf die Uhr schauend, genau drei Minuten. Dann zog er einen Schlüsselbund aus seiner Manteltasche und probierte einen Schlüssel nach dem anderen aus.

Es war still in dem Haus, und Paula blickte ständig nach oben für den Fall, daß jemand aus den oberen Stockwerken die Treppe herunterkommen sollte. Newman war unten geblieben, lehnte am Türpfosten und rauchte eine Zigarette.

»Die Tür ist offen«, flüsterte Turpil.

Paula blickte in einen schmalen Korridor, lauschte. Auf das Plätschern einer Dusche, das Gurgeln von Wasser, das aus einer Badewanne abfloß. Dann trat sie ein, und Turpil folgte ihr, nachdem er die Tür hinter sich geschlossen hatte. Paula argwöhnte, daß Turpil einen Schlüssel für die massive Tür besaß und nur eine Schau abgezogen hatte, um diese Tatsache zu verheimlichen.

Sie machte sich rasch mit dem Grundriß der Wohnung vertraut. Ein Wohn- und Eßzimmer, ein großes Schlafzimmer, Küche und Badezimmer. Offensichtlich eine teure, geschmackvoll eingerichtete Wohnung. Sie öffnete einen Kleiderschrank im Schlafzimmer und fand eine Menge eleganter Kleidungsstücke, die gleichfalls guten Geschmack verrieten. Auf dem Boden des Schrankes standen reihenweise teure Schuhe.

Sauber, ordentlich, anspruchsvoll, guter Geschmack waren die Worte, mit denen sie in Gedanken die Bewohnerin charakterisierte. Sie hörte ein leises Knarren, kehrte ins Wohnzimmer zurück und stellte fest, daß Turpil begonnen hatte, eine Anrichte zu durchsuchen.

»Sie rühren hier nichts an«, befahl sie. »Sie haben keine Ahnung, wo Sie nachschauen müssen.«

»Ich bin ein Profi...«, begann er, doch dann brach er mitten im Satz ab.

Er schloß die Schublade, und Paula schickte ihn auf den Flur, damit er dort Wache hielt und aufpaßte, ob Newman die Treppe heraufgerannt kam. Sie

brauchte zehn Minuten, um den unwahrscheinlichen Ort zu finden, nach dem sie suchte. Im Badezimmer stand ein Wäschekorb. Sie klappte den Deckel auf und schaute hinein.
Es war bis zum Rand gefüllt. Eine Menge getragener Kleidungsstücke war offenbar in aller Eile in den Korb hineingestopft worden. Sie bückte sich, durchwühlte die Kleidungsstücke. Das Notizbuch für das voraufgegangene Jahr fand sie auf dem Boden des Korbes.

»Ich möchte meine Schwester Klara anrufen«, sagte Turpil.
Sie befanden sich auf einer zur Bahnhofstraße hinführenden Nebenstraße. Paula hatte das Notizbuch in ihre Umhängetasche gesteckt, nachdem sie einen flüchtigen Blick hineingeworfen hatte. Tweed hatte Paula leise instruiert, wonach sie Ausschau halten sollte. Listen von Telefonnummern mit Namen; finanziellen Aufzeichnungen jeder Art; Notizbücher, vor allem das vom Vorjahr.
»Das hätten Sie vom St. Gotthard aus tun können«, erklärte Newman. »Jetzt müssen wir ins Sprüngli...«
»Und wann hätte ich Zeit dazu gehabt?« murrte Turpil. »Ich muß mit ihr sprechen, bevor wir in die Teestube gehen.«
»Weshalb die Eile?«
»Ich möchte mich vergewissern, daß sie heil nach Hause gekommen ist.«
Turpil warf einen Blick auf Paula, als sie in die Bahnhofstraße einbogen, einen verschlagenen Blick. »Das werden Sie doch verstehen. Und es könnte sein, daß Klara mir irgendwelche geschäftlichen Dinge mitzuteilen hat.«
»Ihr Geschäfte können warten...«, sagte Newman, dann fluchte er leise.
Turpil war davongeschossen, war zu einem Fahrkartenautomaten gerannt. Newman wollte ihm folgen, aber Paula ergriff seinen Arm, warnte zur Vorsicht. Ganz in der Nähe parkte ein Streifenwagen, den Turpil zweifellos bemerkt hatte, und die beiden darin sitzenden Polizisten schauten in ihre Richtung.
Newman lief zum Fahrkartenautomaten, als eine in Richtung Hauptbahnhof fahrende Tram sich der Haltestelle näherte. Er zog zwei Fahrkarten. Die Tram hielt, und Turpil stieg ein. Newman lief auf den gleichen Wagen zu und reichte Paula, die neben ihm herlief, ihre Fahrkarte.
»Da ist etwas faul«, sagte Newman schnell. »Er hat für seinen Anruf zwei Gründe genannt. Behalten Sie ihn im Auge...«
Paula setzte den Fuß auf das Trittbrett, stieg ein, sah, daß Turpil sich auf einen Sitz in der Nähe der Tür niedergelassen hatte, ging an ihm vorbei, während die Tür geschlossen wurde, und setzte sich ein Stück weiter vorn

auf eine der parallel zur Seitenwand der Tram angebrachten Bänke. Von diesem Platz aus konnte sie ihn gut beobachten.
Newman ging in die der Tür entgegengesetzte Richtung und ließ sich auf einem Außensitz am Gang nieder. Damit hatten sie ihn in der Zange. Die Tram hielt abermals, ein paar Fahrgäste stiegen aus, aber sehr viele ein. Die meisten von ihnen mußten stehen, und Newman konnte Turpil kaum noch sehen.
Die nächste Haltestelle war nicht weit vom Kaufhaus Globus auf der anderen Straßenseite entfernt und außerdem ganz in der Nähe des Hauptbahnhofs. Sehr viele Leute stiegen aus, und Newman stand auf. Er erhaschte einen Blick auf Paula, die gerade die Tram verließ und ihn aufgeregt herauswinkte. Newman schaffte es gerade noch, herauszukommen, bevor eine weitere Horde einstieg. Inzwischen war es dunkel geworden, und die Hauptverkehrszeit hatte eingesetzt. Er stand auf dem breiten Gehsteig, schaute in alle Richtungen. Turpil war verschwunden.
Paula kam mit wehenden Mantelschößen auf ihn zugerannt. Sie war so außer Atem, daß sie ein paar Sekunden nicht sprechen konnte.
»Ich habe ihn gesehen«, keuchte sie. »In Richtung Hauptbahnhof. Ich glaube, er ist auf einer der Rolltreppen hinuntergefahren. In das Einkaufszentrum. Ich bin nicht sicher, ob er es war...«
»Sie wandern auf dem Platz herum und beobachten sämtliche Ausgänge von Shopville. Wenn Sie ihn entdecken, packen Sie ihn beim Arm, sagen, Sie würden behaupten, daß er Sie belästigt hätte, und die Polizei rufen, wenn er nicht mit Ihnen ins Sprüngli geht. Ich sehe mich unten in Shopville um.«
Paula war bereits unterwegs, als Newman eine Rolltreppe erreichte und in das unterirdische Einkaufszentrum hinunterfuhr. Sobald er unten angekommen war, wanderte er langsam umher, schaute sich nach allen Seiten um. Das reinste Labyrinth, voll von eilenden Männern und Frauen.
Newman ging langsam weiter, ließ den Blick über das ganze Areal schweifen. Plötzlich entdeckte er Turpils Rücken. Da war eine Reihe von Telefonen unter Plexiglashauben. Turpil benutzte das Telefon am Ende der Reihe. Newman setzte sich in Bewegung, dann erinnerte er sich an den Ohrstöpsel.
Er holte ihn aus der Tasche seines Trenchcoats und steckte ihn in sein rechtes Ohr, das einer der Rolltreppen zugewendet war. Ein tosendes Rumpeln, gefolgt von einem schrillen Quietschen, erfüllte sein Ohr. Eine Tram, die vom Platz in die Bahnhofstraße einbog.
Newman fuhr schnell herum. Er stand nun der Telefonkabine, die Turpil

benutzte, genau gegenüber. Das Geräusch von Schritten, die sich wie Hammerschläge anhörten; und dann, ganz deutlich, Turpils Stimme.
»Es hat mich eine Menge Zeit gekostet, Sie zu erreichen, Morgan. Sie wollten wissen, wo sich ein Mann namens Tweed demnächst aufhalten wird? Ich weiß es. Zwanzigtausend Franken? Einverstanden. Er hat vor, sich in den Bergen zu verkriechen, im Kanton Schwyz in der Nähe von Einsiedeln...«
Die Verbindung wurde unterbrochen, als Newmans Linke Turpil den Hörer aus der Hand riß und ihn auflegte. Seine Rechte packte Turpils Arm direkt über dem Ellbogen, auf dem Nerv. Turpil heulte vor Schmerzen, als Newman ihn aus der Telefonkabine zerrte, ihn zu einer der in die Bahnhofstraße hinaufführenden Rolltreppe hindirigierte.
Newman ließ seinen Ellbogen nicht los. Als sie nebeneinander hergingen, begann Turpil zu plärren.
»Ich mußte mit Klara sprechen...«
Newman zeigte ihm die Fläche seiner linken Hand mit dem daraufliegenden Ohrstöpsel, dann steckte er ihn wieder in seine Manteltasche. Turpil schluckte mehrmals, bevor er weitersprach.
»Den haben Sie doch in den Rhein fallen gelassen...«
»Ich habe nur so getan. Ist Morgan Ihr Kosename für Klara? Und wer ist Klara?«
»Meine Freundin. Sie sorgt für mich. Kocht für mich. Kümmert sich um meine Wohnung in Bern...«
»Aber Sie haben mit Morgan von World Security gesprochen. Tweed für dreißig Silberlinge verkauft. Nein, für zwanzigtausend Franken, Sie Dreckskerl. Woher wußten Sie, daß Morgan sich für Tweed interessiert?«
»Sie haben es die Unterwelt wissen lassen. Eine Belohnung von zwanzigtausend für denjenigen, der Angaben über Tweeds Aufenthaltsort machen kann. Ich werde alt, Mr. Newman. Bald kann ich nicht mehr arbeiten. Ich brauche jeden Franken, den ich bekommen kann...«
Sie standen dich nebeneinander auf einer Rolltreppe, die sie zur Bahnhofstraße hinaufbeförderte. Niemand war hinter ihnen, niemand vor ihnen. Nach der Wärme von Shopville schlug ihnen die eisige Abendluft entgegen.
»Und Sie haben so getan, als wären Sie ein Freund von Tweed«, bemerkte Newman. »Freunde von Ihrer Sorte sind genau das...«
Sie waren von der Rolltreppe heruntergetreten. Die Temperatur war plötzlich gefallen. Newman sah die vereiste Stelle nicht, rutschte aus, lockerte seinen Griff. Turpil riß sich los und rannte davon.

Er lief blindlings auf die Straße und stürzte fast im gleichen Augenblick, in dem er vom Bordstein heruntertrat. Die blaue Tram, die gerade um die Ecke bog, bekam er nicht mehr zu sehen. Er lag der Länge nach ausgestreckt auf den Schienen. Der Fahrer zog die Notbremse. Die Schienen waren vereist. Zu spät. Die Tram glitt noch ein paar Meter weiter.
Ein Kreischen. Es konnte von Turpil gekommen sein. Oder von der bremsenden Tram. Die Räder zermalmten den auf der Straße liegenden Körper wie ein Fleischwolf. Unter der Tram spritzte Flüssigkeit hervor, auf dem weißen Schnee erschienen dunkelrote Flecken. Blut. Eine Frau begann zu schreien. Eine Menschenmenge sammelte sich an.
Newman ging weiter. Auf der anderen Seite entdeckte er Paulas entsetztes Gesicht. Er überquerte die Straße, trat neben sie.
»Wir müssen so schnell wie möglich zu Tweed. Er steckt in der Klemme.«

Siebenunddreißigstes Kapitel

An einem Ecktisch in der Teestube im ersten Stock des Sprüngli hörte sich Tweed an, was ihm Newman mit knappen Worten berichtete. Paula saß neben Tweed und starrte hinaus auf die kahlen, blattlosen Bäume der Bahnhofstraße. Eine Tram kam zum Vorschein. Sie schaute weg. Tweed ergriff ihre Hand.
»Möchten Sie ein Stück Kuchen?«
»Ich könnte keinen Bissen herunterbringen. Noch einen Kaffee, bitte.«
Tweed gab seine Bestellung auf und blickte abermals zu den beiden Männern hinüber, die ein paar Meter entfernt an getrennten Tischen saßen. Der eine war ein Mann in den Dreißigern mit undurchdringlichem Gesicht in einem blauen Anzug. Der andere, ein Junge mit einem Walkman, aß ein Stück Kuchen. Newman trank einen Schluck Kaffee; er hatte seinen Bericht beendet. Er setzte seine Tasse ab und sagte dann leise zu Tweed:
»Ich verstehe einfach nicht, warum Sie Turpil gesagt haben, Sie würden in die Berge hinauffahren, in die Nähe von Einsiedeln im Kanton Schwyz.«
»Mein Plan funktioniert«, erwiderte Tweed. »Obwohl ich natürlich nicht vorhersehen konnte, daß er eine so gräßliche Konsequenz haben würde.«
»Turpil hat selbst schuld«, erkärte ihm Newman. »Er hat Sie für Geld verraten. An Leute, die völlig skrupellos sind. Denken Sie an die Bombe, die ich im Schwarzwald unter Ihrem Audi gefunden habe.«
»Sie haben recht...«
Tweed mußte daran denken, daß Newman wesentlich härter geworden war,

nachdem er sich vor einigen Jahren eine Zeitlang heimlich in der DDR aufgehalten hatte. Nicht weniger menschlich, aber unerbittlicher.

»Herr im Himmel, was ist das für ein Plan?« brach es aus Paula heraus, die noch immer erschüttert war.

»Wir brauchen Becks uneingeschränkte Kooperation. Noch bevor wir in die Schweiz kamen, war mir klar, daß es sehr schwer sein würde, ihn davon zu überzeugen, daß ich unschuldig bin, daß professionelle Killer hinter uns her sind. Wir müssen ihm *beweisen*, wie die Dinge liegen, müssen den Feind hervorlocken...«

»In der ganzen Aufregung habe ich völlig vergessen, Ihnen dieses Notizbuch zu geben. Ich habe es in einem Wäschekorb versteckt in Sylvia Harmans Wohnung gefunden«, sagte Paula und reichte ihm das Buch.

»Ihr Notizbuch vom vorigen Jahr.« Tweed blätterte es durch, warf einen kurzen Blick auf bestimmte Tage, dann sah er Newman an. »Ein weiteres Glied in der Kette, die World Security mit der Frau verbindet, die in meiner Wohnung tot aufgefunden wurde. Die gleichen Daten wie in dem Terminkalender, den sie in Basel gefunden haben, Bob. 15. und 28. Januar, 16. Februar, 4. März, 25. April. Neben jedem Datum steht das Initial ›M‹. Sogar die Zeiten stimmen in beiden Büchern überein. 21.30 Uhr. 21 Uhr. 22 Uhr. 21 Uhr. 22.30 Uhr. Daran erinnere ich mich genau.«

»Aber wie konnte Sylvia Harman in London auftauchen?« fragte Paula.

»Ganz einfach«, erwiderte Newman. »Wer immer die Gewohnheit hatte, die Nacht mit ihr zu verbringen – Buckmaster oder Morgan –, konnte sie mit dem Lear Jet einfliegen. Für sechstausend Franken wäre sie überallhin geflogen, ohne auch nur eine Sekunde zu zögern... Was ist?«

Tweed hatte das Notizbuch in die Tasche gesteckt und schaute an Newman vorbei auf den Mann mit dem undurchdringlichen Gesicht, der auf ihren Tisch zukam. Er zog einen Stuhl heran, ließ sich neben Tweed nieder und zeigte ihm einen in der Hand verborgenen Ausweis.

»Norbert Tanner. Bundespolizei. Ich arbeite für Arthur Beck. Ich weiß nicht, ob Sie es bemerkt haben, Mr. Tweed, aber Sie werden verfolgt. Von dem Jungen mit dem Walkman da drüben. Er ist Ihnen vom Baur en Ville bis hierher gefolgt. Soll ich ihn festnehmen?«

»Nein. Lassen Sie ihn in Ruhe. Tun Sie so, als wäre er Ihnen nicht aufgefallen.«

»Wenn Sie es wünschen. Und nun bitte ich Sie alle, mit mir ins Polizeipräsidium zu kommen, wenn Sie nichts dagegen haben. Anweisung von Herrn Beck. Vor der Tür steht ein Wagen, der Mercedes mit den getönten Scheiben...«

»Diesmal haben wir Tweed«, sagte Morgan. Er stand am Fenster seines Büros in der Bellerivestraße und blickte hinaus in die Dunkelheit. »Er will nach Einsiedeln. Das ist ein kleines Nest in den Bergen, im Kanton Schwyz. Ich brauche nichts zu tun, als meine Jungen mit den Walkmans in einen Bus zu verfrachten und dafür zu sorgen, daß sie vor ihm da sind.«

Außer ihm befand sich nur Armand Horowitz in dem Büro. Er saß auf einem Stuhl mit gerader Lehne. Das Angebot eines Sessels hatte er abgelehnt – er verführte dazu, daß man sich entspannte, weniger wach war. Und Morgan hatte die Heizung voll aufgedreht und Horowitz damit gezwungen, seinen Regenmantel auszuziehen. Er trug einen unscheinbaren grauen Anzug, der jedoch gut geschnitten war und an seinem langen, dünnen Körper wie angegossen saß.

»Darf ich fragen, woher Sie das wissen?«

»Sie dürfen!« Morgan, dessen steckrübenförmige Masse von der Schlankheit seines Besuchers noch betont wurde, befand sich in Hochstimmung. Er kehrte an seinen Schreibtisch zurück und ließ sich hinter dem riesigen Möbelstück nieder. Diese Leute legten entschieden zu viel Wert auf Statussymbole, auf die Größe und Qualität ihrer Schreibtische, dachte Horowitz.

»Dann erzählen Sie«, sagte er.

»Ein kleiner Dreckskerl namens Alois Turpil – wir haben ihn gelegentlich für Einbrüche engagiert – hat mich angerufen. Offenbar hat Tweed es ihm selber gesagt...«

»Wieder etwas, das ganz und gar nicht zu ihm paßt«, bemerkte Horowitz.

»So ein Quatsch!« brauste Morgan auf. »Das ist der wahre Jakob.«

»Beschreiben Sie diesen Turpil.«

Morgan war etwas verblüfft. »Ein kleiner Mann, Mitte Fünfzig, Hakennase, hat eine gewisse Ähnlichkeit mit einem Gnom...«

»Hatte«, korrigierte ihn Horowitz.

»Wie bitte?«

»Ich habe den Nachmittag damit verbracht, auf Trams in der Umgebung des Hauptbahnhofs herumzufahren. Manchmal streckt der Zufall seinen langen Arm aus und kommt der Hartnäckigkeit zu Hilfe. War es ein längerer Anruf?«

»Nein. Er brach sogar mitten im Satz ab. Warum, weiß ich nicht. Vielleicht wurde die Verbindung zufällig unterbrochen...«

»Oder absichtlich.« Horowitz musterte Morgan, und in seinen Augen lag ein amüsierter Ausdruck. »Diesmal glaube ich Ihnen. Ich war in der Tram, die aus Turpil Gulasch gemacht hat.«

Morgan, der gerade eine Zigarre zwischen die Lippen stecken wollte,

erstarrte und hielt die Zigarre in der Luft wie ein Dirigent seinen Stab. »Was meinen Sie damit?«
»Turpil – Ihrer Beschreibung nach – ist tot. Er kam auf einer der aus Shopville herausführenden Rolltreppen, zusammen mit einem Mann, der seinen Arm hielt. Als sie oben angekommen waren, riß Turpil sich los. Er rannte auf die Straße, und meine Tram überrollte ihn.«
»Ich verstehe...«
»Nein, das tun Sie nicht. Ich habe ein fotografisches Gedächtnis, und der Mann, der seinen Arm hielt, war der Auslandskorrespondent Robert Newman. Sein Bild ist oft genug in den Zeitungen erschienen. Und was noch wichtiger ist – in Basel war der Arm des Zufalls bis zum Zerreißen gespannt. Newman hat im Restaurant des Hotels Drei Könige gegessen, in dem ich auch gewohnt habe. Und Sie sprachen von einem Alarm, der aus keinem ersichtlichen Grund hier in Zürich ausgelöst wurde.«
»Großer Gott! Ob in Basel eingebrochen worden ist? Ich muß sofort veranlassen, daß sie noch einmal genau nachsehen, ob irgendetwas fehlt. Turpil war ein Meister-Einbrecher. Ließ sich von jedem anheuern, der das Geld dazu hatte.«
»Das ist Ihr Problem. Meines ist Einsiedeln. Und schlagen Sie sich die schwachsinnige Idee aus dem Kopf, diese Walkman-Bengel hinaufzuschikken. Die würden in einer kleinen Stadt auffallen wie eine Horde Clowns.«
»Aber irgend jemand muß hinfahren«, wendete Morgan ein.
»Jemand wird hinfahren. Und zwar ich. Mit Stieber. Sofort.«

Das Polizeipräsidium in der Lindenhofstraße ist ein viergeschossiger alter Kasten aus grauem Stein. Eine Seite geht auf die Limmat hinaus, den Fluß, der Zürich in zwei Teile zerschneidet. Durch die Gardinen vor dem Fenster von Becks Büro im dritten Stock konnte Tweed undeutlich die dunklen Umrisse der Universität hoch droben am jenseitigen Ufer erkennen.
»Sie haben vielleicht Nerven – wandern einfach in Zürich herum«, sagte Beck zu Tweed. »Und die müssen Sie in Ihrer gegenwärtigen Lage wohl auch haben. *Falls* Sie verfolgt wurden.«
»Mr. Tweed wurde verfolgt«, warf Tanner ein. »Das steht eindeutig fest. Ich habe ihn in der Nähe des Baur en Ville entdeckt, und er ist zum Sprüngli gegangen. Auf dieser kurzen Strecke habe ich drei von ihnen gesehen. Zwei Jungen zu Fuß und ein Mädchen auf einem Fahrrad. Alle mit Walkman-Imitationen.«
»Imitationen?« fragte Beck verwundert. »Sie zerbrechen sich den Kopf über eine Horde Gören?«

»Es ist ihre Ausrüstung, die mir zu denken gibt. Sie muß auf hohem technischem Niveau stehen. Ich habe gesehen, wie zwei von ihnen durch versteckte Mikrofone Bericht erstatteten. Sie nannten sie eine Horde Gören, aber derjenige, der sie in Marsch gesetzt hat, muß ein ziemlicher Profi sein. Bei einer derartigen Ausrüstung. Und ein weiterer Junge ist uns auf einem Motorrad bis hierher gefolgt. Kann sein, daß er noch draußen ist und darauf wartet, daß Mr. Tweed das Gebäude verläßt.«
Becks Miene war finster. »Das gefällt mir nicht. Sehen Sie nach, ob er noch da ist.«
»Und wenn das der Fall ist – darf ich ihn dann zum Verhör hereinholen? Ich glaube, ich könnte ihn zum Reden bringen.«
Newman und Paula, die auf Stühlen dicht neben Tweed saßen, musterten Tanner. Ja, dachte Newman, Sie bringen ihn zum Reden, wenn Sie ihn in die Finger bekommen.
»Sie dürfen«, entschied Beck. »Und ich möchte wissen, wer sein Auftraggeber ist.« Er wartete, bis Tanner das Zimmer verlassen hatte. »Tweed, während Sie in der Stadt herumgewandert sind, habe ich in der Zürcher Kreditbank in der Talstraße mit Oberst Romer gesprochen. Er hat den ganzen Nachmittag auf Sie gewartet.«
»Also hat etwas, was ich gesagt habe, sein Interesse erregt?« erkundigte sich Tweed.
»So ist es.« Beck warf einen Blick auf Newman, bevor er sich wieder Tweed zuwendete. »All das ist streng vertraulich – aber ich weiß, daß wir in dieser Hinsicht bei Ihnen keinerlei Bedenken zu haben brauchen. Also, Tweed, Sie können Romer gegenüber völlig offen sein. Er hat eine Menge Einfluß in den militärischen Kreisen dieses Landes.« Beck warf einen Blick auf die Uhr. »Romer ist zum Essen ausgegangen. Er wird in einer Dreiviertelstunde zurücksein. Kann ich Ihnen in der Zwischenzeit etwas anbieten?«
Eine halbe Stunde später kam Tanner zurück. »Er hat geredet – der Motorradfahrer. In der Nähe der Quaibrücke parkt ein Funkwagen.«
»Steht er immer noch dort? Schicken Sie einen Streifenwagen hin. Wenn der Wagen da ist, dann hat er eine Antenne, und unsere Leute können sagen, sie störte den Sprechfunkverkehr der Polizei.«
Abermals wartete Beck, bis Tanner gegangen war. »Was glauben Sie, Tweed – wer sind diese Leute?«
»World Security.«
»Ah, ja.« Beck dachte darüber nach. »Aber selbst wenn das der Fall sein sollte, wäre es nur logisch, wenn Lance Buckmaster seiner Organisation die Direktive erteilt hätte, nach Ihnen Ausschau zu halten und damit die

Fahndung zu unterstützen, die Howard an verschiedene Polizeichefs geschickt hat.«
»Ich verstehe«, sagte Tweed knapp.
»Und nun«, fuhr Beck fort, »dürfte Oberst Romer wieder in der Talstraße sein. Ich lasse Sie in einem Wagen hinbringen. Was immer Sie ihm sagen werden – er ist absolut vertrauenswürdig und diskret. Außer mit mir wird er mit niemandem darüber sprechen. Vielleicht hält er den Schlüssel zu dieser ganzen merkwürdigen Geschichte in der Hand.«

Oberst Romer war ein hochgewachsener, kräftiger Mann Mitte Fünfzig mit einem Schnauzbart, der sich sehr gerade hielt. Er trug einen dunkelgrauen Anzug. Seine dichten Brauen und sein Haar waren grau, und in seinen blauen Augen lag ein Anflug von Humor.
Sein Büro, das auf eine schmale Nebenstraße hinausging, war mit Kiefer getäfelt und mit englischen Antiquitäten möbliert. Er hatte einen Sessel herangezogen und sich neben Tweed niedergelassen; auf einem Beistelltisch standen zwei Gläser mit Montrachet und die dazugehörige Flasche.
»Ich bin ein guter Zuhörer, Mr. Tweed«, sagte er und lächelte. »Ich erinnere mich an unsere etwas gespannte Begegnung in Basel vor ein paar Jahren. Inzwischen bin ich zum Leiter der Zürcher Kreditbank aufgestiegen – was lediglich mehr Arbeit bedeutet.«
»Und Sie sind Oberst in der Schweizer Armee«, bemerkte Tweed.
»So ist es. Und als solcher sehr an Dingen interessiert, die die nationale Sicherheit betreffen. Und ich bin, wie ich bereits sagte, ein guter Zuhörer.«
Tweed war bereits zu dem Schluß gekommen, daß Romer so diskret war, wie Beck ihm versichert hatte. Er begann mit der Entdeckung der toten Frau in seiner Wohnung, vermied es aber, direkt von der Strategic Defense Initiative zu sprechen. Statt dessen benutzte er die Formulierung »das am höchsten entwickelte System zur Verteidigung des Westens, das je erfunden wurde«.
»Und Sie sagten, als Sie in Bern von Becks Einrichtungen Gebrauch machten und mit diesem Schiff, der *Lampedusa*, Kontakt aufnahmen, haben Sie auf Ihre beiden Trickfragen nicht die entsprechenden Antworten erhalten? Das Schiff ist also tatsächlich entführt worden?«
»Da bin ich ganz sicher...«
»Und in England gibt es nur zwei Leute, die überprüfen, ob alles in Ordnung ist – Sie selbst und Lance Buckmaster, der Minister für Äußere Sicherheit?«
»So ist es.«

Romer trank einen Schluck Wein, und als er sein Glas absetzte, war seine Miene grimmig. »Was ich Ihnen jetzt sage, ist streng vertraulich. In meiner Position erfahre ich vieles über die internationalen Finanzmärkte, was nicht in die Zeitungen kommt.« Er hielt einen Moment inne. »World Security ist bankrott. Buckmaster ist größenwahnsinnig. Er hat sich immer wieder riesige Summen geliehen, um seinen Ehrgeiz, eines der zehn größten Unternehmen der Welt aufzubauen, befriedigen zu können. Er hat sich übernommen. Er braucht ungefähr fünfhundert Millionen Pfund, um seine Firma vor der Pleite zu retten.«

»Wo in aller Welt will er eine derartige Summe auftreiben?«

»Nicht von einer der großen Banken. Die haben ihm ohnehin schon zuviel geliehen.« Wieder hielt Romer inne, trank einen Schluck Wein. »Aber da ist eine interessante Sache – manche Leute sprechen von einer finsteren Sache.«

»Und die wäre?«

»Durch die Narodnybank – bei der es sich, wie Sie wohl wissen, um die sowjetische Staatsbank handelt – haben die Russen Goldbarren im Wert von fünfhundert Millionen Pfund, griffbereit für irgendein gewaltiges Geschäft, im Westen deponiert. Die Transaktion soll in der Schweiz vor sich gehen – nicht durch meine Bank. Und ich frage mich, was der Kreml für eine derartige Summe zu kaufen gedenkt.« Er hielt abermals inne. »Aber vielleicht können Sie es sich denken – nach dem, was Sie mir erzählt haben.«

Tweed saß ganz still da. Romer hatte ihm tatsächlich den Schlüssel zu dieser ganzen bizarren Abfolge von Ereignissen geliefert. Jetzt wußte er ganz sicher, wer hinter dem Mord an Sylvia Harman in seiner Wohnung steckte, mit dem er aus dem Weg geräumt werden sollte. Die einzige Frage, die jetzt noch offenstand, war die, welcher der beiden Männer den Mord begangen hatte. Aber nun kannte er endlich das *Motiv*.

Achtunddreißigstes Kapitel

Eine Welt aus Schnee und Eis. Horowitz, angetan mit kniehohen Lederstiefeln, einem Pelzmantel und einer Pelzmütze in russischem Stil, wanderte langsam durch die kleine, hoch oben in den Bergen gelegene Stadt Einsiedeln mit ihren engen, von alten Gebäuden gesäumten Straßen. An seiner einen Seite ging Stieber, an der anderen Morgan, der darauf bestanden hatte, mit ihnen zu fahren.

»Es ist lausig kalt«, murmelte Morgan zitternd.
Die Temperatur lag tief unter dem Gefrierpunkt. Von den Dachtraufen der Häuser hingen lange Eiszapfen herab. Der Schnee unter ihren Füßen lag fast einen halben Meter hoch, festgetreten von den Einheimischen. Eine Glocke begann zu läuten – ein unheilschwangeres Geräusch. Es war vier Uhr nachmittags.
»Was zum Teufel war das?« fragte Morgan.
»Das werden Sie sehen, wenn wir um diese Ecke gebogen sind«, erklärte ihm Horowitz.
Einkaufende Frauen, so dick vermummt, daß bei manchen von ihnen nur das halbe Gesicht aus wollenen Schals herausschaute, trabten mit Plastiktüten vorbei. Als sie um die Ecke bogen, verbreiterte sich die Straße zu einem offenen Platz, hinter dem das Gelände steil anstieg. Auf der Kuppe sahen sie eine riesige alte Fassade und zwei Türme.
»Das Benediktinerkloster«, sagte Horowitz. Das düstere Glockengeläut dauerte an.
Morgan überkam plötzlich das Gefühl, daß irgend etwas Schreckliches passieren würde. Dieser Teil der Stadt war von dichtem Wald umgeben, und die Äste der Bäume bogen sich unter der Last des Schnees. Hier, abseits der Einkaufsstraßen, war es sehr still und so einsam wie in der arktischen Wildnis.
»Eines der berühmtesten Klöster in ganz Europa«, fuhr Horowitz fort. »Im Sommer kommen Pilger aus aller Welt hierher. Das Areal innerhalb der Mauer ist riesig, eine eigene, von der Welt abgeschnittene Stadt.«
Eine schwarzgekleidete Frau mit einem Kopftuch war den verschneiten Pfad hinaufgewandert und drückte eine der riesigen Doppeltüren auf. Von drinnen drang Gesang heraus, der ebenso düster klang wie die Glocken. Morgan zitterte abermals. Er verabscheute diesen Ort, der ihm vorkam wie ein riesiges Grabmal.
»Was ist das für ein Gejodel?« fragte er.
»Das ist kein Gejodel«, rügte ihn Horowitz, »sondern der Chor der Mönche, die jeden Tag um diese Zeit singen.« Er bückte sich und hob seinen Koffer auf, den er im Schnee abgestellt hatte. »Sie warten hier, Morgan. Wir mieten uns im Hotel St. Johann ein. Oder haben Sie vor, mit uns hierzubleiben?«
»Nein«, erklärte Morgan schnell. »Ich muß zurück nach Zürich. Schließlich habe ich eine internationale Firma zu leiten. Falls Sie das vergessen haben sollten...«
Aber den letzten Satz sprach er bereits ins Leere. Horowitz und Stieber

stapften mit ihren Koffern durch den Schnee. Morgan fluchte leise vor sich hin, stampfte mit den erstarrten Füßen, sah sie in einem kleinen, fünfgeschossigen Gebäude mit einem grauen Schieferdach verschwinden – dem St. Johann.
Zehn Minuten vergingen, bevor sie ohne ihre Koffer zurückkehrten. In der Zwischenzeit beobachtete Morgan, wie ein Mönch aus dem Kloster herauskam, eine Gestalt in einer schwarzen Kutte mit einer Kapuze, die er sich zum Schutz vor dem jetzt wieder herabrieselnden Schnee über den Kopf gezogen hatte.
»Ich habe ein Taxi bestellt, das sie nach Zürich zurückbringt«, teilte Horowitz ihm mit. »Es müßte bald kommen.«
»Ein Taxi? Ich fahre mit dem Mercedes, den wir in der Hauptstraße geparkt haben...«
»Nein.« Horowitz' Ton ließ keine Einwände zu. »Wenn Tweed hier eintrifft, brauchen wir ein Fahrzeug, damit wir ihm folgen können.«
»Und Sie glauben, daß er hierherkommt?« fragte Morgan und fegte den Schnee von seinem Mantel. Obwohl er dicke Handschuhe trug, waren seine Finger vor Kälte erstarrt.
»Sie glaubten es selbst, in Zürich«, erinnerte ihn Horowitz. »Und ich habe das Gefühl, daß dies genau der Ort ist, den er aufsuchen wird – eine abgelegene Zuflucht.«
»Na, dann viel Spaß...«
Morgan tat einen Schritt vorwärts, rutschte auf einer vereisten Stelle aus und wäre beinahe gestürzt. Er gewann sein Gleichgewicht zurück und fluchte abermals, als neben ihnen ein Mercedes-Taxi anhielt. Horowitz reichte ihm einen Prospekt des St. Johann.
»Den habe ich in meinem Paß verschwinden lassen, während ich das Anmeldeformular ausfüllte. Ich wohne hier unter dem Namen Anton Thaler. Wenn Sie mich anrufen wollen – die Telefonnummer steht da drin. Mit dem Taxi haben Sie Glück gehabt – die Firma, die sie angerufen haben, rief über Funk einen ihrer Wagen zurück, der gerade auf dem Weg nach Zürich war. Und jetzt werden Sie wohl begreifen, weshalb ich nicht wollte, daß sie Ihre Walkman-Typen hierherschicken – sie wären aufgefallen wie eine Horde Clowns.«
»Bis später«, murmelte Morgan. »Den Fahrer aus unserem Wagen in der Hauptstraße nehme ich mit.«
Er ließ sich auf den Rücksitz des Taxis sinken, genoß mit einem Seufzer der Erleichterung die Wärme und dankte Gott dafür, daß er aus dieser erbärmlichen Einöde nach Zurück zurückkehren konnte.

Horowitz lächelte, als das Taxi davonfuhr. »Ich glaube, unser geschätzter Freund ist heilfroh darüber, daß er wieder auf dem Weg in die Zivilisation ist. Was ist, Stieber?«
Der Deutsche starrte zu ein paar Mönchen hinauf, die in ihren schwarzen Kutten und mit über den Kopf gezogenen Kapuzen das Kloster verließen.
»Mir ist gerade eine Idee gekommen«, sagte er. »Aber das hat Zeit. Was tun wir als nächstes?«
»Warten auf Tweed.«

Im Zürcher Polizeipräsidium legte Beck, nachdem er mit Romer gesprochen hatte, den Hörer auf, erhob sich und sah Tweed an.
»Ich gehe nach unten und veranlasse, daß ein Wagen bereitsteht, der Sie nach Einsiedeln und dann weiter nach Brunni bringt. Das war Oberst Romer, und ihn zumindest haben Sie überzeugt.«
»Aber Sie nicht?« erkundigte sich Tweed spöttisch.
»Ich bin in ein paar Minuten zurück...«
»Dürfen wir Ihr Telefon benutzen? Für einen Anruf in London?«
»Bedienen Sie sich.«
»Und«, warf Newman ein, »wo liegt dieses Brunni?«
»Am Ende der Welt«, erwiderte Tweed.
»In diesem Fall«, fuhr Newman, an Beck gewandt, fort, »möchte ich eine Waffe, damit ich Tweed beschützen kann. Man hat bereits zweimal versucht, ihn zu ermorden. Auf der Autobahn in der Nähe von Freiburg hat ein riesiger Laster versucht, ihn zu überrollen. Danach wurde im Schwarzwald an seinem Wagen eine Bombe angebracht.«
»Was ich bestätigen kann«, sagte Paula. »Weil ich beide Male dabei war.«
Becks Miene erstarrte. »Warum in aller Welt haben Sie mir das nicht schon früher erzählt?«
»Hätten Sie mir in Bern geglaubt?« fragte Tweed. »Es hätte zu dramatisch geklungen, und Sie hätten gedacht, ich wollte nur meine Geschichte ein bißchen ausschmücken.«
»An was für eine Waffe haben Sie gedacht?« erkundigte sich Beck bei Newman.
»Etwas wie eine Magnum .45. Am liebsten genau die. Mit reichlich Reservemunition.«
»Und ich möchte einen Browning«, fiel Paula ein. »Sie wissen, daß ich damit umgehen kann.«
»Und die entsprechenden Genehmigungen zum Tragen dieser Waffen«, setzte Newman hinzu.

»Das muß ich mir überlegen. Ich bin in zehn Minuten zurück.«
Tweed trank noch einen Schluck Kaffee. Bald kommt er mir zu den Ohren wieder heraus, dachte er. Er sah Newman an.
»Es ist an der Zeit, Verstärkung anzufordern. Ich habe das Gefühl, daß sich die Dinge zuspitzen werden. Oben in den Bergen. Können Sie Howard anrufen? Ihn bitten, Harry Butler und Pete Nield unverzüglich nach Zürich zu schicken? Sie sollen sich Zimmer im Schweizerhof nehmen und dort weitere Instruktionen abwarten.«
»Ich bin sicher, daß Howard mitspielt. Wir haben schon über die beiden gesprochen, als ich ihn in London traf. Ich rufe ihn gleich an – bevor Beck zurückkommt.«
Während er telefonierte, rückte Paula dichter an Tweed heran.
»Mit dem, was Sie mir im Sprüngli erzählt haben, mit dem Beweismaterial, das Bob in Basel gefunden hat, dann mit dem Notizbuch, das ich in der Wohnung am Rennweg ausgegraben habe, und der Tatsache, daß es uns gelungen ist, die tote Frau in Ihrer Wohnung zu identifizieren, und daß wir sie mit World Security in Verbindung bringen konnten – mit alledem könnten wir doch nach London zurückkehren und Ihre Unschuld beweisen?«
»Das sind alles nur Indizien. Und ich muß das Problem *Schockwelle* lösen. Das hat Vorrang vor allem anderen. Beck hat sich inzwischen bereiterklärt, mir eine mobile Sendeanlage zur Verfügung zu stellen. Ich muß mich wieder mit der *Lampedusa* in Verbindung setzen, mich vergewissern, ob sie tatsächlich entführt worden ist.«
»Hat das nicht Zeit, bis wir wieder in London sind?« fragte sie.
»Nein! Ich bin überzeugt, daß das Schiff mit seiner kostbaren Fracht nach Rußland unterwegs ist. Und das zu verhindern ist ein Wettlauf gegen die Zeit.«
»Und wie wollen Sie das anstellen?«
»Bisher habe ich nicht die geringste Ahnung«, gab er zu, als Newman den Hörer auflegte.
»Butler und Nield kommen mit der nächsten Maschine«, berichtete er. »Offiziell sollen sie helfen, Sie aufzuspüren. Howard gibt sich Buckmaster gegenüber keine Blöße...«
Er brach ab, als Beck mit einer großen Tasche ins Zimmer trat. Er setzte sie auf seinen Schreibtisch, schob die Hand hinein, zog eine Browning .32 Automatic heraus und reichte sie Paula. Sie vergewisserte sich, daß die Waffe gesichert war, zog das Magazin heraus und sah nach, ob eine Patrone in der Kammer steckte. Sie schob das Magazin wieder ein und ließ die Waffe in ihre Umhängetasche gleiten. Beck hatte sie beobachtet.

»Wenn Sie das nicht getan hätten, hätte ich sie Ihnen wieder weggenommen«, erklärte er mit einem frostigen Lächeln. »Hier sind Reservemagazine.« Er griff wieder in die Tasche, holte eine Magnum .45 heraus, gab sie Newman.
»Hier ist Ihre Kanone. Mit Reservemunition. Und für Sie beide eine befristete Genehmigung zum Tragen einer Waffe.« Beck lehnte sich an seinen Schreibtisch. Sein Gesicht war ernst. »Ich sollte Ihnen vielleicht sagen, daß ich Ihnen eigentlich keine Waffen geben wollte, aber ich habe inzwischen mit Otto Kuhlmann gesprochen. Er hat mir bestätigt, daß es auf der Autobahn in der Nähe von Freiburg eine Massenkarambolage gegeben hat. Tweed, wie hieß noch der Informant, von dem Sie behaupteten, er hätte Sie ins Cheshire Cheese gelockt?«
»Richter. Klaus Richter. Er wohnt in Freiburg.«
»Kuhlmann hat mir außerdem mitgeteilt, daß sie die Leiche eines Klaus Richter gefunden haben – in seiner Freiburger Wohnung. Er wurde ermordet.«
»Ich verstehe. Und was ist mit der mobilen Sendeanlage?«
»Schon auf dem Weg nach Einsiedeln. In einem gewöhnlichen Transporter versteckt, mit der Aufschrift einer Zürcher Baufirma, Ingold. Der Fahrer wird vor dem Kloster auf Sie warten. Ich hielt es für sicherer, wenn Sie hinauffahren, ohne daß Ihnen der Transporter folgt. Das Codewort für den Fahrer ist simpel – Limmat. Er fährt dann dahin, wo Sie ihn haben wollen.«
»Und wo liegt dieses Brunni, von dem Sie vorhin sprachen?« fragte Newman.
»Das ist eine winzige Sommerfrische am Ende eines abgelegenen Tals. Brunni«, wiederholte er, »nicht Brunnen – das liegt östlich von Schwyz. Wir haben dort ein Chalet, in dem wir gelegentlich wichtige Zeugen verstecken. Georg, der Fahrer Ihres Wagens, wird es für Sie aufschließen.«
»Und wie steht es mit Lebensmitteln und Tee und Kaffee? Wir brauchen Vorräte, wenn wir nicht verhungern wollen«, erklärte Paula.
»Darauf wollte ich gerade kommen. In Zürich bekommen Sie jetzt nichts mehr. Ganz davon abgesehen, daß ich nicht möchte, daß Sie noch einmal in der Stadt herumwandern. In dem Chalet, das regelmäßig saubergemacht wird, ist gute Kochgelegenheit vorhanden. Und im Winter wohnen dort nur einige wenige Einheimische.«
»Die Vorräte«, beharrte Paula.
»Wenn Sie nach Einsiedeln kommen, sehen Sie auf der linken Seite einen kleinen Supermarkt – er ist bis spätabends geöffnet, und dort bekommen Sie alles, was Sie brauchen.«

»Worauf warten wir dann noch?« fragte Tweed.
»Auf nichts mehr. Der Wagen steht draußen. Tanner ist unten und wird Sie hinausbegleiten. In dem Chalet ist Telefon. Halten Sie mich auf dem laufenden. Diese Geschichte beunruhigt mich.«
»Und was glauben Sie, wie uns zumute ist?« fragte Paula.

Horowitz stand am Fenster des Zimmers, das er im St. Johann gemietet hatte. Er hatte um ein nach vorn hinausgehendes Zimmer gebeten, und nun stand er mit Stieber neben sich da und hielt ein Nachtglas vor die Augen. Seine Stahlbrille lag auf einer Kommode. Er betrachtete den Transporter, der auf dem Platz vor dem Kloster parkte.
»Der Wagen einer Baufirma«, stellte er fest. »Eine Zürcher Firma. Heißt Ingold. Aber warum er um diese Jahreszeit hier herumsteht, kann ich mir beim besten Willen nicht vorstellen.«
Er ließ das Glas sinken und setzte seine Brille wieder auf. Von seinem Fenster aus hatte er freien Blick auf die große Masse des Klosters und den davor liegenden freien Platz. Horowitz biß sich auf die Lippen und trat ans Telefon.
»Wir brauchen Verstärkung«, verkündete er.
Er wählte die Nummer von World Security, verlangte Gareth Morgan zu sprechen. Die Telefonistin wußte nicht, ob er noch im Hause war. Eine Minute später ertönte Morgans gereizte Stimme.
»Wer ist am Apparat?«
»Das sollten Sie eigentlich erraten können.« Horowitz hielt einen Moment inne. »Ich habe mich ein bißchen umgeschaut, und ich brauche zusätzliche Leute. Aber es müssen Spitzenleute sein. Profis. Unbedingt. Und sie sollen auf Motorrädern herkommen, die mit Funk ausgestattet sind. Und mit der erforderlichen Ausrüstung. In einer Stunde müssen sie hier sein.«
»Das ist unmöglich...«
»Dann machen Sie es eben möglich. Ich habe nicht die Absicht, mich auf eine Diskussion darüber einzulassen. Beordern Sie sie telefonisch zu sich. Ich weiß, daß Sie Männer haben, die gute Motorradfahrer sind. Ihr Anführer meldet sich bei mir, Anton Thaler, im St. Johann, sobald sie angekommen sind.«
»Mit der erforderlichen Ausrüstung, sagten Sie.« Morgan erhob einen letzten Einwand. »Wir sind hier in der Schweiz.«
»Ihre geographischen Kenntnisse sind erstaunlich. In einer Stunde...«
Horowitz legte den Hörer auf. Stieber, dessen runder Kopf schweißnaß war von der hohen Zimmertemperatur, starrte Horowitz an.

»Sie arbeiten doch gewöhnlich allein. Warum die Motorradfahrer?«
»Weil ich nicht weiß, wo Tweed hin will. Wir brauchen Vorreiter, die die ganze Gegend absuchen. Aber wenn dann der rechte Zeitpunkt gekommen ist, werde ich allein sein.«

Neununddreißigstes Kapitel

32,10 Grad nördlicher Breite, 21,30 Grad westlicher Länge. Die S.S. *Helvetia* – früher S.S. *Lampedusa* – dampfte ein gutes Stück südöstlich der Azoren durch schwere See. Es war später Nachmittag, der wolkenverhangene Himmel wirkte bedrohlich, und Greg Singer, der einstige S.A.S.-Mann, war in den Laderaum hinuntergestiegen. Neben ihm stand Kapitän Hartmann.

»Ein Monstrum«, bemerkte Singer und blickte an dem riesigen Computer empor. »Ich hoffe doch, daß er bei diesem Seegang nicht verrutscht?«
»Er ist so gesichert, daß er jedem Wetter standhält«, erwiderte der Kapitän.
Von dem Computer war nur die gewaltige Vorderfront zu sehen. An den anderen drei Seiten sowie oben und unten war er mit einem Wall aus fünfzehn Zentimeter dicken Planken umgeben, und der Sockel war mit Stahl verstärkt.
Singer lehnte sich gegen die Schiffswand, um das Gleichgewicht nicht zu verlieren, und beobachtete den Computer, als sich das Schiff auf die Seite legte. *Schockwelle* schien sicher verankert. Singers größte Angst war, daß sich der Computer losreißen und mit seinem kaum vorstellbaren Gewicht gegen die Schiffswand prallen könnte.
»Wie lange wird es noch dauern, bis wir die Straße von Gibraltar erreicht haben und ins Mittelmeer kommen?« fragte Singer.
»Wenn das Wetter so bleibt, kann es noch mehrere Tage dauern. Wenn es sich bessert, sind wir früher da. Genaueres kann ich Ihnen nicht sagen.«
Singer fluchte innerlich, als er Hartmann die aus dem Laderaum hinausführende Leiter hinauf folgte. Aber so waren diese verdammten Skipper nun einmal – sie wollten sich nicht festlegen. Auf ihrer Fahrt in Richtung Gibraltar steuerte die *Helvetia* nach wie vor einen Kurs weit abseits der üblichen Schiffahrtswege.
»Ich gehe zu Hoch«, sagte Singer, als sie oben angekommen waren. »Anschließend komme ich zu Ihnen auf die Brücke.«
Singer verschwendete keinen Gedanken an die Tatsache, daß Hoch, der Funker, als einziger das Massaker an der Besatzung der *Lampedusa* überlebt

hatte. Das war ein Detail, das der Vergangenheit angehörte. Singer war überzeugt, daß er Hoch unter Kontrolle hatte – sowohl physisch als auch psychisch. Er hatte dem Amerikaner erklärt, daß seine Frau und seine Kinder auf Cape Cod im Osten der USA unter ständiger Beobachtung stünden.
»Ein Codewort von mir, und dein hübsches Häuschen geht in einer dunklen Nacht in Flammen auf – mit allen, die darin sind. Sie werden so geröstet, daß von ihnen nichts übrigbleibt als verkohlte Leichen...«
Hoch, ein dicklicher Mann mit kraftvollem Kiefer, hatte Singer mit unverhohlenem Haß betrachtet. Jetzt nickte Singer dem bewaffneten Posten vor dem Funkraum zu, öffnete die Tür und ging hinein. Ein zweiter Posten mit einer Pistole in der Hand hatte sich Hoch gegenüber niedergelassen, der auf der Kante seiner Koje saß.
»Nur, damit du es nicht vergißt, Hoch«, erklärte ihm Singer. »Wir haben die Codebücher. Wenn London sich wieder meldet, weißt du hoffentlich, was du zu tun hast.«
Hoch nickte nur. Sie mochten zwar die Codebücher haben, aber die beiden Trickfragen und die dazugehörigen Antworten standen nur in seinem Kopf. Merkwürdig war nur, daß Monitor sich bisher nur einmal gemeldet hatte, und es war Monitor gewesen, der die Trickfragen gestellt hatte. Hoch hatte allen Mut zusammengenommen und es unterlassen, die richtigen Antworten darauf zu geben. Hoch hatte keine Ahnung, was in London vor sich ging. Der andere Mann, Prefect, meldete sich täglich – aber er hatte noch kein einziges Mal die Schlüsselworte benutzt. Offenbar war Monitor der einzige, der sie kannte. Er hoffte zu Gott, daß sich Monitor wieder melden würde.

Tweed, der im Fond des Mercedes saß, schaute aus dem Fenster. Der Wagen rollte über die Straße am Südufer des Zürichsees. Es war ein klarer, kalter Abend. Am jenseitigen Ufer funkelten die Lichter von Ortschaften wie vom Himmel gefallene Sterne. Neben ihm saß Paula, immer noch empört darüber, daß Beck ihnen offensichtlich nicht traute. Newman, der neben ihr saß, war eingeschlafen; in einem Hüftholster, das Beck ihm gleichfalls zur Verfügung gestellt hatte, steckte die Magnum. Georg, der Fahrer, öffnete die Trennscheibe.
»Hier biegen wir ab auf die Straße, die in die Berge und nach Einsiedeln hinaufführt.«
Trotz der dicken Schneedecke schaffte es Georg mühelos, den Wagen von der Hauptstraße herunterzusteuern. Dann fuhren sie auf einer steilen, gewundenen Straße durch eine einsame Landschaft.

»Ich glaubte, daß Beck uns mehr Vertrauen entgegenbringen würde«, erklärte Paula, nachdem Georg die Trennscheibe wieder zugeschoben hatte.
»Er befindet sich in einer schwierigen Lage.« Tweed drückte ihren Arm. »Ich glaube, wenn ich mich in seiner Position befände, würde ich ebenso vorsichtig sein. Er hat keine hundertprozentige Sicherheit, daß ich unschuldig bin.«
»Sie hätten ihm das Foto von Sylvia Harman zeigen sollen...«
»Und zugeben, daß wir zwei Einbrüche unternommen haben? Bob in Basel, und Sie beide in der Wohnung der Harman in Zürich? Bei den Schweizern rangiert Diebstahl von Privateigentum gleich hinter Mord. Damit hätte ich ihn in eine unmögliche Lage gebracht.«
»Damit haben Sie wohl recht.« Sie seufzte gereizt.
»Vergessen Sie nicht, Georg daran zu erinnern, daß er vor dem Supermarkt in Einsiedeln halten soll. Wir müssen Vorräte haben. Sonst haben wir in dem Chalet da oben nichts zu essen.«
»Keine Sorge. Ich habe es ihm gesagt, bevor wir abfuhren.«
Sie folgten noch immer der gewundenen Straße, als sie von einer Gruppe von Motorradfahrern überholt wurden, die mit hoher Geschwindigkeit an ihnen vorbeirasten. Tweed zählte automatisch. Es waren sechs. Finstere Gestalten in schwarzem Leder mit Sturzhelmen und Schutzbrillen. Außerdem fiel ihm auf, daß hinter jedem Sattel eine Funkantenne emporragte.
»Irre«, bemerkte Paula. »Rasen wie die Verrückten, und das auf so einer Straße.«
»Das ist der Überschwang der Jugend«, bemerkte Tweed.
»So jung kamen sie mir nicht vor«, erlärte Newman, den das Dröhnen der starken Motoren aufgeweckt hatte.
Als sie Einsiedeln erreicht hatten, fuhren sie am Bahnhof vorbei, der zu ihrer Linken lag, die Endstation der einspurigen Bahnstrecke, die von Zürich heraufführte. Georg brachte den Wagen in der fast menschenleeren Hauptstraße vor dem Supermarkt zum Stehen. Tweed wendete sich an Paula.
»Es wird eine Weile dauern, bis Sie Ihre Einkäufe erledigt haben. Haben Sie etwas dagegen, wenn wir Sie hier absetzen und dann dorthin weiterfahren, wo der Wagen mit dem Funkgerät auf uns warten sollte? Würden Sie sie als Leibwächter begleiten, Georg? Gut. Wieviel Zeit haben wir, Paula?«
»Mindestens eine halbe Stunde. Es dauert seine Zeit, bis man in einem fremden Supermarkt alles gefunden hat, was man braucht. Fahren Sie los – Geld habe ich genug bei mir. Bis später...«
Newman setzte sich ans Steuer, und sie fuhren weiter. Hier lag mehr

Schnee; zu beiden Seiten der Straßen türmten sich Verwehungen. Der Wagen bog um eine Ecke, und das Kloster erschien in ihrem Blickfeld.

»Warten Sie hier«, sagte Tweed. »Das dort sieht aus wie unser Transporter.«

»Ich komme mit«, erkärte Newman und zog wie Tweed seinen Mantel an. »Es könnte sein, daß wir uns auf feindlichem Territorium befinden.«

Horowitz, der an seinem Hotelfenster stand, versteifte sich, griff nach seinem Fernglas, richtete es auf den Ingold-Transporter. Zwei Männer wendeten ihm das Gesicht zu, unterhielten sich mit dem Fahrer. Eines der Gesichter war so deutlich zu erkennen, daß er sehen konnte, wie das Licht der Straßenlaterne von den Gläsern der Hornbrille reflektiert wurde. Ein Gesicht, daß er sehr gut kannte – von seiner eingehenden Betrachtung von Fotos, von den Filmaufnahmen des Mannes, der bei Laufenburg den Rhein überquert hatte.

Tweed.

»Was ist los?« fragte Stieber.

Hinter ihm stand eine Gestalt in schwarzem Leder mit einem Sturzhelm in der Hand. Bruno Zeller, der Anführer der Gruppe.

»Ruhe!« sagte Horowitz.

Seine Miene verriet nichts von seiner Erregung, dem Eifer des Jägers, der seine Beute verfolgt. Das war das erstemal, daß er Tweed leibhaftig zu Gesicht bekam. Den brillanten stellvertretenden Leiter des britischen Geheimdienstes. Den gerissenen Mann, der dem Hinterhalt auf der Freiburger Autobahn ebenso entkommen war wie später der Bombe, die er selbst an seinem Audi angebracht hatte. Den Mann, der anscheinend völlig gegen seine Natur gehandelt und auf seiner Flucht in die Schweiz eine deutliche Spur hinterlassen hatte. Er machte einen so harmlosen Eindruck.

Er schwenkte das Fernglas eine Spur zur Seite und richtete es auf den anderen Mann. Robert Newman. Eine lange Reise von Basel hierher, mein Freund, dachte er. Also haben sich alle hier versammelt. Ausgezeichnet. Er ließ das Fernglas sinken, reichte es dem Motorradfahrer.

»Zeller, sehen Sie sich den kleineren der beiden Männer dort drüben bei dem Transporter genau an. Es kann sein, daß Sie ihm folgen müssen – ohne daß es jemand merkt.«

»Wer ist es?« fragte Stieber ungeduldig.

»Tweed selbst, endlich. Der größere Mann ist Robert Newman, der Auslandskorrespondent. Ein gefährlicher Mann, und in der Akte, die ich gelesen habe, steht, daß er schon öfters eng mit Tweed zusammengearbeitet hat.«

Im Gegensatz zu Horowitz, der fast beiläufig gesprochen hatte, war Stieber nicht imstande, seine Begeisterung zu unterdrücken.
»Wir haben ihn! Warum erledigen Sie ihn nicht an Ort und Stelle?«
Horowitz warf ihm einen verächtlichen Blick zu. »Erstens ist er zu weit weg. Zweitens kämen wir nicht rechtzeitig von hier fort. Oder haben Sie vergessen, daß wir uns in den Bergen befinden? Es gibt nur zwei Fluchtwege. Der eine führt nach Zürich, der andere ist die fast unpassierbare Straße nach Brunnen.«
»Aber was wollen wir sonst tun? Morgan wird wütend sein.«
»Morgan kann seinen Kopf in einen Eimer mit kaltem Wasser stecken. Wir warten. Sie sind noch nicht am Ziel ihrer Reise.«

Tweed wanderte mit den Händen in den Manteltaschen auf dem freien Platz vor dem Kloster langsam hin und her. Newman schloß sich ihm an, hielt Ausschau in alle Richtungen. Zuerst überprüfte er die wenigen parkenden Autos, dann ließ er den Blick über die Hotels und Restaurants schweifen.
»Was zum Teufel tun Sie da?« fragte er. »Wandern hier einfach ohne eine Spur von Deckung herum. Das ideale Ziel für jemanden mit einem Gewehr mit Nachtsichtgerät.«
»Das glaube ich nicht.« Tweed paßte auf dem vereisten Abhang genau auf, wo er hintrat. »Dieses Foto, das Marler in Freiburg vor dem Eingang des Büros von World Security aufgenommen hat. Armand Horowitz. Killer Nummer eins in Europa. Soll bereits fünfzehn Männer ermordet haben. Und es gibt nicht die Spur eines Beweises gegen ihn. Er ist sehr vorsichtig. Und ich vermute, daß er jetzt hier ist.«
»Dann...«
»Einen Moment, Bob. Sie haben gehört, wie Turpil kurz vor seinem gräßlichen Tod in Shopville mit Morgan telefoniert hat. Sie wissen, daß er Einsiedeln erwähnte. Diese Information wurde bestimmt an Horowitz weitergeleitet. Aber wenn er versuchen würde, mich hier zu töten – wie weit käme er dann? Ein Anruf von Ihnen, und Beck würde sofort überall Straßensperren errichten. Und über die Berge könnte Horowitz nicht entkommen. Bei dem Schnee? Unmöglich. Und all das weiß er. Und ich möchte, daß er mich sieht, wenn er hier ist.«
»Aber weshalb, um Gottes willen?«
»Damit er in die Falle geht, die ich ihm stelle. Das ist der Grund dafür, daß ich um ein isoliertes Versteck in den Bergen gebeten habe. Eine Sackgasse. Ohne Auswege.«
Tweed und Newman waren aus seinem Blickfeld verschwunden. Horowitz

wanderte im Zimmer auf und ab. Zeller war gegangen, um seine Leute zu instruieren. Horowitz runzelte die Stirn, blickte nachdenklich drein. Stieber saß ruhelos auf einem Stuhl.
»Stimmt etwas nicht?«
»Ja. Tweeds Verhalten, wieder einmal. Es irritiert mich, und wenn ich etwas nicht verstehe, dann beunruhigt mich das. Er ist ganze fünf Minuten lang einfach so herumgewandert, fast so, als wollte er gesehen werden. Dasselbe Muster wie in Laufenburg – auf der Brücke, am Bahnhof. Sogar in Zürich ist er im nächstgelegenen Hotel abgestiegen. Was steckt dahinter?«
»Ich hoffe nur, daß wir ihn nicht aus den Augen verlieren.«
»Zeller und seine Leute werden ihm auf den Fersen bleiben. Und sie können über Funk mit uns in Verbindung treten. Also gehen wir jetzt hinaus zu unserem Wagen und warten auf Neuigkeiten. Ich nehme an, wir werden nicht lange warten müssen.«
»Wir haben seit Stunden nichts gegessen«, beklagte sich Stieber und fuhr mit einer Hand über seinen fülligen Bauch.
»Wenn es um das Feststellen von Tatsachen geht, sind Sie ein Genie«, erkärte ihm Horowitz.

Newman fuhr Tweed die kurze Strecke zurück zum Supermarkt. Um nicht in der Kälte stehen zu müssen, wartete Paula drinnen dicht hinter dem Eingang auf sie, zusammen mit Georg und einer Kollektion Plastiktüten. Tweed und Newman stiegen aus, halfen Georg, die Vorräte zum Wagen zu tragen. Paula stieg in den Fond des Wagens und genoß die Wärme. Während Georg sich hinter dem Lenkrad niederließ, deutete Tweed auf einem Wegweiser zu ihrer Linken. *Apthal.*
»Die Straße nach Brunni...«
Sie hatten Einsiedeln schnell hinter sich gelassen, und die schmale Straße führte geradewegs durch eine Wildnis aus Schnee und Wald. Nachdem sie das Dorf Apthal durchfahren hatten, hatte Paula das Gefühl, wieder im Schwarzwald zu sein – im Scheinwerferlicht erkannte sie schwarze Tannen, die an beiden Seiten bis dicht an die Straße herandrängten. Links verlief unterhalb der Straße ein kleiner Bach. Das Scheinwerferlicht fiel darauf, als sie um eine scharfe Kurve bogen. Das Wasser war steinhart gefroren, eine Masse aus erstarrten Wellen und Kaskaden aus Eis.
»Eine ziemlich einsame Gegend«, bemerkte Paula und zog den Kragen ihres Mantels enger um sich.
»Dort, wo wir hinfahren«, sagte Tweed, »unterhalb des Mythen, endet die Straße. Ich war vor Jahren einmal für ein paar Tage dort.«

»Des Mythen?«
»Ein Berg, den nur wenige Fremde je zu Gesicht bekommen. Ein Zauberberg.«
»Jetzt geht Ihre Phantasie mit Ihnen durch...«
»Aber es hat nichts mit Phantasie zu tun, wenn ich sage, daß wir verfolgt werden.«
Es war Newman, der nach einem Blick durch das Rückfenster das Wort ergriffen hatte. Er hatte seinen Mantel nicht zugeknöpft, um notfalls schnell nach der Magnum greifen zu können. Er schaute noch einmal zurück.
»Möchten Sie, daß bekannt wird, in welchem der Chalets wir wohnen werden?«
»Nach Möglichkeit nicht. Wer verfolgt uns?«
»Ein Motorradfahrer. Sieht aus wie einer von denen, die uns auf der Straße nach Einsiedeln überholt haben.«
»Ich glaube nicht, daß wir Georg bitten können, noch schneller zu fahren.«
Der Mercedes fuhr mit hoher Geschwindigkeit auf einer Oberfläche, die im Licht der Scheinwerfer wie Glas funkelte. Newman klopfte an die Scheibe, und Georg schob sie auf.
»Ist es Ihnen recht, wenn ich jetzt das Steuer übernehme?«
»Wie Sie wünschen. Herr Beck hat mich angewiesen, Ihren Anweisungen zu folgen«, erwiderte er auf deutsch.
»Dann halten Sie einen Moment an, damit ich umsteigen kann. Sie rutschen auf den Beifahrersitz.«
Die Eiseskälte traf ihn wie ein Hammerschlag, als er ausstieg und nach rückwärts schaute. Das stecknadelkopfgroße Licht vom Frontscheinwerfer des Motorrads bewegte sich nicht. Das war aufschlußreich, und nun war er sich seiner Sache sicher. Er setzte sich hinters Lenkrad, wartete, bis Georg seinen Sicherheitsgurt umgelegt hatte, dann zündete er sich bei laufendem Motor eine Zigarette an.
»Was haben Sie vor?« fragte Tweed.
»Ihn zappeln lassen. Er muß sich entscheiden, ob er die halbe Nacht in dieser Kälte frieren oder sich vor uns setzen will.«
Er hatte kaum ausgesprochen, als der Motorradfahrer auch schon hinter ihnen herankam, sie langsam überholte und dann weiterfuhr. Newman fuhr los, beschleunigte. Der Motorradfahrer umrundete eine enge Kurve, rutschte, gewann sein Gleichgewicht zurück. Newman trat das Gaspedal herunter. Paula verspannte sich. Tweed lehnte sich vor, wußte nicht recht, was Newman mit seiner Taktik bezweckte. Newman setzte sich neben den

Motorradfahrer, drehte das Lenkrad, brachte das Motorrad zum Kippen. Die Maschine schleuderte über die Straße, der Fahrer flog durch die Luft. Das Motorrad prallte auf das Eis des zugefrorenen Baches, rutschte ein paar Meter, traf auf ein Hindernis, eine kleine Kaskade aus Eis, wurde hochgeschleudert und fiel mit einem dumpfen Aufprall wieder herunter. Der Fahrer, der auf dem Rücken gelandet war, schlitterte gleichfalls über das Eis, dann drehte er sich schmerzgepeinigt auf die Seite.

»Sie haben ein sehr schlechtes Gedächtnis«, erklärte Newman Georg, während er weiterfuhr.

»Wieso? Ist irgend etwas passiert?« fragte Georg.

Vierzigstes Kapitel

Der Mythen.

Der Berg wirkte riesig im Licht des Mondes, der inzwischen aufgegangen war. Seine mit meterhohem Schnee bedeckten Abhänge ragten über verstreuten Chalets auf, aus denen die unterhalb von ihnen in einem Tal gelegene Ortschaft Brunni bestand. Der Mercedes glitt langsam dahin, und Horowitz ließ den Blick zuerst über die eine und dann über die andere Seite schweifen.

»Ich dachte, wir würden an den Reifenspuren im Schnee sehen können, wo sie hingefahren sind«, sagte er.

»Aber hier sind eine ganze Menge frische Abbiegespuren«, erwiderte Stieber und fuhr noch langsamer.

»Ich kann mir nicht vorstellen, daß um diese Jahreszeit und zu dieser späten Stunde so viele Wagen unterwegs waren«, sagte Horowitz.

Von der Straße aus führten zahlreiche Reifenspuren in alle Richtungen zu den über den unteren Teil des Hanges verstreuten Chalets. Horowitz war verblüfft. Natürlich konnte er nicht wissen, daß Newman, als er sich dem Ende der Straße näherte, ganz bewußt an vielen Stellen von ihr abgebogen war und den Wagen dann, ohne den Winkel des Lenkrads zu verändern, behutsam in der gleichen Spur zurückgesetzt hatte.

»Wir haben zuviel Zeit damit vergeudet, etwas aus dem verletzten Motorradfahrer herauszuholen, der auf dem zugefrorenen Bach lag«, erklärte Horowitz.

»Immerhin schaffte er es, uns zu sagen, daß Tweeds Wagen ihn gerammt hat«, erinnerte sich Stieber.

»Und wenn man bedenkt, wo wir ihn gefunden haben – hinter Apthal –,

müssen Tweed und seine Freunde bis nach Brunni gefahren sein. Sie müssen in einem dieser Chalets stecken.«
»In einigen von ihnen brennt Licht hinter zugezogenen Gardinen. Warum suchen wir nicht ein Haus nach dem anderen auf und sehen nach, wer drinnen ist?«
»Weil Tweed nicht so töricht ist, daß er jemandem gestatten würde, das Licht einzuschalten. Er muß sich in einem der Chalets versteckt haben, in denen kein Licht brennt.«
»Und wie geht es weiter?«
»Wir fahren zurück nach Apthal und reden mit Zeller. Inzwischen dürfte er einen Wagen herbeibeordert haben, der den verletzten Motorradfahrer ins Krankenhaus bringt. Dies ist eine Sackgasse. Die Straße endet bei der Bodenstation der Seilbahn, die Skiläufer auf den Berg befördert. Tweed sitzt in der Falle.«

Newman stand am Giebelfenster eines dunklen Zimmers im ersten Stock des Chalets und sah, wie der Mercedes wendete und in Richtung Einsiedeln davonfuhr. Er ging ins Erdgeschoß hinunter, wo hinter zugezogenen Vorhängen alle Lichter brannten, und legte sein Nachtglas auf einen Tisch.
»Horowitz saß in dem Wagen. Und ich bin ziemlich sicher, daß der Fahrer derselbe rundköpfige Ganove war, der in Basel am Grenzübergang Posten bezogen hatte. Sie sind weggefahren.«
»Sie hatten also recht«, sagte Paula zu Tweed. »Mit Ihrer Entscheidung, die Lichter einzuschalten. Zuerst dachte ich, Sie wären verrückt.«
»Es gibt genügend andere Chalets, in denen Licht brennt. Ich habe damit gerechnet, daß Horowitz selbst kommen und die Gegend auspionieren würde. Und dann würde er denken, daß wir uns in einem der vielen Chalets ohne Licht aufhalten. So, jetzt brennt das Feuer endlich.«
Er hockte vor dem Kamin, der bereits mit Scheiten gefüllt gewesen war, die er inzwischen in Brand gesetzt hatte. Jetzt richtete er sich auf und rieb sich die Hände.
»Aber vergessen Sie nicht, daß es eine kluge Idee von Bob war, zu all diesen anderen Chalets hinaufzufahren und Reifenspuren im Schnee zu hinterlassen. Das muß sie ganz schön verwirrt haben.« Paula, die nach wie vor ihren Mantel trug, zitterte. »Dieses Haus ist der reinste Eiskeller. Ich werde froh sein, wenn es endlich warm wird. Und das Essen ist auch bald fertig. Gott sei Dank, daß es hier Strom gibt – und einen Elektroherd in der Küche.«
»Wie in der Schweiz nicht anders zu erwarten. Alle Segnungen der Zivilisation, sogar hier oben.«

»Und wie sehen unsere nächsten Schritte aus?« fragte Newman. »Jetzt, nachdem Horowitz hier war, müssen wir jederzeit mit einem Angriff rechnen.«

»Gehen Sie ans Telefon, sagen Sie Arthur Beck, daß Elemente von World Security in Brunni aufgetaucht sind. Ich gehe inzwischen in die Scheune hinter dem Haus, in der der Transporter mit der Sendeanlage steht, und nehme Kontakt mit der *Lampedusa* auf.«

Georg, der Fahrer, öffnete seinen Ledermantel und zeigte die Waffe, die er in einem Hüftholster trug. »Ich komme mit, wenn es Ihnen recht ist, Mr. Tweed.«

»Von mir aus gern...«

»Und was ist mit dem Essen?« protestierte Paula. »Ich nehme an, Sie wollen, daß ich es hinauszögere.«

»Im Gedankenlesen waren Sie schon immer gut«, sagte Tweed und lächelte, als sie mit hocherhobenem Kopf in die Küche marschierte.

35,20 Grad nördlicher Breite, 10,0 Grad westlicher Länge. Über die See senkte sich eine dunkelbraune Dämmerung herab. Seewärts wehende Winde trugen von der unsichtbaren Küste Afrikas einen schwachen Moschusgeruch heran. Die *S.S. Helvetia* glitt mit voller Kraft über einen Ozean, der so glatt war wie ein Teich im Hochsommer.

Im Funkraum empfing Hoch das Signal von Prefect und beantwortete es. Neben ihm saß ein Matrose, der sich halbwegs im Morsecode auskannte. Hinter ihm stand Greg Singer mit einer Luger in der Hand.

Trotz seiner inneren Anspannung gab sich Hoch völlig gelassen, als er seine Arbeit erledigte. Er gab seinen Text durch, beendete seine Meldung, sackte auf seinem Stuhl zusammen. Der neben ihm stehende Matrose bedeutete Singer mit einem Nicken seine Billigung, dann stand er auf und verließ den Raum.

»Brav gemacht. Jetzt kannst du dein Essen haben«, sagte Singer und ging auf die Tür zu.

Er öffnete gerade die Tür, als eine weitere Übertragung einsetzte. Hoch kritzelte ein paar Worte auf seinen Block. Singer eilte zurück, las sie. *Signal jetzt von Monitor.* Singer stürzte zur Tür, schaute den leeren Gang hinunter. Der Matrose, der etwas vom Morsen verstand, war verschwunden. Singer fluchte, schloß die Tür und trat mit der Luger in der Hand neben Hoch, der den Funkspruch aufnahm.

Hoch beantwortete die unverfänglichen Fragen. Dann kam das, worauf er gewartet hatte.

»Verläuft die Fahrt weiterhin plangemäß? Und wie geht es Tray?«
»Die Fahrt verläuft plangemäß«, erwiderte Hoch. »Ende der Antwort.«
»Befindet sich die Fracht in gutem Zustand? Und beste Grüße an White.«
Darauf hätte er mit der Erwähnung von Cowes auf der Isle of Wight reagieren müssen. Hoch antwortete.
»Die Fracht befindet sich in ausgezeichnetem Zustand. Rest der Frage unklar.«
»Ende der Durchsage. Ich melde mich wieder wie vereinbart. Grüße auch an North.«
Hoch nahm seinen Kopfhörer ab, ließ seinen Drehstuhl herumschwenken und blickte zu Singer empor. Der ehemalige S.A.S-Mann musterte ihn argwöhnisch.
»Wie kommt es, daß Monitor sich plötzlich wieder meldet? Wir haben eine ganze Weile nichts von ihm gehört – bisher hat er sich überhaupt nur einmal gemeldet. Aber Prefect sendet täglich. Was geht da vor?«
Hoch zuckte die Achseln. »Ich kann nur raten.«
Singer setzte Hoch die Mündung der Luger an den Kopf und grinste. »Dann rate. Und ich empfehle dir, gut zu raten.«
»Es gibt zwei Möglichkeiten. Nummer eins – Monitor war krank. Nummer zwei – das ist Teil der strengen Sicherheitsvorkehrungen. Zuerst nimmt Prefect mit uns Kontakt auf – anschließend Monitor über den gleichen Sender. Eine Methode der doppelten Überprüfung, wie schon früher auf der *Lampedusa*.«
»Du hast gut geraten«, sagte Singer.
Er deutete mit einem Kopfnicken auf die Koje, und als Hoch sich hingelegt hatte, legte er die Handschelle um Hochs Handgelenk. Die andere Schelle war an einem der mit dem Boden verschraubten Eisenbeine befestigt. Singer verließ den Funkraum. Auf seinem Weg zur Brücke begegnete er einem seiner Leute.
»Gehen Sie in den Funkraum und behalten Sie Hoch im Auge«, befahl er.
Als er die Brücke erreichte, war es fast dunkel geworden. Die *Helvetia* schien über die Wasseroberfläche zu gleiten. Als Singer herankam, drehte sich Kapitän Hartmann um.
»Wann passieren wir die Straße von Gibraltar?« fragte Singer.
»Mitten in der Nacht. Wenn die Wachen sich krampfhaft bemühen, nicht einzuschlafen. Am Morgen sind wir auf dem Mittelmeer.«
»Und dann haben wir es bald geschafft.«

In London verließ Buckmaster den Raum in der Admiralität, von dem aus er gerade unter seinem Codenamen Prefect mit dem Schiff auf hoher See Kontakt aufgenommen hatte.
Es war bereits dunkel, als er in seinem Ministerium ankam und die Treppe hinaufrannte. Er brauchte nur ein paar Minuten, um auf seiner Schreibmaschine die kurze Notiz an die Premierministerin zu tippen. Er überlas sie schnell, zeichnete sie mit seinem schwungvollen »B« ab, steckte sie in einen Umschlag, versiegelte ihn, schrieb »Streng vertraulich. Zur persönlichen Kenntnisnahme durch P. M.« darauf, rief einen Boten und wies ihn an, ihn der Premierministerin selbst auszuhändigen.
Wie seine früheren Memoranden war auch dieses kurz und sachlich.
19.30 Uhr. Mit North Verbindung aufgenommen. Frachtbeförderung weiterhin plangemäß.

Tweed war steif vor Kälte, als er das Vorhängeschloß an der Außenseite der Scheunentür zuschnappen ließ. In der Scheune stand der Transporter mit der Sendeanlage, über die er gerade mit der *Lampedusa* Verbindung aufgenommen hatte. Georg, der den Schlüssel für das Schloß bei sich trug, stand neben ihm und schaute sich um.
Tweed hatte das Gefühl, als legte sich die unvorstellbare Stille der Nacht wie ein finsteres Leichentuch auf ihn. Er stapfte durch den Schnee auf das nahegelegene Chalet zu, doch dann blieb er stehen. Im Mondlicht ragte der ungeheure Kegel des Großen Mythen über ihnen empor wie eine Bedrohung.
Rechts neben dem fast 2000 Meter hohen Berg erhob sich der Kleine Mythen, ein Riese mit zwei Gipfeln. Klein? Die schneebedeckten Hänge ragten in die Nacht empor. Es gab wesentlich höhere Berge in der Schweiz, aber diese hier, isoliert am Ende eines Tals stehend, wirkten gewaltig.
»Sie sind gefährlich«, bemerkte Georg auf deutsch.
»Weshalb? In welcher Hinsicht?«
»Durch das kaum vorstellbare Gewicht des Schnees, der darauf liegt. Und wenn die Temperatur nur ein wenig steigt, wird die Gefahr noch größer. Die Gefahr von großen Lawinen.«
»Wir wollen hineingehen. Es ist kalt...«
Sie saßen zu viert am Tisch und aßen heißhungrig, als Paula sich erkundigte, ob Tweed mit der Sendeanlage zurechtgekommen wäre.
»Sie sehen so grimmig aus«, setzte sie hinzu.
»Ich habe mit der *Lampedusa* leichter Verbindung bekommen, als ich erwartet hatte – wenn man bedenkt, daß wir ringsum von hohen Bergen

umgeben sind. Die Nachrichten sind schlecht. Das Schiff ist eindeutig entführt worden. Der Funker hat auf keine meiner beiden Trickfragen geantwortet.«

»Und nun machen Sie sich natürlich Sorgen.«

»Ich mache mir große Sorgen, wenn ich daran denke, was mit der ursprünglichen Besatzung passiert sein könnte. Wir haben es mit einem skrupellosen Gegner zu tun.«

»Aber eines verstehe ich nicht«, fuhr Paula fort. »Etwas, wonach ich Sie schon längst fragen wollte. Warum in aller Welt hat die Premierministerin einem Transport zur See zugestimmt? Die Amerikaner haben riesige Frachtmaschinen – und eine davon wäre doch bestimmt groß genug gewesen, um diesen Computer über den Atlantik zu fliegen.«

»Die Antwort ist simpel.« Tweed hatte die Augen halb geschlossen, und seine Stimme klang vage. »Buckmaster behauptete, ein Flugzeug wäre nicht sicher genug. Flugzeuge könnten abstürzen. Die Premierministerin akzeptierte das Argument. So einfach ist es.«

»Tatsächlich?« warf Newman ein. Sie unterhielten sich auf englisch, damit Georg nicht verstehen konnte, was sie sagten. »Einfach, sagten Sie? Aber wenn die Premierministerin Buckmaster so vertraut – weshalb hat sie dann veranlaßt, daß auch Sie das Vorankommen der *Lampedusa* überprüfen? Und weshalb war sie damit einverstanden, daß nur Sie – und nicht Buckmaster – die Trickfragen und die entsprechenden Antworten des Funkers kennen?«

»Ganz normale Sicherheitsvorkehrungen«, erwiderte Tweed auf die gleiche vage Art. »Und nun laßt uns weiteressen.«

»Nach dem Essen«, schlug Newman vor, »würde ich gern Marler in seiner Wohnung in London anrufen. Wenn ich ihn erreiche, möchte ich wissen, wie die Dinge daheim laufen.«

»Tun Sie es«, sagte Tweed. Es hörte sich an, als wäre er in Gedanken meilenweit fort.

»Und außerdem sollte ich im Schweizerhof anrufen, ob Butler und Nield inzwischen eingetroffen sind. Wir brauchen Verstärkung.«

»Tun Sie es«, erklärte Tweed abermals. »Und wenn sie da sind, sagen Sie ihnen, sie sollten sich mit Beck im Polizeipräsidium in Verbindung setzen.«

»Warum denn das?« fragte Paula.

»Tun Sie es«, wiederholte Tweed zum drittenmal.

»Was ist das für ein Geräusch?« fragte Newman plötzlich und sprang auf.

Er rannte im Dunkeln die ins Obergeschoß führende Treppe hinauf. Ohne Licht zu machen, ertastete er sich seinen Weg zu dem nach vorn hinaus gelegenen Schlafzimmer mit dem großen Giebelfenster. Er öffnete die Tür, schlüpfte hinein. Hier war das Tuckern eines Hubschraubers wesentlich lauter. Er flog direkt auf Brunni zu.

Newman blickte durch das vorhanglose Fenster. Eine Sikorsky schwebte in einer Höhe von nicht mehr als dreißig Metern über dem Ort. Das Mondlicht fiel auf den Rumpf. Keinerlei Kennzeichen. Wie ein gefährlicher grauer Vogel verhielt die Maschine mit schwirrenden Rotoren unbeweglich in der Luft.

Newman zog sich an die Seite des Fensters zurück. Es war möglich, daß die Insassen des Hubschraubers Nachtgläser benutzten. Die Maschine setzte sich langsam in Bewegung, flog auf den Mythen zu. Sehr geschickt drehte der Pilot vor der steil aufragenden Wand ab, an der die Maschine zerschellt wäre, schwebte langsam über die Chalets hinweg und flog dann talabwärts in Richtung Einsiedeln davon.

Auf einem abgelegenen Teil des Flughafens Kloten bei Zürich standen auf einer Rollbahn nebeneinander aufgereiht vier Sikorsky-Hubschrauber. Männer in Lederjacken und dicken, in kniehohen Lederstiefeln steckenden Hosen gingen an Bord der Maschinen.

Morgan saß zusammen mit Horowitz in einem Mercedes. Am Steuer saß Stieber, ähnlich gekleidet wie die Männer, die in die Hubschrauber kletterten. Der Motor des Wagens lief, und Morgan hatte darauf bestanden, daß die Heizung voll aufgedreht wurde.

»Was erhoffen Sie sich von einem Angriff dieser Luftlandetruppe?« erkundigte sich Horowitz ironisch.

»Sie sind alle erfahrene Skiläufer. Ihre Ausrüstung wurde schon früher verladen. Für den Fall, daß es Tote geben sollte, tragen alle deutsche Kleidung und haben keine Ausweise bei sich. Ich habe alles bis ins kleinste Detail durchdacht.« Morgan war außerstande, seine Genugtuung zu verbergen. Er tippte auf das Telefon neben sich. »Jetzt warte ich nur noch auf die Nachricht von Zeller, daß er das Chalet ausgemacht hat, in dem sich Tweed und seine Begleiter verstecken. Wir werden tagelang warten, wenn es sein muß.« Er warf Horowitz einen Seitenblick zu. »Und ich frage mich, was Sie eigentlich für das fette Honorar tun, das wir Ihnen zahlen...«

Horowitz' linke Hand packte Morgans rechtes Handgelenk. Sie fühlte sich an wie eine fest zugeschraubte Stahlklammer. Morgan hatte Mühe, nicht aufzuschreien. Horowitz' Stimme war nicht mehr als ein leises Flüstern.

»Ich bin es nicht gewohnt, persönliche Beleidigungen so einfach hinzunehmen.«

»Entschuldigung. Vielleicht habe ich mich nicht sehr diplomatisch ausgedrückt. Ich nehme meine Bemerkung zurück.«
Er beugte und streckte die Finger, nachdem Horowitz sein Handgelenk freigegeben hatte. Nach wie vor flüsternd, damit Stieber nicht mithören konnte, redete der Killer weiter.
»Ich warte geduldig darauf, daß Tweed einen Schnitzer macht. Früher oder später machen sie alle einen Schnitzer.«
»Tweed ist in eine Falle gegangen«, erklärte Morgan – ein Versuch, sich wieder zu behaupten. »Brunni ist eine Sackgasse. Kein Ausweg. Nur die Straße, die nach Einsiedeln führt. Über die Berge kann er um diese Jahreszeit unmöglich entkommen...«
»Ich bin dort gewesen«, erinnerte ihn Horowitz. »Ich war derjenige, der Zeller informiert hat. Und irgendjemand wird in eine Falle gehen.«

Newman kam aus der Küche zurück. Er hatte von einem Nebenanschluß aus telefoniert, damit Georg nicht mithören konnte. Er ließ sich am Tisch nieder und trank den frischen Kaffee, den Paula ihm eingegossen hatte.
»Danke. Jetzt ist mir wohler.« Er richtete den Blick auf Tweed. »Ich habe Harry Butler im Schweizerhof erreicht. Er war gerade mit Pete Nield eingetroffen. Sie fahren zuerst zu Beck ins Polizeipräsidium. Dann kommen Sie auf Motorrädern, die ihnen Beck zur Verfügung stellt, sofort hierher. Harry hat Beck angerufen, während ich wartete. Sie bleiben beim Skilift am Ende der Straße, bis ich sie hole. Ich habe es nicht gewagt, über ein öffentliches Telefon zu sagen, in welchem Haus wir uns aufhalten.«
»Sehr vernünftig.«
»Das ist noch nicht alles. Anschließend habe ich Marler angerufen und ihn gerade noch erwischt, bevor er seine Wohnung verließ. Hatte ein sehr interessantes Gespräch mit ihm. Howard hat ihm eine Fotokopie des Berichtes von dem Pathologen gegeben, der an der toten Frau in Ihrer Wohnung die Autopsie vorgenommen hat. Unter einem ihrer Fingernägel fanden sich Hautfetzen und Blutspuren. Vom gleichen Typ wie der Blutfleck auf dem Laken. Sie hatte Blutgruppe 0 positiv. Ihre Blutgruppe ist A, wenn ich mich recht erinnere?« Als Tweed genickt hatte, fuhr er fort, wobei er ihn eingehend musterte. »Das Blut auf dem Laken – und unter ihrem Fingernagel – hatte eine sehr seltene Blutgruppe. AB negativ. Die Blutgruppe des Mörders. Jetzt fehlt uns nur noch die Identität der Frau, sagte Marler.«
»Sie haben ihn informiert?« fragte Tweed. »Über Sylvia Harman? Das Callgirl vom Rennweg in Zürich?«

»Nein. Davon habe ich kein Wort erwähnt. Was Marler betrifft, habe ich nach wie vor ein komisches Gefühl. Er sagte, jetzt könnten Sie zurückkehren. Wollte wissen, wo Sie sind. Ich sagte, irgendwo auf dem Kontinent.«
»Warum in aller Welt bleiben wir dann noch hier?« rief Paula.
»Weil wir auf Arthur Becks uneingeschränkte Kooperation angewiesen sind«, erklärte Tweed, »und er immer noch nicht restlos von meiner Unschuld überzeugt ist. Aber ein regelrechter Angriff auf mich *wird* ihn überzeugen.«
»Wir könnten zurückfliegen«, protestierte sie.
»Ich selbst würde es riskieren. Allein. Aber wir haben es mit skrupellosen Profis zu tun. Vergessen Sie Armand Horowitz nicht. Wenn er herausfände, daß ich zurückfliege, wäre er durchaus imstande, im Flugzeug eine Bombe anzubringen. Ich kann das Leben unschuldiger Passagiere nicht aufs Spiel setzen.«
»Dann fahren wir eben mit dem Zug«, drängte sie.
»Auch in Zügen sind schon Bomben gelegt worden. In Italien und einigen anderen Ländern.«
»Und wie zum Teufel wollen wir dann heimkommen, wenn es so weit ist?«
»Es gibt nur einen Weg. Und dafür brauchen wir Beck.«
Sie wendete sich an Newman. »Ich glaube, was Marler angeht, irren Sie sich.«

Einundvierzigstes Kapitel

Nach dem Gespräch mit Newman verließ Marler seine Wohnung und fuhr mit seinem Porsche durch die Dunkelheit nach Belgravia. Dort parkte er vorsichtshalber gut hundert Meter vom Eingang zur Wohnung der Buckmasters entfernt. Leonora meldete sich über die Sprechanlage und öffnete die Haustür.
Eine halbe Stunde später rauchte er in ihrem Bett eine Zigarette, nachdem sie, nur mit einem dünnen Seidenslip bekleidet, im Badezimmer verschwunden war. Als sie zurückkehrte und wieder unter die Decke schlüpfte, hatte sie ihr blondes Haar, das er zerzaust hatte, wieder in Ordnung gebracht.
»Hast du eine Freundin?« fragte sie, nachdem sie sich gleichfalls eine Zigarette angezündet hatte.
Er überlegte sich seine Antwort genau. Er war unverheiratet und liebte in erster Linie seinen Porsche und seine Unabhängigkeit. Er hatte Freundinnen

in einem halben Dutzend europäischer Länder. Abwechslung gab seinem Leben die pikante Note.

»Du bist meine Freundin«, sagte er schließlich. »Bist du ganz sicher, daß wir nicht von einem wütenden Ehemann gestört werden?«

»Lance ist unten im Dartmoor. Er ist am späten Nachmittag hingeflogen. Er hat seinen Spaß. Warum sollte ich nicht auch meinen haben?«

»Woher weißt du das?« fragte er, als sie ihren nackten Arm unter seinen Rücken schob.

»Ich habe Detektive damit beauftragt, ihn zu beobachten.«

»Gefährlich. Er ist ein Experte in allen Fragen der Sicherheit.«

»Jeder spioniert dem anderen nach. Die Leute glauben immer, Spione wären ausländische Agenten, die auf die Geheimnisse eines Landes aus sind. Aber ich spioniere Lance nach und er mir. Ich hatte alle Hände voll zu tun, um den Mann abzuschütteln, der mir heute abend gefolgt ist, aber ich habe es geschafft. Er glaubt, ich wäre immer noch in der Threadneedle Street. Ich habe das Licht in meinem Büro brennen lassen, als ich mich herausschlich, um dich zu treffen. Ist dir nicht klar, wie viele Frauen ihren Männern nachspionieren? Sie suchen auf ihren Anzügen nach fremden Haaren, durchwühlen ihre Taschen nach Theaterkarten. Und die Männer verhalten sich ihren Frauen gegenüber genauso. Sie nehmen es zur Kenntnis, wenn ihre Frauen sehr viel Zeit auf ihr Make-up verwenden, bevor sie allein ausgehen. Sofort reckt der Argwohn sein reizendes Köpfchen. Und eine Frau lernt im Laufe der Zeit ihren Mann so gut kennen, daß sie es schon an seiner Miene erkennt, wenn er etwas angestellt hat. Weil sie ihn beobachtet – ihm nachspioniert.«

Wenn das in vielen Ehen so ist, dann danke ich Gott dafür, daß ich ledig bin, dachte Marler. Sie legte den Kopf an seine Schulter.

»Hast du mir das kompromittierende Foto mitgebracht, das du mir versprochen hattest? Das von Lance, wie er mit einer Frau auf der Couch liegt? Du hattest es versprochen.«

»Ja. Es steckt in meinem Jackett. Ich gebe es dir, wenn ich im Badezimmer gewesen bin. Und ich schlage vor, daß du dich jetzt anziehst.«

Er machte die Badezimmertür hinter sich zu und stieß einen tiefen Seufzer aus. Die Hauptsache war, daß er von dieser einschmeichelnden, überredenden Stimme wegkam. Er wußte, es war durchaus möglich, daß sie jetzt sein Jackett durchsuchte. Sollte sie. Er hatte es vor dem Verlassen seiner Wohnung genau überprüft. In seiner Brieftasche würde sie nichts finden außer dem gefälschten Ausweis, demzufolge er Angestellter der General & Cumbria Assurance war, der Fassade, hinter der sich der S.I.S. verbarg.

Als er wieder herauskam, war sie angezogen. Sie saß vor dem Frisierspiegel und bürstete ihr goldblondes Haar. Sein über einer Stuhllehne hängendes Jackett befand sich nicht mehr genau in der Position, in der er es zurückgelassen hatte. Er zog sich sehr schnell an. Dann holte er den Umschlag aus seinem Jackett, entnahm ihm das Foto, wobei er ein Taschentuch benutzte, um keine Fingerabdrücke darauf zu hinterlassen. Sie war mit der Erneuerung ihres Make-ups beschäftigt.
»Das Foto liegt auf dem Bett. Hast du vor, es zu benutzen?«
»Was denkst du denn? Es wird Zeit, daß ich der Laus einen Schrecken einjage. Ich werde sagen, ich hätte mehrere Abzüge – und wie die Massenblätter reagieren würden, wenn sie es zu sehen bekämen.«
»Das ist deine Sache. Aber wenn du es tust, dann zeige ihm das Foto an einem öffentlichen Ort, zum Beispiel einem gutbesuchten Restaurant«, warnte er.
»Alle Wetter!« Sie schwang auf ihrem Schemel herum und bedachte ihn mit einem strahlenden Lächeln. »Du machst dir Sorgen um mich. Das ist wirklich reizend von dir, Marler.«
Geschenkt, dachte er, aber sie redete bereits im gleichen süßlich-klebrigen Ton weiter.
»Glaubst du etwa, Lance wäre imstande, über eine Frau herzufallen?«
Die Frage traf ihn wie ein Schlag in die Magengrube. Es war so offensichtlich eine ernsthafte Frage, durch einen launischen Tonfall maskiert. Die Erinnerung an das, was in Tweeds Wohnung passiert war, schoß ihm durch den Kopf, aber er ließ sich nichts anmerken.
»Ich glaube nur, daß er ein aufbrausendes Temperament hat und du deshalb gut daran tätest, ihn an einem öffentlichen Ort zur Rede zu stellen – wenn du das Gefühl hast, es tun zu müssen.«
»Vergiß nicht, was ich über den Posten des Generaldirektors von World Security gesagt habe. Es könnte sein, daß er bald frei wird. Dieser widerliche Gareth Morgan stinkt mir von Tag zu Tag mehr. Gib mir noch einen Kuß, bevor du gehst. Und denk über mein Angebot nach...«
Auf der Vortreppe des alten Hauses mit seiner georgianischen Fassade blieb Marler einen Moment stehen, bevor er auf den Gehsteig hinunterstieg. Nur weil er stehengeblieben war, sah er den kleinen Mann auf der Vortreppe eines Hauses auf der gegenüberliegenden Straßenseite, der mit beiden Händen etwas vor die Augen hielt.
Marler schaute in beide Richtungen, während er die Stufen hinuntereilte, entdeckte niemanden. Es begann wieder zu schneien. Blitzschnell überquerte er die Straße und war so rasch bei dem kleinen Mann angelangt, daß

dieser völlig überrumpelt war. Er wich zurück, versuchte, ins Haus zu gelangen, stieß die Tür zu der leeren Eingangshalle auf.
Marler folgte ihm, packte seinen rechten Arm direkt über und unter dem Ellenbogen, drückte seine Finger in die Nervenzentren. Der kleine Mann, um dessen Hals eine Kamera hing, heulte vor Schmerz, als Marler ihn in die Halle drängte.
»Wenn du noch einen Mucks von dir gibst oder versuchst, dich loszureißen, dann breche ich dir den Arm. Und ich liefere einen komplizierten Bruch, ohne dafür einen Pfennig mehr zu berechnen.«
Marlers gelassene, eiskalte Stimme und der Schmerz ließen den kleinen Mann versteinern. Er stand ganz still da, während Marler ihm ins Ohr flüsterte.
»Und nun rede. Wer bist du? Wer hat dir den Auftrag gegeben, mich zu fotografieren?«
Marler wartete. Er glaubte die Antwort auf die zweite Frage zu kennen. Wenn er nicht die richtige Antwort erhielt, würde er mehr Druck ausüben müssen; vielleicht fürs erste den Arm brechen. Der kleine Mann, von einer trüben Wandlampe beschienen, hatte ein teigiges Gesicht, einen verschlagenen Ausdruck, und die Revers seines Anzuges waren abgescheuert. Er keuchte die Worte heraus.
»Halbert. Von Halbert Investigations. Privatdetektiv.«
Marler hielt ihn mit einer Hand fest und griff mit der anderen in seine Brusttasche. Er zog eine Brieftasche heraus und befahl dem kleinen Mann, mit seiner freien Hand den Inhalt herauszuholen. Mit zitternden Fingern fand der Mann eine schmierige Visitenkarte, zeigte sie Marler.
Halbert Investigations. Willy Halbert. Mit einer Adresse in Clerkenwell. Nicht gerade eine der vornehmsten Gegenden von London. Marler steckte die Karte in die eigene Tasche.
»Ich habe gefragt, wer dir den Auftrag gegeben hat? Und ich möchte gleich die richtige Antwort haben.«
»Sie hat nichts davon gesagt, daß es zu Handgreiflichkeiten kommen könnte«, blökte Halbert. Seine Stimme klang beleidigt. »Mrs. Buckmaster. Sie wohnt in dem Haus, aus dem Sie herausgekommen sind. Sie hat mich beauftragt, hier Posten zu beziehen und jeden Mann zu fotografieren, der das Haus verläßt.«
»Hast du es getan? Es ist dunkel, und ich habe kein Blitzlicht gesehen.«
Mit einer Abwärtsbewegung seines schwachen Kinns deutete Halbert auf die Kamera. »Eine Infrarotkamera. Hat mich ein Vermögen gekostet. Mehr, als mein Büro und die paar Möbel darin wert sind.«

»Ich verstehe.« Marler schwieg einen Moment. »Und jetzt sage ich dir, was wir tun werden. Zuerst nimmst du den Film aus der Kamera und gibst ihn mir. Das kannst du, ohne die Negative zu verderben? Gut. Und außerdem«, log er, »war ich früher beim S.A.S. Ich könnte dir den Hals brechen, als wäre es ein Streichholz. Also wirst du Mrs. Buckmaster sagen, der Film wäre nichts geworden. Technische Panne. Und du wirst kein Wort über unsere gemütliche kleine Plauderei verlieren. Einverstanden?
»Ich tue alles, was Sie wollen.« Marler hatte Halbert freigegeben, der Mühe hatte, den Film aus der Kamera zu nehmen. Sein rechter Arm schmerzte. Er reichte Marler die Patrone.
»Das kommt mich teuer zu stehen«, murrte er. »Sie wird mein restliches Honorar nicht bezahlen.«
Möhre und Peitsche. Marler zog seine Brieftasche. »Wie hoch ist die Einbuße? Versuch nicht, mich auszunehmen, Halbert.«
»Hundert Mäuse«, sagte Halbert schnell.
Er starrte Marler verblüfft an, als dieser ihm zwei Fünfzig-Pfund-Scheine gab. Er wußte nicht, was er von diesem blaßgesichtigen, kultiviert redenden Mann halten sollte; alles an ihm deutete auf einen Killer hin.
»Ich habe es mir anders überlegt«, fuhr Marler fort. »Du rufst Mrs. Buckmaster an und sagst ihr, du hättest technische Probleme mit den Aufnahmen, die du gemacht hast, und müßtest sie von einem Spezialisten entwickeln lassen. Und das könnte eine Woche dauern.«
»Und was tue ich dann?« fragte Halbert und massierte seinen Arm. »Sie haben den Film.«
»Ich rufe dich an. Erst danach kannst du ihr sagen, daß es nicht funktioniert hat. Kein Foto.«
Und nun die Peitsche. Marlers Hand schoß vor, packte den verletzten Arm, drückte zu. Halbert schrie wieder auf.
»Komm nicht auf die Idee, es dir anders zu überlegen«, warnte ihn Marler. »Das wäre schlecht für deine Gesundheit. Und ich weiß, wo ich dich finden kann, da unten in Clerkenwell.« Er gab den Arm frei und lächelte. »Zumindest stehst du nach diesem Handel nicht mit leeren Taschen da. Verbuch es auf Konto Erfahrung.«

Am folgenden Morgen flog Marler wie verabredet vom Hubschrauber-Landeplatz in Battersea, an der Themse im Herzen Londons gelegen, ins Dartmoor. Während des Fluges in Buckmasters Privathubschrauber dachte er über die Ereignisse des vergangenen Abends nach.
Jeder spioniert dem anderen nach. Die verführerische Leonora verfolgte den

Gedanken bis zur äußersten Konsequenz. Sie spionierte sogar ihrem Liebhaber nach. Bevor er nach Battersea fuhr, hatte Marler Grubby Grundy, dem Fotografen in Soho, noch einen Besuch abgestattet.
Grundy hatte den Film in Rekordzeit entwickelt und Marler zwei hervorragende Abzüge geliefert. Sie zeigten ihn beim Verlassen des Hauses in Belgravia in dem Moment, als er auf der Vortreppe stehengeblieben war. Und es war eindeutig, welches Haus er verließ – die Nummer an der Säule war deutlich zu erkennen.
Er brauchte nicht sonderlich viel Phantasie, um sich vorstellen zu können, wie Leonora die Fotos benutzen würde, wenn sie es für erforderlich hielt. Sie konnte Lance zum Beispiel sagen, Marler wäre unangemeldet aufgetaucht.
»Er hat gesagt, du hättest ihn geschickt. Er hätte eine Nachricht für mich. Wie diese angebliche Nachricht lautete, habe ich nie erfahren. Er hat versucht, mich zu vergewaltigen. Ich habe ihm einen Schlag mit einer Haarbürste versetzt, und er ist zusammengebrochen. Er ist klein und schmächtig, und so habe ich ihn, während er ohnmächtig war, in die Halle gezerrt und dort liegengelassen. Ich habe eine Heidenangst ausgestanden...«
Irgend so eine Geschichte. Und das Foto, »aufgenommen von einem Reporter, der zufällig das Haus beobachtete«, hatte Leonora ein hübsches Sümmchen gekostet. Es konnte auch sein, daß sie Marler bei passender Gelegenheit mit der erdichteten Geschichte drohte. Sie wollte ihn in der Hand haben.
Auch sie benutzte Möhre und Peitsche. Die Peitsche war das Foto in Verbindung mit ihrer Lügengeschichte. Die Möhre war das verschleierte Angebot des Postens eines Generaldirektors von World Security. Hatte sie vor, ihren Mann über Bord zu werfen, solange die Kontrolle über das Mammutunternehmen in ihrer Hand lag? Das Foto, das er ihr gegeben hatte, konnte in dem komplizierten Spiel, das sie spielte, durchaus eine Rolle spielen. Eine Drohung, es an die Presse zu geben, seine politische Karriere zu zerstören?
Ich balanciere auf einem Drahtseil, dachte Marler, als der Hubschrauber an Höhe verlor und die schneebedeckten Kämme des Dartmoors sichtbar wurden. Zehn Minuten später setzte die Maschine auf dem Landeplatz von Tavey Grange auf. Lance Buckmaster erwartete ihn in seinem Arbeitszimmer.

»Pünktlich wie immer. Das gefällt mir, Marler.«
Buckmaster, mit einem makellosen Sportjackett und dazu passender Hose bekleidet, saß hinter seinem Schreibtisch. Sein rechtes Bein lag auf der Platte, und der handgearbeitete Schuh funkelte wie Glas. Buckmaster hob beide Hände und fuhr sich damit durch die widerspenstigen Locken seines dichten braunen Haars.
»Bedienen Sie sich mit Kaffee«, sagte er mit der übertrieben kultivierten Stimme, die er so wirkungsvoll im Unterhaus einzusetzen wußte. »Ich hoffe, Sie haben Tweed inzwischen ausfindig gemacht. Das Problem, daß er verschwindet – damit ein öffentlicher Skandal vermieden wird –, wird allmählich dringlich.«
Marler überlegte schnell, tat so, als wäre er nur mit der Kaffeekanne beschäftigt. Newman hatte ihm nicht verraten, wo Tweed sich versteckt hält. Aber als er ihm in Freiburg begegnet war, wollte Tweed in die Schweiz. Er goß Milch in die Tasse. All das dauerte nur ein paar Sekunden.
»Ich weiß, in welches Land er geflüchtet ist. Und das ist kein sonderlich großes Land.« Er schaute zu Buckmaster auf, der ihn genau beobachtete. Zeit für Vermutungen. »Die Schweiz. Und ich kenne die Schlupfwinkel, die er dort hat.«
Buckmaster verschränkte die kraftvollen Hände im Genick und nickte. Das war ein Test gewesen. Morgan hatte ihn bereits wissen lassen, daß Tweed sich in einem gottverlassenen Nest in den Bergen aufhielt – in Brunni, südöstlich von Zürich.
Er wippte mit dem auf dem Schreibtisch liegenden Fuß, während er überlegte. Morgan war zuversichtlich, daß er das Problem lösen würde. Und als Verstärkung hatte er Armand Horowitz. Aber der hatte den Job schon zweimal verpatzt. Einmal auf der Autobahn bei Freiburg, dann mit seiner Bombe im Schwarzwald. Marler dagegen war der treffsicherste Schütze in ganz Europa.
»Howard ist seiner Aufgabe wirklich nicht mehr gewachsen«, sagte er plötzlich. »Ich glaube, der Zeitpunkt, an dem ich einen Nachfolger ernennen muß, ist nicht mehr fern.«
Er betrachtete seine manikürten Fingernägel, und Marler hütete sich, etwas zu sagen. Eine weitere große Möhre, die ihm unter die Nase gehalten wurde.
»Sie sind sicher, daß Sie Tweed ausräuchern können?« fragte Buckmaster schließlich.
»Er vertraut mir. Das ist das Entscheidende. Die Antwort auf Ihre Frage lautet ja.«

»Ich habe gehört, dieser Auslandskorrespondent Newman wäre bei Tweed.«
»Das weiß ich«, erklärte ihm Marler.
»Er hat eine S.A.S.-Ausbildung. Ich habe diese Truppe in meiner Eigenschaft als Minister kennengelernt. Angenommen, Newman steht im Wege?«
»Wir sind alle entbehrlich.«
Buckmaster strich über die Bügelfalte seines Hosenbeins. »Und außerdem ist Paula Grey bei Tweed.«
»Wir sind alle entbehrlich«, wiederholte Marler mit seiner kalten Stimme.
Buckmaster schwang sein Bein vom Schreibtisch, stand auf, zog sein Jackett gerade. »Dann sollten Sie zusehen, daß Sie sie schleunigst erwischen. Erledigen Sie den Job, und zwar schnell. Tut mir leid, daß ich Sie hierherbeordern mußte, aber das ist der einzige Ort, an dem wir ungestört reden können.« Er produzierte sein wölfisches Lächeln. »Und vergessen Sie nicht, was ich über die Neubesetzung von Howards Posten gesagt habe.«
»Ich fliege noch heute in die Schweiz.« Marler hielt noch einen Moment inne, bevor er das Arbeitszimmer verließ. »Ich habe in der Zeitung gelesen, daß ein Dr. Rose bei einem Verkehrsunfall ums Leben gekommen ist. War das nicht der Pathologe, der bei der Frau, die man in Tweeds Wohnung fand, die Obduktion vorgenommen hat?«
Buckmaster erstarrte eine Sekunde lang, dann zuckte er die breiten Achseln. Ein kräftiger und gut gebauter Mann, der Minister für Äußere Sicherheit.
»Woher wissen Sie das?«
»Howard erwähnte, daß er immer noch auf den Bericht des Pathologen wartet. Sagte, es handelt sich um einen Dr. Rose vom St. Thomas-Hospital.«
»Ich verstehe. Ja, ich habe die Meldung auch gelesen. Entsetzlich, wie viele Menschen heutzutage von Leuten überfahren werden, die anschließend Fahrerflucht begehen.«

Als der Hubschrauber ihn nach London zurückbrachte, schaute Marler aus dem Fenster. Aber er sah nichts von der schneebedeckten Landschaft. In einer Art geistiger Trance rief er sich die jüngsten Ereignisse wieder ins Gedächtnis.
Buckmaster hatte ihm den leitenden Posten offeriert. Und keine vierundzwanzig Stunden zuvor hatte Leonora angedeutet, daß er der nächste Generaldirektor eines riesigen Konzerns werden könnte. Beide Posten waren mit einem schönen Gehalt verbunden.

Er stellte sich vor, wie er sich den neuesten Maserati oder vielleicht sogar einen Lamborghini kaufte. Damit in Deutschland über die Autobahn raste, alle anderen Fahrzeuge überholte. Phantastisch. Und wenn dabei eine seiner Freundinnen neben ihm saß, würde sie vor Begeisterung halb wahnsinnig sein. Ein Sprung in die Stratosphäre des Geheimdienstes. Oder in die Geschäftswelt, wo man lebte wie ein König. Träume...
Ein Alptraum dagegen würde es sein, Tweed in der Schweiz zu finden.

DRITTER TEIL

Der Untergang – Schockwelle

Zweiundvierzigstes Kapitel

Langley, Virginia, USA. Cord Dillon, als stellvertretender Leiter der CIA Tweeds gleichrangiger Kollege, nahm den Hörer seines Telefons ab, das eine eigene Nummer hatte. Obwohl er gewöhnlich auf alles vorbereitet war, versetzte ihm der Anruf doch einen Schock.
»Cord Dillon? Hier spricht Monitor. Ich habe eine böse Nachricht. Die *Lampedusa* ist mitten auf dem Atlantik entführt worden.«
»Großer Gott! Von wo aus rufen Sie an, Tweed? Es sind ein paar merkwürdige Gerüchte über Sie im Umlauf...«
»Hören Sie ausnahmsweise einmal zu, Dillon. Und kümmern Sie sich nicht um die Gerüchte. Ich habe Feinde. Das wissen Sie. Ich habe dreimal mit der *Lampedusa* Kontakt aufgenommen. Und jedesmal hat der Funker die Trickfragen nicht beantwortet.«
»Hört sich an, als stimmte, was Sie sagen...«
»Es stimmt. Haben Sie die Silhouetten der *Lampedusa* hinausgehen lassen, wie wir es vor zwei Monaten besprochen haben?«
»Natürlich. An sämtliche Einheiten der Navy in der ganzen Welt. In versiegelten Umschlägen, wie Sie vorgeschlagen haben. Mit der Anweisung, sie nur zu öffnen und den darin enthaltenen Instruktionen entsprechend zu handeln, wenn ich die Anweisung dazu gebe.«
»Dann geben Sie die Anweisung. Ich möchte, daß Sie vor allem die in Neapel stationierte Sechste Flotte in Marsch setzen. Sie sollen Ausschau halten nach einem Frachter mit dieser Silhouette – und dabei bedenken, daß die Entführer möglicherweise sein Aussehen und seinen Namen geändert haben. Aber die eigentliche Silhouette können sie nicht verändern. Sobald das Schiff ausfindig gemacht worden ist, muß es gestoppt und aufgebracht werden.«
»Hören Sie, Tweed – weshalb sind Sie so verdammt sicher, daß es ins Mittelmeer unterwegs ist?«
»Weil es von seinem ursprünglichen Kurs aus nur zwei Möglichkeiten gibt,

nach Rußland zu gelangen. Die eine führt nach Norden in die Barentssee und den eisfreien Hafen Murmansk. Diese Route haben sie bestimmt nicht eingeschlagen, weil im Nordatlantik das NATO-Manöver *Seatrap* stattfindet. Die andere Route führt nach Gibraltar – sie passieren die Straße im Schutz der Nacht und treffen sich irgendwo im östlichen Mittelmeer mit einem sowjetischen Kriegsschiff. Das ist die Route, für die ich mich entschieden hätte.«
»Das hört sich an, als wären Sie Ihrer Sache verdammt sicher, Tweed...«
»Ich bin es. Also setzen Sie die Sechste Flotte in Marsch. Und zwar schnell!«
Die Verbindung wurde unterbrochen. Dillon blieb ein paar Minuten an seinem Schreibtisch sitzen und dachte nach. Dann war er zu einem Entschluß gelangt und griff nach dem roten Telefon.
»Verbinden Sie mich mit Admiral Tremayne im Pentagon. Dringend. Wenn er in einer dieser endlosen Konferenzen steckt, dann holen Sie ihn heraus. Sagen Sie ihm, wir müssen ein *Leopard*-Signal senden. Das wird ihn in Bewegung versetzen.«
Eine Stunde später verließ eine Flottille von Schiffen der Sechsten Flotte den Hafen von Neapel. Jedes von ihnen steuerte einen anderen Kurs, um das ganze Mittelmeer abzusuchen. Auf jedem der Schiffe hatte der Kommandant den versiegelten *Leopard*-Umschlag geöffnet, die knappe Order gelesen, die Silhouette eingehend betrachtet und die Abzüge dann an ausgewählte Offiziere und Ausguckposten verteilt.
Zu der aus Neapel ausgelaufenen Flottille gehörte die mit Raketen bewaffnete DGG 997 *Spruance*, ein Zerstörer der Kidd-Klasse. Hank Tower, ihr Kommandant, war ein kleiner, untersetzter Mann mit glattrasiertem, immer freundlichem Gesicht. Sein Kurs führte ihn nach Süden zur Straße von Messina. Wenn er sie passiert hatte, sollte er Kreta und das östliche Mittelmeer ansteuern. Geschwindigkeit: etwas über 30 Knoten.

Der gleichfalls mit Raketen bestückte Schwere Kreuzer *Swerdlow* hatte seine Basis in Noworossisk verlassen, das Schwarze Meer durchquert und näherte sich jetzt dem Bosporus. Er würde die Meerenge in der Nacht passieren, das Marmarameer und die Dardanellen durchfahren und dann Kurs auf das östliche Mittelmeer nehmen. Ein Rendezvous östlich von Kreta war bereits vereinbart.
Bevor die *Swerdlow* ihren Hafen verließ, hatte in Moskau eine Sondersitzung des Politbüros stattgefunden. Generalsekretär Gorbatschow hatte Einwände gegen die Operation erhoben, aber seine Militärberater hatten

ihn gedrängt, die einmalige Gelegenheit zu nutzen und die neue, von den Briten und Amerikanern entwickelte Version der Strategic Defense Initiative zur Verteidigung des Vaterlandes zu übernehmen.
»Es darf keinerlei internationale Verwicklungen geben«, hatte Gorbatschow erklärt.
»Die *Swerdlow* trifft sich mit der *Helvetia* und eskortiert sie bei Nacht zurück ins Schwarze Meer. Danach werden die *Helvetia* und ihre kostbare Fracht einfach verschwinden. Niemand wird je erfahren, was aus der ursprünglichen *Lampedusa* geworden ist.«
»Die Hauptsache ist, daß es nicht zu einer Krise kommt«, hatte Gorbatschow nochmals erklärt.
Er wußte, daß ihm nichts anderes übrigblieb, als dem Plan zuzustimmen. Es gab mehr als genug feindliche Elemente, die gegen seine Politik der Perestroika Front machten. Wenn er die Militärs gegen sich aufbrachte, konnte das zu seiner Entmachtung führen.

36,54 Grad nördlicher Breite, 16,30 Grad östlicher Länge. Die *Helvetia* befand sich auf östlichem Kurs südlich der Straße von Messina. Ihre Geschwindigkeit betrug 15 Knoten. Der Himmel war bedeckt, und das Schiff rollte und schlingerte in einer schweren Dünung.
Es war vier Uhr nachmittags. Kein Tag, wie man ihn im Mittelmeer erwartet, dachte Singer, der sich auf der Brücke an der Reling festhielt. Kapitän Hartmann, der am Ruder stand, hatte den Eindruck gewonnen, daß der ehemalige S.A.S.-Mann unermüdlich war. Er schien mit drei Stunden Schlaf auszukommen. Die restliche Zeit wanderte er auf dem Schiff herum, überprüfte ständig alles und jedes.
»Werden wir zur vereinbarten Zeit am Ort des Rendezvous sein?« fragte Singer den Kapitän.
»Das kommt auf das Wetter an. Ich kann nichts garantieren. Die Wettervorhersage ist nicht gut.«
»Lassen Sie diesen alten Kahn schneller laufen.«
»Dieser alte Kahn ist ein Frachter. Er läuft bereits mit Höchstgeschwindigkeit, Mr. Singer.«
Hartmann war immer höflich. Viele Männer in seiner Position hätten darauf hingewiesen, daß sie das Schiff führten. Aber Hartmann war außerdem vorsichtig. Singer trug immer seine geladene Luger im Gürtel, und wie skrupellos er sein konnte, hatte er bereits bewiesen. Das Massaker an der Besatzung der *Lampedusa* hatte Hartmann insgeheim entsetzt. Daß so etwas passieren würde, hatte ihm niemand gesagt.

Singer nickte, verließ die Brücke und machte sich auf den Weg zum Achterdeck. Er hatte ein Problem. Er machte sich Gedanken über das, was passieren würde, wenn sie mit dem russischen Schiff Kontakt aufgenommen hatten. Würden die Sowjets ihn – oder überhaupt einen von ihnen – einfach abziehen lassen?
Er fing an, es zu bezweifeln. Er stieg eine Kajütstreppe hinunter, wobei er sich am Geländer festhalten mußte, und dachte über die fünfzigtausend Pfund nach – die Hälfte der vereinbarten Summe –, die er für diesen Job bereits erhalten und in einer Bank in Luxemburg deponiert hatte. Waren die zweiten fünfzigtausend Pfund das Risiko, für immer irgendwo in Rußland zu verschwinden, überhaupt wert?
Er blieb auf der untersten Stufe stehen und blickte hinaus auf die Schaumkronen der grauen Wellen, die auf das Schiff zurollten. Nirgendwo Land in Sicht. Das zweite Problem bestand darin, auf welche Weise er das Schiff verlassen konnte.

Auf seiner Umlaufbahn in dreihundert Kilometern Höhe überflog der amerikanische Beobachtungssatellit *Ultra* das Schwarze Meer. Seine Hochleistungskameras hielten alles fest, was sich unter ihm befand. Ein ständiger Strom von Informationen wurde nach Langley, Virginia, übermittelt.
Ein Spezialist eilte in Cord Dillons Büro und legte zwei Fotos auf dessen Schreibtisch.
»Was zum Teufel geht daraus hervor?« fragte Dillon.
»Dieser winzige schwarze Punkt hier ist von unseren Analytikern identifiziert worden. Es ist der sowjetische Raketenkreuzer *Swerdlow*, der sich dem Bosporus nähert. Allem Anschein nach unterwegs zum Mittelmeer.«
»Großer Gott!« Dillon ergriff den Hörer seines roten Telefons. »Geben Sie mir das Pentagon, Admiral Tremayne. Sagen Sie ihm, wir haben eine *Leopard*-Krise. Er soll zurückrufen. So schnell wie möglich.« Er knallte den Hörer auf die Gabel. »Also hatte Tweed doch recht...«

Vor dem Chalet in Brunni war es dunkel. Der Mond war untergegangen, die Temperatur war weiter gesunken. Newman legte Holzscheite nach; Tweed und Paula saßen am Tisch und tranken Kaffee.
Es war bereits tief in der Nacht, aber keinem war nach Schlafengehen zumute. Georg war oben und hielt am Giebelfenster Wache. Newman hatte vorgeschlagen, daß sie sich beim Überwachen der durchs Tal führenden Straße ablösen sollten, aber Georg hatte abgelehnt und erklärt, er hätte am

Tage genug geschlafen. Dies war die zweite Nacht, die sie im Chalet verbrachten.

»Es ist mir gelungen, Verbindung mit Amerika zu bekommen«, bemerkte Tweed. »Gestern abend. Ich habe mit Cord Dillon gesprochen.«

»Dieser ungeschliffene Diamant«, spottete Paula.

»Dieser ungeschliffene Diamant ist ein äußerst fähiger Mann. Wenn es sein muß, reagiert er mit Lichtgeschwindigkeit. Und ich kann Ihnen ruhig sagen, daß er vorhatte, die Sechste Flotte auf die Suche nach der *Lampedusa* zu schicken.«

»Sie nehmen an, daß sie ins Mittelmeer unterwegs ist?«

»Da ich die Entfernungen ebenso kenne wie die Geschwindigkeit der *Lampedusa*, würde ich wetten, daß das Schiff bereits ein gutes Stück Mittelmeer hinter sich gebracht hat.«

»Selbst wenn Sie recht haben sollten, wäre das doch eine Suche nach der sprichwörtlichen Nadel im Heuhaufen«, wendete Paula ein.

»Nicht ganz. Die Sechste Flotte hat eine Menge Schiffe. Ich habe getan, was ich tun konnte. Es ist die ursprüngliche Besatzung der *Lampedusa*, die mir keine Ruhe läßt. Ich habe sie auf dem Gewissen.«

»Zeit für einen Themenwechsel«, erklärte Newman, der sich vom Feuer erhoben hatte und die Hände aneinanderrieb. »Bei der ganzen Aufregung unserer Reise bin ich noch nicht dazu gekommen, Ihnen zweierlei zu berichten.« Er öffnete seinen Aktenkoffer und holte einen Packen Fotos heraus. »Das sind die anderen Dokumente, die ich bei unserem Einbruch ins Basler Büro von World Security fotografiert habe.«

»Reden Sie nicht von Turpil«, protestierte Paula. »Ich sehe immer noch vor mir, wie er unter der Tram verschwand.«

»Er hatte Tweed verraten«, erinnerte Newman sie. »Und war selbst schuld an dem, was passiert ist.«

»Was ist das?« fragte Tweed schnell und griff nach den Fotos.

»Beweismaterial dafür, wie World Security operiert. Die sogenannte Forschungs- und Entwicklungsabteilung ist das Instrument, dessen sie sich bedienen, wenn sie andere Firmen aufkaufen wollen. Um ihr riesiges Imperium aufzubauen, haben Buckmaster und Morgan Sabotage, Erpressung und Einschüchterung in großem Maßstab betrieben.«

»Ich verstehe, was Sie meinen«, bemerkte Tweed. Er überflog die Fotos. »Und Sie haben recht.«

»Das ist ja grauenhaft«, sagte Paula. »Sie müssen ungezählte Menschen ins Elend gebracht haben. Das ist grauenhaft«, wiederholte sie.

»Das ist Big Business«, erklärte Newman. »Eine Menge großer Konzerne

arbeitet heutzutage auf diese Art. Menschen zählen nicht. Nur Gewinne und Verluste.«
»Und was war das andere, das Sie mir berichten wollten?« fragte Tweed.
Newman warf einen Blick auf Paula. »Als ich mit Marler telefonierte, erzählte er mir auch, daß der Pathologe, der an der in Ihrer Wohnung am Radnor Walk aufgefundenen Leiche von Sylvia Harman die Obduktion vorgenommen hat, bei einem sogenannten Unfall mit Fahrerflucht ums Leben gekommen ist.«
»Sogenannten?« fragte Tweed scharf.
»Marler sagte, es wäre kaltblütiger Mord gewesen.«
»Das gibt den Ausschlag.« Tweed sprang auf und sah Paula an. »Seit Sie sich entschlossen, mich zu begleiten, habe ich ein ungutes Gefühl gehabt. Wir müssen eine Möglichkeit finden, Sie aus diesem Chalet heraus und zurück nach Zürich zu befördern. Beck wird dafür sorgen, daß Sie sicher nach Hause kommen.«
»Darüber haben wir uns schon öfters unterhalten«, erklärte Paula. »Ich möchte wissen, was sich inzwischen geändert hat.«
»Nichts. Aber der Mord an diesem Pathologen...« Er sah Newman an. »Wer war das? Wissen Sie es?«
»Ein Dr. Rose vom St. Thomas-Hospital.«
»Der Mord an Dr. Rose«, fuhr Tweed fort, »unterstreicht die Tatsache, daß World Security vor nichts zurückschrecken wird, um mich – und sämtliche Zeugen – zu beseitigen. Sie fahren zurück nach Zürich.«
»Tatsächlich?« Paula holte die Browning Automatic aus ihrer Schultertasche, überzeugte sich, daß sie gesichert war, drehte die Waffe in der Hand. »Und was glauben Sie, weshalb ich dieses Ding hier bei mir trage? Und warum sitzen wir immer noch hier und warten?«
»Das wissen Sie«, sagte Tweed gereizt. »Ich rechne mit einem baldigen Angriff auf uns. Und den brauche ich, um Beck zu überzeugen. Verdammt, das habe ich Ihnen doch alles erklärt.«
»Und ich habe Ihnen erklärt, daß ich nicht von Ihrer Seite weiche, bis alles vorüber ist.« Sie hielt einen Moment inne. »So oder so. Wenn Sie mich hier heraushaben wollen, müssen Sie mich tragen. Sie brauchen soviel Unterstützung, wie Sie nur kriegen können. Immerhin sind ein paar von uns bewaffnet.« Sie sah auf die Uhr. »Ich muß Georg ablösen. Und ihr beide solltet zusehen, daß ihr ein bißchen Schlaf bekommt. Bis später...«
Newman wartete, bis sie am oberen Ende der Treppe verschwunden war. »Sie hat recht, Tweed. Sie nimmt ihren Job verdammt ernst. Und wenn Sie sie jetzt fortschicken, wird sie Ihnen das nicht verzeihen.«

»Aber sie wird wenigstens noch am Leben sein...«
»Meinen Sie? Auf wen wird sie wohl stoßen, wenn sie das Tal verläßt – selbst wenn wir ihr den Wagen geben?«
Der Angriff, mit dem Tweed rechnete, erfolgte kurz vor Anbruch der Morgendämmerung.

Dreiundvierzigstes Kapitel

Paula, vom langen Sitzen vor dem Giebelfenster steif geworden, wanderte mit dem Nachtglas an einem Riemen um den Hals im Zimmer umher, als sie ein Motorengeräusch vernahm.
Sie eilte zum Fenster, stellte sich seitlich davon hin und wartete. Das Geräusch wurde lauter in der Stille der Nacht. Sie hörte, wie die Tür hinter ihr knarrte, und fuhr herum, den Browning in beiden Händen, und richtete ihn auf die schattenhafte Gestalt.
»Nicht auf den Koch schießen. Er tut, was er kann.« Newman.
»Falls Sie es vergessen haben sollten – ich bin es, die hier kocht. Und Sie sollten nicht so hereingeschlichen kommen. Ich dachte, Sie schliefen.«
»Ich hörte Motorräder kommen. Vielleicht geht es jetzt los.«
»Natürlich! Ich konnte das Geräusch nicht identifizieren.«
Mit Newman neben sich wendete sie sich wieder dem Fenster zu, die gesicherte Waffe nach wie vor in der Hand. Das Motorengeräusch schwoll zu einem Dröhnen an. Das Licht eines Scheinwerfers fiel auf den Schnee unterhalb des Chalets. Ein schweres Motorrad kam in Sicht, wurde langsamer. Der Fahrer trug einen schwarzen Lederanzug, einen Sturzhelm und eine Schutzbrille.
»Großer Gott!« rief sie. »Das ist einer von den Kerlen, die uns überholt haben, als wir von Zürich hier herauffuhren.«
»Aber was tut er? Geben Sie mir das Glas.«
Der Motorradfahrer hatte angehalten, ohne den starken Motor abzustellen. Dann steuerte er die Maschine quer über die Straße und lenkte sie bedachtsam in eine der falschen Spuren, die Newman bei ihrer Ankunft gelegt hatte. Die Rinnen waren stocksteif gefroren. Der Motorradfahrer hielt an, hob beide Hände, nahm seinen Helm ab und ließ den Blick über die Gegend schweifen.
»Das ist Harry Butler«, sagte Newman. »Und wenn mich nicht alles täuscht, kommt hier Pete Nield.«
Der zweite Motorradfahrer war erschienen und vollführte genau dasselbe

Manöver wie vor ihm Butler. Er lenkte die Spikesreifen seiner Maschine in eine weitere von Newmans inzwischen steifgefrorenen Spuren.
»Niemand, der ihnen folgt, wird feststellen können, wohin sie verschwunden sind...«
Sie sprach ins Leere. Newman war bereits aus dem Zimmer und die Treppe hinabgerannt. Er ergriff seinen Mantel, schlüpfte hinein und eilte durch die Haustür und die vereisten Stufen hinunter. Butler und Nield hatten ihre Maschinen hinter das Chalet auf der gegenüberliegenden Straßenseite geschoben und waren nicht mehr zu sehen.
»Wir sind in dem Chalet dort drüben«, erklärte er Butler, mit dem er fast zusammengestoßen wäre, als er um eine Ecke bog.
»Ich weiß. Beck hat es uns gesagt, eine Skizze angefertigt. Und er hat uns den Schlüssel zu diesem Chalet gegeben, das gleichfalls ein sicheres Versteck ist.«
In diesem Augenblick kam Nield um das Chalet herum. Er hörte Butlers letzte Worte. »Ich frage mich, was hier sicher sein soll«, sagte er. »Das ist doch eine Sackgasse, wie sie im Buche steht.«
»Kommen Sie mit zu Tweed. Er ist aufgewacht, als er Sie kommen hörte.«
Die beiden Männer waren sehr verschieden. Butler war kräftig gebaut, in den Dreißigern, glattrasiert, im Sprechen und Handeln bedächtig und hatte ein undurchdringliches Gesicht. Nield war ein paar Jahre jünger und trug einen säuberlich gestutzten kleinen Schnurrbart. Er war sehr behende, überlegte nicht lange und handelte gelegentlich impulsiv. Sie ergänzten einander und waren ein gutes Team, in dem Butler normalerweise die Entscheidungen traf.
Als sie über den eisenharten Schnee stapften, trug jeder der beiden Männer eine Segeltuchtasche über der Schulter, eine Tasche, die offensichtlich schwer und prall gefüllt war. Tweed erwartete sie am oberen Ende der Vortreppe. Als sie drinnen waren, kam er gleich zur Sache.
»Willkommen. Ich bin froh, daß Sie da sind. Wir rechnen jede Minute mit einem massiven Angriff. Wie sind Sie mit Beck zurechtgekommen?«
Newman packte weitere Scheite aufs Feuer; in den paar Minuten, in denen die Tür offengestanden hatte, war ein Schwall eiskalter Luft in das Chalet eingedrungen. Butler und Nield zogen ihre Lederjacken aus, wärmten sich vor dem Feuer die Hände. Newman schaute auf die Uhr.
»Es wird Zeit, daß Georg Paula ablöst. Ich gehe und wecke ihn.«
In diesem Moment erschien Georg bereits aus dem zweiten Schlafzimmer an der Rückfront des Hauses und kam die Treppe herunter. Er musterte Butler und Nield, nickte Tweed zu und ging in die Küche, um sich das

Gesicht mit kaltem Wasser zu waschen. Die beste Methode, den Kreislauf nach einem kurzen, tiefen Schlaf wieder auf Trab zu bringen. Dann ging er wieder nach oben, und Paula kam herunter.

Nield begrüßte sie mit einem Lächeln und einem Kuß auf die Wange. Butler hatte seine Tasche auf den Tisch gestellt und machte sich daran, sie auszupacken.

»Beck«, teilte er Tweed mit, »war erstaunlich hilfsbereit. Ich hatte den Eindruck, daß er sich Sorgen um Sie macht. Wir haben versucht, ihn zu überreden, daß er uns mit Schießeisen ausrüstet, aber das wollte er nicht. Statt dessen hat er uns die Dinger gegeben. Damit könnten wir vielleicht mehr ausrichten – er sagte, er hätte euch mit Waffen versorgt.«

»Das stimmt«, sagte Paula. »Aber was ist das, was ihr da habt?«

Butler hatte einen kurzläufigen, ungemütlich aussehenden Gegenstand herausgeholt, der aussah wie eine große, massige Pistole mit weiter Mündung. Er förderte einen zweiten Gegenstand zutage, ein ähnliches Instrument mit sogar noch weiterer Mündung. Und danach große Patronen.

»Das hier ist eine Tränengas-Pistole. Und damit verschießt man Rauchpatronen, und jede von ihnen setzt eine Menge beißenden, erstickenden Rauch frei.«

»Die habe ich auch.« Nield lächelte Paula wieder an und holte die entsprechenden Gegenstände aus seiner Tasche. »Und Butler hat mir noch ein paar Lektionen im Fahren einer Honda mit Hemmschuhen erteilt. Hat Spaß gemacht.«

»Hört sich ziemlich gefährlich an«, bemerkte Paula.

»Sie müßten einmal sehen, wie Butler mit hohem Tempo um eine enge Kurve schlittert. Die Maschine ist im Winkel von fünfundvierzig Grad geneigt, und trotzdem hat er sie voll unter Kontrolle. Eine tolle Leistung. Und das ist es, was er mir beigebracht hat...«

»Ich glaube nicht, daß Sie die Maschinen hier benutzen können«, sagte Tweed.

»Die Oberfläche ist ideal«, bemerkte Butler. »Wir haben es ausprobiert, als wir von Apthal hier heraufkamen. Sind von der Straße abgebogen und die Hänge hinaufgebrettert. Der Schnee ist steinhart gefroren. So, und wie geht's jetzt weiter?«

Kein Wort über das, was in London passiert war, stellte Paula fest. Keine Anspielung auf die tote Frau in Tweeds Wohnung. Keinerlei Zweifel, ob Tweed schuldig oder unschuldig war. Sie waren einfach gekommen, um ihrem Chef zu helfen, um ihre Arbeit zu tun. Und darüber war sie sehr froh.

»Wir rechnen damit, von einem sehr entschlossenen und professionell arbeitenden Gegner angegriffen zu werden«, erklärte ihnen Tweed. »Sie wollen mich umbringen. Sie haben es bereits zweimal versucht. Und ich bin sicher, daß dieser dritte Angriff nicht von schlechten Eltern sein wird.«
»Also kümmern wir uns um die Halunken, wenn sie kommen«, erwiderte Nield vergnügt.
»Wie steht es mit Waffen?« fragte Butler. »Beck sagte, er hätte Sie versorgt.«
Newman zeigte seine Magnum .45. Paula holte ihren Browning aus der Umhängetasche. Butler nickte Newman zu.
»Eine hübsche Kanone. Aber das sind trotzdem nur zwei Schießeisen.« Er schaute zu Nield hinüber. »Wir müssen die Besucher, die wir erwarten, überraschen. Taktik anstelle von Feuerkraft.« Er lenkte den Blick auf Tweed und Newman. »Wenn es Ihnen recht ist, quartieren wir uns mit unseren Motorrädern in dem Chalet auf der anderen Straßenseite ein. Wenn sie durch das Tal kommen, haben wir sie im Kreuzfeuer. Wenn sie aus dem Wald kommen, über den Hang hinter dem Haus, dann fahren Pete und ich ihnen entgegen. Überraschung ist genau so viel wert wie Schnellfeuer.«
Für Butler war das eine lange Rede. Tweed warf einen Blick auf Newman, der nickte. »Die Idee ist gut.«
»Also machen wir es so«, entschied Tweed.
»Dann bis später.«
Butler und Nield packten die Waffen wieder in ihre Taschen und hängten sie um. Nield zwinkerte Paula zu, die ihn mit ihrem wärmsten Lächeln bedachte. Dann waren sie verschwunden. Die Haustür fiel ins Schloß. Ein paar Minuten lang war das Knistern der brennenden Holzscheite im Kamin das einzige Geräusch.
»Ich bin froh, daß sie da sind«, sagte Paula. »Mit ihnen haben wir eine Chance, wenn es zum Kampf kommt.«
Eine sehr geringe Chance, dachte Newman, sprach es aber nicht aus.

Keiner ging wieder zu Bett. Paula machte noch mehr Kaffee. Georg kam kurz herunter, um zu berichten, daß aus dem Schornstein des Chalets auf der anderen Seite Rauch aufstieg. Tweed erklärte, das brauchte ihn nicht zu bekümmern, und er kehrte auf seinen Posten zurück.
In dem Chalet hing derselbe muffige Geruch wie in der Hütte, in der sie im Schwarzwald übernachtet hatten, ein Geruch, in den sich das Aroma der brennenden Holzscheite mischte. Tweed wanderte des öfteren herum, und seine Stirn war gerunzelt.

»Jetzt wünsche ich mir, ich hätte Beck gleichfalls um eine Waffe gebeten«, sagte er schließlich.
»Damit hätten Sie sich nur in den Fuß geschossen«, scherzte Newman.
»Unfug!« fauchte Paula. »Er ist ein hervorragender Schütze.«
»Haben Sie Ihren Sinn für Humor verloren?« fragte Newman grinsend.
Sie streckte ihm die Zunge heraus.

Der Mönch erschien ungefähr eine Stunde vor Anbruch der Morgendämmerung. Er fuhr, in einem Audi von Apthal kommend, langsam an den Chalets vorbei bis zu der Liftstation am Ende der Straße. Paula rannte die Treppe hinauf und rief dann nach Newman.
Newman trat in das Vorderzimmer, in dem Georg und Paula aus dem Giebelfenster schauten. Es dauerte eine Minute, bis seine Augen sich an die Dunkelheit gewöhnt hatten. Im Chalet auf der anderen Straßenseite brannte kein Licht.
»Schauen Sie sich das an«, sagte Paula. »Ich verstehe nicht, was das soll.«
An dem jetzt stehenden Audi wurde eine Tür geöffnet, und eine untersetzte Gestalt in Habit und Kapuze eines Benediktinermönchs wanderte zur Talstation des Skilifts und starrte hinauf zum Mythen. Beide Hände waren wie zum Gebet erhoben. Es war so ziemlich der bizarrste Anblick, der sich Paula je geboten hatte.
»Was um Himmels willen macht er da?« fragte sie auf deutsch.
»Manche der Mönche bringen dem Berg mystische Gefühle entgegen«, erklärte ihr Georg. »Was mich betrifft, so kann ich nie unterscheiden, wo das eine endet und das andere beginnt – Religiosität und Mystizismus.«
»Bei dieser Kälte? Um diese Zeit?«
Newmans Stimme verriet schiere Ungläubigkeit. Georg nickte und lächelte.
»Sie genießen es, zu leiden. Das gehört zu ihrem Leben...«
An der Talstation stand Stieber reglos da. Am Abend zuvor hatte er in einer Nebenstraße einen Benediktinermönch gepackt, der sich auf dem Rückweg zum Kloster befand. Die Straße war völlig menschenleer gewesen. Er hatte den Mönch in eine Toreinfahrt gezerrt. Ein Arm hatte in einem Hammergriff um seinen Hals gelegen. Dann hatte er den Druck verstärkt; eigentlich hatte er vorgehabt, den bewußtlosen Mann zu fesseln und zu verstecken. Er hatte gespürt, wie sich sein Griff lockerte und der Kopf zur Seite kippte. Er hatte nach dem Puls gefühlt und keinen gefunden. Er hatte dem Mönch das Genick gebrochen.
Ließ sich nicht ändern. Er hatte dem Mönch die Kutte und die Schuhe ausgezogen und den Toten in einen Trog mit gefrorenem Wasser geworfen.

Das Gewicht der Leiche hatte die Eisdecke zerbrochen, und Stieber hatte ihn tief hinuntergestoßen. Fast sofort hatte sich neues Eis gebildet und den Mönch eingesiegelt. Das Gesicht des Mannes starrte zu ihm empor, während er darauf wartete, daß die Eisschicht dicker wurde. Dann war er davongeeilt, hatte die Kleidungsstücke in den Kofferraum des Audi gestopft.
Jetzt beugte er den unter der Kapuze verborgenen Kopf, drehte sich langsam um, ließ den Blick über die Chalets schweifen. Als er sich umzudrehen begann, sprang Newman schnell zur Seite. Ohne eine Frage zu stellen, glitt Paula ebenso schnell außer Sicht zur anderen Seite.
»Weg vom Fenster, Georg!« zischte Newman auf deutsch.
Georg bewegte sich, aber er reagierte etwas zu langsam. Oben an der Liftstation sah Stieber eine Bewegung hinter einem vorhanglosen Giebelfenster. Er achtete sorgsam darauf, daß er nicht zu dem Chalet hinblickte, als er mit gesenktem Kopf langsam zu seinem Wagen zurückkehrte. Warum hielt sich zu dieser Stunde jemand in einem dunklen Zimmer am Fenster auf? Er zählte die Chalets, merkte sich die Lage desjenigen, in dem er die Bewegung gesehen hatte, stieg wieder in seinen Audi und fuhr langsam den Weg zurück, den er gekommen war.
»So, jetzt habe ich das Allerletzte gesehen«, rief Paula.
»Was halten Sie davon, Bob?« Tweeds Stimme.
Newman drehte sich um. Er hatte vergessen, wie lautlos Tweed sich bewegen konnte. Tweed stand so, daß er durch das Giebelfenster auf die Liftstation hinausblicken konnte.
»Ich finde es verdammt merkwürdig«, sagte Newman ingrimmig. »Ein Mönch, der mitten in einer frostklirrenden Nacht hier heraufkommt – nur um den Berg anzustarren. Überzeugt Sie das?«
»Wohl kaum«, pflichtete Tweed ihm bei. »Ein Mönch. Die ideale Verkleidung für einen Mann, der die Gegend auskundschaften will. Das riecht nach Horowitz.«
»Also müssen wir damit rechnen, daß sie demnächst kommen«, erklärte Paula.
»Das müssen wir«, sagte Tweed.

Stieber fuhr nur gut einen Kilometer auf der aus Brunni herausführenden Straße zurück und lenkte dann seinen Wagen an den Straßenrand, wo mit tickendem Motor ein Mercedes parkte. Ein paar Meter dahinter stand ein zweiter Mercedes.
Horowitz, der als Fahrer im ersten Wagen neben Morgan saß, blinzelte

durch seine Brille, als Stieber herankam, die hintere Tür öffnete, in den Fond glitt und die Tür zuschlug.
»Nun?« fragte Morgan.
»Ich weiß jetzt, in welchem der Chalets sie sich verkrochen haben. Nicht weit von der Liftstation entfernt – von hier aus das vorletzte auf der linken Seite.«
»Sind Sie sicher?« erkundigte sich Horowitz skeptisch.
»Doch nicht schon wieder«, fauchte Morgan. »Auf Stieber kann man sich verlassen. Ich rufe jetzt Kloten, damit wir es endlich hinter uns bringen.«
Er griff nach dem Mikrofon, gab das vereinbarte Signal durch, erhielt sofort Antwort und erteilte seine Befehle.
»Unternehmen Mountain Drop starten... Das Ziel ist... Ich wiederhole: Unternehmen Mountain Drop starten. Bestätigen. Ende.«
Die Bestätigung kam von Zeller, kurz und knapp, dann hängte Morgan das Mikrofon wieder in die Halterung und schaute auf die Uhr.
»Der Angriff erfolgt kurz vor Anbruch der Dämmerung. Könnte gar nicht besser sein. Dann ist die Moral der Menschen ebenso auf ihrem tiefen Punkt angelangt wie ihre Aufmerksamkeit. Vielleicht überraschen wir sie alle im Schlaf.«
»Und was ist mit Zellers Motorradtruppe?« fragte Horowitz auf seine ironische Art.
»Ich habe sie nach Kloten zurückgeschickt, damit sie sich dem Angriffsteam anschließen können. Was glauben Sie, wie die Einheimischen reagieren würden, wenn sie um diese Zeit das Dröhnen von Motorrädern hören? Es könnte sogar sein, daß jemand in einem der Chalets die Polizei anruft.«
»Und Hubschrauber machen keinen Lärm. Ist es das, was Sie sagen wollen?«
»Natürlich machen sie Lärm. Aber bei dieser Witterung schickt die Bergwacht zu jeder Tages- und Nachtzeit Hubschrauber los, wenn sie erfährt, daß sich jemand in den Bergen in Not befindet.«
»Theoretisch scheinen Sie an alles gedacht zu haben.«
»*Theoretisch?*« fragte Morgan gereizt.
»Wenn Zeller sein Motorradteam zurückgezogen hat – wer waren dann die beiden Motorradfahrer, die wie die Wilden an uns vorübergebraust sind?«
»Woher soll ich das wissen? Vielleicht hat sich Zeller dafür entschieden, zwei Männer als Verstärkung nach Brunni zu schicken. Ich lasse ihm relativ freie Hand.«
»Ich brauche diesen Wagen für mich allein«, verkündete Horowitz. »Sie können in dem anderen fahren.«

»Sehr freundlich von Ihnen. Darf ich fragen, warum?«
Stieber meldete sich aus dem Fond zu Wort. »Ist das heiß hier drinnen.« Er hatte die Kapuze heruntergezogen, aber die Kutte konnte er nicht ablegen.
»Und was die Verteilung der Fahrzeuge betrifft – ich muß zu dem vereinbarten Beobachtungsposten hinter Apthal. Also bin ich ebenso auf ein Fahrzeug angewiesen wie Horowitz.«
»Sie können wieder den Audi nehmen«, erklärte Morgan. Er wendete sich an Horowitz. »Ich habe Sie gefragt, warum Sie einen Wagen für sich allein brauchen?«
»Weil ich immer allein arbeite. Keine Passagiere, und dabei bleibt es.«
»Ganz wie Sie wünschen.«
Morgan war nervös und überzeugt, daß Horowitz ihm nicht den wahren Grund genannt hatte, weshalb er den Mercedes für sich allein haben wollte. Er streckte die Hand nach dem Türgriff aus, seufzte und funkelte seinen Begleiter an.
»Der Wagen gehört Ihnen. Auf diese Weise können Sie schnell verschwinden, wenn es hart auf hart gehen sollte.«
Horowitz überhörte die höhnische Bemerkung. Er warf über die Schulter einen Blick auf Stieber, der gerade den Wagen verlassen wollte.
»Was haben Sie mit dem ursprünglichen Besitzer dieser Kleidung gemacht? Ich hatte Ihnen gesagt, Sie sollten ihn verschnüren und dann in einem leeren Laden liegenlassen, wo man ihn am Morgen findet.«
»So ist es nicht gelaufen.« Stieber kicherte. »Zufällig ist sein Genick gebrochen. Mußte die Leiche irgendwo verstecken und habe sie in einen dieser Wassertröge geworfen. Habe das Gewicht seines Körpers dazu benutzt, die Eisdecke zu zerbrechen. Das hätten Sie sehen müssen, wie das Wasser über ihm wieder gefror und er durch das Eis hindurch hochstarrte.«
Horowitz verbarg seinen Abscheu. Stieber war ein Mann, dem seine Arbeit Spaß machte. Eine gefährliche Einstellung. Für Horowitz war das Töten eines Menschen ein Unternehmen, das nur gelingen konnte, wenn man ohne jede Emotion ans Werk ging. Jetzt war er erst recht froh, daß er einen Wagen für sich allein hatte. Wenn der ermordete Mönch entdeckt wurde, würde es von Polizei wimmeln.
Außerdem war er keineswegs sicher, daß Morgans Angriffsplan Erfolg haben würde. Aber eines würde er auf jeden Fall bewirken – er würde Tweed aus seiner Zuflucht vertreiben. Und ich werde auf ihn warten, dachte er, als Morgan den Wagen verließ und vor Kälte schnatterte. Bevor er die Tür zuknallte, rief ihn Horowitz noch einmal an.
»Was ist denn nun noch?«

»Ich wollte Sie nur daran erinnern, daß Sie es mit Tweed zu tun haben.«
»Der ist schließlich auch kein Übermensch.«
»Er ist der gefährlichste und gerissenste Gegner, mit dem ich es je zu tun hatte.«

Stille. Wie in einem Grab. Sie ging Paula auf die Nerven. Die lastende Stille der Berge. Das Feuer glimmte, aber es prasselte nicht mehr. Tweed saß am Tisch, betrachtete die Fotos von den Dokumenten, die im Safe von World Security in Basel lagen, den Dokumenten, die Aufschluß gaben über Sabotage, Erpressungen, Einschüchterungen. Überaus belastendes Material.

Die Haustür wurde geöffnet und, nachdem Newman hereingekommen war, wieder verschlossen und verriegelt. Er hatte noch einmal die schweren Läden überprüft, die die Fenster im Erdgeschoß schützten. Er begann, die Treppe hinaufzusteigen.

»Wo wollen Sie hin?« fragte Paula, nur um die Stille zu durchbrechen.
»In das hintere Schlafzimmer. Mich noch einmal umsehen...«

Oben angekommen, öffnete er die Tür, schaltete eine Stablampe ein. An diesem Giebelfenster waren die Vorhänge zugezogen. Er durchquerte das Zimmer, schaltete die Lampe aus, zog die Vorhänge zurück, öffnete erst den einen und dann den anderen Flügel der Doppelscheibe. Sein Blick fiel auf einen flachen Hang mit jungfräulichem Schnee. An seinem oberen Ende standen gegeneinander versetzt große Tannen, eine Reihe hinter der anderen. Das war der Moment, in dem er das leise Tuckern hörte.

Er lauschte. Das Geräusch kam stetig näher. Sehen konnte er nichts – die Bäume nahmen ihm die Sicht. Er schloß beide Fensterflügel, kehrte zur Tür zurück und eilte hinunter. Tweed und Paula blickten auf, als sie seine raschen Tritte hörten.

»Ich glaube, jetzt kommen sie«, berichtete Newman. »Dem Geräusch nach mehr als nur ein Hubschrauber. Sie kommen von hinten, von dort, wo die Bäume stehen.«

»Ich gehe hinauf und sage Georg Bescheid«, sagte Paula und sprang auf.
»Sollten Sie nicht hinüberlaufen und Butler und Nield informieren?«

Georg erschien auf der Treppe. Paula bemerkte, daß er bereits sein Holster aufgeknöpft und den Griff seiner Walther freigelegt hatte. Auch Tweed war aufgestanden und putzte mit zur Seite geneigtem Kopf seine Brille.

»Ich habe sie gehört. Ich gehe wieder hinauf in das vordere Zimmer. Einverstanden?«

»Einverstanden«, sagte Newman. Er warf einen Blick auf Tweed. »Ich beziehe im hinteren Zimmer Posten. Butler brauche ich nicht Bescheid zu sagen. Er hat bestimmt gehört, daß sie kommen.«

»Und was ist mit mir?« fragte Paula mit dem Browning in der Hand.

»Sie bleiben hier unten.«

»Damit ich in Sicherheit bin?« fauchte sie.

»Nein.« Newmans Stimme war rauh. »Damit Sie sich um die Fenster hier unten kümmern können. Kann sein, daß sie versuchen werden, einen der Läden einzuschlagen – also kommen Sie nicht auf die Idee, Sie stünden nicht in der Schußlinie. Sie stehen in ihr ...«

Er lief wieder die Treppe hinauf und in das hintere Schlafzimmer, öffnete abermals beide Fensterflügel und lauschte. Das stetige Tuckern mehrerer Hubschrauber war jetzt ganz nahe, aber er konnte sie nach wie vor nicht sehen. Er lehnte sich aus dem Fenster, blickte um die Kante des Giebels herum auf das Dach. Da gab es ein paar Stellen, an denen er Halt finden konnte. Er setzte sich auf die Fensterbank und dankte Gott, daß er einen langen, gefütterten Anorak trug. Trotzdem spürte er schon jetzt, wie ihn die Kälte durchdrang. Er setzte einen Fuß auf die mit Eis gefüllte Regenrinne, erprobte ihre Tragkraft, hielt sich mit beiden Händen am Fensterrahmen fest, setzte auch den anderen Fuß auf die Rinne, verlagerte vorsichtig sein Gewicht auf sie. Die Rinne hielt. Er zog sich wieder ins Zimmer hinein, schloß den äußeren Flügel. Auch bei geschlossenem Fenster konnte er jetzt die Hubschrauber deutlich hören. Sie landeten. Außer Sichtweite.

Im Wohnzimmer setzte Tweed seine Brille wieder auf. Er trat vor den Kamin und griff nach dem Schürhaken. Es war eine Art Waffe. Dann warf er einen Blick auf Paula.

»Zumindest ist die Wartezeit vorüber«, bemerkte er.

»Darüber bin ich froh. Wir wissen, was uns bevorsteht.« Sie korrigierte sich. »Bald werden *sie* wissen, was ihnen bevorsteht, wer immer sie sein mögen.«

Oben hatte Georg die Tür des Vorderzimmers ebenso offengelassen wie Newman die des Hinterzimmers, damit sie sich durch Zurufe verständigen konnten. Newman hielt seine Magnum .45 in der Hand, die Reservemagazine lagen auf der Fensterbank. Die Fluggeräusche der Hubschrauber waren verstummt. Sie waren gelandet.

Die Pause dauerte an. Nichts passierte. Kein Geräusch, nichts zu sehen von den Eindringlingen. Newmans Augen hatten sich inzwischen vollständig auf die Dunkelheit eingestellt. Im Osten erschienen Streifen aus blassem Licht, die ersten Anzeichen der Morgendämmerung. Die Angreifer hatten sich den günstigsten Zeitpunkt ausgesucht. Sie würden bald kommen.

Plötzlich sah er sie. Hoch oben zwischen den Bäumen regte sich etwas. Dunkle Gestalten, die sich mit verblüffender Geschwindigkeit bewegten. Zwischen den Baumstämmen hindurchflitzten. Natürlich! Er rief zu Georg hinüber, und unten hörten sie ihn auch.

»Ein Angriff auf Skiern! Sie kommen durch den Wald herunter!«

Wie hingezaubert erschien Tweed an der Tür. Mit dem Schürhaken trat er neben Newman, der über das Fenster gebeugt dastand und die Magnum mit beiden Händen hielt. Die winzigen Gestalten wurden größer. Sie waren hervorragende Skiläufer. Tweed hob sein Glas, sah, daß jeder Mann eine automatische Waffe über die Schulter gehängt hatte. Eine überaus gefährliche Streitmacht.

Dann hörte er ein dröhnendes Geräusch von der anderen Seite des Chalets. Er stürzte über den Treppenabsatz in das vordere Zimmer, in dem Georg mit seiner Walther in der Hand am Fenster stand. Die Haustür des Chalets auf der anderen Straßenseite stand offen. Butler manövrierte seine schwere Maschine durch die Tür, die Stufen hinunter, schwang sich in den Sattel und raste über die Straße und an Tweeds Chalet vorbei den Abhang hinauf. Nield folgte auf seinem Motorrad, jagte aber an der anderen Seite des Chalets vorbei.

Tweed erreichte Newmans Fenster gerade noch rechtzeitig, um zu sehen, wie Butler mit seiner Honda auf der linken Seite den Abhang hinauffuhr und Nield auf der rechten. Sie führten eine Zangenbewegung gegen die Horde von Skiläufern durch, die inzwischen aus dem Wald herausgekommen waren und auf das Chalet zuhielten. Und Butler hatte recht gehabt: die Oberfläche des verschneiten Hanges war geradezu ideal für die Spikesreifen ihrer Motorräder. Butler raste den Abhang hinauf, fiel den herankommenden Skiläufern in die Flanke. Zu ihrer Rechten vollführte Nield das entsprechende Manöver.

»Ich gehe hinunter zu Paula«, sagte Tweed, als Georg neben Newman trat.

Er eilte die Treppe hinunter. Paula war mit dem Browning in der Hand hinter dem Tisch in Deckung gegangen.

»Was tut sich draußen?«

Tweed sagte es ihr. Sie lächelte ingrimmig und faßte ihre Waffe fester. Wieder mußten sie abwarten und zusehen, was passierte.

Oben im hinteren Schlafzimmer öffnete Georg beide Flügel des zweiten Fensters und duckte sich neben Newman. Zeller, der Anführer der Männer, wie sie in schwarzes Leder gekleidet, sah das offene Fenster. Er verlangsamte seine Fahrt, hielt an, riß das Gewehr von der Schulter und zielte auf das Fenster. Er war noch außer Schußweite. Nield steuerte ein paar

Sekunden lang nur mit einer Hand, hob die andere, streckte eine der Pistolen aus, feuerte. Im grauen Dämmerlicht sah Newman ganz deutlich, wie das Geschoß durch die Luft flog, dicht neben dem Anführer landete. Schwarzer Rauch quoll hoch, wurde zu einer Wolke, die Zeller einhüllte. Newman hörte das Peitschen eines Schusses, der ins Leere ging.
Mehrere der Männer hinter Zeller änderten die Richtung, als die schwarze Rauchwolke sich ausbreitete. Butler steuerte seine Maschine jetzt zu den Bäumen hinauf, fuhr im Zickzackkurs zwischen ihnen hindurch, wie die Skiläufer es getan hatten, verschaffte sich eine erhöhte Position. Weiter rechts verschwand Nield gleichfalls zwischen den Bäumen.
Dann glitt Zeller aus der Wolke heraus, schüttelte den Kopf, versuchte hustend seine Lungen von dem beißenden Rauch zu befreien. Die ganze Gruppe macht kurz halt. Newman warf einen Blick auf Georg.
»Sie werden sich für eine andere Taktik entscheiden...«
Er hatte die Worte kaum ausgesprochen, als sich die Skiläufer auch schon wieder in Bewegung gesetzt hatten. Jetzt zerstreuten sie sich über ein breiteres Areal, wodurch sie wesentlich schwerer zu treffen waren, und steuerten einzeln das Chalet an. Einige von ihnen scherten weit nach links aus, strebten zur Straße hinunter. Die Motorräder waren nicht mehr zu hören. Ein paar Minuten lang war es so still, daß Newman das Zischen der Skier auf dem Schnee hören konnte. Er wartete darauf, daß die Angreifer in Schußweite kamen.
»Ein paar von ihnen werden es bestimmt an der Seitenwand versuchen«, warnte Georg.
»Ich weiß. Mit denen müssen sie unten fertig werden.«
Einer der Angreifer, der um das Chalet herumgefahren war, hatte ein Brecheisen bei sich. Sein Begleiter war mit einer Handgranate bewaffnet. Der Mann mit dem Brecheisen glitt an ein Fenster heran, schob es in den Spalt zwischen den beiden Läden und hebelte.
Die erste Warnung, daß sie sich in tödlicher Gefahr befanden, erhielten Tweed und Paula, als sie das Hebeln hörten. Tweed packte den Schürhaken fester und bezog schleunigst neben dem Fenster Position. Mit einem beängstigenden, splitternden Geräusch flogen beide Läden auf. Eine behandschuhte Hand ergriff das Fenstersims; offenbar wollte ihr Besitzer sich ins Zimmer schwingen. Tweed ließ den Schürhaken mit all seiner Kraft auf die Hand niedersausen. Der unsichtbare Mann schrie auf. Die Hand verschwand.
Sein Begleiter, wesentlich größer und mit der Granate in der Hand, erschien am Fenster. Er trug eine Skimaske und eine Schutzbrille. Paula starrte auf

die gräßliche Erscheinung, sah, daß der Mann die rechte Hand in Wurfposition brachte. Sie gab rasch hintereinander zwei Schüsse ab. Der Skiläufer, der den Stift bereits abgezogen hatte, stürzte außer Sicht. Dann erfolgte eine heftige Detonation. Wie durch ein Wunder blieb die Fensterscheibe heil, aber ihre Außenseite war rot verschmiert. Tweed warf einen Blick hinaus, sah Knochen und Fetzen dunkelroten Fleisches auf dem Schnee. Er langte schnell hinaus, zog die Läden wieder zu.

»Was ist passiert?« keuchte Paula.

»Handgranate. Hat sie beide erledigt.«

Die gräßlichen Details konnte er ihr ersparen. Er gab seiner Anerkennung mit einem Lächeln Ausdruck. Sie nickte und schob ein frisches Magazin in ihre Waffe. Wieder war es für kurze Zeit sehr still.

Am Fenster des Hinterzimmers schätzte Newman, daß die ersten Skiläufer jetzt jede Sekunde in Schußweite kommen mußten. Dann hörte er wieder das Dröhnen der Motorräder, die aus dem Wald hervorkamen und mit Höchstgeschwindigkeit auf die Skiläufer zurasten. Eine Gruppe von ihnen hatte sich an der Rückseite des Chalets für einen massierten Angriff versammelt. Butler hob seine Pistole, schoß eine Patrone ab. Sie landete vor der Gruppe der Angreifer. Weißer Dampf wogte in einer dichten Wolke auf, bildete eine Mauer zwischen den Angreifern und dem Chalet. Die ersten Skiläufer fuhren hinein, und dann herrschte plötzlich Chaos, als das Tränengas seine Wirkung tat. Würgend und geblendet stürzten sie zu Boden, ihre Skier ragten kreuz und quer durcheinander zum Himmel auf.

Die zweite Linie schwenkte nach rechts und links aus, um nicht auf ihre gestürzten Kollegen aufzufahren. Einer hielt an, hob sein Gewehr. Ein dumpfer Aufprall neben Newmans Kopf – eine Kugel hatte sich ins Holz gebohrt. Er umklammerte den Kolben seiner Magnum mit beiden Händen, riß die Waffe hoch, drückte zweimal auf den Abzug. Der Mann warf die Arme empor, ließ sein Gewehr fallen, stürzte rücklings in den Schnee. Georg zielte auf einen anderen Skiläufer, der sein Gewehr an der Schulter hielt, gab drei Schüsse ab. Der Mann sackte zusammen, fiel nach vorn.

Butler und Nield rasten jetzt mit ihren Motorrädern in dem Durcheinander herum. Nield fuhr an einem Mann vorüber und versetzte ihm einen Hieb mit seiner Pistole. Der dicke Lauf krachte auf seinen Schädel. Der Hieb hätte Nield fast die Pistole aus der Hand gerissen, aber der Mann hinter ihm war zu Boden gesunken. Die lastende Stille war restlos verschwunden. Das Dröhnen der Motorräder vermischte sich mit rapidem Feuer. Von den Skiläufern, aus dem Chalet. Dies war der entscheidende Moment. Es war zugleich der Moment, in dem Tweed und Paula im Erdgeschoß hörten, wie sich aus Richtung Apthal mit Höchstgeschwindigkeit Fahrzeuge näherten, Fahrzeuge mit laut heulenden Sirenen. Und außer den Sirenen hörten sie das harte Tuckern herannahender Hubschrauber.

Stieber, dem es nichts ausmachte, einem wehrlosen Mann das Genick zu brechen, saß ein ganzes Stück von Brunni entfernt in seinem Audi. Dort würden für seinen Geschmack entschieden zu viele Kugeln durch die Luft pfeifen. Er hatte seinen Wagen von der Straße herunter und hinter eine Scheune gefahren und saß jetzt in seinem dicken Anzug hinter dem Lenkrad; die Mönchskutte hatte er einen Kilometer von dieser Stelle entfernt im Schnee vergraben.
Er sah die vier Fahrzeuge mit der Aufschrift POLIZEI in Richtung Brunni vorbeirasen. Der erste Wagen mit Arthur Beck am Steuer schlitterte um die Kurven, fing sich, raste, gefolgt von den anderen drei Wagen, außer Sichtweite. Stieber griff nach dem Zündschlüssel, dann zog er die Hand zurück. Er hatte das Geräusch näherkommender Hubschrauber gehört. Er öffnete die Tür, ergriff sein Fernglas und wartete. Ein Hubschrauber flog ganz niedrig, folgte der Straße. Am Rumpf war in dem ersten Tageslicht, das grauem Rauch glich, das Wort POLIZEI deutlich zu erkennen. Trotz der Kälte stand die Tür des Hubschraubers offen. Durch die Öffnung ragte der Lauf eines schwenkbaren Maschinengewehrs.
Stieber wartete, bis zwei weitere Hubschrauber in größerer Höhe vorbeigeflogen waren, dann versuchte er, den Motor zu starten. Er sprang beim dritten Versuch an, und er fuhr um die Scheune herum und zurück auf die Straße, fort von Brunni, zurück in Richtung Einsiedeln.

Beck starrte den Abhang hinauf, als er den Wagen mit quietschenden Bremsen zum Halten brachte. Der Hang hinter dem Chalet war mit Skiläufern übersät, die in grotesken Stellungen herumlagen. Zwei Männer auf Motorrädern umkreisten die Szenerie. Die Seitenwand des Chalets war blutbespritzt, neben ihr lagen die zerfetzten Überreste von zwei Männern.
»Ein Massaker«, murmelte er.
Er riß das Mikrofon aus seiner Halterung. Die Frequenz war bereits auf die drei Hubschrauber eingestellt, die über ihm verhielten. Eine Handvoll Skiläufer fuhr den Hang hinauf in Richtung Wald.
»Hier Beck. Alle Hubschrauber hinter dem Wald festhalten. Wenn sie abzuheben versuchen, benutzt die Maschinengewehre.«
Er rammte das Mikrofon wieder in die Halterung, sprang aus dem Wagen

und lief zum Eingang des Chalets. Schon vorher hatten sich die hinteren Türen des Wagens geöffnet, und uniformierte Polizisten mit automatischen Waffen rannten den Abhang hinauf, gefolgt von weiteren Leuten aus den anderen Wagen. Beck eilte die Stufen hinauf, stellte sich neben die Tür und hämmerte dagegen.
»Aufmachen. Polizei. Ich bin es, Beck...«
Tweed öffnete die Tür, nachdem er sie aufgeschlossen und entriegelt hatte. Er trat zur Seite, den Schürhaken in der Hand. In der Mitte des Raums stand Paula geduckt da, zielte mit dem Browning auf die Türöffnung. Sie richtete sich auf, ließ die Waffe sinken. Beck stampfte mit den Füßen auf, um seine Schuhe vom Schnee zu befreien, und trat ein. Tweed machte die Tür hinter ihm zu.
»Besser spät als überhaupt nicht«, stellte er fest.

Vierundvierzigstes Kapitel

In seinem Zimmer im St. Johann stand Horowitz am Fenster. Von hier aus hatte er die vier Polizeifahrzeuge beobachtet. Von hier aus hatte er durch sein Nachtglas gesehen, wie Beck aus dem ersten Wagen ausgestiegen war und den Blick über den menschenleeren Platz schweifen ließ, bevor er wieder einstieg und an der Spitze seiner Kavalkade davonbrauste.
Von hier aus hatte Horowitz gesehen, wie die drei Hubschrauber mit der Aufschrift POLIZEI auf dem Rumpf die Stadt in Richtung Brunni überflogen. Nichts davon hatte Horowitz überrascht – dies war die Schweiz. Er hatte Morgan gewarnt, als dieser auf der Rückfahrt nach Zürich kurz bei ihm hereingeschaut hatte. Morgan hatte die breiten Achseln gezuckt, hatte erklärt, er hätte dringende Geschäfte zu erledigen, und war abgefahren.
Horowitz hörte, wie die Dielen auf dem Flur vor seinem Zimmer knarrten. Sein Zimmer lag im Dunkeln, damit er besser sehen konnte, was draußen vorging. Er nahm die mit einem Schalldämpfer ausgerüstete Luger vom Tisch, ging zur Tür, stellte sich daneben.
»Ja? Wer ist da?«
»Stieber. Gerade zurück von Sie-wissen-schon.«
»Also, was ist passiert?« fragte Horowitz, nachdem er die Tür aufgeschlossen und Stieber eingelassen hatte.
»In Brunni ist der Teufel los.« Stieber schwitzte trotz der draußen herrschenden Kälte. »Ich habe gesehen, wie vier Polizeifahrzeuge und drei ihrer verdammten Hubschrauber dorthin rasten.«

»Ich weiß. Ich habe sie auch gesehen. Aber jetzt, wenn Sie schon einmal da sind, können Sie sich nützlich machen. Ich habe für drei Tage im voraus bezahlt. Sie bleiben hier und berichten telefonisch, was vorgeht.«
»Und wo wollen Sie hin?«
»Das geht Sie nichts an.«
»Das gefällt mir nicht. Angenommen, sie finden den Mönch, den ich in den Trog gestopft habe? Vielleicht suchen sie nach mir.«
»Und weshalb sollte man Sie verdächtigen? Gibt es irgendwelche Zeugen?«
Horowitz machte seinen Koffer zu, den er bereits früher gepackt hatte, um schnell verschwinden zu können.
»Nein, die Gasse war völlig leer. Niemand hat mich gesehen.«
»Und Sie haben sich der Kutte entledigt?«
»Ich habe sie hinter Apthal im Schnee vergraben.«
»Dann haben Sie überhaupt nichts zu befürchten. Sollte jemand von der Polizei auftauchen und fragen, weshalb Sie hier sind, dann sagen Sie, World Security dächte daran, hier ein Bankkonto zu eröffnen. Sie kennen den Namen der Bank in der Hauptstraße?«
»Ja.«
»Dann verschwinde ich jetzt. Halten Sie einfach die Augen offen. Gehen Sie nicht schlafen. Wenn sich irgend etwas tut, erstatten Sie Morgan telefonisch Bericht.«
»Sie steigen aus, lassen den ganzen Krempel hinter sich?«
Horowitz starrte Stieber an. »Sie scheinen zu vergessen, daß ich einen Job zu erledigen habe. Das, was in Brunni passiert ist, wird mir dabei helfen.«

Beck hatte Tweeds Chalet zu seinem einstweiligen Hauptquartier gemacht. »Während wir da draußen aufräumen.« Er saß mit Tweed, Newman und Paula am Tisch im Wohnzimmer. Polizisten kamen herein, erstatteten Bericht und gingen wieder. Krankenwagen waren eingetroffen, um die Verwundeten und die Toten von dem blutbespritzten Hang hinter dem Chalet abzutransportieren. Tweed saß Beck gegenüber und schaute ihm ins Gesicht.
»Glauben Sie mir jetzt?« fragte er brüsk. »Daß es eine Opposition gibt, die darauf aus ist, mich umzubringen?«
»Ja. Ich entschuldige mich dafür, daß ich Ihnen nicht schon vorher jedes Wort geglaubt habe. Und wir wissen jetzt, wo der Gegner ist.« Er nahm einen grünen Ausweis in die Hand, den einer der Polizisten hereingebracht hatte. »Die meisten dieser Skiläufer hatten keinerlei Papiere bei sich. Vermutlich auf Anweisung von oben. Aber ein Mann hat nicht aufgepaßt.

Er trug einen Ausweis bei sich.« Er las vor. »World Security, Zürich. Heinrich Locher. Dann eine Nummer. Damit habe ich das, worauf ich gewartet habe, seit mir Otto Kuhlmann in Wiesbaden von dem World Security-Laster erzählt hat, der versuchte, hochtechnisierte Geräte über die Grenze in die DDR zu schmuggeln.«
»Worauf haben Sie gewartet?«
»Auf einen legalen Vorwand, die Büros von World Security in Zürich, Basel und Genf auseinanderzunehmen. Natürlich war das, was hier draußen passiert ist, alles andere als legal.«
»Wir haben uns gegen bewaffnete Angreifer zur Wehr gesetzt – mit Waffen, die Sie uns selbst ausgehändigt und genehmigt haben«, erklärte Newman.
Beck lächelte. »Ja. Da haben Sie natürlich recht.«
»Und wie haben Sie es geschafft, gerade noch rechtzeitig auf der Bildfläche zu erscheinen? Viel länger hätten wir der Masse der Angreifer nicht standhalten können«, bemerkte Tweed.
»Simpel. Ich weiß, was sich in der Schweiz tut. Das ist mein Job. Mir wurde aus Kloten berichtet, daß sich dort Hubschrauber von World Security versammelten, daß zahlreiche Männer mit Sikausrüstung an Bord gingen. Die offizielle Version lautete, daß sie in den Urlaub fliegen sollten. Das habe ich nicht geschluckt. Ich veranlaßte, daß Wagen und Hubschrauber bereitgestellt wurden. Als diese Hubschrauber-Flotte von Kloten startete, wurde sie über Radar verfolgt. Sobald feststand, daß sie in diese Richtung flog, bin ich losgefahren. Und was haben Sie nun vor, Tweed? Haben Sie schon irgendwelche Pläne?«
»Ich kehre nach London zurück. Aber dazu brauche ich Ihre Hilfe und dann die von Kuhlmann. Ich kann nicht mit einer planmäßigen Maschine fliegen – sie könnten eine Bombe an Bord bringen, und ich kann das Leben der anderen Passagiere nicht aufs Spiel setzen.«
»Warum nehmen Sie keinen Hubschrauber?«
»World Security wird vor nichts zurückschrecken, nur um sicherzugehen, daß ich London nicht erreiche. Sie könnten Stinger-Raketen benutzen, um die Maschine zu zerstören. Gott weiß, was sie alles beiseitegeschafft haben. Ich bin zu dem Schluß gekommen, daß ich mein Leben – und das anderer Menschen – am wenigsten gefährde, wenn ich mit einem Wagen über die Autobahn zurückfahre und dann den Kanal heimlich in einem Boot überquere. Für den ersten Teil der Reise brauche ich Ihre Kooperation. Sobald ich bei Basel die Grenze überschritten habe, sind Sie mich los.«
Becks Miene ließ Zweifel erkennen. Georg kam durch die Vordertür herein und berichtete, daß drei weitere Skiläufer in die wartenden Krankenwagen

transportiert worden waren. Beck nickte und wies ihn an, wieder hinauszugehen und die Vorgänge auf dem Hang zu überwachen. Erst als sie wieder allein waren, stellte er seine Frage.
»Und wer, glauben Sie, steckt hinter alledem?«
»Buckmaster oder Morgan. Vielleicht beide. Ich glaube, einer von beiden hat die Frau ermordet, die in meiner Londoner Wohnung gefunden wurde. Das ist nichts, was man einem Lakaien überläßt – wenn der Mörder gefaßt worden wäre, hätte das für den Anstifter des Verbrechens eine zu große Gefahr bedeutet. Es kann nur einer der beiden Männer gewesen sein – und ich glaube, ich weiß, welcher.«
»Und das Motiv?«
»Oberst Romer von der Zürcher Kreditbank hätte da bestimmte Vermutungen.«
»Also gut, diese Frage wollen Sie nicht beantworten. Aber was Ihre Route nach London betrifft – sind Sie sich klar darüber, daß man den ganzen Apparat von World Security gegen Sie einsetzen wird? Sie werden alle Register ziehen, um dafür zu sorgen, daß Sie nicht lebend in London ankommen.«
»Darauf kann ich mich verlassen.«
Diese Erwiderung war so seltsam, daß sie alle Tweed verblüfft anschauten. Paula lehnte sich vor, musterte das Gesicht ihres Chefs. Es war völlig ausdruckslos.
»Was haben Sie jetzt wieder vor?« fragte sie.
»Ich versuche lediglich, in einem Stück heimzukommen«, erklärte Tweed umgänglich. Dann hielt er einen Moment inne und sah dann Beck an. »Ist die Zürcher Kreditbank nicht eines der Institute, die Buckmaster riesige Kredite gewährt haben?«
»Ich glaube, das könnte der Fall sein«, entgegnete Beck vorsichtig.
»Das Telefon steht in der Küche. Romer ist ein Freund von Ihnen. Warum rufen Sie ihn nicht gleich an – holen ihn notfalls aus dem Bett? Wenn ich Romer richtig einschätze, handelt es sich um einen Kredit, der schnell gekündigt werden kann. Möglicherweise sogar innerhalb von achtundvierzig Stunden. Übermitteln Sie Romer eine Nachricht von mir. Ich rate ihm dringend, diesen Kredit sofort zu kündigen. Falls Buckmaster versucht, die Rückzahlung hinauszuzögern, sollte Romer andeuten, daß er sich nicht imstande sieht, der Presse diese Nachricht lange vorzuenthalten.«
»Wenn Sie es wünschen...«
»Das Telefon steht in der Küche«, wiederholte Tweed. Beck stand auf, und Tweed wartete, bis er die Tür hinter sich geschlossen hatte. Dann wendete

er sich Newman zu, und seine Miene war so unerbittlich, daß Paula sie fasziniert beobachtete.

»Bob«, sagte Tweed, »haben Sie nicht, als Sie noch als Auslandskorrespondent arbeiteten, ein Netz von Kontakten in der ganzen Welt aufgebaut?«

»So ist es.«

»Stehen Sie immer noch mit diesen Leuten in Verbindung?«

»Ja. Für den Fall, daß irgendeine große Story ans Licht kommt, die mir schmeckt. Wie Sie wissen, schreibe ich nach wie vor den einen oder anderen Artikel.«

»Befreundete Reporter in Tokio, Sydney, San Francisco, New York und London?« beharrte Tweed.

»An vielen Orten – einschließlich denen, die Sie nannten.«

»Könnten Sie sie nach und nach anrufen und sie bitten, Ihnen einen Gefallen zu tun und die Frage auszustreuen: *Ist World Security solvent?*«

Eine drückende Stille breitete sich im Zimmer aus. Newman versteifte den Rücken, und seine Augen verengten sich. Paula löste die Lippen voneinander und wirkte erregt – wie Newman hatte sie begriffen, was Tweed im Schilde führte. Es war Newman, der das Schweigen brach.

»Natürlich, die Städte, die Sie erwähnten, sind die mit den größten Börsen, und an ihnen werden die Aktien von World Security gehandelt. Ja, ich könnte ein paar Freunde anrufen, die darin einen ganz großen Knüller sehen würden – und sie würden versuchen, der Sache auf den Grund zu gehen und weitere Einzelheiten auszugraben. Wenn Beck fertig ist, könnte ich in Tokio anrufen.« Er schaute auf die Uhr. »Dort ist die Börse noch offen.«

Tweed hob eine Hand. »Noch nicht. Ich möchte Romer Gelegenheit geben, sein Geld zurückzufordern, bevor die Lawine ins Rollen kommt.«

»Und was genau führen Sie jetzt im Schilde?« fragte Paula. »Ich habe das Gefühl, daß hinter dem, was Sie sagen, eine erbarmungslose Zielstrebigkeit steckt. Das sieht Ihnen so gar nicht ähnlich.«

Tweeds Miene war nach wie vor unerbittlich, aber er sprach mit fast beiläufiger Stimme.

»Es war Oberst Romer, der mir das Motiv lieferte, das hinter dieser ganzen Verschwörung steckt. Er hat mir erzählt, daß die russische Narodnybank fünfhundert Millionen Pfund in Gold für eine Transaktion in der Schweiz deponiert hat. Wer der Empfänger dieser Riesensumme sein soll, ist ein streng gehütetes Geheimnis. Sie wissen, daß ich in London an einem Geheimprojekt gearbeitet habe, von dem in Großbritannien nur drei Leute wußten – die Premierministerin, Buckmaster und ich. Die Verschiffung des Computers *Schockwelle* und damit des Schlüsselinstruments zur Verteidigung des Westens. Und nur zwei Leute kennen den Code, mit dem sie mit dem Schiff in Verbindung treten können, das den Computer transportiert...«

»Und das ist etwas, was die sowjetischen Militärs gern in die Hand bekämen und wofür sie fünfhundert Millionen Pfund bezahlen würden?« warf Paula ein.

»So ist es. Ich wiederhole, nur Buckmaster und ich konnten mit dem Schiff, auf dem sich der Computer befindet, Verbindung aufnehmen. Und das ist der Grund dafür, weshalb ich aus dem Wege geräumt werden und wie ein Verbrecher außer Landes flüchten mußte. Also wird ein sorgfältig geplanter Mord verübt – mit Sylvia Harmans Leiche in meiner Wohnung. Ich flüchte tatsächlich – womit Buckmaster der einzige ist, der mit dem Schiff Verbindung aufnehmen kann. Zumindest glaubt er das. Dieser Mann, ein Minister, händigt den Russen das Instrument aus, mit dem wir uns vor einem Raketenangriff schützen könnten, um seine Firma zu retten. Mit ihm muß ich abrechnen – und das werde ich tun.«

»World Security ist ein riesiger internationaler Konzern«, warnte Newman.

»Und Buckmaster ist bisher noch aus jeder geschäftlichen Schlacht als Sieger hervorgegangen. Wenn er darauf aus ist, eine Firma zu schlucken, dann schluckt er sie – mit Einschüchterung, mit Hilfe seiner Reputation, mit allen erdenklichen Tricks. Und Sie glauben, Sie könnten ihn vernichten?«

»Ich werde dafür sorgen, daß World Security restlos zusammenbricht. Das einzige, was mir Kopfschmerzen macht, ist, wie ich vermeiden kann, daß ein Minister der Krone in einen Mordfall verwickelt wird, denn darüber könnte die Regierung stürzen. Wie ich das anstellen soll, weiß ich noch nicht.«

»Mir ist gerade eingefallen, daß da noch ein paar andere Leute sind, die ich anrufen könnte«, erklärte Newman. »Leute, die in den höchsten Rängen der Finanzwelt hinter verschlossenen Türen Gerüchte ausstreuen.«

»Tun Sie es – wenn die Zeit dazu gekommen ist«, sagte Tweed.

Beck öffnete die Küchentür, kam herein und trat zu ihnen an den Tisch.

»Ich habe mit Romer gesprochen. Er war schon auf – er ist ein Frühaufsteher.«

Tweed holte einen Packen Fotos aus seinem Aktenkoffer, eine Auswahl der Dokumente, die Newman in Basel entdeckt hatte. Er reichte ihn Beck.

»Nachdem Sie in die Küche gegangen waren, ist mir eingefallen, daß Romer vielleicht gern einiges über die Methoden erfahren würde, deren man sich in der sogenannten Forschungs- und Entwicklungsabteilung von World Security bedient.«

Beck überflog die Aufnahmen. Immer noch stehend, runzelte er die Stirn, betrachtete einige der Fotos genauer, dann sah er Tweed an.

»Das ist verdammt belastendes Material...«

»Wie wäre es, wenn Sie Romer noch einmal anriefen?«

»Ich glaube, das werde ich tun...«

Paula wartete, bis die Küchentür wieder ins Schloß gefallen war. Dann beugte sie sich vor.

»Was für ein Spiel ist das nun wieder?« fragte sie Tweed. »Ich glaube keine Sekunde lang, daß Ihnen das erst eingefallen ist, nachdem Beck uns verlassen hatte, um mit Romer zu telefonieren.«

»Ein psychologisches Spiel. Romer ist auf. Er bekommt den ersten Anruf von Beck mit meiner Nachricht. Er ist ein sehr vorsichtiger Schweizer Banker. Also sitzt er im Augenblick da und überlegt, ob er handeln soll oder nicht. Er bekommt einen zweiten Anruf von Beck mit Beweisen für übelste Geschäftspraktiken von World Security. Wie ich bereits sagte, ist er ein Schweizer Banker. Dieser zweite Anruf mit dem Hinweis auf Beweismaterial wird den Ausschlag geben. Er wird sein Geld zurückfordern.«

»Sie sind wirklich ganz schön gerissen«, bemerkte Paula. »Gibt es weitere Kleinigkeiten, die mir entgangen sind?«

»Auf meine Anweisung hin attackiert Marler Buckmaster in seinen eigenen vier Wänden. Wir machen uns über seine Frau an ihn heran.«

»Mir scheint, das ist wirklich ein Kampf, in dem Ihnen jedes Mittel recht ist.«

»Buckmaster ist eine Kobra...«

Tweed verstummte, als Beck ins Zimmer zurückkehrte. »Romer kündigt diesen Kredit. Und nun haben wir ein paar Tage, um zu planen, was wir tun können, damit Sie lebendig nach London zurückkehren. Falls das möglich ist.«

Fünfundvierzigstes Kapitel

Um acht Uhr morgens Londoner Zeit nahm Buckmaster in seiner Wohnung in Belgravia den Anruf aus Zürich entgegen. Oberst Romer war selbst am Apparat. Buckmaster begrüßte ihn liebenswürdig und versteifte sich dann, als ihm die Kälte in Romers Stimme bewußt wurde.

»Würden Sie das bitte noch einmal langsam wiederholen?« sagte er verblüfft.
»Bei einer Sitzung des Aufsichtsrates heute morgen wurde einstimmig beschlossen, daß wir Sie auffordern müssen, den Kredit zurückzuzahlen, den wir World Security gewährt haben.«
»Für diesen Kredit bekommen Sie weiß Gott genügend Zinsen. Ich zahle mehr als branchenüblich. Und Sie haben alle Zinszahlungen termingerecht erhalten. Außerdem sollten Sie nicht mit mir sprechen. Ich bin jetzt Minister, falls Sie das vergessen haben sollten.«
»Da der Kredit mit Ihnen persönlich ausgehandelt worden ist – bevor Sie Minister wurden –, hielt ich es für höflicher, Sie anzurufen. Wäre es Ihnen lieber, wenn ich mich mit Mrs. Buckmaster, der Präsidentin der Firma, in Verbindung setzen würde?«
»Nein, das wäre es nicht. Aber das kommt wie aus heiterem Himmel. Ich hatte bisher keine Ahnung, keine Vorwarnung.«
»Der Kreditvertrag enthält keine Klausel, die eine Vorwarnung vorsieht. Wir haben unseren Beschluß gefaßt.« Romers Stimme wurde hart. »Er ist unwiderruflich.«
»In wieviel Monaten brauchen Sie Ihr Geld?« fauchte Buckmaster.
»Nicht in Monaten. Nicht in Wochen. Hier ist es jetzt kurz nach neun Uhr. Wir verlangen die Rückzahlung des gesamten Kredits bis übermorgen elf Uhr Ihrer Zeit. In achtundvierzig Stunden.«
»Das ist doch lächerlich – bei einer Firma wie World Security...«
»Lesen Sie den Vertrag, den Sie unterschrieben haben. Sie haben doch bestimmt eine Ausfertigung zur Hand. Oder soll ich den regulären Weg einhalten und mich an Mrs. Buckmaster wenden?«
»Nein. Wie Sie sagten, war ich es, der den Kredit mit Ihnen aushandelte. Darf ich fragen, was Sie zu diesem plötzlichen Entschluß veranlaßt hat?«
»Sie wissen ganz genau, daß es zu den Praktiken meiner Bank gehört, nie etwas über Gründe für irgendwelche Entscheidungen verlauten zu lassen.«
»Bitte geben Sie mir eine Frist von dreißig Tagen«, sagte Buckmaster.
»Ich bedaure, Mr. Buckmaster. Ich sagte es bereits – der Beschluß des Aufsichtsrats ist unwiderruflich. Der Kredit muß binnen achtundvierzig Stunden zurückgezahlt werden. Ich schicke einen Kurier mit einer schriftlichen Bestätigung.«
»Nicht nötig. Keinen Kurier. Sparen Sie Ihr Geld.«
Buckmaster hieb den Hörer auf die Gabel, fluchte, spie Gift und Galle. Er fuhr sich mit beiden Händen durchs Haar, stand auf und wanderte im Zimmer umher. Warum? Warum? *Darum!*

Sein Verstand begann wieder zu funktionieren. Zürich. Schweiz. Tweed war in der Schweiz. Das mußte es sein. *Tweed.* Sofern er noch am Leben war. Das Telefon läutete wieder. Er riß den Hörer hoch.
»Was ist?« fragte er schroff.
»Hier Morgan. Ich rufe aus Basel an. Kann ich reden?«
»Sie können.«
In seinem Basler Büro mit Ausblick auf den Rhein und die schneebedeckten Dächer am jenseitigen Ufer preßte Morgan seinen Bauch gegen die Kante seines Schreibtisches. Allem Anschein nach hatte er keinen günstigen Moment gewählt, um Buckmaster mitzuteilen, was passiert war, aber er mußte es wissen.
»Wir haben nach wie vor ein Problem...« Morgan redete schnell, bemühte sich, es hinter sich zu bringen, Zuversicht auszustrahlen. »Der erste Großangriff auf das Zielobjekt hat stattgefunden und war, wie das öfters passiert, nicht erfolgreich.« Morgan begann, seine Geschichte auszuschmücken. »Das Zielobjekt wäre vernichtet worden, wenn ihm nicht offizielle Kräfte zu Hilfe gekommen wären.«
»Die Polizei hat es in Gewahrsam genommen?« fragte Buckmaster schnell.
»Etwas von der Art. Den Rest können Sie sich denken. Aber das war nur der Anfang der Übernahme-Kampagne.« Morgan drückte sich sehr vorsichtig aus. Er traute nie einem Telefon – dafür hatte er selbst schon zu oft Wanzen an Telefonen anbringen lassen. Es konnte durchaus sein, daß die Polizei das Gespräch abhörte. »Ich fahre anschließend nach Freiburg«, fuhr er fort. »Die Kampagne wird von dort aus weitergeführt. Ich habe Leute, die mich über die weitere Entwicklung auf dem laufenden halten...«
»Ist Tweed noch am Leben?« brüllte Buckmaster durchs Telefon.
»Ja«, gab Morgan widerstrebend zu. »Es war alles sehr merkwürdig. Nach der ersten Phase unserer Kampagne tauchte er mitten in Einsiedeln auf, stieg aus seinem Wagen, wanderte herum. Unser Mitarbeiter Armand fand das seltsam.«
»Und wie beurteilt Armand die Lage?«
Morgan umklammerte den Hörer. Jetzt befand er sich auf festerem Boden.
»Armand ist kalt wie eine Hundeschnauze. Erklärt, die Dinge entwickelten sich, wie er es erwartet hätte. Ein Insider hat uns informiert, daß das Zielobjekt vorhat, mit dem Wagen nach England zurückzukehren. Gott weiß warum, aber Armand sagte, das wäre ihm sehr recht.«
»Er will nach England zurückkehren?« Buckmasters Lautstärke stieg um mehrere Dezibel. »Wann, um Himmels willen?«
»In ein paar Tagen. Wir kennen sogar die Route, auf der die Lieferung

erfolgen soll. Und das ist auch der Grund dafür, daß ich nach Freiburg fahre, um dort für den reibungslosen Ablauf des Unternehmens zu sorgen.«
»Wie Sie es bisher getan haben«, bemerkte Buckmaster sarkastisch. »Sie sagten, Armand hat einen Plan?«
»Ja. Aber ich möchte Sie nicht mit den Details langweilen...« Morgan glaubte, der Falle damit geschickt ausgewichen zu sein. Buckmaster würde annehmen, daß er am Telefon nichts verraten wollte. In Wirklichkeit hatte Morgan keine Ahnung, wie Horowitz' Plan aussah. Als Buckmaster wieder das Wort ergriff, war seine Stimme eiskalt.
»Lassen Sie Armand völlig freie Hand. Offerieren Sie ihm einen großen Bonus, wenn er das Problem aus der Welt schafft. Ein für allemal. Wenn Sie mich diesmal im Stich lassen, sind Sie Ihren Job los. Ihr Nachfolger steht schon in den Startlöchern...«
Morgan öffnete den Mund, um zu protestieren, und hörte ein Klicken. Die Verbindung war unterbrochen. Buckmaster hatte den Hörer aufgelegt. Morgan tat das gleiche und wischte sich den Schweiß von der Stirn. Das Gespräch hatte ihm schwer zugesetzt. War es Buckmaster ernst mit seiner Drohung, ihn zu feuern? Das konnte man nie wissen. Er liebte es, Leute aus dem Gleichgewicht zu bringen.
Um sich von dem Telefongespräch abzulenken, ging Morgan in Gedanken noch einmal die Ereignisse der letzten paar Stunden durch. Der Angriff in Brunni war ein Debakel gewesen. Und was noch schlimmer war – sein bezahlter Kontaktmann im Polizeipräsidium in Zürich hatte ihn wissen lassen, daß er mit einer Durchsuchung aller drei Schweizer Büros von World Security rechnen mußte. Seine Leute waren dabei, belastende Dokumente zu verbrennen. In Anbetracht der Sachlage hatte er es für klüger gehalten, dieses Faktum in seinem Gespräch mit Buckmaster nicht zu erwähnen.
Sein Kontaktmann bei der Polizei hatte ihm außerdem mitgeteilt, daß sich Tweed im Laufe der nächsten paar Tage auf die Rückreise nach London machen würde – daß er vorhatte, die Bundesrepublik von Basel aus auf der Autobahn zu durchqueren. Morgan hielt das für ein wahnwitziges Unterfangen. Das hatte er auch Horowitz gegenüber erklärt, als er ihn von einer Telefonzelle in Zürich aus angerufen hatte.
»Das ist das erste Mal, daß Tweed einen Schnitzer macht«, hatte Horowitz ihm beigepflichtet. »Und auf diesen Schnitzer habe ich gewartet...«
Eine Zeitlang hatte Morgan nicht glauben wollen, daß Tweed noch am Leben war. Dann hatte sich Stieber aus Einsiedeln gemeldet und berichtet, daß er gesehen hatte, wie Tweed aus einem von mehreren Wagen ausgestie-

gen und bei hellem Tageslicht auf dem Platz vor dem Kloster herumgewandert war.
Was Morgan, der den Anruf von Horowitz in einer öffentlichen Telefonzelle entgegennahm, nachdem er aus Zürich eine kurze Nachricht mit Standort und Nummer der Telefonzelle erhalten hatte, am meisten wunderte, war die Tatsache, daß diese Episode auf Horowitz viel mehr Eindruck machte als das Massaker in Brunni.
»Er spielt immer noch dasselbe gerissene Spiel«, hatte Horowitz Morgan erklärt. »Er ist in Einsiedeln aus dem Wagen gestiegen und hat dafür gesorgt, daß jedermann ihn sehen kann. Dieselbe Strategie wie die, als er in Laufenburg die Rheinbrücke überquerte, als er dafür sorgte, daß man sich an seinen Fahrkartenkauf erinnerte, und als er sich in Zürich in dem Hauptbahnhof am nächstgelegenen Hotel einmietete.«
»Und was ist das für eine Strategie?«
»Katze und Maus«, hatte Horowitz entgegnet.
»Und wer ist die Katze?«
»Die werde ich sein. Letzten Endes...«
Das war vor ein paar Stunden gewesen. Morgan schaute auf die Uhr. Der Wagen, der ihn über die Grenze nach Deutschland bringen sollte, würde inzwischen bereitstehen. Er mußte verschwinden, bevor die Polizei in das Basler Büro einfiel. Er griff nach seinem Koffer und fuhr mit dem Fahrstuhl hinunter.
Der Mercedes wartete am Bordstein. Morgan erlebte eine weitere böse Überraschung. Armand Horowitz, in Chauffeurslivree mit Schirmmütze, öffnete ihm die Beifahrertür. Für den Fall, daß ihn jemand beobachtete, enthielt er sich jeder Bemerkung und stieg ein. Horowitz hatte ihm den Koffer abgenommen, verstaute ihn im Kofferraum, schlug die Klappe zu und setzte sich hinters Lenkrad.
»Wie, zum Teufel, sind Sie so schnell hierher gekommen?« fragte Morgan.
»Es tut richtig wohl, so herzlich willkommen geheißen zu werden.« Horowitz lenkte den Mercedes vom Bordstein fort und fuhr in Richtung der Rheinbrücke und der dahinterliegenden Grenzstation. »Es war ganz einfach. Ich bin mit einem Ihrer noch vorhandenen Hubschrauber von Kloten nach Basel geflogen. Glücklicherweise hat Ihr Chauffeur ungefähr meine Statur und Größe. Das war mir bereits früher aufgefallen. Ich habe mir seine Uniform geliehen.«
»Er hat Sie Ihnen gegeben? Einfach so?«
»Es war ein bißchen sanfte Überredung erforderlich. Er liegt bewußtlos in Ihrem Funkraum im Keller.«

»Warum die Verkleidung?«
»Wir wollen über die Grenze...«
In den nächsten paar Minuten schwiegen beide. Morgan war nicht wohl beim Gedanken an den Grenzübergang. Hatte Beck die Posten alarmiert? Ihnen seine Beschreibung geliefert? Er konnte nicht schnell genug aus der Schweiz herauskommen. Er hatte gehört, wie es in den Schweizer Gefängnissen zuging.
»Ganz ruhig«, befahl Horowitz, als er das Tempo verlangsamte und sich der kurzen Schlange anschloß, die sich vor dem Grenzübergang gebildet hatte.
Morgans Paß steckte griffbereit in seiner Manteltasche, als sich der Schweizer Beamte ihrem Wagen näherte. Würden Sie durchgelassen werden? Der Schweizer beugte sich nieder, musterte Morgan eingehend. Morgan erwiderte den Blick. Dann wurde Horowitz gemustert, der aufrecht dasaß und geradeaus schaute. Der Schweizer, ein kleiner, untersetzter Mann, winkte sie weiter. Sie waren durchgekommen. Horowitz fuhr auf deutschen Boden. Der kleine, untersetzte Mann eilte ins Abfertigungsgebäude, betrat ein leeres Zimmer mit einem Telefon und wählte die auf einen Zettel getippte Nummer.
»Polizeipräsidium Freiburg? Hier ist die Schweizer Grenzkontrolle in Basel. Bei Ihnen ist ein Hauptkommissar Kuhlmann, der um diesen Anruf gebeten hat.«
Er mußte ein paar Minuten warten. Dann meldete sich eine kiesige Stimme.
»Hier Kuhlmann. Ist dort die Schweizer Grenzkontrolle in Basel?«
»Ja. Ich befolge die Anweisungen, die ich von Bern erhalten habe. Ein Mercedes von World Security hat eben die Grenze in Richtung Bundesrepublik passiert. Drinnen saßen Morgan und ein uniformierter Chauffeur.«
»Woher wissen Sie, daß er World Security gehört? Und wieso sind Sie sicher, daß es Morgan war?« wollte Kuhlmann wissen.
»Bern hat uns eine Liste der Zulassungsnummern von sämtlichen World Security-Fahrzeugen geliefert, und außerdem eine detaillierte Beschreibung von Gareth Morgan. Er ist fett wie ein Schwein, ist mittelgroß, in den Vierzigern, glattrasiert, sehr dunkles Haar. Er sah aus wie eine riesige Steckrübe...«
»Beschreiben Sie den Chauffeur.«
»Eben ein Chauffeur. Hochgewachsen, dünn, mageres Gesicht, trug eine Stahlbrille.«
»Okay. Ich danke Ihnen.«
Kuhlmann legte den Hörer auf und wendete sich an seinen Assistenten.

»Verbinden Sie mich mit Arthur Beck von der Schweizer Bundespolizei. Sie erreichen ihn im Zürcher Polizeipräsidium.«

Sechsundvierzigstes Kapitel

Buckmaster saß im Wohnzimmer seiner Wohnung in Belgravia. Er befand sich in einer Art Schockzustand. Eine Stunde zuvor hatte er den Anruf von Oberst Romer erhalten. Die Kündigung des Kredites war eine Katastrophe. Jede Kündigung zu diesem Zeitpunkt wäre eine Katastrophe gewesen. Es war zum Verzweifeln. Und es war auch ein Wettlauf gegen die Zeit, vielleicht eine Sache von ein paar Stunden, die alles entscheiden würden. Sobald die sowjetischen Militärs *Schockwelle* übernommen hatten, würde ihm die Hälfte der riesigen Summe von fünfhundert Millionen Pfund in der Schweiz in Gold ausbezahlt werden, und mit einem Bruchteil dieser Summe würde er Oberst Romer und seine verdammten Wurzelzwerge auszahlen können. Die zweiten zweihundertfünfzig Millionen sollte er erhalten, nachdem die Experten den Computer geprüft hatten.
Tweed. Es mußte Tweed sein, der hinter diesem katastrophalen Anruf aus Zürich steckte. Tweed war in Zürich. Das konnte kein Zufall sein. Jetzt hing alles davon ab, daß Horowitz wieder einmal glatte und saubere Arbeit leistete. Tweed durfte auf keinen Fall nach England zurückkehren. Schon der Gedanke an diesen Mann erfüllte Buckmaster mit abgrundtiefem Haß.
Er holte tief Luft und erinnerte sich an einen langen Artikel, den das *Forbes Magazine* in den USA einmal über ihn gebracht hatte. Der Autor hatte Buckmasters phänomenalen Aufstieg zu Macht und Reichtum zurückverfolgt. Er hatte eine Formulierung gebraucht, die Buckmaster jetzt wieder vor Augen stand. *Dieser Mann ist am besten, wenn er mit dem Rücken zur Wand steht.* Er stand auf. Er würde den Gegner abermals schlagen und aus seinen gegenwärtigen Schwierigkeiten stärker als je zuvor hervorgehen.
In diesem Moment kam Leonora, die nach einem langen Abend im Büro in der Stadt geblieben war, aus ihrem Schlafzimmer.
»Ich bin froh, daß du noch da bist. Ich würde gern ein paar Worte mit dir reden, Lance.«
Etwas in ihrem Ton bewirkte, daß er sich versteifte. Sie hielt einen Umschlag in der Hand, aus dem sie ein Foto hervorzog. Sie hielt es so, daß er nur die Rückseite sehen konnte.
»Ich bin zu dem Schluß gekommen, daß ich dein Herumgespiele mit so vielen Frauen satt habe.«

»Wovon zum Teufel redest du?«
Seine Stimme war gefährlich gelassen, seine Miene starr. Für eine Szene hatte sie sich den falschen Moment ausgesucht. Die Hälfte seines Verstandes war nach wie vor mit dem Problem der Kredite beschäftigt, und er wünschte sich nichts weniger als weiteren Ärger – und dazu im eigenen Haus. Er spürte, wie Wut in ihm aufwallte, und es gelang ihm nur mit äußerster Willenskraft, seine Gelassenheit zu wahren.
»Hiervon rede ich. Ein fotografischer Beweis dafür, wie du dich mit deinen Nutten vergnügst.«
Sie streckte ihm das Foto entgegen, und er nahm es. Es kostete ihn Mühe, es ihr nicht aus der Hand zu reißen. Da er größer war als Leonora, überragte er sie, während er das Foto betrachtete. Dann hob er den Blick, und seine Augen waren kalt, als er sie ansah.
»Wo hast du diesen Dreck her?«
»Ja, das wäre ein guter Name für diese Person«, sagte sie. »Dreck. Wieviel verlangt sie für eine schnelle Nummer? Oder machst du ihr Geschenke? Ein paar Brillanten, die sie sich um den Hals legen kann? Ich würde ihr selbst gern etwas um den Hals legen – meine Hände nämlich.«
»Das ist eine Fälschung«, erklärte er im gleichen gelassenen Ton wie zuvor.
»Natürlich!« Sie lachte ihm ins Gesicht. »Eine Fälschung. Das ist wirklich gut. Schließlich bist du Minister der Krone, Lance. Zur Zeit. Ich hätte wirklich gedacht, daß du zu Besserem imstande sein würdest.«
»Ich habe dich gefragt, wo du das her hast.« Er kam auf sie zu.
»Hast du noch nie von Privatdetektiven gehört? Eine Menge Frauen engagieren sie, wenn sie Grund haben, ihren lieben Ehemännern zu mißtrauen. Und manchmal haben sie Glück. Sie bekommen fotografisches Beweismaterial. Wie ich es bekommen habe.«
»Du – dämliche – Kuh!« Er spie die Worte heraus. »Ich kenne dieses Foto...«
»Tatsächlich?« Sie hob eine Hand und schob eine Locke zurecht. »Du meinst, du hast dich von jemandem fotografieren lassen, während du dabei warst? Also nicht nur ein geiler Bock, sondern außerdem noch ein Spinner? Darf ich mir bei Gelegenheit dein Fotoalbum ansehen?«
»Dieses Foto«, wiederholte er im gleichen, mühsam beherrschten Ton, »ist eine Fälschung. Die Aufnahme, wie ich auf einer Couch liege, wurde von einem Pressefotografen gemacht. Gott, ich weiß nicht, wie oft ich fotografiert worden bin. Aber an diese Aufnahme erinnere ich mich. Du hast dich aufs Kreuz legen lassen. Die Frau habe ich noch nie in meinem Leben gesehen...«

»Ich wußte, daß du das sagen würdest...«
»Halt den Mund!« brüllte er sie an. Dann zwang er sich wieder zu seinem beherrschten Ton. »Da hat jemand geschickte Arbeit geleistet und die Frau – ein Foto von ihr – auf mich draufmontiert. Dann hat er die Ansatzstellen retuschiert und das Ganze noch einmal fotografiert.«
»Und du erwartest, daß ich das glaube? Ich habe das Gefühl, du verlierst die Herrschaft über deine Fähigkeit, überzeugende Lügen vorzubringen. Vielleicht verlierst du sogar die Herrschaft über alles.«
Das war nur eine ins Blaue hinein gesagte Bosheit, aber für Buckmaster bedeutete sie wesentlich mehr. Sein Verstand raste. Konnte es sein, daß sie etwas mit der Kündigung des Krediets durch Romer zu tun hatte? Verrat hinter seinem Rücken? Seine Wut kochte über.
Er beförderte das Foto in seine linke Hand, hob die rechte und versetzte ihr mit der Rückhand einen Schlag ins Gesicht. Ihr Kopf fuhr zurück. Sie verlor das Gleichgewicht und stürzte auf eine nahestehende Couch. Einen Moment lang glaubte der ehemalige Hauptmann der Fallschirmjäger, er hätte zu hart zugeschlagen. Er trat einen Schritt vor, und da richtete sie sich auf, lehnte sich auf der Couch zurück und funkelte ihn an.
»Du Dreckskerl! Das war das erste und das letzte Mal, daß du mich geschlagen hast!«
»Du wirst dir ganz schön blöd vorkommen, wenn du das Pressematerial durchsiehst und das ursprüngliche Foto von mir findest, das mit dem dieser Frau zusammengebracht worden ist. Und jetzt will ich wissen, wer dir diesen Mist angedreht hat?«
»Und die Polizei will wissen, wer Zugang zu dem Privatlift in der Threadneedle Street hatte – an dem Abend, als Ted Doyle ermordet wurde.«
»Ermordet? Was für einen Quatsch redest du jetzt schon wieder? In den Zeitungen hieß es, Doyle wäre aus dem Fenster gefallen.«
»Oh ja«, höhnte sie, »und du bist auch auf den Bericht hereingefallen, den Chefinspektor Buchanan an die Presse gegeben hat. Aber so liegen die Dinge nicht, das kann ich dir versichern. Buchanan ist der Ansicht, daß es sich um einen kaltblütigen Mord handelt. Nur drei Leute haben Schlüssel zu dem Lift, der von der Tiefgarage direkt in den achtzehnten Stock fährt. Ich, Morgan – und du.«
»Du hast diesem Buchanan gesagt, daß ich immer noch einen Schlüssel habe?« fragte er ruhig.
»Noch nicht.«
»Wenigstens etwas. Und nun hör mir zu, Leonora. Ich kann dich jederzeit hinauswerfen und Morgan an deine Stelle setzen.«

»Das glaube ich nicht...«
»Dann solltest du einmal die entsprechenden Artikel über die Regelung der Firmenleitung lesen. Ich kann dich hinauswerfen – einfach so.«
Er schnippte verächtlich mit den Fingern. Leonora stand auf und betastete ihr Gesicht mit den Fingerspitzen. Ein blauer Striemen markierte die Stelle, an der Buckmasters Schlag sie getroffen hatte. Sie konnte ihn im Wandspiegel hinter ihm sehen. Sie sprach mit großer Eindringlichkeit.
»Beim ersten Anzeichen dafür, daß du versuchst, mich auszubooten, gehe ich zu Buchanan und sage ihm, wer nach wie vor den dritten Schlüssel zu diesem Lift hat.«
»Du kannst mich nicht in diese Doyle-Geschichte hineinzerren.«
»Willst du darauf wetten?« höhnte sie. »Willst du deine ganze Karriere darauf wetten? Was glaubst du – wie lange würdest du Minister für Äußere Sicherheit bleiben, wenn du auf den Titelseiten der Zeitungen als einer der Mordverdächtigen erscheinst?«
»Du...«
»Und«, fuhr sie mit tödlicher Gelassenheit fort, »wenn du mich noch einmal eine dämliche Kuh nennst, dann ist der Fall gelaufen. Wobei mir einfällt, daß ich nicht einmal zu Buchanan hinzugehen brauche. Er hat angekündigt, daß er mich noch einmal in meinem Büro aufzusuchen gedenkt. Dieser fehlende dritte Schlüssel läßt ihm keine Ruhe.«
»Lassen wir alles so, wie es ist«, entschied er. »Wir haben einfach zu viele häusliche Reibereien...«
»Reibereien!« Sie schnaubte. »Und wenn du sagst, wir wollen alles lassen, wie es ist, meinst du, daß ich Präsidentin bleibe. Ist es so?«
»Du hast es auf den Punkt gebracht.« Er hatte sich jetzt wieder unter eisiger Kontrolle. »Ja, so ist es. Natürlich. Ich brauche in dieser Position jemanden, dem ich vertrauen kann. Morgan ist unersättlich ehrgeizig. Behalte ihn im Auge.« Er warf einen Blick auf die Uhr. »Hanson wartet darauf, mich ins Ministerium zu bringen. Gib mir den Umschlag, ich behalte dieses Foto, bis ich das Original gefunden habe.«
»Ich habe weitere Abzüge«, warnte sie, als sie ihm den Umschlag reichte.
»Geht in Ordnung. Und nun muß ich wirklich los...«
Vor der Haustür gab er sich seinem Chauffeur Hanson gegenüber, der ihm die hintere Tür des Daimler öffnete, ganz normal und verbindlich wie immer, doch sobald der Wagen unterwegs war, saß er angespannt da und überdachte die jüngsten Ereignisse. Seine ganze Welt ging in die Brüche.
Da waren Romer und die Kündigung des Schweizer Kredits. Er mußte den Raum in der Admiralität aufsuchen, feststellen, wo sich die *Lampedusa*

inzwischen befand. Sie konnte nicht mehr weit von dem vereinbarten Rendezvous-Ort entfernt sein. Und nun hatte er noch eine Sorge mehr. Er hatte die Zeitungen gelesen, und Doyles Tod war nicht mehr erwähnt worden. Nur eine kurze Meldung, daß die amtliche Leichenschau auf Antrag von Chefinspektor Buchanan vertagt worden war. »Während wir unsere Nachforschungen weiterführen...« Was für Nachforschungen?

Während sich Buckmaster nach Whitehall fahren ließ, war Marler nicht weit entfernt. Er war mit seinem Porsche unterwegs nach Scotland Yard. Seinen Abflug in die Schweiz hatte er nach der Lektüre der Zeitungen aufgeschoben. Was seine Aufmerksamkeit erregt hatte, war die Meldung über die Vertagung der amtlichen Leichenschau im Fall Doyle gewesen, dem Hauptbuchhalter, der aus einem Fenster des Gebäudes von World Security gefallen war.

Er hatte mit Leonora in ihrer Wohnung in Belgravia ein Kopfkissengespräch geführt, und sie hatte ihm von Doyles merkwürdigem Tod erzählt. Indem er ein paar beiläufige Fragen stellte, war es Marler gelungen, sich ein Bild davon zu machen, was in dieser verhängnisvollen Nacht geschehen war. Sie hatte darauf losgeredet, froh, daß sie jemanden hatte, mit dem sie über diese unerfreuliche Geschichte sprechen konnte.

Marler hatte im Yard angerufen, kurz mit Buchanan gesprochen und diese Verabredung mit ihm getroffen. Er parkte seinen Wagen und wanderte in das berühmte Gebäude. Er wurde sofort in Buchanans Büro geleitet, doch als er eintrat, erlebte er eine unangenehme Überraschung.

In dem Büro saßen zwei Männer. Einen von ihnen kannte Marler. Chefinspektor Harvey vom Sonderdezernat, ein wieselflinker Beamter, der Tweed immer zuwider gewesen war. Zwei unterschiedlichere Männer konnte es kaum geben.

Buchanan, hochgewachsen, elegant, erhob sich, kam um seinen Schreibtisch herum, streckte Marler die Hand entgegen. Sein Griff war fest. Er trug einen gutsitzenden grauen Anzug, ein weißes Hemd, eine blaßgraue Krawatte, die zur Farbe seiner hellwachen Augen paßte.

»Danke, daß Sie gekommen sind, Mr. Marler. Bitte nehmen Sie Platz. Ich nehme an, Sie kennen Chefinspektor Harvey vom Sonderdezernat?«

»Wir sind uns schon begegnet.«

Marler nickte dem anderen Mann zu. Er war schwarzhaarig, kleiner und massiger als Buchanan und trug einen blauen Anzug, der ihm nicht recht zu passen schien. Um die Winkel seines kleinen Mundes spielte ein höhnisches Lächeln. Seine Augen schossen im ganzen Zimmer umher.

»Ich verstehe das nicht recht«, begann Marler, als sich Buchanan wieder hinter seinem Schreibtisch niedergelassen hatte. »Sie gehören zur Metropolitan Police. Harvey ist Angehöriger des Sonderdezernats. Es ist etwas ungewöhnlich, daß diese beiden Einheiten zusammenarbeiten.«
»Was geht Sie das an?« fauchte Harvey.
»Ich finde, wir sind unserem Besucher eine Erklärung schuldig«, warf Buchanan höflich ein. »Sie haben natürlich völlig recht, Mr. Marler. Normalerweise arbeiten die beiden Einheiten völlig unabhängig voneinander – und ein Großteil ihrer Aktivitäten steht im Zusammenhang mit Ihrer Organisation. Von der ich, wie ich gestehen muß, nur sehr wenig weiß...«
»Halten Sie das wirklich für erforderlich?« fragte Harvey unwirsch.
»Das tue ich. Mr. Marler, ich untersuche die Umstände des Todes von Edward Doyle, Chefbuchhalter von World Security. Allem Anschein nach ist er eines späten Abends aus einem Fenster gestürzt. Der Fall hat ein paar Aspekte, die mir zu denken geben. Die Nachforschungen gehen weiter. Und das ist der Punkt, an dem Harvey ins Spiel kommt. Es hat – nur wenige Tage vor Doyles Hinscheiden – einen Mord an einer unbekannten Frau gegeben, in einer Wohnung am Radnor Walk, die einem Mann namens Tweed gehört. Bin ich richtig informiert, daß er Ihr direkter Vorgesetzter ist?«
»So ist es.«
»Harvey kommt mit seiner Untersuchung dieses brutalen Mordes nicht weiter...« Er hielt inne, und Marler warf einen Blick auf Harvey, der wütend dreinschaute. »... und bisher«, fuhr Buchanan fort, »ist es ihm auch nicht gelungen, das Opfer zu identifizieren. Er steckt in einer Sackgasse. Habe ich mich bisher klar ausgedrückt?«
»Bisher ja. Ich warte immer noch auf die Verbindung.«
»Darauf komme ich gleich. Harvey ist es gelungen, den Mord am Radnor Walk aus den Zeitungen herauszuhalten – aus offensichtlichen Gründen. Dann hat er vom Tod Doyles im Haus von World Security gehört. Darüber hat die Presse berichtet. In der Nacht des Mordes am Radnor Walk sind drei Leute dort aufgetaucht. Der eine war Robert Newman, der Auslandskorrespondent. Der zweite war Mr. Howard, Ihr oberster Vorgesetzter. Er war von Tweed dorthin gerufen worden, der anschließend verschwand. Ist bisher alles klar?«
»Ich kann folgen.«
Buchanan hielt einen Moment inne. Marler begann, seine Methode, seine Technik zu begreifen. Er hielt immer inne, bevor er etwas Wichtiges aussprach. »Ein dritter Mann tauchte sehr prompt in der Wohnung auf. Lance Buckmaster, Minister für Äußere Sicherheit.«

»Tatsächlich?«
»Wann fangen Sie eigentlich an zu reden, Marler?« fuhr ihn Harvey an.
»Ich rede.«
»Oh ja.« Der Hohn war nicht zu überhören. »In Sätzen aus zwei oder drei Worten?«
»So ist es.«
Marler beantwortete Harveys Frage, ohne ihn anzusehen. Buchanan beobachtete ihn genau, mit einem Anflug von Belustigung. Er wendete sich an Harvey und lächelte.
»Warum gehen Sie nicht hinunter in die Kantine und trinken eine Tasse Kaffee? Ich komme in ein paar Minuten nach.«
»Ich glaube, ich ziehe es vor, zu bleiben, wo ich bin.«
»Harvey, bisher habe ich das nur als Bitte formuliert.«
»Aus diesem Eisberg holen Sie doch nichts heraus.« Harvey schürzte die Lippen und stand auf. »Vielleicht finden Sie mich später in der Kantine, vielleicht auch nicht.«
Er verließ das Zimmer und machte leise die Tür hinter sich zu. Marler fragte Buchanan, ob er sich eine Zigarette anzünden dürfte. Der Chefinspektor erklärte, er hätte nichts dagegen. Marler zündete seine Zigarette an, blies einen Rauchring, beobachtete, wie er emporstieg, dann sprach er.
»Was ist die Verbindung? Das würde ich gern von Ihnen hören.«
»Die einzige mögliche – ich wiederhole: mögliche – Verbindung ist die, daß Buckmaster kurz nach Auffindung der Leiche am Radnor Walk erschien. Dann, kurz danach, haben wir eine weitere Leiche beim Haus von World Security – Buckmasters Firma – in der Threadneedle Street. Ich fange an, mich zu fragen, ob die beiden Morde zusammenhängen. Ich habe keinerlei Beweise dafür, das muß ich betonen. Weshalb sind Sie zu mir gekommen, Mr. Marler?«
»Meine Quelle kann ich nicht preisgeben. Ich unterstehe den Geheimhaltungsvorschriften. Aber jemand hat mir erzählt, daß es im Gebäude von World Security einen Lift für die Firmenleitung gibt, der von der Tiefgarage zu deren Büros im achtzehnten Stock führt. Trifft das zu?«
»Ja.«
Buchanan schaute Marler nicht mehr an. Scheinbar völlig entspannt spielte er mit einem gläsernen Briefbeschwerer auf seinem Schreibtisch. Erst als Marler seine Frage stellte, blickte er auf.
»Kann ich davon ausgehen, daß dieses Gespräch unter uns beiden bleibt? Daß Sie Harvey gegenüber nichts von dem verlauten lassen, was ich Ihnen sage? Ich rede nach wie vor von den Geheimhaltungsvorschriften.«

»Sie haben mein Wort. Sie können frei reden. Völlig vertraulich.«
»Bleiben wir bei diesem Lift. Soweit ich informiert bin, gibt es dafür nur drei Schlüssel. Mrs. Buckmaster hat einen, ebenso Gareth Morgan. Der dritte Schlüssel ist angeblich verlorengegangen.«
»So wurde mir zu verstehen gegeben.«
»Lance Buckmaster hat den dritten Schlüssel. Er ist nicht verlorengegangen. Er hat den Schlüssel behalten, als er Minister wurde. Damit kann er sich ungesehen in die Räume der Firmenleitung begeben.«
Buchanan hörte auf, mit dem Briefbeschwerer zu spielen. Immer noch entspannt, blickte er ins Leere. Dieser Mann könnte aus fast allen Leuten die Wahrheit herausholen, dachte Marler.
»Ich bin Ihnen sehr dankbar, Mr. Marler, für diese interessante Information. Und ich will Ihnen nicht verhehlen, daß sie uns bei unseren Nachforschungen einen neuen Weg eröffnet. Schließlich war Ted Doyle der Hauptbuchhalter. Und als solcher muß er, wie die Amerikaner sagen, gewußt haben, wo die Leichen vergraben sind.«
»Und wir reden von zwei Leichen.«
»So ist es.« Buchanan hielt abermals inne. »Wäre es zuviel gefragt, warum Sie mir das nicht in Gegenwart von Harvey erzählen wollten? Schließlich unterliegt er doch auch den Geheimhaltungsvorschriften – genau wie Sie.«
Marler schaute auf die Uhr. Wenn er seine Maschine nach Zürich erreichen wollte, mußte er bald aufbrechen. Er schaute Buchanan unverwandt an.
»Ich gehe Leuten nie um den Bart. Aber von Ihnen habe ich mir ein Bild gemacht, seit ich dieses Büro betreten habe. Ich kenne Harvey. Er würde die ganze Geschichte restlos vermasseln. Und ich nehme an, daß es Ihnen eher gelingen wird, Resultate zu erzielen.«
»Danke«, sagte Buchanan. »Ich betrachte das als Kompliment.«

Auf der Fahrt zum Londoner Flughafen überdachte Marler noch einmal, was er erreicht hatte. Er erinnerte sich an einen Freund, dessen Firma von Lance Buckmaster geschluckt worden war.
Um ihn zum Aufgeben zu bewegen, waren alle erdenklichen Formen von Einschüchterung und Druck eingesetzt worden. Es waren Gerüchte verbreitet worden, daß seine Familie entführt und Lösegeld verlangt werden würde. Es hatte einen Einbruch in sein Haus gegeben, der sinnlos schien – bis er zu spät feststellte, daß sein Telefon angezapft worden war.
Etliche seiner Sicherheitstransporte waren sabotiert worden, und zwar so, daß sehr große Verspätungen bei der Ausführung von Aufträgen alter Kunden eintraten, die sich daraufhin aus dem Geschäft zurückgezogen

hatten. Seine Frau hatte einen Nervenzusammenbruch erlitten. Um dem Druck ein Ende zu machen – und es gab nichts, was er der Polizei gegenüber als Beweis hätte anführen können –, hatte sein Freund ein Angebot von World Security angenommen, das weit unter dem tatsächlichen Wert der Firma lag.

Nun, dachte Marler, jetzt wird Buckmaster selbst ein bißchen psychologische Kriegführung zu schmecken bekommen. Er war sicher, daß Leonora ihm das kompromittierende Foto früher oder später zeigen würde. Vermutlich früher.

Und außerdem stand Buckmaster nun ein zwar diskretes, aber unerbittliches Kreuzverhör über Doyles Tod durch Chefinspektor Buchanan bevor. Und beides zusammen konnte nicht ohne Wirkung auf die seelische Verfassung des Ministers bleiben. Vor allem würde er befürchten, daß die Presse Wind von einer dieser beiden Geschichten bekam. Nun ja, mein Freund, sagte er sich, du bist nicht der einzige, der sich daranmachen kann, die seelische Stabilität eines Menschen zu untergraben. Mit einem Gefühl ingrimmiger Befriedigung ging er an Bord der Maschine nach Zürich.

Siebenundvierzigstes Kapitel

Marler rief Buchanan kurz nach der Landung vom Flughafen Kloten aus an. Er mußte eine Weile warten, bis sich der Chefinspektor meldete. Buchanan hatte gerade mit Lance Buckmaster verabredet, daß er ihn am Abend in dessen Wohnung in Belgravia aufsuchen würde.

»Wer ist dort?«

»Hier ist Marler. Hat man Ihnen das nicht gesagt? Ich habe meinen Namen genannt.«

»Nur um Ihre Identität zu überprüfen – was hatten Sie an, als wir uns das letzte Mal sahen?«

»Kariertes Sportjackett, graue Hose, blaues Hemd, gelbe Krawatte.«

»Und nennen Sie mir den Namen – nur den Nachnamen – des Mannes, der bei mir war, als Sie kamen.«

»Harvey. Sie sind ganz schön argwöhnisch.«

»Nur vorsichtig. Von wo aus rufen Sie an?«

»Von einem weit von London entfernten Ort. Fragen Sie nicht, welchem. Ich bin gleichfalls vorsichtig.«

»Das genügt mir. Was haben Sie auf dem Herzen?«

»Eine weitere mögliche Spur, die ich bei meinem Besuch bei Ihnen zu erwähnen vergaß.« Marler hielt einen Moment inne; Buchanan würde die Bedeutung dieser Gesprächstaktik begreifen.

»Diese Spur ist ein angeblicher Verkehrsunfall mit Fahrerflucht, bei dem kürzlich in London ein Mann ums Leben kam. Ein gewisser Dr. Rose vom St. Thomas-Hospital. Buckmaster könnte Ihnen dabei vielleicht weiterhelfen.«

»Wer ist dieser Dr. Rose? Oder – wie Sie selbst mehrfach sagten – wo ist die Verbindung?«

»Dr. Rose war der Pathologe, der die Autopsie an der unbekannten Ermordeten vornahm, die in einer Wohnung am Radnor Walk gefunden wurde. Bis später...«

Marler drückte die Gabel nieder und wählte anschließend die Nummer des Polizeipräsidiums in Zürich. Er bat darum, mit Arthur Beck verbunden zu werden, nannte seinen Namen und sagte, er würde auch gern mit Paula sprechen. Er wartete und wurde mit zwei verschiedenen Personen verbunden. Die zweite war eine Frau. Er mußte alles noch einmal wiederholen und dann abermals warten.

Er klopfte den Schnee von seinen Schuhen – die Passagiere hatten das Flugzeug über eine angerollte Gangway verlassen müssen, und auf dem Boden hatte sehr viel Schnee gelegen.

»Hier Arthur Beck. Mit wem spreche ich?«

»Ich dachte, das hätte man Ihnen inzwischen mitgeteilt. Ich rufe von Kloten aus an. Bin gerade aus London eingetroffen. Ich versuche, mich mit einem Mann namens Tweed in Verbindung zu setzen. Ich heiße Marler.«

»Mit wem?«

»Tweed. Tun Sie nicht so, als kennten Sie ihn nicht. Sie haben schon des öfteren mit ihm zusammengearbeitet. Wahrscheinlich ist Paula Grey, seine Assistentin, bei ihm. Und Bob Newmann, der Auslandskorrespondent.«

»Ich glaube, es wäre besser, wenn Sie ins Präsidium kämen. Ein Taxifahrer wird Sie herbringen.«

»Sie haben meine Frage nach Tweed nicht beantwortet...«

»Ein Taxifahrer wird Sie herbringen. Bis später, Marler.«

Was geht da vor? fragte sich Marler. Er griff nach seinem Koffer und machte sich auf den Weg zum Taxenstand. War Beck Tweed feindselig gesinnt? Er würde sehr behutsam taktieren müssen, wenn er im Polizeipräsidium ankam.

»Das war ein Mann namens Marler«, sagte Beck zu Tweed, Paula und Newmann, nachdem er den Hörer aufgelegt hatte. »Behauptete, gerade aus

London herübergekommen zu sein. Was soll ich mit ihm anfangen, wenn er hier eintrifft? Kennen Sie ihn?«

»Einer meiner besten Mitarbeiter«, erwiderte Tweed.

Er blickte auf, als eine Polizistin Butler und Nield in das große, auf die Limmat hinausgehende Büro führte. Es war bereits dunkel; jenseits des Flusses funkelten zahlreiche Lichter, und das dunkle Wasser reflektierte den Schein der Straßenlaternen. Butler und Nield kamen aus dem Hotel Schweizerhof, wo sie sich einlogiert hatten. Sie setzten sich und beobachteten Tweed.

Das Massaker in Brunni lag zwei Tage zurück. Beck hatte Tweed in einem streng bewachten Haus in der Altstadt untergebracht. Er wurde erst ins Polizeipräsidium gefahren, nachdem es dunkel geworden war. Beck ballte die Hände zu Fäusten und öffnete sie wieder.

»Sie haben mir noch nicht gesagt, was ich mit diesem Marler anfangen soll. Könnte es sein, daß sich jemand anders für ihn ausgibt? Wir können ihn ins Vernehmungszimmer schicken, und dort können Sie durch ein Spiegelfenster einen Blick auf ihn werfen, ohne daß er Sie sieht. World Security ist wie ein Krake, der seine Tentakel überall hineinsteckt. Das ist mir inzwischen klargeworden.«

»Das wäre vielleicht eine kluge Vorsichtsmaßnahme«, stimmte Tweed ihm zu. »Und wenn es tatsächlich Marler ist, kann er sich uns anschließen...«

»Ich bin dagegen«, warf Newman ein. »Woher wissen wir, ob wir ihm trauen können? Es ist durchaus möglich, daß Buckmaster ihn inzwischen vereinnahmt hat.«

»Ich bin derselben Ansicht wie Bob«, erklärte Paula. »Wir können es nicht riskieren.«

Tweed sah Butler und Nield an. »Eure Meinung über Marler?«

»Es ist seit jeher ein Einzelgänger gewesen«, entgegnete Butler. »Aber was Tweed betrifft, so würde ich Marler sein Leben anvertrauen.«

»Und genau darauf würde es hinauslaufen«, rief Paula.

»Pete?« fragte Tweed.

»Ich bin derselben Meinung wie Butler«, erklärte Nield. »Und bei diesem Querfeldeinrennen brauchen wir alle Hilfe, die wir bekommen können.«

Beck stand auf. »Eine Information habe ich Ihnen bisher vorenthalten, Tweed. Vorgestern hat Hauptkommissar Kuhlmann bei mir angerufen. Er hat mir mitgeteilt, daß Morgan in Basel die Grenze zur Bundesrepublik überschritten hat und in Richtung Freiburg gefahren ist. Mit einem Chauffeur, der eine Stahlbrille trug.«

»Hört sich an wie Armand Horowitz«, sagte Newman grimmig.

»Und«, fuhr Beck fort, »glauben Sie nun immer noch, es wäre ein guter Gedanke, auf der Straße nach England zurückzukehren? Die deutschen Autobahnen zu benutzen? Ich hatte meine Zweifel, seit Sie auf diesen Gedanken kamen.«

»Es bleibt dabei«, erklärte Tweed. »Wir haben alle Vorbereitungen für meine Rückfahrt auf diesem Wege getroffen.«

»Sie sind ein Dickkopf.« Beck zuckte die Achseln. »Und nun entschuldigen Sie mich bitte – ich muß hinunter und die nötigen Vorbereitungen für den Empfang von diesem Marler treffen.«

Tweed wartete, bis sie allein waren. Dann durchquerte er das Büro und schaltete ein Transistorradio ein. Es war auf die Frequenz des Polizeifunks eingestellt. Er merkte sich die Einstellung und drehte den Knopf, bis er Musik gefunden hatte. Dann wendete er sich an sein Team.

»Das ist wahrscheinlich unnötig – aber es könnte sein, daß hier Wanzen angebracht sind. Auf jeden Fall ist World Security bereits bis in dieses Gebäude vorgedrungen. Sie haben einen Informanten hier im Präsidium.«

»Woher in aller Welt wissen Sie das?« fragte Paula.

»Weil Morgan und – was wichtiger ist – auch Horowitz die Grenze überschritten haben. Und Beck sagte, daß sie in Richtung Freiburg fuhren. Das liegt an der Strecke, die ich benutzen will. Beck hat mehrere Male hier angerufen, bevor wir Brunni verließen – und dabei die ersten Anweisungen zur Vorbereitung unserer Reise gegeben. Der Zufall ist zu groß.«

»Dann müssen wir unbedingt die Route ändern«, erklärte Paula.

Tweed schüttelte den Kopf. »Nein, wir bleiben bei unserem ursprünglichen Plan und der vorgesehenen Route.«

Paula warf einen Blick auf Newman. Um seinen Mund spielte die Andeutung eines zynischen Lächelns. Dann sah sie Butler und Nield an. Butler reagierte nicht, aber Nield zwinkerte ihr zu. Sie wendete sich wieder an Tweed.

»Das ist Wahnsinn.« Ihre Augen verengten sich. »Sie schauen entschieden zu naiv drein. Was führen Sie im Schilde?«

»Ich sagte es bereits. Ich werde World Security zerschmettern. Und ich werde Buckmaster vernichten. Letzteres wird das weitaus Schwierigere sein – es muß geschehen, ohne daß es einen großen Skandal gibt. In der Beziehung müssen wir aus dem Stegreif spielen. Und nun gehe ich hinunter zu dem Transporter mit dem Funkgerät, den Beck von Brunni hierherkommen ließ und der unten parkt. Ich will versuchen, noch einmal mit der *Lampedusa* Verbindung aufzunehmen. Wahrscheinlich steht ihr Rendezvous mit dem militärischen Establishment der Sowjets nahe bevor.«

»Und damit eine Katastrophe größten Ausmaßes«, sagte Paula.
Tweed stellte wieder den Polizeifunk ein und schaltete das Radio aus. Als er das Zimmer verließ, gesellte sich Newman zu ihm.
»Ich komme mit. Draußen ist es dunkel...«
Während sie warteten, schenkte Paula allen Anwesenden weiteren Kaffee aus der Kanne ein, die auf einer Warmhalteplatte stand. Niemand sprach. Von draußen war nichts zu hören außer dem gelegentlichen Heulen einer Polizeisirene. Eine Viertelstunde später kehrten Tweed und Newman zurück.
»Ich habe Verbindung bekommen. Keine Antwort auf die beiden Trickfragen – wie nicht anders zu erwarten. Ich habe mich im Grunde nur gemeldet, um Hoch, dem Funker, den Rücken zu stärken. Ich kenne seinen ›Touch‹ – wir haben vor der Abfahrt der *Lampedusa* geübt. Und die Stimmung auf dem Schiff dürfte jetzt sehr angespannt sein.«

34,10 Grad nördlicher Breite, 24,50 Grad östlicher Länge. Die *Helvetia* lag südlich von Kreta auf Ostkurs. Obwohl kein Land in Sicht war, befand sich der Frachter ungefähr vor der Mitte der großen Insel. Sein planmäßiges Vorankommen war durch schlechter werdendes Wetter beträchtlich verlangsamt worden. Unter tiefhängenden Wolken rollten sechs Meter hohe Wellen wie kleine Berge auf das Schiff zu und ergossen sich über das Vordeck. Das Barometer fiel, ein Sturm braute sich zusammen.
Greg Singer kämpfte sich unter dem heftigen Rollen und Schlingern des Schiffes die Treppe zur Brücke empor. Er hatte abermals nach dem riesigen Computer im Laderaum gesehen. Wie durch ein Wunder hatte er nach wie vor seine Position nicht verändert. Er taumelte über die Brücke zu Kapitän Hartmann, der neben dem Rudergänger stand.
»Wieviel Zeit haben Sie zum Aufholen?« brüllte Singer.
»Aufholen?« Hartmann starrte Singer an, als hätte er den Verstand verloren. »Wir haben sechs Stunden Verspätung – und der neueste Wetterbericht sagt einen Sturm mit Windstärke Sieben voraus. Wir werden Glück haben, wenn es bei den sechs Stunden bleibt. Es besteht eine ganz geringe Chance, daß der Sturm südlich von uns vorbeizieht. Aber sehen Sie sich das an.«
Er deutete mit einer Handbewegung aufs Vordeck. Der Anblick war alles andere als ermutigend. Riesige Wellen rollten von allen Seiten auf sie zu. In der Ferne löschten Wolken wie eine schwarze Hand den Horizont aus. Singer preßte die Lippen zusammen – es hatte wenig Sinn, den Kapitän weiter anzubrüllen.
Das Problem, das ihn schon früher beschäftigt hatte, erschien ihm jetzt noch

bedrohlicher. Würden ihn die Russen nach dem Rendezvous einfach gehen lassen? Er bezweifelte es mehr und mehr. An Land hatte es ausgesehen wie ein einwandfreies Geschäft. Aber jetzt, auf See, mit nichts in Sicht außer diesen verdammten Wellen mit ihren Gischtkronen, hatte Singer das Gefühl, in der Falle zu sitzen. Irgendwie mußte er ihr entkommen.

Der Raketenkreuzer *Swerdlow*, eines der modernsten und schwersten Schiffe der sowjetischen Marine, hatte die Dardanellen durchfahren und dampfte nun durch die Ägäis südwärts zum vereinbarten Rendezvous in der Nähe der Ostküste von Kreta.
Das Wetter war gut, die See ruhig, und das große Kriegsschiff fuhr mit Höchstgeschwindigkeit. Der Kommandant war sicher, daß sie rechtzeitig dort ankommen würden. Das einzige, was ihm Sorgen machte, war der neueste Wetterbericht. Südlich von Kreta tobte ein heftiger Sturm, aber er glaubte nicht, daß er gezwungen sein würde, die Geschwindigkeit seines Schiffes um mehr als ein paar Knoten zu reduzieren.

Die unsichtbaren Augen des Spionagesatelliten *Ultra* schauten herunter auf die Erde. Seine Umlaufbahn führte über das Schwarze Meer, die Ägäis und dann über das Mittelmeer nach Libyen, sein Hauptbeobachtungsgebiet. In Langley, Virginia, betrachtete Cord Dillon die neuesten Fotos, die *Ultra* gesendet hatte. Er verglich sie mit dem von den Analytikern erstellten Bericht, von dem Kopien nach Washington geschickt worden waren. Sein rotes Telefon läutete. Er nahm den Hörer auf, identifizierte sich.
»Hier Tremayne«, meldete sich der Admiral. »Sie haben die neuesten *Ultra*-Fotos gesehen?«
»Ich war gerade im Begriff, Sie anzurufen. Sie lassen erkennen, daß sich die *Swerdlow* bereits westlich von Rhodos befindet. Das wird ziemlich knapp, Admiral.«
»Und deshalb habe ich ein dringendes *Leopard*-Signal nach Neapel geschickt. Um ein bißchen Dampf zu machen...«

Hank Tower, der Kommandant des Zerstörers DGG 997 *Spruance* der Kidd-Klasse, der sich Kreta näherte, war frustriert. Er befand sich auf der Brücke, als ihm die entschlüsselte Botschaft aus Washington ausgehändigt wurde. Er überflog sie, dann befahl er schnellere Fahrt.
Im Maschinenraum schauten sich die Männer verblüfft an. Die *Spruance* hüpfte wie ein Ballettänzer auf der schweren See. Normalerweise hätten sie die Geschwindigkeit gedrosselt. Aber Befehl war Befehl.

Tower stand breitbeinig, um das Rollen des Schiffes abzufangen, auf der Brücke und blickte voraus. Grund für seine Frustration war die Unmöglichkeit, bei diesem Wetter seinen Hubschrauber starten zu lassen. Beim ersten Anzeichen dafür, daß der Sturm nachließ, würde er die Maschine losschikken. Das war die einzige Möglichkeit, in dieser Gegend ein Schiff mit einer Silhouette ausfindig zu machen, die der der *Lampedusa* auch nur entfernt ähnelte.

Achtundvierzigstes Kapitel

Ein asiatisches Mädchen führte Buchanan und seinen Assistenten ins Wohnzimmer von Lance Buckmasters Wohnung in Belgravia. Als sie eintraten, erhob sich Buckmaster und kam hinter seinem georgianischen Schreibtisch hervor, um sie zu begrüßen. Er gab sich verbindlich und reichte Buchanan die Hand. Dieser stellte seinen Assistenten vor.
»Das ist Sergeant Warden. Er wird sich Notizen über unser Gespräch machen, wenn Sie nichts dagegen haben, Sir.«
»Tun Sie, als wären Sie zuhause. Nehmen Sie Platz. Darf ich Ihnen eine Zigarette anbieten?«
»Danke, wir sind beide Nichtraucher.«
»Freut mich, das zu hören. Ich auch. Geht zurück auf die Zeit, als ich bei der Luftlandetruppe war. Danke, daß Sie sich bereitgefunden haben, mich hier aufzusuchen anstatt im Ministerium. Eine Gerüchteküche, wie jede Behörde.«
»Ja, das dachte ich mir«, pflichtete Buchanan ihm bei. Er ließ sich auf einem geschnitzten Stuhl nieder und schlug die langen Beine übereinander.
»Wollen Sie nicht lieber in einem bequemen Sessel Platz nehmen?« schlug Buckmaster vor.
»Danke, ich bin hier bestens aufgehoben, Sir. Ich weiß, daß Sie ein vielbeschäftigter Mann sind, also will ich gleich zur Sache kommen.«
»Das tun leider viel zu wenige Leute. Bitte, fangen Sie an.«
Warden, der mit seinem Notizbuch auf dem Schoß in einem Sessel saß, bemühte sich um ein ausdrucksloses Gesicht. Diese Taktik war typisch für Buchanan. Ein liebenswürdiges Vorgeplänkel, damit sich der Opponent entspannte.
»Wir befinden uns in einer etwas mißlichen Lage«, begann Buchanan. »Und wir hoffen, daß Sie imstande sein werden, uns ein bißchen weiterzuhelfen.« Er hielt inne. »Es geht darum, daß ich zwei Morde aufzuklären habe.«

»Zwei?« Buckmaster schaute überrascht und verwirrt drein. »Wie sollte ich Ihnen dabei helfen können?«
»Sie haben nicht gefragt, von welchen zwei Morden ich rede.«
Warden lächelte insgeheim. Es ging los. Buchanans Taktik des Verhörens mit Hilfe psychischer Attacken und Untergrabung des seelischen Gleichgewichts seines Opponenten.
Buckmaster, in Tweedjackett und Cordhose, saß auf einer mit Chintz bezogenen Couch, hatte die Beine gespreizt und die Hände locker zwischen ihnen gefaltet. Er lächelte wölfisch – ungefähr so, als wollte er sagen: na schön, ich werde Ihr Spielchen mitspielen.
»Sagen Sie, Chefinspektor, von welchen zwei Morden reden Sie?«
»Von dem Mord an Edward Doyle, Ihrem Chefbuchhalter, im Haus Ihrer Firma in der Threadneedle Street...«
»Einen Moment bitte. Soweit ich informiert bin, ist Ted in seinem Büro aus dem Fenster gestürzt. Armer Teufel. Ich habe gehört, es hätte irgendetwas mit seiner Neigung zum Glücksspiel zu tun gehabt.«
»Glücksspiel, Sir? Und wo soll er sein Glück versucht haben?«
»Bei den Pferden. Als er für mich arbeitete, war mir nichts davon bekannt, aber offenbar hat er in großem Stil gewettet. Und leider, wie üblich, verloren. Das geht den meisten Leuten so, die so töricht sind, ihr Geld auf Pferde zu setzen.«
»Ist Wettleidenschaft vereinbar mit dem Charakter eines Mannes, der in einem internationalen Konzern wie World Security bis zum Chefbuchhalter aufsteigen konnte?«
Buckmaster machte eine vage Handbewegung. »Ich könnte mir denken, daß er, da er ständig mit Zahlen befaßt war, sich einbildete, er hätte ein sicheres System entwickelt. Das ist natürlich nur eine Vermutung.«
»An Vermutungen bin ich immer interessiert. Manchmal treffen sie ins Schwarze. Das Problem ist nur, daß wir keinerlei Beweise dafür gefunden haben, daß Doyle jemals auf einer Rennbahn gewesen ist.«
»Das ist seltsam.« Buckmaster runzelte die Stirn, als erinnerte er sich. »Ich bin ganz sicher, daß mir jemand erzählt hat, in seinem Büro wären Wettscheine gefunden worden...«
»In seiner Wohnung, Sir. Nicht in seinem Büro.«
»Ach ja. Ich weiß nicht mehr, wer es erwähnt hat. Vielleicht meine Frau. Soweit mir bekannt ist, haben Sie in der Threadneedle Street mit ihr gesprochen.«
»Und was hatte es Ihrer Ansicht nach zu bedeuten, daß Doyle im Besitz von Wettscheinen war, Sir?«

»Nun...« Buckmaster richtete den Blick zuerst auf Warden, dann auf Buchanan. »Ich nahm an, daß dem armen Kerl die Schulden über den Kopf gewachsen waren und er den einzigen Ausweg gewählt hat.«
»Selbstmord? Ist es das, was Sie annahmen?«
Warden hielt den Kopf gesenkt und machte sich stenografische Notizen. In einem kurzen Gespräch hatte Buchanan den Minister für Äußere Sicherheit in das Labyrinth der Erörterung der Umstände von Doyles Tod geführt. Und dabei ist dieser Mann ein geübter politischer Redner, dachte er.
»Nun«, sagte Buckmaster langsam, »das ist doch wohl die logische Folgerung.«
»Sie schließen also die Möglichkeit aus, daß Doyle zufällig aus dem Fenster gestürzt ist. Sie meinen also, daß es sich nicht um einen Unfall gehandelt haben könnte?«
»Ich kann nicht behaupten, daß ich irgendeine Möglichkeit ausschließe. Und ich weiß nicht, wie unser Gespräch auf diesen Punkt gelangt ist.«
»Sie haben also auch die Möglichkeit nicht ausgeschlossen, daß Doyle ermordet worden sein könnte?« Eine Pause. »Sir?«
»Offenbar haben Sie die Wettscheine vergessen, die, wie Sie sagten, in seiner Wohnung gefunden wurden.«
»Nein, Sir, die habe ich nicht vergessen. Aber daran ist ein gewisser Haken. In seiner Wohnung wurde, mit einem Haushaltsgegenstand beschwert, eine Reihe von Wettscheinen gefunden. Sie wurden auf Fingerabdrücke untersucht. Auf diesen Wettscheinen befanden sich keine Fingerabdrücke. Weshalb sollte ein Mann seine Fingerabdrücke von alten Wettscheinen abwischen? Haben Sie dazu irgendwelche Vermutungen, Sir?«
»Der Ton Ihrer Frage gefällt mir nicht.« Jetzt klang seine Stimme leicht gereizt. Er lehnte sich zurück und stützte sein langes Kinn auf eine Hand. Seine blauen Augen glichen Eisbrocken.
»Sie können Ihre gegenwärtige Position nur erreicht haben, weil Sie ein Mann mit großer Erfahrung und Intelligenz sind.« Buchanan legte eine Pause ein. »Ich dachte lediglich, Sie könnten imstande sein, mir zu helfen.«
»Dazu kann ich wirklich nichts sagen.«
Buckmaster entspannte sich. Warden bemühte sich weiter um eine nichtssagende Miene. Sein Chef war in Hochform. Was würde als nächstes kommen?
»Und dann ist da der zweite Mord«, fuhr Buchanan verbindlich fort. »Bei dem Sie, da Sie am Schauplatz des Verbrechens anwesend waren, anscheinend das einzige Bindeglied zum Fall Doyle bilden.«
»Welcher Mord ist das?«

»Der Mord an einer Unbekannten in Tweeds Wohnung am Radnor Walk.«
Buckmasters Kinnmuskeln zogen sich zusammen. Sein Körper versteifte sich, und er starrte den Chefinspektor an, der geduldig auf seine Reaktion wartete.
»Meines Wissens ist Chefinspektor Harvey vom Sonderdezernat für diesen Fall zuständig.«
»So ist es. Völlig richtig, Sir. Aber inoffiziell hat er vorgeschlagen, daß ich diesen Fall in meine Ermittlungen einbeziehe.« Buchanan griff in die Tasche, zog einen Umschlag heraus und streckte ihn Buckmaster entgegen.
»Dieser von ihm an Sie gerichtete Brief ermächtigt mich, den Tweed-Fall zur Sprache zu bringen.«
Buckmaster nahm den Umschlag und warf ihn ungeöffnet neben sich auf die Couch. Er setzte sich aufrecht hin, knöpfte sein Jackett zu. Jetzt ganz der Minister für Äußere Sicherheit, dachte Warden. Buckmasters Stimme war knapp und schroff.
»Ich lehne es ab, über irgendeinen Aspekt des Mordes am Radnor Walk zu reden. Eine Sache der nationalen Sicherheit. Der einzige Beamte, mit dem ich darüber zu reden gedenke, ist Chefinspektor Harvey. Er ist bereits im Besitz der bescheidenen Informationen, die ich ihm geben konnte.« Er ließ seinen Blick zu den roten Kästen auf seinem Schreibtisch schweifen. »Und wenn Sie sonst keine Fragen mehr haben, würde ich dieses Gespräch gern beenden. Ich werde ohnehin bis Mitternacht mit dem Durcharbeiten dieser Akten zu tun haben.«
Buchanan stand auf, und Warden folgte seinem Beispiel. »Ich möchte Ihnen noch sagen, wie sehr ich es zu würdigen weiß, daß Sie uns so viel von Ihrer wertvollen Zeit geopfert haben, Sir.«
Buckmaster, der sich gleichfalls erhoben hatte, musterte Buchanan argwöhnisch. Hatte er bei diesem so überaus höflichen Polizeibeamten eine Spur von Sarkasmus entdeckt? Er nickte.
»Ich bringe Sie zur Tür.«
Buchanan wartete, bis Buckmaster die Hand nach dem Türgriff ausstreckte. Dann sagte er: »Ach ja, Sir – da Sie ohnehin hier arbeiten werden, wird es Ihnen wohl nichts ausmachen, daß wir Ihren Chauffeur Hanson gebeten haben, uns heute abend im Yard aufzusuchen.«
»Warum denn das?«
»Es betrifft Doyles Wohnung, wo die Wettscheine gefunden wurden. Eine Dame, die gegenüber wohnt, hat vor einiger Zeit einen Fremden dort gesehen. Er hatte offenbar einen Schlüssel, da er direkt zur Eingangstür hinaufging und dann in der Wohnung verschwand.«

»Ich verstehe nicht, was das mit Hanson zu tun haben soll.«
»Ich war noch nicht ganz fertig, Sir. Dieser Fremde erschien kurz nach Doyles Tod. Die Nachbarin erwies sich als sehr aufmerksame Zeugin und gab uns eine genaue Beschreibung des Fremden. Wir zeigten ihr ein halbes Dutzend Fotos von verschiedenen Männern, darunter eines von Hanson. Sie erkannte in ihm auf Anhieb den Mann, der Doyles Wohnung aufgesucht hatte.«
»Wie in aller Welt sind Sie an ein Foto von Hanson gekommen?«
»Ganz einfach, Sir. Sie sind einer der bekanntesten Männer im Land. Wir haben uns an eine Fotoagentur gewendet und mehrere Aufnahmen erhalten, die Sie beim Eintreffen zu irgendeinem Anlaß zeigen – mit Hanson, der Ihnen beim Aussteigen die Tür Ihres Wagens offenhält. Ihr Bild haben wir natürlich herausgeschnitten.«
»Offensichtlich ein Fall von Personenverwechslung.«
»Genau das möchte ich heute abend überprüfen, Sir. Aber nun will ich Sie nicht länger von Ihren Kästen abhalten. Die Arbeit für die Regierung muß weitergehen.«
Warden wartete, bis sie wieder in dem nicht als Polizeifahrzeug gekennzeichneten und ein Stück vom Haus entfernt geparkten Wagen saßen und die Sicherheitsgurte angelegt hatten. Buchanan saß hinter dem Lenkrad.
»Bei der Tweed-Geschichte hat er auf stur geschaltet.«
»Genau das habe ich erwartet«, bemerkte Buckmaster, als er den Motor startete und den Wagen über die Straße lenkte. Das Licht der Scheinwerfer glitt über den schneebedeckten Asphalt.
»Weshalb haben Sie sie dann zur Sprache gebracht?«
»Um ihn nervös zu machen. Ich bin ganz sicher, daß er uns etwas verheimlicht hat. In seinen Augen war ein kurzes Flackern, als ich Hanson erwähnte.«

Als er wieder allein war, ging Buckmaster in sein Arbeitszimmer, machte die schalldichte Tür hinter sich zu und goß sich einen steifen Scotch ein. Er kam sich vor wie ein Mann, um dessen Hals sich eine Schlinge zusammenzieht. Er kippte den Drink hinunter.
Da war erstens Tweed. Der Kerl war so gewandt, daß er bisher jedem Versuch, ihn zu eliminieren, entschlüpft war. Wie die Dinge in dieser Hinsicht standen, würde er gleich feststellen.
Zweitens war da die Kündigung des Kredites durch Romer. Es war ihm mit Mühe und Not gelungen, das Geld zu beschaffen, indem er Morgan beauftragt hatte, eine seiner kleineren Firmen zu einem lächerlich niedrigen

Preis zu verkaufen. Bisher hatte er noch nie verkaufen müssen – er hatte immer nur gekauft. Es war, als büßte man einen Arm ein.
Und nun war da auch noch dieser gerissene Buchanan, der die beiden Fälle miteinander verknüpfte. Der Gedanke, daß Hanson verhört werden würde, gefiel ihm ganz und gar nicht. Würde der Kerl schlau genug sein, den Mund zu halten?
Der Drink half. Er betrachtete sich in einem Wandspiegel. Er sah ganz normal aus, gefaßt, selbstsicher. Etwas von seiner arroganten Zuversicht, daß er abermals gewinnen würde, kehrte zurück. Er gewann immer. Jede Schlacht, die ich gekämpft habe, habe ich gewonnen, sagte er sich. Nichts hat sich geändert: ich schaffe alles.
Er setzte sich hinter seinen Schreibtisch und benutzte seinen Privatapparat, um Morgan in Freiburg anzurufen. Während er wartete, trommelte er mit den Fingern auf die Schreibtischplatte. Morgan meldete sich.
»Hier Buckmaster. Irgendwelche Fortschritte beim Aufspüren des Betreffenden?«
»Wir wissen nicht nur, wo er sich aufhält – er ist in Zürich –, sondern kennen auch die genaue Route, die er zu fahren gedenkt, wenn er zurückzukehren versucht.«
»Wenn Sie Risiken eingehen müssen, dann gehen Sie sie ein. Diese Ware darf ihren Bestimmungsort auf keinen Fall erreichen. *Verstanden?*«
»Durchaus. Alle Vorbereitungen für den Empfang sind getroffen...«
»Bei dieser Sache geht es für Sie um Kopf und Kragen.«
»Das beunruhigt mich nicht weiter...«
»Aber vielleicht folgendes. Ich hatte gerade einen Besuch von Chefinspektor Buchanan von der Kriminalpolizei. Er hat mir einen Haufen Fragen gestellt und den Mord am Radnor Walk mit Doyles Hinscheiden in der Threadneedle Street in Verbindung gebracht.«
»Großer Gott! Wie konnte er das tun?«
»Er hat es getan, das kann ich Ihnen versichern. Oh, und da ist noch etwas. Anscheinend hat er eine Zeugin, die behauptet, Hanson beim Betreten von Doyles Haus beobachtet zu haben – nach Doyles Tod.«
»Das klingt übel. So ein Pech...«
»Sie sehen also, Morgan, für Sie geht es wirklich um Kopf und Kragen.«
Morgan setzte zu einer Antwort an, mußte aber feststellen, daß die Verbindung unterbrochen war. Er fluchte, als er seinen eigenen Hörer auflegte. Buckmaster hatte einfach aufgelegt, nachdem er ihm die bestürzende Nachricht serviert hatte. Morgan griff nach seiner Taschenflasche, schraubte den Verschluß ab, setzte sie an den Mund und trank einen großen

Schluck. Das Gespräch hatte ihm schwer zugesetzt. Er schwitzte wie ein Schwein. Er wurde eingekreist – würde Buckmaster ihn den Wölfen vorwerfen, wenn er es für erforderlich hielt?
Tweed. Diesmal muß er liquidiert werden, sagte er sich. Und wenn ich selbst auf den Abzug drücken muß.

Mit seinem Koffer in der Hand erschien Marler im Zürcher Polizeipräsidium, nannte seinen Namen und erklärte, Arthur Beck erwartete ihn. Der uniformierte Polizist am Empfang bat ihn, sich auszuweisen, und Marler reichte ihm seinen Paß.
Er wurde in ein großes Zimmer mit einem Tisch in der Mitte und daruntergeschobenen Stühlen geführt. Der Polizist vom Empfang sagte, er möchte hier warten; jemand würde ihm Kaffee bringen.
Marler stellte seinen Koffer auf dem makellos sauberen Fußboden ab, zündete sich eine King Size-Zigarette an und wanderte langsam im Zimmer herum. Die Wände waren weiß gestrichen. Die einzigen Möbelstücke waren der Tisch und die Stühle, und der einzige Gegenstand auf dem Tisch war ein schwerer gläserner Aschenbecher.
Drei Wände waren völlig kahl. Keine Bilder. An der vierten Wand befand sich ein großer, rechteckiger Spiegel. Marler stellte sich davor und betrachtete das Glas. Dann hob er die rechte Hand und schwenkte sie winkend vor dem Spiegel.
Im Nebenzimmer standen Beck und Tweed auf der anderen Seite des Spiegels. Sie konnten Marler klar und deutlich sehen. Beck versteifte sich überrascht, als er sah, wie Marler winkte. Er schaute Tweed an.
»Ist das Marler?«
»Ohne jeden Zweifel.«
»Warum zum Teufel hat er sich zugewinkt?«
»Er hat Ihnen zugewinkt. Er hat bemerkt, daß dies ein Spiegelfenster ist. Wie ich sagte – es ist Marler. Ich würde gern allein mit ihm reden.«
»Von mir aus. Ich schließe dieses Zimmer ab und warte dann oben bei den anderen auf Sie ...«
Tweed betrat das andere Zimmer. Marler begrüßte ihn wortlos, da gerade eine Polizistin ein Tablett mit Kaffee hereinbrachte.
»Sie sind wirklich boshaft«, bemerkte Tweed, als die Polizistin wieder gegangen war und sie sich an dem Tisch niedergelassen hatten. »Beck ist regelrecht zusammengefahren, als Sie ihm zugewinkt haben.«
»Die ganze Ausstattung schreit geradezu nach Verhörzimmer. Wozu also ein Spiegel? Das konnte nur Spiegelglas zum ungesehenen Beobachten sein.

Dafür, daß man Sie durch halb Europa gejagt hat, sehen Sie noch recht frisch aus.«
»Mit mir ist alles in Ordnung. Was passiert daheim?«
»Ich habe Buckmaster ein bißchen in die Enge getrieben. Sie werden es wahrscheinlich nicht billigen, aber ich habe ein gefälschtes Foto anfertigen lassen – es zeigt Buckmaster auf einer Couch mit einer wollüstigen Dame. Das habe ich dann seiner Frau Leonora gegeben. Damit ist, denke ich, die Katze im Taubenschlag.«
»Ich mißbillige es nicht. Der Mann ist schlecht. Das weiß ich jetzt.«
»Außerdem hatte ich eine Unterhaltung mit Chefinspektor Buchanan, dem Beamten, der den Tod von Ted Doyle untersucht. Informierte ihn, daß Buckmaster nach wie vor einen Schlüssel zu dem Privatlift besitzt, der in das Stockwerk führt, aus dem Doyle heruntergestürzt ist.«
»Wie haben Sie das herausgefunden?«
»Auch das werden Sie vielleicht nicht billigen. Ich erfuhr es, als ich mit der reizenden Leonora im Bett lag. Kopfkissengeplauder.«
»Sie sind fleißig gewesen...«
»Dann habe ich Buchanan noch einmal angerufen – nachdem ich hier angekommen war, und ihm vorgeschlagen, sich mit dem angeblichen Tod von Dr. Rose durch Verkehrsunfall mit Fahrerflucht zu beschäftigen. Kam sehr gelegen. Er hatte die Obduktion an der Frau vorgenommen, die man auf Ihrem Bett fand.«
»Was mich betrifft, können Sie gar nicht genug Druck auf Buckmaster ausüben. Sonst noch etwas?«
»Ja. Es ist möglich, daß ich den Beweis dafür habe, daß Sie mit dem Mord am Radnor Walk nichts zu tun haben. Welche Blutgruppe haben Sie?«
»A positiv.«
»Und damit dieselbe wie vierzig Prozent aller Menschen. Ich habe, dank Howard, eine Fotokopie von Dr. Roses Autopsiebericht. Auf dem Laken war ein Blutfleck – und weitere Blut- und Hautspuren unter einem der Fingernägel der Frau. Ihre Blutgruppe ist 0 positiv. Gleichfalls dieselbe wie die von vierzig Prozent aller Menschen. Worauf es ankommt, das sind die Blutspuren unter einer ihrer Fingernägel. Unter dem Zeigefinger, um genau zu sein. Dieselbe Blutgruppe wie der Fleck auf dem Laken. AB negativ. Eine sehr seltene Blutgruppe. Die des Mörders. Ich finde, wir sollten die Blutgruppen von Buckmaster und Morgan festzustellen versuchen.«
»Die von Buckmaster muß in den Unterlagen des Verteidigungsministeriums stehen. Er ist nach wie vor Reserveoffizier der Luftlandetruppen. Ich habe einen Freund im Ministerium. Wenn ich zurückkomme...«

»*Falls* Sie zurückkommen. Was ist mit Morgan?«
»Das könnte schwieriger sein, aber nichts ist unmöglich...«
»Außer, daß Sie lebend in London ankommen. Wie wollen Sie hinkommen?«
»Mit dem Auto. Keine Gegenargumente – die haben Paula, Newman *und* Beck schon zur Genüge vorgebracht.«
»Wer argumentiert denn?« Marler ließ die Asche seiner Zigarette in den gläsernen Aschenbecher fallen. »Ich glaube, das ist vielleicht die sicherste Methode. Hängt von der Route ab.«
»Die liegt fest.« Tweed zog eine Karte aus der Tasche und breitete sie auf dem Tisch aus. »Von hier nach Basel, dort über die Grenze und dann so schnell wie möglich über die Autobahn durch die Bundesrepublik. Danach Richtung Westen, durch Belgien und zu dem Schiff, mit dem ich den Kanal überqueren kann.«
Marler betrachtete die Route, die mit schwarzem Filzstift eingezeichnet war. Dann schaute er auf.
»Ist diese Route gerade erst ausgearbeitet worden?«
»Nein. Ich habe sie schon vor ein paar Tagen geplant...«
»Und mit wem darüber gesprochen?« wollte Marler wissen.
»Mit Paula, Newman, Beck und der Polizeieskorte, die uns nach Basel bringen wird.«
»Dann ändern Sie die Route. Es könnte irgendetwas durchgesickert sein.«
»Das ist sehr wahrscheinlich. Morgan und Horowitz haben vorgestern bei Basel die Grenze zur Bundesrepublik überschritten und sind in Richtung Freiburg gefahren.«
»Ich verstehe.« Marler verstummte, blies einen Rauchring, musterte Tweed. »Sie bieten sich als Köder an, damit sie hinter Ihnen her sind. Und verlassen sich auf die Schnelligkeit, damit Sie durchkommen.«
»Darauf, und auf die Mitarbeit von Otto Kuhlmann. Ich habe mit ihm gesprochen. Er wird seine Elitetruppe zur Terroristenbekämpfung einsetzen.«
»Da Sie ohnehin nicht vorhaben, Ihre Pläne zu ändern, brauche ich meine Zeit nicht zu verschwenden. Was ich brauche, ist ein Hubschrauber – möglichst eine Sikorsky – mit einem erstklassigen Piloten. Außerdem brauche ich ein Gewehr mit Nachtsichtgerät.«
»Beides werden Sie von Beck nicht bekommen.«
»Aber von Kuhlmann. Dann kann die Vorstellung losgehen. Sie dürfte sehr interessant werden.«

Neunundvierzigstes Kapitel

Acht Uhr morgens. Der Anruf aus Tokio erreichte Buckmaster in seiner Wohnung in Belgravia, als er sich gerade auf den Weg ins Ministerium machen wollte. Während er darauf wartete, daß ihn die Sekretärin mit John Lloyd-Davies, seinem Beauftragten im Fernen Osten, verband, berechnete Buckmaster den Zeitunterschied. In Tokio mußte es jetzt 17 Uhr sein.
»Sind Sie das, Buckmaster?« fragte Lloyd-Davies mit nervöser Stimme.
»Ja. Irgendwelche Probleme?«
»Das kann man wohl sagen. Die Aktien von World Security sind heute an der Tokioter Börse um zwanzig Prozent gefallen. Eine Flutwelle von Verkäufen. Keine Ankäufe.«
»Aber warum?«
»Aufgrund von Gerüchten, daß World Security vor der Pleite steht. Daß die Passiva der Firma ihre Aktiva bei weitem übersteigen.«
»Und woher kommen diese absurden Gerüchte?«
»Ich habe versucht, das herauszufinden. Deshalb habe ich mit meinem Anruf bis jetzt gewartet. Die großen Finanzberater empfehlen ihren Kunden, so schnell wie möglich auszusteigen. Es ist mir bisher nicht gelungen, die Quelle der Gerüchte zu entdecken. Heute mittag habe ich eine beruhigende Verlautbarung herausgehen lassen. Sie hat nichts bewirkt – die Panik war nicht aufzuhalten.«
»Jetzt hören Sie mir gut zu.« Buckmaster umklammerte den Hörer fester. »Benutzen Sie jeden Kontakt, den Sie haben. Finden Sie heraus, wer dahintersteckt. Geld, Drohungen – was immer erforderlich sein mag. Melden Sie sich wieder, sobald Sie den Feind gefunden haben. Dann können wir mit ihm abrechnen. Das war's.«
Buckmaster legte den Hörer auf und starrte ins Leere. Was würde passieren, wenn die Londoner Börse öffnete – von Wall Street ganz zu schweigen? Die Leute waren wie eine Herde Schafe. Und das, was Lloyd-Davies gesagt hatte, klang gar nicht gut. *Eine Flutwelle von Verkäufen ... die Panik war nicht aufzuhalten.*
Er nahm den Hörer wieder ab und wählte die Nummer seines wichtigsten Londoner Maklers. Vielleicht war Jeff Berners schon in seinem Büro. Er war es. Berners nahm den Anruf selbst entgegen. Seine Stimme klang ungeduldig.
»Ja. Wer ist dort?«
»Buckmaster. Ich erhielt gerade einen Anruf aus Tokio...«
»Ich wollte selbst gerade bei Ihnen anrufen«, unterbrach ihn Berners. »Sie

haben von dem Kurssturz gehört. Wir auch. Man spricht bereits davon, die Aktien von World Security um fünfundzwanzig Prozent niedriger zu notieren...«

»Das ist doch verrückt...«

»Nur eine Vorsichtsmaßnahme.« Jetzt klang Berners Stimme beruhigend. »Bei diesem Preis müßten die Käufer in Scharen auf uns zukommen. Ich hoffe es zumindest...«

»Sie hoffen es?« schrie Buckmaster. »Wir reden von einem der größten Konzerne der Welt. Dessen Aktien an den Börsen von Tokio, Sydney, New York, London und Frankfurt gehandelt werden.«

»Was weiteres Öl ins Feuer gießen könnte«, warnte Berners. »Da gibt es ein paar häßliche Gerüchte. Eines, daß eine große Bank in Tokio erwägt, ihren Kredit zu kündigen. Ein weiteres, daß die Zürcher Kreditbank ihren Kredit bereits zurückgefordert hat. Wir haben in Zürich angerufen, aber die Kreditbank hat nicht mitgespielt und es abgelehnt, dazu Stellung zu nehmen.«

»Na also, da haben Sie es.«

»Meinen Sie? Keine Schweizer Bank gibt irgendwelche Auskünfte über ihre Transaktionen. Entspricht es vielleicht den Tatsachen?«

»Natürlich nicht. Ich verstehe nicht, wie Sie überhaupt auf diese Frage kommen. Wer hat diese Gerüchte in die Welt gesetzt?« fragte Buckmaster.

»Das weiß niemand. Es gibt sogar ein Gerücht, daß es sich um eine massive Baisse-Spekulation handelt, um den Preis zu drücken, weil irgendein großer Konzern World Security kaufen will. Das könnte den Preis heute wieder in die Höhe treiben.«

»Wird es das tun?«

»Wollen Sie meine ehrliche Antwort hören?«

»Wenn sie etwas wert ist.«

Berners Ton wurde hart. Der Sarkasmus gefiel ihm nicht. »Die Leute stellen Berechnungen an. Sie schätzen, daß Sie mindestens fünfhundert Millionen Pfund brauchen, nur um sich über Wasser zu halten.«

Buckmaster überlief es eiskalt. Woher kam diese präzise Information? Einen Augenblick lang war er fassungslos, dann fing er sich wieder. Seiner Antwort durfte nicht die geringste Spur von seiner Reaktion anzumerken sein.

»Dann sollten die Leute gefälligst noch einmal nachrechnen.«

»Das Problem ist«, fuhr Berners fort, ohne den Einwurf zu beachten, »daß auf dem Markt letzten Endes alles auf Vertrauen basiert. Ich halte Sie über die weitere Entwicklung auf dem laufenden...«

»Tun Sie das«, sagte Buckmaster und beendete damit das Gespräch.
Er ließ sich hinter seinem Schreibtisch nieder. Sein Verstand raste. Ein paar Minuten später läutete das Telefon abermals. Er riß den Hörer von der Gabel.
»Ja?«
»Spreche ich mit Mr. Buckmaster? Hier ist Chefinspektor Buchanan.«
»Ja. Was wollen Sie jetzt?«
»Nur fragen, ob Ihnen je ein Mann namens Dr. Charles Rose begegnet ist.«
Buckmaster kam sich vor wie unter einem Bombardement. Seine Gedanken rasten in eine andere Richtung. Das war eine Frage, mit der er überhaupt nicht gerechnet hatte. Sollte er jede Bekanntschaft ableugnen? Er vermied es gerade noch rechtzeitig, in die Falle zu gehen.
»Der Name kommt mir irgendwie bekannt vor. Lassen Sie mich einen Moment überlegen. Ich komme mit so vielen Leuten zusammen. Ja, jetzt erinnere ich mich. Aber das ist eine Sache, die unter nationale Sicherheit fällt...«
»Sie betrifft möglicherweise auch einen Mord. Einen dritten Mord, Sir.«
»Würde es Ihnen etwas ausmachen, mir diese kryptische Bemerkung zu erklären?«
Am anderen Ende der Leitung lächelte Buchanan. Er hatte es mit einem Gesprächspartner zu tun, der seiner würdig war. Kein Wunder, daß Buckmaster bei Debatten im Unterhaus ein gefürchteter Mann war, bekannt dafür, daß er blitzschnell überlegen und jeden Sprecher der Opposition mit Worten in Fetzen reißen konnte.
»Keineswegs, Sir. Dr. Rose war der Pathologe, der die Leiche der jungen Frau untersuchte, die in Tweeds Wohnung ermordet aufgefunden wurde. Wenige Tage, nachdem er die Autopsie vorgenommen hatte, verließ er eines dunklen Abends das St. Thomas-Hospital. Zur üblichen Zeit. Dr. Rose war ein Mann mit feststehenden Gewohnheiten. Er wurde überfahren und auf der Straße getötet. Angeblich ein Unfall mit Fahrerflucht.«
»Angeblich?«
»Genau das sagte ich, Sir. Ich habe den Fall wieder aufgenommen, weil ich jetzt Grund zu der Annahme habe, daß es sich um einen kaltblütigen Mord gehandelt hat. Und in Dr. Roses Terminkalender steht eine Verabredung mit Ihnen im Ministerium. Fördert das Ihr Erinnerungsvermögen?«
»Ja, das tut es. Jetzt weiß ich es wieder. Ich kann dazu nicht viel sagen, aus offensichtlichen Gründen – der nationalen Sicherheit. Aber Dr. Rose kam, um mir seinen Autopsiebericht über die Frau zu zeigen, die am Radnor Walk gefunden wurde. So einfach war das.«

»Ich danke Ihnen, Sir. Und hat Dr. Rose Ihnen den Bericht ausgehändigt?«
»Natürlich nicht. Er hat ihn wieder mitgenommen. Das Gespräch kann nicht länger als zehn Minuten gedauert haben. Das ist alles, was ich Ihnen sagen kann – weil es nicht mehr zu sagen gibt.«
»Sie begreifen mein Problem, Sir? Ich muß drei Todesfälle untersuchen. Und das einzige Bindeglied zwischen den dreien sind Sie. Sie waren am Radnor Walk. Ted Doyle war Ihr Chefbuchhalter. Und Sie haben mit Dr. Rose gesprochen.«
»Ich begreife Ihr Problem ganz und gar nicht, Buchanan. Ich kann nur wiederholen, was ich schon bei unserer letzten Begegnung gesagt habe. Ich gedenke diese Dinge nur mit Harvey vom Sonderdezernat zu erörtern. Ich schlage vor, daß Sie von jetzt ab den Dienstweg einhalten. Andernfalls könnte ich mich genötigt sehen, mich beim Assistant Commissioner zu beschweren. Ich hoffe, ich habe mich verständlich ausgedrückt.«
»Durchaus, Sir. Und natürlich gehört es zu Ihren Vorrechten, daß Sie sich jederzeit mit dem Assistant Commissioner in Verbindung setzen können...«
»Das brauchen Sie mir nicht zu sagen«, fauchte Buckmaster. »Ich kenne den Dienstweg wahrscheinlich besser, als Sie ihn je kennenlernen werden. Und nun, wenn Sie nichts dagegen haben, hätte ich diesen Apparat gern frei für einen dringenden Anruf, den ich aus Frankfurt erwarte.«
»Danke für Ihre Kooperation, Sir...«
In seinem Büro legte Buchanan den Hörer auf. Die letzten Worte hatte er in die Luft gesprochen. Warden blickte von seinem Schreibtisch auf und hob die Brauen.
»Hörte sich an, als hätten Sie nicht viel erreicht, Sir.«
»Im Gegenteil. Bei Buckmaster zeigen sich die ersten Risse. Er hätte ohne weiteres auf die nationale Sicherheit verweisen und sich weigern können, ein Wort über Dr. Rose zu sagen. Das Interessante ist, daß er ganz gegen seine sonstige Art erklärt hat, weshalb Dr. Rose ihn aufsuchte. Was mir über unseren geschätzten Minister für Äußere Sicherheit noch mehr zu denken gibt.«
»Sie glauben, daß Sie ihn letzten Endes unterkriegen werden?«
»Das weiß ich nicht. Aber wie ich bereits sagte – bei Buckmaster zeigen sich die ersten Risse. Der Druck beginnt zu wirken.«

Buckmaster saß in seinem Arbeitszimmer mit ineinander verkrampften Händen. Die Knöchel waren weiß. Es war tatsächlich ein Bombardement – und die Geschosse kamen aus allen Richtungen.

Er stand auf, holte den Stab, den er als Offizer benutzt hatte, aus einer Schublade und wanderte sehr aufrecht im Zimmer umher, wobei er sich mit dem Stab auf den Schenkel schlug. Während seiner Ausbildung bei den Luftlandetruppen hatte es Training mit scharfer Munition gegeben. Er war nicht davor zurückgeschreckt, und er würde auch vor seinen gegenwärtigen Schwierigkeiten nicht zurückschrecken.

Die Tür ging auf, und Leonora trat ein. Er funkelte sie an, marschierte weiter durch den Raum und schlug sich mit dem Stab auf den Schenkel. Sie musterte ihn erstaunt und sprach dann ganz vorsichtig.

»Was machst du da, Lance?«

»Ich plane die Eroberung der Welt.«

Sie sog den Atem ein, während er weiter herummarschierte und sich dabei so steif hielt wie ein Ladestock, mit nach hinten geneigtem Kopf, als inspizierte er seine Truppe.

»Du bist nicht mehr bei der Armee«, bemerkte sie.

Er drehte sich zu ihr um. Seine Augen funkelten. »Kannst du nicht anklopfen, bevor du in mein Zimmer kommst? Ich will dich hier nicht sehen. Du störst mich beim Planen – beim strategischen Planen. Mach, daß du hinauskommst!«

Sie erbleichte und wich vor ihm zurück. Sie tastete hinter ihrem Rücken nach dem Türgriff, fand ihn, öffnete die Tür, trat rückwärts hinaus und machte sie wieder zu. Draußen lehnte sie sich gegen die Tür und schloß die Augen. Sie war überzeugt, daß ihr Mann den Verstand verlor.

Fünfzigstes Kapitel

Bevor er Zürich verließ, konferierte Tweed im Polizeipräsidium noch ein letztes Mal mit Beck. Außer ihnen waren Paula, Newman, Butler, Nield und Marler anwesend. Beck hatte die von Tweed vorgesehene Route auf einer großen, an der Wand hängenden Karte von Westeuropa eingezeichnet. Tweed, der am Tisch saß, wirkte bekümmert.

»Sie sind zu der Ansicht gekommen, daß dies doch keine so gute Idee ist?« fragte Beck.

»Im Gegenteil. Ich bin mehr denn je entschlossen, die geplante Route zu benutzen. Was mir Sorgen macht, ist das Schicksal der ursprünglichen Besatzung der *Lampedusa*. Das liegt mir schwer auf der Seele.«

»An ihrer Stelle würde ich mir das aus dem Kopf schlagen«, riet Beck. »Sie müssen sich jetzt ganz auf die Rückkehr nach London konzentrieren. Alle

Vorbereitungen sind getroffen.« Er sah auf die Uhr. »In einer Stunde fahren wir ab. Und Hauptkommissar Kuhlmann hat Ihnen seine volle Unterstützung zugesagt, sobald Sie auf deutschem Boden sind.«

»Ich würde gern ein paar Worte mit Kuhlmann reden, wenn wir die Grenze überschritten haben«, warf Marler ein. »Schließlich bin ich der Irreführungs-Spezialist.«

»Das läßt sich arrangieren.« Beck beugte sich über den Tisch. »Tweed, sind Sie sicher, daß Sie genügend eindeutige Beweise haben, mit denen Sie die Anklage wegen Mord und Vergewaltigung in Ihrer Londoner Wohnung widerlegen können?«

»Mehr als genug. Was zum Teil Marlers Verdienst ist«, fügte er hinzu, ohne auf Einzelheiten einzugehen.

»Und Sie glauben zu wissen, wer der Mörder ist?« beharrte Beck. »Buckmaster oder Morgan?«

»Einer von beiden«, erwiderte Tweed. »Und ich bin sicher – meine Ankunft in London wird Buckmaster den Rest geben.« Er schaute zu Newman hinüber. »Er dürfte sich schon jetzt in keiner sonderlich guten Verfassung befinden – nach Ihren Anrufen bei allen möglichen Leuten. Die Aktien von World Security fallen wie die sprichwörtlichen Steine.«

»Auf unserem Weg nach Norden werde ich noch ein paar Leute anrufen«, erklärte Newman. »Es wird ein Debakel werden.«

»Ihr geht alle davon aus, daß Tweed die Reise lebend übersteht«, protestierte Paula. »Nach dem, was in Brunni passiert ist, weiß ich wirklich nicht, was uns in Deutschland bevorsteht.«

»Nicht uns«, korrigierte Tweed sie. »Wir haben alle Vorbereitungen dafür getroffen, daß Sie von Basel aus unter einem anderen Namen zurückfliegen.«

»Dann machen Sie Ihre verdammten Vorbereitungen rückgängig. Ich werde diese Geschichte bis zum Ende durchstehen. Wenn Sie mich in dieses Flugzeug setzen wollen, müssen Sie mich an Bord tragen.«

»Das sollten Sie lieber lassen«, warnte Newman, als Tweed den Mund zu einer Erwiderung öffnete. Er schloß ihn wieder, ohne etwas zu sagen.

»Es sei denn«, mischte sich Marler ins Gespräch. »Sie wollten behaupten, Paula stellte auf der Fahrt eine Belastung für Sie dar.«

»Der Teufel soll euch beide holen«, reagierte Tweed mit ungewohnter Heftigkeit.

»Das wäre also erledigt«, schloß Paula und bedachte Tweed mit ihrem schönsten Lächeln.

»Mir ist auch wohler, wenn Paula bei uns ist«, bemerkte Butler. »Eine Frau

bemerkt oft Dinge, die ein Mann übersieht – sie hat so einen Blick für kleine Details.«
»Noch etwas«, sagte Beck und sah nacheinander Paula, Newman, Butler und Nield an. »Sie tragen Waffen bei sich, die ich Ihnen gegeben habe. Sie können sie behalten, solange wir in der Schweiz sind, aber Sie müssen sie zurückgeben, bevor Sie die Grenze überschreiten.«
Tweed griff nach seinem Aktenkoffer und hob ihn auf den Schoß. In ihm lag das Notizbuch des Callgirls Sylvia Harman. Beck wußte von der Existenz der Frau und hatte ihre Wohnung versiegeln lassen, nachdem seine Leute sie Zoll um Zoll durchsucht hatten. Aber von dem Notizbuch hatte Tweed ihm nichts gesagt.
Dann kam Becks Überraschung.
»Wenn das alles ist, schlage ich vor, daß wir jetzt aufbrechen. Eine Stunde vor der geplanten Zeit.«
Tweed war verblüfft. Argwöhnte Beck, daß es in seinem Präsidium eine undichte Stelle gab? Es war ihm merkwürdig vorgekommen, daß er eine solche Möglichkeit überhaupt nicht in Betracht zu ziehen schien. Er stand auf und ging mit Beck hinunter zu den Wagen, die auf sie warteten. Die anderen folgten mit ihren Koffern. Tweeds Rückkehr nach England hatte begonnen.

Vor dem Polizeipräsidium stieg Tweed nicht sofort in den ersten Wagen, sondern blieb auf der Lindenhofstraße stehen und neigte den Kopf lauschend zur Seite. Paula war nervös. Zürich war sehr still um diese Nachtstunde. Was konnte das für ein ungewöhnliches Geräusch sein, das er gehört hatte? Sie blickte zu den von den Dachtraufen herabhängenden Eiszapfen hinauf. Im Licht einer Straßenlaterne sah sie, wie sich Wassertropfen bildeten, die an den Eiszapfen herunterflossen und mit leisem *plop* im Schnee landeten.
»Ja«, sagte Beck, der hinter ihr stand, »die Temperatur ist ganz plötzlich gestiegen. Die Schneeschmelze hat eingesetzt. Endlich.«
»Und das«, bemerkte Marler, »dürfte zur Folge haben, daß die Straßenverhältnisse auf der Autobahn katastrophal sind, wenn es in Deutschland gleichfalls taut.«
»Das wird sich erweisen, wenn wir dort sind«, erwiderte Tweed und stieg an der Beifahrerseite in den ersten Wagen.
Beck, der diesen Wagen fahren wollte, setzte sich hinters Lenkrad, während Newman und ein bewaffneter Kriminalbeamter im Fond Platz nahmen. Als der Wagen anfuhr, vergewisserte sich Newman, daß seine geladene Ma-

gnum griffbereit in seinem Hüftholster steckte und er sie selbst im Wagen schnell ziehen konnte.

Im zweiten Wagen saßen Marler auf dem Beifahrersitz und ein bewaffneter Kriminalbeamter hinter dem Lenkrad, Paula und ein weiterer Beamter im Fond. Butler und Nield fuhren im dritten Wagen, einer auf dem Beifahrersitz, einer im Fond, zusammen mit zwei Beamten.

Auf den mit Schneematsch bedeckten Straßen von Zürich herrschte kaum Verkehr, als Beck den Wagen aus der Stadt der grünen Türme und alten Gebäude heraussteuerte. Er fuhr sehr schnell und benutzte wenig befahrene Nebenstraßen. Sobald sie Zürich hinter sich gelassen hatten, gab er Gas und raste ohne Rücksicht auf die Geschwindigkeitsbegrenzung in Richtung Basel.

In seinem Büro im Gebäude von World Security in Freiburg legte Morgan den Telefonhörer auf. Dann verlagerte er seine Körpermasse auf seinen Sessel und bedachte Horowitz mit einem befriedigten Lächeln.

»Mein Informant in Zürich. Tweed und Co. sind kurz vor Mitternacht abgefahren. Tweed, seine Geliebte, Newman, drei weitere Männer und fünf Kriminalbeamte. Sie kommen auf der vorgesehenen Route. Nachdem sie weg waren, hat sich mein Informant in Becks Büro geschlichen. An der Wand hing eine große Karte, auf der die Route eingezeichnet war. Auf direktem Weg über die Autobahn von Basel nach Belgien. Wir sind im Geschäft.«

»Ein seltsamer Verstoß gegen alle Sicherheitsbestimmungen, diese Karte an der Wand.«

»Niemand ist vollkommen. Und Beck selbst fährt den Wagen, in dem Tweed sitzt.«

»Und wie sieht es am Grenzübergang in Basel aus?« erkundigte sich Horowitz.

»Alles bestens arrangiert. Stieber wartet dort – natürlich auf der deutschen Seite. Im Transporter einer Münchner Filmgesellschaft. Die Grenzbeamten haben ihn schon überprüft.«

»Und zugelassen, daß er dort bleibt?« Horowitz' Stimme klang ungläubig.

»Organisation.« Morgan schwenkte eine dickfingrige Hand mit sehr kurz geschnittenen Nägeln. »Sowohl Stieber als auch sein Fahrer haben Ausweise, aus denen hervorgeht, daß sie Mitarbeiter der Filmgesellschaft sind. Stieber hat den Bullen erklärt, sie hätten eine Panne und warteten auf die Ankunft eines Reparaturwagens. Damit war der Fall erledigt.«

»Auch das ist höchst merkwürdig.«

»Wenn es Ihnen nicht paßt, dann erledige ich die Arbeit eben selbst«, fauchte Morgan.
Horowitz nickte. Morgan war nervös, trotz der zur Schau getragenen Selbstsicherheit. Er schaute auf die Uhr. Es würde nicht mehr lange dauern, bis sie Genaueres wußten.

Es war mitten in der Nacht, als Beck den Wagen in einem kleinen Dorf kurz vor den Außenbezirken von Basel zum Stehen brachte. Zum drittenmal im Laufe einer Fahrt mit halsbrecherischer Geschwindigkeit griff er nach dem Mikrofon, meldete sich mit dem vereinbarten Codewort *Matterhorn* und gab dem Basler Polizeipräsidium seine Position bekannt.
»Ich möchte mir die Beine vertreten«, sagte Tweed. »Können Sie ein paar Minuten erübrigen?«
»Aber wirklich nur ein paar...«
Tweed trat hinaus in die Dunkelheit einer menschenleeren Straße. Auch Newman verließ den Wagen, die Magnum in der Hand. Ihm folgte einer der Kriminalbeamten mit schußbereiter Walther.
Tweed wanderte im Schnee auf und ab. Es war immer noch ziemlich kalt. Er blickte zu den Dächern der alten Häuser mit ihren Gauben hinauf. An einigen Stellen, an denen der Schnee bereits verschwunden war, waren die Dachziegel zu erkennen. Er blieb stehen. Von den Eiszapfen, die hier kürzer waren als in Zürich, tropfte pausenlos Wasser in den Schnee, der sich matschig anfühlte. Die eisenharte Kruste war verschwunden. Das Tauwetter hatte mit Macht eingesetzt.
»Wenn Sie wollen, können Sie im Präsidium noch eine warme Mahlzeit bekommen, bevor wir zur Grenze fahren«, rief Beck.
»Besten Dank, aber jetzt, wo wir unterwegs sind, möchte ich lieber ohne Aufenthalt weiterfahren.«
Er kehrte, gefolgt von Newman und dem Kriminalbeamten, in den Wagen zurück, und Beck gab wieder Gas. Kurze Zeit später hielt er abermals an. Die beiden Wagen hinter ihm fuhren dicht auf. Beck bat Paula und Newman um ihre Waffen. Dann streckte er die Hand aus dem Fenster, machte ein Zeichen, und Butler und Nield, die im dritten Wagen saßen, lieferten ihre Gas- und Rauchpistolen ab.
Beck fuhr weiter, überquerte eine Rheinbrücke, und Minuten später hatten sie den Kontrollpunkt zwischen den beiden Ländern erreicht. Beck brachte den Wagen vor der Grenzbaracke auf der Schweizer Seite zum Stehen, und dann tauchte eine kleine, untersetzte, breitschultrige Gestalt mit einer Zigarre im Mund auf. Otto Kuhlmann. Tweed stieg aus, und Kuhlmann

reichte ihm die Hand. Einer der Kriminalbeamten holte das Gepäck aus dem Koffer.
»Ich freue mich, Sie zu sehen, Otto«, sagte Tweed. »Ich hatte wirklich nicht damit gerechnet, Sie um diese Zeit hier anzutreffen. Und wie geht es jetzt weiter?«
»Es ist alles arrangiert. Wir gehen zu Fuß zu unserer Grenzstation. Sehen Sie den silberfarbenen Mercedes, der dort auf uns wartet?«
»Es kann sein, daß wir in einen Hinterhalt fahren«, warnte Tweed. »Vermutlich sind unsere Gegner jetzt so verzweifelt, daß sie vor nichts zurückscheuen.«
»Darauf sind wir eingestellt und haben die erforderlichen Maßnahmen ergriffen. Übrigens habe ich mit diesen Ganoven von World Security noch eine Rechnung zu begleichen. Einer ihrer Lastwagen hat einmal versucht, eine Ladung hi-tech-Geräte in die DDR zu schmuggeln, deren Ausfuhr verboten war. Wir haben ihn daran gehindert, aber es ist mir nicht gelungen, sie festzunageln.«
»Und Sie haben ein langes Gedächtnis«, warf Newman ein.
Kuhlmann, eine beeindruckende Gestalt in seinem dunklen Anzug, drehte sich lächelnd zu Newman um und streckte ihm die Hand entgegen.
»Willkommen bei der Party, Bob. Es ist ein paar Tage her, daß wir uns in Frankfurt gesehen haben. Seither ist eine Menge Wasser unter der Brücke hindurchgeflossen...«
Während sich die beiden Männer begrüßten, hatte Tweed Beck gedankt und sich von ihm verabschiedet. Dann nahm er seinen Koffer, und Paula folgte dem Beispiel. Zusammen gingen sie auf den Mercedes zu; der Schnee unter ihren Füßen hatte sich in nassen Matsch verwandelt. Hinter dem Mercedes parkte ein großer schwarzer Transporter am Straßenrand, dessen Rückseite ihnen zugewandt war, eine Rückseite mit zwei Türen und einem bullaugenähnlichen Fenster in jeder Tür. Im Licht der Straßenlaternen konnte Tweed die Aufschrift *Münchner Filmstudios* lesen. Außerdem bemerkte er, daß entlang der Straße hochgewachsene, zäh aussehende Männer in Tarnanzügen und mit automatischen Waffen standen und ihr Näherkommen beobachteten.
»Was sind das für Leute?«
»Sie gehören zu einer Anti-Terror-Einheit. Wir werden würdig empfangen.«
Paula zitterte. »Wir wollen einsteigen. Platz genug dürften wir haben.«
Sie hatte recht. Das funkelnde Fahrzeug war so groß, daß Tweed, Paula, Newman, Marler, Butler, Nield und noch eine weitere Person hineinpaßten.

Hinter ihnen trug Marler Kuhlmann seine Bitte vor; seine Stimme ließ erkennen, daß er nicht daran zweifelte, daß sie ihm gewährt werden würde.
»Ich bin ein guter Schütze. Tweed kann das bestätigen. Wir müssen mit einem Hinterhalt rechnen, möglicherweise sogar mehreren. Ich brauche ein Gewehr mit Nachtsichtgerät und einen Hubschrauber. Möglichst eine Sikorsky mit einem erstklassigen Piloten. Ich möchte diesen Wagen aus der Luft überwachen.«
»Bescheiden sind Sie nicht gerade«, bemerkte Kuhlmann mit seiner kiesigen Stimme. Er musterte Marler, der den Blick mit seinen eisblauen Augen erwiderte. »Okay. Sie bekommen Ihre Sikorsky. Aber erst, wenn wir in Freiburg sind.«
»Worauf warten wir dann noch?«
Ohne einen Blick auf den defekten Transporter der Filmgesellschaft zu werfen, forderte Kuhlmann seine Herde zum Einsteigen auf. Butler und Nield ließen sich, Newman und Marler gegenüber, auf den Klappsitzen im Fond nieder. Tweed bedeutete Paula, sich auf den Beifahrersitz zu setzen; er selbst wartete, bis Kuhlmann mit der Zigarre zwischen den Zähnen herangekommen war.
»Ist es Ihnen recht, wenn ich fahre, Otto? Die letzten paar Stunden waren entschieden langweilig.«
Paula zwinkerte Kuhlmann zu. »Er will nur ausnützen, daß wir jetzt auf einer deutschen Autobahn richtig Gas geben können.«
»Nun, ich vermute, daß er am Steuer saß, als dieser Gefriertransporter versuchte, euch in der Nähe von Freiburg plattzuwalzen. Wenn Sie das Risiko eingehen wollen, dann tue ich es auch.«
Er machte kehrt, öffnete die hintere Tür und quetschte sich neben Newman in den Fond. Dann warf er seine Zigarre in den Schnee und schloß die Tür.
»Ich dirigiere Sie. Wir sind bald auf der Autobahn. Geben Sie sich ein bißchen Mühe, und versuchen Sie, uns heil und ganz hinzubringen...«

In seinem Freiburger Büro legte Morgan den Hörer auf und wendete sich abermals an Horowitz.
»Das war Stieber aus seinem Filmtransporter. Ein silberfarbener Mercedes 500 SEL. Kommt von Basel aus in unsere Richtung. Tweed sitzt drin, zusammen mit ein paar anderen Leuten. Wir haben sie.«
»Vielleicht. Steht der Tanklaster bereit?«
»Auf einer Nebenstraße dicht bei der Autobahn südlich von Karlsruhe. Ist das die Stelle, an der Sie sie erwischen wollen?«
»Es geht gerade erst los. Ich werde zusehen, wie sich die Dinge entwickeln.

Ich mache nie einen endgültigen Plan, solange ich nicht über alle Einzelheiten informiert bin.«
»Sobald Stieber hier eingetroffen ist, bekommen Sie einen Film zu sehen«, erklärte Morgan großspurig.

Die E35 spulte sich vor ihnen ab wie ein riesiger, entrollter Teppich, grau und weiß gestreift im Licht der Scheinwerfer. Es waren kaum andere Fahrzeuge unterwegs, und Tweed fuhr sehr schnell. Die grauen Streifen waren gefährlich – dort war der Schnee geschmolzen und hatte das darunterliegende Eis freigelegt.
Der Mercedes glitt durch die Nacht, und Paula fühlte sich so eingelullt, daß sie fast eingeschlafen wäre. Plötzlich war sie wieder hellwach und fuhr zusammen, als der Wagen heftig schleuderte. Ihre Hände verkrampften sich. Sie warf einen Blick auf Tweed. Er wirkte völlig gelassen, als er in das Schleudern hineinfuhr und das Licht der Scheinwerfer auf die stählerne Leitplanke fiel. Paula schloß die Augen, wartete auf den Aufprall. Tweed nahm das Gas weg, drehte das Lenkrad ein paar Zentimeter, glitt an der Leitplanke vorbei und fuhr weiter.
»Gut gemacht«, kam Kuhlmanns knurrige Stimme vom Rücksitz. »Stellenweise besteht die Oberfläche aus blankem Eis.«
»Nicht so gut, wie ich es eigentlich hätte machen müssen«, bemerkte Tweed. »Ich habe das Funkeln des Eises übersehen. Beim nächstenmal werde ich besser aufpassen.«
In der Ferne tauchte ein Wegweiser auf. Kuhlmann lehnte sich vor, um ihn deutlicher sehen zu können.
»Hier biegen Sie rechts ab. Richtung Müllheim.«
»Wir sind immer noch südlich von Freiburg.«
»Ich sagte doch, ich dirigiere Sie«, erklärte Kuhlmann gelassen. »Und genau das tue ich jetzt.«
»Ich möchte so schnell wie möglich nach Belgien. Und das ist ein Umweg.«
»Wozu der gut ist, werden Sie sehen, wenn Sie ihn fahren.«
Tweed folgte Kuhlmanns Anweisung, bog in Richtung Müllheim von der Autobahn ab und fuhr dann die einsame Landstraße entlang, die ihm bekannt vorkam. Er wartete eine Weile, bis er sich an Kuhlmann wandte.
»Ist das nicht die Straße nach Badenweiler?«
»Ja, aber so weit fahren wir nicht. Vertrauen Sie mir. Ich habe eine kleine Überraschung für Sie – und für unsere Gegner.«
Paula, jetzt hellwach, starrte durch die Windschutzscheibe. Die Straße stieg an. Hier lag noch mehr Schnee, bedeckte zumindest das teuflische Eis.

Kuhlmann forderte Tweed auf, nach rechts abzubiegen, und Tweed gelangte auf eine Straße, die gleichfalls anstieg und gerade so breit war, daß der Mercedes sie passieren konnte.

»Passen Sie auf«, warnte Kuhlmann. »Bald kommt links eine Lücke zwischen den Bäumen. In die fahren Sie hinein. Und vielleicht könnten Sie ein bißchen langsamer fahren.« Er warf einen Blick auf Newman. »Ich wußte gar nicht, daß Tweed früher Rennfahrer war.«

»Wenn er einmal loslegt, ist er nicht zu bremsen«, bemerkte Paula und verstummte dann verblüfft, als Tweed abbog und sie in etwas hineinfuhren, das wie ein riesiges Amphitheater aussah und in Wirklichkeit ein aufgegebener Steinbruch war. Das Licht der Scheinwerfer fiel auf steile, wie Klippen aufragende Wände. Aber was sie am meisten verblüffte, war der Anblick von fünf im Halbkreis geparkten Wagen. Auch Tweed schaute überrascht drein.

Fünf silberfarbene Mercedes, sämtlich 500 SEL. Und alle hatten dieselbe Zulassungsnummer wie der Wagen, den er fuhr. Er bremste und sprach über die Schulter hinweg.

»Was hat dieser Zirkus zu bedeuten, Otto?«

Vergnügt und grimmig zugleich erklärte Kuhlmann: »Ich hatte nur zwei Tage Zeit, um das zu veranlassen. Die Beschaffung der Wagen war einfach. Das Herstellen der Schilder, so daß sie alle dieselbe Nummer hatten wie dieser Wagen, war eine Pest. Aber wir haben es geschafft.«

»Ich verstehe nicht ganz, was das soll«, bemerkte Paula. »Oder habe ich etwas nicht kapiert?«

»Haben Sie den Wagen dieser Münchner Filmgesellschaft an der Grenze in Basel gesehen? Das war World Security; sie haben Tweeds Ankunft gefilmt und den Wagen, in den wir eingestiegen sind. Ich habe die Grenzbeamten angewiesen, den Fahrer nur flüchtig zu kontrollieren und ihn dann in Ruhe zu lassen.«

»Warum?«

»World Security hat ein eigenes Spionagenetz. Ein entlassener Mitarbeiter ist zu mir gekommen und hat die Katze aus dem Sack gelassen. Ich habe die Zügel locker gelassen und auf eine passende Gelegenheit gewartet.« Sein Ton wurde grimmig. »Das ist sie. Verstehen Sie, was ich vorhabe, Tweed?«

»Ich denke schon. Aber erklären Sie weiter.«

»Dieser Filmwagen wird bestätigen, daß Sie in einem silberfarbenen Mercedes mit dieser Nummer fahren. Sie werden vor nichts zurückschrecken, um zu verhindern, daß Sie England lebend erreichen. Woher ich das weiß? Sie haben einen meiner Assistenten, Kurt Meyer, bestochen. Er hat ihnen

Informationen geliefert. Ich schöpfte Verdacht gegen Meyer. Aber auch bei ihm ließ ich eine Weile die Zügel locker. Er gab seine Berichte von einer öffentlichen Telefonzelle aus durch. Ich ließ sie anzapfen. Vorgestern, als Beck mir mitteilte, daß Sie kämen, habe ich ihn festnehmen lassen und in eine Einzelzelle gesteckt.« Er warf einen Blick auf Paula. »Ich habe ihn mir selbst vorgenommen.«

Paula reagierte mit einem Schaudern, das nur zum Teil gespielt war. Der Gedanke, von Kuhlmann ins Kreuzverhör genommen zu werden, war nicht sehr erfreulich.

»Er hat geredet«, fuhr Kuhlmann fort, als wäre das die natürlichste Sache der Welt. »Hat mir von dem Filmwagen erzählt und davon, daß während Ihrer Fahrt durch Deutschland ein Anschlag auf Sie verübt werden soll. Also habe ich das hier in die Wege geleitet.« Er schwenkte seine Zigarre in Richtung auf die im Halbkreis geparkten Fahrzeuge. »Sechs Wagen werden auf der Autobahn hintereinander herfahren – alle von derselben Marke und mit derselben Nummer. Sie, Tweed, sitzen in einem von ihnen. Aber in welchem? Das herauszufinden, dürfte ihnen schwerfallen.«

»Und wer sitzt in den anderen Wagen?«

»Männer von der Elite-Einheit zur Terroristenbekämpfung, bis an die Zähne bewaffnet, alle in normalen Straßenanzügen.«

»Wobei mir einfällt«, sagte Newman, »daß es mir sehr lieb wäre, wenn Sie mir eine Magnum .45 mit Reservemagazinen leihen könnten.«

»Und«, meldete sich Marler zu Wort, »mir haben Sie ein Gewehr mit Nachtsichtgerät und eine Sikorsky versprochen.«

»Wartet auf dem Freiburger Flugplatz auf Sie. Einer der Wagen wird ausscheren und Sie zum Flugplatz bringen. Der Pilot kennt die Route und wird uns mühelos einholen.«

»Wir hätten auch gern Waffen«, erklärte Butler. »Nield und ich. Eine Walther wäre uns beiden recht.«

»Geht in Ordnung. In einem dieser Wagen liegt ein ganzes Arsenal.« Er zog einen Packen Papiere aus der Tasche. »Die müssen Sie unterschreiben – es sind befristete Waffenscheine. Damit alles ganz legal zugeht. Ihren Schein, Newman, habe ich bereits vorbereitet – Ihren auch, Marler. Beck hat mir Ihre Wünsche übermittelt, als Sie noch in Zürich waren.« Er richtete den Blick auf Butler und Nield. »Sie tragen Ihre Namen ein und unterschreiben dann auf der gestrichelten Linie.« Er schaltete die Innenbeleuchtung ein.

»Warum tun Sie das alles für uns?« fragte Paula. »Und ich hätte gern eine Browning Automatic.«

»Die für Sie bereitliegt – gleichfalls dank Becks entsprechendem Hinweis.

Hier ist Ihr Waffenschein. Warum ich all das tue? Um meine Rechnung mit World Security zu begleichen. Sie haben vor, unseren Konvoi anzugreifen, mit Leuten aus ihren eigenen Reihen. Auf ihren Lohnlisten stehen einige höchst dubiose Typen – aber nur Leute, die nicht vorbestraft sind. Ich will sie auf frischer Tat erwischen...«

»Mit Tweed als Köder – als angebundener Ziege«, sagte Paula empört.

Kuhlmann warf die Hände hoch. »Ich dachte, es wäre die Idee Ihres Chefs gewesen, daß es so läuft...«

»War es auch«, sagte Tweed gelassen. »Ich bin völlig einverstanden. In welchem Wagen werde ich fahren?«

»Im zweiten. Sie können sich aussuchen, wer bei Ihnen sitzen soll – unter der Bedingung, daß Sie nicht selbst fahren. Dann wären Sie zu exponiert.«

»Ich möchte, daß Paula mit mir fährt«, erklärte Tweed. »Alles andere überlasse ich Ihnen.«

»Okay. Sie sitzen mit Paula im Fond und zwei meiner Männer auf den vorderen Sitzen. Ich werde im dritten Wagen sein – direkt hinter Ihnen. Newman kann mit mir fahren.«

»Das wäre also erledigt«, sagte Tweed ungeduldig. »sollten wir nicht zusehen, daß wir auf die Autobahn zurückkommen?«

»Dem steht nichts im Wege«, erwiderte Kuhlmann und öffnete die Wagentür. »Mit einigem Glück erreichen wir noch vor Tagesanbruch die belgische Grenze.«

Sie traten hinaus in die kalte Dunkelheit, stapften über Steine, die unter dem schmelzenden Schnee knirschten. In der nächtlichen Stille konnten sie hören, wie am Ende des Steinbruchs Wasser vom oberen Rand der Klippe herabplätscherte. Paula schaute sich um, während sie sich den geparkten Wagen näherten. Die ragenden Wände des Steinbruchs erinnerten sie an ein altes römisches Amphitheater – eine Arena, in der Gladiatoren starben.

Einundfünfzigstes Kapitel

Kurze Zeit nachdem Tweed in Richtung Müllheim von der Autobahn abgebogen war, fuhr Stieber mit seinem Transporter in Richtung Freiburg. Unter der Haube steckte ein frisierter Motor.

Eine halbe Stunde später saßen Morgan und Horowitz in dem kleinen Vorführraum im Keller des Gebäudes von World Security. Stieber saß am Vorführgerät und ließ den Film ablaufen, den er durch das Bullaugenfenster in einer der Hecktüren des Transporters aufgenommen hatte.

Horowitz saß sehr aufrecht da, mit unverwandt auf die Leinwand gerichteten Augen. Ohne die anderen zu beachten, beobachtete er genau, wie Tweed aus dem Wagen stieg. Er bemerkte, daß er die Schultern gegen die Kälte eingezogen hatte, den Kopf jedoch hoch trug und sich umschaute, während er langsam durch den Schnee auf die deutsche Grenzstation zuwanderte. Die Pause, als er mit den Füßen aufstampfte, um seine Schuhe vom Schnee zu befreien – eine Gelegenheit, die er dazu benutzte, genau in die Richtung des Transporters zu schauen, von dem aus er gefilmt wurde. Genau wie in Laufenburg, wo er beim Überqueren der Rheinbrücke zu dem Haus mit der Filmkamera hinaufgeschaut hatte. Die Gläser seiner Brille reflektierten das Licht der Straßenlaterne. Ein paar Sekunden lang waren sie silbern, glichen Laseraugen, die den Transporter anstarrten. Dann wanderte sein Blick weiter, nahm alles auf, was an der Grenzstation vorging. Und neben ihm diese Grey, die sich gleichfalls nach allen Seiten umschaute.

Horowitz spürte etwas Unerbittliches in diesem gemächlichen Gang über die Grenze. Das war der Mann, dem er über den halben Kontinent nachgestellt hatte. Jeder andere wäre schon seit langem tot gewesen.

»Das ist er«, flüsterte Stieber von einem Sitz hinter ihm aufgeregt in die Dunkelheit.

»Halten Sie den Mund«, sagte Horowitz mit eiskalter Gelassenheit. »Ich konzentriere mich...«

Immer noch reglos dasitzend beobachtete er, wie sie sich einem silberfarbenen Mercedes 500 SEL näherten. Mehrere Männer folgten Tweed und der Frau und umstanden dann den Wagen, während Tweed einstieg. Die Zulassungsnummer war deutlich zu erkennen, weil der Wagen genau unter einer Laterne stand. Warum? Es wäre doch kein Problem gewesen, ihn im Schatten zu parken. Merkwürdig. Äußerst merkwürdig. Horowitz spürte ein warnendes Kribbeln. Die übrigen Passagiere stiegen ein. Einer von ihnen war Robert Newman. Natürlich...

Der Mercedes setzte sich in Bewegung. Fuhr an dem Transporter vorbei. Außer Sicht. Nach Horowitz' Überzeugung hatte Tweed gewußt, daß er beobachtet wurde. Von dem ganzen Film ging die Atmosphäre einer eigens für ihn gespielten Szene aus. Die Leinwand wurde weiß. Ende der Aufzeichnung.

Auch als das Licht im Vorführraum wieder eingeschaltet wurde, blieb Horowitz reglos sitzen. Neben ihm regte sich Morgan, musterte ihn, versetzte ihm einen leichten Rippenstoß.

»Das war's. Jetzt wissen wir, in welchem Wagen er fährt.«

Horowitz starrte nach wie vor auf die kahle Leinwand. Er erweckte fast den Eindruck, als wäre er weit weg, blickte in die Ferne und sähe etwas, das Morgen und Stieber nicht wahrnehmen konnten. Als er sprach, verriet seine Stimme keinerlei Gefühle.
»Ich brauche einen silberfarbenen Mercedes. Genau so einen.«
»Das ist kein Problem«, sagte Morgan selbstgefällig. »Wir haben einen in der Garage. Er steht dort für den Fall, daß Buckmaster zu Besuch kommt. Ich benutze ihn hin und wieder, damit der Motor nicht einrostet.«
»Außerdem hätte ich gern dieselben Nummernschilder, aber ich nehme an, wir haben nicht die Zeit, welche zu fälschen.«
»Die haben wir wirklich nicht. Wir müssen sofort losfahren. Auf der Fahrt mit dem Transporter hierher hat Stieber den Mercedes nicht gesehen. Die Kiste fährt zu schnell – er vermutet, daß sie ihn kommen sahen, Gas gaben und irgendwo abgebogen sind. Aber sie werden auf die Autobahn zurückkehren. Das beweist die Karte in Becks Büro.«
Horowitz stand unvermittelt auf. »Bringen Sie mich sofort zu dem Wagen. Ihre Männer haben inzwischen an der Autobahn Stellung bezogen? Und der Tanklaster wartet südlich von Karlsruhe?«
Als er seine Fragen stellte, war er bereits zu dem zur Garage führenden Ausgang unterwegs, und Morgan hatte mit seiner übergewichtigen Masse Mühe, mit ihm Schritt zu halten.
»Alles ist bestens vorbereitet...«
»Und Ihre Leute tragen keinerlei Ausweispapiere bei sich?«
»Es mußte alles so schnell gehen, daß ich keine entsprechenden Anweisungen gegeben habe. Aber von den Insassen dieses Wagens wird ohnehin keiner das Feuerwerk überleben, das wir geplant haben.«
»Es ist Ihre Firma...«
In der riesigen Tiefgarage war es kalt, und Horowitz schlüpfte in seinen pelzgefütterten Trenchcoat. Während er auf den Mercedes zueilte, zog er seine Handschuhe an. Als er ihn erreicht hatte, griff er sich ein paar Handvoll von dem gefrorenen Schnee, der von den Rädern anderer Fahrzeuge abgefallen war, und verdeckte damit sorgfältig das vordere Nummernschild. Danach nahm er sich das hintere Nummernschild vor.
»Soll ich mitkommen?« fragte Morgan.
»Niemand kommt mit. Die Schlüssel...«
Horowitz schloß den Wagen auf und stieg ein, und Morgan watschelte zu einer Schalttafel an der Wand, um das automatische Tor zu öffnen. Die schweren Flügel glitten langsam auf, und es gab ein knirschendes Geräusch, als sie das Eis zerbrachen und zermalmten.

Im Wagen zog Horowitz eine Luger aus seinem Schulterholster, überprüfte die Waffe. Es war eine 9 mm Parabellum, das gebräuchlichste Kaliber bei diesem Fabrikat. Die Mündung war so gearbeitet, daß ein Schalldämpfer aufgesetzt werden konnte. Horowitz holte den Schalldämpfer aus der Tasche, schraubte ihn auf, legte die Waffe auf den Sitz neben sich. Ein Magazin enthielt acht Schuß. Einer sollte genügen.
Dann tauschte er seine Stahlbrille gegen eine Hornbrille aus, die sein Aussehen erheblich veränderte. Aus einer seiner Taschen zog er eine schwarze Baskenmütze und setzte sie auf. Die Verwandlung war komplett. Ohne noch einen Blick auf Morgan zu werfen, der auf einen BMW zusteuerte, fuhr er hinaus, der E 35 entgegen.

Als sich der Konvoi von sechs silberfarbenen Mercedes Freiburg näherte, scherte der letzte Wagen aus und bog auf eine zum Flugplatz führende Ausfahrt ein. Drinnen saß Marler auf dem Beifahrersitz neben einem Polizeibeamten am Lenkrad. Die anderen fünf Wagen fuhren in Richtung Karlsruhe weiter nach Norden.
Als der Wagen den Flugplatz erreicht hatte, fuhr er dicht an eine Sikorsky heran, an der eine zur Hauptkabine führende Leiter hing. Am Fuße der Leiter stand ein Mann mit einem automatischen Gewehr. Marler schoß aus dem Wagen heraus, dankte dem Fahrer und lief mit seinem Ausweis in der Hand auf den Mann zu.
»Marler«, sagte er und reichte ihm den Ausweis. »Und ich habe es verdammt eilig, in die Luft zu kommen, bevor jemand umgebracht wird.«
Der Mann überprüfte den Ausweis im Licht einer Taschenlampe, gab ihn zurück und deutete nach oben. Marler stürmte die Leiter hinauf und wurde oben von einem stämmigen Deutschen in Pilotenkleidung an Bord gezogen. Wieder redete Marler sehr schnell.
»Sie haben ein Gewehr mit Nachtsichtgerät für mich?«
»Liegt für Sie bereit.«
»Ich muß es richten. Munition?«
»Brandgeschosse, wie Sie es haben wollten.«
Marler lud die Waffe, bat den Piloten, der die automatische Leiter eingezogen hatte, die Tür noch einen Moment offenzulassen. Er zielte mit der Waffe durch die Öffnung; der Kolben ruhte fest an seiner Schulter. Plötzlich deutete der Pilot hinaus.
»Da ist wieder dieser tollwütige Hund. Das Biest hat schon jemanden vom Flugplatzpersonal gebissen. Wurde sofort ins Krankenhaus gebracht, aber ob er es überleben wird, ist fraglich...«

Marler schaute durch das Nachtsichtgerät. Eine große Dogge stand mit weit auseinandergesetzten Vorderbeinen im Schnee. Das Teleskop holte seinen Kopf nahe heran, zeigte den Schaum vor dem Maul des Tieres, die gebleckten Zähne. Es begann, auf den Hubschrauber zuzutrotten. Marler justierte das Objektiv, und der häßliche Kopf des Hundes und seine Brust füllten das Blickfeld aus. Er betätigte den Abzug. Der Knall widerhallte auf dem Flugplatz, und die Dogge verschwand in einer aufspritzenden Wolke aus Blut, Fleisch und Knochen.
»Das Biest ist hier in den Wäldern herumgestreunt«, sagte der Pilot. »Ich kann in Richtung Autobahn starten, wenn Sie soweit sind.«
»Dann tun Sie's.«

Morgan fuhr mit seinem BMW auf die Autobahn in Richtung Norden. Neben ihm saß Stieber, eine detaillierte Karte der Autobahn und ihrer Umgebung auf dem Schoß. An mehreren Stellen war neben der E 35 ein Kreuz eingezeichnet. Das waren die sorgsam ausgewählten Hinterhalte – die Orte, an denen Leute von World Security, mit unterschiedlichen Waffen ausgerüstet, bereitstanden, um den silberfarbenen Mercedes zu vernichten. All diese im Hinterhalt liegenden Leute standen mit einer Kontrollstelle in Freiburg, wo alle Informationen koordiniert wurden, in Funkverbindung. Morgan fuhr aus zwei Gründen mit mäßiger Geschwindigkeit. Auf der Gegenfahrbahn deuteten nur gelegentlich aufleuchtende Scheinwerfer das Herannahen eines anderen Fahrzeuges an.
»Haben Sie Horowitz auch eine dieser Karten gegeben?« fragte Morgan.
»Er hat eine Karte mit denselben Markierungen.«
»Gut. – Lassen Sie das Funkgerät eingeschaltet, damit wir wissen, was vor sich geht.«
Der eine Grund dafür, warum Morgan nicht schnell fuhr, war der Straßenzustand. Das Tauwetter hielt an, und dort, wo der Schnee geschmolzen war, erschienen im Licht der Scheinwerfer Stellen, die wie Glas funkelten. Schieres Eis.
Der zweite – und wichtigere – Grund für seine mäßige Geschwindigkeit war der, daß er nicht in das Feuerwerk hineinfahren wollte, wenn es losging. Er wurde nicht dafür bezahlt, daß er derartige Risiken einging. Der Leiter der Forschungs- und Entwicklungsabteilung, der die Hinterhalte geplant hatte, war Stieber. Er war der ideale Mann für derartige Jobs. Er *genoß* seine Arbeit.
»Wie wär's, wenn Sie ein bißchen aufs Gas treten würden?« meinte Stieber. »Sonst verpassen wir den ganzen Spaß . . .«

»Das einzige, worauf ich treten könnte, sind Sie. Halten Sie den Mund, während ich fahre. Jetzt dauert es nicht mehr lange.«

In seinem silberfarbenen Mercedes fuhr Horowitz sehr schnell auf der E 35 nach Norden. Unter der Luger auf dem Sitz neben ihm lag die Karte mit den eingezeichneten Hinterhalten. Er fuhr sehr geschickt, mied die gefährlichen Eisflächen, hielt das Lenkrad locker umfaßt. Horowitz war völlig entspannt; endlich war er allein und konnte den Auftrag auf seine Art erledigen.
Er rechnete mit einem weiteren Debakel wie dem in Brunni – schließlich war alles von Morgan organisiert worden, einem Mann, den er zutiefst verachtete. Ein Gauner, ein Lakai und Speichellecker, der tat, was sein Boss Buckmaster verlangte.
Vor ihm beschrieb die Autobahn eine langgestreckte Kurve, die ihm einen weiten Ausblick bot. Und in dieser Kurve rollte ein Konvoi von nicht weniger als fünf silberfarbenen Mercedes. Einen Augenblick war Horowitz verblüfft. Dann begriff er die Strategie.
Er löste eine Hand vom Lenkrad und betrachtete die Wagen durch ein kleines Nachtglas. Seine Augen verengten sich, als er feststellen mußte, daß sie alle dieselbe Zulassungsnummer hatten. Er senkte das Glas. Clever, sehr clever. Er spürte die Hand von Kuhlmann.
In einem dieser fünf Wagen saß Tweed. Das Problem war nur, in welchem. Er beobachtete die Wagen, die weiterhin die langgestreckte Kurve durchfuhren. Wagen Nummer zwei rückte dichter an Wagen Nummer eins heran. Wie ein Ballettänzer schloß Wagen Nummer drei hinter Wagen Nummer zwei auf. Die anderen beiden Wagen behielten ihren Abstand bei. Der letzte Mercedes lag ein ganzes Stück zurück. Die Nachhut. Buchstäblich.
Auf Horowitz' normalerweise ausdruckslosem Gesicht erschien die Spur eines Lächelns. Tweed war in Wagen Nummer zwei. Erster Teil des Problems gelöst. Zielobjekt ausgemacht. Zweiter Teil des Problems – wie sich neben Wagen Nummer zwei setzen?
Horowitz warf einen Blick auf die Karte. Der erste Hinterhalt war noch etwa acht Kilometer entfernt. Horowitz hatte bereits einen Operationsplan entworfen. Der erste Hinterhalt befand sich an einer Stelle, an der die Autobahn eine weitere lange Kurve beschrieb. An dieser Stelle würde er – sofern die Umstände günstig waren – die erste Phase seines Plans in die Tat umsetzen.

In dem zweiten Mercedes saß Tweed im Fond auf der der Leitplanke zugewendeten Seite. Neben ihm saß Paula, aufrecht, die Tasche über die

linke Schulter gehängt. Vorn saßen zwei Kriminalbeamte, von denen einer den Wagen fuhr.
Der Verkehr war so gering, daß der schnellfahrende Konvoi auf der inneren Spur bleiben konnte. Tweed saß gelöst da, hatte die Augen halb geschlossen. Paula dagegen war angespannt wie eine Sprungfeder, beobachtete den Wagen vor ihnen, drehte sich immer wieder um, um die Position des Wagens hinter ihnen zu überprüfen.
Im dritten Wagen saß Kuhlmann neben einem Kriminalbeamten, der den Wagen fuhr. Im Fond saß Newman neben Butler, der, mit einer Walther griffbereit im Schoß, gleichfalls ständig Ausschau hielt. Auch Newman schien fast zu schlafen. Das stetige Dröhnen des Motors hatte eine einlullende Wirkung. Butler bewegte sich abermals.
»Hören Sie auf zu zappeln«, sagte Newman.
»Ich ziehe es vor, die Augen offenzuhalten, zu sehen, was passiert.«
»Wenn etwas passiert, werden wir es alle wissen«, erklärte ihm Newman.
»So ist es«, pflichtete Kuhlmann ihm bei und biß auf seine erloschene Zigarre.

Auf dem Freiburger Flugplatz schäumte Marler innerlich. Unmittelbar vor dem Start war ein mechanischer Defekt festgestellt worden. Männer in Overalls arbeiteten an dem Hubschrauber, bemühten sich, den Defekt schnell zu beheben. Nach außen hin völlig gelassen wartete Marler auf seinem Sitz, starrte durch das Fenster hinaus in die dunkle Nacht. Neben ihm drehte der Pilot sich Zigaretten auf Vorrat und verstaute sie in einer alten Tabaksdose. Zwischen seinen Lippen steckte eine unangezündete Zigarette, aus deren Spitze Tabakfasern heraushingen.
»Jetzt dürfte es eigentlich nicht mehr lange dauern«, bemerkte er.
»Wenn sie fertig sind, wäre ich Ihnen dankbar, wenn Sie sich beeilen würden.«
»Wird gemacht. Ich habe Kuhlmann über die Verzögerung informiert. Er hat geantwortet.«
»Und was hat er gesagt?«
»Etwas sehr Unfeines.«
»Das kann ich mir vorstellen.« Marler widerstand der Versuchung, auf die Uhr zu sehen. Wenn sie in der Luft waren, waren sie in der Luft. Hauptsache, sie kamen noch rechtzeitig.

Morgan behielt seine mäßige Geschwindigkeit bei, wodurch er viele Kilometer hinter dem silberfarbenen Mercedes zurückblieb, in dem Tweed saß.

Auf der vereinbarten Frequenz war nur eine kurze Nachricht eingegangen. Von Horowitz.
»*Unbedingt Funkstille wahren...*«
Was zum Teufel hatte das zu bedeuten, fragte sich Morgan. Es klang vielversprechend – als wüßte Horowitz, was er tat. Er warf einen Blick auf Stieber, der den Wagen gerade in eine Kurve lenkte.
»Wie weit ist es noch bis zum ersten Angriffspunkt?«
»Von hier aus ungefähr dreißig Kilometer.«
»Dann müßten wir eigentlich etwas hören. Ich hoffe es jedenfalls. Tweed müßte jetzt bald dort sein.«

Horowitz steuerte in die zweite der langgestreckten Kurven. Er konnte nur die letzten beiden Wagen sehen, dann verschwand der vordere. Er warf wieder einen Blick auf die Karte. Der erste Hinterhalt war nicht mehr weit entfernt. Es konnte sein, daß sie Tweed beim ersten Versuch erwischten, aber er bezweifelte es.
Er machte sich daran, den ersten Teil seines Manövers in die Tat umzusetzen. In dem silberfarbenen Mercedes entdeckte er den verschwommenen Umriß eines Mannes, der nach hinten schaute. Sein Auftauchen würde sie anfangs überraschen, aber sie würden kaum einen Gedanken an die Tatsache verschwenden, daß seine Nummernschilder unleserlich waren – auf langen Strecken war von den Rädern Schneematsch hochgeschleudert worden. Er erhöhte die Geschwindigkeit, verringerte den Abstand zwischen seinem und dem anderen Wagen.
Dann öffnete er das Fenster neben sich. Er mußte die Geräusche des Hinterhalts in dem Moment hören, in dem der Angriff begann. Beide Wagen fuhren sehr schnell, was Horowitz nur recht sein konnte. Während die eisige Nachtluft hereinströmte, lauschte er auf den Hinterhalt.
Der erste Mercedes in dem Konvoi hatte bereits einen Großteil der Kurve hinter sich gebracht und fuhr nach wie vor auf der inneren Spur dicht neben der Leitplanke. Andere Fahrzeuge waren nicht in Sicht.
Die erste Warnung, daß sie in einen Hinterhalt gegangen waren, erhielten sie, als Geschosse aus zwei Uzi-Maschinenpistolen in das Heck des Wagens einschlugen. Der Fahrer tat das Unerwartete. Anstatt Gas zu geben, verlangsamte er die Fahrt.
»Los, Arber«, sagte er zu dem Mann neben sich. »Feuer frei.«
Arber öffnete das automatische Fenster. Inzwischen hatte sich das Hämmern der Maschinenpistolen vervielfacht. Gestalten in Skianzügen und mit Sturmhauben standen mit erhobenen Waffen hinter der Leitplanke. Arber

hatte eine Handgranate abgezogen, schleuderte sie hinaus. Dann griff er die zweite der in seinem Schoß liegenden Handgranaten, zog sie ab, warf sie. All das im Bruchteil einer Sekunde.
Die Detonation der Handgranaten zerriß die Nacht. Die Männer hinter der Leitplanke warfen die Arme hoch, stürzten nach hinten. Das Fenster hinter Arber war aufgegangen. Der Lauf einer Maschinenpistole ragte heraus, ein Hagel von Geschossen fegte über die Leitplanke hinweg, hinter der weitere vermummte Gestalten erschienen. Wie Ziele in einer Schießbude klappten sie zusammen, als die Geschosse sie umpflügten. Weitere Handgranaten flogen aus dem Wagen. Die Detonationen folgten so schnell aufeinander, daß sie fast ineinander übergingen. Einer der Angreifer hatte einen Raketenwerfer. Sein Finger war bereits auf dem Abzug, als ihm ein Hagel von Geschossen in die Brust fuhr. Er zuckte zurück, der Werfer zeigte himmelwärts, und die Rakete explodierte irgendwo hoch über der Autobahn. Dann Stille. Der Konvoi fuhr weiter.
Im dritten Wagen grinste Kuhlmann.
»Die Idioten haben geglaubt, Tweed säße im ersten Wagen«, erklärte er seinem Fahrer. »Tweeds Wagen hat keine einzige Kugel abbekommen.« Er griff nach dem Mikrofon. »Hier Thor. Alles in Ordnung. Schickt das Aufräumkommando. Hat keine Eile. Sie können ruhig eine Weile bluten...«
Horowitz hatte das Schießen und das Detonieren der Granaten gehört. Das war der richtige Moment. Er beschleunigte. Eine Hand lag auf dem Lenkrad, die andere auf dem Sims des geöffneten Fensters – die Hand mit der Luger. Er zielte auf die hinteren Reifen des Mercedes, gab drei Schüsse ab. Der Mercedes geriet außer Kontrolle, prallte gegen die Leitplanke. Metall knirschte auf Metall. Der Wagen stand.
Horowitz trat auf die Bremse, sprang ein paar Meter vor dem Mercedes aus seinem Wagen, rannte auf ihn zu. Hinter der Windschutzscheibe sah er Bewegung. Er hielt die Luger mit beiden Händen, feuerte zweimal. Die Windschutzscheibe zersplitterte, auf den Vordersitzen sackten zwei Kriminalbeamte tot zusammen.
Horowitz riß eine der hinteren Türen auf. Ein Mann war nach vorn gesunken, bewußtlos. Der andere Mann bewegte sich. Horowitz feuerte, und die Bewegung hörte auf. Er tastete nach dem Puls des zusammengesunkenen Mannes, fand ihn. Er setzte ihm die Mündung der Luger an den Kopf, drückte ab. Der Mann zuckte zusammen. Nur einmal. Sieben Schüsse weg. Er rammte ein frisches Magazin in die Luger, öffnete die Fahrertür. Ein Mann lag zurückgesunken da, ein rotes Loch in der Stirn. Der andere bewegte sich ein wenig. Horowitz zielte gelassen, drückte

zweimal auf den Abzug. Er machte beide Türen zu, rannte zu seinem eigenen Wagen zurück.

Fünf Minuten später sah er, mit hoher Geschwindigkeit fahrend, den letzten Wagen des vor ihm fahrenden Konvois. Er verlangsamte, hielt den gleichen Abstand zwischen seinem und dem vierten Wagen, den er zuvor festgestellt hatte, und regulierte die Geschwindigkeit entsprechend.

In dem vierten Wagen warf einer der Kriminalbeamten einen Blick durch die Rückscheibe.

»Alles in Ordnung. Unser Schlußlicht hat wieder aufgeholt.«

Der Konvoi jagte weiter durch die Nacht – mit Horowitz als Nachhut. Er warf abermals einen Blick auf die neben ihm liegende Karte. Der Hauptangriff – die Attacke mit dem Benzintankwagen – war noch etliche Kilometer entfernt. Und das war der Moment, in dem er die Konfusion ausnützen würde, um Tweed zu töten.

Der massige Benzintankwagen parkte am Rande einer Einfahrt, die auf die nach Norden führende Spur der Autobahn mündete. Der Fahrer saß bei laufendem Motor hinter dem Lenkrad. Der Tank war bis obenhin mit Benzin gefüllt. Auf dem Sitz neben ihm lag ein Funksteuergerät; es würde ein Signal aussenden, das die Bombe im Tank zur Detonation brachte, eine in einem schweren Kasten versiegelte Bombe.

Der Beifahrer stand, in einen dicken Pelzmantel eingehüllt, an einer Stelle, von der aus er die Autobahn überblicken konnte. In seiner behandschuhten Hand hielt er ein Walkie-Talkie, mit dem er den Fahrer informieren konnte, wenn das gesuchte Fahrzeug in Sichtweite kam. Durch das Nachtglas, das an einem Riemen um seinen Hals hing, konnte er ein langes Stück Autobahn überblicken – lang genug, um die Zulassungsnummer eines Wagens festzustellen.

Wenn die Zeit gekommen war, würde er den Fahrer rufen, der sein eigenes Walkie-Talkie hatte. Dann würde er zum Tanklaster hinrennen und dem Fahrer das Steuergerät abnehmen. Dann war es Sache des Fahrers, seinen Job zu erledigen und zuzusehen, daß er schnell genug aus seiner Kabine herauskam und in sichere Entfernung von der riesigen mobilen Bombe.

Er sah die Scheinwerfer eines herannahenden Wagens, hob das Glas an die Augen. Falsche Nummer, falscher Wagentyp. Ein Audi. Er entspannte sich, schlug sich mit den behandschuhten Händen auf die Schenkel, um die Blutzirkulation in Gang zu halten. Sie mußten bald kommen. Er hoffte es jedenfalls.

In dem zweiten Mercedes atmete Paula schwer, um die Spannung abzu-

bauen, die sich während des Angriffs in ihr aufgestaut hatte. Tweed versetzte ihr einen sanften Rippenstoß.
»Die können ja nicht einmal geradeaus schießen«, bemerkte er und zitierte damit General de Gaulles berühmten Ausspruch nach dem Attentatsversuch im August 1962.
»Es war trotzdem ziemlich beängstigend.«
»Aber das liegt jetzt hinter uns.«
»Was mir Sorgen macht, ist das, was vor uns liegen mag. Ich bin ganz sicher, daß sie noch nicht aufgegeben haben.«
»In diesem Punkt sind wir einig.«
»Und Sie glauben wirklich, daß wir heil und ganz in Belgien ankommen?«
»Ja, das tue ich«, log Tweed. Er war sich dessen ganz und gar nicht sicher. »Vielleicht kommt uns das Unerwartete zu Hilfe«, fügte er hinzu.
Im dritten Mercedes ahnte Kuhlmann, daß die Hauptgefahr nahe bevorstand. Er griff nach dem Mikrofon, über das er mit den anderen Fahrzeugen Kontakt aufnehmen konnte. »Hier Kuhlmann. Von jetzt an Alarmstufe eins. Ich wiederhole: Alarmstufe eins. Unser Hubschrauber hat einen Defekt und steht noch am Boden. Ende der Durchsage.«

Der Fahrer in der Kabine des Benzintankers hätte zu gern eine Zigarette geraucht. Statt dessen kaute er Gummi. Mit der Ladung aus flüssigem Dynamit hinter sich konnte er das Rauchen nicht riskieren.
Der Posten, der draußen am oberen Ende der Einfahrt stand, halb erfroren trotz seiner dicken Kleidung, hob abermals sein Nachtglas vor die Augen. Er runzelte die Stirn, schaute verblüfft noch einmal genauer hin. In der Ferne waren Scheinwerfer aufgetaucht. Ein ganzer Konvoi von Scheinwerfern. Lauter silberfarbene Mercedes. Ein fürchterlicher Verdacht kam ihm. Er griff nach seinem Walkie-Talkie.
»Manfred«, rief er den Fahrer, »halt dich bereit. Kann sein, daß sie kommen. Vier oder fünf Mercedes. Ich kann die Nummer des vordersten Wagens noch nicht erkennen. Bleib auf Empfang.«
»Das können sie nicht sein«, erwiderte Manfred. »Sie haben gesagt, es wäre nur ein Mercedes.«
»Bleib auf Empfang, habe ich gesagt. Und sei auf dem Sprung.«
»Wenn du meinst, Karl.«
Der erste Wagen war immer noch ziemlich weit entfernt. Der Posten schaute angespannt durch sein Glas, versuchte verzweifelt, die Zulassungsnummer zu entziffern. Immer noch zu weit weg. Die Wagen fuhren hintereinander her, alle auf der inneren Spur dicht neben der Leitplanke.

Von seiner erhöhten Position in der Fahrerkabine aus warf Manfred einen Blick auf den Raum hinter der Leitplanke. Obwohl er sie nicht sehen konnte, wußte er, daß dort ein Trupp von schwerbewaffneten Männern auf der Lauer lag. Es war völlig ausgeschlossen, daß auch nur einer der Insassen des Mercedes die geplante Attacke überlebte. Er war gerade im Begriff, sich einen frischen Kaugummi in den Mund zu schieben, als sich Karl, bereits auf den Tanker zulaufend, über das Walkie-Talkie meldete.
»Mach dich bereit, Manfred...«
Außer Atem riß er die Beifahrertür auf, langte hinein, ergriff das Steuergerät. Bevor er die Tür wieder zuschlug, gab er Manfred das Kommando.
»Los jetzt! Fahr los!«
Karl rannte zu seinem Beobachtungsposten zurück, glitt auf Eis aus, gewann sein Gleichgewicht wieder. Hinter sich hörte er, wie der Tankwagen auf die Autobahn herunterfuhr, wo er im rechten Winkel zum ankommenden Verkehr Position beziehen, die Fahrbahn blockieren sollte.
Am oberen Ende der Einfahrt angekommen, wieder außer Atem, legte Karl den Sicherungshebel des Steuergeräts um. Jetzt war es aktiviert. Nun brauchte er nur noch auf einen Knopf zu drücken – und dann das Flammenmeer. Karl hob abermals das Fernglas, dann versteifte er sich. Die Wagen waren immer noch ziemlich weit entfernt, und bisher war die kalte Nacht bedrückend still gewesen. Doch jetzt durchbrach ein Geräusch die Stille. Er hörte das Tuckern einer Maschine in der Luft. Ein Hubschrauber näherte sich.

»Da ist der Konvoi«, bemerkte Marler, der neben dem Piloten saß.
Er blickte hinunter auf die Autobahn und zählte. Fünf Wagen. Die richtige Anzahl. Der letzte Wagen schloß dichter auf.
Abermals hob Marler sein Nachtglas vor die Augen. Quer über seinen Knien lag das Gewehr mit dem Nachtsichtgerät, voll geladen. Der Hubschrauber flog über den Konvoi hinweg, und plötzlich erstarrte Marler. Der Pilot warf ihm einen Blick zu. Marler schaute angespannt durch das Glas.
»Ärger?« erkundigte sich der Pilot durch sein Mikrofon.
»Kann man wohl sagen. Ein Benzintanker steht quer auf der Autobahn. Und am oberen Ende der Einfahrt steht ein Beobachter. Behalten Sie Ihre jetzige Höhe bei. Sie sehen den Tanker? Gut. Verhalten Sie in einer Höhe von hundert Metern auf dieser Seite des Tankers. Keinen Zentimeter tiefer. Gleich wird der Teufel los sein...«
Marler riß seinen Kopfhörer herunter, öffnete den Sicherheitsgurt, schwang

sich mit dem Gewehr in der Hand in die Hauptkabine, stützte sich mit der Schulter an der Innenwand des Rumpfes ab und öffnete die Tür. Kalte Luft fegte herein. Marler warf einen Blick nach hinten. Der Konvoi näherte sich. Der Hubschrauber hörte auf, sich vorwärts zu bewegen; der Pilot hielt ihn in der Schwebe. Marler wechselte zur anderen Seite der Tür, blickte voraus und hinunter.
Der Tanker war gerade zum Stehen gekommen und blockierte die Autobahn wie eine Mauer. Die Tür der Fahrerkabine war offen. Der Fahrer stieg aus. Marler lehnte sich gegen die Rumpfwand. Der Pilot hielt die Maschine fast unbewegt. Marler hob sein Gewehr, stemmte den Kolben an die Schulter, schaute mit dem Finger am Abzug durch das Visier. Die gerundete Seitenwand des Tankers erschien im Fadenkreuz. Er zog den Abzug durch und jagte in rascher Folge drei Brandgeschosse in den Tanker. Dann ließ er sich auf den Sitz fallen und umklammerte die Lehnen.
Eine blendende Stichflamme. Die Welt ging in Fetzen. Die Bombe in dem Tanker detonierte von selbst. Der Tanker löste sich auf. Laken aus brennendem Benzin umhüllten den flüchtenden Fahrer. Ein Feuervorhang fegte über die Leitplanke, wo Gestalten in Sturmhauben standen, mit schußbereiten Waffen. Die Detonation war zu früh erfolgt. Der Pilot sah, wie die Gestalten hinter der Leitplanke mit brennenden Kleidern davonrannten wie leuchtende Nachtgespenster. Die Druckwelle traf die Sikorsky. Die Maschine schwankte heftig. Der Pilot griff nach seinen Instrumenten, stabilisierte sie wieder. Ein See aus brennendem Benzin bedeckte die halbe Autobahn. Der Tanker war verschwunden.

In dem dritten Mercedes sah Kuhlmann die Stichflamme, hörte die Detonation, ergriff das Mikrofon, brüllte seinen Befehl an die anderen Fahrzeuge.
»Lager! Lager! Lager!«
Die Fahrer führten das vorher vereinbarte Manöver aus. Die hinteren drei Fahrzeuge fuhren auf die zweite Spur, bildeten einen Halbkreis. Kuhlmann konnte die beiden vor ihm fahrenden Wagen sehen. Der direkt vor ihm, in dem Tweed saß, hatte gerade noch rechtzeitig gestoppt, kurz vor dem Inferno aus brennendem Benzin, aus dem eine Riesenwolke schwarzen Rauchs aufstieg.
Sobald Horowitz das Manöver begriffen hatte, reagierte er instinktiv. Er lenkte den letzten Wagen, in dem er saß, auf die Überholspur, fuhr an den beiden dort stehenden Fahrzeugen vorbei und setzte sich neben den zweiten Mercedes. Konfusion, Chaos. Das Rattern von Gewehrfeuer. Brüllende Männer. Er öffnete die Tür seines Wagens, stieg aus, die Luger in der Hand.

Er riß die Tür des zweiten Mercedes auf. Auf den Vordersitzen zwei Kriminalbeamte. Hinten, auf der ihm abgewandten Seite, Tweed, der ihn anstarrte. Horowitz' Luger bewegte sich blitzschnell, schoß auf den Fahrer, schoß auf den Mann neben ihm. Der Fahrer sackte zusammen, von einer Kugel in die Schulter getroffen. Sein Nachbar stöhnte. Eine Kugel zwischen den Rippen. Horowitz bemerkte die Frau, die neben Tweed saß, richtete die Luger auf Tweed. Zwei weitere Schüsse widerhallten im Wagen.
Auf Horowitz' magerem Gesicht erschien ein Ausdruck der Verwunderung. Er taumelte zurück, ohne die Luger loszulassen. Den Browning mit beiden Händen haltend, gab Paula einen dritten Schuß ab. Horowitz war nach wie vor auf den Beinen, nach wie vor in Bewegung. Er taumelte um den Kühler des Wagens herum, eine deutliche Silhouette vor der Flammenwand. Newman, der ein paar Schritte vor seinem Wagen stand, richtete seine Magnum auf Horowitz, feuerte. Das großkalibrige Geschoß traf ihn in die rechte Brustseite, schleuderte ihn rückwärts. Er wirbelte herum wie ein Ballettänzer, stürzte über die Leitplanke, verschwand außer Sicht.
Newman rannte zur Leitplanke und sah gerade noch, wie Horowitz mit dem Kopf voran sechs Meter tiefer auf die gefrorene Oberfläche eines Sees aufprallte. Als Tweed und Paula neben ihn traten, hörte er, wie das Eis brach, und sah, wie Horowitz in einem Loch von ungefähr einem Meter Durchmesser verschwand.
Kuhlmann hatte Befehle gebrüllt, seine Leute angewiesen, in lockerer Linie anzugreifen. Jetzt rückten sie auf die Flammenwand vor, feuerten mit Maschinenpistolen auf die noch lebenden Mitglieder des Trupps, der im Hinterhalt gelegen hatte. Kuhlmann eilte zu Tweed, eine starke Taschenlampe in der Hand. Er richtete sie hinunter auf den zugefrorenen See.
»Ich verstehe einfach nicht, wie er sich noch bewegen konnte, nachdem ich zweimal auf ihn geschossen hatte«, sagte Paula.
»Er ist der professionellste Mörder in ganz Europa«, erinnerte Tweed sie. »Ich habe einmal von einem Mann gehört, der sechs Kugeln im Leibe hatte und trotzdem noch zwei Kilometer weit bis zu einem Arzt gelaufen ist.«
»Das Eis da unten ist fünfzehn Zentimeter dick«, bemerkte Kuhlmann. »Er muß an einer dünneren Stelle aufgeschlagen sein. Er lebt immer noch.«
Horowitz war unter dem Eis hochgedriftet, suchte nach dem Loch. Im Schein der Taschenlampe konnten sie deutlich seine Hände erkennen, die gegen die massive Oberfläche seiner Eisgruft hämmerten, den verschwommenen Umriß seines Kopfes. »Ich kann das nicht mit ansehen«, sagte Paula und kehrte zum Wagen zurück. Horowitz tauchte immer noch unter dem Eis auf und nieder, mehrere Meter von der Stelle entfernt, an der er in den

See eingebrochen war. Seine Hände hämmerten nach wie vor gegen die unnachgiebige Eisdecke über seinem Kopf, jetzt wesentlich schwächer...
»Ich denke nicht daran, mir nasse Füße zu holen und den Kerl zu retten«, bemerkte Kuhlmann. »Wozu? Ein langes, kostspieliges Verfahren, eine Verurteilung zu Gefängnis, und später bricht er aus. Nein, besten Dank. Tweed, Sie sollten hier nicht herumstehen. Newman, eskortieren Sie ihn zum Wagen zurück. Das ist ein Befehl.«
Kuhlmann blieb allein zurück, richtete den Strahl seiner Taschenlampe auf den See, bis sich die Hände von Horowitz nicht mehr bewegten. Unter dem Eis schimmerte das Wasser, in dem der Leichnam langsam versank. Kuhlmann machte sich auf den Rückweg zu den Wagen.
»Das war's«, sagte er zu sich selbst.
Er schaute hinüber zu den verlöschenden Flammen. Das Gewehrfeuer ließ nach, hörte dann ganz auf. Als er bei Tweeds Wagen angekommen war, bückte er sich und sprach mit dem Beamten, der inzwischen das Steuer übernommen hatte. »Die Überholspur ist frei. Ich weise einen anderen Wagen an, sich vor Sie zu setzen. Fahren Sie langsam, bis Sie an diesem Chaos vorbei sind.«
»Die vorgesehene Route?« fragte der Fahrer.
»Die vorgesehene Route. Sehen Sie zu, daß Sie so schnell wie möglich nach Belgien kommen.«
Er richtete sich auf, sah, wie Newman zu dem Hubschrauber emporschaute, der über ihnen verhielt. Newman reckte anerkennend den Daumen hoch. Marler, der ihn von der Kabine der Sikorsky aus durch sein Fernglas beobachtete, lächelte trocken. Dann wandte er sich an den Piloten.
»Wenn sie losfahren, folgen wir ihnen. Wir eskortieren sie aus Deutschland heraus.«

Zweiundfünfzigstes Kapitel

Imperium von World Security zerbröckelt. Aktien an Wall Street um 40 Prozent gefallen.
Buckmaster-Konzern am Ende. Rücktritt des Ministers?
US-Banken kündigen World Security-Kredit.
Um sieben Uhr morgens starrte Buckmaster auf die Schlagzeilen der auf dem Fußboden seines Wohnzimmers in Belgravia liegenden Zeitungen. Er hatte sie sich gleich nach Erscheinen besorgen lassen. Jetzt fuhr er sich mit beiden Händen durchs Haar. Wer zum Teufel hatte diese Verschwörung

organisiert? Es mußte eine Verschwörung sein – schließlich hatte er im Laufe der Zeit selbst nicht wenige veranlaßt.

»Ich werde sie trotzdem am Boden zerstören«, dachte er, und dann läutete das Telefon. Es war Morgan, der von Freiburg aus anrief.

»Es ist schiefgegangen«, berichtete Morgan. »Der Gegner war zehnmal so stark wie wir«, log er.

»Gegenwärtige Position des Zielobjekts?«

»Wurde zuletzt auf dem Weg nach Norden gesichtet.«

Buckmaster hatte immer auf seine Intuition vertraut. »Er ist über Belgien gekommen und wird auch auf demselben Weg zurückkehren wollen. Haben Sie jemanden, den Sie dorthin schicken können, damit er das Geschäft zum Abschluß bringt?«

»Ja. Stieber.«

»Dann schicken Sie ihn. Nach Brüssel. Nehmen Sie den Lear Jet. Setzen Sie Ihre Leute in Belgien in Motion – zum Beobachten und Aufspüren. Stieber soll das Geschäft zum Abschluß bringen«, wiederholte er. »Sie gehen an Bord des Jets, setzen Stieber in Brüssel ab und fliegen dann hierher weiter.«

Buckmaster verschränkte die Hände und starrte abermals auf die ausgebreiteten Zeitungen. Immerhin war er noch imstande, Entscheidungen zu treffen. Wenn Tweed London erreichte, war er erledigt. Tweed würde nur zurückkommen, wenn es ihm – auf irgendeine ihm unbekannte Art und Weise – gelungen war, sich von jedem Verdacht zu befreien. Jetzt stand alles auf der Kippe.

Tweed hatte seine Absicht, insgeheim per Schiff nach England zurückzukehren, geändert. Er verkündete seinen Entschluß, als Newman den Wagen durch die Vororte von Brüssel lenkte. Er warf einen Blick auf Paula, die neben ihm saß, und lächelte.

»Wissen Sie's noch? Hier hat alles angefangen.«

»Und hier mußte ich Sie überreden, mich mitzunehmen.«

»Und Gott sei Dank habe ich nachgegeben. Sie haben mir das Leben gerettet, als Horowitz die Wagentür aufriß. Ein Profikiller bis zur letzten Minute.«

»Gehört alles zu meinem Job«, sagte sie bescheiden. »Und wie kommen wir über den Kanal?«

»In der Luft. Ich hasse die See. Hört nie auf, sich zu bewegen. Bob, unsere nächste Station ist der Flughafen.«

Marler, der neben Newman saß, schaute über die Schulter. »Ist das sinnvoll? Sie werfen auf dem letzten Stück alle Vorsichtsmaßnahmen über Bord.«

»Als ich von Aachen aus telefonierte, habe ich die Premierministerin angerufen. Sie hat einen Regierungsjet für uns bereitstellen lassen. Offiziell soll er einen EG-Kommissar nach London bringen.«
Paula starrte ihn an. »Was geht da eigentlich vor? Wie konnten Sie die Premierministerin anrufen, solange Sie von Amts wegen immer noch flüchtig sind?«
Tweed hob den Aktenkoffer an, den er auf seinem Schoß hielt. »Hier ist alles drin – die Beweise für meine Unschuld. Die Geschichte von Sylvia Harman. Ihr Notizbuch, das Sie in ihrer Wohnung in Zürich gefunden haben. Die Fotokopien, die Bob sich im Büro von World Security in Basel beschafft hat.«
»Aber da ist noch etwas, was Sie uns verschweigen«, forderte sie ihn heraus.
»Zu gegebener Zeit wird sich alles herausstellen.«

Morgan hatte gegen Buckmasters Anweisung gehandelt, seinen Plan geändert. Er wartete am Brüsseler Flughafen in der Nähe der Eincheck-Schalter. Ungefähr ein Dutzend Meter entfernt hatte Stieber sich niedergelassen und tat so, als läse er Zeitung. Er wartete darauf, daß Morgan ihm mit einem Zeichen zu verstehen gab, daß Tweed eingetroffen war.
Morgan handelte auf gut Glück – es blieb ihm nichts anderes übrig. Er hatte keinerlei Informationen von seinen Spähern in Belgien, die alle ein Foto von Tweed besaßen. Er konnte nur hoffen, daß das Unwahrscheinliche geschehen, daß Tweed beschließen würde, nach London zu fliegen.
Der Lear Jet stand auf dem Vorfeld, bereit, ihn nach England zurückzubringen. Der Gedanke, Buckmaster gegenübertreten und völliges Versagen eingestehen zu müssen, machte ihm Angst. Er stand neben einem Bücherkiosk. Es war eine strategisch günstige Position – er hatte freien Blick auf alle Eincheck-Schalter. Er sah auf die Uhr, ließ den Blick dann wieder über die Passagiere schweifen, die sich den Schaltern näherten. Keine Spur von Tweed.

Newman fuhr über den Zubringer zum Flughafen. Eines machte ihm Sorgen: sie hatten keine Waffen mehr. Bevor sie die Grenze überschritten, hatte Kuhlmann sie zurückverlangt. Völlig korrekt, aber verdammt unangenehm. Er schaute in den Rückspiegel.
»Butler und Nield sind dicht hinter uns«, bemerkte er
Die beiden Männer fuhren in einem zweiten Renault. Kuhlmann hatte rechtzeitig seinen Kollegen in Brüssel angerufen, Chefinspektor Benoit,

einen alten Freund von Tweed. Die beiden Wagen hatten an der Grenze für sie bereitgestanden.

»Benoit erwartet uns am Flughafen«, informierte Tweed die anderen erst jetzt. »Er möchte uns *bon voyage* wünschen.«

»Sie wird *bon* sein, sobald wir in der Luft sind«, sagte Newman grimmig. Dann hatten sie das Abfertigungsgebäude erreicht, und er lenkte den Wagen an den Bordstein.

Mit seinem Koffer in der Hand betrat Tweed das Gebäude. Paula war dicht neben ihm, ließ den Blick durch die Halle schweifen. Sie war immer noch der Ansicht, daß dies kein guter Gedanke war, hielt aber den Mund. Hinter ihnen forderte Newman Butler und Nield mit einem Zeichen zum Ausschwärmen auf. Er hatte sich, ohne daß Tweed es wußte, mit Marler und den beiden Männern abgesprochen.

Tweed war der einzige, dem keinerlei Anspannung anzumerken war, als sie die Halle durchquerten. Neben ihm tauchte eine vertraute Gestalt auf. Benoit. Ein jovialer, rundlicher Mann in den Vierzigern mit einer großen Hakennase, hellbraunem Haar und klugen Augen.

»Kuhlmann hat mir berichtet, daß Sie in der Bundesrepublik einiges auszustehen hatten. Willkommen im friedlichen Belgien.«

»Sagen Sie nicht so etwas«, warf Paula ein. »Damit fordern Sie das Schicksal heraus.«

»Meinen Glückwunsch, Paula«, erwiderte Benoit, und dann nahm er sie in die Arme und küßte sie auf die Wange.

Tweed war in der Nähe der Eincheck-Schalter stehengeblieben. Benoit drehte sich wieder zu ihm um und deutete auf die Schalter.

»Da brauchen Sie nicht hinzugehen. Ich begleite Sie hinaus zu dem Jet, der gerade gelandet ist und auf Sie wartet.«

Morgan nickte Stieber zu und verschwand hinter dem Kiosk. Stieber sah sich um, entdeckte Tweed. Er stand still. Ein ideales Ziel. Er hielt die Zeitung in der Linken und griff mit der Rechten nach dem Kolben der Walther, die in der Tasche seines Regenmantels steckte. Die Entfernung betrug nicht mehr als drei Meter. Nicht zu verfehlen...

Weitere Leute kamen herein, drängten sich in der Halle. Draußen startete ein Jet, seine Triebwerke dröhnten. Stieber begann, die Waffe aus der Tasche zu ziehen. So viele Leute. In der Konfusion würde er leicht entkommen können. Alle würden schleunigst versuchen, in Deckung zu gehen. Die Waffe war zur Hälfte außerhalb der Tasche.

Newman hielt sich etwas abseits, hielt überall nach Gefahren Ausschau. Er sah einen Mann, der sich auf einen Sitz niedergelassen hatte. Er kam ihm

bekannt vor. Warum? Wo? Ein Mann mit einem runden Kopf. Er erinnerte sich. Der Morgen, an dem er bei Basel die Grenze überschritten hatte. Der dort geparkte Wagen. Zwei Männer auf den Vordersitzen. Der Fahrer ein Mann mit einem runden Kopf. Er bewegte sich.
Stieber hatte die Waffe fast vollständig aus der Tasche herausgezogen, als sich ein Arm mit einem Hammergriff um seinen Hals legte. Eine andere Hand packte die, in der er seine Waffe hielt. Stieber versuchte aufzustehen, sich zu befreien. Die Waffe wurde verdreht, in seine Tasche zurückgerammt. Sein Finger drückte auf den Abzug. Ein weiterer Jet dröhnte in den Himmel, überdeckte den Knall des Schusses. Stieber sackte auf seinem Sitz zusammen.
Newman sah sich um. Niemand hatte etwas bemerkt. Er legte Stieber in einer scheinbar freundschaftlichen Geste den Arm um den Hals. Seine Finger tasteten nach dem Puls. Nichts. Stieber war tot. Hatte sich bei dem Versuch, sich zu befreien, selbst erschossen. Newman richtete den Leichnam auf, ließ ihn gegen die Rückenlehne sinken.
Er eilte zu einem Getränkekiosk, kaufte eine Flasche Scotch, entfernte die Verpackung, lockerte den Verschluß. Dann kehrte er zu dem Sitz zurück, auf dem Stieber nach wie vor zusammengesunken dasaß wie ein Schlafender. Immer noch nahm niemand von ihm Notiz. Newman öffnete die Flasche, stellte sie vorsichtig aufrecht neben die Leiche und gesellte sich dann zu Tweed und den anderen, die Benoit durch eine offene Tür geleitete. Marler trat neben Newman.
»Das haben Sie gut gemacht. Dachte schon, ich müßte Ihnen zur Hand gehen.«
»Sie hätten es doch nur vermasselt.«
»Schön zu hören, daß Sie so viel Vertrauen zu mir haben, mein Freund.«

Sie sagten Tweed nicht, was sich am Flughafen abgespielt hatte. Auf halbem Weg über dem Kanal waren sich Newman und Marler einig, daß er schon genug durchgemacht hatte. Tweed und Paula saßen nebeneinander, drei Reihen vor den beiden Männern.
»Da ist etwas, das ich ihm noch sagen muß«, erklärte Marler. »Bin gleich zurück.«
Er wanderte den schmalen Gang entlang und ließ sich Paula gegenüber nieder. Tweed war dabei, sein Beweismaterial durchzusehen und zu ordnen. Marler lehnte sich vor.
»Sie können noch etwas hinzufügen, wenn ich erst ein Schließfach bei einer Londoner Bank geöffnet habe. Eine Kopie des Berichts, den Dr. Rose nach

der Autopsie an Sylvia Harman angefertigt hat. Das Ausschlaggebende sind natürlich die Blutgruppen.«
»Und ich habe einen Freund im Verteidigungsministerium, der die Unterlagen einsehen und mir vertraulich mitteilen kann, welche Blutgruppe Buckmaster hat.«
»Und wenn Buckmaster nicht diese seltene Blutgruppe hat?«
»Dann war es Morgan, der sie ermordet und vergewaltigt hat. Der eine oder der andere muß es gewesen sein. Eine derart gräßliche Angelegenheit würden sie niemals von einem Dritten erledigen lassen.«
»Haben Sie eine Ahnung, welcher von beiden es war?« fragte Paula.
»Ja«, sagte Tweed. »Ich weiß es genau. Es paßt zu der Sache mit der *Lampedusa*. Das ist der Schlüssel. Und nun bitte keine Fragen mehr.«

34,30 Grad nördlicher Breite, 27,20 Grad östlicher Länge. Der amerikanische Zerstörer *Spruance* lag im hellen Tageslicht östlich von Kreta. Die See war ruhig, und Hank Tower, der Kommandant des Zerstörers, betrachtete die Silhouette der *Lampedusa* zusammen mit dem Offizier, der ihm die Fotos gebracht hatte.
In geringer Entfernung fuhr nördlich von dem Zerstörer ein Frachter auf nordöstlichem Kurs. Sobald der Sturm nachgelassen hatte, war Towers Hubschrauber aufgestiegen, und ihm war es gelungen, den Frachter *Helvetia* auszumachen.
»Dieses Schiff dort hat zwei Schornsteine«, gab Tower zu bedenken. »Die *Lampedusa* dagegen nur einen.«
»Zugegeben, Sir. Aber wenn Sie den achteren Schornstein wegdenken und dann die Silhouette des Frachters mit der vergleichen, die Sie in der Hand halten, dann stimmen sie exakt überein. Ich glaube, der zweite Schornstein ist eine Attrappe.«
»Sie könnten recht haben. Wir werden sie auf die Probe stellen. Geben Sie ihnen den Befehl, beizudrehen.«
Er wartete, betrachtete die Silhouette, vergleich sie mit der des Frachters, während das Signal gegeben wurde. Es wurde nicht erwidert. Der Frachter fuhr weiter, nahm sogar noch mehr Fahrt auf, wie an seinem Kielwasser zu erkennen war. Tower schürzte die Lippen, erteilte den nächsten Befehl – der *Helvetia* einen Schuß vor den Bug zu setzen.
Singer stand an Bord des Frachters, starrte hinüber zu dem Zerstörer, schätzte die Entfernung zwischen den beiden Schiffen. Er kam zu dem Schluß, daß er bei dieser ruhigen See ohne weiteres hinüberschwimmen konnte. Unten, in der Funkkabine, schaute Hoch durch das Bullauge. Der

Schuß vor den Bug des Frachters erfüllte ihn mit Hoffnung. Er mußte die *Helvetia* verlassen. Das einzige Problem dabei war der bewaffnete Wachtposten, der mit der Pistole auf dem Schoß auf einem Stuhl saß.
Der Schuß vor den Bug alarmierte den Wachtposten. Er stand auf, schob Hoch von dem Bullauge weg und schaute selbst hinaus. Er hatte das Gefühl, er müßte an Deck gehen und feststellen, was vor sich ging. Er drehte sich zu Hoch um, hob seine Pistole, versetzte Hoch mit dem Lauf einen Schlag auf die Schläfe. In letzter Sekunde bewegte Hoch den Kopf. Der Lauf schrammte über seine Stirn. Er sackte auf dem Fußboden zusammen.
Der Wachtposten rannte hinaus, schlug die Tür hinter sich zu. Hoch wartete, hörte, wie sich die eiligen Schritte auf dem Gang entfernten. Dann stand er auf, schüttelte den Kopf, ging zur Tür, öffnete sie und schaute in beide Richtungen. Kein Mensch in Sicht.
Der Wachtposten rannte auf die Brücke. Der größte Teil der Besatzung drängte sich auf dem Vordeck. Kapitän Hartmann hatte den Rudergänger abgelöst und das Ruder selbst übernommen. In der Ferne sah er ein weiteres massiges Schiff herannahen. Die *Swerdlow*. Er würde versuchen, sie zu erreichen.
Das Achterdeck war leer, als Singer über die Reling stieg, mit einem Kopfsprung ins Wasser tauchte und mit kräftigen Stößen auf die *Spruance* zuzuschwimmen begann. Hinter ihm erschien Hoch auf dem Deck. Der Funker schaute sich um, sah niemanden, kletterte gleichfalls über die Reling und sprang hinunter.
Auch Hoch war ein guter Schwimmer. Er schwamm immer wieder lange Strecken unter Wasser, bevor er zum Luftholen auftauchte. Er sah, daß Singer als erster ankommen würde, aber davon ließ er sich nicht abhalten.
An Bord der *Spruance* kam ein Ausguck auf die Brücke gerannt, erstattete Tower Bericht.
»Zwei Männer sind von dem Frachter über Bord gesprungen. Sie schwimmen auf uns zu, Sir.«
»Ein Fallreep fieren. Die nötigen Vorbereitungen treffen, um sie an Bord zu nehmen.«
Auf dem Vordeck der *Helvetia* hatte Kapitän Hartmann seine bunt zusammengewürfelte Mannschaft nicht mehr unter Kontrolle. Er konzentrierte sich darauf, die *Swerdlow* zu erreichen. Alle Augen waren auf den sowjetischen Kreuzer gerichtet; niemand beachtete die beiden schwimmenden Männer. Singer hatte die Leiter erreicht, zog sich aus dem Wasser, begann hinaufzusteigen. Dicht hinter ihm kam Hoch an die Oberfläche, sah die Leiter, holte tief Luft für den Endspurt.

An Bord der *Helvetia* war ein Matrose namens Levitt. Früher war er Kapitän eines amerikanischen Frachters gewesen, hatte sein Patent aber wegen Trunkenheit im Dienst verloren. Er haßte die Amerikaner. Der Schuß vor ihren Bug hatte ihn wütend gemacht. Verdammte Yankees! Denen würde er es zeigen. Er riß die Segeltuchabdeckung von dem Maschinengewehr herunter, zielte auf die *Spruance*, feuerte, jagte eine Salve von Geschossen gegen den Rumpf des Zerstörers. Hartmann war entsetzt. Er schrie Levitt an, aber das Maschinengewehr ratterte weiter.

Auf der *Spruance* gingen die Matrosen in Deckung. Ein Mann stürzte hin, von mehreren Kugeln getroffen, und lag dann tot auf der Brücke. Singer hatte das Deck erreicht. Er duckte sich, sah zu seiner Verblüffung, daß Hoch gerade an Bord klettern wollte – Hoch, der ihn bloßstellen konnte.

Singer griff in sein Hemd, packte die Smith & Wesson, die in einem wasserdichten Holster steckte. Er zog die Waffe heraus und richtete sie auf Hoch, der ihn entsetzt anstarrte. Ein amerikanischer Offizier reagierte schnell. Er senkte seinen massigen Kopf, rannte vorwärts, als Singer sich gerade aufrichtete, und traf ihn mitten ins Kreuz. Singer wurde nach vorn geschleudert, glitt aus, fiel über Bord. Über sein Walkie-Talkie informierte der Offizier den Ausguck am Heck.

Die Maschinen der *Spruance* beförderten das Schiff außer Reichweite des Maschinengewehrs. Singer tauchte auf, sah den Rumpf an sich vorbeigleiten, versuchte verzweifelt, von dem Schiff wegzuschwimmen. Der Ausguck am Heck erhaschte einen flüchtigen Blick auf Singer, bevor dieser vom Sog erfaßt und in die riesige Schraube gezerrt wurde. Das brodelnde weiße Kielwasser war einen Moment lang scharlachrot. Der Ausguck entdeckte etwas, das aussah wie ein auf den Wellen tanzender abgetrennter Kopf. Er verschwand, während der Posten sich über die Reling übergab.

Auf der Brücke erteilte Tower weitere Befehle. Sein Schiff vergrößerte den Abstand zu dem Frachter. Die Order, die er in Neapel erhalten hatte, war eindeutig gewesen. Wenn alle anderen Maßnahmen versagten, mußte die *Lampedusa* notfalls versenkt werden. Er gab Anweisung, eine Rakete zum Abschuß klarzumachen.

Breitbeinig dastehend beobachtete er, wie die *Helvetia* mit voller Kraft auf die noch ziemlich weit entfernte *Swerdlow* zuhielt. Er erteilte den entscheidenden Befehl.

Eine Rakete zischte in den wolkenlosen Himmel, beschrieb einen Bogen und landete genau mittschiffs auf dem Frachter. Ein Volltreffer. Mit einem Donnergetöse detonierte die Rakete. Sekunden später explodierten die Kessel des Schiffes. Der hintere Schornstein stürzte um. Tower warf einen

Blick auf die Silhouette, die er nach wie vor in der Hand hielt. Ja, die sogenannte *Helvetia* war die *Lampedusa*. Er schaute wieder hinüber. Der Frachter war in der Mitte durchgebrochen. Der Bug richtete sich auf, versank im Meer. Das Heck zerbarst in Millionen von Bruchstücken. Eine riesige Wassersäule schoß in die Luft. Das Wasser kochte und brodelte, als das Schiff auf den Grund des Mittelmeers hinabsank und mit ihm die Fracht in seinem Laderaum. Dann begann die See, sich wieder zu beruhigen, und die Besatzung schaute hinüber zu der Stelle, an der sich noch eine Minute zuvor die *Lampedusa* befunden hatte.

In der Ferne drehte die *Swerdlow* nach Norden ab, ging auf Heimatkurs. Tower musterte Hoch, den ein Offizier zu ihm gebracht hatte.

»Ich bin der einzige Überlebende von der ursprünglichen Besatzung der *Lampedusa*. Dieser Mann, der versuchte, mich zu erschießen, und der über Bord ging, war Singer. Er war der Anführer der Bande, die das Schiff in ihre Gewalt brachte.«

»Kommen Sie mit in meine Kabine, erzählen Sie, was passiert ist.«

Dreiundfünfzigstes Kapitel

Der britische Jet befand sich im Anflug auf den Londoner Flughafen. Tweed schaute aus dem Fenster. Es tat gut, England wiederzusehen. Der größte Teil des Schnees war verschwunden, nur hier und dort lagen auf nach Norden zeigenden Dächern noch Überreste der weißen Decke, unter der das ganze Land gelegen hatte.

»Sie sehen aus, als machten Sie sich Sorgen«, bemerkte Paula.

»Ich mache mir Sorgen. Das große Problem ist Buckmaster – der Riesenskandal, der losbrechen wird, wenn er stürzt. Stellen Sie sich die Schlagzeilen vor! *Minister für Äußere Sicherheit in weltweite Betrugsaffäre verwickelt.* Ich mag gar nicht daran denken.«

»Es muß eine einfache Lösung geben«, mischte sich Marler ins Gespräch, der ihnen nach wie vor gegenübersaß.

»Verraten Sie mir eine«, sagte Tweed.

»Oh, ich habe nicht gesagt, daß ich eine weiß. Ich sagte nur, daß es eine geben muß.«

»Äußerst hilfreich«, fauchte Paula. »Und zwei unaufgeklärte Morde – Sylvia Harman und Ted Doyle, der Buchhalter von World Security, von dem uns Benoit in Brüssel erzählt hat, bevor wir an Bord dieser Maschine gingen.«

»Und wo wollen wir hin, wenn wir gelandet sind?« erkundigte sich Marler.
»Direkt zum Park Crescent. Howard Bericht erstatten. Und der Premierministerin.«
»Da haben wir es schon wieder«, klagte Paula. »Ich verstehe noch immer nicht, wie die Beziehungen zwischen Ihnen und der Premierministerin gegenwärtig sind.«
»Freundlich«, sagte Tweed.
»Noch mehr Geheimniskrämerei.« Paula seufzte und stellte sich auf die Landung ein.

Morgans Lear Jet landete eine halbe Stunde später. Seinem Piloten war eine etwas längere Route zugewiesen worden als Tweeds Maschine. Er passierte die Paß- und Zollkontrolle ohne größere Verzögerungen, obwohl der Beamte, der seinen Paß prüfte, sich jede Seite anschaute.
Sobald Morgan außer Sicht war, griff der Beamte nach seinem Telefon und sprach mit Jim Corcoran, dem Chef der Sicherheitsabteilung.
»Gareth Morgan hat vor ein paar Minuten die Paßkontrolle passiert.«
»Danke. Entschuldigen Sie die Kürze – ich muß selbst jemanden anrufen.«
Draußen wartete Hanson, der Chaffeur, mit dem Daimler. Morgan ließ sich im Fond nieder und wartete, bis sie das Flughafengelände verlassen hatten, bevor er seine Frage stellte.
»Irgendwelche Probleme während meiner Abwesenheit? Mit Leonora?«
»Mit Mrs. Buckmaster nicht. Aber mit mir, Sir. Sehr unerfreulich. Die Polizei hat mich verhört. Allem Anschein nach hat mich irgendein neugieriges Weibsbild gesehen, wie ich in Doyles Haus ging, um die Wettscheine dort zu deponieren.«
Morgan beugte sich vor. »Wie zum Teufel konnte die Frau Sie identifizieren?«
»Ich versuche immer noch, mir das zu erklären. Ich mußte mich mit mehreren anderen Männern in einer Reihe aufstellen, und die alte Hexe hat mich auf Anhieb erkannt.«
»Wir werden Ihnen die besten Anwälte besorgen. Sie haben doch hoffentlich nichts zugegeben?«
»Nur abgestritten, daß ich jemals auch nur in der Nähe des Hauses war. Danach habe ich den Mund gehalten. Damit steht ihr Wort gegen das meine.« Er schwieg einen Moment. »Aber ich sollte Sie warnen – ein Chefinspektor Buchanan beschäftigt sich mit dem Fall. Er ist wie ein Hund mit einem Knochen im Maul – läßt sich nicht davon abbringen, daß Ted Doyle ermordet wurde.«

»Ich kenne den Plattfuß.« Morgan schwenkte verächtlich die Hand, um Hanson zu beruhigen. »Mit dem werde ich spielend fertig. Fahren Sie direkt zur Threadneedle Street.«

Tweed öffnete die Tür zu seinem Zimmer und blieb verblüfft stehen. Im Büro wimmelte es von Leuten. Howard saß im Sessel, hatte eines seiner elegant bekleideten Beine über die Lehne geschwungen. Monica saß an ihrem Schreibtisch. Zwei weitere Männer hatten sich auf Stühlen niedergelassen und drehten sich um, als er, gefolgt von Paula, ins Zimmer trat. Der Stuhl hinter seinem eigenen Schreibtisch war bezeichnenderweise leer.
»Willkommen daheim«, begann Howard. »Ich habe Ihre Nachricht aus dem Flugzeug erhalten. Die Premierministerin weiß gleichfalls Bescheid. Sie möchte von Ihnen hören, sobald es Ihnen paßt. Aber vorher möchten diese beiden Herren hier ein paar Worte mit Ihnen reden. Chefinspektor Buchanan und sein Assistent, Sergeant Warden. Jim Corcoran hat sie informiert, sobald Sie sich vom Flughafen aus auf den Weg gemacht hatten – mit meiner Genehmigung.«
Tweed nickte den Besuchern zu, zog seinen Mantel aus, den Monica ihm abnahm, setzte sich hinter seinen Schreibtisch und legte seinen Aktenkoffer auf die Platte. Ein dringliches Klopfen an der Tür, und Chefinspektor Harvey vom Sonderdezernat kam herein.
»Ich bin doch hoffentlich nicht zu spät dran?«
»Sie sind es«, erklärte ihm Howard. »Setzen Sie sich.«
Tweed übernahm die Leitung der Versammlung, musterte Buchanan, der aussah, als wüßte er genau, wo es langging.
»Haben Sie die Frau, die tot in meiner Wohnung gefunden wurde, inzwischen identifiziert?«
»Bisher nicht, Sir. Trotz eingehender Nachforschungen.«
»Nun, mir ist es gelungen...«
Tweed packte seinen Aktenkoffer aus, legte Sylvia Harmans Notizbuch neben den Stapel Fotokopien und begann zu reden. Obwohl er sich kurz faßte, brauchte er zehn Minuten für seinen Bericht, und während der ganzen Zeit waren Buchanans graue Augen unverwandt auf ihn gerichtet. Als Tweed geendet hatte, schob er das in einer Plastikhülle steckende Notizbuch zusammen mit den Fotokopien über den Tisch.
»Als meine Assistentin...« Er deutete mit einem Nicken auf Paula, die sich an ihrem eigenen Schreibtisch niedergelassen hatte. »... das Buch fand, hat sie es in diese Tüte gesteckt, die ursprünglich eine neue Strumpfhose enthielt. Sie müßten also Sylvia Harmans Fingerabdrücke darauf finden.«

»Sehr vernünftig, Miss.« Buchanan bedachte Paula mit einem anerkennenden Lächeln. »Ich habe die Fingerabdrücke der Toten in meinen Unterlagen, ein Vergleich ist also jederzeit möglich.« Er hielt inne, richtete den Blick auf Tweed. »Nach dem, was Sie mir erzählt haben, hat es den Anschein, als hätte Morgan Callgirls der Luxusklasse für Buckmaster besorgt. Außerdem sieht es so aus, als hätten sie Sylvia Harman mit diesem Lear Jet unauffällig nach London bringen können. Die Tatsache, daß sie in Zürich zu Hause war, erklärt, weshalb wir sie hier nicht aufspüren konnten.«

»Sie sind der Kriminalist«, entgegnete Tweed.

Buchanan erhob sich. »Außerdem habe ich erfahren, daß Mr. Morgan nach London zurückgekehrt ist. In Anbetracht dieses Beweismaterials glaube ich, daß mein nächster Besuch ihm gelten sollte.«

»Sie sind der Kriminalist«, wiederholte Tweed mit einem Lächeln.

»Aber was ist das Motiv hinter alledem?« wollte Harvey wissen.

»Das gehört unter die Rubrik nationale Sicherheit«, erwiderte Tweed.

»Damit können Sie sich nicht einfach aus der Affäre ziehen.«

»Damit ziehen wir uns aus der Affäre, bis es in der Hölle schneit«, fauchte Howard. »Und jetzt finde ich, daß Tweed ein bißchen Ruhe verdient hat. Ich begleite die Herren hinaus.«

»Sie haben mir das Leben sehr leicht gemacht«, erklärte Buchanan Tweed, bevor er das Büro verließ.

»Er hat Ruhe gesagt«, erinnerte Paula Tweed, aber der schüttelte den Kopf. »Wir sind noch längst nicht am Ende der Geschichte angekommen. Verbinden Sie mich mit Cord Dillon in Langley. Und zwar bitte gleich.«

Paula schürzte die Lippen, griff nach dem Hörer. Ein paar Minuten später sagte sie, Cord Dillon wäre am Apparat. Sobald der Amerikaner sicher war, daß er mit Tweed sprach, begann er zu reden.

»Große Neuigkeiten aus dem Mittelmeer. Die *Lampedusa* wurde gerade noch rechtzeitig gesichtet. Sie hat auf einen unserer Zerstörer gefeuert. Diese blöden Kerle. Ein sowjetischer Kreuzer hielt auf sie zu, war nur noch ungefähr eine Meile entfernt. Der Zerstörer hat weisungsgemäß reagiert. Eine Rakete hat die *Lampedusa* versenkt. Der Funker Hoch hat überlebt. Alle anderen Besatzungsmitglieder wurden bei der Eroberung des Schiffes umgebracht.«

»Großer Gott! Das ist ja entsetzlich!«

»Soldatenschicksal. – »Und was tun wir jetzt?«

»Tiger eins starten. Und zwar sofort.«

»Wird gemacht. Ich schicke Ihnen den Bericht von Hoch. Sie brauchen sich keine Sorgen mehr zu machen.«

Tweed legte den Hörer auf. Monica und Paula warteten. Als er nichts sagte, wagte sich Paula vor.
»Dürfen wir erfahren, was Tiger eins ist?«
»Leider nicht. Jedenfalls jetzt noch nicht.«

Ist World Security solvent? Kursverfall an allen Börsen.
Die Schlagzeilen der Zeitungen kreischten Buckmaster an. Er marschierte in seinem Wohnzimmer herum. Die Tür ging auf, und Leonora kam herein. Ihre Miene war grimmig. Sie machte die Tür hinter sich zu und deutete auf die auf dem Fußboden liegenden Zeitungen.
»Was geht hier vor? Ich habe ein Recht, es zu wissen. Schließlich bin ich die Präsidentin der Firma...«
Buckmaster verlor die Beherrschung. »Du bist überhaupt nichts. Du hast nicht das Recht, irgendetwas zu wissen. Hast du das immer noch nicht begriffen? Du bist nichts als eine Galionsfigur. Jemand, den ich eingesetzt habe, weil ein Minister den Eindruck erwecken muß, unparteiisch zu sein. Als ich meinen Kabinettsposten annahm, war ich von Gesetzes wegen gezwungen, jemand anderen mit der Leitung der Firma zu betrauen. Das ist alles.«
»Das ist nicht alles.« Sie ballte die Fäuste. Er war in einer gefährlichen Stimmung, aber das kümmerte sie nicht. »Es war mein Geld, mit dem du ins Geschäft eingestiegen bist.«
»Die paar Kröten!« höhnte er. »Seither habe ich sie um das Millionenfache vermehrt. Habe ein Mammutunternehmen aufgebaut.«
»Das jetzt am Boden liegt. Lies doch die Schlagzeilen. Bald werden die Aktien nichts mehr wert sein. Genau wie du. Und alles, was dann noch übrig ist, sind diese Wohnung und Tavey Grange.«
»Irrtum«, höhnte er abermals. »Dieses Haus – und Tavey Grange – sind bis übers Dach mit Hypotheken belastet.«
Er bedauerte seine Worte, sobald er sie ausgesprochen hatte. Leonora starrte ihn fassungslos an. Sie mußte erst wieder zu Atem kommen, bevor sie reagieren konnte.
»Davon hast du nie ein Wort gesagt, du Mistkerl. Aber ich kann es dir mit gleicher Münze heimzahlen. Ich könnte mich noch einmal mit dem netten Kriminalinspektor unterhalten, mit Buchanan. Über Morgan. Er war an dem Abend von Teds mysteriösem Tod bei ihm. Ich hatte meine Wagenschlüssel vergessen. Ich fuhr noch einmal hinauf und sah, wie Morgan in Teds Büro verschwand. Sehr spät am Abend.«
»Du wirst den Mund halten«, sagte er wütend.

»Werde ich das? Darauf solltest du dich lieber nicht verlassen.« Dann bedauerte sie, daß sie die Drohung ausgesprochen hatte. Buckmaster kam auf sie zu, und seine Miene verhieß nichts Gutes. Sie wich zurück, lief zur Tür, öffnete sie und drehte sich noch einmal um, bevor sie sie zuschlug.
»Verlaß dich nicht darauf, daß ich auch weiterhin den Mund halte!« schrie sie.
Er hörte, wie sie die Treppe hinunterlief und die Haustür ins Schloß fiel. Ein Wagen wurde angelassen, fuhr davon. Wieder starrte er auf die Schlagzeilen der Zeitungen. Dann griff er zum Telefon, wählte.
»Hanson, ich brauche den Wagen. Ich möchte zum Hubschrauber-Landeplatz in Battersea. Rufen Sie den Piloten an, er soll die Maschine startklar machen und mich nach Tavey Grange fliegen.«

Morgan saß an seinem Schreibtisch in der Threadneedle Street. Ihm gegenüber hatten sich drei Männer niedergelassen. Buchanan, Warden und Harvey. Buchanan hatte etwa fünfzehn Minuten lang geredet, und Morgan hatte zugehört. Sein fetter Körper war dabei immer mehr zusammengesackt.
Auf der ihm abgewandten Seite des Schreibtisches lag Sylvia Harmans Notizbuch, nach wie vor in seiner Plastikhülle, neben dem Stapel von Fotokopien, von denen Buchanan ihm eine nach der anderen gereicht hatte, während er darlegte, was er wußte.
Was er wußte? Buchanan wußte alles. Morgan war fassungslos gewesen, als Buchanan methodisch die mit einem »M« bezeichneten Daten in seinem Terminkalender durchgegangen war – sie mit den Daten der Zahlungen von jeweils sechstausend Franken in Verbindung gebracht hatte. Buchanan hatte seinen Stuhl abermals so weit zurückgeschoben, daß er seine langen Beine übereinanderschlagen konnte.
»Ich habe Sie bereits darauf hingewiesen«, fuhr er fort, »daß Sie nicht verpflichtet sind, irgendetwas auszusagen. Aber alles, was Sie aussagen, kann...«
»Schon gut. Ich habe begriffen. Sie brauchen es nicht zu wiederholen.«
»Ich wiederhole außerdem, daß, wenn Sie zur Kooperation bereit sind und eine Aussage machen, die Möglichkeit besteht, daß dies später ein Punkt zu Ihren Gunsten ist. Aber dafür kann ich nicht garantieren, Mr. Morgan. Es steht mir nicht zu, für irgendetwas zu garantieren.« Er hielt einen Moment inne. »Sie müssen selbst entscheiden.«
Mehr sagte Buchanan nicht. Etwas hatte er absichtlich unerwähnt gelassen – die Tatsache, daß bei der nochmaligen Untersuchung von Doyles Büro

Morgans Fingerabdrücke am Rahmen des Fensters gefunden worden waren, aus dem der Buchhalter angeblich versehentlich herausgestürzt war. Fingerabdrücke, die mit anderen auf Morgans Schreibtisch übereinstimmten. Das konnte später kommen. Wenn er wegen Mordes an Edward Doyle angeklagt wurde.
Das Schweigen breitete sich im Raum aus und war so bedrückend wie die Stille vor einem Gewitter. Morgan spielte mit einer unangezündeten Zigarre. Buckmaster hatte ihn hereingelegt, in die Schußlinie geschoben. Wie hätte sonst dieses Notizbuch auf seinem Schreibtisch liegen können – zusammen mit diesen Fotokopien? Und anstelle der Initiale »M«, die nur der Verschleierung diente, hätte eigentlich ein »B« dastehen müssen, denn für Buckmaster hatte er die teuren Callgirls beschafft. Einschließlich Sylvia Harman, die mit dem Lear Jet zu ihrem letzten Besuch nach London geflogen war.
Morgan zündete seine Zigarre an, begann zu reden.

Washington D. C. Es war dunkel, als das gewaltige Transportflugzeug vom Typ DC 47 von der Andrews Air Force Base startete. Der Pilot hatte den Tiger eins-Befehl direkt von Cord Dillon erhalten. Die Besatzung war an Bord der Maschine gegangen, umgeben von bewaffnetem Wachpersonal.
Die riesige Maschine bewegte sich über die Rollbahn und hob erst ab, als sie fast am Ende angekommen war. Sie gewann rasch an Höhe, flog auf nordöstlichem Kurs über den Atlantik. Alle fünfzehn Minuten sendete der Funker eine verschlüsselte Positionsmeldung.
Dem präzisen Flugplan entsprechend landete die DC 47 kurz vor Einbruch der Dunkelheit auf dem britischen Flugplatz Lyneham in Wiltshire. Schweres Hebegerät bewegte sich auf das Flugzeug zu, die großen Hecktüren wurden geöffnet, die Rampe heruntergelassen. Ein riesiger Tieflader fuhr dicht an die Rampe heran, und das Entlademanöver begann.
Die gewaltige Fracht wurde behutsam von dem Flugzeug auf den Tieflader befördert. Obwohl Lyneham ein entlegener Flugplatz mitten in einsamer Landschaft war, hatte man das Heck des Flugzeugs mit großen Segeltuchplanen abgeschirmt.
In dieser Nacht wurden viele Straßen in England von der Polizei gesperrt. Die Erklärung – wenn sie sich nicht vermeiden ließ – war die, daß ein großer Transformator unterwegs war. Aber in der Kabine des Tiefladers saßen schwerbewaffnete S. A. S.-Leute. Weitere Bewaffnete fuhren auf Motorrädern vor und hinter dem Fahrzeug.
Es war nicht möglich, den Tieflader in einer Nacht zu seinem Bestimmungs-

ort in Yorkshire zu bringen. Deshalb wurde das Fahrzeug, solange es hell war, vom nächsten Morgen bis zum Einbruch der Dunkelheit, in einem Hangar auf einem nicht mehr benutzten Flugplatz untergestellt.

Als es Nacht wurde, setzte der Tieflader seine langsame Fahrt fort und brachte die zweite Hälfte seiner Route hinter sich. Wieder wurden Straßen gesperrt, und das Fahrzeug rollte nordwärts. Vor Tagesanbruch kam es an seinem Bestimmungsort in Yorkshire an.

Unmittelbar danach wurden London und Langley unter Wahrung strengster Geheimhaltung über das sichere Eintreffen informiert. Zwei Männer – Tweed und Cord Dillon – atmeten erleichtert auf.

Vierundfünfzigstes Kapitel

In der Tiefgarage unter dem Gebäude von World Security in der Threadneedle Street hatte Marler seine Überredungskünste spielen lassen. Handgreiflich.

Er hatte sich von hinten auf Hanson gestürzt, als der Chauffeur gerade aus dem Daimler ausstieg. Er schlug dem Mann eine Hand vor den Mund und benutzte die andere dazu, Hansons Arm nach hinten zu drehen, bis er fast aus dem Gelenk sprang. Hanson hatte vor Schmerz gestöhnt, dann hörte er das Flüstern.

»Du hast nur eine Chance für die richtige Antwort. Ein kleiner Fehler, und ich breche dir jeden Knochen im Leibe. Die Frage ist ganz einfach. Wo ist Lance Buckmaster?«

»Habe ihn zu seinem Hubschrauber nach Battersea gefahren. Lassen Sie ein bißchen locker, Mann, bitte.«

»Weiter.«

»Der Hubschrauber hat ihn nach Tavey Grange im Dartmoor gebracht.«

Marler lockerte seinen Griff ein wenig. Er wartete, während Hanson keuchte und stöhnte. Dann sprach er weiter.

»Diese Unterhaltung bleibt unter uns, verstanden? Wenn ich erfahre, daß du auch nur einer Menschenseele ein Wörtchen davon erzählt hast, dann bin ich nicht nur hinter dir her – ich werde dich auch finden.«

»Mit Ihnen möchte ich nichts mehr zu tun haben«, hatte Hanson erwidert.

Marler hatte die Garage verlassen, war um die Ecke gegangen, hatte sich ans Lenkrad seines Porsche gesetzt und war losgefahren. Eine Stunde später war er bereits weit von London entfernt und fuhr, gerade noch unter der erlaubten Höchstgeschwindigkeit bleibend, in Richtung Westen.

Als er Exeter umfuhr, bemerkte er, daß zwar der größte Teil des Landes schneefrei war, im Dartmoor aber noch Frost herrschte. Seine hohen Bergkämme erhoben sich in der Ferne wie riesige weiße Wellen, und das ganze Moor lag nach wie vor unter einer nirgends unterbrochenen Schneedecke. Die Straße führte aufwärts, der Schnee wurde höher, die vereisten Fahrspuren waren eisenhart.

In Moretonhampstead verringerte er das Tempo – er mußte eine Kurve durchfahren, und der Wagen geriet ins Schleudern. Fünf Minuten später befand er sich auf der gewundenen Einfahrt, die zu den elisabethanischen Türmchen und Kaminen von Tavey Grange führte. Er lenkte den Wagen auf den Vorplatz, sprang heraus und riß am Glockenstrang. Der Butler José erschien an der Tür.

»Ich möchte zu Mr. Buckmaster«, erklärte Marler ganz gelassen. »Ich war gerade in diesem Teil der Welt, und da dachte ich, daß er mich vielleicht gern sehen würde.«

»Sie haben ihn um fünf Minuten verpaßt, Sir«, erwiderte José. »Er wollte eine Fahrt nach Princetown machen. Sagte, er brauchte unbedingt ein bißchen frische Luft. Ist davongefahren wie ein Irrer. Entschuldigung, Sir, das hätte ich nicht sagen sollen.«

»Keine Sorge«, sagte Marler großspurig. »Ich habe nicht gehört, was Sie gesagt haben. Und Sie brauchen ihm auch keine Botschaft zu übermitteln. Ich muß sehen, daß ich wieder nach London komme...«

Marler fuhr zur Straße zurück, aber als er das Tor erreicht hatte, bog er nach links ab. In Richtung Princetown, nicht in Richtung London. Einen halben Kilometer weiter hielt er kurz an, holte die mit einem Clip befestigte Magnum .45 unter seinem Sitz hervor und vergewisserte sich, daß sie voll geladen war. Er legte die Waffe auf den Sitz neben sich und fuhr weiter.

Je weiter er ins Moor vordrang, umso höher lag der Schnee und umso tückischer war das von ihm verdeckte Eis. Es waren keine anderen Fahrzeuge unterwegs, und es war bitter kalt. Er war umgeben von einer weißen Welt, einer Wildnis, in der nur hier und dort ein Tor aufragte wie ein weißes Monument.

Als er die steile, gewundene Wegstrecke oberhalb von Shark's Tor erreicht hatte, ging er mit dem Tempo herunter. Hier war das Eis besonders gefährlich. Er fuhr weiter. Noch immer war ihm kein anderes Fahrzeug begegnet. Der Himmel war wie Blei. Ob noch mehr Schnee unterwegs war? Eine halbe Stunde später erreichte er die düstere Zuchthausstadt Princetown.

In Buckmasters Kopf überschlugen sich die Gedanken, als er am Steuer seines eigenen Porsche von Yelverton nach Princetown zurückfuhr. Er war auf dem Heimweg. Heim? Hatte er überhaupt noch ein Heim? Hatte er überhaupt noch irgendetwas? Er war fassungslos über das Ausmaß seines Sturzes aus so großer Höhe.
Die Premierministerin hatte mitteilen lassen, daß sie ihn sprechen wollte. Da konnte sie lange warten! Er hatte in Tavey Grange sämtliche Telefonhörer neben die Apparate gelegt. Auf diese Weise war er für sie unerreichbar. Er mußte einen frischen Plan ausarbeiten, das ganze Pack abermals schlagen. Er hatte schon früher in der Klemme gesteckt und sich immer wieder herausgeboxt. Und was früher gelungen war, würde auch jetzt wieder gelingen.
Er fuhr durch die Hauptstraße von Princetown, vorbei an den grauen Granithäusern, hielt durch seine Schutzbrille hindurch Ausschau. Einen Augenblick lang traute er seinen Augen nicht. Ein roter Porsche kam auf ihn zu. Es war die Zulassungsnummer, die seine Aufmerksamkeit erregte. Buckmaster hätte kein weltweites Sicherheitsunternehmen aufbauen können, wenn er nicht ein außergewöhnliches Gedächtnis für Details gehabt hätte. Marlers Porsche!
Eine neue Flut von Gedanken schoß ihm durch den Kopf. Marler! Natürlich. Das war die Lösung seiner Probleme. Als der andere Wagen näher herangekommen war, öffnete er das Fenster und schwenkte herausfordernd die Hand. Hol mich ein, wenn du kannst! Ein Wettrennen mit Marler zurück nach Tavey Grange!
Marler verstand die Geste und deutete einen spöttischen Gruß an, als die beiden Wagen einander passierten. Dann führte er eine vorschriftswidrige Kehrtwendung aus und folgte dem anderen Porsche. Buckmaster beobachtete das Manöver in seinem Außenspiegel und grinste. Hinter seiner skrupellosen Fassade hatte immer etwas von einem Schuljungen gesteckt. Das war es. Ein Wettrennen mit Marler...
Buckmaster ließ Princetown hinter sich, gab Gas, fuhr hinaus aufs Moor. Marler jagte etwa hundert Meter hinter ihm her. Buckmaster erarbeitete seinen Plan, fuhr noch schneller. Morgan den Laufpaß geben, ihn auf die Straße werfen. Marler an seine Stelle setzen. Marler war ein Sicherheitsexperte, genau der richtige Mann für den Job. Mit Marler an seiner Seite würde er ein neues und noch größeres Imperium aufbauen.
Hingerissen von der Idee, rammte er den Fuß aufs Gaspedal, raste auf das Moor hinauf. Der Wagen geriet auf einer vereisten Stelle ins Schleudern. Er grinste vor Erregung, fuhr in das Schleudern hinein, gewann am Rande

eines Steilhangs die Kontrolle über den Wagen zurück. Das war das wahre Leben – es versetzte ihn wieder zurück in seine Zeit bei den Fallschirmjägern. Die Straße stieg jetzt steil an, und um ihn herum erstreckte sich nichts als leere Wildnis. Keinerlei Anzeichen für Leben. Der ideale Tag für ein Rennen! Einmalig! Er atmete die kalte Luft ein, die durch das offene Fenster hereindrang, trunken vor Erregung.
Hinter ihm behielt Marler den Abstand von hundert Metern bei. Für eine Notbremsung war diese Oberfläche entschieden zu gefährlich. Er hörte das Dröhnen von Buckmasters Auspuff, der jetzt die Geschwindigkeit noch weiter erhöhte. Marler preßte die Lippen zusammen und gab selbst mehr Gas. Ihm wurde klar, daß Buckmaster schon beim geringsten Anzeichen dafür, daß er den Abstand verringerte, noch mehr beschleunigen würde.
Marler warf einen Blick auf die vor den beiden dahinrasenden Wagen liegende Landschaft. Ein dampfähnlicher Nebel driftete über das Moor auf die Straße zu. Wenn er sie erreicht hatte, würde die Sichtweite plötzlich drastisch absinken. Jetzt waren sie auf der Kuppe des Moores und näherten sich der Stelle, an der die Straße steil abfiel und gleichzeitig eine scharfe Kurve beschrieb. Er löste eine Hand vom Lenkrad und griff nach der Magnum. Sein Fenster war offen; er hatte es gleich nach der Kehrtwendung in Princetown geöffnet.
Er stützte den Arm auf dem Fensterrahmen ab und zielte. Er durfte Buckmaster auf gar keinen Fall treffen, und keine Kugel durfte in den Wagen einschlagen. Er wartete, bis Buckmasters Wagen sich der Kurve näherte, feuerte einmal, dann noch einmal.
Buckmaster hörte das laute Knallen der Magnum, schaute in seinen Außenspiegel, sah die Hand mit der Waffe, stellte fest, daß Marler den Abstand verringert hatte. Was zum Teufel ging da vor? Hatte Marler den Verstand verloren? Er hatte ihm Howards Kopf auf einem silbernen Tablett angeboten. Eine dritte Kugel pfiff an seinem Fenster vorbei. Großer Gott! Marler versuchte, ihn zu erschießen!
Er rammte den Fuß aufs Gaspedal. Er würde ihn abhängen. Er konnte schneller fahren als jeder Amateur im ganzen Land. Er hatte die Hügelkuppe erreicht. Eine vierte Kugel flog an seinem Fenster vorbei. Er schaute abermals in den Außenspiegel, wendete den Blick ein paar Sekunden von der Straße ab.
Marler war total übergeschnappt. Ihm fiel ein, daß er in seinem Arbeitszimmer einen Revolver hatte. Er würde als erster in Tavey Grange eintreffen, hinauflaufen, sich die Waffe greifen. Dann fiel ihm wieder ein, daß er mit hoher Geschwindigkeit fuhr. Er blickte nach vorn. Und vor ihm war nichts.

Marler sah, wie der Porsche ins Schleudern geriet und über den Rand der Straße hinausschoß. Er ging sofort mit der Geschwindigkeit herunter. Buckmasters Wagen flog durch die Luft, beschrieb einen Bogen, stürzte in die Tiefe, vollführte eine halbe Drehung, stürzte weiter. Der Kühler prallte auf den Gipfel von Shark's Tor. Der Aufprall warf den Wagen herum, schleuderte ihn in den Abgrund. Der Porsche schoß hinab wie ein Torpedo auf dem Weg zu seinem Ziel, landete in der mit Felsbrocken übersäten Schlucht, prallte auf Granit und explodierte. Flammen schlugen aus dem Wrack, wurden von wirbelnden Nebelschwaden eingehüllt. Marler fuhr weiter, an Tavey Grange vorbei, durch Moretonhampstead – zurück nach London.

Nachspiel

»Und jetzt steht *Schockwelle* in Fylingdales in Yorkshire«, schloß Tweed. In seinem Büro am Park Crescent saßen Monica, Paula, Newman und Marler. Tweed hatte ihnen berichtet, wie der riesige Computer, das Schlüsselinstrument für S. D. I., heimlich mit der amerikanischen Transportmaschine nach Lyneham geflogen und dann auf der Straße nach Norden befördert worden war.

»Ich verstehe überhaupt nichts mehr«, sagte Paula. »Was sollte dann diese ganze Geschichte, derzufolge sich *Schockwelle* an Bord der *Lampedusa* befand?«

Tweed seufzte. »Das war eine sehr komplexe, mit dem Einverständnis der Premierministerin durchgeführte Operation. Der ursprüngliche Plan sah vor, den Computer per Flugzeug nach Großbritannien zu bringen. Dann erhob Buckmaster Einwände, behauptete, heutzutage stürzten so viele Flugzeuge ab, daß der Transport über See die einzige sichere Methode wäre. Machte eine Menge Aufhebens von der ganzen Sache. Zu viel Aufhebens. Also beschlossen wir, ihn auf die Probe zu stellen.«

»Wer ist wir?« fragte Newman.

»Die Premierministerin und ich. Ich spürte, daß etwas nicht stimmte, und hatte ein ungutes Gefühl, seit Buckmaster zum Minister ernannt worden war. Der Mann war einfach zu gut, um wahr zu sein. Zu meiner Überraschung stimmte die Premierministerin meinem Plan zu. Auch ihr waren Zweifel an Buckmaster gekommen.«

»Welchem Plan?« drängte Paula.

»Einem Plan, in den nur fünf Leute eingeweiht waren. Die Premierministerin, ich selbst und Cord Dillon in Langley. Außerdem der Vorsitzende der Joint Chiefs of Staff und der Präsident. Die Amerikaner waren mit dem Plan sehr einverstanden – der Gedanke, daß *Schockwelle* auf dem Seeweg transportiert werden sollte, gefiel ihnen ganz und gar nicht.«

»Aber das ist doch geschehen«, protestierte Paula.

»Was an Bord der *Lampedusa* gebracht wurde, war eine geschickte Nachbildung. Eine Attrappe, gebaut in den USA von den beiden britischen Wissenschaftlern, die am Bau des wirklichen Computers beteiligt waren. Das war die Probe – die Falle, wenn Sie so wollen –, die wir für Buckmaster vorbereitet hatten. Nur er und ich kannten den Code für die Kontaktaufnahme mit dem Schiff. Jedenfalls auf dieser Seite des Atlantiks. Wäre die *Lampedusa* wohlbehalten in Plymouth eingelaufen, ohne irgendwelche Zwischenfälle, dann wäre Buckmaster von jedem Verdacht frei gewesen, und ich wäre zurückgetreten. Statt dessen ist alles entsetzlich schiefgegangen. Ich habe Buckmaster gewaltig unterschätzt.«

»Ich glaube, allmählich verstehe ich«, bemerkte Newman.

»Da Buckmaster wußte, daß ich den Code hatte, daß ich mit dem Schiff Verbindung halten würde, mußte er zuerst mich aus dem Wege räumen – eine Aufgabe, die er auf brillante Weise löste. Er sorgte dafür, daß ich des Mordes an Sylvia Harman verdächtigt wurde. Und er war es, der die Frau umgebracht hat. Das wissen wir jetzt – und das ist streng vertraulich, wie alles andere. Morgan hat geredet, was das Zeug hielt. Buchanan ist freundlicherweise hergekommen und hat mir Bericht erstattet. Es war Morgan, der Callgirls für Buckmaster beschaffte, und der veranlaßte, daß Sylvia Harman mit dem Lear Jet nach London flog. Er hat sie in meine Wohnung gefahren, hat ihr erklärt, Buckmaster verlangte wieder einmal nach ihrer Gesellschaft.«

»Und was ist mit dem Anruf von Richter, Ihrem Freiburger Informanten?« erkundigte sich Paula.

»Das war Morgans Werk – auf Buckmasters Anweisung. Zweck der Sache war, mich an dem verhängnisvollen Abend lange genug von meiner Wohnung fernzuhalten. Sie zahlten dem armen Richter zehntausend Pfund dafür, daß er mich ins Cheshire Cheese lockte, wo er mich angeblich treffen wollte. Das hat Morgan gestanden. Also mußte ich flüchten – damit ich in Freiheit blieb und versuchen konnte, mit Hoch an Bord der *Lampedusa* in Verbindung zu treten. Und Buckmaster war sicher, daß mir, während ich im Ausland war, ein tödlicher Unfall zustoßen würde. Wie ich bereits sagte, es ist alles entsetzlich schiefgegangen – in jeder Hinsicht, zu meinem tiefsten Bedauern.«

»Was meinen Sie damit?« erkundigte sich Newman.

»Ich bin von der falschen Annahme ausgegangen, daß die Besatzung der *Lampedusa*, wenn das Schiff tatsächlich entführt werden sollte, irgendwo an Land gesetzt werden würde. Statt dessen wurde sie ermordet. Das wird mir für den Rest meines Lebens schwer auf der Seele liegen. Ich habe Buckmasters Skrupellosigkeit unterschätzt.«

»Das konnten Sie nicht vorhersehen«, sagte Paula ruhig.

»Und Sie haben es ihm heimgezahlt«, erklärte Newman. »Den Spieß umgedreht.«

»Das ist nur ein schwacher Trost. Oh, Kuhlmann kooperiert übrigens wunderbar. Er hat der Presse mitgeteilt, in Deutschland hätte sich eine Gruppe von Terroristen in World Security eingeschlichen und versucht, ihn zu ermorden. Mein Name wird nicht erwähnt werden. Otto ist ein guter Freund.«

»Woher wissen Sie so genau, daß es Buckmaster war, der Sylvia Harman erdrosselt und vergewaltigt hat?« fragte Newman.

»Ich habe mit meinem Freund im Verteidigungsministerium gesprochen. Aus den Unterlagen geht hervor, daß Buckmaster die seltene Blutgruppe hatte – AB negativ. Die Blutgruppe, die unter Sylvia Harmans Fingernagel und auf dem Laken festgestellt wurde. Morgans Blutgruppe ist gleichfalls überprüft worden. Sie ist 0 positiv.«

»Aber wird bei Morgans Verhandlung nicht eine Menge ans Licht kommen?« fragte Newman.

»Nein. Morgan wird den Mord an Ted Doyle zugeben und sich schuldig bekennen – und dafür eine mildere Strafe erhalten. Er kommt trotzdem noch für zehn Jahre hinter Gitter, und er hat Frau und Kinder. Die Krone wird die Schulderklärung akzeptieren, Beweise brauchen nicht vorgelegt zu werden.«

»Und wurde Dr. Rose, der Pathologe, tatsächlich ermordet?«

»Ja, von Stieber, der herübergeflogen ist und ihn mit einem gestohlenen Wagen überfahren hat. Auch das hat Morgan gestanden. Behauptete, er hätte auf Buckmasters Befehle hin gehandelt, und er, Morgan, hätte erst später davon erfahren. Was ich bezweifle. Aber auch das wird jetzt, wo Stieber tot ist, nicht zur Sprache kommen.«

»Darf ich fragen, wie ich nun dastehe?« erkundigte sich Newman.

»Völlig unbelastet. Niemand hat den Zwischenfall am Brüsseler Flughafen beobachtet. Es ist kaum zu glauben, aber Stiebers Leiche wurde erst zwei Stunden später gefunden. Man geht davon aus, daß er Selbstmord begangen hat. Seine Fingerabdrücke waren auf der Waffe.«

»Und World Security?« fragte Paula. »Was ist damit passiert?«

Tweed griff nach einer Zeitung, die auf seinem Schreibtisch lag. »Hier steht es – unter den letzten Meldungen. An der Londoner Börse wurde der Handel mit World Security-Aktien eingestellt. Keine Notierungen mehr. Ende der Geschichte. Und ich möchte Ihnen allen für Ihre Hilfe danken. Ohne Sie hätte ich es nie geschafft. Vielleicht sollten Sie jetzt alle heimgehen und Ihre wohlverdiente Ruhe genießen.«

Er wartete, während Newman und Paula zusammen das Büro verließen. Marler saß nach wie vor auf seinem Stuhl. Tweed musterte ihn.
»Sie hatten nur wenig – beziehungsweise gar nichts – zu sagen. War es gestern sehr kalt im Dartmoor?«
Marler zündete sich eine King Size-Zigarette an, warf einen überraschten Blick auf Tweed. »Keine Ahnung. Bin seit ein oder zwei Wochen nicht mehr dort gewesen. Ich nehme an, daß der Schnee inzwischen verschwunden ist.« Er stand auf, mit der Zigarette im Mund. »So, und jetzt sollte ich auch verschwinden und zusehen, daß ich eine Mütze voll Schlaf bekomme. Bis demnächst!«
»Worauf wollten Sie hinaus?« fragte Monica, als sie allein waren.
»War nur ein schlechter Witz.«
Tweed klappte die Zeitung auf und las die in großen Lettern gesetzte Schlagzeile. Sie bereitete ihm eine gewisse Befriedigung.
Kabinettminister bei tragischem Unfall im Dartmoor ums Leben gekommen. Lance Buckmaster für seine tollkühne Fahrweise bekannt.
Tweed schaute auf und blickte zu Monica hinüber. »Und nun möchte ich Ihnen meine Rücktrittserklärung diktieren. Wenn ich sie unterschrieben habe, veranlassen Sie, daß sie per Kurier in die Downing Street gebracht und der Premierministerin übergeben wird.«
»Sie wird Sie überreden, sie zurückzunehmen.«
»Diesmal nicht, Monica.«